MICHELLE RAVEN

Ghostwalker

Auf lautlosen Schwingen

Michelle Raven

GHOST WALKER

AUF LAUTLOSEN SCHWINGEN

Roman

Originalausgabe Dezember 2010 bei LYX
verlegt durch EGMONT Verlagsgesellschaften mbH,
Gertrudenstr. 30–36, 50667 Köln

1. Auflage
Lektorat: Katharina Kramp
Satz: Greiner & Reichel, Köln
Druck: Bercker, Graphischer Betrieb, Kevelaer
ISBN 978-3-8025-8369-8
www.egmont-lyx.de

Prolog

Ängstlich blickte Amber sich um. Bisher war ihr der Wald immer wie ein Freund vorgekommen, doch jetzt wirkten die riesigen Bäume bedrohlich, ihre Blätter verdeckten die Sonne und ließen alles düsterer erscheinen. Die Büsche schienen näher zu rücken, und überall raschelte es. Amber hatte das Gefühl, als wären von allen Seiten Augen auf sie gerichtet. Sie wollte nach Hause! Mit einem kläglichen Laut setzte sie sich auf den weichen Waldboden und versuchte sich zu erinnern, aus welcher Richtung sie gekommen war. Aber es sah überall gleich aus.

Noch nie hatte sie sich so weit vom Lager der Berglöwenwandler entfernt, schon gar nicht ohne ihre Eltern oder ihren älteren Bruder Coyle. Eigentlich hatte ihre Mutter Coyle gebeten, auf sie aufzupassen, aber er wollte sich lieber mit seinem besten Freund Finn treffen und hatte ihr gesagt, sie sollte im Haus bleiben. Aber dazu hatte sie keine Lust gehabt und war stattdessen zum Spielen nach draußen gegangen. Sie liebte die Natur, es gab immer so viele aufregende Dinge zu entdecken. Diesmal war es ein Reh gewesen, bei dem sie ihre Anschleichtechnik geübt hatte. Amber war ihm gefolgt, bis es sie entdeckte und mit großen Sprüngen zwischen den Bäumen verschwand. Erst da hatte sie gemerkt, dass sie nicht mehr wusste, wo sie war.

Sie war so in ihr Elend vertieft, dass sie die Stimmen erst hörte, als sie schon ganz nah waren. Abrupt setzte sie sich auf, voller Hoffnung, dass einer der Berglöwenwandler zufällig in der Nähe war und sie mit zum Lager nehmen konnte.

„Ich sage dir, ich habe eben etwas gehört. Es muss hier irgendwo gewesen sein."

„Wenn du uns wieder stundenlang nach etwas suchen lässt, das es gar nicht gibt, gehen wir nie wieder mit dir auf die Jagd."

Furcht kroch über Ambers Rückgrat. Die Männer waren keine Wandler, sondern Menschen! Ihre Eltern hatten sie vor ihnen gewarnt. Sie durften sie auf keinen Fall finden. Hastig rappelte Amber sich auf und begann, vorsichtig in Richtung eines Dickichts zu pirschen. Sie musste sich irgendwo verkriechen und abwarten, bis die Männer verschwunden waren. Danach würde sie dann einen Weg nach Hause finden.

„Da ist es wieder. Los, kommt!" Aufregung klang in der Stimme des Mannes mit.

Amber schob sich tiefer in das Dickicht, bemüht, so leise wie möglich zu sein. Ihr Herz klopfte so laut, dass sie nichts anderes mehr hören konnte. Als sie nicht weiterkonnte, presste sie sich so dicht auf den Boden, wie es ging, und kniff die Augen zu. Vielleicht würden sie einfach weitergehen, wenn sie sie nicht sehen konnten. *Bitte. Bitte.* Der Geruch der Männer wurde immer intensiver, er war irgendwie … falsch. Die Wandler rochen nach einer Mischung aus Berglöwe, Mensch und Natur, doch diese Menschen stanken. Die Zweige über ihr knackten, und Amber hatte Mühe, ein Wimmern zu unterdrücken.

„Ah, wen haben wir denn da? Ein Pumajunges."

Amber riss die Augen auf und starrte ängstlich nach oben. Einer der Männer hatte die Zweige zur Seite geschoben und blickte sie nun an.

„Los, schnell, fangt es ein!"

Panik durchzuckte Amber, und sie rannte blindlings los. Damit überraschte sie die Männer und schaffte es, ihnen zu entgehen. Amber hörte, wie sie etwas riefen, aber sie konnte sie nicht verstehen. Die Angst ließ das Blut in ihren Ohren rauschen, als sie einen Haken schlug und versuchte, durch dichteres Buschwerk zu entkommen. Die Flüche hinter ihr ließen sie für einen Moment hoffen, dass sie noch einmal davonkommen würde. Sie blickte im Laufen hinter sich und stieß unerwartet gegen etwas Hartes. Benommen versuchte sie, wieder auf die Füße zu kommen, und erstarrte, als sie über sich einen der Menschen erblickte. Er lehnte einen langen Gegenstand aus Holz und Metall an einen Baumstamm und beugte sich zu ihr hinunter.

„Hab ich dich.“ Zufriedenheit lag in seiner Stimme. Er sah seinen Kumpanen entgegen. „Ein schönes Exemplar, das wird uns jede Menge einbringen.“

Was immer er damit meinte, es hörte sich nicht gut an. Amber versuchte sich aufzurichten, aber der Mann stellte seinen Fuß auf ihren Rücken.

„Du bleibst schön hier.“ Er wandte sich an einen der Männer. „Gib mir einen Sack.“

Nein! Verzweifelt versuchte Amber zu entkommen, doch der Druck wurde immer stärker, bis sie glaubte, ihr Rücken würde durchbrechen. Sie fauchte schwach und schlug mit der Pfote nach dem Bein.

Der Mann lachte nur. „Wie niedlich, unser Kätzchen hat Krallen.“ Er beugte sich zu ihr hinunter, seine Hand ausgestreckt.

Bevor Amber irgendetwas tun konnte, stieß etwas mit voller Wucht gegen den Menschen, und sie war frei. Sie wollte davonlaufen, blieb aber wie erstarrt stehen, als sie ihren Vater sah, der sich gegen den Mann geworfen hatte und ihn nun am Boden hielt. Für einen Moment schien die Zeit stillzustehen, die Menschen waren so vom Auftauchen des gewaltigen Berglöwen überrascht, dass sie ihn nur mit offenen Mündern anstarrten. Dann schrie der Mann am Boden, als ihr Vater zubiss, und der Augenblick zerrann. Zeitgleich rissen die Menschen ihre Gewehre hoch.

„Schießt endlich!"

Amber blickte wild umher. Wo waren die anderen Wandler? Kam ihnen denn niemand zu Hilfe? Sie stürzte sich auf das Bein eines der Männer, aber der schüttelte sie einfach nur ab. Amber flog durch die Luft und landete einige Meter entfernt an einem Baum. Ein Knall hallte durch den Wald. Amber rappelte sich wieder auf und sah zu ihrem Vater hinüber. Er war über dem Mann zusammengebrochen, sein Fell färbte sich an der Seite rot. *Nein!*

„Nehmt ihn von mir runter!" Die Stimme des Menschen klang schrill.

Amber presste sich zitternd auf den Boden. Ihrem Vater durfte nichts passiert sein! Sicher würde er gleich aufstehen und mit ihr davonlaufen, damit sie diesen schrecklichen Menschen entkommen konnten. Aber das tat er nicht. Die Männer hoben ihn stöhnend hoch und warfen ihn zur Seite. Amber stieß ein Wimmern aus, als sie das Blut in seinem Gesicht sah. Seine Augen öffneten sich langsam, und er sah sie direkt an. *Lauf!* Das tiefe Grollen war ein Befehl, doch sie zögerte. Sie konnte ihn doch nicht mit den bösen Menschen alleine lassen. Irgendwie musste sie ihm helfen, und dann würden sie gemeinsam zum Lager zurückkehren.

Sie machte einen vorsichtigen Schritt auf ihn zu. Ihr Vater atmete tief aus, seine Augen schlossen sich. Danach lag er still da. Nein, er durfte jetzt nicht schlafen, er musste mit ihr kommen!

„Verdammtes Vieh, beinahe hätte es mich umgebracht. Worauf habt ihr gewartet? Dass es mir die Kehle herausreißt?" Der Mann hockte sich neben ihren Vater und betrachtete ihn. „Er ist tot. Eine Schande, das war ein Prachtexemplar von einem Männchen. Das hätte gutes Geld eingebracht."

Während Amber ihn wie betäubt anstarrte, unfähig zu glauben, dass ihr Vater tot sein sollte, rechtfertigte sich der Schütze.

„Nächstes Mal lassen wir dich draufgehen, dann müssen wir den Gewinn auch nur durch zwei teilen."

„Sehr witzig. Los, schnappt euch das Kleine, und dann verschwinden wir hier. Ich habe keine Lust, dass sich einer der Parkranger hierher verirrt und uns wegen Wilderei drankriegt."

Der Schock löste sich, und der Schmerz breitete sich in ihr aus. Seit sie denken konnte, war ihr Vater für sie da gewesen, sie konnte sich nicht vorstellen, dass er fort war. Der Gedanke an ihre Mutter und ihren Bruder verschärfte den Kummer noch. Dann wurde ihr bewusst, was der Mann gesagt hatte. Sie wollten sie einfangen! Ihr Vater hatte seine letzte Kraft aufgewendet, um ihr zu sagen, dass sie weglaufen sollte, also tat sie genau das. Sie konnte die schweren Schritte der Menschen hinter sich hören und versuchte schneller zu laufen, doch ihre kurzen Beine verhedderten sich immer öfter in der Vegetation. Die Angst trieb sie vorwärts, bis sie vor Erschöpfung schwankte. Aber sie durfte nicht aufgeben, sonst war ihr Vater umsonst gestorben.

Amber spürte, wie etwas ihre Hüfte streifte, und schlug einen Haken. Mit letzter Kraft brach sie durch ein Gebüsch und sah sich verzweifelt um, doch da war nichts. Der Schwung trug sie vorwärts, und sie rutschte über eine Klippe ins Nichts. Sie ruderte mit den Beinen und versuchte, sich an irgendetwas festzukrallen, doch es gelang ihr nicht. Sie fiel, schlug gegen vorstehende Felsen und sich an den Steilhang klammernde Büsche, bis sie schließlich tief unten auf einem Vorsprung liegen blieb. Ein Wimmern löste sich aus ihrer Kehle, als die Schmerzen in ihrem Körper explodierten.

„Seht ihr es irgendwo?"

Die Menschen! Amber versuchte, sich so klein zusammenzurollen, wie es nur ging, damit sie nicht entdeckt wurde. Sie zitterte am ganzen Körper, was die Schmerzen noch verstärkte.

„Da, ich sehe es! Verdammt, nach dem Sturz ist es entweder

bereits tot oder hat sich sämtliche Knochen gebrochen und ist damit für uns wertlos. Kommt, sehen wir zu, dass wir hier verschwinden."

Furcht überschwemmte Amber. Stimmte es, was der Mann sagte und sie würde hier sterben? Tränen bildeten sich hinter ihren geschlossenen Lidern und liefen über ihr Fell. Sie wollte zu ihrer Mutter! Erschöpfung breitete sich in ihr aus, und ihre Gedanken lösten sich auf. Schwärze senkte sich über sie.

Ein hoher Schrei riss Amber aus ihrer Bewusstlosigkeit. Benommen hob sie den Kopf und blickte in den Abgrund. Rasend schnell kamen die Erinnerungen zurück, und Angst und Kummer holten sie wieder ein. Ihr ganzer Körper war steif, jede kleinste Bewegung löste furchtbare Schmerzen aus. So konnte sie nur vorsichtig den Kopf drehen und versuchen herauszufinden, woher das Geräusch gekommen war. Amber glaubte, die Anwesenheit eines anderen Lebewesens zu spüren, aber sie sah niemanden. Tief atmete sie ein und bemerkte einen fremden Geruch. Sie konnte sich nicht erinnern, so etwas schon einmal wahrgenommen zu haben, aber es war nicht so furchteinflößend wie der Menschengeruch.

Als etwas über ihr knackte, blickte sie auf. Auf dem Ast eines verkrüppelten Baumes, der schräg über ihr an der Felswand wuchs, saß ein großer Vogel. Ihr Herz begann schneller zu klopfen, als er erneut einen Schrei ausstieß und sie erkannte, dass es ein Adler war. Ihre Eltern hatten sie gewarnt, nie einem solchen Raubvogel zu nahe zu kommen, weil sie wehrlose oder verletzte Jungtiere schlugen. Wartete der Vogel nur darauf, sie anzugreifen? Auf dem kleinen Vorsprung hatte sie keine Möglichkeit, ihm zu entkommen. Wenn sie sich wenigstens aufrichten könnte, würde der Adler sicher wissen, dass sie keine leichte Beute war, aber sie brach mit einem Schmerzenslaut sofort wieder zusammen.

Der Vogel gab ein klickendes Geräusch von sich, das beinahe beruhigend klang. Nervös sah Amber zu, wie er mit einigen wenigen Flügelschlägen zu ihr hinunterschwebte und nur zwei Meter von ihr entfernt auf einer aus den Felsen ragenden Wurzel landete. Große dunkelbraune Augen blickten sie prüfend an, dann senkte er seinen braun gefiederten Kopf, wie um ihr zuzunicken. Da er anscheinend nicht vorhatte, sie anzugreifen, legte Amber ihren Kopf wieder auf ihre Pfoten. Es war irgendwie tröstlich, nicht mehr alleine zu sein, auch wenn er nur ein Adler war und sie nicht mit ihm reden konnte. Er würde ihr nicht helfen können, wieder nach oben zu kommen, aber so hatte sie wenigstens Gesellschaft. Sein Geruch war jetzt stärker, er wickelte sich um sie und drang in jede Pore ein, bis sie wusste, dass sie ihn überall wiedererkennen würde.

Je länger sie dort lag, desto schwächer wurde sie. Schließlich hatte sie sogar Mühe, die Augen offen zu halten. Immer wieder glitten sie zu, und sie dämmerte ein. Ein scharfer Laut schreckte sie wieder auf. Der Adler sah sie direkt an und nickte heftig mit dem Kopf. Anscheinend wollte er, dass sie wach blieb, aber es fiel ihr so schwer … Sie riss die Augen auf, als der Vogel seine Flügel ausbreitete und sich von der Wurzel abstieß. Zuerst dachte sie, er würde zu ihr kommen, aber dann drehte er ab und stieg in engen Schrauben immer höher aus dem Abgrund hinaus. Das Letzte, was sie von ihm sah, waren die hellen Bänder an der Unterseite seiner Schwanzfedern, bevor er über den Bäumen auf der Klippe verschwand.

Nein, komm zurück! Doch es war klar, dass er nicht zurückkehren würde. Wahrscheinlich war es ihm zu langweilig geworden, sie dabei zu beobachten, wie sie immer wieder einnickte. Seltsamerweise fühlte sie sich jetzt noch verlassener als vor seinem Auftauchen. Wütend auf sich selbst drängte sie die Tränen zurück, die in ihren Augen schwammen. Es war nur ein dummer

Vogel gewesen, kein Freund. Sie sollte ihre Kraft schonen und lieber darauf hoffen, dass jemand aus ihrer Wandlergruppe sie fand. Mit Mühe konzentrierte sie sich darauf, nur noch ein- und auszuatmen und das Zittern zu stoppen, das wieder aufgekommen war, nachdem der Adler sie verlassen hatte. Langsam driftete Amber in den Schlaf.

„Amber!“ Der Ruf weckte sie. Erschöpft blickte sie nach oben und erkannte ihren Bruder, der an den Klippen nach unten kletterte. Ihr Herz begann zu hämmern. Endlich kam jemand, um ihr zu helfen! Ängstlich sah sie zu, wie Coyle sich vorsichtig an den Felsen entlang nach unten bewegte. Hoffentlich rutschte er nicht ab. Mit seinen zwölf Jahren war er zwar wesentlich größer und kräftiger als sie selbst, aber er war immer noch ein Kind. Warum war keiner der Erwachsenen hier?

Amber versuchte, auf die Pfoten zu kommen, aber es gelang ihr nicht. So konnte sie nur zu ihm hinaufblicken und warten, bis er bei ihr ankam. Nach einer Zeit, die ihr wie eine Ewigkeit vorkam, trat er vorsichtig auf ihren Vorsprung und hockte sich neben sie.

Coyle hatte Tränen in den Augen, als er mit den Händen vorsichtig über ihr Fell strich. „Ich bin so froh, dass ich dich gefunden habe. Kannst du dich verwandeln, damit ich sehen kann, wo du verletzt bist?“

Amber wusste nicht, ob sie die Kraft dazu hatte, aber sie musste es zumindest versuchen. Quälend langsam setzte die Verwandlung ein, bis sie schließlich in Menschenform auf dem rauen Fels lag.

„Oh Gott, Amber. Es tut mir so leid.“ Schmerz und Scham lagen in Coyles Gesicht, als er auf ihre Verletzungen blickte. „Ich hätte dich nie wegschicken dürfen.“

Amber wollte seine Hand nehmen, aber sie schaffte es nicht, ihren Arm zu heben. „M…meine Schuld, ich hätte nicht alleine rausgehen dürfen.“ Tränen liefen über ihre Wangen. „Dad …“ Sie brachte es nicht über sich, zu erzählen, was geschehen war.

Coyle schluckte heftig. „Ich weiß, ich habe ihn gefunden.“ Er weinte ebenfalls, aber er schien es gar nicht zu bemerken. „Ich dachte, der Mörder hätte dich mitgenommen und ich würde dich nie wiedersehen.“

„Dad hat gesagt … ich soll fliehen. Deshalb bin ich so schnell gelaufen, wie ich konnte, aber sie waren immer noch hinter mir. Ich habe die Klippe nicht gesehen und bin hinuntergefallen.“ Ein Schauder lief durch ihren Körper und löste neue Schmerzen aus. „Die Männer dachten, es lohnt sich nicht, mich hier herauszuholen, weil ich fast tot bin.“

„Gott sei Dank haben sie es nicht versucht!“ Coyle beugte sich über sie und legte seine Stirn an ihre. „Ich hätte dich nie gefunden, wenn mich der Adler nicht hierhergeführt hätte.“

Amber riss die Augen auf. „Du hast ihn gesehen? Er hat mir Gesellschaft geleistet, und als er wegflog, dachte ich, es wäre ihm zu langweilig geworden.“

Coyle rückte von ihr ab. „Nein, er hat dich nicht alleingelassen, sondern Hilfe geholt. Ich glaube, er ist auch ein Wandler, so wie wir, er roch zumindest so.“

„Und ich dachte erst, er würde mich fressen.“

Beinahe etwas wie ein Lächeln zog über Coyles Gesicht, während er ihr eine Haarsträhne aus dem Gesicht schob. „Ich glaube, er war noch sehr jung, vielleicht so alt wie du. Er hätte dich sowieso nicht tragen können. Außerdem jagen Wandler keine Wandler.“ Coyle wurde wieder ernst. „Und jetzt werde ich dich nach Hause bringen.“

Nachdem er festgestellt hatte, dass sie nicht alleine laufen konnte, setzte er sie auf seine Schultern und begann den Abstieg in den Abgrund, der kürzer und ungefährlicher war, als der Aufstieg gewesen wäre. Jede Bewegung ließ den Schmerz in

Amber wieder aufflammen, aber immerhin war Coyle bei ihr und brachte sie nach Hause, und so klammerte sie sich nur so fest an ihn, wie sie konnte. Als ein Vogelschrei erklang, blickte sie in den Himmel und erkannte den Adler, der über ihnen seine Kreise zog. Sie wünschte, er würde näher kommen, damit sie sich bei ihm bedanken konnte, doch er blieb weit oben. Zögernd hob sie die Hand und winkte ihm zu. Er stieß noch einen Schrei aus, dann verschwand er über den Klippen. Als er nicht wieder auftauchte, schloss Amber die Augen und versank in der wartenden Dunkelheit.

1

24 Jahre später

Amber blieb stehen und ließ ihren Blick über die sie umgebende Landschaft gleiten. Die hohen Bäume wuchsen spärlicher und machten einer kargeren Vegetation Platz, die jetzt im späten Herbst beinahe trostlos wirkte. Das half ihr nicht gerade dabei, ihrer Aufgabe mit Freude entgegenzusehen. Warum hatte sie sich nur von Finn dazu überreden lassen? Weil sie sich vorgenommen hatte, endlich auch einmal etwas für die Gruppe zu tun, deshalb.

Doch musste Finn, Ratsführer der Berglöwenwandler und bester Freund ihres Bruders Coyle, sie unbedingt darum bitten, zu den Adlerwandlern Kontakt aufzunehmen? Es war eine gute Idee zu versuchen, weitere Wandlerarten als Verbündete in ihrem Kampf gegen die Entdeckung durch Menschen zu gewinnen, gar keine Frage. Aber sie wünschte, es gäbe jemand anderen, der diese Aufgabe übernehmen könnte. Allerdings wusste kaum einer der Berglöwenwandler, dass es überhaupt andere Wandlergruppen in der Nähe gab, ganz zu schweigen vom genauen Standort des Lagers. Vielleicht hätte sie lügen sollen, als Finn sie fragte, ob sie andere Wandler gesehen hätte, doch er hatte sie mit seiner Frage überrascht und sie hatte nicht darüber nachgedacht, was für Konsequenzen das für sie haben könnte.

Amber rieb über ihre schmerzenden Schläfen und blickte sich um. Das Gelände wurde felsiger, je näher sie dem Gebiet der Adler kam, der Weg immer beschwerlicher. Doch das machte ihr nichts aus, sie kannte die Strecke beinahe im Schlaf, so oft war sie sie bereits gelaufen, in der Hoffnung, noch einmal einen Blick auf den Adler zu erhaschen, der ihr als Kind das Leben gerettet hatte. Er war noch am Leben, das wusste sie, oft hatte sie ihn in der Nähe des Berglöwenlagers oder auf ihren Streifzügen durch die Wälder gesehen. Jedoch nie aus der Nähe, er war immer auf Abstand geblieben, fast, als würde er aus der Ferne über sie wachen. Amber stieß ein humorloses Lachen aus. Ja, sicher. Die Ereignisse vor drei Monaten, in deren Verlauf der Jugendliche Bowen entführt und schließlich ihre ganze Gruppe von Jägern eingefangen worden war, hatten ihr klargemacht, dass das Leben zu kurz war, um weiterhin auf etwas zu warten, das wohl nie passieren würde. Ihr Adler würde keinen Kontakt zu ihr aufnehmen. Es war glatte Ironie, dass sie nun, nachdem sie die Hoffnung aufgegeben hatte, zum ersten Mal in ihrem Leben das Adlergebiet betreten würde.

Ein Schauder lief bei dem Gedanken durch ihren Körper, dass sie ihn dort sehen könnte. Oder vielmehr riechen, denn sie hatte ihn noch nie in seiner menschlichen Gestalt gesehen. Damals, als er sie an dem Abhang entdeckte, den sie hinuntergestürzt war, war er noch jung gewesen, er konnte also jetzt nicht viel älter sein als sie selbst, vielleicht Anfang dreißig. Amber erhob sich langsam und streckte sich. Die Novembersonne schien fahl durch die kahlen Zweige der Äste, der Nebel über den Lichtungen löste sich nur langsam auf.

Sie war früh aufgebrochen, um spätestens bei Sonnenuntergang wieder zu Hause zu sein. Zwar konnte sie auch im Dunkeln perfekt sehen, doch mit der Bedrohung, die im Moment über ihnen lag, waren alle nervös und das Lager noch besser gesichert als früher. Amber war es gewöhnt, alleine durch die Wälder zu streifen, um Fotos von Landschaften und Tieren zu machen, die sie anschließend an Zeitschriften und Kalender verkaufte.

Oft war sie wochenlang überhaupt nicht im Lager. Doch jetzt musste sie nicht nur an ihre eigene Sicherheit denken, sondern vor allem an die ihrer Familie und Freunde. Wenn sie entdeckt werden sollte …

Ein kalter Windhauch ließ sie frösteln. Gestern hatte es zum ersten Mal geschneit, weiche Flocken, die sogar ein paar Stunden liegen geblieben waren. Noch immer hingen dicke Wolken am Himmel, doch wie es aussah, würden sie heute verschont bleiben. Warum stand sie hier auch nackt herum, nur um ihren Auftrag hinauszuzögern? Amber hockte sich hin und verwandelte sich langsam zurück in eine Berglöwin. Ihr dickes Winterfell hielt sie auch bei Minusgraden und eisigem Wind warm, doch irgendetwas ließ sie heute ständig zittern. Amber stieß ein missmutiges Fauchen aus. Sie war dreißig Jahre alt, kein Kind mehr. Es gab überhaupt keinen Grund, nervös zu sein! Sie würde mit den Adlerwandlern sprechen, ihnen die Situation erklären und dann wieder gehen. In spätestens einer Stunde würde sie wieder auf dem Rückweg sein und diese ganze Sache vergessen können. *Ihn* vergessen können.

Mit einem frustrierten Aufschrei lief Amber los, schnell, immer schneller, bis sie ihren Gedanken wenigstens für eine Weile entkommen und sich nur darauf konzentrieren konnte, wo sie ihre Pfoten hinsetzte, um sich nicht an den glatten, scharfkantigen Steinen zu verletzen. Ihr Herz klopfte im Rhythmus ihrer Schritte, ihr Atem dröhnte laut in ihren Ohren. Sie wurde erst langsamer, als sie sich dem Adlergebiet näherte. Vermutlich würden auch die Adlerwandler Wachen haben und Ambers Eintreffen sofort an ihre Anführer melden, daher zwang sie sich, tief durchzuatmen und das Gebiet nicht so schnell zu durchqueren, wie sie es am liebsten tun würde. Sie wollte auf keinen Fall bedrohlich wirken oder so, als wollte sie das Lager der Adler auskundschaften. Ihr Geruchssinn führte sie tiefer in das Gebiet, auf die schroffen Felswände zu, die den Horsten der Adler Schutz vor Feinden boten.

Amber rechnete damit, irgendwann von den Wächtern aufgehalten und befragt zu werden, doch es kam niemand. Sie sah noch nicht einmal jemanden, obwohl sie genau wusste, dass sie da waren. Niemand würde einen potenziellen Feind einfach so in das Lager spazieren lassen. Oder hatte ihr Freund von damals sich für sie verbürgt? Ihr Herz setzte einen Schlag aus. Würde sie ihm tatsächlich endlich von Angesicht zu Angesicht gegenüberstehen? Wie würde seine menschliche Gestalt aussehen? Wieder lief ein Zittern durch ihren Körper, das nichts mit der Kälte zu tun hatte. Es war merkwürdig, nach so langer Zeit vielleicht endlich am Ziel zu sein. Selbst wenn er ihr sagte, dass er nichts mit ihr zu tun haben wollte, könnte sie danach endlich ihr Leben wieder aufnehmen, ohne sich ständig fragen zu müssen, ob sie sich dieses Gefühl der Zusammengehörigkeit nur eingebildet hatte.

Mit Mühe riss Amber sich aus ihren Gedanken und konzentrierte sich wieder auf ihre Umgebung. Während sie die Luft prüfte, wurde sie langsamer, bis sie schließlich ganz stehen blieb. Etwas stimmte nicht. Sie konnte spüren, dass sie beobachtet wurde, sie witterte die Adler, aber es zeigte sich niemand. Und vor allem rührte sich nichts. Für einen Moment erstarb auch der Wind, und es herrschte völlige Stille. Ambers Nackenfell sträubte sich. Es wurde eindeutig Zeit für einen geordneten Rückzug, sie hatte das deutliche Gefühl, dass die Adler Besucher nicht unbedingt schätzten. Amber zwang ihre steifen Muskeln, sich zu bewegen, und machte vorsichtig ein paar Schritte rückwärts. Ein lauter Schrei gellte in ihren Ohren, gefolgt von einem seltsamen Rauschen. Erschrocken zuckte Amber zusammen und sah automatisch nach oben. Als sie die Adler auf sich herabstoßen sah, handelte sie instinktiv. Sie warf sich herum und rannte los.

Zweige peitschten in ihr Gesicht und rissen an ihrem Fell, als sie versuchte, vor den Angreifern in das dichtere Unterholz zu entkommen. Über sich konnte sie das Sirren der Schwingen hören und sogar den Luftzug spüren, wenn ihr einer der Adler zu nahe kam. Es dauerte eine Weile, bis sie merkte, dass sie mit ihr spielten und sie auf felsiges Gebiet zutrieben. Wahrscheinlich sollte sie einfach stehen bleiben und sich verwandeln, um mit ihnen reden zu können, aber irgendwie hatte sie das Gefühl, dass die Adler nicht in der Stimmung waren zuzuhören. Amber schlug einen Haken und konnte so gerade noch den Krallen eines Angreifers entgehen. Sein erboster Schrei gellte in ihren Ohren. Ihr Herz hämmerte vor Furcht und Anstrengung in ihrer Brust, während sie immer wieder angegriffen wurde.

Eine Kralle streifte sie, Schmerz explodierte in ihrer Hüfte. Steine bröckelten unter ihren Pfoten, als sie in viel zu hoher Geschwindigkeit über die Felsen lief, über Spalten sprang und mehr als einmal beinahe stürzte. Panik kroch in ihr hoch, als ihr klar wurde, dass die Adler sie jederzeit töten oder zumindest schwer verletzen konnten. Wenn sie von oben herabstießen und nur einmal ihre Krallen oder starken Schnäbel richtig einsetzten, würde das fatale Folgen haben. Aber würden sie das auch tun, obwohl sie wussten, dass sie eine Wandlerin war? Sie wollte es nicht darauf ankommen lassen. Es war besser, so schnell wie möglich aus ihrem Gebiet zu verschwinden und sich irgendwo zu verkriechen, wenn sie ihr weiterhin folgten. Allerdings war das leichter gesagt als getan, es schienen immer mehr Adler zu werden, die verhinderten, dass Amber aus dem felsigen Gelände herauskam und im Wald untertauchen konnte.

Ihre Furcht verstärkte sich, die Realität wurde von der Vergangenheit überlagert, als sie genauso vor Verfolgern geflohen war – wenn auch menschlichen – und niemand da gewesen war, der ihr helfen konnte. Aber jetzt war sie erwachsen, sie ließ sich nicht mehr so leicht einschüchtern wie als Sechsjährige, die gerade den Mord an ihrem Vater beobachtet hatte. Ihr Inneres zog sich schmerzhaft zusammen, als sie wieder vor sich sah, wie er einfach zusammengebrochen war und sich seine Berglöwenaugen nach einem letzten Ausatmen für immer geschlossen hatten.

Amber war so in ihre Erinnerungen verstrickt, dass sie erst merkte, dass die Adler sie auf eine Klippe gedrängt hatten, als es zu spät war. Sie versuchte sich herumzuwerfen, doch ihre Pfoten verloren den Halt, und sie stürzte ins Leere. Verzweifelt suchte sie nach irgendetwas, an dem sie sich festklammern konnte, doch da war nur Luft und tief unter ihr Felsen. Amber schloss die Augen, während sich Kummer in ihrem Innern ausbreitete. Es würde ihrer Mutter und ihrem Bruder das Herz brechen, sie …

Amber fauchte überrascht, als sich etwas schmerzhaft in ihre Schultern bohrte. Sie spürte, wie ihr Fall abgebremst wurde. Der Boden kam immer noch näher, aber deutlich langsamer. Über sich hörte sie ein seltsames Sirren und Flappen, und sie riskierte einen Blick nach oben. Ihr Atem stockte, als sie die riesigen Flügel sah, die viel zu schmal wirkten, um sie halten zu können. Doch sie taten es, wenn der Flug auch nicht mehr so elegant aussah wie normalerweise.

Die Krallen bohrten sich tiefer in ihre Schultern, je länger der Flug dauerte. Vermutlich konnte der Adler sie bald nicht mehr halten, schließlich wog sie deutlich mehr als normale Beutetiere. Amber biss die Zähne gegen den Schmerz zusammen, während sich ihr Herz vor Angst zusammenzog, als er zum Landeanflug ansetzte. Vermutlich würde sie nicht sterben, aber sie konnte sich schwer verletzen, wenn sie auf die Felsen prallte. Sie konnte nur versuchen, ihre Muskeln so locker wie möglich zu halten, um dann auf Katzenart zu landen. Das schien ihr Retter auch so zu sehen, denn seine Krallen lösten sich von ihr, obwohl sie noch ein gutes Stück über dem Boden waren. Unsanft kam Amber auf, sie rutschte durch den Schwung weiter und prallte gegen einen Felsen. Einen Moment lang blieb sie mit geschlossenen Augen liegen und versuchte, wieder zu Atem zu kommen. Ihr gesamter Körper schmerzte, aber sie war am Leben!

Eine sanfte Berührung an ihrem Nacken beendete ihre kurze Ruhepause abrupt. Amber versuchte sich aufzurappeln, wurde jedoch sofort zurückgedrückt.

„Bleib liegen, ich will erst sehen, wie schwer ich dich verletzt habe." Die raue Stimme gehörte eindeutig einem Mann.

Amber sog tief seinen Geruch ein und erstarrte. Sie kannte diesen Duft! Langsam drehte sie den Kopf und sah den nackten Mann mit großen Augen an. Er kniete neben ihr, seine muskulösen Beine gingen in schmale Hüften über, in deren Mitte … Rasch glitt ihr Blick weiter an seinem flachen Bauch und dem ausgeprägten Brustkorb hinauf, bis sie bei seinem Gesicht ankam. Es war schmal und kantig mit hohen Wangenknochen und einer gebogenen Nase, die sie selbst in seiner menschlichen Gestalt noch an den Adler erinnerten. Dunkelbraune Augen musterten sie besorgt, die Augenbrauen waren zusammengeschoben. Auch seine Haare waren dunkelbraun, die vom Wind zerzausten Spitzen etwas heller. Aber was sie am meisten faszinierte, war der schmale, aber schön geschwungene Mund und das Grübchen in seinem Kinn. Es machte sein sonst zu hartes Gesicht ein wenig weicher.

Seine Finger strichen durch ihr Fell und lösten einen Schauder in ihr aus. Sofort stellte er jede Bewegung ein. „Wo tut es dir weh?"

Da sie ihm in Berglöwenform kaum antworten konnte, jedenfalls nicht so, dass er es als Adler verstehen könnte, verwandelte sie sich. Sie hielt den Blick gesenkt, denn sie wollte nicht, dass er ihr ansah, wie sehr seine Nähe sie verwirrte. Beinahe spürte sie den kalten Boden nicht mehr, als seine rauen Fingerspitzen sanft über ihren Nacken glitten. Dankbar, dass die Haare ihre Brüste verdeckten, deren Spitzen sich aufgestellt hatten, wartete sie darauf, dass er etwas sagte. Doch er schien wie erstarrt zu sein, sie konnte ihn nicht einmal mehr atmen hören. Schließlich hielt sie es nicht mehr aus und blickte über ihre Schulter.

Ein gequälter Ausdruck stand in seinen Augen, während er auf ihren Rücken hinabsah, seine Lippen waren fest zusammengepresst. „Es tut mir leid, ich wollte dich nicht verletzen."

Amber verzog den Mund, als sie die tiefen Wunden an ihrer Schulter sah, die seine Krallen hinterlassen hatten. „Du hast keinen Grund, dich zu entschuldigen, ohne dich wäre ich jetzt tot."

Sein Blick ruckte zu ihrem Gesicht, sowie sie das erste Wort aussprach. „Ich mag dich nicht verletzt sehen." Seine Stimme war noch rauer geworden.

„Du hast mir nun schon zweimal das Leben gerettet, ich möchte dir dafür danken." All die Jahre hatte sie darauf gewartet, genau das tun zu können. Doch sie verspürte keine Erleichterung, sondern vielmehr den Wunsch, mehr über diesen Mann zu erfahren.

Er legte auf eindeutig vogelhafte Art seinen Kopf schräg. „Das ist nicht nötig." Sein Mund verzog sich unglücklich. „Vor allem, da meine Leute die Schuld daran tragen, dass du überhaupt erst in diese Situation gekommen bist."

„Warum haben sie das getan? Sie müssen doch wissen, dass ich auch ein Wandler bin! Ich wurde von unserem Ratsführer gebeten, mit euch über eine mögliche Zusammenarbeit zu reden."

„Sie wollen keinen Kontakt zu anderen Arten. Im Gegenteil, sie sind sogar sehr darum bemüht, jegliche Annäherung im Keim zu ersticken. Ich hätte nur nie gedacht, dass sie so weit gehen würden. Hätte ich es gewusst, hätte ich dich gar nicht erst in unser Gebiet gelassen."

Ambers Herz begann unter seinem warmen Blick schneller zu schlagen. „Du hast gewusst, dass ich komme?"

Er hob die Hand, als wollte er ihr Gesicht berühren, doch dann erstarrte er und rückte von ihr ab. Seine Gesichtszüge wirkten härter, etwas Wildes glomm in seinen Augen auf. „Geh, schnell. Ich werde versuchen, sie aufzuhalten."

Ihr Kopf ruckte herum, und sie sah mehrere Adler auf sich zufliegen. Der Impuls zu fliehen war beinahe übermächtig, doch sie sah den Adlermann ein letztes Mal an. „Wie heißt du?"

Ein Muskel zuckte in seiner Wange, und sie befürchtete schon, dass er ihr nicht antworten würde, doch schließlich neigte er den Kopf. „Griffin."

Amber streckte die Hand aus und strich flüchtig über seinen Arm. „Danke, Griffin."

Bevor sie es sich anders überlegen konnte, verwandelte sie sich und rannte mit großen Sprüngen davon. Sie hörte einen lauten Adlerschrei, doch sie drehte sich nicht mehr um. Griffin war einer der Ihren, sie würden ihm sicher nichts tun, nur weil er ihr geholfen hatte. Zumindest redete sie sich das ein, damit sie nicht zu ihm zurücklief. Ihr Instinkt sagte ihr, dass sie ihm damit nicht helfen würde, und sie selber würde bei dem Versuch vermutlich sterben. Aber sie wünschte sich, sie könnte noch einmal in diese warmen Augen sehen, seine sanften Finger auf ihrer Haut spüren. Doch da die Adler keinen Kontakt wollten, war dies wohl das erste und einzige Mal gewesen, dass sie ihn gesehen hatte. Vielleicht wäre es besser gewesen, sie wüsste überhaupt nicht, was sie verpasste. Doch jetzt war es dafür zu spät …

2

Griffin sah Amber nach, als sie hinter den Felsen verschwand. Noch jetzt hämmerte sein Herz, wenn er daran dachte, wie sie über den Rand der Klippe verschwunden war und er geglaubt hatte, zu spät zu kommen, um sie zu retten. Glücklicherweise war es nicht so gewesen, doch der Gedanke daran, dass er sie mit seinen Krallen verletzt und ihr Schmerzen bereitet hatte, verursachte ihm Übelkeit. Nur mit Mühe gelang es ihm, sich auf die anderen Adler zu konzentrieren und nicht daran zu denken, wie weich sich ihre Haut angefühlt hatte. Noch nie war er ihr so nah gewesen, nie hatte er die grünen Flecken in ihren bernsteinfarbenen Augen gesehen, ihre rotblonden Haare gestreichelt oder eine Unterhaltung mit ihr geführt. Bisher hatte er sie nur von Weitem beobachtet, auch wenn er sich nichts sehnlicher gewünscht hatte, als sie endlich so zu berühren, wie er es sich seit Jahren erträumte. Doch das war unmöglich. Noch nie hatte ein Adlerwandler sich einen Partner außerhalb der Gruppe gesucht, weder unter den Menschen noch unter normalen Adlern oder anderen Wandler-Spezies.

Er schnaubte. Wie sollte das auch geschehen, wenn ihre Anführer jeglichen Kontakt zu anderen Gruppen ablehnten? Und außerdem – nur weil er etwas für Amber empfand, musste es ihr nicht genauso gehen. Trotzdem war ein Gefühl heißer Zufriedenheit durch seinen Körper geströmt, dass sie ihn erkannt hatte. In ihren Augen hatte ein Ausdruck gelegen, als ob … Griffin riss den Kopf hoch, als er bemerkte, dass die anderen Adler vorhatten, Amber weiterhin zu verfolgen. Rasch verwandelte er sich und stieß sich mit einem lauten Schrei vom Boden ab. Mit mehr Kraft als Finesse katapultierte er sich in die Luft und schnitt den anderen den Weg ab. Dadurch, dass sie von oben kamen, hatten sie mehr Schwung, aber Griffin kämpfte mit allem, was er hatte, denn er würde auf keinen Fall zulassen, dass sie Amber weiterjagten. Die drei Verfolger versuchten, an ihm vorbeizukommen, und er wusste, dass er nicht lange gegen sie bestehen würde, irgendwann würde einer durchbrechen und Amber weiterhetzen.

Er konnte sich nicht vorstellen, dass gerade diese drei die Berglöwenwandlerin verletzen wollten, aber es könnte jederzeit wieder ein Unglück wie eben gerade geschehen, und Amber wäre tot. Allein der Gedanke löste in Griffin eine so heiße Wut aus, dass es an ein Wunder grenzte, dass sein Gefieder kein Feuer fing. Die Krallen voran stürzte er auf den nächsten Angreifer zu und schleuderte ihn von sich. Verzweiflung kam in ihm auf, als er sah, dass zur gleichen Zeit einer der anderen Adler über ihn hinwegflog. „Nein!“ Sein Vogelschrei gellte durch die Luft, und für einen Moment schien die Zeit stillzustehen. Zu seiner Überraschung gaben die anderen Ambers Verfolgung auf und schwebten zu Boden. Nach kurzem Zögern folgte Griffin ihnen und verwandelte sich zurück.

Aufmerksam beobachtete er sie, jederzeit bereit, sich wieder in den Kampf zu stürzen, um Ambers Flucht zu ermöglichen. Doch wie es schien, hatten die anderen beschlossen, sie nicht weiterzuverfolgen. Stattdessen verwandelten sie sich ebenfalls.

Sein Freund Talon sprach zuerst. „Bist du verrückt geworden? Was hast du dir dabei gedacht?“ Ein Kratzer lief über seine breite Brust, und er schien eines seiner Beine zu schonen. Seine rotbraunen Haare standen zu allen Seiten ab.

„Das wollte ich euch fragen. Warum seid ihr auf sie losgegangen, obwohl sie euch überhaupt nichts getan hat?“ Griffin bemühte sich, seine Wut zu zügeln, aber es gelang ihm kaum.

„Die Berglöwin hat in unserem Gebiet nichts zu suchen. Sie hätte wissen müssen, dass wir uns verteidigen würden." Juna antwortete an Talons Stelle. Die rothaarige Adlerfrau war eine der wenigen Wächterinnen in ihrer Gruppe und sie nahm ihren Job sehr ernst, manchmal zu ernst.

„Sie hat keinerlei Gefahr für uns dargestellt! Und ihr wisst, dass sie eine Wandlerin ist, wie konntet ihr sie da fast töten?" Wäre Griffin nicht genau im richtigen Moment zur Stelle gewesen, wäre sie jetzt tot. Mühsam unterdrückte er einen Schauder bei dem Gedanken.

Ciaran, dem dritten Verfolger, war wie immer nicht anzusehen, was er dachte. „Sie ist von selbst über die Klippe gesprungen." Ein Windstoß hob seine schwarzen Haare und blies sie in seine Augen.

„Weil ihr sie gejagt habt, bis sie nicht mehr weiterkonnte!"

„Einige haben den Befehl wohl ein wenig zu wörtlich genommen." Talon hob die Schultern, als wäre die Erklärung ausreichend.

„Welchen Befehl? Von wem?"

„Von unseren Anführern natürlich. Und der Befehl lautete, die Berglöwin loszuwerden, bevor sie beim Lager ankommt." Junas Lippen pressten sich zusammen, als wollte sie noch mehr sagen, doch sie tat es nicht. Was Griffin auch sehr gewundert hätte, denn sie hatte bisher noch nie die Entscheidungen der Oberen infrage gestellt.

Er fuhr mit der Hand über sein Gesicht, als ihm klar wurde, dass sie damit zumindest die Tötung eines anderen Wandlers in Kauf genommen hatten. Schon seit Langem war er nicht mehr damit einverstanden, wie die Gruppe der Adlerwandler geführt wurde, doch jetzt konnte er nicht mehr schweigen. Auch wenn er wusste, dass er sich damit erneut zur Zielscheibe machen und den Unmut der Anführer auf sich ziehen würde. Müde ließ er seine Hand sinken. „Und natürlich habt ihr dem Befehl gehorcht, ohne ihn zu hinterfragen."

„Dafür bist du ja zuständig." Talon schüttelte den Kopf. „Herrgott, Griffin, du schaffst es immer wieder, dich noch tiefer reinzureiten. Dir muss doch klar sein, dass die Oberen nur darauf warten, einen Grund geliefert zu bekommen, damit sie dich bestrafen können."

„Du meinst, ich sollte einfach zusehen, wie eine Wandlerin ohne Grund getötet wird?"

„Griffin ..."

Juna fiel Talon ins Wort. „Die Oberen haben dich beobachtet und sind nicht besonders erfreut über deine Einmischung. Wir sollen dich zu ihnen bringen." In ihren grauen Augen war Unbehagen zu lesen. „Vielleicht wenn du zugibst, dass es ein Fehler war ..."

„Auf gar keinen Fall. Ich bin hier anscheinend der Einzige, der noch klar denken kann. Hat sich denn jemand von unseren ach so schlauen Anführern überlegt, was passiert, wenn die Berglöwenwandler sich rächen? Und das hätten sie auf jeden Fall, wenn A... die Berglöwin hier gestorben wäre. Wir können nur hoffen, dass sie es nicht trotzdem tun." Beinahe hätte er Ambers Namen genannt, er musste unbedingt darauf achten, die Sache unpersönlich klingen zu lassen.

„Sie würden nicht bis zum Lager durchkommen." Ciarans Stimme klang, als würde er über das Wetter sprechen.

„Wenn du dich da nicht täuschst. Die Berglöwenwandler sind ziemlich widerstandsfähig, und vor allem halten sie zusammen."

Nachdenklich sah Talon ihn an. „Die Oberen haben recht, du hast wirklich die Sache von damals nicht vergessen, obwohl es dir immer wieder nahegelegt wurde. Was fasziniert dich so an anderen Wandlerarten?"

Griffin hob nur die Schultern. Selbst wenn er eine Erklärung dafür hätte, würde er damit niemanden überzeugen können. Seit langer Zeit lebten die Adlerwandler völlig isoliert, und wenn es nach den Oberen ging, würde das auch so bleiben. Jeder Versuch, mehr über andere Wandlerarten zu erfahren, war stets abgeblockt worden, und so hatte er sie nur heimlich beobachten können. Und immer, wenn er es gewagt hatte, einen Schritt weiter zu gehen, war er dafür vor die Anführer zitiert worden. Selbst als Kind war er nicht ungeschoren davongekommen. Es war klar, dass der Ärger diesmal viel größer sein würde. Griffin straffte die Schultern.

„Bringen wir es hinter uns." Er wartete nicht darauf, dass die anderen ihm folgten, sondern verwandelte sich und flog aus der Schlucht heraus. Je schneller er die Sache erledigte, desto eher konnte er Amber folgen, um sich zu vergewissern, dass es ihr gut ging.

Der Versammlungsort der Oberen lag hoch in den Klippen, von außen nicht zu erkennen und bei Sitzungen immer streng bewacht. Auch heute standen zwei Wächter in ihrer Adlergestalt auf einer schmalen Plattform vor der Höhle und traten erst zur Seite, als Juna neben Griffin landete. Talon und Ciaran flogen dagegen weiter, nachdem sie ihre Aufgabe, ihn hier abzuliefern, erledigt hatten. Wahrscheinlich waren sie froh, um eine Predigt herumzukommen, die sicherlich folgen würde. Griffin sah ihnen einen Moment sehnsüchtig hinterher, bevor er in die Höhle trat und sich verwandelte. Die drei Anführer, einer aus jeder der führenden Familien, saßen auf ihren hochlehnigen Stühlen, die beinahe an Throne erinnerten, und blickten ihn mit ihrer üblichen Mischung aus Unbehagen und Verachtung an. Er hatte sich im Laufe der Jahre angewöhnt, es an sich abprallen zu lassen, doch heute ging es um Amber, und bei dem Thema würde er vermutlich nicht ruhig bleiben können. Noch jetzt sah er ihre tiefen Wunden und ihr schmerzverzerrtes Gesicht vor sich. Seine Hände ballten sich zu Fäusten.

„Wir sind sehr enttäuscht von dir, Griffin." Euan ergriff wie üblich das Wort. Seine geringe Körpergröße und die deutlichen Geheimratsecken versuchte er stets mit seiner Position als Sprecher der Oberen zu kompensieren.

Griffin schwieg. Was sollte er auch dazu sagen? Entschuldigen würde er sich auf keinen Fall, auch wenn die Anführer das wahrscheinlich erwarteten. Juna bewegte sich unruhig hinter ihm, er konnte beinahe die Nervosität spüren, die von ihr ausging.

„Willst du gar nichts dazu sagen?" Louan sah ihn durchdringend an, die hellblonden Haare wie üblich zu einem ordentlichen Zopf gebunden. Im Gegensatz zu Euan war er groß und schlank, ein ehemaliger Wächter, aber trotzdem in seinen Ansichten genauso verbohrt wie die anderen beiden Oberen. Vermutlich bekam man die schon von seinen Eltern eingebläut, wenn man zu den führenden Familien gehörte.

Griffin hob leicht die Schultern. „Ihr habt mich ja nichts gefragt."

Euans Gesicht lief rot an. „Diesmal bist du zu weit gegangen, Griffin. Wir werden dein Benehmen und deinen Ungehorsam nicht mehr hinnehmen. Du …!"

Calum mischte sich ein, wie immer bemüht zu schlichten. „Hören wir ihn erst einmal an." Intelligente, hellbraune Augen blickten ihn forschend an. „Warum hast du dich eingemischt, als wir die Berglöwin aus unserem Gebiet vertreiben wollten?"

Mit Mühe drängte Griffin die Wut zurück und antwortete schließlich, so ruhig er konnte. „Ich habe mich eingemischt, wie du es ausdrückst, weil nicht versucht wurde, die Berglöwin zu vertreiben, sondern sich ein Spaß daraus gemacht wurde, sie zu jagen und dann dafür zu sorgen, dass sie eine Klippe hinunterstürzt."

„Das ist totaler …"

Louan sprach über Euan hinweg. „Kannst du das beweisen?"

„Ich habe es mit eigenen Augen gesehen. Die Berglöwin hatte panische Angst."

Louans kühler Blick ging an ihm vorbei. „Stimmt das, Juna?"

„N…nun … ja, einige haben etwas übertrieben. A…aber es wollte sicher niemand, dass sie ernsthaft verletzt wird." Jedes Mal, wenn sie vor den Oberen erscheinen musste, begann Juna zu stottern und lief rot an.

Normalerweise fand Griffin es niedlich, wenn die starke Wächterin verlegen war, doch diesmal ging sein Ärger zu tief. „Unsinn, sie haben es geradezu darauf angelegt, die Berglöwin schwer zu verletzen oder sogar zu töten, sonst hätten sie sie aus unserem Gebiet hinaus- und nicht auf die Klippen zugetrieben. Die Frage ist, wer hat ihnen gesagt, dass sie das tun sollen? Ich glaube kaum, dass sie sich das von alleine getraut hätten."

„Was? Willst du uns etwa beschuldigen, dass wir …?" Euan hatte sich halb von seinem Sitz erhoben, doch Louan legte ihm eine Hand auf den Arm.

„Beruhige dich. Ich bin sicher, Griffin wollte nichts dergleichen. Richtig?"

Vermutlich sollte er die Oberen nicht noch reizen, aber er konnte einfach nicht mehr länger dazu schweigen. „Ich meinte es genau so, wie ich es gesagt habe. Wenn ihr es nicht wart, muss es jemand anders gewesen sein." Griffin redete einfach über die empörten Ausrufe hinweg. „Wie kann es sein, dass wir eine Wandlerin angreifen? Sie wollte nur mit uns reden."

„Glaub nicht, dass wir nicht wissen, was da läuft. Denkst du, es wäre unbemerkt geblieben, dass die Berglöwin oft in die Nähe unseres Gebietes kommt?"

Griffin biss die Zähne zusammen, damit er nicht verriet, dass er genau wusste, was Amber tat. „Ihr Rat möchte mit uns Kontakt aufnehmen. Vielleicht könnten wir …"

Louan unterbrach ihn. „Es wird keinen Kontakt geben. Erst recht nicht, nachdem wir gesehen haben, wie schwach die Gruppe ist. Und wir wollen ganz sicher nicht, dass die Menschen auch zu uns kommen."

„Aber wenn alle Wandler zusammen ..."

Euan schüttelte schon den Kopf. „Das wird nicht passieren. Wir sind ganz sicher nicht die Einzigen, die so denken."

„Und deshalb lassen wir einfach alles so, wie es ist? Obwohl uns klar ist, dass wir uns hier nicht ewig verstecken können?"

Calum fuhr mit der Hand durch seine braunen Haare. „Es ist unsere einzige Möglichkeit."

„Das glaube ich nicht."

„Dann ist es ja gut, dass du nicht für uns alle entscheiden musst. Wir sind die Anführer dieser Gruppe und wir entscheiden, was passiert. Es wird keinen Kontakt mit Menschen oder anderen Wandlerarten geben. Das haben wir dir nun schon mehrfach gesagt, aber du scheinst dich nicht damit arrangieren zu können." Euan sah ihn abwartend an, und als Griffin schwieg, fuhr er fort: „Die Sache damals haben wir damit entschuldigt, dass du noch ein Kind warst und es nicht besser wusstest, aber vor drei Monaten hast du dich ganz bewusst über unsere Befehle hinweggesetzt, dich nicht in die Sache der Berglöwen einzumischen. Du hast einfach getan, was du wolltest, ohne darüber nachzudenken, was das für Konsequenzen für uns haben könnte."

„Das stimmt nicht." Oder nur zum Teil. Griffin hatte damals Amber retten wollen, aber er hatte sich auch überlegt, was es für die Adler bedeuten würde, wenn die Existenz von Wandlern bekannt wurde. Wie konnten die Oberen nur so beschränkt denken?

„Und jetzt hast du wieder unsere Befehle missachtet. Was glaubst du, wie das auf die anderen Gruppenmitglieder wirkt?"

Vielleicht würden sie ja tatsächlich irgendwann einmal anfangen, für sich selber zu denken, überlegte Griffin. Aber das sollte er vermutlich auch nicht laut äußern. „Hätte ich das nicht getan, wäre die Berglöwin jetzt tot. Und ich glaube nicht, dass das für uns von Vorteil gewesen wäre. Schon gar nicht, wenn dann spätestens in einigen Tagen jemand kommen und sie suchen würde."

Louan hob die Augenbrauen. „Wer sagt, dass sie sie gefunden hätten? Oder es überhaupt geschafft hätten, in unser Gebiet einzudringen?"

„Ich glaube, sie sind zu allem fähig, wenn einer der Ihren verschollen ist." Wie er eindrucksvoll gesehen hatte, als Coyle, der ehemalige Ratsführer der Berglöwen, alles getan hatte, um den Jugendlichen wiederzufinden, der von den Menschen entführt und gefoltert worden war. Sehr unwahrscheinlich, dass einer der Oberen so etwas getan hätte. Wie gut, dass sie nicht wussten, dass er mehr als einmal eingegriffen hatte, um den Berglöwen ein wenig zu helfen.

Calum blickte ihn ernst an. „Genau deshalb müssen wir uns von ihnen fernhalten. Sie sind nicht wie wir."

„Nein, das sind sie nicht." Glücklicherweise.

„Du siehst also ein, dass es falsch war, der Berglöwin zu helfen?" Euan beugte sich eindringlich vor.

„Nein. Ich würde es jederzeit wieder tun." Er hörte hinter sich einen erschrockenen Laut, drehte sich aber nicht zu Juna um.

Die Oberen blickten sich gegenseitig an, und schließlich nickte Euan. „Wie du willst. Wir haben dir oft genug die Möglichkeit gegeben, dich der Gruppe anzupassen. Da du dazu anscheinend nicht in der Lage bist, lautet unser Urteil folgendermaßen: Du hast bis Sonnenaufgang Zeit, das Lager zu verlassen, und darfst erst wiederkommen, wenn du dir darüber klar geworden bist, ob du zu uns gehören willst oder nicht. Solltest du bei deiner Rückkehr wieder nicht bereit sein, dich unseren Regeln unterzuordnen, wirst du für immer ausgeschlossen."

Griffin blieb stocksteif stehen, obwohl seine Knie nachgeben wollten. Ihm war klar gewesen, dass sie ihn diesmal nicht davonkommen lassen würden, aber mit einer Verbannung hatte er nicht gerechnet. Wahrscheinlich trauten sie sich das nur, weil er keine Verwandten hatte, die daran Anstoß nehmen konnten.

Calums Stimme drang durch seine Gedanken. „Nutze die Zeit, um dir darüber klar zu werden, was du willst, Griffin. Ich hoffe sehr, dich bald wiederzusehen."

Wie betäubt drehte Griffin sich um und trat aus der Höhle. Dicke Wolken dämpften das Sonnenlicht und ließen die Welt um ihn herum verschwimmen. Er zuckte zusammen, als sich eine Hand auf seinen Arm legte. Es war Juna.

„Du hättest sie nicht noch provozieren sollen."

Wut ersetzte die Leere in ihm. „Ich habe nur die Wahrheit gesagt. Und meine Meinung vertreten, ganz im Gegensatz zu dir. Danke für deine Unterstützung."

Junas Gesicht wurde noch blasser. „Du weißt, dass ich den Job als Wächterin brauche, ich kann es mir nicht leisten, eine Meinung zu haben oder sie einfach frei zu äußern. Vielleicht ist es dir egal, ob du zur Gruppe gehörst oder nicht, aber mir ist es das nicht."

Müde strich Griffin über sein Gesicht. „Ich weiß. Lassen wir das, es bringt jetzt sowieso nichts mehr. Mach's gut."

„Du kommst doch wieder?" Junas Zähne gruben sich in ihre Unterlippe, als er zögerte.

„Ich weiß es noch nicht." Griffin rieb über seine schmerzende Brust. Dies war das einzige Zuhause, das er kannte, und auch wenn er nicht mit der Führung einverstanden war, konnte er sich nicht vorstellen, es nie wiederzusehen. Aber er hatte keine Wahl, also verwandelte er sich zurück und flog zu seiner Hütte, hoch in den Bäumen am Rande des Lagers.

Es dauerte eine Weile, bis Amber sicher war, dass ihr kein Adler mehr folgte, und sie sich wieder aus ihrem Versteck traute. Griffin schien es tatsächlich gelungen zu sein, ihre Angreifer in der Schlucht aufzuhalten. Damit hatte er ihr zum zweiten Mal das Leben gerettet, ein Umstand, den sie nie vergessen würde. Genauso wenig wie den Ausdruck, der in seinen dunkelbraunen Augen gelegen hatte, beinahe, als würde er sich für das schämen, was seine Leute ihr angetan hatten.

Dabei hatte er dafür keinen Grund, es war nicht seine Schuld, und sie würde ihn sicher nicht für das Geschehene verantwortlich machen. Und auch nicht für die Wunden, die er ihr bei ihrer Rettung zugefügt hatte und die bei jedem Schritt schmerzten. Sie waren auf jeden Fall besser als die Alternative, jetzt tot auf dem Grund jener Schlucht zu liegen. Ein Schauder lief durch ihren Körper, der an den Wunden zerrte. Aber das war nicht das Einzige, was ihr zu schaffen machte, es gefiel ihr auch nicht, mit leeren Händen ins Lager zurückzukommen. Finn verließ sich darauf, dass sie ihre Aufgabe erfüllte, aber sie hatte auf ganzer Linie versagt. Wie konnte sie ihm unter die Augen treten, wenn sie nicht einmal in der Lage war, die einzige wichtige Aufgabe zu erfüllen, die sie jemals für die Gruppe übernommen hatte?

Es dauerte doppelt so lange wie auf dem Hinweg, bis sie schließlich das Lager der Berglöwen erreichte. Bemüht, von niemandem gesehen zu werden, bis sie sich um die Verletzungen kümmern konnte, schlich sie sich zur Rückseite ihrer Hütte. Glücklicherweise hatte sie die Voraussicht besessen, sie nicht in der Nähe anderer Behausungen aufbauen zu lassen, sondern etwas abseits. Die Lage war schön, mitten im dichten Wald, auf einer Seite durch Felsen abgegrenzt, von deren Kuppe aus sie einen wunderbaren Blick über das Tal hatte, in dem das neue Lager aufgebaut worden war, nachdem Jäger das alte überfallen hatten.

Trotzdem vermisste Amber die Freiheit, die sie am früheren Standort empfunden hatte, als sie wie alle anderen noch dachte, dass niemand sie jemals entdecken würde. Nie hätten die Wandler damit gerechnet, dass einer ihrer jungen Männer sie verraten würde. Zwar war Melvin inzwischen aus der Gruppe ausgestoßen worden und lebte bei seinem Vater Conner irgendwo in den Wäldern, doch das Gefühl von Sicherheit war trotzdem für immer dahin.

Amber schloss die Hüttentür hinter sich und lehnte sich aufatmend dagegen. Am liebsten hätte sie sich einfach ins Bett gelegt und alles andere um sich herum ausgeschlossen. Doch sie wusste, dass sie nicht viel Zeit haben würde, bis Finn merkte, dass sie zurückgekommen war, und einen Bericht erwartete. Eines war sicher: Wenn er erfuhr, was geschehen war, würde er sie nie wieder aus den Augen lassen und ihr auch keine Aufgabe mehr zutrauen. Ganz zu schweigen von der Möglichkeit, dass er sich an den Adlern rächen wollte. Das konnte sie nicht zulassen. Denn auch wenn die Adlerwandler sie beinahe getötet hatten, wollte sie doch nicht, dass es auf einen Konflikt zwischen den beiden Gruppen hinauslief. Das würde niemandem helfen, außer vielleicht den Menschen, die hinter ihnen her waren. Also würde sie duschen, sich verbinden und dafür sorgen, dass Finn nichts davon erfuhr, außer dass die Adler keinen Kontakt zu ihnen wollten.

Entschlossen ging Amber in das kleine Badezimmer und drehte den Duschhahn auf. Als das Wasser heiß genug war, stellte sie sich unter den harten Strahl und schloss die Augen. Auch wenn es in den Wunden wie Feuer brannte, blieb sie so lange darunter stehen, bis sie das Gefühl hatte, ihr Gleichgewicht ein wenig wiedergefunden zu haben. Schnell seifte sie sich ein und spülte den Schaum ab, bevor sie ein großes Handtuch um ihren Körper schlang, sodass nur ihre Schultern frei blieben. Es war nicht einfach, die Wunden über ihren Schulterblättern selbst zu behandeln, doch sie konnte niemanden darum bitten, wenn sie ihre Verletzungen geheim halten wollte. Nachdem sie die von ihrer Heilerin Fay hergestellte Salbe über die betroffenen Stellen gestrichen hatte, befestigte sie Verbände darüber. Durch die Bewegungen hatten sich die Schmerzen vervielfacht, und ihr Atem kam keuchend. Ein Blick in den Spiegel zeigte ihr, dass sie mit ihrer bleichen Haut und den dunklen Ringen unter den Augen zum Fürchten aussah. Wie sollte sie so irgendjemanden täuschen?

Wie auf Kommando klopfte es an der Tür. Amber zuckte zusammen und schloss dann die Augen. Ein tiefer Atemzug brachte die Gewissheit: Finn. So schnell es ihre Verletzungen zuließen, zog sie sich einen Rollkragenpullover und eine Hose über, bevor sie zur Tür ging. Einen Augenblick stand sie da und versuchte, sich zu sammeln, bevor sie die Tür schließlich zögernd einen Spaltbreit öffnete.

Finn blickte sie besorgt an. „Geht es dir gut?" Es lag ein Zögern in seiner Stimme, wie immer, wenn er nicht wusste, wie er mit ihr umgehen sollte.

Amber bemühte sich, nicht so auszusehen und zu klingen, als hätte sie Schmerzen. „Ja, ich bin nur müde."

„Konntest du mit den Adlern sprechen?" Es war Finn anzusehen, dass er ihr die Ausrede nicht glaubte und nur zu höflich war, um sie darauf anzusprechen.

Ambers Gesicht verzog sich zu einer Grimasse, bevor sie sich wieder unter Kontrolle hatte. „Nein, sie wollen keinen Kontakt zu anderen Wandlern."

Enttäuscht stieß Finn den Atem aus. „Mist. Es wäre gut gewesen, Verbündete in der Nähe zu haben."

Amber spürte ihr Versagen mit jeder Faser ihres Körpers. „Vielleicht habe ich mich nicht so schlau angestellt, und du könntest es noch mal mit jemand anderem als Botschafter probieren."

Finn hob eine Hand, doch Amber zuckte zurück, bevor er ihr über die Wange streichen konnte. Er ließ den Arm wieder sinken. „Ich bin sicher, dass du alles richtig gemacht hast. Wir können sie nicht dazu zwingen, zu uns Kontakt aufzunehmen." Er fuhr sich mit der Hand durchs Haar. „Ich hatte es nur gehofft, weil einer der Adler Marisa geholfen hat …" Finn brach ab, als sein Blick auf ihren Mund fiel.

Sofort brachte Amber ihre zitternde Lippe wieder unter Kontrolle, doch es schien so, als könnte sie Finn nicht täuschen. „Wir werden uns etwas anderes überlegen. Ruh dich erst mal von der Reise aus und komm dann zu mir, wenn du so weit bist. Okay?"

Amber nickte stumm und schloss die Tür vor seiner Nase. Ihr war durch das Geschehene nicht nur klar geworden, dass die Adler nie ihre Verbündeten werden würden, sondern vor allem, dass ihr seit Jahren sehnlichster Wunsch nie in Erfüllung gehen würde. Griffin würde nie zu ihr gehören. Langsam sank sie zu Boden und schlug die Hände vor den Mund, damit Finn ihr Aufschluchzen nicht hörte.

3

„Bist du gekommen, um dafür zu sorgen, dass ich auch wirklich gehe?" Griffin starrte Talon wütend an, der auf der Plattform vor dem Baumhaus saß, als er noch vor Sonnenaufgang hinaustrat. „Keine Angst, ich habe nicht vor, mich dem Befehl der Oberen zu widersetzen."

Röte stieg in Talons Wangen. „Du weißt, dass es nicht so ist!" Er senkte seine Stimme. „Juna hat mir erzählt, was passiert ist. Warum musst du immer so dickköpfig sein? Du wusstest genau, was geschehen würde, wenn du dich ihnen erneut entgegenstellst. Trotzdem hast du nicht den Mund gehalten."

Griffin ließ den Beutel mit den Dingen, die er mitnehmen wollte, auf den Boden der Plattform fallen und schloss die Hüttentür hinter sich, bevor er Talon antwortete. „Weil genau das schon zu viele vor mir getan haben. Ich kann nicht mehr schweigen, wenn das, was unsere Anführer tun, falsch ist. Es kann nicht sein, dass wir Wandlern nicht helfen, die in Not sind, oder sogar ohne Provokation bereit sind, eine Wandlerin zu töten, die uns nichts getan hat." In einer unbewussten Geste strich er seine Haare zurück. „Amber wollte nur mit den Oberen reden, sonst nichts."

„Amber ..." Talons Augen weiteten sich, er richtete sich auf. „Es war die Kleine, die du damals in den Klippen gefunden hast. Deshalb hast du dich so darüber aufgeregt!"

Griffin versuchte, seinen Zorn wiederzufinden, doch er spürte nur noch Müdigkeit. „Ich hätte bei jedem anderen Wandler auch eingegriffen."

Talon betrachtete ihn forschend. „Ja, aber du hättest es nicht ganz so persönlich genommen. Jetzt ergibt alles einen Sinn." Kopfschüttelnd stand er auf. „Deshalb hast du dich immer weiter zurückgezogen und warst ständig fort. Du weißt, dass das nicht gut enden kann, oder?"

Griffin wollte erst so tun, als wüsste er nicht, wovon sein Freund sprach, doch es war klar, dass er damit nicht durchkommen würde. Und ehrlich gesagt war es ihm auch egal, was die anderen Adler von ihm hielten, er war die schiefen Seitenblicke und abschätzigen Bemerkungen gewohnt. „Ich weiß."

„Aber trotzdem wirst du dir keine nette Adlerfrau suchen und dich endlich niederlassen?"

„Ich kenne keine, die mich genug interessiert, dass ich auch nur erwägen würde, mein Leben mit ihr zu verbringen." Diese Unterhaltung hatten sie schon oft genug geführt und es war immer das Gleiche herausgekommen. „Ich muss jetzt los."

„Griffin …"

„Spar es dir. Die Oberen haben mit einer Sache recht: Ich muss mir darüber klar werden, ob ich zu dieser Gruppe gehören will oder nicht. Dafür muss ich alleine sein und weit weg von hier, denn momentan würde meine Entscheidung negativ ausfallen."

Talon nickte widerwillig. „Nimm dir die Zeit, die du brauchst. Ich werde dich vermissen."

Diesmal gelang Griffin ein kleines Lächeln. „Ich dich auch." Sein Freund war einer der wenigen, die er längere Zeit um sich ertragen konnte.

Unsicherheit stand in Talons Augen. „Du kommst doch zurück und bleibst nicht einfach weg, wenn du dich entscheidest, nicht mehr zu uns gehören zu wollen?"

„Auf jeden Fall. Mach's gut." Damit verwandelte Griffin sich, hakte seine Krallen in den Beutel und hob ab.

Mit einigen kräftigen Flügelschlägen stieß er in den Himmel, das Lager der Adlerwandler wurde schnell winzig klein unter ihm. Zu dieser Tageszeit war es noch ruhig, kaum jemand war auf. Und das war ihm nur recht so. Talon war der Einzige, von dem er sich verabschieden wollte. Seltsam, dass er bedrückt war, weil er sein Zuhause verlassen musste, aber gleichzeitig auch froh, dass er nun in Ruhe darüber nachdenken konnte, was er machen würde. Wie immer, wenn er das Lager verließ, fühlte er sich sofort freier, weniger eingeengt. Schon häufiger hatte er sich gefragt, warum er überhaupt noch zurückkehrte, doch er brachte es einfach nicht über sich, die einzige Verbindung zu anderen seiner Art zu kappen.

Nachdem er gestern von den Oberen entlassen worden war, hatte er die Schlucht abgesucht, in der Amber beinahe zu Tode gestürzt wäre, und war ihrem Verlauf ein Stück weit gefolgt, um sicherzugehen, dass die Berglöwin entkommen war. Mit seinen scharfen Augen hätte er es sofort gesehen, wenn sich etwas bewegt oder sie irgendwo gelegen hätte, also schien sie fort zu sein. Erst in dem Moment hatte er gemerkt, wie groß seine Angst gewesen war, die anderen könnten sie weitergejagt haben. Am Ausgang der Schlucht hatte er schließlich einige Blutflecke an den abgestorbenen Blättern eines Buschs gefunden, ein Zeichen, dass es Amber gelungen war, das Gebiet der Adler zu verlassen. Erleichtert hatte er kehrtgemacht und war zu seiner Hütte geflogen, um die Dinge einzupacken, die er benötigen würde. Viel war es nicht, warme Kleidung, etwas für die Körperpflege und den kleinen Holzkasten mit Erinnerungen an seine Eltern, den er immer mitnahm, wenn er länger wegblieb. Alles andere konnte er sich unterwegs besorgen.

Nach einem letzten Blick auf das Lager flog Griffin aus dem Gebiet der Adlerwandler hinaus in die Freiheit.

Coyle starrte Amber durchdringend an und versuchte herauszufinden, was seine Schwester so aus der Bahn geworfen hatte. Nachdem Finn bei seinem gestrigen Anruf neben der Tatsache, dass es Amber nicht gelungen war, mit den Adlern in Kontakt zu treten, auch ihr seltsames Verhalten nach ihrer Rückkehr erwähnt hatte, war Coyle unruhig gewesen. Er musste herausfinden, was geschehen war, und wenn er es aus seiner Schwester herausschüttelte. Also war er mit Marisa hierhergekommen, die sich mit der schwarzen Pantherin Jamila und mit Finn traf.

Seit Amber als Kind durch seinen Egoismus beinahe gestorben wäre und ihnen der Vater genommen worden war, hatte er es sich zur Aufgabe gemacht, dafür zu sorgen, dass ihr nie wieder etwas geschah. Das war leichter gesagt als getan, vor allem, seit sie als Erwachsene immer wieder längere Touren in andere Gebiete unternommen hatte. Da er als Ratsführer nicht ständig hinter ihr herlaufen konnte, hatte er darauf vertrauen müssen, dass sie auf sich selbst aufpassen konnte und zu ihm kommen würde, wenn ihr etwas fehlte.

Bisher war das kein Problem gewesen, aber seit er nicht mehr im Lager lebte, sondern mit Marisa in einer Hütte am Waldrand, schien sich die enge Verbindung zu Amber aufzulösen. Und das machte ihm Angst. Unruhig fuhr er mit der Hand durch seine dunkelblonden Haare.

„Sagst du mir jetzt, was passiert ist?“

Amber sah ihn nur ruhig an. „Nichts. Wie gesagt, die Adler wollen keinen Kontakt, und wir können sie schlecht dazu zwingen.“

„Ja, den Teil hatte ich verstanden, danke. Was ich wissen möchte, ist, warum du aussiehst, als hättest du einen Geist gesehen. Du hast diesen Blick in den Augen, als hätte dir jemand wehgetan.“

Amber senkte die Lider und wurde noch bleicher. Ihre Bewegungen waren seltsam eckig, so als müsste sie sich dazu zwingen. „Niemand hat mir etwas getan, Coyle. Ich bin enttäuscht, dass mir meine Aufgabe nicht gelungen ist, das ist alles."

Coyle beobachtete sie einen Moment schweigend. Zum Teil mochte das, was sie gesagt hatte, sogar stimmen, aber er war sicher, dass noch etwas anderes dahintersteckte. „Es wollte also niemand mit dir reden?"

Er richtete sich langsam auf, als er die Röte sah, die in Ambers Wangen kroch, denn das bestätigte, was er vermutete. Seine Schwester musste auf den Adlerwandler getroffen sein, der Marisa vor drei Monaten geholfen hatte, ihn und später auch alle anderen Berglöwenmenschen vor den Jägern zu retten. Nach Marisas und auch seiner Ansicht war dieser Griffin derjenige, der Coyle damals zu der Stelle geführt hatte, wo Amber als Kind die Klippen hinuntergestürzt war. Es machte Sinn, dass er mit Amber sprechen würde, auch wenn die Anführer der Adlerwandler keinen Kontakt mit anderen Spezies wünschten. „Du bist ihm begegnet, oder?"

Ambers Kopf ruckte hoch. „Wem?" An dem Flackern in ihren Augen sah er, dass sie genau wusste, von wem er redete.

„Griffin."

Für einen Moment hing der Name zwischen ihnen, doch dann beugte Amber sich vor. Sie benetzte ihre Lippen. „Wo...woher weißt du ...?"

Immerhin tat sie jetzt nicht mehr so, als wäre nichts vorgefallen. „Marisa hat ihn kennengelernt, als er ihr geholfen hat, uns zu retten. Er hat ihr damals gesagt, dass seine Leute keinen Kontakt wollen und er sich über Befehle hinweggesetzt hat, um ihr zu helfen."

Amber sprang auf und lief erregt in der Hütte auf und ab. „Aber warum hat Finn mich dann dorthin geschickt? Hätte ich das gewusst, wäre ich gar nicht erst in ihr Gebiet eingedrungen."

„Vielleicht dachte er, dass sie ihre Meinung geändert haben könnten oder dass es helfen würde, wenn du mit ihnen sprichst." Coyle hob die Schultern. „Es war einen Versuch wert, schließlich sind die Adler die einzigen Wandler, die in unserer näheren Umgebung leben."

Es war deutlich zu sehen, dass Amber etwas auf der Zunge lag, doch sie biss sich auf die Lippe und schwieg.

„Was hat dieser Griffin nun gesagt?"

Amber schien mit sich zu ringen, doch dann setzte sie sich wieder ihm gegenüber. „Sie wollen keinen Kontakt zu anderen Arten und sind sehr darum bemüht, jegliche Annährung im Keim zu ersticken." Ihre bernsteinfarbenen Augen verdunkelten sich. „Das war alles. Ich bin dann gleich wieder umgekehrt."

Ob seine Schwester wohl wusste, wie leicht er ihr ansehen konnte, dass sie etwas vor ihm verbarg? Vermutlich, schließlich kannte sie ihn genauso gut. „Okay, ich werde Finn sagen, dass wir wohl zu anderen Wandlern Kontakt aufnehmen müssen."

Amber verzog den Mund. „Genau das habe ich ihm gestern auch gesagt. Hat er mir nicht geglaubt?"

Coyle legte seine Hand auf die seiner Schwester. „Doch, er hat sich nur Sorgen um dich gemacht, weil du so verstört wirktest."

Sie zupfte an ihrem Rollkragen und hatte Mühe, ihm in die Augen zu sehen. „Mir geht es gut. Ich bin nur etwas erschöpft wegen des langen Weges."

Da sie gerade erst vor zwei Tagen von einer ihrer Touren zurückgekommen war, konnte das durchaus sein. Deshalb beschloss Coyle, erst einmal nicht weiter in sie zu dringen, auch wenn er genau wusste, dass das nur ein Teil der Wahrheit war. „In Ordnung, dann lasse ich dich jetzt in Ruhe, damit du dich erholen kannst. Falls du reden möchtest, weißt du, wo du mich erreichen kannst."

Amber erhob sich und lächelte ihn an. „Danke, großer Bruder. Grüß Marisa von mir."

Coyle beugte sich zu ihr hinunter und küsste ihre Stirn. „Mache ich." Als er die Tür hinter sich zuzog, war er mehr denn je davon überzeugt, dass Amber ihm etwas vorenthielt. Vor allem, nachdem sie deutlich zusammengezuckt war, als er seine Hand kurz auf ihre Schulter gelegt hatte. Hoffentlich machte er keinen Fehler, wenn er Amber nicht dazu zwang, ihm die Wahrheit zu sagen.

Seine Schritte knirschten auf dem Kiesweg, als er langsam auf sein Haus zuging. Eine dichte Wolkendecke verdeckte den Mond, sodass es stockdunkel war. Aber das störte ihn nicht, denn er zog es vor, im Dunkeln zu leben. Die Nacht war sein Freund, vor allem, weil die meisten anderen Menschen dann schliefen und ihn in Ruhe ließen. Er hatte es aufgegeben, nachts schlafen zu wollen, nachdem … Wie immer durchzuckte ihn bei dem Gedanken Schmerz, dicht gefolgt von alles verzehrendem Hass auf denjenigen, der dafür verantwortlich war. Aber es würde nicht mehr lange dauern, bis er ihn in seine Finger bekam, und dann, nachdem er das bekommen hatte, was er wollte, würde er ihn langsam und qualvoll sterben lassen. Dann würden die Wandler merken, dass sie keine Chance hatten, ihm zu entkommen.

Allerdings half das diesmal auch nicht, seine Gedanken zur Ruhe zu bringen. Schon wieder hatten sich die Berglöwen und ihre verdammte Journalistenfreundin eingemischt und seinen Plan vereitelt, doch noch einmal würden sie nicht davonkommen. Er würde dafür sorgen, dass sie keine ruhige Minute mehr hatten. Wie gut, dass er trotz der Jagd auf die Leopardin die anderen Fäden seines Plans weitergesponnen hatte. So konnte er nun auf einen sehr geeigneten Kandidaten zurückgreifen, der förmlich darauf brannte, sich an den Berglöwenmenschen zu rächen. Er wusste es zwar noch nicht, aber mit ein wenig Unterstützung konnte der Mann zu einem sehr nützlichen Werkzeug werden, das ihn einen Schritt näher an sein Ziel bringen würde. Bisher hatte er den Fehler begangen, sich auf Untergebene zu verlassen, Männer, die zwar nicht völlig dumm waren, aber die zu beschränkt dachten, um wirklich effizient zu sein. Wieviel besser wäre es, jemanden mit Macht und eigenen Ambitionen dazu zu bringen, die Arbeit für ihn zu machen?

Auch wenn Gary Jennings das nicht ahnte, waren sie sich in der Geschäftswelt bereits begegnet. Sie beide leiteten erfolgreiche Unternehmen und waren überall gern gesehene Gäste. Natürlich hatte er sich Jennings nicht mit seinem richtigen Namen vorgestellt, sondern sich als „Lee" ausgegeben. Jennings würde nie darauf kommen, dass er dahintersteckte. Selbst wenn sie sich durch Zufall einmal irgendwo begegnen sollten.

Lee stieß ein freudloses Lachen aus. Früher war er öfter zu den obligatorischen Geschäftsessen, zu den Bällen und Empfängen gegangen, doch das tat er seit Jahren nicht mehr. Die Einladungen kamen immer noch mit der Post, aber er warf sie nur ungeöffnet in den Papierkorb. Für so etwas hatte er keine Zeit. Und es erinnerte ihn zu sehr an … vorher, als er noch glücklich gewesen war und sein Leben nicht nur aus Arbeit bestand. Aber diese Zeit war lange vorbei.

Er schloss die Augen und atmete tief die kühle Nachtluft ein. Ja, er würde sich darauf verlassen, dass Jennings sich um die Berglöwen kümmerte, und er selbst würde sich mit den wirklich wichtigen Dingen beschäftigen. Es war ein Kinderspiel gewesen, die nötigen Informationen von Ted Genry zu bekommen, bevor die beiden Leopardinnen ihn zerfleischten. Der Biologe hatte in E-Mail-Kontakt mit einem der Berglöwenwandler gestanden, dessen Mutter eine Menschenfrau gewesen war und der sich nichts sehnlicher wünschte, als in einer Stadt zu leben.

Lee lachte, als er sich daran erinnerte, wie leicht es gewesen war, diesem Melvin alle möglichen Informationen über seine Gruppe und das Lager zu entlocken. Genauso einfach war es gewesen herauszufinden, wer die Mutter des Jungen gewesen war, und damit Jennings als geeignete Schachfigur zu finden.

Als etwas schwieriger hatte es sich erwiesen, den jungen Berglöwenwandler in der Wildnis ausfindig zu machen, wo dieser jetzt wieder mit seinem Vater lebte. Aber auch da hatte es sehr geholfen, dass Melvin Genry die Koordinaten verschiedener Plätze verraten hatte, an denen die Wandler öfter zu finden waren. Schließlich hatte Lee dort einen Berglöwen entdeckt, der zusammen mit einem Menschen unterwegs war. Der Junge schien seine Berglöwenform abzulehnen, anders konnte Lee sich nicht erklären, warum er sonst ständig als Mensch durch den Wald lief, wenn er wusste, dass er nicht auffallen durfte. Aber das war nicht sein Problem, für Lee zählte nur das Ergebnis. Und das würde diesmal positiv für ihn ausfallen, da war er ganz sicher.

Mit einem unangenehmen Gefühl im Magen öffnete Lee die Haustür und wurde wie üblich von bleierner Stille empfangen. Als sie das Haus gekauft hatten, war es von Leben erfüllt gewesen, es hatte ihn willkommen geheißen, wenn er von einem langen Arbeitstag nach Hause kam. Inzwischen war er lieber unterwegs, weil er dann nicht diese drückende Leere ertragen musste.

Leider hatte er keine Zeit gehabt, länger in Escondido zu bleiben. Edwards, sein Mann vor Ort, war zu dumm gewesen, die Leopardenwandlerin einzufangen, und Lee hatte ihn deshalb beseitigen müssen. Aber wie es aussah, stellten sich trotzdem bereits erste Erfolge ein. Für einen winzigen Moment war er sich fast sicher gewesen, die Nähe der Person gespürt zu haben, die er suchte. Wenn das wirklich der Fall war, funktionierte sein Plan schneller, als er geglaubt hatte. Und das war auch gut so, denn die lange Vorbereitungszeit hatte ihn mürbe gemacht. Vermutlich hätte Lee auch einfach abwarten können, bis ihm alles in den Schoß fiel, aber dazu fehlte ihm einfach die Geduld. Schon immer hatte er lieber für das gearbeitet, was er erreichen wollte, und so hielt er es auch jetzt. Vorfreude ließ seinen Puls hüpfen. Bald … bald.

Er hatte gerade mal einen Tag durchgehalten. Mit einem tiefen Seufzer setzte Griffin sich auf einen Baumstamm und stützte den Kopf in die Hände. Warum gelang es ihm nicht, sich von Amber fernzuhalten? Es war wie ein innerer Zwang, der ihn ständig zum Lager der Berglöwenwandler fliegen ließ, obwohl er wusste, dass es ihm nur wehtun würde, sie zu beobachten. Und nun hatte er kein Zuhause mehr – wenn es überhaupt noch eines gewesen war –, und er war sicher der Letzte, den Amber im Moment sehen wollte. Anstatt die Freiheit zu genießen und sich andere Gebiete anzuschauen, in denen er leben könnte, wenn er sich entschied, nicht zu den Adlerwandlern zurückzukehren, war er mit dem drängenden Gefühl aufgewacht, sich davon überzeugen zu müssen, dass Amber gut in ihr Lager zurückgekehrt war. Also hatte er die Decke zusammengerollt in seinen Beutel gesteckt und entschieden, dem Drang nachzugeben. Es musste ja keiner merken, dass er da war, es reichte, wenn er Amber von Weitem sah, wenigstens für einen kurzen Augenblick. Griffin rieb über seine Stirn. Er war erbärmlich.

So war es schon immer gewesen, seit jenem Tag vor vielen Jahren, als er sie verletzt auf den Klippen fand. Fast, als wäre Amber eine Droge und er auf Entzug, wenn er sie nicht in bestimmten Abständen sehen durfte. Eine Zeit lang hatte er versucht, ohne diese kurzen Momente zu leben, doch irgendwann war die Sehnsucht so groß gewesen, dass er sich auf nichts anderes mehr konzentrieren konnte. Vielleicht hätte es aufgehört, wenn sie sich einen Partner genommen und eine Familie gegründet hätte. Doch wie es schien, ließ Amber sich nie mit irgendwelchen Männern ein, zumindest hatte er sie nie mit einem gesehen. Was natürlich nicht hieß, dass es keinen gegeben hatte. Griffin schloss die Augen, als sein Geist ihm Bilder von Amber mit einem Mann vorgaukelte. Von jemandem, der sie berühren und küssen durfte. Der seine Hände in ihre rotblonde Mähne vergraben und ihre zarte Haut streicheln konnte. Nein! Ein Zittern lief durch seinen Körper. Auch wenn er wusste, wie unrealistisch es war, wollte er Amber für sich haben. Niemand anders sollte sie so berühren oder ansehen dürfen.

Die Erinnerung daran, wie er ihre nackte Schulter für einige wenige Sekunden mit den Fingerspitzen berührt hatte, löste ein beinahe verzweifeltes Verlangen in ihm aus, das einmal mehr unbefriedigt blieb. Doch jetzt wusste er, wie sich ihre leicht gebräunte Haut anfühlte, wie sie roch und wie samtig ihre Stimme geklungen hatte. Wie sollte er das jemals vergessen können?

Griffin biss die Zähne zusammen und erhob sich. Er würde noch dieses eine Mal nach ihr sehen und sich dann einen Platz suchen, wo er leben konnte – irgendwo weit weg. Wenn die Entfernung groß genug war, musste sein Körper doch endlich verstehen, dass es keine Erfüllung geben würde. Die Frage war nur, ob er sein Gehirn und vor allem sein Herz davon überzeugen konnte. Mit einem wütenden Fluch verwandelte Griffin sich, griff sich den Beutel und flog los.

Es gab kein schöneres Gefühl, als sich in Spiralen von den Winden hinauftragen zu lassen und hoch über dem Erdboden auf den thermalen Strömungen zu segeln. Doch diesmal flog er niedrig über die Baumwipfel, zum einen, um unter den dicken Wolken zu bleiben, und zum anderen, um nicht durch Zufall von einem Wanderer entdeckt zu werden, solange er seinen Beutel trug. Obwohl in dieser entlegenen Gegend so gut wie nie ein Mensch zu finden war, wollte er das Risiko nicht eingehen. Auch wenn die Adleranführer zu denken schienen, dass sie unangreifbar waren, bezweifelte er es. Er hatte gesehen, wie die Jäger im Gebiet der Berglöwen vorgegangen waren, absolut professionell und ohne zu zögern. Besonders der Anführer schien sehr erfahren gewesen zu sein und genau zu wissen, was er tat. Glücklicherweise war er inzwischen tot, aber es konnte ebenso gut jederzeit jemand anders die Spur der Wandler wieder aufnehmen.

Mit einem kräftigen Flügelschlag katapultierte Griffin sich vorwärts, plötzlich sicher, dass Amber etwas geschehen war. Es war unerklärbar, aber er hatte das drängende Gefühl, sich beeilen zu müssen, um etwas Furchtbares zu verhindern. *Oh Gott, nicht Amber!* Hätte er ihr sofort nachfliegen und sicherstellen müssen, dass sie bei ihrem Lager ankam? Natürlich, schließlich war sie verletzt und verängstigt gewesen! Stattdessen hatte er sich erst mit dem Rat herumgeschlagen und sich dann damit zufriedengegeben, dass sie das Gebiet der Adlerwandler verlassen hatte. Als könnte ihr auf dem Weg zu ihrem Gebiet nichts passieren, das immerhin fünfzig Meilen entfernt lag. Zwar waren die Berglöwen die größten Räuber in der Gegend, aber das hieß nicht, dass nicht auch kleinere Tiere oder ein Schwarzbär sie angreifen konnten, wenn sie schon verletzt war. Und er hatte einen ganzen Tag vertrödelt, anstatt gleich nach ihr zu sehen.

Griffin stieß einen wütenden Adlerschrei aus und flog noch schneller. Die Vorstellung, zu spät zu kommen und sie vielleicht nur noch tot vorzufinden, ließ seinen Puls rasen. Erinnerungen daran, wie sie ausgesehen hatte, als er sie damals über dem Abgrund vorgefunden hatte, tauchten vor seinen Augen auf. Ihr kleiner Körper zerschunden, Blut in ihrem Fell, sodass er zuerst gedacht hatte, sie wäre bereits tot. Als sie sich dann bewegte und mit ihren bernsteinfarbenen Augen hoffnungsvoll zu ihm aufblickte, hatte sich etwas um sein Herz gelegt, das ihn seitdem an sie band. Sosehr er sich auch bemühte, Amber zu vergessen, es war ihm nie gelungen. Sollte sie jetzt tot sein, wusste er nicht, wie er mit dem Wissen, dass es auch seine Schuld war, zumindest aber die seiner Gruppe, weiterleben konnte. Es würde ihn für den Rest seines Lebens belasten, so viel war sicher. Die Vorstellung, sie vielleicht nie wiedersehen zu können, nie wieder ihre Stimme zu hören oder ihre sanfte Berührung zu fühlen, war so furchtbar, dass seine Flügel einen Schlag aussetzten und er ins Trudeln geriet. Einen Moment kämpfte er darum, nicht in die Wipfel der Koniferen zu stürzen, dann hatte er sich wieder unter Kontrolle.

Es würde Amber nicht helfen, wenn er abstürzte und sich verletzte oder sogar starb. Immer wieder sah er nach unten, konnte sie aber nirgends entdecken. Wenn er sie aus der Luft nicht fand und sie auch nicht im Lager war, würde er sie zu Fuß suchen, und wenn er dafür sämtliche Verstecke zwischen ihrem Gebiet und dem der Adlerwandler kontrollieren musste. Fast davon überzeugt, dass Amber entgegen seinem schlechten Gefühl doch angekommen war, sah er in einiger Entfernung Vögel über den Bäumen kreisen. Sein Herz hämmerte in der Brust, als er erkannte, dass es Raubvögel waren, die es anscheinend auf eine leichte Beute am Boden abgesehen hatten. Es konnte ein Tier sein, das bald verenden würde – oder Amber. Griffin ließ seinen Beutel fallen und flog, so schnell er konnte, auf die Vögel zu. Mit einem Kampfschrei stürzte er sich auf sie, sicher, dass sie es nicht auf eine Auseinandersetzung mit einem Adler ankommen lassen würden. Und so war es auch, mit wütenden Schreien brachten sie sich in Sicherheit. Es war ihm klar, dass sie sich irgendwo in der Nähe niederlassen würden, um ihn zu beobachten und sich zu überlegen, ob es sich lohnte, ihn wegen der Beute zu bekämpfen.

Rasch stieß er zwischen den Bäumen auf eine kleine Lichtung hinab und verwandelte sich, kaum dass seine Füße den

Boden berührten. Es war offensichtlich, dass hier ein Kampf stattgefunden hatte, Grasbüschel waren herausgerissen, Äste abgebrochen, und es roch nach Blut, das sogar er wahrnehmen konnte, obwohl seine anderen Sinne weitaus besser ausgeprägt waren. Auf dem Boden konnte er eine Spur sehen, so als wäre etwas darübergeschleift worden. Der Wald um ihn herum war still, wer auch immer hier sein Unwesen getrieben hatte, war fort. Griffin biss die Zähne zusammen, um die Bilder von Ambers geschundenem Körper zurückzudrängen, und folgte der Spur. Sie war bereits einige Stunden alt, die Blutflecken auf Gräsern und Blättern bereits eingetrocknet. Es waren keine Fußspuren zu entdecken, weder von Menschen noch von Tieren. Konnte es sein, dass Amber entkommen war und sich schwer verletzt weitergeschleppt hatte? Griffin lief los, zu ungeduldig, um noch vorsichtig zu sein. Je weiter er kam, desto frischer schien die Spur zu werden, so als hätte der Verursacher immer wieder lange Pausen eingelegt, bevor er weitergekrochen war.

Griffin blickte nach vorne und sah helles Fell durch das Unterholz blitzen. *Amber!* Ohne Rücksicht auf seine nackten Füße und Beine rannte er los. Innerhalb weniger Sekunden hatte er die Entfernung überbrückt. Sein Herz hämmerte wild in seiner Brust, als er sich schließlich neben den geschundenen Körper der Berglöwin hockte. Seine Hand zitterte, als er sie ausstreckte und sanft auf das blutige Fell legte. Er spürte eine Bewegung unter seinen Fingern, fast nur ein Hauch, aber es gab ihm Hoffnung, dass er noch nicht zu spät gekommen war und ihr irgendwie helfen konnte.

„Amber?“ Noch während er den Namen sagte, erkannte Griffin, dass ihn seine Angst um sie getäuscht hatte. Es war nicht Amber, die hier lag, sondern ein anderer Berglöwe, der größer und dessen Fell dunkler und weniger rötlich war. Aber er war sich ziemlich sicher, dass es sich um einen Wandler handelte.

Vorsichtig drehte er ihn herum, sodass er das Gesicht sehen konnte. Tiefe Striemen zogen sich über die Schnauze, ein Auge war zugeschwollen. Das andere war einen Spaltbreit geöffnet, doch Griffin wusste nicht, ob er überhaupt etwas sah oder bewusstlos war. Beruhigend legte er ihm die Hand auf die Schulter. Bei der Berührung schnellte die Pranke vor. Verspätet sprang Griffin zurück und brachte sich außer Reichweite.

„Verdammt!" Griffin verzog den Mund, als er die vier blutenden Striemen sah, die die Krallen quer über seine Brust gezogen hatten. Sehr geschickt, einem verwundeten Berglöwen zu nahe zu kommen, eigentlich sollte er es besser wissen. Aber er war so in seiner Angst um Amber gefangen gewesen, dass er nicht schnell genug reagiert hatte.

Griffin wappnete sich gegen einen erneuten Angriff, als er sich wieder vorbeugte. „Keine Angst, du bist in Sicherheit, ich bin ein Freund." Hoffentlich verstand der Berglöwenmann, was er sagte, und erkannte, dass Griffin ihm kein Leid zufügen wollte. Er hatte keine Lust, beim nächsten Schlag irgendwelche wichtigen Teile zu verlieren, weil er nackt neben ihm kniete. Die Nasenflügel des Berglöwen blähten sich, etwas wie ein Stöhnen kam aus seinem Maul, als er ausatmete. Ein Schauder fuhr durch den Körper, dann verwandelte er sich. Griffin wartete, bis der Mann schließlich schwer atmend und mit geschlossenen Augen vor ihm lag. Ohne das Fell sahen die Verletzungen noch schlimmer aus, es war klar, dass er unbedingt sofort behandelt werden musste, wenn er nicht sterben sollte. Der Berglöwenmann war vermutlich über vierzig Jahre alt, aber er war schlank und durchtrainiert. Die schulterlangen hellbraunen Haare waren nass vor Schweiß, der Mund fest zusammengepresst. Als er das eine Auge wieder öffnete, stellte Griffin fest, dass es braun war, ein etwas dunklerer Farbton als Ambers bernsteinfarbener.

„Ad…ler."

Griffin neigte den Kopf. „Ich bin Griffin. Ich helfe dir."

Eine Hand packte seinen Arm mit erstaunlicher Kraft. „Muss … Coyle …" Das Auge schloss sich, er fiel ins Gras zurück und verwandelte sich wieder in einen Berglöwen.

Anscheinend wollte er zum Lager der Berglöwenwandler gebracht werden. Das machte Sinn, war aber in seinem Zustand auch verdammt weit. Zu weit. Wenn Griffin ihn nicht entdeckt hätte, wäre er hier gestorben. Und auch jetzt konnte es noch sein, dass er auf dem Weg starb oder später im Lager. Auf jeden Fall würde er sich beeilen müssen, wenn er dem Mann helfen wollte. Leider würde er ihn nicht fliegend transportieren können, dafür war er zu schwer. Selbst Ambers Gewicht hatte er nicht halten, sondern nur ihren Fall abbremsen können. Also in Menschenform und zu Fuß. Um nicht noch mehr Zeit zu verschwenden, verwandelte Griffin sich und stieß sich vom Boden ab. Die anderen Vögel waren verschwunden, wahrscheinlich hatte er sie durch seine Verwandlung nervös gemacht. So schnell wie möglich schnappte Griffin sich seinen Beutel vom Boden und flog wieder zu dem Verletzten zurück. Er hatte zwar kein Verbandszeug dabei, aber er konnte seine Decke um ihn wickeln, um den Blutverlust ein wenig zu dämmen.

Nachdem er den Berglöwenmann versorgt hatte, hängte Griffin sich den Beutel über den Rücken, ignorierte die Schmerzen in seiner Brust und hob den Verletzten hoch. Auch wenn er als Berglöwe deutlich weniger wog, konnte Griffin nur hoffen, ihn über etliche Meilen hinweg tragen zu können. Aber es gab keine andere Möglichkeit – wenn er zum Lager der Berglöwen flog und Hilfe holte, würde es zu lange dauern, bis sie hier waren, und der Verletzte konnte bereits tot sein. Außerdem würden ihn seine Leute vermutlich auch nicht schneller tragen können, und für Fahrzeuge war der Untergrund nicht geeignet. Ein echter Vorteil bei Adlern, sie waren leichter zu tragen, und bei eiligen Notfällen gab es eine Trage, die von mehreren Adlern ausgeflogen werden konnte. Doch das half ihm jetzt nicht weiter, also ging er, so schnell er konnte, in Richtung des Berglöwenlagers. Glücklicherweise war sein Orientierungssinn hervorragend, sodass er auch im dichten Wald sein Ziel nicht verfehlte. Immer wieder kontrollierte er den Zustand des Verletzten und spürte, dass der Mann schwächer wurde.

So atmete Griffin erleichtert auf, als er endlich das neue Gebiet der Berglöwen erreichte. Den Umzug vor drei Monaten hatte er aus einiger Entfernung beobachtet, es hatte ihm einen Stich gegeben, dass sie sich weiter vom Lager der Adlerwandler entfernten, aber er verstand die Notwendigkeit, sich gegen neue Angriffe der Menschen zu schützen. Hoffentlich griffen sie ihn nicht an, bevor er überhaupt die Gelegenheit hatte zu erklären, warum er in ihr Gebiet eindrang. Griffins Mund verzog sich. Nicht dass die Adler Amber die gleiche Höflichkeit erwiesen hatten. Wenn sie ihren Leuten berichtet hatte was geschehen war, konnte er verstehen, wenn sie ihn für einen Feind hielten. Schweiß lief trotz der Kälte über sein Gesicht, und er wusste nicht, ob er seine Arme in nächster Zeit zur Verteidigung nutzen konnte, sie waren von dem langen Tragen völlig verkrampft. In einiger Entfernung konnte er eine Bewegung erkennen, aber es tauchte niemand vor ihm auf. Fast wünschte er, es würde jemand kommen, der ihm den Verletzten abnahm, bevor seine Kraft versagte und er ihn fallen ließ.

Mit zusammengebissenen Zähnen setzte er einen Fuß vor den anderen und ging direkt auf das innere Lager der Berglöwen zu. Es gab keine weitere Vorwarnung, in einem Moment war er allein, im nächsten war er von Berglöwen umstellt. Doch sie griffen ihn nicht wie befürchtet an, sondern betrachteten ihn nur stumm. Schließlich löste sich einer aus der Menge und kam auf ihn zu. Dicht vor ihm verwandelte er sich. Es war der blonde

Hüne, der seit Kurzem der Anführer der Berglöwenwandler war. An den goldenen Flecken in seinen grünen Augen konnte Griffin sehen, dass der Berglöwe noch dicht unter der Oberfläche war.

„Was ist geschehen?“ Die tiefe, raue Stimme klang ruhig.

„Ich habe ihn einige Meilen von hier verletzt gefunden. Es sah nach einem Kampf aus, aber als ich ankam, war niemand mehr zu sehen.“

Etwas stand in den Augen, das Griffin nicht deuten konnte. Der Hüne schlug vorsichtig die Decke zurück und sein Körper versteifte sich, als er die Schwere der Verletzungen sah. „Hat er etwas gesagt?“

„Nur, dass er zu Coyle muss.“

Eine blonde Augenbraue hob sich. „Und natürlich hast du sofort gewusst, wo der zu finden ist.“

„Ja, aber ich habe mich entschieden, ihn hierherzubringen, weil ich nicht wusste, ob ihm klar war, dass Coyle jetzt am Waldrand lebt und nicht mehr in eurem Lager.“ Griffin redete rasch weiter, als der Berglöwenmann den Mund öffnete. „Wir können uns später unterhalten, ich halte es für wichtiger, dass seine Verletzungen so schnell wie möglich behandelt werden.“

Der Anführer nickte knapp, schob seine Arme unter den Körper des Verletzten und nahm ihn Griffin ab. Finns Blick glitt über seine Brust, doch er sagte nichts zu der Verletzung. Griffin sah ihm hinterher, während er versuchte, nicht zu deutlich zu zeigen, wie sehr seine Arme und seine Brust schmerzten.

„Komm mit.“ Die Stimme erklang hinter ihm. Ein anderer der Berglöwenmänner hatte sich verwandelt, optisch mit langen schwarzen Haaren und rotbrauner Haut das genaue Gegenteil des Anführers.

Es musste den Berglöwen klar sein, dass er jederzeit wegfliegen konnte, trotzdem schienen sie darauf zu vertrauen, dass er ihnen in das Lager folgen würde. Für einen winzigen Moment überlegte er, einfach zu verschwinden, doch dann wurde ihm klar, dass er so herausfinden konnte, ob Amber gut zurückgekommen war. Außerdem war die Vorstellung, seine Arme oder vielmehr Flügel in nächster Zeit zu bewegen, grauenvoll. Sein Nacken schmerzte fast genauso sehr wie seine Brust- und Armmuskeln. Es konnte nicht schaden, sich etwas auszuruhen, bevor er weiterzog.

Griffin nickte dem Berglöwenmann knapp zu und ging hinter ihm her. Erst jetzt merkte er, dass sein ganzer Körper voller Blut war. Das meiste davon musste durch die Decke gesickert sein, denn seine Brustwunden hatten aufgehört zu bluten, obwohl er sie noch deutlich spüren konnte. Seine Beine und Arme waren von Dornen und Zweigen zerkratzt, und auch seine Fußsohlen fühlten sich an, als hätten sie einige Wunden davongetragen.

Mit Macht setzten die Schmerzen ein, die vorher durch das Adrenalin verdrängt worden waren, und Griffin hatte alle Mühe, sich nichts anmerken zu lassen. Er durfte keine Schwäche zulassen. Auch wenn die Berglöwenwandler ihn bisher nicht bedroht hatten, konnte es immer noch sein, dass sie ihn für das bezahlen lassen wollten, was Amber geschehen war. Er konnte nur hoffen, dass sie damit warten würden, bis er wieder in der Lage war, sich zu verteidigen. Stumm folgte er dem Berglöwenmann, der ihn zu einer abseits stehenden Hütte führte, deren Eingang von außen unsichtbar in einem hohlen Baumstamm lag.

„Das hier ist meine Hütte", erklärte der Dunkelhaarige. „Du kannst die Dusche benutzen, wenn du möchtest. Das Gästehaus haben wir noch nicht wieder aufgebaut."

Griffin nickte dankbar. „Eine Dusche kann ich jetzt wirklich brauchen." Er stöhnte unterdrückt, als er den Riemen des Beutels von seinem Rücken löste. „Ich bin übrigens Griffin."

„Torik. Kannst du uns nachher zu der Stelle führen, wo du Conner gefunden hast?"

„Natürlich." Wenn er sich bis dahin wieder einigermaßen bewegen konnte.

„Gut, dann warte ich hier auf dich, das Bad ist ganz oben. Ein frisches Handtuch findest du in dem kleinen Schrank."

„Danke, ich beeile mich." Während Griffin die in den Baumstamm eingelassenen Treppenstufen wie auf einer Wendeltreppe nach oben stieg, fragte er sich, ob Amber tatsächlich nichts von dem Angriff der Adlerwandler auf sie erzählt hatte. Und wenn ja, warum nicht?

4

Fay suchte in ihrem kleinen Vorratskeller nach den nötigen Kräutern für eine neue Salbe, als es an ihrer Haustür polterte. Das war das richtige Wort, es klang nicht wie Klopfen, sondern als versuchte jemand, die Tür niederzureißen. Sehr ungewöhnlich, normalerweise traute sich niemand, ihr Missfallen zu erregen. Der Hauch eines Lächelns flog über ihr Gesicht, als sie daran dachte, was die anderen hinter ihrem Rücken über sie sagten.

Doch dann ließ Stimmengewirr ihren Kopf hochrucken. Niemand wagte es, ohne ihre Erlaubnis ihr Haus zu betreten, außer es handelte sich um einen Notfall. Da Jamila gerade unterwegs war – ohne Zweifel auf der Suche nach Finn, damit der Dickkopf endlich einsah, dass sie die richtige Frau für ihn war –, musste sie sich selbst darum kümmern. Fay hasste es, aus ihrer Konzentration gerissen zu werden, wenn sie gerade eine neue Mixtur herstellte, und zeigte offen ihren Ärger, als sie die Treppe hinaufstieg und in ihren großen Wohnraum trat, der gleichzeitig als Krankenstation diente.

Ihr Ärger machte jedoch rasch echter Sorge Platz, als sie Finns Miene sah, der mit einer blutigen Decke in den Armen im Raum stand. Rasch eilte sie auf ihn zu.

„Was ist passiert? Ist Jamila …?“

Finn unterbrach sie. „Jamila geht es gut, sie kommt gleich nach.“ Behutsam bettete er das Bündel auf eine Behandlungsliege.

Erleichtert atmete Fay auf. Auch wenn sie es nie zugeben würde, hatte sie die schwarze Leopardin, die seit drei Monaten bei ihr lebte, liebgewonnen. Energisch schob sie Finn beiseite und sah auf die anderen Wandler, die sich im Eingang ihrer Hütte drängten. „Okay, die Show ist vorbei. Geht und lasst mich in Ruhe arbeiten." Wie erwartet zogen sich bis auf Finn alle sofort zurück und schlossen die Tür hinter sich. Fay blickte wieder hinunter und schob die Enden der blutgetränkten Decke auseinander. Ihr Magen zog sich zusammen, als sie das blutverkrustete Fell sah. Es war auf den ersten Blick zu sehen, dass es sich diesmal nicht um eine Kleinigkeit, sondern um ernsthafte Verletzungen handelte. Entsetzt erstarrte sie, als ihr ein vertrauter Geruch in die Nase stieg.

„Oh Gott, Conner!" Hastig schlug sie den Rest der Decke zurück und bemühte sich, ihr Zittern zu verbergen, als sie seinen Zustand wahrnahm. Sie drehte sich zu Finn um. „Wo …? Wie …?"

Finn legte seine große Hand auf ihre Schulter, und für einen kurzen Moment hätte sie sich gerne an ihn gelehnt. „Einer der Adlerwandler hat ihn einige Meilen von hier gefunden. Conner hat sich kurz verwandelt und gesagt, dass er zu Coyle will."

Bemüht, sich nicht anmerken zu lassen, wie sehr es sie schmerzte, dass Conner nicht nach ihr gefragt hatte, beugte Fay sich wieder über ihren Patienten. Sanft strich sie mit ihren Fingern über sein Fell, um herauszufinden, wo er verletzt war. Wie so oft wünschte sie sich, eine richtige Ausbildung als Ärztin und die nötigen Instrumente zu besitzen, um schwere Verletzungen wie diese optimal behandeln zu können.

Als Heilerin konnte sie nur Wunden nähen und verbinden, heilende Salbe auftragen, aufbauende Tränke einflößen und Ruhe verordnen. Viel zu wenig, wenn es um lebensbedrohliche Verletzungen ging oder um Komplikationen bei Schwangerschaften wie bei Conners früherer Gefährtin Melody. Hätte sie die Menschenfrau mit ihrem heutigen Wissen retten können?

Vielleicht, aber das war jetzt unwichtig. Sie musste sich darauf konzentrieren, Conner zu helfen.

Fay beugte sich über ihn und legte ihre Hand in seinen Nacken. „Conner, kannst du mich hören?"

Finn bewegte sich unruhig hinter ihr. „Wäre es nicht besser, er bliebe bewusstlos, während du ihn behandelst?"

Sie sah ihn nicht an, als sie antwortete. „Vielleicht, aber ich möchte, dass er sich verwandelt. Ich kann ihn besser behandeln, wenn er in Menschenform ist, weil ich die Schwere der Verletzungen dann eindeutiger feststellen kann." Es schmerzte sie, Conner so zu sehen, egal was er ihr auch angetan hatte. Vorsichtig hob sie das Lid seines geschwollenen Auges. Das Weiße wirkte gerötet, aber sonst war der Augapfel glücklicherweise unverletzt. Das andere Auge hatte er einen Spaltbreit geöffnet, aber er schien sie nicht zu sehen. „Finn, bring mir bitte aus dem Regal dort drüben die kleine grüne Dose. Drittes Brett von oben."

Für seine Größe bewegte Finn sich erstaunlich leichtfüßig durch ihre Hütte. Nach kurzem Suchen entdeckte er das gewünschte Objekt und brachte es ihr.

Fay blickte ihn kurz an. „Danke. Willst du dir das Blut abwaschen und etwas anziehen?"

Finn sah an sich herunter, als wäre ihm gar nicht bewusst gewesen, dass er nackt war. „Jamila bringt mir mein Zeug mit. Ich hatte es eilig."

Normalerweise bot sich diese Aussage geradezu für einen Scherz an, doch Fay stand nicht der Sinn danach. Nicht, wenn Conner so schwer verletzt vor ihr lag und sie nicht wusste, ob sie ihn retten konnte. Deshalb nickte sie nur und nahm die Dose mit den stark riechenden Kräutern entgegen. Sie hielt sie unter Conners Nase. „Wach auf, Conner!" Etwas wie ein Stöhnen drang aus seinem Maul, sein Augenlid bewegte sich. „Gut so, komm zu mir. Wenn ich dir helfen soll, brauche ich deine Mithilfe.“ Sein Auge öffnete sich weiter, und er starrte sie direkt an. Zumindest kam es ihr so vor. „Ich bin es, Fay. Du bist in Sicherheit. Wenn du kannst, verwandele dich, damit ich dich besser behandeln kann.“

Finn war neben sie getreten, vermutlich, damit er sie beschützen konnte, falls Conner sie in seiner Verwirrung angriff, doch sie nahm ihn kaum zur Kenntnis, so sehr war sie auf Conner fixiert. Als könnte sie ihn nur mit ihrem Willen dazu zwingen, das zu tun, was sie von ihm wollte. Und es funktionierte offensichtlich, denn quälend langsam setzte die Verwandlung ein, bis Conner schließlich am ganzen menschlichen Körper zitternd vor ihr lag. Er schien in den letzten Jahren abgenommen zu haben, wirkte sehniger als früher, aber noch genauso kräftig. Seine hellbraunen Haare sahen aus, als hätte er sie länger nicht mehr geschnitten, und an den Schläfen konnte sie bereits vereinzelte graue Fäden sehen. Einige Furchen zogen sich durch sein Gesicht, die vorher nicht da gewesen waren, mit Sicherheit Zeugnis des harten Lebens außerhalb der Gruppe. Fay schreckte aus ihrer Betrachtung auf, als sich Conners Finger um ihren Arm schlangen. Sein Mund öffnete sich, als wollte er etwas sagen. Rasch beugte sie sich hinunter, als er ein leises Flüstern von sich gab.

„Melvin.“ Das eine Wort schien schon zu viel gewesen zu sein, Conner sank zurück in die Bewusstlosigkeit.

Erschrocken sah Fay zu Finn auf. „Hat der Adler auch Melvin gefunden?“

Finns Miene war grimmig. „Nein.“

„Hoffentlich ist ihm nichts geschehen!“ Es würde Conner nach dem Tod von Melvins Mutter den Rest geben, dachte sie und schämte sich sofort dafür, nicht um Melvin selbst Angst zu haben. Doch sie konnte einfach nicht so tun, als hätte der Junge nicht viel Ärger verursacht. Zuletzt war er sogar dafür verantwortlich gewesen, dass ein Mensch das Lager gefunden hatte und so den Jugendlichen Bowen entführen konnte. Alles, was vor drei Monaten geschehen war, ging direkt auf Melvins Konto, auch wenn er es vielleicht nicht beabsichtigt hatte. Fay war jedoch der Meinung, dass ein junger Mann von zweiundzwanzig Jahren in der Lage sein sollte, über die möglichen Konsequenzen seiner Taten vorher nachzudenken. Der Rat hatte es auch so gesehen und ihn schließlich aus der Gruppe ausgeschlossen. Und Conner hatte sich sofort bereit erklärt, ihn bei sich aufzunehmen.

„Wir werden versuchen herauszufinden, was mit ihm passiert ist, wenn der Adler uns zu der Stelle führt, wo er Conner gefunden hat."

Fay nickte knapp und wandte sich wieder Conners Verletzungen zu. Sein gesamter Brustkorb war mit Prellungen übersät, und auch an seinen Beinen fand sie einige Blutergüsse. Schlimmer waren allerdings die stark blutenden Stichwunden an seiner Seite und seiner Schulter und die Platzwunde an seinem Kopf. Unter seinen Haaren konnte sie eine dicke Beule am Hinterkopf ertasten. Sie hatte keinerlei Möglichkeit herauszufinden, ob er vielleicht einen Schädelbruch oder innere Blutungen erlitten hatte, und konnte nur hoffen, dass es nicht so war.

Die Tür flog auf, und ein Hauch kalter Luft strömte herein. Finn wirbelte zur Tür herum, sackte dann aber erleichtert wieder zusammen. Fay brauchte gar nicht hinzusehen, um zu wissen, wer hereingekommen war, die Spannung war beinahe mit Händen greifbar, wie immer, wenn Jamila und Finn in einem Raum waren. „Gut, dass du da bist, ich brauche dich hier."

„Tut mir leid, ich bin so schnell gekommen, wie ich konnte." Da ihre Stimme gedämpft klang, drehte Fay sich nun doch zu ihr um. Finn hatte seine Arme um Jamila geschlungen, während sie auf Conners geschundenen Körper starrte.

Fay unterdrückte einen Seufzer. „Kein Problem. Wenn du jetzt so weit bist …"

Hastig rückte Jamila von Finn ab und drückte ihm ein Bündel Kleidung in die Hände. „Geh, ich muss arbeiten."

Finn riss die Augen auf, bevor sich langsam ein Lächeln in seinem Gesicht ausbreitete. „Zu Befehl."

Kopfschüttelnd wandte sich Fay wieder Conner zu. „Jamila, ich brauche heißes Wasser, Nadel und Faden, Heilsalbe …" Zufrieden hörte sie, wie Finn rasch die Tür hinter sich schloss und Jamila durch die Hütte lief, um alles zu besorgen, was sie benötigen würden. Energisch richtete Fay sich auf. Sie würde nicht zulassen, dass Conner starb.

Die Unruhe im Lager war deutlich spürbar, als Amber zurückkam. Auch wenn sie es nicht zugeben mochte, sie hatte sich versteckt, damit Finn sie nicht noch einmal auf die Adlerwandler ansprach, bis sie sich wieder völlig im Griff hatte. Glücklicherweise war Coyle bereits abgereist. Es wäre viel schwerer gewesen, ihrem Bruder etwas vorzumachen. Doch während sie jetzt zwischen den Hütten hindurchging, ersetzte eine ganz andere Angst ihren Unwillen, über das zu reden, was geschehen war. Sie konnte frisches Blut riechen und einen seltsam vertrauten Duft, den sie aber nicht zuordnen konnte. Rasch lief sie zu Fays Hütte, in der Hoffnung, dort Antworten zu finden. Als sie eintraf, kam Finn gerade heraus. Er schien tief in Gedanken versunken zu sein, sein Gesicht zu einer grimmigen Maske verzogen.

Kurz berührte sie seinen Arm. „Was ist geschehen?"

Einen Moment sah Finn sie nur stumm an, und sie dachte schon, er würde ihr nicht antworten, doch dann atmete er tief aus. „Conner ist schwer verletzt worden."

„Oh Gott! Von wem?" Conner, das war der Geruch, den sie nicht zuordnen konnte, er war seit Jahren nicht im Lager gewesen. Aber was tat er hier? Und wenn er hier war, wo war Melvin? Unruhig sah sie sich um.

„Das wissen wir noch nicht, wir werden gleich dorthin aufbrechen, wo er gefunden wurde." Finn blickte sie durchdringend an. „Ein Adlerwandler hat ihn mehrere Meilen hierhergetragen."

Amber spürte, wie ihr das Blut augenblicklich aus dem Gesicht wich. „E…ein A…dler?"

„Ja. Dafür, dass sie keinen Kontakt zu uns wollen, war er genau im richtigen Moment zur Stelle, findest du nicht? Vor allem frage ich mich, was er hier in der Nähe zu suchen hatte."

Amber befeuchtete ihre Lippen und räusperte sich, bevor sie ihrer Stimme traute. „Wo … ist er jetzt?"

Finn sah sie einen langen Moment an. „Bei Torik, er war voller Blut, und es sah so aus, als hätten Conners Krallen ihn auch erwischt."

Amber nickte und wandte sich ab.

Finn hielt sie auf. „Was hast du jetzt vor?"

„Ich werde Fay fragen, ob sie meine Hilfe braucht."

„Mich hat sie rausgeschickt." Unbehagen war in Finns Stimme zu hören.

Amber zwang sich zu einem Lachen. „Was habt ihr Männer nur immer für ein Problem mit Fay?" Sie wartete nicht auf Finns Antwort, sondern öffnete die Hüttentür.

Der Raum war hell erleuchtet, und Amber brauchte einen Moment, bis ihre Augen sich daran gewöhnten. Fay stand über die Krankenliege gebeugt, die roten Haare zu einem unordentlichen Knoten auf ihrem Kopf zusammengefasst, während Jamila etwas vorbereitete, das wie Operationsbesteck aussah.

„Ich habe doch gesagt …" Fay blickte nicht auf, als sie zu sprechen begann. Sie sah furchtbar aus, ihr Gesicht kalkweiß, Sorgenfalten auf der Stirn und um die Mundwinkel.

„Ich bin es, Amber. Ich wollte fragen, ob ich irgendwie helfen kann."

Als Fays Blick sie traf, erschrak Amber zutiefst. Die sonst so ruhige Heilerin schien am Ende ihrer Kräfte zu sein, aus den Tiefen ihrer Augen leuchteten unergründliche Emotionen, von denen die stärkste Angst zu sein schien. Kein Wunder, Conner sah furchtbar aus, sein Körper bestand fast nur aus blutenden Wunden und Prellungen. Übelkeit stieg in Amber auf, die sie rasch unterdrückte.

Für einen Moment wurde Fays Gesichtsausdruck weicher. „Danke für das Angebot, aber es reicht, wenn Jamila mir hilft."

Amber versuchte, nicht zu zeigen, wie froh sie darüber war, stattdessen räusperte sie sich. „Kann ich mir dann eine Salbe leihen? Finn sagte, der Adler, der Conner geholfen hat, ist von seinen Krallen verletzt worden."

„Natürlich, du weißt ja, wo sie steht." Fays grüne Augen verdunkelten sich. „Wenn er Conner nicht gefunden hätte, wäre er jetzt wahrscheinlich schon tot, wir haben also allen Grund, dem Adlermann dankbar zu sein. Kümmere dich gut um ihn."

Amber nahm rasch einen Tiegel aus dem Regal und ging zur Tür zurück. „Ich werde mich bemühen."

Die Vorstellung, erneut in die Nähe eines Adlerwandlers zu kommen, machte sie nervös. Auch wenn sie sich fast sicher war, dass es sich um Griffin handelte, denn die anderen Adler hätten sich nie die Mühe gemacht, einen Berglöwenwandler zu retten. Und wenn er Conner tatsächlich über mehrere Meilen hierhergetragen hatte, dann verdiente er ihren Dank. Außerdem würde sie sich auf keinen Fall die Gelegenheit entgehen lassen, Griffin noch einmal so nahe zu kommen, auch wenn sie sich nach ihrem letzten Treffen schon fast damit abgefunden hatte, ihn nie wiederzusehen. Es erschien ihr wie ein Wunder, dass er hier sein sollte, mitten in ihrem Lager. Amber wies sich zurecht. Er war verletzt, darauf sollte sie sich konzentrieren, nicht auf ihre eigenen Gefühle. Rasch eilte sie zu Toriks Hütte und klopfte ungeduldig an.

„Suchst du mich?"

Erschreckt fuhr Amber herum, als Toriks Stimme hinter ihr erklang. Eine Hand legte sie über ihr wild klopfendes Herz. „Musst du mich so erschrecken?"

Torik zog eine schwarze Augenbraue hoch. „Du hast doch an meine Tür geklopft, also musst du auch erwartet haben, mich zu sehen."

„Das …" Amber brach ab und schüttelte den Kopf. „Egal. Ich bin hier, weil ich von Finn gehört habe, dass der Adler, der Conner hierhergebracht hat, verletzt sein soll." Wie als Beweis dafür hielt sie den Salbentiegel hoch und bemühte sich, unter Toriks forschendem Blick nicht rot zu werden.

Torik streckte die Hand aus. „Danke, ich werde ihm die Salbe geben."

„Nein … äh." Amber spürte die Hitze in ihre Wangen schießen. „Fay sagte, ich soll sicherstellen, dass die Verletzungen nicht schwerwiegender sind." Wahrscheinlich würde sie für diese Lüge gleich vom Blitz getroffen werden, doch sie konnte dem Wächter kaum sagen, dass sie mit Griffin allein sein wollte.

„Ich verstehe." Toriks Gesicht war völlig ausdruckslos, als er die Hand sinken ließ und stattdessen die Haustür für sie öffnete. „Aber mach schnell, wir müssen uns die Lichtung ansehen, wo Conner gefunden wurde, um festzustellen, was mit Melvin geschehen ist und wer der oder die Täter waren."

„Ich werde mich beeilen." Damit ließ Amber ihn stehen und lief die Treppe ins Obergeschoss hinauf.

Sie konnte den Duft von Toriks Duschgel riechen, doch es war kein Prasseln von Wasser zu hören, also war Griffin wohl schon fertig. Rasch ging sie durch Toriks Schlafzimmer und gelangte zu der Treppe, die zum obersten Stockwerk seines Baumhauses führte. Es war überraschend, dass er dem Adler erlaubte, seine Dusche zu benutzen, normalerweise schätzte Torik seine Privatsphäre mehr als alles andere. Aber das war nicht ihr Problem. Sie wollte nur einen Moment mit Griffin allein reden und sich vergewissern, dass es ihm gut ging und er ihretwegen keinen Ärger mit seinen Leuten bekommen hatte.

Über dem Duschgel lag Griffins eigener Geruch, den Amber mit geschlossenen Augen tief einsog. Eine Welle der Erregung traf sie so unerwartet, dass sie erschrocken aufkeuchte und die Augen aufriss. Nein! Sie konnte ihm unmöglich begegnen, wenn sie sich so lebhaft daran erinnerte, wie er sie berührt und welche Gefühle er trotz der Schmerzen und Angst in ihr ausgelöst hatte. Aber noch drängender war das Verlangen, noch einmal in seine warmen braunen Augen zu sehen und seine samtig raue Stimme zu hören. Und wenn sie zu lange herumtrödelte, würde Torik hochkommen und nachsehen, was sie so lange hier trieb. Nachdem sie noch einen tiefen Atemzug genommen hatte, klopfte sie zaghaft an die Badezimmertür.

„Ja?" Griffins Stimme klang durch das Holz gedämpft, trotzdem konnte sie die Vorsicht darin hören.

Amber schob die Tür auf und begegnete Griffins Blick im Spiegel. Seine Augen weiteten sich, als er sie erkannte, dann drehte er sich ruckartig um. Er hatte eine Jeans angezogen, aber sein Oberkörper war nackt. Amber keuchte auf, als sie die tiefen Striemen auf seiner Brust sah. Conner schien ihn voll erwischt zu haben, was aber bei der Größe des Ziels nicht weiter verwunderlich war. Mit Mühe riss Amber ihren Blick von seiner Brust los.

„Ich bin gekommen, um dir etwas für die Wunden zu bringen." Sie hielt ihm den Tiegel mit Salbe hin und bemühte sich, das Zittern ihrer Hand unter Kontrolle zu bringen.

„Danke, Amber." Griffin wartete, bis sie ihm in die Augen sah. „Ich bin froh, dass du gut hier angekommen bist."

Verwirrt sah Amber ihn an. „Warum sollte ich das nicht?"

„Du warst verletzt." Er schluckte hart und ballte seine Hände zu Fäusten. „Kann ich …"

Als er nicht weitersprach, hob Amber zögernd ihre Hand und legte sie auf seinen Arm. „Was?"

„Kann ich die Wunden sehen, damit ich weiß, dass es dir wirklich gut geht?"

Vermutlich war es keine gute Idee, sich in dem engen Badezimmer, nur wenige Zentimeter von Griffin entfernt, auszuziehen, aber er wirkte so … verzweifelt, dass sie nicht ablehnen konnte. Ohne ein weiteres Wort zu verlieren, drehte sie ihm den Rücken zu und zog den Rollkragenpullover über ihren Kopf.

Zögernd glitten seine Finger über ihre Schulter. „Es ist fast nichts mehr zu sehen."

Amber traf seinen Blick im Spiegel. „Wir heilen sehr schnell, außerdem hat die Salbe geholfen."

„Ich bin froh." Sie konnte sehen, wie er heftig schluckte. „Als ich die Raubvögel über den Bäumen kreisen sah, dachte ich … du wärest dort unten, verletzt oder sogar tot."

„Oh." Wie hypnotisiert starrte Amber in seine Augen. Weil sie ihn direkt ansehen wollte, drehte sie sich zu ihm um. „Warum warst du in der Nähe?"

Seine Hände lagen weiterhin auf ihren Schultern, seine Daumen strichen in einer hypnotischen Bewegung über ihre Schlüsselbeine. „Weil ich wissen musste, ob du sicher im Lager angekommen bist."

Amber versuchte ein Lächeln. „Natürlich, ich bin schon seit etlichen Jahren alleine im Wald unterwegs."

Griffins Miene blieb ernst. „Ich weiß."

Ihr Herz setzte einen Schlag aus, als er damit zugab, sie seit Jahren beobachtet zu haben. Natürlich hatte sie es gewusst, aber nun so nah vor ihm zu stehen machte die Sache viel realer.

„Aber sonst wirst du auch nicht von Adlerwandlern gejagt und verletzt. Ich wollte sichergehen, dass sie dir nicht gefolgt sind."

Ein Schauder durchfuhr Amber bei seinen Worten. „Sie haben sich zurückgezogen, nachdem du dich eingemischt hattest." Besorgt betrachtete sie sein kantiges Gesicht, dessen harsche Linien ausgeprägter schienen. „Hast du meinetwegen Ärger bekommen?"

Die schmalen Lippen pressten sich noch dichter zusammen, seine Augen verdunkelten sich. „Mir wurde angeraten, mir zu überlegen, ob ich überhaupt noch zur Gruppe gehören möchte, und genau das tue ich jetzt."

Ambers Hand flog zu ihrer Kehle. „Oh nein! Es tut mir so leid, ich wollte nicht, dass du meinetwegen ..."

Griffin unterbrach sie, indem er seine Finger über ihre Lippen legte. „Es ist nicht deine Schuld. Ich ..." Er schüttelte den Kopf. „Es ist gut, dass ich endlich gezwungen bin, eine Entscheidung zu treffen, die ich viel zu lange vor mir hergeschoben habe."

Weil sie spürte, dass er nichts mehr darüber sagen wollte, drang Amber nicht weiter in ihn. Er strahlte eine solche Einsamkeit aus, dass sie nur mit Mühe den Drang unterdrücken konnte, ihn zu umarmen. Ihre Augen wurden feucht. Rasch zog sie den Pullover wieder über ihren Kopf, um ihre Tränen vor Griffin zu verstecken. Als sie den Pullover herunterziehen wollte, erkannte sie, dass seine Hände immer noch auf ihren Schultern lagen und damit ihr gesamter Oberkörper vom Hals abwärts nackt war. Warum hatte sie nicht darüber nachgedacht, bevor sie handelte? Oder hatte sie es unbewusst sogar darauf angelegt? Der Gedanke machte sie unruhig, schließlich war sie seit dem Tod ihres Vaters kein Risiko mehr eingegangen und hatte immer genau überlegt und abgewogen, bevor sie etwas tat. Der Moment kam ihr unendlich lange vor, doch vermutlich waren es nur wenige Sekunden, bis Griffins Hände unter ihrem Pullover herausglitten und verschwanden. Überall wo er sie berührt hatte, prickelte ihre Haut, ihre Brustspitzen zogen sich zusammen. Ambers Wangen brannten, als sie rasch den Pullover herunterzog und Griffins Blick traf.

„Entschuldige." Sein raues Flüstern sandte Begehren durch ihren Körper, und sie war sich sicher, dass Griffin es in ihrem Gesicht ablesen konnte. Seine Iris verdrängte das Weiß, das dunkle Braun schimmerte golden. Wenn möglich, schienen seine Züge noch schärfer zu werden, der Adler dicht unter der Oberfläche.

„Es war meine Schuld." Amber räusperte sich und versuchte verzweifelt, ein unverfängliches Thema zu finden. „Lass mich deine Kratzer versorgen, du musst Schmerzen haben."

Schweigend drehte Griffin ihr die Brust zu. Die Muskeln zuckten unter der gebräunten Haut, als versuchte er verzweifelt, sich unter Kontrolle zu bringen. Rasch schraubte Amber den Tiegel auf und tauchte den Finger in die Salbe. Da Griffin bereits geduscht hatte, brauchte sie die Wunden nicht zu säubern, sondern konnte die Salbe gleich sanft einmassieren.

Nach einiger Zeit entspannten sich Griffins Muskeln. „Das kribbelt."

Amber lächelte. „Genau das soll es. Es ist ein Zeichen dafür, dass die Verletzung heilt."

„Sehr praktisch. Was ist darin, Heilpflanzen?"

„Unter anderem. Die genaue Zusammensetzung kennt nur Fay, unsere Heilerin. Die Salbe unterstützt die Heilung, den Rest besorgen unsere Körper von selbst."

„Und wenn ihr keine Salbe zur Hand habt?" Es war klar, dass Griffin nur darüber redete, um sich abzulenken. Seine Augenlider waren geschlossen.

„Wir lecken uns." Unter ihren Fingern konnte sie spüren, wie sich seine Muskeln wieder anspannten, sein Blick traf ihren.

„Was?"

„Warum es so ist, weiß ich auch nicht, aber wenn wir über eine Wunde lecken, heilt sie schneller." Ihre Augen glitten über seine Brust, und sie musste den Drang unterdrücken, mit der Zunge über Griffins Verletzungen zu streichen.

„Funk…tioniert das auch bei anderen Spezies?"

„Bei Menschen ja. Mit anderen Wandlern hatten wir bisher kaum Kontakt, deshalb konnten wir es noch nicht ausprobieren." Amber versuchte ein Lachen. „Außerdem tun wir das nicht bei jedem, es muss schon eine Verbindung geben."

Griffin nickte. „Ich verstehe."

Amber biss sich auf die Zunge, um ihm nicht zu sagen, dass sie nur zu gern seine Haut schmecken würde. Stattdessen konzentrierte sie sich darauf, die restlichen Wunden zu versorgen, und trat dann zurück. „Fertig. Wie fühlst du dich?"

Griffin bewegte seine Arme und lächelte dann. „Besser. Sogar die Muskeln schmerzen kaum noch, ich hätte nicht gedacht, dass sie sich so schnell regenerieren können."

„Die Salbe hilft nicht nur bei Verletzungen der Haut, sondern auch bei Muskel- oder Sehnenschmerzen. Nur auf gebrochene Knochen hat sie leider keinerlei Wirkung." Amber sah zu, wie er vorsichtig einen Pullover überzog. „Du hattest doch nicht ernsthaft vor, die anderen zum Fundort zu führen, obwohl du dich vor Schmerzen kaum rühren konntest, oder?"

Sofort wurde er ernst. „Wenn jemand von meiner Gruppe so zugerichtet wurde und der Täter vielleicht noch in der Nähe ist, würde ich auch wissen wollen, wer das war und ob noch Gefahr droht. Wenn ich dabei helfen kann, tue ich das gerne, und ein paar Schmerzen werden mich nicht davon abhalten."

Amber verdrehte innerlich die Augen. Das Gleiche hätte auch

von Coyle oder Finn kommen können. Warum konnten Männer es nicht zugeben, wenn sie mit ihrer Kraft am Ende waren, und sich helfen lassen? „Dann hoffe ich, dass ihr die Stelle schnell findet und bald wieder zurückkommt, damit du dich ausruhen kannst."

Griffin sah sie durchdringend an. „Ich denke nicht, dass ich hierher zurückkehren werde."

Automatisch trat Amber einen Schritt zurück und stieß an die Wand. „Warum nicht?"

„Ich gehöre nicht hierher, und nach dem, was meine Leute dir angetan haben, wundert mich sowieso, dass meine Anwesenheit hier geduldet wird." Als sie nicht antwortete, trat er näher. „Amber?"

Sie befeuchtete ihre trockenen Lippen. „Ich ... habe es niemandem erzählt. Nur, dass ihr keinen Kontakt zu uns wollt."

Griffins Augen weiteten sich. „Warum?"

„Ich möchte nicht, dass es zwischen unseren Gruppen Streit gibt. Es reicht, wenn unser Rat weiß, dass ihr keinen Kontakt wollt. Wir werden euch in Ruhe lassen, und damit sollte es nicht zu weiteren Zwischenfällen kommen."

Sanft legte sich seine Hand um ihre Wange. „Danke. Wir stehen in deiner Schuld."

Unter der Berührung drohten Ambers Beine einzuknicken. „Nein, ich stehe in deiner Schuld und werde nicht zulassen, dass dir irgendjemand etwas tut. Und schon gar nicht meinetwegen."

Ein Lächeln spielte um seine Lippen. „Ich bin froh, dich auf meiner Seite zu haben." Mit deutlichem Bedauern zog er seine Hand zurück. „Ich sollte mich wohl fertig machen und sehen, wann die anderen loswollen."

Amber zögerte einen Moment, doch dann nickte sie. „Natürlich." Sie öffnete die Badezimmertür und sah noch einmal zurück. „Werde ich dich wiedersehen?"

Etwas lag in seinen Augen, das sie nicht deuten konnte. „Vermutlich werde ich es nicht schaffen, mich von dir fernzuhalten, genauso wie all die Jahre zuvor.“

5

Torik führte Griffin zu der kleinen Hütte, in der die Ratssitzungen abgehalten wurden. Dort warteten bereits Finn und eine blonde Berglöwenwandlerin namens Keira auf sie. Während der kurzen Vorstellung ließ Keira ihn nicht aus den Augen, und auch während seines Berichts darüber, wie er Conner gefunden hatte, starrte sie ihn die ganze Zeit an. Während ein Blick aus Ambers warmen bernsteinfarbenen Augen sein Herz zum Klopfen brachte, machte ihn der abschätzende Ausdruck in Keiras grünen Augen nervös. Er hatte keine Ahnung, ob sie im nächsten Moment über ihn herfallen oder ihn umbringen würde. Keine Frage, Finns Schwester war wunderschön, aber auf eine harte, kalte Art, die nicht in ihm widerhallte, so wie es Ambers weiche Anmut tat. Griffin nahm sich vor, der Wächterin nie den Rücken zuzudrehen.

„Können wir ihm vertrauen? Es könnte auch eine Falle sein." Ihre Stimme klang hart, und Griffin hatte Mühe, seinen Ärger nicht zu zeigen. Stattdessen blickte er sie weiter ausdruckslos an und überließ es Finn zu antworten.

„Was hätte er davon? Er ist genauso ein Wandler wie wir, und Conner war weit vom Gebiet der Adler entfernt."

„Vielleicht brauchte er einen Grund, in unser Lager zu kommen, um uns auszuspionieren." Offenbar gehörte Misstrauen zu Keiras Natur.

Finn fuhr mit beiden Händen durch seine Haare. „Um was zu erfahren? Wir haben hier nicht unbedingt große Geheimnisse, zumindest nicht für andere Wandler. Davon abgesehen hat

Griffin damals Marisa geholfen, uns zu befreien. Ich gehe also davon aus, dass er uns nicht schaden will."

Irgendetwas an dem, was er sagte, schien eine empfindliche Stelle zu treffen. Keiras Augen verengten sich, und sie wirkte, als wollte sie am liebsten jemanden erwürgen. Stattdessen presste sie die Lippen zusammen und verließ die Hütte.

Finn stieß einen tiefen Seufzer aus. „Es tut mir leid, sie ist momentan ..." Er brach ab, als würde ihm kein passendes Wort einfallen.

„Kein Problem. Meine Leute reagieren ähnlich unfreundlich, wenn ein Fremder unser Gebiet betritt."

Einen langen Moment sah Finn ihn schweigend an, bis Griffin schon dachte, er hätte das vielleicht besser nicht sagen sollen, um die Berglöwen nicht auf die Idee zu bringen, Amber wäre schlecht behandelt worden. Doch schließlich neigte Finn nur den Kopf. „Die Ereignisse vor drei Monaten haben uns nervös gemacht, aber ich weigere mich, deshalb gleich jeden als Feind anzusehen, und schon gar nicht jemanden, der einen von uns gerettet hat."

„Ich verstehe und ich denke, ich kann Keira ignorieren."

Torik gab einen unterdrückten Laut von sich, doch als Griffin sich zu ihm umdrehte, war sein Gesicht ausdruckslos.

Finns Lächeln war schmerzhaft. „Ich wünschte, das ginge so einfach. Aber kommen wir zur Sache. Wir müssen herausfinden, was passiert ist, und vor allem, wo Melvin – Conners Sohn – jetzt ist. Conner ist noch nicht ansprechbar, aber wir dürfen keine Zeit verlieren, daher ist die Fundstelle die einzige Möglichkeit."

Griffin nickte. „Ich werde euch hinführen."

Für einen Moment wirkte Finns Gesichtsausdruck fast sehnsüchtig, bevor er den Kopf schüttelte. „Torik und Keira werden dich begleiten, ich muss mich um das Lager kümmern. Ich nehme an, du kehrst danach zurück in euer Gebiet?"

„Ich nehme mir gerade eine Auszeit.“ Irgendwie tat der Gedanke weniger weh, solange er von anderen Wandlern umgeben war. Wenn er wieder alleine war, würde das anders aussehen.

„Wenn du möchtest, kannst du dich bei uns von den Strapazen und der Verletzung erholen. Es kann nicht leicht gewesen sein, Conner den ganzen Weg hierherzutragen.“

„Amber hat mich bereits mit eurer Salbe behandelt, aber eine Nacht Ruhe würde mir vielleicht guttun.“ Griffin wünschte, er könnte die Worte zurücknehmen, als er sah, wie Finns Augenbrauen in die Höhe schossen.

Der Ratsführer warf Torik einen undeutbaren Blick zu, bevor er nickte. „Wir können eine Liege in die Ratshütte stellen. Ich nehme an, die Decke, die du um Conner gewickelt hattest, war deine?“

Es schien so, als würde Finn nicht viel entgehen. Der Kontrast zu den Oberen der Adlerwandler war so scharf, dass Griffin keinen Ton herausbrachte. Stattdessen neigte er nur den Kopf.

Torik erlöste ihn. „Vielleicht sollten wir jetzt aufbrechen, es sind einige Meilen, und die Sonne geht früh unter.“

Nachdem sie sich ausgezogen hatten, traten sie aus der Hütte. Keira wartete bereits in Berglöwengestalt auf sie, und Griffin konnte deutlich ihren Blick auf seinem Körper fühlen. Normalerweise machte es ihm nichts aus, unter anderen Wandlern nackt herumzulaufen, doch Finns Schwester schaffte es, dass er sich unwohl fühlte. Rasch stieß er sich vom Boden ab und verwandelte sich. Er ignorierte die Schmerzen in Brust und Armen und stieg hoch über die Bäume auf, um sich für einen Moment von den Winden tragen zu lassen. Wie immer fühlte er sich danach ruhiger, ausgeglichener. Tief unter sich konnte er die beiden Berglöwen erkennen, die mit in den Nacken gelegten Köpfen zu ihm aufblickten und darauf warteten, dass er ihnen eine Richtung vorgab. So gerne er auch die Freiheit der Lüfte genießen wollte, er hatte eine Aufgabe zu erledigen.

Im Geiste sah er die Strecke vor sich, die er mit dem Verletzten gegangen war. Im Flug wäre er in wenigen Minuten dort, doch er musste seine Geschwindigkeit den Berglöwen anpassen. Aber auch so würden sie viel schneller sein als er zuvor zu Fuß und mit einem Berglöwen auf dem Arm. Griffin stieß hinab und führte die kleine Gruppe durch den Wald.

An ihrem Ziel angekommen verwandelten sie sich zurück und suchten nach Spuren. Auch jetzt war noch deutlich zu erkennen, wo Conner von einem oder mehreren Männern angegriffen worden war, Fetzen von Gras und Moos waren überall auf der kleinen Lichtung verteilt, die Erde aufgewühlt. Eingetrocknetes Blut fand sich genauso wie Fellbüschel. Nicht weit entfernt lag ein oberschenkeldicker Knüppel, an dessen Spitze Blut klebte.

„Dieses Schwein!“ Keiras Stimme drang durch die unnatürliche Stille des Waldes. Seit sie hier angekommen waren, hatte sich die Wächterin professionell benommen, und Griffins schlechter Ersteindruck hatte sich zu widerwilligem Respekt gewandelt. Sie hockte neben dem Knüppel und strich mit den Fingerspitzen darüber. „Wie konnte er seinem Vater das antun?“

Toriks dunkle Augen zeigten, dass auch er nicht so ruhig war wie zuvor, doch das war seiner Stimme nicht anzuhören, als er Keira antwortete. „Es ist nicht gesagt, dass es Melvin war.“

Keira warf in einer wütenden Bewegung ihre blonden Haare über die Schulter. „Wer soll es sonst gewesen sein? Wir sind hier mitten im Wald, nirgends ein Wanderweg oder eine Straße in der Nähe. Glaubst du, dass jemand zufällig auf Conner getroffen ist und ihn dann mal eben fast zu Tode geprügelt hat?“ Ihre Augen verengten sich. „Und das würde auch nicht erklären, wo Melvin jetzt ist. Und warum er nicht eingegriffen hat, als sein Vater angegriffen wurde.“

„Vielleicht konnte er es nicht." Torik hob die Hand, bevor Keira neue Argumente bringen konnte. „Spekulieren bringt nichts, wir müssen herausfinden, was geschehen ist. Wenn es Melvin war, müssen wir ihn finden und verhindern, dass er noch mehr Schaden anrichtet. War es jemand anders, könnte Melvin sich in größter Gefahr befinden, und wir müssen ihm helfen."

Keira presste ihre Lippen zusammen. „Oder er hat mit jemandem zusammengearbeitet."

„Oder das, aber auch dann müssen wir ihn finden."

Mit einer abrupten Geste neigte Keira den Kopf. „Es muss hier irgendwelche Spuren geben. Wer auch immer es war, kann nicht vom Himmel gefallen sein." Ihr Kopf ruckte zu Griffin herum, und sie verengte die Augen. „Oder vielleicht doch."

Griffin unterdrückte den Wunsch, sie zu schütteln. „Natürlich, erst habe ich ihn so zugerichtet, und dann habe ich ihn bis zu eurem Lager getragen. Und was für ein Motiv sollte ich haben?"

Ein schwaches Lächeln glitt über Keiras Lippen. „Du doch nicht, Dummkopf." Sie wurde wieder ernst. „Ich meinte andere Adlerwandler oder was auch immer es sonst noch für fliegende Wandlerarten gibt."

„Was hätten sie für einen Grund? Ich kann natürlich nur für meine Gruppe sprechen, wir – oder vielmehr sie – interessieren sich nicht für andere Wandler, hätten also keinerlei Motiv für einen solchen Angriff."

Keira sah ihn einen Moment an und nickte dann. „Okay, vergessen wir diese Theorie und suchen lieber weiter nach echten Spuren."

Bisher hatten sie nur Griffins Fußabdrücke gefunden, die mitten auf der kleinen Lichtung begannen und dann Conners Kriechspur folgten. Da es in der Nacht geregnet hatte, bestand die Möglichkeit, dass alle anderen Spuren verwischt waren. Aber weder Torik noch Keira sahen so aus, als würden sie aufgeben, bevor sie nicht wussten, was hier vorgefallen war. Wie schon so oft zuvor beeindruckte Griffin der Zusammenhalt der Berglöwenwandler, und wehmütig dachte er daran, wie sehr ihm das bei seiner Gruppe fehlte. Natürlich hielten sie auch zusammen, wenn es einen Angriff gab oder jemand verletzt wurde, aber mehr aus Notwendigkeit als aus Zuneigung. Jedenfalls kam es ihm so vor. Vielleicht lag es jedoch auch daran, dass er ein Außenseiter war und keine Familie und so gut wie keine Freunde hatte. Wie immer drückte dieser Gedanke auf seinen Brustkorb, sodass er kaum Luft bekam.

„Ich werde versuchen, aus der Luft eine Spur zu erkennen." Griffin wartete keine Antwort ab, sondern verwandelte sich und schoss in den Himmel. Mit Mühe widerstand er dem Drang, sich in die Höhe zu schrauben, bis ihm seine Probleme unwichtig vorkamen und er nur noch dafür lebte zu fliegen. Jetzt war etwas anderes wichtiger. Mit seiner hervorragenden Sicht konnte er selbst aus größter Höhe Beutetiere am Boden ausmachen. Vielleicht würde sich das auch bei der Suche nach Spuren als nützlich erweisen. Von oben konnte man Muster meist leichter erkennen, als wenn man direkt davorstand.

Zuerst kreiste er direkt über der Fundstelle, und als das kein Ergebnis brachte, vergrößerte er den Radius langsam. Je dichter die Bäume standen, desto weniger konnte er erkennen, und so konzentrierte er sich auf die weniger bewaldeten Gegenden. Als er bereits fast aufgeben wollte, sah er etwas, das sein Empfinden von unberührter Natur störte. Griffin flog tiefer, bis seine Krallen fast die Wipfel der Bäume berührten. Ja, da war etwas, das zu gleichmäßig war, um natürlich zu sein. Vorsichtig manövrierte er seine Schwingen zwischen den Bäumen hindurch und landete schließlich auf einer kleinen Lichtung, wo er sich verwandelte. Auf den ersten Blick war nichts zu sehen, das herausstach, aber da Griffin genau wusste, was er suchte, dauerte es nicht lange, bis er den länglichen Abdruck auf dem Boden fand. Die Zähne zusammengepresst hockte er sich daneben und fuhr mit den Augen den Umriss nach. Es war eindeutig ein Schuhabdruck, genauer gesagt eine Stollensohle, wie bei Wanderstiefeln. Irgendwie bezweifelte er, dass ein Wandler so etwas trug. Nachdem er sich den Fundort eingeprägt hatte, verwandelte er sich und flog zurück, um Torik und Keira zu holen.

Es dauerte nicht lange, bis sie zu dritt bei dem Schuhabdruck ankamen und ihn betrachteten.

Torik rieb über seine Stirn. „Ein Mensch."

„Jedenfalls nicht Melvin." Keira sah sich um. „Was aber nicht heißt, dass er nicht in der Nähe war. Vielleicht hat er wieder mit irgendwelchen Leuten Kontakt aufgenommen, damit die ihn in die Stadt bringen."

„Es wäre möglich. Oder er wurde entführt." Torik sah Griffin an. „Melvin war vor drei Monaten der Auslöser der Schwierigkeiten. Er hatte über das Internet Kontakt mit einem Wissenschaftler, dem er die Koordinaten unseres Lagers und unsere Sicherheitsmaßnahmen verraten hat. Der hat dann einen unserer Jugendlichen entführt."

„Warum hat dieser Melvin das getan?"

„Ganz genau wissen wir das auch nicht, es hatte wohl damit zu tun, dass seine Mutter ein Mensch war und er das Gefühl hatte, er würde lieber in einer Stadt leben als bei uns, und es wäre besser, wenn die Menschen wüssten, dass wir existieren, damit wir uns nicht mehr verstecken müssen." Toriks Stimme klang sachlich, und Griffin konnte beim besten Willen nicht erraten, was er dachte.

„Aber er musste doch wissen, dass das für eure Gruppe ernsthafte Konsequenzen haben würde."

Keira stieß ein Schnauben aus. „Sollte man annehmen. Entweder hat er einfach nicht darüber nachgedacht, oder es war ihm schlicht egal, was mit uns passieren würde. Genau deshalb wurde er ausgestoßen und lebte bei seinem Vater."

„Und was hat der gemacht, dass er allein leben musste?"

„Nichts, es war seine eigene Entscheidung. Nach den Gründen wirst du ihn selbst fragen müssen, wenn er wieder aufwacht." Toriks Antwort klang endgültig.

Griffin wusste, dass er nicht hätte fragen sollen, aber manchmal überkam ihn einfach die Neugier, besonders wenn es um die Berglöwenwandler dieser Gruppe ging. „Natürlich. Wollen wir nach weiteren Spuren suchen?"

„Ja, wir müssen wissen, wohin der Schuhträger gegangen ist. Sucht ihr weiter in dieser Richtung, ich versuche, Hinweise zu finden, ob er tatsächlich dort war, wo Conner verletzt wurde." Torik hatte es kaum ausgesprochen, als er sich auch schon verwandelte.

Während Keira zu Fuß weiterging, flog Griffin ein Stück vor, um zu sehen, ob er weitere Spuren aus der Luft entdecken konnte. Gemeinsam gelang es ihnen schließlich, die Schuhabdrücke etliche Meilen bis zu einer asphaltierten Straße weiterzuverfolgen, wo sie abrupt endeten.

„Verdammt!" Keira schlug mit ihrer geballten Faust gegen einen Baumstamm. „Wer auch immer das war, ist mit einem Auto weitergefahren und damit unerreichbar für uns. Damit wissen wir immer noch nicht, was nun genau geschehen ist und ob Melvin eingeweiht war oder entführt wurde."

An einigen Stellen waren verschiedene Abdrücke zu sehen gewesen, es waren also mindestens zwei Männer beteiligt. Zusammen wären sie durchaus in der Lage gewesen, den jungen Mann mitzunehmen.

„Es gab keine Hinweise auf einen zweiten Kampf."

Keira nickte abrupt. „Also wurde er entweder außer Gefecht gesetzt, als er schlief, oder er ist freiwillig mitgegangen."

„Aber dann hätten wir seine Fußspuren finden müssen."

„Oder Melvin hatte auch Schuhe an und ist für die zweite Spur verantwortlich." Keira war die Frustration deutlich anzusehen. „Kehren wir um, hier werden wir nichts weiter herausfinden."

Fay presste die Hände in ihren schmerzenden Rücken und schloss die Augen. Sie fühlte sich wie ausgewrungen. Seit Stunden behandelten sie Conners Verletzungen, doch noch immer war er nicht aufgewacht. Wenigstens schien sein Schluckreflex noch zu funktionieren, sodass sie ihm ein wenig Wasser einflößen konnte, um die Flüssigkeit zu ersetzen, die er verloren hatte. Auch wenn es für Conner vielleicht besser war, verstärkte seine anhaltende Bewusstlosigkeit ihre Sorgen, dass seine Kopfverletzung schlimmer sein könnte als von außen sichtbar. Was konnte sie tun, wenn er ein Blutgerinnsel im Gehirn bekam? Würde sie zusehen müssen, wie er starb? Es war erstaunlich, wie viel Schmerz ihr der Gedanke bereitete, obwohl er sie damals verlassen hatte. Vermutlich lag es daran, dass er zur Gruppe gehörte und damit auch zu ihrer Vergangenheit. Genau, das war der Grund. Nicht etwa, weil sie noch Gefühle für ihn hegte.

„Warum legst du dich nicht oben hin? Ich bleibe hier und rufe dich, wenn sich sein Zustand verändert." Jamilas Stimme riss Fay aus ihren Gedanken.

„Das ist nicht nötig, ich muss mich nur für eine Weile hinsetzen und meinen Rücken entlasten." Wie eine alte Frau bewegte sie sich auf den Sessel zu, der für genau diesen Zweck in der Ecke stand, und ließ sich mit einem Stöhnen darauf nieder. Für einen Moment schloss sie die Augen, dann sah sie Jamila an. „Danke für deine Hilfe. Du wirst mal eine sehr gute Heilerin werden."

Jamila wirkte gleichzeitig verlegen und erfreut. „Ich habe eine gute Lehrerin. Und ich bin sicher, ich muss noch viel lernen."

Fay rang sich ein Lächeln ab. „Man lernt nie aus. Vielleicht findest du in Namibia auch eine Heilerin, die dir noch etwas beibringen kann. Natürlich nur, wenn du nicht etwas anderes machen willst, wenn du wieder zu Hause bist." Sie würde es nie zugeben, aber sie würde Jamila vermissen. Bisher hatte sie sich nie einsam in ihrer Hütte gefühlt, doch in den drei Monaten, seit die schwarze Leopardin bei ihr lebte, hatte sie sich an ihre Anwesenheit gewöhnt. Es war nett, jemanden zum Reden zu haben oder auch einfach mal auf der hinteren Terrasse zu sitzen und den Geräuschen der Natur zu lauschen.

„Nein, das heißt, doch, ich möchte auch weiterhin Heilerin werden, aber ich werde nicht nach Namibia zurückkehren. Zumindest nicht in nächster Zeit."

Überrascht sah Fay sie an. „Aber ich dachte, deine Schwester hätte eine Möglichkeit gefunden, wie sie dich zu sich holen kann?" Kainda war nach einigen Wirrungen und unter höchster Lebensgefahr vor einigen Tagen in Afrika angekommen.

„Ja, sie steht in Kontakt mit einer Auswilderungsstation, deren Leiterin – übrigens eine Wandlerin – bereit gewesen wäre, mich ausfliegen zu lassen." Unsicher strich Jamila durch ihre schwarzen Locken. „Aber ich habe Kainda gesagt, dass ich hierbleiben werde."

„Warum?" Fay schnitt eine Grimasse, als sie hörte, wie das klang. „Nicht, dass ich mich nicht freuen würde, wenn du hierbleibst, aber ich dachte, das wäre immer euer Plan gewesen."

„Das war er, oder vielmehr Kaindas, aber ich habe erkannt, dass ich hier noch nicht wegmöchte."

Fay brauchte nicht lange, um den Grund zu erkennen. „Finn."

Bei Jamilas dunkler Haut war es nicht zu erkennen, aber Fay hätte schwören können, dass sie rot wurde. „Ja. Er ist so …" Sie brach ab, anscheinend fand sie nicht die passenden Worte.

„Groß, stark, gut aussehend … *sexy*?"

Jamila lachte überrascht auf. „Ja, all das und noch mehr." Sie wurde ernst. „Ich weiß nicht, wohin das führt oder überhaupt führen kann, aber ich möchte mir nicht später vorwerfen müssen, dass ich zu feige war, es zu versuchen."

„Das ist eine gute Idee. Wirst du bei ihm wohnen oder ...?"

Jamilas Augen weiteten sich. „Nein. Ich möchte ihm nicht noch mehr Ärger in der Gruppe bereiten, als er jetzt schon meinetwegen hat. Ich weiß, dass ich von den meisten anderen nicht akzeptiert werde, und schon gar nicht als Finns ... Geliebte. Es ist wahrscheinlich besser, wenn ich mich so unauffällig wie möglich benehme."

Fays Augenbrauen schoben sich zusammen. „Das ist Unsinn! Du hast keinen Grund, hier nur herumzuschleichen. Was passiert ist, war nicht deine Schuld, und seit du hier lebst, hast du dich vorbildlich benommen und mir sehr geholfen. Ich finde, du hast dir deinen Platz in unserer Gemeinschaft verdient. Und wenn Finn dich liebt, umso besser."

Jamilas Lächeln war zittrig. „Danke. Allerdings weiß ich nicht, was Finn für mich empfindet. Es ist alles noch zu neu."

„Dann hoffe ich, dass ihr das bald herausfindet, bevor ihr mich in den Wahnsinn treibt." Sie hob die Hand, als Jamila etwas erwidern wollte. „Du kannst gerne weiterhin hier wohnen, bis du dich entschieden hast, ich freue mich über die Gesellschaft."

„Vielen Dank, du weißt nicht, was es mir bedeutet, hier eine Freundin gefunden zu haben."

Fay legte eine Hand auf Jamilas und drückte sie sanft. Dieses von innen heraus leuchtende Wesen war vor drei Monaten halb tot in ihre Klinik gebracht worden, völlig entkräftet und beinahe verhungert. Es war fast ein Wunder. Fay war noch nie gut darin gewesen, über ihre Gefühle zu sprechen, aber es schien so, als würde die Pantherin sie auch so verstehen.

„Ist dieser Tierarzt noch bei Kainda?"

„Ja, so wie Ryan sie gepflegt und beschützt hat und ihr dann nach Afrika gefolgt ist, muss er sie sehr lieben. Ich nehme an, sie werden einen Weg finden, wie sie zusammenbleiben können.“ Tränen glitzerten in ihren Augen. „Ich hätte nie gedacht, dass sie wieder einen Mann lieben könnte, nachdem ihr Gefährte und ihr Sohn …“

Jamila brauchte nicht weiterzusprechen, Fay wusste, dass sie über die grauenvolle Tat sprach, als Jäger in Afrika ihre gesamte Gruppe getötet hatten, Frauen, Männer und Kinder, ohne jedes Mitleid. Die gesamten Monate hatte Jamila für sich behalten, wie sie überhaupt nach Amerika gekommen waren, doch gestern hatte sie sich geöffnet und Fay die Geschichte erzählt. Fay konnte sich vorstellen, wie furchtbar es sein musste, solch ein Verbrechen mitzuerleben und danach als Gefangene gezwungen zu sein, sich dem Willen ihres Entführers und Mörders ihrer Familie zu beugen, um nicht das gleiche Schicksal zu erleiden. Ob sie selbst die Kraft gehabt hätte, etwas Ähnliches durchzustehen?

„Kainda hat Glück, dass sie noch einmal jemanden gefunden hat, den sie lieben kann und der sie auch liebt.“ Hoffentlich klang es in Jamilas Ohren nicht so neidisch wie in ihren.

Sie konnte Jamila ansehen, dass sie fragen wollte, warum sie keinen Mann an ihrer Seite hatte, doch schließlich hielt die Leopardin sich an ihr unausgesprochenes Übereinkommen, nicht in den Geheimnissen des jeweils anderen zu stochern. „Weißt du, ob es ein hohes Risiko ist, wenn zwei verschiedene Spezies zusammen ein Kind bekommen?“

„Du meinst Wandler und Mensch wie Kainda und Ryan? Da sie die Wandlerin ist, sehe ich kein großes Risiko. Das Kind wird zwar halber Mensch sein, sich aber trotzdem verwandeln können. So wie Melvin oder Torik.“

Jamila biss sich auf die Lippe. „Das ist gut zu wissen, aber …“

„Was?“

„Eigentlich meinte ich zwei verschiedene Wandler-Spezies."

Jamila wich ihrem Blick aus, aber auch so verstand Fay, dass sie von Finn und sich sprach. „Damit kenne ich mich nicht so gut aus, wir hatten noch nie solch einen Fall." Ihre Stimme wurde sanfter. „Bei zwei Raubkatzenarten mit relativ engem Verwandtschaftsgrad sehe ich aber im Grunde kein Problem. Ihr müsstet euch nur darauf einstellen, dass die Kinder dann vermutlich in ihrer Tierform etwas … anders aussehen werden als ihr." Fay wartete, bis Jamila sie wieder ansah. „Planst du in nächster Zeit Nachwuchs?"

„Nein, es ist nur …" Jamila stieß hart die Luft aus. „Wenn Finn und ich zusammenbleiben und sich dann irgendwann herausstellen würde, dass wir keine gemeinsamen Kinder haben können, wäre das …"

Als sie nicht weitersprach, lehnte Fay sich vor. „Du meinst, die Beziehung könnte zerbrechen? Sind dir Kinder so wichtig?"

„Ich möchte es nur gern vorher wissen, bevor ich mich völlig und unwiderruflich auf ihn einlasse. Ich hätte gerne irgendwann eigene Kinder, doch wenn es nicht funktioniert, könnte ich auch ohne leben. Aber wenn von vorneherein klar wäre, dass es nie Kinder geben wird, muss ich das wissen. Und Finn ebenso, schließlich ist es auch sein Leben."

Fay nickte. „Ich verstehe. Wenn du möchtest, forsche ich noch mal ein wenig nach, wie es sich bei normalen Raubkatzen verhält." Langsam stand sie auf. „Es dürfte eigentlich kein Problem sein."

Erleichterung malte sich auf Jamilas Gesicht ab. „Danke. Wahrscheinlich mache ich mir viel zu früh Gedanken um so etwas, aber …" Hilflos hob sie die Schultern.

Ein Stöhnen ertönte, und Fay lief zur Liege. Conners Gesichtszüge waren verzerrt, seine Hände zu Fäusten geballt. Fay beugte sich über ihn und legte ihre Hand auf seine Stirn. Sie war heiß, wahrscheinlich hatte er Fieber. Katzenwandler hatten zwar generell eine höhere Temperatur als normale Menschen, aber bei Conner schien die Temperatur erschreckend hoch. Durch die guten Selbstheilungskräfte ihrer Art gab es nur selten Fälle von Fieber im Lager, doch in seinem geschwächten Zustand war Conner gefährdet.

„Jamila, hol mir bitte das fiebersenkende Pulver und misch es an, damit wir es unserem Patienten einflößen können."

Ohne Vorwarnung schloss sich Conners Hand um Fays Arm und zog ihn unter ihr heraus, sodass sie auf ihn stürzte. Sie wollte sich von ihm herunterrollen, doch er hielt sie mit eisernem Griff fest. Mit heftig klopfendem Herzen sah sie ihn an. Sein gesundes Auge war geöffnet, doch er schien durch sie hindurchzusehen.

„Melvin. Wo ...?" Ihn schüttelte ein Hustenanfall, der Fay beinahe von der Liege warf.

Sie stützte sich mit ihrem freien Arm über ihm auf, um seine Verletzungen nicht weiter zu belasten. „Ganz ruhig, wir werden Melvin finden. Jetzt musst du erst mal wieder gesund werden." Fay drehte ihren Kopf zu Jamila, die sie mit geweiteten Augen ansah. „Misch noch etwas mit hinein, damit er schlafen kann."

„Ich ..." Mehr brachte er nicht heraus. Aus seinen Augen leuchtete pure Verzweiflung, die Fay tief ins Herz schnitt.

„Es ist alles in Ordnung, Conner. Wir kümmern uns um alles." Sie nahm den Becher entgegen, den Jamila ihr reichte. „Trink das, dann geht es dir bald besser."

Zuerst sah es so aus, als würde er sich weigern, doch dann öffnete er den Mund und ließ sich einige Schlucke einflößen. Fay wartete, bis sein Auge sich schloss und sich seine Hand von ihrem Arm löste, bevor sie sich vorsichtig von der Liege erhob. Da sie es kaum ertragen konnte, ihn so dort liegen zu sehen, wandte sie sich abrupt ab.

„Ist alles in Ordnung?"

„Ja." Fay holte tief Atem. „Kannst du für einen Moment auf ihn aufpassen, während ich nach oben gehe?"

„Natürlich, wenn etwas sein sollte, rufe ich dich."

„Danke." Fay konnte Jamilas besorgten Blick auf sich fühlen, deshalb reckte sie ihre Schultern und ging so langsam zur Treppe, wie sie es ertrug. Erst als sie die Tür ihres Zimmers hinter sich zugezogen hatte, erlaubte sie sich zusammenzubrechen.

6

Schmerz umhüllte Conner. Schmerz, Hitze und ein merkwürdiger Geruch. Irgendetwas Vertrautes lag darin, doch sein Gehirn konnte es nicht erfassen. Eigentlich hätte ihm kalt sein müssen, es konnte schließlich jederzeit wieder anfangen zu schneien. Doch es war warm, zu warm, und etwas drückte auf seinen Körper. Da seine Augen nicht kooperierten, strich er mit der Hand über sich und fühlte weichen Stoff. Eine Decke? Warum war er nicht mehr im Wald? Und wo war Melvin? Dieser Gedanke half ihm, für einen kurzen Moment an die Oberfläche zu kommen. Sofort wurden die Schmerzen schärfer, waren kaum zu ertragen. Doch er musste wach bleiben, musste seinen Sohn suchen … Ein Stöhnen drang aus seiner Kehle. Jemand beugte sich über ihn, und seine Finger griffen automatisch zu. Etwas fiel auf ihn, und ihm blieb die Luft weg. Schwärze drohte ihn zu verschlingen. *Melvin!*

Er musste es laut gesagt haben, denn eine sanfte Stimme antwortete ihm. Er konnte keine Worte ausmachen, weil es zu sehr in seinem Kopf dröhnte, aber sie klangen beruhigend. Und die Stimme … Warum kam sie ihm so bekannt vor? Er wollte mit ihr reden, sie fragen, wer sie war, doch er brachte keinen Ton mehr heraus, als hätte er vergessen, wie man Wörter formte. Jemand stützte seinen Kopf und hielt ihm etwas Hartes an den Mund. Flüssigkeit drang an seine Lippen, und er öffnete sie automatisch. Das Getränk schmeckte seltsam, nach Kräutern, süß und gleichzeitig bitter. Seine Kehle schmerzte, und die Flüssigkeit verschwand. Es wurde dunkler, als hätte jemand das Licht ausgemacht. Müde … so müde. Er sank tiefer hinab und vergaß, was er eigentlich tun musste. Ruhe, das war alles, wonach er sich sehnte. Kurz bevor er sich ganz im Nichts verlor, tauchte aus seinem Gedächtnis ein Bild auf. *Fay*.

Unruhig lief Amber in der Ratshütte auf und ab. Nachdem Griffin mit Torik und Keira aufgebrochen war, hatte Finn sie aufgesucht und gebeten, eine Liege in der Hütte aufzustellen und alles für einen Übernachtungsgast vorzubereiten. Es war klar, dass er von Griffin sprach, und Amber musste sich große Mühe geben, ihre Freude nicht allzu deutlich zu zeigen. Trotzdem hatte sie den Verdacht, dass Finn zumindest ahnte, was in ihr vorging. Mehr als einmal ertappte sie ihn dabei, wie er ihr nachdenkliche Blicke zuwarf.

Zum wahrscheinlich hundertsten Mal trat sie zu dem Schaukelstuhl, den sie aus ihrer Hütte hierhergetragen hatte, und strich über die Patchworkdecke. Der Gedanke, dass sich Griffin heute Nacht damit zudecken würde, löste eine seltsame Erregung in ihr aus, die sie nur mühsam unterdrücken konnte.

Amber verdrehte die Augen und richtete sich wieder auf. Warum trieb sie sich eigentlich noch hier herum? Sie hatte ihre Aufgabe bereits vor einiger Zeit erledigt und sollte lieber nachsehen, ob Fay ihre Hilfe doch noch benötigte. Oder sie hätte endlich anfangen können, die Fotos zu sortieren, die sie von ihrer letzten Tour mitgebracht hatte, damit sie entscheiden konnte, welche zur Veröffentlichung taugten, schließlich würde der Kalender-Verlag nicht ewig darauf warten, dass sie neues Material lieferte. Normalerweise war das eine Tätigkeit, die sie mit Freude erfüllte und in die sie sich tagelang vertiefen konnte, doch heute fehlte ihr die Ruhe dafür. Nachdem sie sich ein letztes

Mal davon überzeugt hatte, dass alles vorhanden war, was Griffin brauchen könnte, verließ sie die Hütte. Nach der körperlichen Arbeit spürte sie wieder die Verletzungen, die Griffins Krallen hinterlassen hatten, deshalb konnte eine heiße Dusche jetzt nicht schaden. Sie hatte ihn nicht angelogen, die äußerlichen Verletzungen heilten tatsächlich sehr schnell bei Berglöwenwandlern, doch das bedeutete nicht, dass auch die Schmerzen sofort verschwanden. Es ging zwar alles sehr viel schneller als bei normalen Menschen, aber ein paar Tage brauchte es doch, zumal die Krallen tief in ihre Muskeln eingedrungen waren. Das brauchte Griffin jedoch nicht zu wissen, sonst würde er sich noch schlechter fühlen. Vor allem, wenn er morgen bereits wieder aus ihrem Leben verschwand.

Traurigkeit wallte in Amber auf, die sie energisch zurückdrängte. Sie sollte die Zeit, die er hier war, genießen und nicht durch Lamentieren verschwenden. Wenn es so weit war, konnte sie immer noch im Elend versinken.

Nachdem sie bei Fay vorbeigeschaut und von Jamila erfahren hatte, dass Conners Zustand unverändert war, zog sie sich in ihre Hütte zurück. Die heiße Dusche lockerte tatsächlich ihre verkrampften Muskeln, und nachdem sie Salbe auf ihre Schultern gerieben hatte, waren die Verletzungen kaum noch zu spüren. Wieder im Einklang mit sich selbst und ihrem Leben, holte sie ihren Laptop heraus und schaltete ihn an.

Ob ihre Mutter geahnt hatte, was sie damit auslösen würde, als sie ihr die erste Kamera schenkte? Amber erinnerte sich daran, wie unsicher sie sich damals gefühlt hatte. Sie traute sich kaum, die Hütte zu verlassen, aus Angst, dass die bösen Männer wieder auftauchen könnten. Doch mit der Kamera hatte sie die ersten Schritte nach draußen unternommen. Es schien ihr sicherer, wenn sie alles durch die Kameralinse betrachtete, so als wäre sie nicht wirklich dort, sondern jemand anders.

Ihre Mutter Aliyah war eine kluge Frau, die trotz des Kummers um den Verlust ihres geliebten Mannes genau gewusst hatte, was ihrer Tochter fehlte und wie sie sie wieder in die Welt hinauslocken konnte. Ein warmes Gefühl durchströmte Amber. Es wurde eindeutig Zeit, ihre Mutter zu besuchen. Bestimmt ergab sich bald eine Gelegenheit dazu, vielleicht, wenn eine neue Fuhre Naturprodukte fertig war und Aliyah gebracht werden musste, die diese in einem kleinen Laden und über das Internet vertrieb. Sie lebte jetzt, wie alle Berglöwenwandler, in denen der Berglöwe sich im Alter zurückgezogen hatte, wieder in der Stadt, oder in ihrem Fall in dem kleinen Örtchen Incline direkt am Sierra National Forest.

Amber rief das erste Foto auf und versank sofort wieder in der Schönheit der Natur und in den Erinnerungen an die Aufnahme. Nebelschwaden hingen über einem kleinen See, während einzelne Sonnenstrahlen durch die Wolkendecke lugten und den Nebel zum Leuchten brachten. Die Stimmung war beinahe unwirklich, das Grün der Bäume und Büsche gedämpft, die Farbe des Wassers grau wie die darin gespiegelten Wolken. Sie erinnerte sich noch gut an die Stille des Moments, als sie am Ufer gewartet hatte, bis sie das perfekte Foto bekam. Nachdem sie das Original abgespeichert hatte, spielte sie noch eine Weile mit den Kontrasten und der Farbbalance, bis sie das Bestmögliche aus dem Bild herausgeholt hatte.

Wie so oft verlor sie sich völlig in ihrer Welt und merkte gar nicht, wie es langsam im Raum dunkler wurde. Erst als ihre Augen zu brennen begannen, blickte sie auf. Es dauerte einen Moment, bis sie sich daran erinnerte, wo sie war. Kurz darauf folgte die Erkenntnis, dass sie eigentlich Griffin etwas zu essen bringen wollte. Vermutlich hatte Finn dafür gesorgt, dass ihr Gast nicht verhungern musste, doch am besten überzeugte sie sich selbst davon.

Rasch stand sie auf und ging zum Kühlschrank hinüber. Wie erwartet standen dort noch die Reste ihres patentierten Eintopfes, den sie nach der Rückkehr aus dem Adlergebiet gemacht hatte, um sich zu beruhigen. Sehr gut, wenn Griffin Hunger hatte, brauchte sie ihn nur aufzuwärmen. Für einen Moment stockte sie. Sofern Griffin überhaupt wieder mit zurückgekommen und nicht gleich von dort aus aufgebrochen war. Entschlossen schüttelte Amber den Kopf. Sein Beutel war noch im Lager, also musste er auf jeden Fall zurückkommen. Was aber nicht hieß, dass er über Nacht bleiben würde.

Kurz entschlossen steckte sie den Salbentiegel ein und verließ ihre Hütte. Angenehme Wärme floss durch ihren Körper, als sie sich auf den Weg zur Ratshütte machte. Die Vorstellung, Griffin gleich wiederzusehen und ihn vielleicht erneut berühren zu können – und sei es auch nur, um die Salbe aufzutragen – ließ sie zittern. Je näher sie der Hütte kam, desto langsamer wurden ihre Schritte. So wunderbar es auch war, endlich „ihren" Adlerwandler kennenzulernen und ihm nahe zu sein, er würde bald weiterziehen, und sie war wieder allein. Dann würde sie jedoch wissen, was ihr fehlte, und es würde noch schwerer werden.

Vielleicht sollte sie ihre Gefühle ignorieren und ihn nicht wiedersehen, solange er hier im Lager war. Wenn sie ihn nicht kannte, konnte sie ihn auch nicht vermissen, richtig? Mit einem flauen Gefühl im Magen musste Amber sich eingestehen, dass es bereits zu spät war, vielleicht schon immer gewesen war, denn was hatte sie seit ihrem sechsten Lebensjahr anderes gemacht, als auf ihn zu warten oder ihn zu suchen?

Sie war erbärmlich. Anstatt die Gelegenheit zu ergreifen und das Beste aus der kurzen Zeit zu machen, die sie gemeinsam hatten, stand sie hier herum und jammerte. Hatte sie nicht gerade erst entschieden, sich nicht mehr treiben zu lassen, sondern etwas zu *tun*? Dazu gehörte auch, dass sie mit dem Mann sprach, der ihre Gedanken mehr beschäftigte als jeder andere. Auch wenn sie es nicht glaubte, konnte sich immer noch herausstellen, dass Griffin jemand war, der sie langweilte oder den sie nicht mochte. Dann hätte sie Gewissheit und konnte endlich mit ihrem Leben fortfahren und vielleicht doch noch einen Berglöwenmann finden, der zu ihr passte. Der Gedanke, dafür ihre Gruppe verlassen zu müssen, war so unangenehm, dass sie ihn weit von sich schob. Ein Tag nach dem anderen, es brachte nichts, sich jetzt schon verrückt zu machen. Entschlossen ging sie zur Hütte und klopfte.

Nach einigen Momenten, die ihr endlos vorkamen, öffnete sich die Tür, und Griffin stand vor ihr. Diesmal war er komplett angezogen, was sie fast ein wenig enttäuschte, doch sie versuchte, sich nichts anmerken zu lassen.

„Hallo. Ich bin nur gekommen, um zu fragen, ob du noch etwas benötigst."

Griffins braune Augen glitten über sie und blieben einen Moment an ihrem tiefen Ausschnitt hängen. „Finn sagte, dass du die Hütte bestückt hast. Es ist alles da, was ich brauche, vielen Dank." Seine raue Stimme war leise.

Amber versuchte, die Röte zu unterdrücken, die in ihre Wangen stieg. „Oh, gut. Möchtest du etwas essen? Ich habe noch Eintopf, den ich dir bringen könnte."

„Danke für das Angebot, aber ich habe noch Besuch." Mit den Augen deutete er zur Seite.

Amber prüfte die Luft und spürte, wie noch mehr Hitze in ihre Wangen schoss. Wenn sie nicht alles täuschte, waren sowohl Finn als auch Torik, Kell und Keira in der Hütte und hatten jedes Wort gehört, das sie gesagt hatte. Jetzt wusste sie auch, warum Griffin so leise sprach. Mit einem Nicken zeigte sie ihm, dass sie verstanden hatte. „Dann wünsche ich euch noch einen angenehmen Abend. Gute Nacht."

Griffin hob seinen Arm und strich im Sichtschutz seines Körpers sanft mit einem Finger über ihre Schulter, wo der Ausschnitt des Pullovers sie freigab. „Gute Nacht." Seine Stimme war noch leiser und rauer als zuvor.

Als er seine Hand zurückzog, erinnerte sie sich an die Salbe und drückte ihm den Tiegel in die Hand. „Für deine Wunden."

„Danke." Damit trat Griffin zurück und schloss die Tür hinter sich.

Amber widerstand der Versuchung zu lauschen und entschied, stattdessen bei Fay vorbeizuschauen. Vielleicht würde wenigstens die Heilerin ihre Gesellschaft wollen. Kopfschüttelnd machte sie sich auf den Weg, genervt von ihrer eigenen Wehleidigkeit.

Es war für Griffin nicht leicht gewesen, der Unterhaltung weiter zu folgen, nachdem Amber in ihrem eng anliegenden und tief ausgeschnittenen Pullover vor seiner Tür gestanden und ihn gefragt hatte, ob er noch etwas brauchte. Ja, er brauchte sie, und zwar mehr als dringend, aber das hatte er schlecht sagen können, während die anderen jedem Wort lauschten. Es hatte ihm wehgetan, das Leuchten in ihren bernsteinfarbenen Augen schwinden zu sehen, ersetzt von Enttäuschung und Scham.

Was hätte er darum gegeben, sie zu küssen, die Wärme ihrer Haut zu schmecken, besonders, nachdem sie so auf seine kurze Berührung reagiert hatte. Doch das wäre ein großer Fehler gewesen. Sie gehörten zu unterschiedlichen Spezies, eine Beziehung zwischen ihnen war unmöglich, das hatte er schon vor langer Zeit erkannt. Und er hatte vorhin Keiras Reaktion auf die Anwesenheit der schwarzen Leopardin gesehen – wenn Blicke töten könnten, wäre sie auf der Stelle umgefallen.

Andererseits schien Finn Jamila sehr nahezustehen, die Hitze in seinen Augen war unübersehbar. Vielleicht war Keiras Abneigung auch eher auf die Beziehung der Pantherin mit ihrem Bruder zurückzuführen, als darauf, dass sie einer anderen Spezies angehörte.

Aber dennoch war das etwas anderes. Zwei unterschiedliche Raubkatzenarten konnten eine Beziehung eingehen, nicht jedoch eine Berglöwin und ein Adler. Selbst wenn sie beide Wandler und damit auch Menschen waren, würden sie nie gemeinsamen Nachwuchs zeugen können. Amber würde nie mit ihm fliegen und er nie mit ihr durch den Wald laufen können. Deshalb sollte er sich in Zukunft von ihr fernhalten.

Die Frage war nur, warum er sich dann heimlich weggeschlichen hatte und nun auf einem Ast hoch über Ambers Hütte saß und auf einen Moment wartete, in dem er herunterschweben, sich verwandeln und an ihre Tür klopfen konnte. Er hatte sogar die Ausrede parat, dass er ihr die Salbe zurückbringen wollte, die er sicher in seinen Krallen hielt. Nur würden sie beide wissen, dass er nicht deshalb kam, sondern weil er sich einfach nicht von ihr fernhalten konnte. *Verdammt*. Griffin schloss die Augen, um ihr Bild aus seinem Kopf zu vertreiben, doch es gelang ihm nicht. Im Gegenteil, es schien sich nur noch fester zu verankern.

„Willst du die ganze Nacht da sitzen bleiben, oder kommst du rein?“

Griffin riss die Augen auf und verlor fast den Halt auf dem dünnen Ast, als Ambers Stimme erklang. Er blickte nach unten und sah sie an einem geöffneten Fenster im rückwärtigen Teil der Hütte stehen. Nach einer inneren Debatte von etwa zwei Sekunden stieß er sich ab und schwebte langsam herunter. Amber trat vom Fenster zurück, sodass er direkt in den Raum fliegen und auf dem Holzfußboden landen konnte. Als er sah, dass es ihr Schlafzimmer war, wollte er umkehren, doch Amber hatte das Fenster bereits wieder geschlossen. Ihm blieb nichts anderes übrig, als sich zu verwandeln, denn in Adlerform würde er nie durch die schmalen Türöffnungen fliegen können. Griffin schob den Salbentiegel beiseite und verwandelte sich. Damit sie nicht merkte, wie sein Körper auf sie reagierte, blieb er hocken und drehte nur seinen Kopf zu ihr.

„Wenn du das Fenster wieder öffnest, fliege ich gleich zurück."

Erstaunt sah sie ihn an. „Warum? Du bist doch gerade erst angekommen."

„Ich sollte nicht hier sein." Er merkte selbst, wie lahm das klang.

Amber verschränkte die Arme über der Brust. „Und warum nicht? Mit den anderen kannst du dich treffen, aber mit mir nicht?" Wut und Verletztheit schwangen in ihrer Stimme mit. „Und überhaupt, wer entscheidet, was du tun solltest oder nicht?"

„Amber …"

Als er nicht weitersprach, funkelte sie ihn an. „Was?"

Griffin schloss für einen Moment die Augen, bevor er sie wieder öffnete und Amber die Gefühle zeigte, die in ihm brodelten. „Die anderen möchte ich nicht berühren und küssen. Dich schon."

„Oh." Ihre Arme fielen herunter und sie machte einen Schritt auf ihn zu.

„Bleib lieber da stehen, ich habe nichts anzuziehen."

„Ich habe durchaus schon den einen oder anderen Mann nackt gesehen, dich eingeschlossen. Aber wenn es dir unangenehm ist, kann ich dir etwas von Coyle heraussuchen, er hat hier immer ein paar Sachen im Schrank, seit er nicht mehr im Lager lebt." Ohne auf seine Antwort zu warten, trat sie zum Schrank und nahm eine Jeans und ein T-Shirt heraus. „Hier. Hast du inzwischen etwas gegessen?"

Stumm schüttelte Griffin den Kopf.

„Dann mache ich schnell den Eintopf warm. Komm dann einfach in die Küche." Nach einem letzten Blick, der über seinen

Körper zu streicheln schien, verließ sie das Schlafzimmer und zog die Tür hinter sich zu.

Er sollte wirklich wieder verschwinden, doch stattdessen zog er rasch die Kleidung an, die nur über Brust und Schultern etwas spannte, und ging mit dem Salbentiegel in die Richtung, aus der ein warmer Lichtschein drang. Das Wohnzimmer mit integrierter Küche war etwas größer als das Schlafzimmer, aber keineswegs riesig. Mehr brauchte man als einzelne Person auch nicht, wenn man sowieso die meiste Zeit draußen war. Sein Baumhaus war noch kleiner, weil Adlerwandler generell mehr Zeit in ihrer Tierform verbrachten als die Berglöwenwandler.

Amber drehte sich zu ihm um und lächelte. „Coyle hat nie so gut darin ausgesehen."

„Das sagst du nur, weil er dein Bruder ist."

Lachend wandte sich Amber wieder zum Kochtopf um. „Vermutlich. Oder weil ich bei Coyle nie das Verlangen habe, ihm die Kleidung sofort wieder auszuziehen."

Ihre Worte fuhren wie ein Schock durch seinen Körper, und sein Schaft regte sich. Wie angewurzelt stand er mitten in der Küche und konnte sich nicht entscheiden, ob er Amber in seine Arme reißen oder fliehen sollte.

Röte kroch in Ambers Nacken, sie sah ihn nicht an. „Entschuldige, das hätte ich nicht sagen sollen, ich wollte dich nicht in Verlegenheit bringen."

Griffin stieß ein beinahe verzweifeltes Lachen aus. „Ich bin nicht verlegen, ich weiß nur nicht, wie ich darauf reagieren soll, denn das, was ich gerne möchte, ist nicht akzeptabel."

Mit beiden Händen stützte sie sich am Herd ab. „Und was wäre das?"

Wie von selbst setzten sich seine Füße in Bewegung und er blieb dicht hinter ihr stehen. Sanft legte er seine Hände auf ihre

Schultern. „Dich berühren, deine Haut unter meinen Fingerspitzen spüren." Mit den Daumen fuhr er ihren Hals hinauf und spürte ihren rasenden Puls. „Deine Hände auf meinem Körper fühlen. Beobachten, wie deine Augen sich verändern, wenn du mich ansiehst." Die Luft schien immer wärmer zu werden, bis er das Gefühl hatte zu verbrennen, wenn er Amber noch näher kam. Abrupt zog er sich zurück und lehnte sich schwer atmend an den Küchentisch, weil seine Beine ihn nicht mehr trugen. „Frage beantwortet?"

Amber drehte sich langsam um, ihre Augen goldene Seen. Ihre Brüste, deren harte Spitzen unter dem Pullover deutlich zu sehen waren, hoben und senkten sich mit ihren raschen Atemzügen. „Ja, danke." Ihre Stimme war nur ein Hauch. Sie räusperte sich. „Vielleicht hätten wir doch nur über das Essen oder unsere Hobbys reden sollen. Wir machen es uns nur noch schwerer damit."

Griffin rieb über sein Gesicht. „Ich weiß. Entschuldige."

Amber gelang ein halbes Lächeln. „Es war meine Schuld, ich habe damit angefangen, als ich dich danach gefragt habe." Mit einem bedauernden Seufzer drehte sie sich wieder zum Herd um. „Das Essen ist gleich fertig, setz dich."

Froh, so die Erektion verbergen zu können, die das Gespräch und die Berührung in ihm ausgelöst hatten, ließ Griffin sich auf einen Stuhl sinken und sah zu, wie Amber in ihrer Küche hantierte. Er hätte nie gedacht, wie perfekt sie in dieser Umgebung aussah, bisher hatte er immer die wildere Seite von ihr gesehen, wenn sie sich der Wildnis anpasste und ein Teil der Umgebung wurde. Doch hier schien sie genauso in ihrem Element, ihr einziges Zugeständnis war, dass sie keine Schuhe trug. Der Anblick ihrer nackten Füße löste ein so intensives Gefühl der Zärtlichkeit in ihm aus, dass ihm die Luft wegblieb. Es dauerte eine Weile, bis sich das Band um seinen Brustkorb etwas gelockert hatte und er wieder atmen konnte. Glücklicherweise schien Amber nichts davon gemerkt zu haben. Wie er allerdings ihr gegenübersitzen und nicht die ganze Zeit auf den wie eine zweite Haut sitzenden Pullover – oder vielmehr ihren Körper darunter – starren sollte, war ihm ein Rätsel. Vermutlich hatte sie recht, und sie machten es sich tatsächlich damit nur noch schwerer, aber er konnte sich nicht dazu bringen, ihre Hütte wieder zu verlassen. Er brauchte dieses Gefühl von Wärme und Willkommensein mehr als alles andere.

Um ein anderes Gesprächsthema zu finden, sah er sich im Wohnzimmer um. Es bestand durchgehend aus Holz, von den Wänden bis zu den wenigen, wunderschön geschnitzten Möbeln. „Die Möbel sind von Finn, oder?"

Überrascht sah Amber ihn an. „Woher weißt du das?"

Griffin hob die Schultern. „Eines meiner Hobbys ist es, eure Gruppe zu beobachten. Dabei habe ich viel mitbekommen."

Amber lächelte, während sie die Teller auf den Tisch stellte. „Stimmt, daran hätte ich denken sollen. Zu deiner Frage: Du wirst im Lager kaum andere Möbel finden, alle warten lieber darauf, dass Finn etwas Neues fertigstellt, als sich woanders ein Möbelstück zu besorgen."

„Das kann ich verstehen, sie sind sehr gut." Er deutete auf eine leere Stelle in der Ecke des Raumes. „Wartest du auch noch auf etwas?"

Leichte Röte stieg in Ambers Wangen. „Nein, da steht normalerweise der Schaukelstuhl." Sie hob die Schultern. „Mir kam die Ratshütte so leer und unfreundlich vor, deshalb habe ich ein wenig umdekoriert."

Die Wärme breitete sich weiter in Griffin aus. Sosehr er auch versuchte, Amber nicht völlig zu verfallen, es schien aussichtslos. „Die Patchwork-Decke gehört dann wohl auch dir. Hast du sie selbst gemacht?"

Amber lachte auf. „Ich kann höchstens einen Knopf annähen, und vor allem hätte ich ganz sicher nicht die nötige Geduld, um so etwas herzustellen." Ihre Augen leuchteten warm. „Meine Mutter hat sie genäht und mir geschenkt."

„Sie ist wunderschön."

„Ich werde es an meine Mutter weitergeben, wenn ich sie das nächste Mal sehe." Amber ging zum Kühlschrank. „Was möchtest du trinken? Wasser? Saft?"

„Saft wäre toll. Deine Mutter lebt also nicht mehr hier?"

Amber stellte ein Glas vor ihn und eine Flasche in die Mitte des Tisches. „Bedien dich." Sie setzte sich ihm gegenüber und nahm ihren Löffel in die Hand. „Nachdem sich der Berglöwe vor einigen Jahren in ihr zurückgezogen hat, lebt sie in einem Ort."

Griffin, der sich gerade eingießen wollte, erstarrte. „Unter Menschen?"

„Natürlich. Sie hat inzwischen sogar einen Führerschein und eine eigene kleine Firma, über die sie unsere Naturprodukte vertreibt." Sie beugte sich zu ihm hinüber. „Geht es dir nicht gut?"

Seine Fingerknochen stachen weiß hervor, so fest hielt er die Flasche umklammert. Vorsichtig stellte er sie auf den Tisch zurück. „Eure Alten leben in Städten, und ihr habt sogar Kontakt mit ihnen?"

Amber runzelte die Stirn. „Natürlich. Sie sind ein wichtiger Teil unseres Lebens, auch wenn sie nicht mehr im Lager leben. Wo sind denn deine Eltern?"

Griffin spürte den üblichen Druck auf seiner Brust. „Tot. Ich war noch ganz klein, als sie gestorben sind, ich wurde von einer Tante aufgenommen."

„Das tut mir leid." Ambers Augen glänzten feucht, wahrscheinlich, weil sie seine Gefühle gut nachvollziehen konnte, hatte sie doch selbst einen Elternteil verloren.

Griffin räusperte sich. „Danke."

„Und wo ist deine Tante jetzt? Noch im Lager?“

„Ich weiß nicht, wo sie ist. Wenn sich die Adler in uns zurückziehen, gehen die Alten einfach, keiner weiß, wohin. Vielleicht können sie ohne ihre Tiergestalt nicht leben oder sie ertragen es nicht, mit denen Kontakt zu haben, die noch fliegen können.“

Mit offenem Mund sah Amber ihn an. „Das ist ja furchtbar! Die Vorstellung, dass jemand immer da war und dann plötzlich verschwindet …“

„Wir leben nicht so wie ihr, der Zusammenhalt in unserer Gruppe ist nicht so stark wie bei euch, und auch innerhalb der Familie schwächt sich der Kontakt mit den Jahren ab. Vielleicht liegt es daran, dass viele fast ausschließlich in Adlergestalt leben. Nur selten bewegen sie sich als Menschen fort und wenn, dann nur kurz.“ Leiser fuhr er fort. „Sie wissen gar nicht, was sie verpassen.“

„Aber du weißt es.“

Es war keine Frage, trotzdem antwortete Griffin. „Ja. Ich habe von euch gelernt, wie eine Gruppe zusammenleben kann, ohne dass die Individuen ihr eigenständiges Leben aufgeben müssen. Wie der Zusammenhalt zwischen Eltern und Kindern gestärkt wird, indem sie viel Zeit miteinander verbringen. Wie wichtig es ist, nicht nur nebeneinanderher zu leben, sondern sich auch füreinander zu interessieren.“

Wärme strahlte aus Ambers Augen. „Deine Kinder werden sich glücklich schätzen, dich zum Vater zu haben.“

Griffin sah sie einen Moment stumm an. „Ich werde keine Kinder haben.“ Sowie die Worte aus seinem Mund waren, wollte er sie zurücknehmen. Das war nun wirklich kein Thema für eine Mahlzeit, und vor allem wollte er die Fragen nicht beantworten, die sicherlich gleich folgen würden. Wie sollte er ihr erklären, dass sie die einzige Frau war, mit der er sich vorstellen konnte, Kinder zu haben, was aber nicht möglich war, weil ihre

Gene mit großer Wahrscheinlichkeit nicht kompatibel waren? Die Adlerjungen wurden in ihrer Tierform geboren, das hieß, sie schlüpften hoch oben in den Horsten aus einem Ei. Das war auch einer der Gründe dafür, dass die Adlerwandler einen Großteil ihres Lebens in ihrer Tierform verbrachten – und warum sie sich keine Partner unter den Menschen oder anderen Wandlerarten suchten.

„Das ist schade, ich bin sicher, du wärst ein wunderbarer Vater."

Er war sich da nicht so sicher, aber da es sowieso keine Option war, nickte er nur. „Danke."

Vermutlich sollte er sie jetzt fragen, ob sie Kinder haben wollte, doch er konnte sich nicht dazu bringen. Die Vorstellung, dass sie dafür jemand anderen als ihn zum Partner nehmen würde, schnürte ihm die Kehle zu. All die Jahre hatte er immer befürchtet, irgendwann hierherzukommen und Amber mit einem anderen Mann zu sehen, doch es war nie geschehen.

Inzwischen war er beinahe so weit, ihr eine erfüllende Beziehung zu wünschen, auch wenn er dann alleine sein würde. Es war nur so schwer, selbstlos zu sein, wenn sich bei dem Gedanken jedes Mal sein Herz zusammenkrampfte und er das Gefühl hatte, damit seinen einzigen Lebenszweck zu verlieren. Um nicht vor ihr auf die Knie zu sinken und sie zu bitten, ihn von seinem Elend zu erlösen, schob er den Löffel in seinen Mund. Als der Geschmack in seinem Mund explodierte, riss er die Augen auf. Bisher hatte er Essen eher als Notwendigkeit gesehen – was durchaus an seinem fehlenden Kochtalent liegen konnte –, doch jetzt erkannte er, was er dadurch verpasst hatte. Mit Bedauern schluckte er die Flüssigkeit herunter.

„Das ist fantastisch!"

Amber lächelte ihm erfreut zu. „Der Eintopf ist meine Spezialität."

„Mich wundert, dass die Leute nicht Schlange stehen, um auch etwas abzubekommen." Und das meinte er völlig ernst.

Lachend winkte Amber ab. „Glaub mir, ich bin hier nur ein kleines Licht, wenn es um Kochkünste geht. Aber es reicht für mich, besonders weil ich viel unterwegs bin und daher nicht so oft koche."

„Erzähl mir von deinen Fototouren."

Amber hob eine Augenbraue. „Sicher, dass du darüber nicht schon alles weißt?"

Griffin spürte Hitze in seinen Kopf steigen, doch er würde sicher nicht zugeben, dass er ihr viel zu oft gefolgt war und sie bei der Arbeit beobachtet hatte. „Bitte."

Während sie sich darüber unterhielten, verging die Zeit wie im Flug. Viel zu schnell war sein Teller leer, und es wurde Zeit, sich zurückzuziehen. Er war müde, aber die Vorstellung, vielleicht nie wieder so mit Amber zusammensitzen zu können, ließ ihn zögern. Amber schien es genauso zu gehen, in ihren Augen lag eine unausgesprochene Bitte.

Schließlich schob Griffin seinen Stuhl zurück und stand auf. „Ich sollte gehen, damit du schlafen kannst."

„Ja, vermutlich." Sie stand ebenfalls auf. „Auch wenn ich es schade finde, ich unterhalte mich gerne mit dir."

„Das geht mir genauso." Griffin streckte seine Arme und zuckte zusammen. In der Hoffnung, dass Amber nichts bemerkt hatte, redete er schnell weiter. „Kann ich dir noch beim Abwasch helfen?"

„Nein, danke, wir würden uns nur gegenseitig auf die Füße treten." Sie ging vor, und er folgte ihr. Im Schlafzimmer drehte sie sich zu ihm um. „Zieh dich aus."

Es dauerte einen Moment, bis er sich so weit von seinem Schock erholt hatte, dass er sprechen konnte. „W...was?"

„Du hast Schmerzen, also werde ich deine Verletzungen noch

einmal mit der Salbe behandeln." Als er sie nur stumm anstarrte, stieß sie einen Seufzer aus. „Du dachtest nicht wirklich, ich würde es nicht bemerken, oder?"

Es gelang ihm ein halbes Lächeln. „Nein, wohl nicht. Aber ich kann das auch selbst machen, ich möchte dich nicht länger belästigen."

Unsicher sah Amber ihn an. „Ich dachte, du hättest den Abend auch genossen. Aber wenn du das anders siehst, kannst du natürlich jederzeit gehen." Sie hielt ihm die Salbe hin.

Griffin trat näher, sodass sie zu ihm aufsehen musste. „Du weißt, dass es so ist. Ich befürchte nur, wenn du mich jetzt berührst, werde ich mich nicht zurückhalten können."

Ambers Augen schienen katzenartiger zu werden. „Und das wäre so schlimm?"

Seine Hände ballten sich zu Fäusten, damit er sie nicht berührte. „Ja."

„Warum?" Ihre Stimme war nur noch ein Hauch.

„Du weißt, warum. Es würde uns nur noch mehr wehtun, weil es keine Zukunft hat." Obwohl ihm im Moment eine zumindest kurzzeitige Erlösung von seinen Qualen wie ein Geschenk vorkam.

Amber blies sanft ihren Atem aus. „Musst du so vernünftig sein?"

Griffin schnitt eine Grimasse. „Einer von uns muss es sein."

„Okay, du hast gewonnen. Zieh trotzdem dein T-Shirt aus, ich werde deine Wunden versorgen und verspreche, sonst nichts zu tun."

Als Griffin erkannte, dass sie nicht davon abrücken würde, ergab er sich in sein Schicksal. Mit einem Ruck zog er das T-Shirt über den Kopf und warf es auf das Bett. Die Jeans ließ er wohlweislich noch an, bis Amber mit der Behandlung fertig war. Auch wenn sie vermutlich genau wusste, was sie in ihm auslöste, wollte er ihr doch nicht den körperlichen Beweis dafür liefern. Außerdem wäre dann die Versuchung viel zu groß, auch ihre Kleidung zu entfernen und sich mit einem langen, gleitenden Stoß in ihr zu vergraben. *Gott.* Griffin schloss die Augen, als Amber damit begann, die Salbe sanft in seine Muskeln zu massieren. Sie hielt sich zwar an die Abmachung, doch das schien seinen Körper nicht zu interessieren. Wie von selbst schmiegte er sich in ihre Berührungen, genoss ihren Atem auf seiner Haut, die Wärme ihres Körpers so dicht neben seinem.

Griffin protestierte nicht, als sie hinter ihn trat und damit begann, seine Rückenmuskeln sanft zu kneten. Sein Kopf fiel nach vorn, und er überließ sich ganz ihren Händen. Erst jetzt merkte er, wie verkrampft er die ganze Zeit gewesen war und nicht erst, seit er Conner ins Lager getragen hatte. Wenn er darüber nachdachte, konnte er sich nicht erinnern, wann er sich zum letzten Mal wirklich wohlgefühlt hatte.

Doch hier, bei Amber, konnte er es. Und genau das war der Grund, warum er jetzt gehen musste. Abrupt drehte er sich zu ihr um, wodurch ihre Hände auf seiner Brust, dicht unter der Wunde landeten. Er legte eine Hand über ihre und hielt sie damit wirksam gefangen. Für einen Moment versank er in Ambers goldenen Augen.

„Ich muss jetzt gehen." Seine Stimme klang rauer als sonst, fast nicht wiederzuerkennen.

Amber biss sich auf die Lippe und nickte. „Sehen wir uns morgen noch?"

„Ich werde mich von dir verabschieden, bevor ich losfliege." Er legte seine andere Hand um ihre Wange. „Falls wir dann nicht allein sind, wovon ich ausgehe …"

„Ja?"

Griffin beugte sich über sie und berührte sanft ihre Lippen mit seinen. Nachdem er sie einen langen Moment gekostet hatte, trat er zurück und ließ seine Hände sinken. Er wusste, dass Amber die gleichen Gefühle in seinen Augen sehen konnte, die auf ihrem Gesicht lagen. „Danke." Damit zog er die Hose aus und verwandelte sich.

Amber öffnete das Fenster, und er glitt lautlos an ihr vorbei in die Nacht hinaus.

7

Coyle hob den Kopf, als er ein fernes Brummen hörte. Angestrengt lauschte er, bis er sich sicher war.

„Was hast du?“ Marisas Stimme war undeutlich. Sie schob die Decke von ihrem Gesicht und sah ihn an.

Für einen Moment verlor er sich in ihren Augen, ihren von Küssen geröteten Lippen und ihren zerzausten schwarzen Haaren. Doch dann wurde das Geräusch lauter, und er konnte es nicht länger ignorieren. „Irgendjemand fährt gerade unsere Einfahrt hinauf.“

„Was?“ Erschrocken setzte sie sich auf. „Wer kann das sein?“

Coyle warf einen verlangenden Blick auf ihre nackten Brüste, bevor er widerwillig seine Beine aus dem Bett schwang. „Alle, die wir kennen, wissen, dass sie sich anmelden sollten, bevor sie hierherkommen. Oder sie kommen zu Fuß. Also ist es ein Fremder.“

In diesem Moment begann Marisas Bloodhound Angus zu bellen, tiefe, wütende Laute, besser als jede Alarmanlage. Und es bestätigte seinen Verdacht, dass es jemand war, den sie nicht kannten. Rasch ging er zum Fenster und sah hinaus. Ein dunkler Wagen kam in Sicht, sowohl die Farbe als auch das Modell waren völlig unauffällig. Angus polterte die Treppe hinunter und setzte sein Bellen an der Haustür fort. Coyle spürte, wie Marisa hinter ihn trat.

„Kannst du etwas erkennen?“ Furcht schwang in ihrer Stimme mit, etwas, das er nie wieder hatte hören wollen nach dem, was sie seinetwegen durchgemacht hatte.

Stumm schüttelte er den Kopf und drückte beruhigend ihre Hand. Der Wagen hielt vor dem Haus, und nach einem Moment öffneten sich die Türen. Coyles Rücken versteifte sich.

„Meinst du, das sind Polizisten?"

Zu gerne hätte er die Frage verneint, aber sein Instinkt sagte genau das Gleiche. „Sie sehen zumindest so aus."

Und sie benahmen sich auch so. Bevor sie mit forschen Schritten zur Tür gingen, blickten sie sich alles genau an, und ihre Hände waren immer in der Nähe ihrer Jacketts. Was glaubten sie, hier zu finden, dass sie dafür sogar ihre Waffen ziehen würden? Das Haus war auf Marisas Namen eingetragen, und sie hatte sich nichts zuschulden kommen lassen. Vielleicht wollten sie noch einmal wegen ihres früheren Nachbarn mit ihr reden, der vor drei Monaten getötet worden war. Eigentlich hatte Coyle angenommen, dass der Fall bereits zu den Akten gelegt worden war, weil die Verletzungen eindeutig Tierbisse gewesen waren. Die Täter würden sie jedoch nie finden, denn Kainda war inzwischen in Afrika und Jamila bei den Berglöwenwandlern gut versteckt. Und vor allem hatte Marisa mit der ganzen Angelegenheit nichts zu tun, außer dass sie ihn, Coyle, nackt und schwer verletzt in ihre Hütte geschleppt hatte, nachdem er halb betäubt von den Leoparden angefallen worden war. Aber das wussten die Polizisten in Mariposa zum Glück nicht. Außer es hatte etwas mit Melvins Verschwinden zu tun. Hatte Melvin die Polizei vielleicht auf sie gehetzt, um sich für seinen Ausschluss aus der Gruppe zu rächen?

Schnell trat er vom Fenster zurück und zog Marisa mit sich, als einer der Polizisten nach oben blickte. Ihr Gesicht war kalkweiß, ihre dunklen Augen wirkten riesig. „Was können sie von uns wollen?"

„Ich weiß es nicht, aber ich fürchte, wir werden es gleich herausfinden."

Angus' Jaulen war inzwischen eine ständige Geräuschkulisse, es war schwer, noch etwas anderes darüber wahrzunehmen.

Marisa griff nach seinem Arm. „Du musst verschwinden, sie dürfen dich hier nicht entdecken!"

„Ich lasse dich ganz bestimmt nicht alleine." Ärger kroch in ihm hoch und ließ seine Stimme scharf klingen.

„Bitte, Coyle, du weißt, was passiert, wenn sie dich finden und du dich nicht ausweisen kannst."

Hilflosigkeit verstärkte seine Wut. Marisa hatte recht, aber das machte es nicht leichter für ihn. Er blickte in ihre Augen und erkannte, dass sie sich mehr um ihn sorgte als um sich selbst. „Ich werde in der Nähe bleiben, aber sie werden mich nicht sehen."

Ein zittriges Lächeln umspielte Marisas Lippen. „Danke." Während sie sich anzog, ging Coyle schon ins Erdgeschoss und nahm das Geschirr vom gestrigen Abend vom Wohnzimmertisch. Kein Grund, die Männer darauf hinzuweisen, dass Marisa nicht alleine lebte. Als er die Kleidungsstücke auf dem Boden entdeckte, spannte sich sein Körper an. Wie so oft hatte die Leidenschaft sie übermannt und sie hatten alles andere um sich herum vergessen. Der Vorteil eines eigenen Hauses weitab von anderen Menschen oder Berglöwenwandlern hatte sich wieder einmal bewiesen. Rasch stellte Coyle das Geschirr in den Geschirrspüler, bevor er ins Wohnzimmer zurückkehrte und die Kleidung aufhob. Sofort stieg ihm Marisas Duft in die Nase, der an ihrem Pullover hing. Seine Faust schloss sich darum, und er widerstand dem Drang, sein Gesicht darin zu vergraben.

„Was machst du denn noch hier?"

Coyle zuckte zusammen, als Marisas Stimme dicht hinter ihm erklang. Für einen Moment verlor er sich in ihren dunkelbraunen Augen. „Ich wollte nur nicht, dass die Kerle über unsere Sachen stolpern, die wir gestern im Wohnzimmer verteilt haben."

Leichte Röte stieg in Marisas Wangen. „Das hatte ich ganz vergessen.“ Sie nahm ihm die Kleidungsstücke ab. „Geh jetzt.“

„Ich werde in der Nähe sein.“

Marisa lächelte ihn an. „Ich weiß.“

Es klingelte an der Tür, was Angus noch verrückter machte. Marisa ignorierte es und brachte Coyle stattdessen zur Hintertür. Das Grundstück war wild bewachsen, sodass der Übergang zum dahinterliegenden Wald kaum zu erkennen war. „Sei vorsichtig.“

Coyle beugte sich zu ihr hinunter und küsste sanft ihre Lippen. „Ich wünschte, ich könnte bei dir bleiben.“

Ihre Finger glitten über seine Wange. „Du bist immer bei mir. Ich werde versuchen, die Typen schnell loszuwerden.“

Nach einem letzten Kuss drehte sie sich um und zog die Tür hinter sich zu. Coyle starrte einen Moment darauf, versucht, sie einfach wieder aufzureißen und die Konsequenzen zu tragen, doch er musste auch an die anderen Wandler denken. Wenn er entdeckt wurde, gerieten auch sie in Gefahr, und das konnte er nicht zulassen. Aber hier draußen zu stehen und nichts tun zu können, wenn er genau wusste, wie sehr Marisa Polizisten verabscheute, war schwerer als alles andere. In Momenten wie diesen hatte er Angst, dass Marisa ihn irgendwann verlassen und eine Beziehung zu einem normalen Mann eingehen könnte. Was Unsinn war, denn sie liebte ihn genauso sehr wie er sie, und zusammen waren sie glücklicher als je zuvor in ihrem Leben.

Vorsichtig schlich er um das Haus herum und konnte durch ein offenes Fenster hören, wie Marisa Angus zur Ruhe rief. Der Bloodhound gehorchte ausnahmsweise sofort, und Coyle kam die Stille plötzlich viel zu laut vor. Der Schlüssel klimperte, als Marisa ihn herumdrehte, und auch die Riegel schabten laut über das Holz. Die Tür schwang dagegen fast lautlos auf.

„Guten Morgen, Ma'am. Sind Sie Marisa Pérèz?“

„Wer möchte das wissen?“ Coyle zuckte zusammen, als er die Abneigung in Marisas Stimme hörte. Sie hatte immer noch nicht gelernt, ein wenig diplomatischer zu sein.

„Ich bin Donald Bickson vom FBI, und das ist mein Kollege Kyle Morgan. Wir haben ein paar Fragen an Sie, falls Sie Miss Pérèz sind.“

FBI, verdammt! Coyle lehnte sich weiter vor. Der Mann klang ruhig und höflich, aber auch eindeutig befehlsgewohnt. Was auch immer sie von Marisa wollten, Bickson würde nicht lockerlassen, bis er die Antworten bekommen hatte, die er hören wollte.

Das schien Marisa auch zu spüren, denn ihre Antwort war schon deutlich zurückhaltender. „Ich bin Marisa Pérèz. Was wollen Sie von mir?“

„Wir würden uns gerne mit Ihnen unterhalten, Ma'am.“ Diesmal eine andere Stimme, deutlich jünger und freundlicher. „Können wir hereinkommen?“

„Mein Hund mag keine Besucher.“

„Wir warten gerne hier, bis Sie ihn in ein anderes Zimmer gebracht haben.“ Es war eindeutig ein Befehl, den Bickson äußerte. Wenn Marisa ablehnte, würde sie sich nur verdächtig machen.

„Einen Moment.“ Damit schloss Marisa die Haustür vor der Nase der FBI-Beamten.

Coyle schlich sich noch näher heran, als Berglöwe verschmolz er geradezu mit der Natur, ein Mensch müsste schon sehr genau hinschauen, um ihn noch zu entdecken. Die beiden Beamten unterhielten sich leise miteinander, was er mit seinem guten Gehör problemlos verstehen konnte.

„Wie lange braucht sie denn, um den Hund wegzusperren? Das sollte doch wohl schneller gehen.“ Die grantige Stimme des älteren Mannes.

„Meinst du, sie versteckt irgendwas?“

Coyle war inzwischen in der Deckung der Büsche weiter vorgekrochen und konnte die beiden sehen.

Bickson zuckte mit den Schultern. „Wer weiß. Aber das werden wir schon erfahren."

Coyles Herz begann schneller zu schlagen. Es schien so, als sollte es nicht nur eine einfache Befragung werden.

Morgan sah sich unruhig um. „Was machen wir, wenn sie versucht zu fliehen?"

„Sie aufhalten natürlich." Bickson sah seinen Kollegen genervt an. „Sag mal, haben sie dir überhaupt nichts auf der Akademie beigebracht?"

Der jüngere Agent lief rot an. „Natürlich. Ich meinte, wenn sie einfach weg ist, ohne dass wir es merken."

„Dann würde sie damit ihre Schuld eingestehen, und wir würden einen Haftbefehl erlassen. Egal wo sie sich auch verstecken würde, wir würden sie finden."

Coyle wollte sich zurückziehen und Marisa warnen, bloß nichts Falsches zu sagen, doch sie öffnete bereits die Haustür.

„Kommen Sie herein. Ich hoffe, das geht schnell, ich muss heute noch einen Artikel schreiben." Sie klang immer noch unfreundlich, aber glücklicherweise nicht verängstigt oder wie jemand, der etwas zu verbergen hatte.

„Wir werden Sie nicht lange aufhalten, Miss Pérèz." Coyle biss die Zähne zusammen, als er die falsche Note in Bicksons Stimme hörte. „Wir haben nur ein paar Fragen." Die Haustür fiel zu, und Coyle suchte sich einen Platz, von dem aus er dem Gespräch weiter folgen konnte. Ein Fenster war im Wohnzimmer gekippt, daher konnte er die Stimmen so deutlich hören, als säße er direkt daneben. Er wünschte, er könnte auch etwas sehen, aber es würde vermutlich zu sehr auffallen, wenn sich ein Berglöwe auf das schmale Fensterbrett setzte und seine Nase an die Scheibe drückte.

„Setzen Sie sich. Worum geht es?“ Für jemanden, der sie nicht kannte, klang Marisa kühl und gefasst, doch er konnte die leichten Vibrationen in ihrer Stimme wahrnehmen, die ihre Unruhe zeigten.

Etwas raschelte, wahrscheinlich hatte einer der FBI-Beamten einen Block herausgezogen und blätterte nun darin herum. „Wir sind auf eine Reihe Ungereimtheiten gestoßen, die wir nun versuchen aufzuklären, und wir hoffen, dass Sie uns dabei helfen können.“ Konnte sich Bickson vielleicht noch ein wenig undurchsichtiger ausdrücken? Es war eindeutig eine Masche, um Marisa nervös zu machen.

„Inwiefern?“

„Vor etwas über drei Monaten wurden Sie von der Polizei in Mariposa zu einem Mordfall in Ihrer Nachbarschaft befragt. Der Verstorbene hieß Ted Genry, vielleicht erinnern Sie sich daran.“

„Ja. Und?“ Gut, Marisas Stimme war weiterhin ruhig und sachlich, wenn auch immer noch etwas genervt.

„In der Befragung sagten Sie, dass Sie den Verstorbenen nicht kannten, ist das richtig?“ Bickson ließ sich nicht aus der Ruhe bringen.

„Ja.“

„Und Sie haben auch nichts von dem Mord bemerkt.“

„Ganz genau. Hören Sie, was bringt das? Ich habe all diese Fragen schon damals beantwortet, und ich sehe nicht, was ich noch hinzufügen könnte. Wurde inzwischen der Täter ermittelt?“

„Nein, aber wenn es Ihnen nichts ausmacht, würden wir trotzdem gerne unsere Fragen stellen.“ Bicksons Stimme war schärfer geworden, und es war klar, dass er keinen Widerspruch dulden würde.

Marisa schwieg, aber Coyle konnte sich gut vorstellen, wie sie jetzt aussah, die Lippen zusammengepresst, die dunklen Augen verengt, die Arme über der Brust verschränkt.

„Also, wo war ich stehen geblieben? Ach ja, der Mord an Ihrem Nachbarn. Die Polizisten sagten, es hätte eine Spur zu Ihrem Haus geführt. Können Sie sich das erklären?"

„Nein, wie auch damals schon nicht. Aber wenn ich Ihre Kollegen richtig verstanden habe, war es die Spur eines Tieres. Mein Hund hatte abends kurz gebellt, aber sonst habe ich nichts davon mitbekommen. Wahrscheinlich ist, was immer es war, einfach weitergelaufen."

Das Wort „Kollegen" schien dem FBI-Agenten sauer aufzustoßen, denn seine Stimme wurde noch griesgrämiger. „Sie sagen also, dass Sie rein gar nichts mit dem Mord zu tun hatten und auch nichts weiter zu den Ermittlungen beitragen können."

„Ganz genau. Wenn das jetzt alles war …"

„Warum sind Sie so schnell umgezogen?"

„Wie bitte?" Eine Sofafeder quietschte, als wäre Marisa aufgestanden und hätte sich jetzt wieder darauf fallen lassen.

„Der Umzug hierher kam doch sehr plötzlich nach dem Mord. Woher hatten Sie das Geld?"

„Mir wurde meine gemietete Hütte mit dem Hund zu klein, und ich habe mich nicht mehr wirklich wohlgefühlt, nachdem jemand in der Nähe ermordet wurde, vielleicht können Sie das verstehen. Was das Geld angeht, ich glaube nicht, dass Sie das etwas angeht." Marisas Stimme wurde lauter.

„Alles, was die Morde betreffen könnte, geht uns etwas an. Also auch die Tatsache, dass Sie anscheinend in letzter Zeit zu Geld gekommen sind. Vielleicht eine Bezahlung für Ihr Schweigen?" Es war Bickson deutlich anzuhören, dass es ihm Spaß machte, Marisa zu verunsichern. Coyle hatte Mühe, sich zurückzuhalten, um nicht in das Haus zu stürmen und den FBI-Agenten in Stücke zu reißen.

„Von einem Tier?" Unglaube troff aus ihrer Antwort.

„Finden Sie es nicht seltsam, wenn ein Mann in seinem Haus von einem Raubtier angegriffen wird?“

„Vielleicht hat er die Tür offen gelassen.“ Coyle konnte das Achselzucken in ihrer Antwort hören. „Wie auch immer, ich hatte nichts damit zu tun und habe auch sicher von niemandem Geld dafür bekommen.“

Für einen Moment herrschte tiefe Stille im Raum. „Uns ist aufgefallen, dass sich um Sie herum inzwischen recht viele ungeklärte Todesfälle und Morde angesammelt haben.“ Es war klar, dass die Befragung bisher nur Vorgeplänkel gewesen war und Bickson nun zum großen Schlag ausholte. „In New York wurde vor anderthalb Jahren einer Ihrer Informanten unter ungeklärten Umständen ermordet – und Sie sind hinterher aus der Stadt geflohen. Und jetzt sind Sie wieder sehr schnell vom Ort des Geschehens verschwunden, klingt irgendwie nach einer Wiederholung.“

Coyle grub seine Krallen in den Boden. Der Mistkerl erwähnte das nur, um Marisa zu verunsichern und mit ihr zu spielen. Sie war nie verdächtigt worden, den Informanten getötet zu haben, aber Coyle wusste, dass sie sich immer noch zum Teil dafür verantwortlich fühlte, weil die Täter durch sie – oder vielmehr durch ihren damaligen Freund, einen Polizisten – herausbekommen hatten, wo sie den Informanten finden konnten. Mehr als alles andere wünschte Coyle sich, er könnte jetzt bei ihr sein und sie halten und ihr versichern, dass sie daran keine Schuld trug.

„Dann haben Sie keine Ahnung von Ihrem Job. Ich habe New York verlassen, weil ich keinen Auftrag mehr von meinem früheren Arbeitgeber bekommen habe, und von irgendetwas muss ich schließlich leben. Aber Sie haben recht, die beiden Fälle ähneln sich in einer Beziehung: Ich hatte nichts mit dem Tod der Männer zu tun.“ Am Ende schwankte ihre Stimme ein wenig, und Coyle schloss die Augen, als ihr Schmerz in sein Herz fuhr. „Warum auch immer Sie das Gefühl hatten, mich hier aufsuchen zu müssen, Sie sollten mir und sich selbst nicht länger die Zeit mit so einem Unsinn stehlen. Sie wissen genauso gut wie ich, dass es keinerlei Beweise gibt." Sie holte tief Luft. „Und was meine Finanzen angeht: Ich habe in letzter Zeit sehr viel gearbeitet und nicht schlecht dabei verdient."

Ihre Artikel für Naturzeitschriften und verschiedene Nationalparks unterlegte sie inzwischen mit Ambers Naturfotos. Und da die Redakteure schlau waren, erkannten sie, wie gut Marisa darin war, den Lesern die Natur näherzubringen, sodass sie sich fast fühlten, als würden sie selber durch die Wälder streifen und wilde Tiere beobachten. Coyle schüttelte den Kopf und konzentrierte sich wieder auf das Gespräch im Haus.

„Ich denke, Sie haben da eine Kleinigkeit vergessen, Miss Pérèz."

Coyle knirschte mit den Zähnen, als Bickson Marisas Namen wieder so überheblich aussprach. Als Marisa schwieg, fuhr der Agent fort.

„Nur wenige Tage nach dem Tod Ihres Nachbarn wurden Sie wieder in der Nähe einer Leiche gefunden, diesmal war es der Wissenschaftler Henry Stammheimer."

„Ich wurde nicht *gefunden*, sondern die Tochter des Toten hat die Polizei gerufen, nachdem wir die Leiche entdeckt hatten. Ich bin bei ihr geblieben, um sie zu unterstützen."

„Ist es für Sie normal, wenn Sie innerhalb von nur wenigen Tagen mit zwei Leichen in Berührung kommen?" Die Frage klang höhnisch.

„Nein, allerdings nicht. Und ich weiß auch wirklich nicht, was Ihre ganzen Fragen sollen. Ich wurde damals von der dortigen Polizei befragt, und ich habe meiner Aussage nichts mehr hinzuzufügen. Und da keinerlei Beweise dafür gefunden wurden, dass ich etwas mit Stammheimers Tod zu tun hatte, gibt es keinen Grund, mich noch einmal damit zu belästigen."

„Oh, aber da irren Sie sich, es gibt inzwischen zumindest Indizien, die Sie in die Nähe des Täters rücken." Bicksons Stimme war anzuhören, wie viel Freude ihm dies bereitete, die ganze bisherige Befragung hatte unaufhaltsam auf genau diesen Punkt hingezielt.

„Das kann überhaupt nicht sein. Welche sollen das sein?" Coyle hasste es, die Unsicherheit in Marisas Stimme zu hören, auch wenn sie versuchte, sie zu unterdrücken.

„Wir wissen jetzt, wer Stammheimer ermordet hat."

Coyle konnte nur hoffen, dass Marisa es schaffte, den FBI-Beamten vorzugaukeln, dass sie nicht bereits wusste, wer es gewesen war. „Dann müsste es doch klar sein, dass ich nichts damit zu tun hatte!"

„Interessiert Sie denn nicht, wer es war?" Ein Lächeln klang in der Frage mit. „Oder wissen Sie das vielleicht schon?"

„Woher sollte ich das wissen? Es hat sich keiner der Ermittler bei mir gemeldet, und warum sollten sie das auch, ich war nur Zeugin."

„Das mag sein, aber Sie waren vor einigen Tagen auch in Escondido, wo ebenjener Mörder ganz zufällig zu genau der gleichen Zeit wieder aufgetaucht ist wie Sie." Bicksons Stimme wurde schärfer. „Was haben Sie dort getan?"

Unruhig bewegte Coyle sich in seinem Versteck.

„Ich wollte einen Artikel über eine verletzte Leopardin schreiben, die im San Diego Wild Animal Park eingeliefert worden war. Der Besitzer konnte nicht ermittelt werden, und ich wollte dabei helfen."

„Warum haben Sie sich dafür interessiert? Das war ja nicht gerade in Ihrem Vorgarten."

„Ich schreibe Artikel über Landschaften und Tiere, wie oft

habe ich wohl die Möglichkeit, über eine Leopardin zu schreiben, die hier frei herumläuft? Es hat mich einfach fasziniert." Marisa klang sehr überzeugend, und wenn Coyle nicht wüsste, dass alles gelogen war, würde er ihr glatt glauben.

„Warum ist der Artikel dann nie irgendwo erschienen?"

„Weil die Idioten im Rathaus entschieden haben, die Leopardin einzuschläfern, anstatt ihr ein neues Zuhause zu suchen." Echte Wut klang in ihrer Stimme mit.

„Dann hätten Sie ja darüber schreiben können."

„Ehrlich gesagt denke ich darüber gerade nach. Es kann nicht sein, dass irgendwelche Bürokraten eine solche Entscheidung ohne eine Anhörung treffen."

Was sie nie tun würde, um nicht Kaindas neues Leben in Namibia zu gefährden. Aber es hörte sich gut an.

„Ihnen muss aber klar sein, dass der Leopard einen Menschen schwer verletzt hat." In Coyles Ohren klang der Kommentar viel zu harmlos, Bickson würde sicher bald die Falle zuschnappen lassen.

„Soweit ich weiß, war es ein Verbrecher, der den Tierarzt, bei dem der Leopard untergebracht war, beinahe getötet hätte. Dementsprechend würde ich sagen, dass es dem Kerl recht geschah."

„Oder vielleicht war das für Sie eine gute Gelegenheit, Ihren Komplizen loszuwerden. Wer weiß, vielleicht hat er etwas von Ihnen gefordert, das Sie nicht machen wollten."

Wie befürchtet führte das bei Marisa zum Ausbruch. „Wovon, zum Teufel, reden Sie?"

„Davon, dass der Verletzte sehr passend noch im Krankenhaus getötet wurde, bevor er aussagen konnte."

„Und Sie denken, ich hätte damit etwas zu tun? Was hätte ich davon gehabt? Und fangen Sie nicht wieder mit diesen völlig irrsinnigen und an den Haaren herbeigezogenen angeblichen

Indizien an. Ich kenne – kannte – diesen Menschen nicht, und eigentlich bin ich darüber auch ganz froh. Anscheinend war er ja ein Einbrecher, der auch nicht davor zurückschreckte, einen Mann grundlos fast zu Tode zu prügeln."

„Kennen Sie Ryan Thorne gut?"

„Nein, ich habe nur kurz mit ihm über die Leopardin gesprochen. Vorher kannte ich ihn nicht, aber ich finde ihn sympathisch und war geschockt, als ich von dem Überfall hörte. Ich nehme an, darauf wollten Sie hinaus."

Bickson ließ nicht locker. „Wissen Sie, wo Thorne jetzt ist?"

„Nein." Eine kurze Pause. „Ich hoffe, es ist ihm nichts geschehen?"

„Wir haben darüber keine Informationen. Aber das ist für uns auch zweitrangig, viel mehr interessiert uns, wie es sein kann, dass sich Ihre Wege innerhalb weniger Monate zweimal mit dem Verstorbenen gekreuzt haben." Das war es, Coyle konnte es bis in seine Fellspitzen fühlen. Unwillkürlich hielt er den Atem an.

„Wann soll das gewesen sein? Ich sagte doch schon, dass ich den Mann überhaupt nicht kannte."

„Nun, Sie können sich sicher vorstellen, wie überrascht wir waren, als durch den genetischen Fingerabdruck nachgewiesen werden konnte, dass Fred Edwards in Stammheimers Haus in Nevada gewesen ist. Für uns steht fest, dass er der Mörder war."

„Oh. Es wird Isabel sicher freuen zu hören, dass Sie den Mörder ihres Vaters gefunden haben." Hoffentlich konnten die Agenten nicht hören, dass Marisa nur das sagte, was üblich war, ihre Überraschung aber spielte.

„Ja, aber ob sie sich auch freuen wird, dass ihre gute Bekannte, also Sie, Miss Pérèz, jetzt wieder mit ihm zusammengetroffen ist, kurz bevor er den Tierarzt überfiel?" Bickson gab ein Schnauben von sich. „Das klingt für mich nicht nach Zufall, sondern nach Absicht."

„Das ist völlig absurd! Wann war denn dieses angebliche Treffen?" In Marisas Stimme schwang ihre Abneigung gegenüber dem Agenten wieder deutlich mit.

„Nun, in Escondido. Sie waren bei Dr. Thorne im Haus, dafür haben wir Zeugen. Haben Sie dort die Begebenheiten für Ihren Partner ausspioniert?"

„Wissen Sie was? Ich habe genug von Ihren Fragen, vielmehr unhaltbaren Vorwürfen. Ich habe Ihnen gesagt, weshalb ich Ryan Thorne getroffen habe – und nur ihn, möchte ich hinzufügen."

„Wie kommt es dann, dass wir auf dem Grundstück des Doktors einen Beutel gefunden haben, in dem unter anderem ein Glastiegel mit einer Salbe war, an dem wir Ihre Fingerabdrücke gefunden haben?"

Schweigen erfüllte den Raum. „Ich habe keine Ahnung, wie der Beutel dort hingekommen ist. Oder was das überhaupt beweisen soll. Aber die Salbe benutze ich gegen Muskel- und Sehnenschmerzen, deshalb sind meine Fingerabdrücke darauf. Vielleicht ist sie mir im Haus aus der Tasche gefallen."

„Und das sollen wir Ihnen glauben?" Bicksons Stimme war gefährlich leise.

„Ja."

Coyle hatte Mühe, den Berglöwen in sich zu zügeln, der zu seiner Gefährtin wollte.

„Wo waren Sie in der Nacht des Überfalls auf Dr. Thorne?" Diesmal meldete sich der jüngere Agent wieder zu Wort.

„Ich war in Los Angeles."

„Haben Sie dafür Zeugen?" Etwas wie Enttäuschung klang in Bicksons Frage mit.

„Sie werden es nicht glauben: ja. Zum einen Isabel Kerrilyan und dann können Sie sich auch bei dem Hotel erkundigen, in dem ich übernachtet habe." Sie gab ihnen den Namen des Hotels und die Anschrift.

„Wir werden das überprüfen. Aber selbst wenn sich herausstellt, dass Sie ein Alibi für die Nacht haben, heißt das noch lange nicht, dass Sie nicht mit Edwards zusammengearbeitet haben. Wenn es so ist, werden wir es herausfinden."

Erneut das Quietschen der Sofafedern. „Dann lassen Sie es mich wissen. Ansonsten melden Sie sich bei Ihrem nächsten Besuch – und ich hoffe wirklich, dies hier war der einzige – vorher an."

Bickson senkte die Stimme, aber Coyle konnte immer noch jedes Wort verstehen. „Wir werden uns wiedersehen, dessen können Sie sicher sein. Glauben Sie nicht, ich lasse mich durch Ihren unschuldigen Augenaufschlag täuschen. Ich weiß genau, dass Sie gelogen haben."

Die Vorstellung, dass Marisa gerade von dem FBI-Rüpel bedroht wurde, ließ Coyle rotsehen. Sowie er hörte, dass die Tür ins Schloss fiel, verwandelte er sich und schlüpfte durch die Hintertür ins Haus. Marisa stand mit dem Rücken zu ihm mitten im Wohnzimmer, die Arme um den Körper geschlungen, als wäre ihr kalt. Als er näher kam, sah er, dass sie zitterte. Ein so scharfes Gefühl der Wut durchfuhr ihn, dass er Mühe hatte, sich zu beherrschen. Ohne etwas zu sagen, trat er hinter Marisa und legte seine Hände auf ihre Schultern. Zuerst versteifte sie sich, doch dann drehte sie sich um und presste sich dicht an ihn. Beinahe verzweifelt umarmte sie ihn und vergrub ihr Gesicht an seiner Schulter. Coyle legte seine Wange auf ihren Scheitel und schloss die Augen. Lange Zeit standen sie einfach so da, ohne sich zu rühren, zufrieden damit, in der Nähe des anderen zu sein.

Schließlich hob Marisa den Kopf und sah ihn mit geröteten Augen an. „Was wollen die von mir? Denken sie wirklich, ich hätte etwas mit den Morden zu tun?"

Coyle wünschte, er könnte sie beruhigen, aber es half nichts, wenn sie den Kopf in den Sand steckten. „Ich weiß es nicht. Es ist alles nur meine Sch…“ Er brach ab, als Marisa ihre Finger auf seinen Mund legte.

„Das ist Unsinn, und du weißt es. Und selbst wenn es so wäre, würde ich das alles auf mich nehmen, wenn es bedeutet, dass ich mit dir zusammensein kann. Die Frage ist, was machen wir jetzt? Meinst du, sie kommen noch einmal wieder?“

„Ich denke schon. Es klang nicht so, als würde Bickson so einfach aufgeben. Er will dir etwas anhängen, so viel ist sicher. Und vorhin sagte er zu seinem Kollegen, dass er sich einen Haftbefehl besorgen würde, wenn du fliehen solltest.“

„Oh Gott!“ Marisa rieb über ihre Stirn, als hätte sie Kopfschmerzen. „Okay, denk nach, Marisa.“

Ein widerwilliges Lächeln hob seinen Mundwinkel. Seine Geliebte hatte schon mehr als einmal bewiesen, dass sie auch unter Druck noch denken konnte, und so war es auch diesmal.

Marisa schoss ihm einen wütenden Blick zu. „Das ist nicht lustig. Falls es dir nicht aufgefallen ist: Wenn sie auf die Idee kommen, das Haus zu durchsuchen, werden sie deine Sachen finden. Möchtest du denen erklären, warum du gar nicht existierst?“

Stumm schüttelte Coyle den Kopf, jede Belustigung war ihm vergangen.

„Wir müssen alles zusammensuchen, was eindeutig einem Mann gehört, und wegbringen. Und du musst ins Lager zurückkehren, bis die Situation überstanden ist.“

„Du glaubst doch nicht im Ernst, dass ich dich auch nur einen Moment allein lassen werde?“ Er hob die Hand, als sie etwas sagen wollte. „Wir verstecken meine Sachen im Wald, und ich werde bei dir bleiben. Sollten sie wieder auftauchen, werde ich unsichtbar immer in deiner Nähe sein.“

„Aber …“

Seine Hände schlossen sich um ihre Oberarme. „Ich werde nicht zulassen, dass dir etwas passiert."

Marisa lächelte ihm wackelig zu und nickte, aber sie wussten beide, dass er rein gar nichts tun konnte, wenn es um Probleme durch die Menschenwelt ging.

8

Sein Geruchssinn erwachte zuerst. Tief atmete Conner ein und prüfte die Umgebung. Die Gerüche waren eine Mischung aus unbekannt und seltsam vertraut, aber doch irgendwie fremd. Einen Duft konnte er aber ohne Probleme zuordnen: Fay. Was tat sie hier? In all den Jahren hatte sie Abstand gehalten, war ihm nie so nahe gekommen, dass er sie hätte wittern können. Sie hatte sich an die Abmachung gehalten, genauso wie er, auch wenn es das Schwerste gewesen war, was er je getan hatte. Gaukelte seine Erinnerung ihm ihre Anwesenheit vor?

Langsam schlug Conner die Augen auf, zumindest versuchte er es, irgendetwas schien jedoch nicht zu stimmen. Seine Sicht war unscharf, und ein Augenlid bewegte sich nicht. Gleichzeitig schoss ein scharfer Schmerz durch seine Schläfe. Conner unterdrückte ein Stöhnen. Bevor er nicht wusste, was hier los war, und vor allem, *wo* er war, durfte er keinen Laut von sich geben.

Nach einiger Zeit, die ihm wie eine Ewigkeit vorkam, klärte sich die Sicht auf dem einen Auge so weit, dass er zumindest Umrisse erkennen konnte. Er schien sich in einer Hütte zu befinden, über ihm Holzbretter und nicht Baumkronen und Himmel, wie er erwartet hatte. Als er sich aufsetzen wollte, um mehr von dem Raum zu sehen, zuckte er vor Schmerz zusammen. Vorsichtig bewegte er seine Arme, die immerhin einigermaßen zu funktionieren schienen, und strich mit seinen Händen über seinen Körper. Oder vielmehr über etwas Weiches, mit dem er zugedeckt war. Weiter oben trafen seine Finger auf Haut und … Verbände. Die Schmerzen in seinem Brustkorb nahmen mit jeder Bewegung zu. Schwer atmend ließ er die Arme schließlich wieder sinken. Okay, er musste jetzt versuchen, sich zu erinnern, was geschehen war. Verzerrte Bilder tauchten vor seinem inneren Auge auf und verschwanden wieder. *Ein guter Platz für die Nacht. Melvin, wie immer still und in sich gekehrt. Tiefschwarze Nacht. Kälte. Und dann nichts, bis auf …*

Mit einem erstickten Keuchen fuhr Conner hoch, die Schmerzen für einen Moment vergessend. Ohne Vorwarnung hatte ihn ein Schlag getroffen, der ihn aus dem Schlaf riss und gleichzeitig fast bewusstlos werden ließ. Instinktiv hatte er gewusst, dass er sich wehren musste, dass er sterben würde, wenn er liegen blieb. *Weiße Lichter blitzten vor seinen Augen auf, er konnte nicht erkennen, wer ihn angriff. Wieder und wieder fuhr ein harter Gegenstand auf ihn nieder, traf seinen Rücken, seine Beine und Arme. Mit einem wütenden Fauchen griff er an, doch er hatte keine Chance. Am Ende hatte ihn nur noch ein Gedanke beherrscht: Hoffentlich war wenigstens Melvin entkommen.*

Conner presste eine Hand auf seine schmerzenden Rippen und richtete sich so weit auf, wie es ging. Jetzt konnte er auch die zweite Liege neben der seinen sehen und die Person, die darauf lag. Diesmal fuhr ein ganz anderer Schmerz durch seinen Körper, schärfer und eindringlicher als der körperliche. *Fay.*

Ihre Augen waren geschlossen, und sie atmete tief und gleichmäßig. Die roten Haare ringelten sich um ihr Gesicht, das trotz der offensichtlichen Erschöpfung immer noch genauso schön war wie damals, als er gehen musste. Um der Versuchung zu widerstehen, sie zu berühren, konzentrierte Conner sich darauf, seine Beine Stück für Stück aus dem Bett zu schieben. Schweiß brach ihm am ganzen Körper aus, und er fühlte sich bereits nach wenigen Zentimetern so schwach, dass er nur noch schlafen wollte. Doch das ging nicht, er musste weg. Weg von Fay und der Versuchung. Jetzt durfte nur noch eines zählen: Melvin.

Hatte Melvin ihn hierhergebracht? Conner konnte sich nicht daran erinnern. Endlich berührten seine Zehenspitzen den Boden, doch als er versuchte, sein Gewicht zu verlagern, knickten seine Beine unter ihm ein, und er konnte sich gerade noch an der Liege festhalten, beugte sich nach vorn darüber. Die Bewegung ließ einen glühenden Schmerz durch seinen Oberkörper fahren, und ihm wurde schwarz vor Augen. Die Zähne fest zusammengebissen, versuchte er, das Bewusstsein nicht zu verlieren. Er musste … Sanfte Hände legten sich um seinen Arm und stützten ihn. Conner brauchte die Augen nicht zu öffnen, um zu wissen, wer hinter ihm stand. Wie war Fay dorthin gekommen, ohne dass er es gemerkt hatte?

„Was soll das denn werden? Glaubst du, ich habe dich zusammengeflickt, damit du sofort alle Wunden wieder aufreißt?"

Sein Herz setzte einen Schlag aus, als er zum ersten Mal seit so langer Zeit wieder ihre Stimme hörte. Fay hatte es schon immer geschafft, ihm das Gefühl zu geben, sich idiotisch zu benehmen. Schon damals, bevor sie …

„Conner, kannst du mich hören?" Diesmal schwang Sorge in ihrer Stimme mit, und auch wenn er wusste, dass sie sich allen Patienten gegenüber so verhielt, gab es ihm doch ein gutes Gefühl.

„Ja." Das Wort klang rau und mehr als ein wenig atemlos, und er hoffte, dass sie es auf seine Verletzungen schob und nicht darauf, dass ihm ihre Nähe den Atem raubte. „Ich muss zu … Melvin."

Einen Moment lang herrschte Stille hinter ihm, und Fays Griff an seinem Arm wurde sanfter. „Er ist nicht hier."

Auch wenn er befürchtet hatte, das zu hören, brach etwas in ihm zusammen. Er musste einen Laut von sich gegeben haben, denn Fays Arme schlangen sich um ihn, während er langsam zu Boden sank. Sanfte Finger streichelten über sein Gesicht, ihr Körper schmiegte sich an seinen Rücken, wie um ihn zu stützen.

„Wir wissen nicht, wo er ist. Dort, wo du angegriffen wurdest, war er jedenfalls nicht. Aber es gab auch keine anderen Kampfspuren.“ Fay schwieg einen Moment, bevor sie fortfuhr. „Kann es sein, dass …?“

Als sie nicht weitersprach, drehte er mühsam seinen Kopf, sodass er ihr in die Augen sehen konnte. „Was?“

Sie zögerte einen Moment, ein Schatten lag über ihrer normalerweise tiefgrünen Iris. „Hat Melvin dich angegriffen?“

Conner wollte sich von ihr fortbewegen, doch sie hielt ihn mit überraschender Kraft fest. Oder er war noch schwächer, als er gedacht hatte. So blieb ihm nichts anderes übrig, als sie wütend anzustarren. „Natürlich nicht! Warum sollte Melvin mir etwas tun?“

„Du weißt, dass er uns verraten hat, um endlich zu den Menschen zu kommen, wie er es schon immer wollte. Vielleicht hat er sich entschieden, dass jetzt der richtige Zeitpunkt dafür ist.“ Auch wenn Fay sich bemühte, ruhig zu sprechen, lag noch ein Echo von Wut in ihrer Stimme.

Entschieden schüttelte Conner den Kopf und zuckte zusammen, als seine Schläfe zu pochen begann. „Melvin hat sich verändert, seit er aus dem Lager ausgestoßen wurde. Er hat eingesehen, dass er einen großen Fehler begangen hat, als er den Wissenschaftler in unsere Welt brachte.“ Conners Stimme versagte, und er musste sich räuspern. „Kannst du dir vorstellen, wie sehr ihn das alles belastet hat, besonders das, was Bowen angetan wurde?“

Fay sah ihn ernst an, ihren Körper immer noch dicht an seinem. „Ich hoffe, dass du recht hast, wirklich, aber wir müssen uns auch auf andere Möglichkeiten einstellen. Noch einmal werden wir einen Angriff wahrscheinlich nicht überleben.“

„Wenn ihr mich dorthin zurückbringt, dann …“

Mit wutblitzenden Augen unterbrach sie ihn. „Du glaubst

doch nicht im Ernst, dass wir einen der Unseren schwer verletzt in der Wildnis aussetzen, oder? Du gehörst zu uns, Conner, und wir werden uns um dich kümmern, bis du das wieder selbst kannst. Hast du mich verstanden?"

Wider Willen spielte ein Lächeln um seine Mundwinkel. „Ja, Ma'am. Du würdest immer noch einen guten Drillsergeant abgeben." Sowie die Worte seinen Mund verlassen hatten, wünschte er sie zurück. Damit hatte er sie früher immer aufgezogen, und das Letzte, was er jetzt brauchen konnte, war, die alten Wunden wieder aufzureißen.

Fays Augen hatten sich verdunkelt, ihre Lippen zitterten. Für einen winzigen Moment dachte er, sie würde ihre Gefühle herauslassen, doch wie so oft zuvor straffte sie ihre Schultern und zog sich von ihm zurück. „Vergiss es bloß nicht. Hier gebe ich die Befehle, solange du noch zu schwach bist, um aufzustehen. Und jetzt bestimme ich, dass du zurück ins Bett kommst, wo du hingehörst."

„Aber Melvin …"

„Finn wird sich darum kümmern. Wenn du willst, kannst du mit ihm sprechen, aber erst, wenn du wieder im Bett liegst." Sie sah ihn zweifelnd an. „Du bist zu schwer für mich, und ich bezweifle, dass du es alleine schaffst. Bleib dort sitzen, bis ich zurückkomme."

Als Conner feststellte, dass Fay recht hatte, beschloss er, genau das zu tun, was sie sagte. Bevor sich sein Körper nicht zumindest teilweise erholt hatte, würde er nichts ausrichten können. Aber sobald er wieder laufen konnte, würde er Melvin zurückholen – egal was es kostete. Melody hatte er damals nicht retten können, aber er würde nicht zulassen, dass der Sohn, den sie so sehr geliebt hatte, ihm auch noch genommen wurde. Auch wenn Melvin einen schweren Fehler begangen hatte, der für die ganze Gruppe fatal hätte enden können, liebte er ihn wie am

Tag seiner Geburt. Irgendwie würden sie auch diese Situation überstehen. Er musste Melvin nur wiederfinden.

Conner blickte auf, als er einen neuen Duft aufnahm. Eine Frau war mit Fay zurückgekommen, die nur ein kleines Stück größer war als die Berglöwenfrau und eher knochig als muskulös wirkte. Ihre dunkle Haut glänzte im Licht der Lampen, und ihre schwarzen Locken hatte sie in einem Zopf hochgesteckt. Am ungewöhnlichsten waren aber ihre grün-braunen Augen, die jetzt auf ihn gerichtet waren.

Zaghaft lächelte sie ihn an. „Hallo, ich bin Jamila."

„Du bist eine der Leopardenwandlerinnen." Als er sie zusammenzucken sah, schloss er kurz die Augen. In den vergangenen einsamen Jahren schien er seine Manieren verloren zu haben. „Entschuldige, das kam falsch raus. Ich bin Conner, es freut mich, dich kennenzulernen."

Fay sah aus, als wäre sie drauf und dran gewesen, ihn an seinen Ohren aus der Hütte zu schleifen, doch nun entspannte sich ihre Miene etwas. „Jamila lebt hier, du wirst sie also sicher noch öfter sehen."

„Hier im Lager?"

„Hier in der Hütte." Fays Worte enthielten eine Warnung. „Und jetzt werden wir dich wieder auf die Liege hieven."

Skeptisch betrachtete er die beiden Frauen. „Vielleicht solltest du doch lieber einen …"

Fay unterbrach ihn sofort. „Sag es nicht! Ich brauche keinen Mann in meiner Hütte, der nur Platz wegnimmt und mich nervt. Da du ja fast nur noch Haut und Knochen bist, werden wir dich wohl noch bewegen können."

Es schien, als hätte Fay sich tatsächlich nicht verändert. Schon früher hatten die Männer einen großen Bogen um sie gemacht, weil sie es schaffte, dass sich jeder wie ein dummer Schuljunge vorkam, wenn er sie ärgerte. Zu Anfang hatte sie ihn genauso behandelt, doch dann waren sie sich nach und nach nähergekommen, und er hatte bemerkt, dass Fay sich so nur schützte, weil sie verletzlicher war als viele andere. Sie war eine starke Frau, gar keine Frage, aber für einen viel zu kurzen Zeitraum hatte sie sich ihm geöffnet und ihn erkennen lassen, wie liebevoll und großzügig sie war. Doch dann hatte er ihr Vertrauen zerstört und sie so sehr verletzt, dass sie sich noch weiter in sich zurückzog.

Conner tauchte aus seinen Gedanken auf, als Finger vor seinem Gesicht auf und ab wedelten. Automatisch zuckte er zurück und unterdrückte ein Stöhnen, als der Schmerz durch seinen Körper schoss.

„Conner?“ Fay hatte sich zu ihm hinuntergebeugt und blickte ihn besorgt an. „Du warst so in dich zusammengesunken, ich dachte schon …“

„Alles … in Ordnung.“

„Gut, dann werden wir dich jetzt stützen, damit du auf die Beine kommst.“

Auch wenn sie sich bemühten, vorsichtig zu sein, war Conners Körper schweißgebadet, als er schließlich auf der Liege lag. Jede noch so kleine Berührung sandte Funken reiner Qual durch seine Nervenbahnen und er war die meiste Zeit damit beschäftigt, seine Zähne zusammenzubeißen, damit er nicht fluchte oder aufschrie. Seine Augen flogen auf, als etwas Feuchtes seine Stirn berührte.

„Du hast immer noch Fieber, ich werde versuchen, dich ein wenig abzukühlen. Aber zuerst möchte ich, dass du das hier trinkst.“ Fay schob ihre Hand unter seinen Kopf und hob ihn vorsichtig an. „Mund auf.“

„Was ist da drin?“

„Kräuter, damit du schnell gesund wirst.“ Sie verzog den Mund. „Nun sieh mich nicht so an, ich werde dich schon nicht vergiften. Zumindest nicht jetzt.“

Das war so typisch Fay, dass Conner beinahe lächelte. Gehorsam trank er einige Schlucke und atmete dann erleichtert auf, als sein Kopf wieder das Kissen berührte. Sowie er ihn hob, intensivierte sich der Schmerz, bis er glaubte, sein Schädel würde platzen. Einen Moment lang beobachtete er, wie Fay den Becher wegstellte und sich dann damit beschäftigte, den Waschlappen auszuwringen, mit dem sie über seine Stirn gestrichen hatte. Als sie ihm einen Blick aus den Augenwinkeln zuwarf, wusste er, was sie getan hatte. Mühsam versuchte er sich aufzurichten, doch sie lehnte sich über ihn und drückte ihn wieder hinunter.

„Du hast mir ein Schlafmittel gegeben."

„Es musste sein. Du kannst nicht gesund werden, wenn du dich ständig bewegst oder dich zu sehr aufregst. Wenn du wieder aufwachst, wirst du dich besser fühlen, ich verspreche es." Ihre Augen hatten sich verdunkelt, ein Zeichen dafür, dass sie selbst nicht glücklich über das war, was sie getan hatte.

„Werde … dich daran … erinnern."

Das brachte den Hauch eines Lächelns zum Vorschein. „Tu das."

Es fiel ihm immer schwerer, die Augen offen zu halten, doch er kämpfte verbissen gegen die Müdigkeit an. „Melvin …"

Fay legte beruhigend ihre Hand auf seine Schulter. Ihre kühlen Finger fühlten sich gut auf seiner heißen Haut an. „Finn wird sich darum kümmern, ich verspreche es. Wir werden deinen Sohn finden."

Conner blickte stumm zu ihr auf, bis sich seine Augen schlossen und er in die wartende Dunkelheit glitt.

Amber roch ihn, sobald sie auf die Lichtung trat, und wäre beinahe wieder umgekehrt, als sie Griffin mit Finn und einigen anderen vor der Ratshütte stehen sah. Sie hatte gehofft, dass er bereits wieder aufgebrochen war, wenn sie von ihrem Morgenlauf zurückkehrte, und sie so um einen weiteren Abschied herumkäme. Zumindest einen, bei dem sie ihn nicht so berühren konnte, wie sie wollte, und er sie nicht wieder so küssen würde wie gestern Abend. Noch jetzt konnte sie seine Lippen auf ihren spüren, das mühsam gezügelte Verlangen in seinem Kuss, das ihr bewies, dass er sie genauso begehrte wie sie ihn.

Glücklicherweise konnte niemand ihre körperliche Reaktion sehen, da sie noch in Berglöwenform war, aber wenn sie nahe genug herankam, würde jeder ihre Erregung wittern können. So unauffällig wie möglich ging sie rückwärts, bis sie die Bäume erreichte.

„Amber, Griffin verlässt uns jetzt, willst du dich noch verabschieden?"

Amber schloss bei Finns Frage die Augen. *Verdammt*. Notgedrungen verwandelte sie sich und ging langsam zu der Gruppe hinüber. Hoffentlich reichte die Zeit, um ihre Gelassenheit wiederzufinden. Sie war stolz auf sich, als es ihr sogar gelang, ein Lächeln auf ihre Lippen zu zaubern. „Natürlich. Ich wünsche dir eine gute Reise, Griffin."

Ob die anderen erkannten, dass der Adlerwandler genauso darum kämpfen musste, seine wahren Gefühle nicht zu zeigen? Äußerlich wirkte er ruhig, aber sie konnte in seinen Augen sehen, wie gerne er sie an sich gezogen und umarmt hätte, weil es das letzte Mal sein konnte, dass sie sich so nahe waren.

„Danke." Er deutete auf seine Brust, wo von Conners Prankenhieb nur noch breite rote Striemen zu sehen waren. „Auch für das Verarzten, die Salbe hat wunderbar geholfen."

Amber strich eine Haarsträhne hinters Ohr zurück. „Das freut mich. Ich kann dir einen Tiegel von Fay holen, wenn du ihn mitnehmen möchtest." Alles, nur um dieser Situation zu entkommen.

„Wo hast du das her, Amber?"

Ihr Kopf ruckte herum, als sie Finns tödlich leise Stimme hörte. „Was?"

Finn trat vor sie und strich sanft ihre Haare zurück. Seine Augen veränderten sich, wurden berglöwenartiger, als er auf ihre Schultern blickte. „Das sind Spuren von Klauen. Wer hat dich verletzt?"

Oh Gott, warum hatte sie sich nicht erst angezogen? Sie hätte daran denken müssen, dass jeder Griffins Krallenspuren sehen würde, wenn sie nackt herumlief. Bemüht, nicht zu Griffin zu sehen, schob sie ihr Kinn vor. „Niemand."

Finn starrte ihr direkt in die Augen, und sie erkannte genau den Moment, als er die Verbindung zu ihrem Besuch bei den Adlerwandlern zog. Eine Wut, wie sie sie nur selten bei ihm gesehen hatte, verzerrte sein Gesicht. „Es war ein Adler." Langsam drehte er sich zu Griffin um, dem die Schuld ins Gesicht geschrieben stand.

Rasch griff Amber nach Finns Arm. „Es war ein Unfall."

„Wenn es so gewesen wäre, hättest du mir davon erzählt. Und ich kann mir nicht vorstellen, wie durch einen Unfall ein Adler seine Krallen in deine Schultern schlagen konnte. Hat er dich für ein Kaninchen gehalten?" Er redete weiter, bevor sie antworten konnte. „Ich habe die Angst in deinen Augen gesehen, als du zurückkamst, ich hätte wissen müssen, dass etwas geschehen ist." Seine Augen verengten sich. „Wenn ich jetzt so darüber nachdenke, hast du auch komisch reagiert, als Griffin im Lager auftauchte."

Das eine oder andere Knurren war zu hören, die Berglöwen traten dichter an den Adlermann heran. Wut überschwemmte Amber. „Lasst ihn in Ruhe, er hat nichts getan, ganz im Gegenteil, wenn er nicht gewesen wäre, könnte ich jetzt tot sein." Es herrschte Totenstille auf der Lichtung, jede Bewegung kam zum Erliegen.

Amber hasste es, so im Mittelpunkt der Aufmerksamkeit zu stehen und sich rechtfertigen zu müssen, aber sie würde nicht zulassen, dass Griffin etwas geschah. Er war völlig unschuldig an der ganzen Sache und von seinen Leuten schon genug bestraft worden. Jetzt nickte er ihr fast unmerklich zu. Auch wenn er anscheinend bereit war, die Schuld auf sich zu nehmen, sie würde das auf gar keinen Fall zulassen.

Abwehrend kreuzte sie ihre Arme vor der Brust. „Ich habe mich erschrocken, bin zu nah an den Rand einer Klippe geraten und hinuntergestürzt. Glücklicherweise war Griffin in der Nähe, konnte mich auffangen und ist mit mir zum Boden der Schlucht geschwebt. Ich für meinen Teil bin sehr froh darüber, auch wenn seine Krallen mich dabei verletzt haben. Das ist nur ein sehr kleiner Preis für mein Leben."

Finn sah sie nachdenklich an. „Was hat dich erschreckt?"

Amber presste die Lippen zusammen. Natürlich musste er danach fragen, und sie hatte keine Antwort für ihn. Wenn sie sagte, dass die Adler sie gejagt hatten, würden die Berglöwen glauben, dass sie sie rächen mussten, und das wollte sie auf keinen Fall. Bevor sie sich eine glaubwürdige Geschichte ausdenken konnte, sprach Griffin.

„Einige der Adlerwandler wollten nicht, dass sie bis zum Lager durchkommt. Sie haben versucht, sie zu verjagen. Dabei geriet Amber zu nah an die Klippen."

Finn blickte von Griffin zu ihr. „Stimmt das?"

„Ja. Es war meine Schuld, ich bin in Panik geraten. Wäre ich ruhig geblieben, wäre das nicht passiert." Sie konnte noch jetzt den Schrecken fühlen, als sie den Boden unter den Füßen verlor und …

„War es so?" Diesmal wandte sich Finn direkt an Griffin, anscheinend dachte er, dort genauere Angaben zu bekommen.

„Bis auf den Teil mit der Schuld, ja. Die Adlerwandler mögen keine Besucher, sie bleiben lieber für sich. Eindringlinge werden sofort verjagt, egal ob es sich um Tiere oder andere Wandler handelt."

Finn runzelte die Stirn. „Du redest immer von ihnen, als würdest du nicht dazugehören."

Griffins Miene verdüsterte sich. „Das tue ich auch nicht, zumindest im Moment. Und ich bin auch nicht der Meinung, dass völlige Isolation der richtige Weg ist. Das war ich noch nie, aber ich habe dort leider nichts zu sagen."

Diesmal mischte sich Amber ein. „Er wurde meinetwegen weggeschickt, und ich werde nicht zulassen, dass ihr ihm etwas antut." Sie hob die Hand, als Finn antworten wollte. „Und ich will auch nicht, dass ihr euch deswegen mit den Adlerwandlern anlegt. Lasst die Sache ruhen. Sie haben klargemacht, dass sie keinen Kontakt wollen, das müssen wir respektieren."

„Der Rat wird darüber entscheiden." Er wandte sich an Griffin. „Ich würde es begrüßen, wenn du bis dahin weiterhin unser Gast wärst."

Es war keine Bitte, sondern eine Anordnung. Amber wollte dagegen protestieren, doch Griffin neigte nur den Kopf. „Natürlich."

„Aber ...!"

Griffin trat neben sie und streifte ihre Hand mit seiner. „Lass es gut sein, es macht mir nichts aus."

„Aber es ist nicht fair ..."

Sachte drückte Griffin ihre Finger. „Es war auch nicht fair, was meine Leute mit dir gemacht haben."

Amber schüttelte den Kopf. „Das mag sein, aber es war nicht deine Schuld, ganz im Gegenteil. Es tut mir leid, dass du meinetwegen so viel Ärger hast."

Griffin lächelte ihr zu, bevor Torik ihn zurück zur Ratshütte begleitete.

„Kell, sag bitte Kearne, dass er eine Ratssitzung anberaumen soll.“ Finn drehte sich zu Amber um und blickte sie ernst an. „Ich möchte mit dir reden – allein.“

Für einen Moment sah sie Griffin hinterher, dann nickte sie zögernd. „Okay.“

Finn führte sie zu seiner Hütte und bot ihr einen Platz am Küchentisch an. „Möchtest du etwas zu trinken?“

„Ich möchte, dass du zur Sache kommst, Finn.“

Ein freudloses Lächeln hob seine Mundwinkel. „Du weißt, dass ich als Ratsführer die Sache nicht einfach übergehen kann. Wenn eines unserer Gruppenmitglieder verletzt wurde, muss ich handeln.“

„Was meinst du, warum ich nichts davon gesagt habe? Aber nein, du musstest die Sache ja vor anderen ausposaunen.“ Ihre Hände ballten sich auf dem Tisch zu Fäusten.

Seine Miene verdüsterte sich. „Du würdest mir also nur Dinge erzählen, die keinerlei Auswirkungen haben? Wichtige Dinge verschweigst du mir?“

Eine Weile sah sie ihn stumm an. „Nicht wenn es die Sicherheit der Gruppe betrifft. Ich wollte nicht, dass wir in eine Auseinandersetzung mit den Adlern geraten, die keinem von uns etwas bringen würde. Wenn sie keinen Kontakt zu uns wollen, müssen wir das akzeptieren. Und sie haben ein Recht, ihr Gebiet zu verteidigen, auch wenn mir die Art vielleicht nicht gefallen hat.“ Sie schlug die Augen nieder. „Ich wünschte, es wäre anders, aber wir können nichts daran ändern.“

„Amber …“ Als er nicht weitersprach, sah sie auf. „Ich weiß, es geht mich nichts an, aber ich merke, dass da etwas zwischen dir und Griffin ist. Bist du sicher, dass das eine gute Idee ist?“

Anscheinend waren ihre Gefühle so offensichtlich gewesen, dass Finn glaubte, sie darauf ansprechen zu müssen. Amber holte tief Atem und stieß ihn scharf aus. „Ich bin mir sogar sicher, dass es keine gute Idee ist. Aber es ist nicht so, als hätte ich eine Wahl, für wen ich etwas empfinde und für wen nicht." Der Hauch eines Lächelns glitt über ihr Gesicht. „Aber ich denke, das geht dir genauso."

Finn neigte zustimmend den Kopf. „Ich möchte nicht, dass du verletzt wirst. Und mal ganz abgesehen von den Schwierigkeiten zwischen den beiden Gruppen, eine Beziehung zwischen einem Adler und einer Berglöwin wäre schon sehr ... problematisch."

Womit er ihr nichts Neues erzählte. „Denkst du, das weiß ich nicht?" Sie beugte sich vor. „Ich weiß nur, dass Griffin etwas in mir auslöst, das ich bisher bei keinem anderen gefühlt habe." Ihre Stimme klang heiserer als sonst. „Schon damals, als er mich das erste Mal gerettet hat, habe ich etwas in ihm gespürt ..."

Stirnrunzelnd unterbrach Finn sie. „Was meinst du mit damals?"

Erstaunt blickte Amber ihn an. „Hat Coyle dir nie erzählt, wie er mich damals gefunden hat, als ..." Sie brach ab, nicht fähig, über den Tod ihres Vaters zu sprechen.

„Er hat nur sehr selten darüber gesprochen und nie irgendwelche Details genannt."

„Ein junger Adler hat ihn zu der Stelle geführt, an der ich den Abhang hinuntergestürzt war. Ohne ihn hätte er mich wahrscheinlich nicht schnell genug gefunden."

Finn starrte sie an. „Du meinst, das war Griffin?"

Amber neigte den Kopf. „Damals kannte ich seinen Namen nicht, den habe ich erst jetzt erfahren, aber er war es. Und all die Jahre danach habe ich ihn immer wieder von Weitem gesehen. Es war fast, als ... habe er über mich gewacht. Deshalb konnte er auch Marisa helfen, uns zu finden, als die Jäger uns eingesperrt hatten."

„Also hat er dich schon dreimal gerettet."

„Ja. Und dafür wurde er von seiner Gruppe ausgeschlossen, bis er weiß, wem seine Loyalität gilt.“ Bittend blickte sie Finn an. „Ich möchte wirklich nicht, dass er als Dank noch mehr in Schwierigkeiten gerät, das hat er nicht verdient.“

„Nein, das hat er nicht. Wir werfen ihm auch nichts vor, Amber, ich kann nur nicht riskieren, dass er zum Adlerlager zurückfliegt und sie warnt, wenn wir entscheiden sollten, ihnen ihr Verhalten nicht durchgehen zu lassen.“

Widerwillig nickte Amber. „Ich verstehe. Bitte versuch den anderen Ratsmitgliedern deutlich zu machen, dass wir bei einer Auseinandersetzung mit den Adlern nichts gewinnen können. Wir haben schon genug andere Probleme und sollten unsere Zeit lieber darauf verwenden herauszufinden, wer Conner überfallen hat und wo Melvin jetzt ist.“

Finn grinste schief. „Vielleicht möchtest du Ratsführerin werden?“

„Bloß nicht!“ Röte stieg in ihre Wangen. „Ich meinte, du bist ein guter Führer, ich hätte nie die Geduld, mich mit dem ganzen Kram auseinanderzusetzen.“

„Und du denkst, ich hätte sie?“ Er winkte ab, als Amber antworten wollte. „Wir müssen mit dem arbeiten, was wir haben. Ich hoffe nur, wir finden bald eine Möglichkeit, wie wir wieder in Ruhe und Sicherheit leben können.“

9

Melvin hörte ein leises Klicken, als die Tür zu dem Raum geöffnet wurde, in dem er sich befand. Vorher war die Dunkelheit selbst mit seinen Berglöwenaugen undurchdringlich gewesen, doch jetzt erschien ein schwacher Schimmer in der Türöffnung, der es ihm ermöglichte, Umrisse zu erkennen. Er lag in der Ecke auf einem mehr oder weniger bequemen Bett, neben dem sich nur noch ein schmaler Kleiderschrank und ein Sessel im Zimmer befanden. Das hatte er allerdings vorher schon herausgefunden, als er einige Zeit damit verbracht hatte, sich durch diese fremde Umgebung zu tasten, nur um festzustellen, dass sowohl die Tür als auch das Fenster nicht zu öffnen waren. Trotzdem half es ihm nicht dabei zu bestimmen, wo er sich befand, und vor allem, wie er hierhergekommen war. Abends hatte er sich im Wald schlafen gelegt und dann war er hier aufgewacht. Das musste einige Stunden her sein, aber er konnte es nicht mit Sicherheit sagen. Er nahm verschiedene Gerüche auf, aber alle deuteten nur auf eines hin: Er war in der Nähe von Menschen.

Wo war sein Vater? Conner hatte nur wenige Meter von ihm entfernt gelegen, als er eingeschlafen war. Hatte er ihn hierhergebracht? Aber er konnte nirgends seinen typischen Geruch wittern. Überhaupt nichts, das an Wald und Wandler erinnerte. Die Angst, die seit dem Moment seines Aufwachens in ihm rumorte, verstärkte sich. Während er weiterhin versuchte, die Dunkelheit mit den Augen zu durchdringen, bemühte er sich, seine Atmung möglichst flach zu halten, damit derjenige, der in den Raum getreten war, nicht bemerkte, dass er wach war.

Eindeutig ein Mensch, der Duft eines dezenten Aftershaves umgab ihn, der Melvin sofort auf den leeren Magen schlug. Warum versuchten Menschen immer, ihren eigenen Geruch mit irgendwelchen künstlichen Substanzen zu überdecken? Melvin schnitt eine Grimasse. Als Jugendlicher hatte er sich so etwas von seinen Großeltern besorgen lassen, weil er der Meinung gewesen war, dadurch menschlicher zu werden. Er hatte aber schnell festgestellt, dass er damit nur eines erreichte: Er stank erbärmlich und machte sich zum Gespött der anderen Jugendlichen.

Als ohne Vorwarnung das Licht aufflammte, konnte er seine Augen nicht schnell genug schließen. Durch die in der Dunkelheit weit geöffneten Pupillen war er effektiv geblendet, die Helligkeit stach wie ein Laserstrahl in sein Gehirn und verursachte einen heftigen Schmerz. Trotzdem versuchte er, sich schlafend zu stellen. Ein leises Lachen verriet ihm, dass er nicht besonders erfolgreich war.

„Du brauchst nicht so tun, ich weiß, dass du wach bist."

Zögernd öffnete Melvin seine Augen und blinzelte gegen das Licht. Von dem Mann, der sich ihm jetzt näherte, konnte er nicht viel erkennen, nur die Umrisse und die vage Ahnung von blonden Haaren.

„Gut, es gefällt mir, dass du wenigstens ein wenig Rückgrat hast, Junge." Der Mann setzte sich in den Sessel und ermöglichte Melvin dadurch, mehr von ihm zu sehen, weil er nun nicht mehr direkt ins Licht blicken musste. Er sah elegant aus, der Anzug saß perfekt und wirkte teuer. Jedes Haar lag an seinem Platz, und die Schuhe waren poliert. Was wollte dieser Typ von ihm? Melvin konnte erahnen, wie er selber aussehen musste: die Jeans abgetragen, der Pullover schmutzig, die Turnschuhe löchrig. Wenigstens hatte er die Sachen nachts angehabt und war jetzt nicht nackt, wodurch er sich noch verwundbarer gefühlt hätte.

Wut ersetzte die Angst. „Was wollen Sie von mir? Wo bin ich hier?“

„Du bist in der Stadt, da wolltest du doch immer hin. Und ich werde dir helfen, deinen Traum wahr zu machen.“ Der Mann gab sich unbeeindruckt von Melvins Zorn.

„Woher wollen Sie wissen, was ich mir wünsche? Und wer sind Sie überhaupt?“ Melvin biss sich auf die Zunge, als er merkte, dass er wie ein bockiges Kind klang. Aber immer noch besser, als wenn seine Furcht zu hören wäre.

„Mein Name ist Gary Jennings, ich war ein Freund deiner Mutter.“

Das riss Melvin aus seiner Starre. Woher nahm dieser Kerl das Recht, seine Mutter überhaupt zu erwähnen! „Das glaube ich nicht! Woher sollten Sie meine Mutter kennen? Sie ist seit über zweiundzwanzig Jahren tot.“

Die Miene des Mannes verdüsterte sich, das überhebliche Lächeln verging. „Deine Mutter Melody war meine Verlobte. Wir wollten heiraten, doch dann verschwand sie eines Tages beim Wandern. Ich habe sie überall gesucht, aber sie ist nie wieder aufgetaucht.“ Jennings’ Stimme brach beim letzten Wort.

Melvin sah ihn mit großen Augen an. Konnte dieser Mann tatsächlich eine Beziehung zu seiner Mutter gehabt haben, bevor sie mit seinem Vater zusammengekommen war? Aber seine Mutter hätte ihn doch sicher nicht verlassen, wenn sie ihn heiraten wollte. „Das glaube ich Ihnen nicht.“

Wortlos holte Jennings sein Portemonnaie hervor und zog etwas heraus. Er hielt es Melvin vor die Nase. „Überzeugt dich das hier vielleicht?“

Es war ein Foto von seiner Mutter, neben ihr eine viel jüngere Version von Jennings. Er lächelte in die Kamera, als wäre er der glücklichste Mann der Welt. Auch seine Mutter lächelte, aber auf Melvin wirkte es so, als würde es nicht bis zu ihren Augen reichen. Sein Blick fiel auf ihre Hand, die auf Jennings' lag und an deren Ringfinger ein großer Diamantring funkelte.

Übelkeit wühlte in seinem Magen. Wie konnte das sein? Seine Mutter hatte seinen Vater über alles geliebt, jeder hatte ihm das bestätigt. Wie oft hatte sein Vater ihm erzählt, wie sie sich begegnet waren und sich bereits in der ersten Sekunde ineinander verliebt hatten? Aber das konnte ja nicht sein, wenn Melody mit Jennings verlobt gewesen war. Ein gut aussehender und anscheinend auch nicht armer Mann, wenn er die Größe des Diamanten in Betracht zog. Warum sollte seine Mutter so einen Mann verlassen, um dann vergessen irgendwo im Wald zu leben?

„Glaubst du mir jetzt?" Jennings' Stimme drang in seine Gedanken.

Melvin sah ihn verwirrt an. „Wie haben Sie mich gefunden? Und woher wollen Sie überhaupt wissen, dass ich Melodys Sohn bin?"

„Ich habe meine Quellen. Und was das andere angeht …" Jennings zögerte, und seine Miene wurde sanfter. „Du siehst aus wie sie. Diese blauen Augen. Ich sehe sie auch nach all den Jahren noch vor mir."

Melvin musste zugeben, dass er äußerlich schon immer mehr nach seiner Mutter gekommen war als nach Conner.

„Wenn ich dich so ansehe, kann ich mir fast vorstellen, wir hätten damals geheiratet und du wärst unser Sohn." Jennings' Stimme klang belegt, offensichtlich hatte er Melody tatsächlich sehr geliebt. „So war es seit Langem geplant und so wäre es auch geschehen, wenn ich damals verhindert hätte, dass Mel diesen verfluchten Camping-Trip mit ihren Freundinnen unternimmt. Wie konnte ich so dumm sein, das zuzulassen?" Trauer und Wut verzerrten sein Gesicht.

Eine gute Frage. Aber da Melvin andernfalls gar nicht existieren würde, war er froh, dass es dazu gekommen war. Obwohl er manchmal dachte, dass es vielleicht besser wäre, wenn er gar nicht geboren worden wäre. Seine Mutter würde noch leben, und er müsste nicht diese Halbexistenz führen, in der er sich nirgends heimisch oder zugehörig fühlte.

Melvins Augen wurden feucht, als er sich daran erinnerte, wie er das vor einigen Wochen zu Conner gesagt hatte, der daraufhin so wütend geworden war, wie er ihn noch nie gesehen hatte. Sein Vater hatte ihn an den Armen gepackt und sein Gesicht ganz nah an Melvins herangeschoben und ihm gesagt, dass seine Mutter ihm mehr als alles andere auf der Welt das Leben schenken wollte und auch er selbst keinen Moment bereut hätte, Melody gefunden und mit ihr ein Kind – ihn – gezeugt zu haben. Auch wenn ihre gemeinsame Zeit sehr kurz gewesen war, sie hatten jede Minute genossen. Der Schmerz und die Gewissheit in den Augen seines Vaters hatten ihn überzeugt, dass er die Wahrheit sagte. Und in dem Moment war ein Teil des Grolls, den er immer gegen Conner gehegt hatte, verschwunden.

„Wie alt bist du jetzt, Junge?"

Melvin überlegte, ob er antworten sollte, aber er konnte keinen Grund erkennen, was es schaden könnte. „Zweiundzwanzig."

Jennings' Gesicht lief rot an. „Sie haben nicht viel Zeit verloren, oder? Dein Mistkerl von einem Vater hat sie nicht nur entführt, sondern auch fast sofort geschwängert. Wahrscheinlich hat er sie vergewaltigt! Meine arme Melody." Ein Geräusch fast wie ein Schluchzen drang aus Jennings' Kehle.

Melvin ballte die Hände zu Fäusten. „Das ist nicht wahr! Meine Eltern haben sich geliebt. Und meine Mutter hat mich geliebt." Den letzten Satz flüsterte er fast.

Höhnisch grinste Jennings ihn an. „Und wer hat dir das erzählt? Dein ach so wahrheitsliebender Vater, der es nötig hatte, eine Frau zu stehlen, die einem anderen gehörte?"

„Nein, auch meine Großeltern und alle anderen, die die beiden zusammen erlebt haben."

Jennings machte eine wegwerfende Handbewegung. „Deine richtigen Großeltern, die Eltern deiner Mutter, hätten dir auch versichert, dass Melody nur mich liebte. Die Frage ist, wem du glauben willst. Ich verstehe natürlich, dass es schwierig für dich ist, dich der neuen Situation anzupassen, aber du solltest das besser schnell tun, denn ich bin nicht besonders geduldig."

„Wo ist mein Vater?"

„Du meinst dieses *Tier*, das wir mit dir im Wald gefunden haben? Wir haben ihn von seinem Elend erlöst. Und ich muss sagen, es hat mir eine gewisse Befriedigung verschafft, ihn nach all den Jahren endlich für das zu bestrafen, was er getan hat. Deine Mutter war eine wunderschöne und liebreizende Frau – bis dein Vater sie in seine Fänge bekommen hat."

„Nein!" Ohne über die Konsequenzen nachzudenken, schnellte Melvin vom Bett hoch und stürzte sich auf Jennings. Er blieb abrupt stehen, als dieser plötzlich eine Pistole auf Melvins Brust richtete.

„Das würde ich noch einmal überdenken, wenn ich du wäre." Jennings' Stimme war ganz ruhig. „Bisher habe ich dich verschont, weil du Melodys Kind bist, aber du solltest meine Großzügigkeit nicht überstrapazieren." Als Melvin sich auf das Bett zurücksinken ließ, steckte er die Waffe wieder weg. „Ich lasse dich jetzt allein, damit du in Ruhe über dein zukünftiges Verhalten nachdenken kannst. Wenn ich wiederkomme, will ich eine Entscheidung von dir."

„Worüber?" Melvins Frage kam rau heraus.

„Ob du in Zukunft als Mensch leben willst, mit allen Vorzügen, die dazugehören, oder ob du das Schicksal deiner tierischen Verwandten teilen willst."

Die Übelkeit verstärkte sich. „Was wollen Sie von mir?"

„Das ist doch wohl offensichtlich, du sollst dafür sorgen, dass ich eure kleine Gruppe von Missgeburten ohne großen Aufwand finde."

Melvin presste die Lippen zusammen, damit ihm kein verräterischer Laut entschlüpfte. Schließlich hatte er sich halbwegs unter Kontrolle. „Was kriege ich dafür?"

Jennings lachte amüsiert auf. „Du lernst schnell, das gefällt mir. Ich leite ein erfolgreiches Unternehmen und ich wäre bereit, dir dort einen Job zu besorgen und dir auch sonst alle Annehmlichkeiten des Stadtlebens zu beschaffen. Du wärst ein Mensch und könntest dir eine neue Zukunft aufbauen."

Noch vor Kurzem war das sein größter Traum gewesen, doch jetzt wusste er, was der Preis dafür sein würde, und er war nicht bereit, ihn zu zahlen. Melvin bemühte sich um einen neutralen Gesichtsausdruck. „Ich werde darüber nachdenken."

„Tu das. Und denk dran: Ich kann dir alles geben, was du dir schon immer gewünscht hast. Ein besseres Angebot wirst du nirgends bekommen." Damit drehte Jennings sich um und verließ das Zimmer.

Melvin schloss die Augen, während der Schmerz seinen Körper übernahm. Erst jetzt wusste er, was er wirklich wollte: seinen Vater, der ihn ohne jede Bedingung liebte. Er wünschte, er könnte es ihm sagen, doch dafür war es zu spät. Während die Tränen über seine Wangen liefen, war nur ein Gedanke in seinem Kopf. „Es tut mir leid, Dad, verzeih mir."

Finn wollte gerade seine Hütte verlassen, um zur Ratssitzung zu gehen, als das Satellitentelefon klingelte. Ein Blick auf das Display zeigte ihm Coyles Nummer. Froh, die Sitzung noch ein wenig aufschieben zu können, nahm er das Gespräch an. „Hallo Coyle, hast du schon wieder Sehnsucht nach uns?"

„Die habe ich immer, aber ich rufe wegen etwas anderem an."

Finn richtete sich auf. An Coyles Stimme konnte er hören, dass etwas nicht stimmte. „Was ist passiert?"

„Marisa hatte eben Besuch vom FBI. Anscheinend hat irgendjemand erkannt, dass die Mordfälle von ihrem Nachbarn in Mariposa, Stammheimer in Nevada und der Überfall von Edwards auf den Tierarzt zusammenhängen." Coyles Stimme klang rau.

Finn schloss die Augen. „Mist. Wie haben sie das geschafft?"

„Edwards genetischer Fingerabdruck wurde in Stammheimers Haus gefunden. Und Marisa wurde sowohl in Mariposa als auch Nevada von der Polizei befragt."

„Mag sein, aber wie wurde sie mit der Sache in Escondido in Zusammenhang gebracht?"

„Ihre Fingerabdrücke waren auf dem Salbentiegel, der in Thornes Garten gefunden wurde. Kainda hat den Beutel mit den Sachen, die Marisa ihr mitgebracht hatte, im Garten gelassen, als sie ins Haus gelaufen ist, um Thorne zu helfen. Dort hat die Polizei sie gefunden. Da sie nicht wissen, dass Kainda eine Wandlerin ist …"

„Verdächtigen sie Marisa. Toll, ganz toll." Finn stieß einen leisen Fluch aus. „Es tut mir leid, ich hätte nie erlauben sollen, dass sie dort hinfährt. Ich wusste, dass es zu gefährlich ist."

Coyle lachte rau auf. „Du glaubst, du hättest sie davon abhalten können? Keine Chance."

Finn wusste, dass Coyle recht hatte, aber das machte die Sache nicht einfacher. „Wie kann ich helfen?"

„Gar nicht, ich wollte nur, dass du Bescheid weißt. Es sollte am besten in nächster Zeit niemand in die Nähe des Hauses kommen. Es kann sein, dass Marisa bald überwacht wird. Es könnte sogar sein, dass sie sich einen Durchsuchungsbefehl besorgen. Also packe ich jetzt meine ganzen Sachen zusammen und verstecke sie im Wald."

Finn rieb über seine Stirn. „Wollt ihr hierherkommen?"

„Wenn Marisa sich jetzt absetzt, würde sie sich nur noch verdächtiger machen. Wir hoffen einfach darauf, dass sie bald erkennen, wie falsch sie liegen. Es gibt keinerlei wirkliche Beweise, dass Marisa etwas mit den Morden zu tun hat." Coyle klang trotz seiner Worte besorgt.

„Willst du alleine kommen?"

„Du glaubst doch nicht im Ernst, dass ich Marisa auch nur eine Sekunde alleine lasse, oder? Sie ist meinetwegen in dieser Situation, und ich werde nicht zulassen, dass sie noch mehr darunter leiden muss als bisher schon." Coyles Stimme war mit jedem Wort lauter geworden.

„Das war mir klar, ich wollte es dir nur anbieten."

Coyle stieß einen tiefen Seufzer aus. „Ich weiß, entschuldige, die Sache macht mich wahnsinnig, weil ich nichts tun kann." Er räusperte sich. „Wie sieht es bei euch aus? Wie geht es Conner?"

„Er war heute Morgen kurz wach, konnte aber auch nicht viel mehr sagen, als dass er überfallen wurde. Conner glaubt, dass Melvin entführt wurde, aber ich weiß nicht, wie viel davon Wunschdenken ist."

„Irgendeine Idee, wie wir Melvin wiederfinden können?"

Finn ließ einen Finger über das Holzstück gleiten, das er gerade bearbeitete, wie immer, wenn er sich beruhigen oder ablenken wollte. „Noch nicht. Die Spuren enden an einer Straße, und es ist nicht zu erkennen, wohin sie danach gefahren sind. Sie könnten überall sein."

„Also eine Sackgasse. Hoffentlich macht Melvin nicht gemeinsame Sache mit den Verbrechern, das würde Conner vernichten."

„Ja. Ich habe überlegt, ob ich die Einzelgänger ins Lager holen soll, damit sie in Sicherheit sind. Und damit wir nicht Gefahr laufen, dass noch andere von ihnen angegriffen werden und die Verbrecher damit zu uns führen könnten." Die Vorstellung, dass

Menschen die Wandler ausfindig machen könnten, die getrennt von der Gruppe lebten, weil sie die Gesellschaft nicht ertrugen oder nur noch als Berglöwen leben wollten oder konnten, machte ihm Angst.

Einen Moment lang herrschte Stille. „Meinst du, das ist nötig?"

Finn fuhr mit der Hand über sein Gesicht. „Ich weiß es nicht. Aber ich frage mich, wie Conner und Melvin überhaupt gefunden wurden. Conner war immer vorsichtig, und trotzdem haben sie ihn erwischt. Viele der anderen sind nicht so stark und vor allem labil. Wenn sie in die Hände von solchen skrupellosen Verbrechern wie Stammheimer geraten würden ..." Allein der Gedanke ließ Übelkeit in ihm aufsteigen.

„Dann hoffe ich, dass du sie überzeugen kannst. Ich fürchte, sie haben sich innerlich zu weit von uns entfernt, um noch einmal zurückzukommen."

„Versuchen müssen wir es. Ich dachte, ich schicke Amber los, sie weiß bestimmt, wo sie zu finden sind."

„Meinst du, sie ist schon so weit? Sie kam mir neulich sehr angespannt vor." Sorge schwang in Coyles Stimme mit.

„Das lag wohl daran, dass die Adler sie angegriffen haben und sie eine Klippe hinuntergestürzt ist."

Die Stille am anderen Ende der Leitung war ohrenbetäubend. „Was?"

„Ich sollte wohl eher sagen, geschwebt. Warum hast du mir nie erzählt, dass sie einen Freund bei den Adlern hat?" Finn konnte nicht verhindern, dass er verletzt klang. Coyle war sein bester Freund, und in all der Zeit hatte er ihm nie erzählt, was wirklich an diesem verhängnisvollen Tag passiert war. Zumindest das Detail mit dem Adlerwandler.

„Ich hielt es für unfair gegenüber dem Adler, über ihn zu reden, wenn er vielleicht seine Existenz lieber geheim halten wollte."

„Okay, aber als er dann Marisa geholfen hat, uns zu befreien, und mir der Ratssitz übertragen wurde, wäre es vielleicht an der Zeit gewesen."

„Du hast recht, es tut mir leid."

Wie immer konnte er Coyle nicht lange böse sein. „Schon gut, jetzt ist er ja hier, und ich kann ihn selbst fragen, wenn ich etwas wissen will."

„Wie, er ist immer noch da? Ich dachte, er wollte gleich wieder weiterfliegen."

„Ja, das wollte er, aber dann kam das mit dem Angriff der Adler auf Amber heraus, und ich habe seinen Aufenthalt hier noch ein wenig verlängert. Wir werden gleich in der Ratssitzung besprechen, wie wir weiter vorgehen, aber ich denke mal, dass wir es nicht auf eine Auseinandersetzung mit den Adlern ankommen lassen werden. Dafür haben wir zu viele andere Probleme."

Coyle brummte zustimmend. „Was sagt Amber dazu?"

Ein Lächeln glitt bei der Erinnerung über Finns Gesicht. „Sie sah aus, als würde sie Griffin mit Klauen und Zähnen verteidigen, wenn irgendjemand ihn auch nur komisch ansieht."

Ein Seufzen drang durch den Hörer. „Ich hatte es befürchtet."

„Wie meinst du das?"

„Marisa hat mir erzählt, dass Griffin auf ihre Frage, warum er uns hilft, gesagt hat, die Jäger hätten Amber wehgetan. Nur das. Er war bereit, gegen die Anweisung der Adler-Anführer zu handeln – für Amber."

Finn schüttelte den Kopf. „Wir haben aber auch wirklich ein Talent, uns Partner auszusuchen. Du eine Menschenfrau, Amber einen Adlerwandler und …" Er brach ab, als er merkte, was er beinahe gesagt hätte.

„Komm schon, red ruhig weiter." Coyle lachte. „Du glaubst doch nicht, dass ich das mit Jamila und dir nicht weiß, oder?"

„Marisa ist und bleibt ein Plappermaul."

„Ich werde es ihr ausrichten. Außerdem habe ich selbst Augen im Kopf, es war nicht zu übersehen, dass ihr etwas füreinander empfindet." Coyle wurde ernst. „Wenn du glaubst, dass du mit Jamila glücklich wirst, halt sie unbedingt fest. Lass nicht zu, dass die anderen sie vertreiben."

„Das werde ich nicht. Allerdings weiß ich noch nicht, woran ich bin. Jamila hat zwar gesagt, dass sie hierbleiben möchte, aber seitdem hatten wir noch keine Zeit, uns in Ruhe zu unterhalten." Oder uns zu lieben, dachte Finn wehmütig und schloss die Augen, als das Verlangen durch seinen Körper strömte. Wunderbar, genau der passende Zeitpunkt, so kurz vor einer Ratssitzung. „Sie hilft Fay mit Conner."

„Es kann nicht schaden, eine zweite Heilerin in der Gruppe zu haben."

„Vermutlich nicht. Hör zu, ich muss jetzt zur Sitzung. Wenn etwas ist, ruf auf jeden Fall hier an, okay? Vielleicht gibt es ja doch eine Möglichkeit, wie wir Marisa helfen können, sollte das FBI nicht in der Lage sein zu erkennen, dass sie unschuldig ist."

„Ja, hoffen wir, dass sie schnell aufgeben." Aber Coyles Stimme klang alles andere als hoffnungsvoll, als sie das Gespräch beendeten.

Die Reaktion des Jungen war auf jeden Fall interessant. Es schien so, als hätte er sehr zwischen seiner tierischen und menschlichen Seite zu kämpfen. Nun, das war nicht sein Problem, Melvin bedeutete ihm nichts. Auch wenn er seiner Mutter ähnlich sah, würde Jennings sich davon nicht beeinflussen lassen. Er hatte viel Zeit und Geld in die Suche investiert und nun war er endlich beinahe am Ziel.

Damals hatte er nichts machen können, Melody war wie vom Erdboden verschluckt gewesen. Er hatte einen Spurenleser engagiert, der ihrer Fährte gefolgt war, doch der hatte ihm auch nur sagen können, dass ihr Weg sich mit dem eines Pumas kreuzte und die Wahrscheinlichkeit sehr hoch war, dass der sie getötet hatte. Jahrelang hatte er das geglaubt und um sie getrauert, doch dann hatte er vor zwei Monaten einen mysteriösen Anruf bekommen. Der Mann, der sich Lee nannte, was ganz sicher ein Deckname war, hatte ihm erzählt, dass seine Melody einen Sohn bekommen hätte und gleich darauf gestorben wäre. Zuerst hatte Jennings noch die Hoffnung gehabt, dass es sein Kind war, doch die war sofort zunichtegemacht worden. Er hatte nicht glauben wollen, was er hörte: Wesen, die ihre Gestalt ändern konnten und in den Tiefen der Wälder lebten, so etwas konnte es nicht geben.

Doch nachdem er recherchiert und mit Unterstützung des Unbekannten schließlich Melvin gefunden hatte, konnte er es nicht mehr abtun, es gab diese Gestaltwandler tatsächlich. Und anscheinend hatte sich seine süße, unschuldige Melody von so einem Puma-Kerl verführen lassen und ihm sogar einen Sohn geboren. Das tat besonders weh, denn zu ihm hatte sie gesagt, dass sie mit Kindern noch warten wollte, bis sie beruflich alles erreicht hatte. Wie konnte sie da einem anderen Mann in die Wildnis folgen, ihr bisheriges Leben aufgeben und sich dann auch noch sofort von ihm schwängern lassen? Nun, sie hatte es mit ihrem Leben bezahlt, doch leider verschaffte ihm das keine Genugtuung. Auf den Puma einzuprügeln, bis er sich nicht mehr rührte, war da schon weit befriedigender gewesen.

Ein Klopfen an der Tür ließ ihn aufblicken. „Ja?"

Sein Freund Caruso trat ein und schloss die Tür hinter sich. „Alles okay?"

Jennings ließ sich in den Sessel sinken. „Natürlich. Der Junge hat angebissen, bereitet alles vor."

Caruso setzte sich in den anderen Sessel, streckte seine langen Beine aus und schlug sie an den Knöcheln übereinander. „Er verrät tatsächlich seine Leute?"

Die Skepsis in der Stimme seines engsten Vertrauten ärgerte Jennings. „Auf die eine oder andere Weise wird er es tun. Und zwar bald, also sorg dafür, dass alles bereit ist."

„Du weißt, dass du dich auf mich verlassen kannst. Aber, Gary, bist du sicher, dass du das Richtige tust? Du hattest deine Rache, der Kerl ist tot. Egal was du auch tust, es wird Melody nicht zurückbringen." In Carusos blauen Augen konnte er Mitleid und Verständnis erkennen.

Jennings spürte, wie sich seine Kehle zusammenzog. „Glaubst du, ich weiß das nicht? Ich habe über dreiundzwanzig Jahre darauf gewartet zu erfahren, was damals passiert ist. Ich habe mir geschworen, denjenigen zu finden, der dafür verantwortlich ist, ihn zu bestrafen und dafür zu sorgen, dass so etwas nie wieder geschehen kann."

„Das hast du schon getan."

Jennings lachte erstickt auf. „Nein. Einer ist jetzt zwar tot, aber einer der anderen kann jederzeit eine junge Frau oder sogar ein Kind entführen und sie ihren Männern oder Eltern rauben. Das kann ich nicht zulassen."

„Gary ..." Besorgt beugte Caruso sich vor, offensichtlich bereit, ihm die Sache auszureden.

„Sorg dafür, dass alles fertig ist. Lass alles andere meine Sorge sein."

Caruso erhob sich und sah ihn ernst an. „Du weißt, dass ich dein Freund bin und dir gerne bei jedem Problem helfe. Aber ich finde es nicht richtig, diese Berglöwenmenschen für etwas zu bestrafen, das ein Einzelner von ihnen getan hat. Vor allem aber habe ich Angst davor, was es aus dir machen wird. Seit dir dieser merkwürdige Lee den Tipp mit den Berglöwen gegeben hat, bist du kaum wiederzuerkennen. Du verlierst dich in dieser Sache, so wie damals, als Melody verschwand."

Jennings spürte die Gefühle in sich heraufkriechen, aber

er zwang sich, seinem Freund ruhig zu antworten. „Zur Kenntnis genommen. Und jetzt geh, ich habe noch etwas zu erledigen."

Jennings sah erst wieder auf, als die Tür leise ins Schloss gezogen wurde. Gerade Caruso sollte doch verstehen, warum er das tat, schließlich war er damals dabei gewesen, als Jennings Himmel und Hölle in Bewegung gesetzt hatte, um Melody zu finden, und schließlich aufgeben musste. Er sah auf seine Uhr. Eindeutig zu früh, um einen Whiskey zu trinken, aber verdammt, er brauchte einen. Doch zuerst musste er noch ein Telefonat führen. Auch wenn er gegenüber Caruso so getan hatte, als hätte er keine Zweifel, fragte auch er sich, was dieser Lee davon hatte, ihm bei seiner Rache-Mission zu helfen. Vor allem hatte der sich von selbst gemeldet und Dinge gewusst, die nicht allgemein bekannt waren.

Entschlossen wählte Jennings die Nummer und ignorierte das warnende Kribbeln in seinem Nacken.

„Ja."

„Hier ist Jennings. Es ist alles vorbereitet, wir werden bald wissen, wo sich die Gruppe befindet."

Ein langes Einatmen. „Gut. Ich denke, ich muss Sie nicht darauf hinweisen, dass die Berglöwen gefährlich sind."

Jennings lehnte sich im Sessel zurück. „Ich habe genug Männer und Waffen. Es wird niemand entkommen."

„Achten Sie nur darauf, dass niemand erfährt, dass es die Wandler gibt. Auch Ihre Männer nicht."

„Warum ist das eigentlich so geheim? Die Viecher werden sowieso bald tot sein, da ist es doch eigentlich egal, wer davon weiß."

Lee gab einen erstickten Laut von sich. „Sie haben keine Ahnung. Glauben Sie wirklich, das sind die einzigen Wandler, die es gibt?"

Ein eisiger Schauer überlief Jennings. Wenn das wirklich so war, würde seine Aufgabe noch lange nicht beendet sein. „Dann werde ich sie so lange bekämpfen, bis jeder einzelne vernichtet ist."

Ein Geräusch fast wie ein Lachen drang durch den Hörer. „Erledigen Sie erst mal die Berglöwengruppe, danach können wir weiterreden. Melden Sie sich bei mir, wenn Sie wieder da sind."

Bevor Jennings antworten konnte, hatte Lee die Verbindung beendet. Verdammt, jetzt hatte er gar nicht mehr fragen können, wer der Kerl war und woher er ihn kannte. Dann eben beim nächsten Mal. Seine Hände zitterten, als er sich den Whiskey eingoss.

10

Amber nickte Kell zu, der zu Griffins Bewachung vor der Ratshütte stand, und klopfte an die Tür.

„Ja?"

Rasch öffnete Amber die Tür und sah hinein. „Kann ich reinkommen?"

Griffin erhob sich aus dem Schaukelstuhl. Er hatte sich wieder angezogen, anscheinend war er auf eine längere Wartezeit eingestellt. „Natürlich." Zögernd trat er auf sie zu. „Es tut mir leid, dass ich so eine Unruhe verursacht habe. Ich hätte wahrscheinlich doch besser gestern schon aufbrechen sollen, aber …"

Als er nicht weitersprach, hakte Amber nach. „Aber?" Griffin wandte sich ab und sah aus dem kleinen Fenster. Es juckte Amber in den Fingern, über seinen Rücken zu streichen, doch sie widerstand der Versuchung. Stattdessen trat sie neben ihn, um in seine Augen blicken zu können.

Schließlich sah er sie an, den Mund zu einer grimmigen Linie verzogen. „Ich konnte es nicht."

Ambers Herz begann schneller zu schlagen. „Warum nicht?"

Seine dunkelbraunen Augen schienen sie zu verschlingen, doch er berührte sie nicht. „Weil ich nicht auf die Gelegenheit verzichten wollte, noch ein wenig länger in deiner Nähe zu sein. Auch wenn ich weiß, dass es falsch ist und ich es uns damit noch schwerer mache."

„Sprich bitte nur für dich." Amber konnte nicht verhindern, dass ihre Stimme rau klang.

Griffin fuhr zurück, Schmerz trat in seine Augen. „Entschuldige, es wäre für mich schwerer gewesen." Ein Muskel zuckte in seiner Wange.

Amber verdrehte innerlich die Augen. Manchmal waren Männer echte Idioten. Als Griffin sich wegdrehen wollte, grub sie ihre Finger in sein T-Shirt und hielt ihn damit wirkungsvoll zurück. Sie wünschte, sie wäre größer, damit sie nicht zu ihm aufsehen musste. „Ich meinte damit, dass ich es nicht für falsch halte, dass du hiergeblieben bist, um noch länger in meiner Nähe sein zu können. Ich bin froh, dass du es getan hast. So hatten wir nach all den Jahren endlich die Gelegenheit, miteinander zu reden und zu sehen, ob …" Diesmal brach sie ab.

„… ob die Gefühle echt sind?" Griffin flüsterte beinahe.

Stumm nickte sie, Tränen traten in ihre Augen. „Sie sind es, oder?"

Griffin ließ seine Hände über ihre Arme gleiten und zog sie dann sanft an sich. „Ja."

Seine Körperwärme drang durch ihre Kleidung und ließ sie wünschen, sie wären beide nackt, damit sie wenigstens einmal seine Haut an ihrer fühlen, ihn berühren und küssen konnte, wie sie es wollte. Stattdessen begnügte sie sich damit, ihre Hand über sein Herz zu legen. „Was machen wir jetzt?"

Ein Räuspern erklang von der Tür her. Erschrocken wirbelte Amber herum und versuchte, Finns Gesichtsausdruck zu deuten. Doch es war nicht zu erkennen, was er dachte. Sie konnte Griffins Wärme an ihrem Rücken fühlen, so als wäre er hinter sie getreten, um sie im Notfall schützen zu können. Mühsam unterdrückte sie ihre Gefühle, um zu verhindern, dass die Tränen überliefen. „Ist die Ratssitzung zu Ende?" Ihre Stimme klang belegt, aber immerhin hatte sie einen Satz herausgebracht.

„Ja. Wir haben entschieden, den Wunsch der Adlerwandler

zu respektieren. Wenn sie keinen Kontakt zu uns oder anderen Wandlern wollen, müssen wir das hinnehmen. Und auch wenn ich der Meinung bin, dass sie für das bestraft werden müssten, was sie dir angetan haben, ist es nicht sinnvoll, noch eine Auseinandersetzung anzufangen. Wir haben genug andere Sorgen." Finn sah Griffin scharf an. „Sag deinen Leuten, dass sie in unserem Gebiet nicht mehr erwünscht sind und wir entsprechend reagieren werden, wenn einer von ihnen dem zuwiderhandeln würde."

Griffin neigte den Kopf. „Sobald ich sie das nächste Mal sehe."

„Gut. Du bist frei zu gehen. Wir stehen für deine Hilfe sowohl früher als auch jetzt in deiner Schuld. Solltest du jemals Unterstützung brauchen, wirst du sie bekommen", erklärte Finn.

„Danke." Griffin sah Amber für einen Moment an, seine Gefühle deutlich sichtbar, bevor er sich abwandte und seinen Beutel um die Schulter schlang. „Ich hoffe, ihr findet Melvin und könnt den Menschen weiterhin entkommen. Lebt wohl." Damit strebte er mit langen Schritten auf die Tür zu und schloss sie leise hinter sich.

Amber wollte ihm folgen, doch Finn legte seine Hand auf ihre Schulter. „Lass ihn gehen."

„Aber …"

Finn drehte sie zu sich herum und hob ihr Kinn an, damit sie ihn ansah. „Du machst es euch beiden nur noch schwerer, wenn du nicht loslässt."

„Das kann ich nicht." Jetzt brachen die Tränen doch aus ihr hervor, und sie wehrte sich nicht, als Finn sie in seine Arme zog. Den Kopf an seiner Schulter vergraben, versuchte sie, die Flut zu stoppen, aber der Schmerz war zu groß. „Weißt du, wie es ist, wenn man sich so viele Jahre etwas wünscht und es doch nie bekommen kann? Wenn es die ganze Zeit greifbar nahe ist, aber doch unendlich weit entfernt?"

Finn umrahmte ihr Gesicht mit seinen Händen und sah sie ernst an. „Nein, das weiß ich nicht, aber ich kann es mir vorstellen."

„Was soll ich nur machen? Es tut so weh zu wissen, dass ich nie das bekommen werde, was ich wirklich möchte." Ihr Herz krampfte sich schmerzhaft zusammen, und sie wusste, dass Griffin recht hatte: Wenn sie sich nie so nahe gekommen wären, würde es nicht so wehtun. Vorher war es ein dumpfer Schmerz gewesen, der immer im Hintergrund lauerte, doch jetzt war er ein reißendes Ungeheuer, das alles verschlang.

„Ich würde dir gerne helfen, aber das ist eine Sache, die du nur mit dir selbst abmachen kannst. Aber wenn du reden möchtest, bin ich immer für dich da."

Amber bemühte sich um ein Lächeln. „Danke."

„Wie wäre es, wenn ich dir eine Aufgabe gebe, die dich ablenkt?"

Amber verzog den Mund. „Bitte nicht noch so eine wie beim letzten Mal. Ein Unfall pro Woche reicht mir."

Finns Gesichtsausdruck machte klar, was er von dem Wort „Unfall" hielt, doch er kommentierte es nicht. „Diesmal ist es etwas anderes. Du kennst die Gebiete der Einzelgänger, oder?"

Überrascht sah sie ihn an. „Ja, natürlich. Was ist mit ihnen?"

„Der Rat hat beschlossen, ihnen anzubieten, ins Lager zu kommen. Zu ihrem und unserem Schutz, wir können nicht riskieren, dass sie entdeckt und wie Melvin verschleppt werden."

„Lass mich raten: Das war deine Idee, oder?"

Verlegen hob Finn die Schultern. „Sie gehören zu uns, auch wenn sie es vorziehen, alleine zu leben."

„Ich kann es versuchen, aber ich befürchte fast, dass ihnen ihre Freiheit wichtiger ist."

„Vermutlich hast du recht, aber es widerstrebt mir, sie schutzlos zu lassen. Ich hätte sonst einen der Wächter losgeschickt, aber manche reagieren empfindlich auf sie und ich will die Einzelgänger nicht noch weiter vertreiben. Also danke für deine Hilfe."

Amber neigte den Kopf. „Ich hoffe, es gelingt mir, sie zu überzeugen."

„Wenn nicht dir, dann keinem."

Lachend löste Amber sich von ihm. „Heb dir deine Schmeicheleien für Jamila auf. Ich falle nicht mehr darauf herein."

Für einen Moment blitzte ein solches Verlangen in Finns Augen auf, dass Amber der Atem stockte. Sie musste zugeben, dass sie in ihm bisher immer nur den Freund ihres Bruders – und auch ihren – gesehen hatte, weniger einen Mann. Finn war bis vor Kurzem immer so ruhig und gelassen gewesen, dass sie nie bemerkt hatte, welch heiße Gefühle in ihm brodelten. Es schien, als hätte Jamila es geschafft, diese Seite von ihm ans Tageslicht zu bringen.

„Sag mir Bescheid, wenn du aufbrichst, ja?"

„Natürlich." Amber öffnete die Tür und trat hinaus. Der Himmel war schon wieder dunkler geworden, graue Wolken zogen rasch dahin. Windböen brachten den Geruch von Schnee mit sich. Sie würde sich beeilen müssen, wenn sie nicht in ein Unwetter geraten wollte. Es würde einige Zeit dauern, die versprengt lebenden Berglöwenwandler zu finden und sie dazu zu überreden mitzukommen. Vermutlich würde sie sich für die Nacht einen Unterschlupf suchen müssen, aber das machte ihr nichts aus. Bei ihren Fototouren lebte sie mitunter wochenlang so und genoss die Freiheit. Normalerweise. Es war nicht so spaßig, wenn das Wetter zu schlecht war, und vor allem, wenn möglicherweise Menschen durch die Gegend liefen und nichtsahnende Berglöwenwandler fast zu Tode prügelten.

Unschlüssig blieb Amber stehen, als sie Torik auf die Hütte zukommen sah. Es widerstrebte ihr, alte Wunden wieder aufzureißen, aber vielleicht wollte er sich lieber selbst um eine bestimmte Sache kümmern.

„Ist er weg?“ Torik brauchte nicht zu erklären, wen er meinte.

„Ja.“

Torik nickte nur und wollte an ihr vorbeigehen, doch sie hielt ihn am Arm fest. „Warte kurz, ich wollte mit dir sprechen.“ Als er sie nur stumm ansah, zwang sie sich, einfach weiterzureden. „Finn hat mir aufgetragen, die Einzelgänger vor den Menschen zu warnen und ihnen anzubieten, ins Lager zurückzukommen.“

Toriks Gesicht wurde noch starrer, es war ihm kein Gefühl anzusehen, und genau das zeigte, wie sehr ihn der Verlust immer noch schmerzte. „Dann wünsche ich dir viel Glück dabei.“ Eine Spur von Leben kehrte zurück. „Pass auf dich auf.“

„Das werde ich. Möchtest du vielleicht selbst zu Arlyn und ...“

„Nein!“ Für einen kurzen Moment konnte sie unendliches Leid in seinen schwarzen Augen sehen, dann schob sich die Maske wieder über sein Gesicht.

„Aber ...“

Torik ließ sie nicht ausreden. „Es ist zu spät, Amber. Sie hat verlernt, ein Mensch zu sein.“

„Entschuldige, ich wollte keine alten Wunden aufreißen.“ Es half ihr nicht wirklich zu wissen, dass sie nicht die Einzige war, die nie mit demjenigen zusammen sein konnte, den sie liebte.

Torik holte tief Luft und nickte ihr knapp zu, bevor er weiterging.

Amber sah ihm nach, wie er die Ratshütte betrat. Wie konnte Arlyn so dumm sein, ein Leben in Einsamkeit Torik vorzuziehen? Aber vermutlich hatte sie gar keine andere Wahl gehabt, manche Wandler schafften es einfach nicht, ein Leben in beiden Gestalten zu ertragen. Und Arlyn war schon immer zerbrechlich gewesen, sowohl äußerlich als auch im Inneren. Sie alle hatten gehofft, dass die Liebe zu Torik ihr helfen würde, aber auch die hatte nicht gereicht.

Mit einem tiefen Seufzer ging Amber zu ihrer Hütte. Nach einem ausgiebigen Frühstück verwandelte sie sich und machte sich in Berglöwengestalt auf den Weg.

Besorgt beugte Fay sich zum wahrscheinlich hundertsten Mal über Conner, seit sie ihm das Schlafmittel unter die Medizin gemischt hatte, und überprüfte, ob er richtig atmete. Es war ein völlig harmloses pflanzliches Mittel, aber trotzdem machte sie sich Sorgen, dass es für seinen geschwächten Körper zu viel gewesen sein könnte. Allerdings deutete nichts darauf hin, dass es Probleme gab, seine Atmung war regelmäßig, sein Körper entspannt. Was sie von ihrem nicht sagen konnte. Die paar Stunden Schlaf hatten geholfen, doch sie konnte sich nicht vorstellen, sich völlig zu entspannen, bevor sie nicht das Gefühl hatte, dass Conner auf dem Weg der Besserung war. Immerhin hatte er schon versucht aufzustehen, was ein gutes Zeichen war. Dennoch tat es ihr weh, ihn so schwach zu sehen.

Gleichzeitig ärgerte sie sich darüber, dass es ihr nicht gelang, Conner als normalen Patienten zu sehen. Jedes Mal wenn sie ihn anblickte, zog sich ihr Herz schmerzhaft zusammen, und sie hoffte, dass er sie mit seinen hellbraunen Augen ansah und gestand, dass er sie liebte. Dabei hätte sie schon lange darüber hinweg sein müssen, besonders weil er ein Leben in der Einsamkeit ihr vorgezogen hatte. Wie konnte sie immer noch Gefühle für so einen Idioten hegen?

In den letzten Jahren war es ihr gelungen, ihn die meiste Zeit aus ihren Gedanken zu verbannen, nur in besonders einsamen Stunden hatte sie nicht die Kraft gehabt, die Erinnerungen wegzuschieben. Doch ihn jetzt wieder in der Nähe zu haben, ihn ansehen und berühren zu müssen, katapultierte sie in die Anfangszeit zurück, als sie ihn so sehr vermisst hatte, dass der Schmerz unerträglich gewesen war. Mehr als einmal hatte sie darüber nachgedacht, ihren Stolz zu vergessen und ihm zu folgen, doch glücklicherweise war sie immer gerade noch rechtzeitig zur Vernunft gekommen. Conner hätte sie sowieso nur zurückgeschickt, und sie hätte nicht einmal mehr die Hoffnung gehabt, dass er irgendwann von selbst zurückkam.

Jetzt war er hier, aber nicht freiwillig, deshalb zählte das nicht. Wäre er nicht so schwer verletzt worden, wäre er nie in die Nähe des Lagers gekommen, so wie er es damals angekündigt hatte. Und obwohl sie das wusste, schaffte sie es nicht, ihrem Herzen klarzumachen, dass er in ein paar Tagen wieder gehen würde.

Sowie Melvin gefunden wurde, würde Conner sich wieder in die Wälder zurückziehen, um sich um seinen Sohn zu kümmern. Seit ein paar Monaten gab es tatsächlich einen Grund für ihn, nicht ins Lager zu kommen, schließlich hatte er zugesichert, dafür zu sorgen, dass Melvin keinen Unsinn mehr anstellen konnte. Fay stieß ein Schnauben aus. Als wäre der Schaden nicht schon angerichtet worden. Aber wenn sie an einem nie gezweifelt hatte, dann an Conners großer Liebe für seinen Sohn. Als Melody damals gestorben war, wäre Conner vor Kummer beinahe eingegangen. Nur Melvin hatte ihn davor bewahrt, und Conner hatte ihm all seine Aufmerksamkeit und Liebe geschenkt.

Und Melvin hatte es ihm dadurch gedankt, dass er immer launischer wurde und mit vierzehn Jahren plötzlich nichts mehr mit ihm zu tun haben wollte. Fay hatte nie erfahren, was damals geschehen war, aber als Ergebnis bat Conner seine Eltern, sich um Melvin zu kümmern, und verließ das Lager. Was Melvins Laune allerdings auch nicht besserte und schließlich sogar dazu führte, dass er sich mit skrupellosen Menschen einließ, die leicht die ganze Berglöwengruppe hätten auslöschen können.

Es fiel Fay wirklich schwer, noch Mitleid mit dem jungen Mann zu haben. Am liebsten hätte sie ihn geschüttelt für das Leid, das er verursacht hatte. Zu gerne hätte sie gewusst, wie Melvin und Conner sich in den letzten Monaten verstanden hatten und ob es ihnen gelungen war, ihre Differenzen auszuräumen. Sie hoffte es für sie. Vielleicht konnte Melvin sich unter der Führung seines Vaters wieder aufrappeln und seine Taten wettmachen.

„Soll ich mich um ihn kümmern? Du siehst aus, als könntest du eine Pause brauchen." Jamilas Stimme erklang hinter ihr.

Überrascht fuhr Fay herum. Normalerweise entging ihr nichts, eine Fähigkeit, die sie oft dazu benutzte, die Männer im Lager zu verunsichern. Doch seit Conner hier war, schienen ihre Sinne nur noch auf ihn ausgerichtet zu sein, alles andere war in den Hintergrund getreten. Stumm verfluchte sie ihre Dummheit und ihre Unfähigkeit, diesen Mann zu vergessen, zu hassen oder ihm wenigstens gleichgültig gegenüberzustehen.

Fay bemühte sich um ein Lächeln. „Nein, danke. Solange er schläft, ist ja nichts zu tun. Warum gehst du nicht ein wenig raus? Verbring ein wenig Zeit mit Finn, dazu seid ihr in den letzten Tagen gar nicht gekommen."

Unsicher sah Jamila sie an. „Ich möchte dich aber nicht allein lassen. Außerdem weiß ich nicht, ob er mich überhaupt sehen will. Irgendwie sind wir gar nicht dazu gekommen, darüber zu sprechen, wie es weitergehen soll."

Fay stützte die Hände in die Hüften. „Na, dann wird es aber Zeit! Nun los, geh und such ihn und lass ihn nicht wieder entkommen."

Jamila lachte verlegen. „Das ist nicht so einfach, er hat ja derzeit viel wichtigere Dinge zu tun."

„Also, ich wüsste nicht, was wichtiger wäre als die Liebe. Wenn du ihm jetzt nicht klarmachst, dass er dir zuhören und sich Zeit für dich nehmen muss, dann wird er dich für selbstverständlich halten, und du wirst immer beiseitegeschoben, wenn etwas anderes ansteht. Lass das nicht zu."

„Danke für den Tipp." Jamila richtete sich zu ihrer vollen Größe auf und hatte einen entschlossenen Ausdruck im Gesicht. „Ich werde mit ihm reden, und wenn ich ihn dafür an den Haaren aus irgendeiner Sitzung zerren muss."

Fay musste lachen, als sie sich bildlich vorstellte, wie die winzige Jamila den Zwei-Meter-Hünen Finn zu bewegen versuchte.

Jamila verzog den Mund. „Okay, vielleicht nicht ganz so extrem, aber ich werde dafür sorgen, dass er mir zuhört." Ein Lächeln zog über ihr Gesicht. „Ich weiß auch schon genau, wie."

Mit einer Mischung aus Stolz und einem eifersüchtigen Stich, dass Jamila, ganz im Gegensatz zu ihr selbst, eine Liebesbeziehung hatte, sah Fay ihr hinterher, als sie die Hütte verließ. In diesem Moment fühlte sie sich furchbar alt und allein. Fay stieß einen tiefen Seufzer aus und beschloss, neue Salbe herzustellen, während sie darauf wartete, dass Conner aufwachte.

Griffin kam nicht weiter als ein paar Meilen, bevor er wieder umdrehte. Auch wenn er es noch so sehr versuchte, er konnte Ambers Gesichtsausdruck nicht vergessen, als er sich verabschiedet hatte. Tränen hatten in ihren Augen geschimmert, und ihr Blick hatte ihn förmlich angefleht zu bleiben. Doch das war nicht möglich, denn auch wenn sich die Berglöwenwandler entschieden hatten, nicht gegen die Adler vorzugehen, würde seine Anwesenheit in ihrem Gebiet nur zu weiteren Konflikten führen.

Allerdings konnte er sie auch weiterhin aus der Ferne beobachten, so wie er es seit Jahren tat. Wahrscheinlich sollte er akzeptieren, dass es ihm nur schadete, wenn er sich nicht endlich von Amber löste und sich um sein eigenes Leben kümmerte.

Und das würde er tun, aber nicht gerade jetzt, wenn weiterhin die Gefahr bestand, dass Menschen den Weg zum Berglöwenlager fanden. Die Vorstellung, dass sie verletzt oder sogar getötet werden konnte, machte ihn verrückt.

Solange Amber nicht sicher war, würde er weiter in der Nähe bleiben. Es war ja nicht so, als hätte er gerade etwas Besseres zu tun. Eigentlich konnte er den Oberen dankbar sein, dass sie ihn weggeschickt hatten, so war er endlich in der Lage, genau das zu tun, was er wollte.

Vor langer Zeit hatte er schon eine unfehlbare Technik entwickelt, um Amber rasch aufzuspüren, und so war es auch diesmal. Sowie sie in den Wald tauchte, sah er sie. Weit entfernt blieb er auf einem Ast sitzen, damit sie ihn nicht bemerkte. In der Vergangenheit hatte sie ihn oft gewittert, also würde er diesmal immer auf die Windrichtung achten und dafür sorgen, dass er für ihre Sinne unsichtbar blieb. Das war leichter als erwartet, Amber schien ein bestimmtes Ziel zu haben und achtete kaum auf ihre Umgebung. Warum erlaubte Finn ihr, sich so weit vom Lager zu entfernen? Er musste doch wissen, wie gefährlich das derzeit war! Grimmig flog Griffin etwas näher, damit er im Notfall eingreifen konnte. Noch einmal würde er nicht zu spät kommen und zulassen, dass Amber verletzt wurde.

Während sie zuerst zielstrebig in eine Richtung gelaufen war, schien sie nun etwas zu suchen und sich in einem Muster hin und her zu bewegen. Was zum Teufel trieb sie da? Mehr als einmal musste Griffin ein hastiges Ausweichmanöver veranstalten, damit sie ihn nicht bemerkte.

Es ging so schnell, dass er es kaum bemerkte. In einem Moment war Amber allein, und im nächsten stand ein Berglöwe vor ihr. Griffin landete auf einem Ast und versuchte zu erkennen, was dort vor sich ging. Es war ein Männchen, so viel war sicher. Er wünschte sich einen besseren Geruchsinn, um festzustellen, ob es ein Wandler oder ein Tier war. Vermutlich ein Wandler, sonst würde sie sich ihm nicht nähern, aber es lag eine Spannung in der Luft, die er sich nicht erklären konnte.

Griffin fiel fast vom Ast, als Amber sich plötzlich verwandelte und nun nackt in der Wildnis hockte. Und er wünschte, er könnte dort vor ihr stehen und sie in Ruhe ansehen. Mit Mühe richtete er seinen Blick auf den Berglöwen, der sich immer noch nicht gerührt hatte. Weder griff er an, noch zog er sich zurück oder verwandelte sich ebenfalls, damit er mit Amber sprechen konnte. Auf was wartete er?

„Hallo, Brann. Ich weiß nicht, ob du dich noch an mich erinnerst, ich bin Amber, Coyles Schwester. Der Rat bietet dir und allen anderen Einzelgängern an, ins Lager oder zumindest in unser Gebiet zurückzukommen. Es ist zurzeit sehr unsicher in den Wäldern, verbrecherische Menschen sind auf unserer Spur. Vorletzte Nacht wurde Conner beinahe getötet."

Von dem Berglöwen kam keine Reaktion. Wenn Griffin das richtig verstand, war er ein Wandler, der sich dafür entschieden hatte, alleine zu leben, ohne den Schutz der Gruppe. Das musste eine verdammt einsame Existenz sein. Und mit einem Mal ging Griffin auf, dass das auch ihm bevorstand, wenn er nicht zu seiner Gruppe zurückkehrte. Wollte er wirklich so leben, ohne jeden Kontakt? Auch wenn seine Leute schwer zu ertragen waren und die Oberen seiner Meinung nach nur ihre Macht ausnutzten und nicht darüber nachdachten, was für die Adlerwandler am besten war, blieben sie doch seine Familie. Und zumindest Talon und einige andere würden ihm fehlen. Griffin schüttelte unwillig den Kopf und konzentrierte sich wieder auf Amber.

Brann machte einen Schritt auf sie zu, ein tiefes Grollen drang aus seiner Kehle. Verdammt! Griffin machte sich bereit einzugreifen, doch Amber schien von der Schau des Berglöwen nicht beeindruckt zu sein.

Sie hob die Hände. „In Ordnung, ich gehe. Aber überleg es dir, es wäre wirklich sicherer für dich.“ Nach einem weiteren Blick verwandelte sie sich zurück und ging rückwärts, ohne Brann aus den Augen zu lassen, der inzwischen stehen geblieben war.

Griffin hielt den Atem an, bis sie sicher aus der Reichweite des Berglöwen gelangt war. Immerhin wusste er jetzt, weshalb Amber außerhalb ihres Gebiets unterwegs war, doch er wünschte, sie wäre sicher in ihrer Hütte. Eben war die Begegnung noch harmlos verlaufen, aber wer wusste schon, wie viele von diesen Einzelgängern existierten und ob sich alle im Griff hatten wie Brann. Froh, dass er seinem Instinkt gefolgt war, in Ambers Nähe zu bleiben, stieß Griffin sich vom Ast ab und folgte Amber, als sie tiefer in die Wildnis vordrang.

11

Marisa zuckte zusammen, als das Telefon klingelte. Was sollte sie tun, wenn es das FBI war, um ihr weitere Fragen zu stellen oder – Gott! – sie zu verhaften? Wenn wenigstens Coyle bei ihr gewesen wäre, aber er war noch unterwegs, um seine Sachen im Wald zu verstecken. Sie wäre lieber mit ihm gegangen, aber er hatte ihr klargemacht, dass er alleine schneller war und vor allem keine Spuren hinterlassen würde, denen die FBI-Leute folgen konnten. Das musste sie einsehen, aber sie wünschte trotzdem, er wäre bei ihr. Als sie die Nummer auf dem Display erkannte, nahm sie rasch das Gespräch an.

„Hallo, Isabel! Ich habe vorhin an dich gedacht."

„Hallo." Isabels Begrüßung klang deutlich zurückhaltender. „Hattest du auch Besuch vom FBI?"

Marisas Herz begann schneller zu klopfen. „Haben sie dich etwa auch belästigt?"

Isabel stieß ein freudloses Lachen aus. „So würde ich es nicht nennen. Sie haben mir gesagt, dass sie den Mörder meines Vaters gefunden haben und dass er tot ist. Gestorben in einem Krankenhaus in Escondido, ermordet."

Oh, verdammt. Marisa hatte gehofft, dass sie Isabel die Nachricht etwas schonender und vor allem mit weniger Details überbringen würden.

„Du warst doch in Escondido, bevor ihr mich in Los Angeles besucht habt, oder? Wusstest du etwas davon?"

„Ja, ich war dort, aber ich hatte keinen Kontakt zu dem Mann. Auch wenn die FBI-Beamten anscheinend gerne beweisen würden, dass ich mit ihm zusammengearbeitet habe." Als Isabel schwieg, fuhr Marisa rasch fort. „Dieser Kerl hat einen guten Mann schwer verletzt, und eine Freundin ist deswegen in Schwierigkeiten geraten. Ich hätte ihm um nichts in der Welt bei seiner Tat geholfen, das musst du mir glauben."

„Warum hast du mir nichts davon gesagt?"

„Weil ich dich nicht beunruhigen wollte. Außerdem wusste ich damals nichts davon, er ist genau in der Nacht in das Haus eingedrungen, als wir bei dir in Los Angeles waren."

„Stimmt es, dass ihn eine Leopardin schwer verletzt hat?"

„Ja, er hat versucht, den Tierarzt zu töten, der sich um die Leopardin gekümmert hat, und sie konnte das gerade noch verhindern."

Isabel atmete tief durch. „Ist sie ...?"

Marisa unterbrach sie, denn sie wollte nicht am Telefon über Wandler sprechen. „Sie wurde am nächsten Morgen eingeschläfert."

„Oh nein, das tut mir leid. Es ist nicht richtig, dass andere wegen der Taten dieses Verbrechers leiden müssen." Ihre Stimme schwankte.

„Das stimmt. Besonders du nicht, du hast genug durchgemacht. Immerhin weißt du jetzt, dass der Mörder deines Vaters seine verdiente Strafe erhalten hat."

„Ja, vermutlich sollte ich es so sehen. Wenigstens kann er niemand anderem mehr Leid zufügen." Eine Weile schwieg sie. „Ich habe den FBI-lern gesagt, dass du mich in Nevada besucht hast und wir gemeinsam die ... meinen Vater gefunden haben. Sie scheinen dir etwas anhängen zu wollen."

„Das ist mir aufgefallen." Marisa schloss die Augen und stieß einen stummen Fluch aus. „Es ist kein Problem, ich habe nichts getan, und deshalb werden sie auch keine Beweise finden."

„Das beruhigt mich." Die Erleichterung war in Isabels Stimme zu hören.

Marisa kam noch etwas in den Sinn. „Was habt ihr eigentlich mit dem Haus in Nevada gemacht, ist es verkauft worden?"

„Mein ... Vater hat es mir vererbt. Mutter wollte es sofort verkaufen, aber irgendwie ..." Isabel brach ab. „Es hört sich wahrscheinlich merkwürdig an, aber ich konnte mich nicht davon trennen. Nicht nach allem, was dort passiert ist."

Isabel sprach offensichtlich von Bowen, mit dem sie von ihrem Vater in den Keller gesperrt worden war, nachdem sie versucht hatte, den Jugendlichen zu befreien. Isabel wusste von seinem Geheimnis, weil er sich vor ihren Augen verwandelt hatte, um sich von seinen Fesseln zu befreien. Doch sie schwieg, weil sie sich genau wie Marisa um die Sicherheit der Wandler sorgte – und um Bowen. Sie schien immer noch an ihn zu denken, auch wenn sie seitdem keinen Kontakt mehr zu ihm gehabt hatte, und Bowen war anzumerken, dass es ihm ebenso ging. Aber so gerne sie die beiden auch wieder zusammengebracht hätte – Marisa wusste, dass sie sich in diese Sache nicht einmischen durfte. Die beiden mussten ihren eigenen Weg finden, und er würde nicht leicht werden, so viel war jetzt schon sicher.

„Hast du dort alles so gelassen, oder wurde das Haus ausgeräumt?" Marisa hoffte, dass Isabel sie verstand, ohne dass sie es direkt aussprechen musste. Telefone konnten abgehört werden, und sie wollte auf keinen Fall jemanden auf die Idee bringen, dass in Nevada etwas zu holen wäre.

„Das Haus wurde gereinigt, aber sonst ist noch alles so, wie es war, als ..." Isabel brach ab, ein Zittern in ihrer Stimme.

Marisa wünschte, sie wäre bei ihr und könnte sie in die Arme nehmen, aber leider war das nicht möglich. „Es tut mir leid, ich hätte nicht ..."

„Doch, ich muss irgendwann lernen, damit zu leben, und es

hilft nicht, wenn ich es totschweige. Wahrscheinlich sollte ich das Haus verkaufen, damit ich einen Schlussstrich unter die Angelegenheit ziehen kann."

„Wenn du irgendwann hinfahren willst, sag mir Bescheid, dann komme ich mit dir. Natürlich nur, wenn du es möchtest."

„Das wäre … schön. Meine Mutter möchte ich nicht dabeihaben, und allein traue ich mich nicht. Ich habe bald Ferien, vielleicht könnten wir dann fahren?"

„Natürlich, ich habe Zeit." Marisa verzog das Gesicht. Es würde allerdings nur etwas daraus werden, wenn die FBI-Beamten sie nicht weiterhin belästigten, denn sie wollte sie ungern direkt dorthin führen, wo ein Video von Bowens Verwandlung versteckt war. Aber damit wollte sie Isabel nicht belasten. „Am besten telefonieren wir in ein paar Tagen noch mal und planen dann alles, okay?"

„Gut. Und, Marisa?"

„Ja?"

„Ich habe nie geglaubt, dass du etwas mit der Sache zu tun haben könntest, auch wenn sich die Agenten wirklich Mühe gegeben haben, es so wirken zu lassen."

Marisa traten Tränen in die Augen. „Danke, Isabel. Ich wünschte wirklich, das alles wäre nicht passiert."

Isabel schwieg einen Moment. „Bei einigem davon stimme ich dir zu, aber manches … es hat mir die Augen geöffnet für andere Dinge. Und darauf hätte ich um nichts in der Welt verzichten mögen."

Melvin musste nicht überlegen. Seine Entscheidung stand fest. Er würde seine Leute nicht noch einmal verraten, so wie vor drei Monaten. Das konnte er zum Glück auch gar nicht, weil man ihm den neuen Standort des Lagers gar nicht erst anvertraut hatte. Melvin verstand das. Hätte er damals nicht gewissenlose Menschen auf die Wandler aufmerksam gemacht, wäre er heute nicht hier – und sein Vater würde noch leben. Deshalb war es richtig, dass er jetzt die Konsequenzen für seine Handlungen trug.

Er hatte kurz darüber nachgedacht, ob er so tun sollte, als würde er Jennings geben, was er haben wollte, aber der Verbrecher hätte ihm sofort angesehen, dass er log. Auch wenn Melvin sich so viele Jahre gewünscht hatte, in der Stadt zu leben und endlich ein richtiger Mensch zu sein, erschien ihm das im Nachhinein nur noch lächerlich. Er hätte den Lärm keine zehn Sekunden ausgehalten, genauso wenig wie all den Asphalt und Beton um sich herum. Selbst hier hatte er das Gefühl zu ersticken, die Steinwände schienen immer näher zu kommen.

Aber eine Rettung gab es nicht mehr für ihn. Niemand wusste, wo er war. Deshalb würde er ertragen müssen, was immer man ihm hier antat, und hoffen, dass er genauso stark war wie Bowen. Denn noch einmal würde er nicht zum Verräter werden.

Juna sah sich unbehaglich um. Wenn jemand Talon, Ciaran und sie bei ihrem Gespräch belauschte und das Gesagte an die Oberen weitertrug, würden sie furchtbaren Ärger bekommen. Und sie wollte das Lager nicht so wie Griffin verlassen müssen. Sie brauchte die Sicherheit, die es bot, die Nähe zu den anderen Adlerwandlern. Außerdem war sie gerne Wächterin, sie ging in dieser wichtigen Aufgabe auf, die ihrem Leben einen Sinn gab.

„Wir müssen irgendetwas unternehmen." Talon schob seine Haare aus der Stirn, wie immer, wenn er aufgeregt war. „Es kann nicht sein, dass Griffin aus der Gruppe ausgestoßen wird, nur weil er anderer Meinung ist als die Oberen."

„Noch ist er nicht ausgestoßen." Ciaran hielt sich wie immer an die Fakten.

„Nein, aber so gut wie. Jeder mit zwei Augen kann sehen, dass sie nur nach einem Grund gesucht haben, ihn loszuwerden.

Griffin ist unbequem, besonders weil das, was er sagt, stimmt. Wir können uns nicht mehr darauf verlassen, dass uns niemand entdecken wird, sondern müssen Maßnahmen zum Schutz ergreifen." Der sonst so entspannte Talon, der immer einen lockeren Spruch auf den Lippen hatte, meinte es eindeutig ernst.

Juna biss auf ihre Lippe. „Die Oberen werden schon wissen, was sie tun."

Talon sah sie mit einem Blick an, den sie von ihm nicht gewohnt war. Ungeduldig und eindeutig geringschätzig. „Vielleicht solltest du anfangen, nicht immer nur das zu tun, was dir unsere Anführer befehlen, sondern dich mal selbst hier umschauen."

Juna zuckte zurück, als hätte er sie geschlagen. Der Druck in ihrem Brustkorb steigerte sich, und sie stand ruckartig auf. Sie musste hier weg, bevor sie etwas Dummes tat, wie in Tränen auszubrechen oder Talon eine Ohrfeige zu geben. Wortlos wollte sie sich an ihm vorbeidrängen, doch Talon stieß einen tiefen Seufzer aus und zog sie mit einem Arm an sich. Unvermittelt wurde sie an seine breite Brust gedrückt.

Seine Hand schob sich in ihre Haare und legte sich um ihren Nacken. „Es tut mir leid, das hätte ich nicht sagen sollen."

„Nur denken?" Ihre Stimme klang dumpf, weil ihr Kopf an seinen Brustkorb gepresst war.

„Auch das nicht. Ich weiß, dass du deine Arbeit gut machst, Juna. Und früher hat es sicher auch gereicht, dass wir weitab der Menschen lebten. Aber das Beispiel der Berglöwenwandler hat uns gezeigt, dass wir uns darauf nicht ausruhen können. Irgendwann könnte jemand hierherkommen und uns überfallen. Sicher, wir können uns verteidigen, wenn es nur ein paar wenige Menschen sind. Aber stell dir vor, es kommen mehr Männer, die Jagd auf uns machen – wir hätten keine Chance, wenn sie gut ausgerüstet sind."

Juna konnte das harte Klopfen seines Herzens an ihrer Wange

fühlen. Bisher hatte sie nie das Gefühl gehabt, dass Talon sich so viele Gedanken über die Dinge machte. Er war ihr sogar ein wenig oberflächlich vorgekommen, wenn auch nett und immer fröhlich. Aber das hier war eine andere Seite an ihm, eine ernsthaftere, die ihr überraschend gut gefiel. Ihr Herz begann schneller zu schlagen.

Rasch löste sie sich von ihm und sah zu ihm auf. „Was können wir denn dagegen tun? Es sind immer Wächter im Gebiet unterwegs. Wir leben größtenteils in den Klippen oder in Baumhäusern in den Wipfeln der höchsten Bäume. Die Berglöwenwandler leben häufig auf dem Boden, jedenfalls nach dem, was Griffin über sie erzählt hat. Wahrscheinlich war es leichter, sie zu überwältigen."

„Das mag sein, und eine Patentlösung habe ich nicht. Eigentlich will ich nur, dass die Oberen darüber nachdenken und nicht immer nur abblocken und sagen, dass wir in Sicherheit sind und uns nichts geschehen kann. Und im Nachhinein finde ich es auch unverantwortlich, eine Botschafterin von einer anderen Wandlergruppe anzugreifen und gar nicht erst anzuhören. Wer weiß, vielleicht haben die Berglöwen gute Ideen, wie man sich besser schützen kann. Noch schlimmer finde ich, dass ein so starker Kämpfer wie Griffin weggeschickt wird, ganz zu schweigen davon, dass hier sein Zuhause ist. Wir können es uns nicht leisten, auch nur einen Adlerwandler zu verlieren, wenn wir sowieso schon Mühe haben, unsere Art zu erhalten."

Ciaran mischte sich zum ersten Mal wieder ein. „Du hörst dich an wie Griffin."

Talon wandte sich von Juna ab, um den Wächter anzusehen. „Danke, das nehme ich als Kompliment."

Ciaran neigte den Kopf. „Was willst du nun eigentlich erreichen? Ich bezweifle, dass die Oberen sich von dir in ihre Entscheidungen reinreden lassen."

„Das weiß ich. Deswegen dachte ich, wenn wir genug andere mobilisieren können, die ebenfalls ihre Bedenken äußern, dann müssen die Oberen handeln. Ich kann doch nicht der Einzige sein, der es nicht in Ordnung findet, wenn einer der Unseren aus dem Lager vertrieben wird, nur weil er vielleicht eine andere Meinung hat. Griffin hat niemandem etwas getan, ganz im Gegenteil."

Juna hatte noch nie bemerkt, dass Talons Augen neben den braunen auch grüne Anteile hatten. Das Grün verstärkte sich, wenn er erregt war. Von seinem Blick gebannt bekam sie Ciarans nächste Frage kaum mit.

„Wen genau meinst du mit ‚wir'?"

Talon lächelte sie ein wenig verlegen an. „Euch beide natürlich."

„Dir ist aber schon klar, wie es wirken wird, wenn wir uns als Wächter gegen die Oberen stellen?" Ciaran sah immer noch so aus, als würde er über das Wetter sprechen. Keine Regung war seinem Gesicht anzusehen. Juna wünschte, sie hätte auch diese Gabe, doch ihr sah man immer sofort an, was sie dachte.

Eindeutig ungeduldig stieß Talon ein Schnauben aus. „Ja, natürlich weiß ich das. Aber vielleicht ist es auch eine Möglichkeit, die Oberen zum Nachdenken zu bringen, wenn sie es von den Leuten hören, die ihnen eigentlich am nächsten stehen sollten." Er blickte erst Ciaran und dann Juna an. „Wenn ihr nicht mitmachen wollt, sagt es einfach, dann brauche ich hier nicht länger meinen Atem zu verschwenden."

Juna schüttelte innerlich den Kopf. So sehr hatte sich Talon also doch nicht verändert, er war schon immer ein Hitzkopf gewesen, der nie lange stillstehen konnte. „Ich bin dabei." Damit überraschte sie nicht nur die beiden Männer, sondern auch sich selbst. Warum war sie plötzlich bereit, bei etwas mitzumachen, das sie in Teufels Küche bringen konnte, wenn sie sonst nie etwas riskierte?

Sie vergaß alles andere, als Talon sie strahlend anlächelte. „Danke, Juna." Seine Augen versprühten eine solche Wärme, dass sie den kalten Wind nicht mehr spürte, der durch die Bäume pfiff, und sie war plötzlich sicher, sich richtig entschieden zu haben.

Ciaran sah von ihr zu Talon und zuckte dann mit den Schultern. „In Ordnung, ich mache auch mit."

Entmutigt beschloss Amber, noch einen letzten Versuch zu wagen, bevor sie sich irgendwo einen Unterschlupf für die Nacht suchte. Es wurde mit jeder Minute dunkler, und es roch nach Schnee. Ein Blick in den Himmel zeigte ihr, dass die stahlgrauen Wolken dichter wurden und sich immer höher auftürmten. Diesmal würde es wahrscheinlich nicht schon nach kurzer Zeit wieder aufhören zu schneien so wie neulich. Wunderbar, sie hätte es vorgezogen, bei diesem Wetter in ihrer Hütte zu sitzen, wo es warm und trocken war. Aber sie würde nicht aufgeben, wenn auch nur der Hauch einer Chance bestand, dass sie einen der Einzelgänger dazu bewegen konnte, ins Lager zu kommen. Vielleicht war Arlyn inzwischen etwas vernünftiger geworden. Amber hoffte es, doch so richtig daran glauben konnte sie nicht. Dafür stand ihr der Tag noch zu deutlich vor Augen, als Torik verletzt und ohne jede Hoffnung ins Lager zurückgekehrt war, nachdem er versucht hatte, Arlyn zurückzuholen.

Aber vielleicht hatte die Berglöwenfrau inzwischen etwas dazugelernt und die Aussicht, wieder bei Torik zu sein, konnte sie umstimmen? Ungläubig schüttelte Amber den Kopf, als sie erkannte, dass sie versuchte, sich in Toriks Liebesleben einzumischen. Er hatte Arlyn seit jenem Tag nie wieder erwähnt, abgesehen von heute, als sie ihn darauf angesprochen hatte. Die Wahrscheinlichkeit, dass Torik und Arlyn wieder zusammenkamen, war fast noch aussichtsloser als eine Beziehung zwischen ihr und Griffin.

Eine erste Schneeflocke landete direkt auf ihrer Nase und machte Amber bewusst, dass sie sich beeilen sollte. Auch Arlyn würde sich wahrscheinlich zurückziehen, wenn es heftiger zu schneien begann, und dann würde es umso schwerer werden, sie zu finden.

Rasch lief sie weiter und verließ sich dabei auf ihren unfehlbaren Orientierungssinn, der ihr auch auf den Fototouren sehr zugutekam. Diesmal führte er sie immer tiefer in die Wildnis, wo die Bäume dichter standen und das Unterholz kaum zu durchdringen war. Anscheinend wollte Arlyn tatsächlich keinerlei Kontakt zu ihren Artgenossen, seien es Wandler oder andere Berglöwen. Ambers Herz zog sich mitleidig zusammen. Es musste furchtbar sein, so einsam zu sein und sich selbst zu verlieren. Einige Wandler zogen sich zurück, weil sie lieber alleine leben wollten, doch es gab andere, die den menschlichen Teil in sich vergruben und nur noch als Tiere lebten. Dazu gehörte auch Toriks frühere Gefährtin, bei der das ein langsamer, schleichender Prozess gewesen war, der Torik die Illusion gab, er könnte diese Entwicklung aufhalten.

Amber war schon fast bereit, für die Nacht aufzugeben, als sie schließlich Arlyns Witterung aufnahm. Sie näherte sich ihr so weit, dass die Berglöwenfrau sie hören musste, verwandelte sich dann und setzte sich auf einen Baumstamm. Die Kälte ließ sie schaudern, aber darauf konnte sie jetzt keine Rücksicht nehmen.

„Arlyn, ich bin es, Amber. Erinnerst du dich noch an mich?" Ein leises Rascheln war zu vernehmen, aber Arlyn zeigte sich nicht. Also redete Amber weiter. „Ich wollte dich bitten, mit mir zum Lager zu kommen. In letzter Zeit sind Menschen im Wald unterwegs, die versuchen, Wandler einzufangen. Wir wollen nicht, dass dir etwas passiert."

Amber schlang die Arme um sich und wartete auf eine Reaktion. Nach einiger Zeit klang das Rascheln näher, und schließlich schob sich die beinahe weiße Berglöwin durch das Unterholz. Sie blieb weit von Amber entfernt stehen und wirkte, als wolle sie jeden Moment flüchten.

„Hallo, Arlyn. Es ist schön, dich zu sehen. Ich soll dich von Torik grüßen, er vermisst dich." Gut, das war nicht erwiesen, aber Amber hätte alles gesagt, um die Berglöwenfrau dazu zu bringen, mit ihr zu kommen.

Es war nicht zu erkennen, ob Arlyn auf den Namen Torik oder auf ihren eigenen reagierte. Sie legte nur den Kopf schräg und sah sie unverwandt an. Konnte es sein, dass Arlyn sich so weit vom Menschsein entfernt hatte, dass sie sie nicht einmal mehr verstand? Ambers Herz zog sich schmerzhaft zusammen. Wenn es so war, würde sie in einigen Jahren sterben, wenn sich der Berglöwe in ihr zurückzog.

„Bitte, komm mit mir, es wird dir bei uns nichts geschehen." Langsam stand Amber auf und hielt Arlyn die Hand entgegen.

Die riss ihren Kopf hoch und verschwand wieder im Gebüsch. Verdammt! Es schien, als hätte Torik recht gehabt. Niedergeschlagen verwandelte Amber sich zurück und trottete davon. Ein leichter weißer Flaum auf dem Boden riss sie schließlich aus ihren Gedanken. Es wurde Zeit für den Unterschlupf, aber vorher musste sie erst Arlyns Revier verlassen, um sie nicht noch mehr aufzuregen. Amber erhöhte das Tempo, bis sie schließlich wieder in freieres Gelände kam.

Sie konnte auf einen Baum klettern, aber dort würde sie nicht genug vor dem Schnee geschützt sein. So suchte sie weiter, bis sie Felsen mit einer Höhle fand. Glücklicherweise war diese noch nicht besetzt, und Amber ließ sich mit einem tiefen Seufzer auf dem kalten Boden nieder. Ein wärmendes Feuer wäre jetzt nett gewesen oder etwas von ihrem Eintopf, aber beides war unerreichbar fern. Ihr Kopf ruckte hoch, als sie einen vertrauten

Geruch wahrnahm. Das musste sie sich einbilden. Abrupt stand sie wieder auf und schaute aus dem Höhleneingang in die immer dunkler werdende Umgebung. Der Wind trieb Schneeflocken herein, die auf ihrem Fell schmolzen.

Es roch nach Winter, nach feuchtem Boden und sterbender Vegetation. Und nach … Rasch verwandelte sie sich. „Komm raus, ich weiß, dass du da bist."

Einen Moment lang geschah nichts, doch dann schwebte ein dunkler Schatten auf sie zu. Im schwächer werdenden Licht konnte sie Griffins eindrucksvolle Schwingen sehen und die gewaltigen Klauen, in denen er einen Beutel trug. Er warf ihn vor ihre Knie und landete dann mit einem klickenden Geräusch der Krallen auf dem Fels vor ihr. Sie erwartete, dass er sich nun verwandelte, doch das tat er nicht. Er legte nur den Kopf schräg und sah sie mit seinen goldbraunen Adleraugen an. Amber rutschte zur Seite und streckte ihre Hand aus. „Komm herein."

Griffin sah sie weiterhin an, bis schließlich ein Ruck durch seinen Körper ging. Vorsichtig trat er in die flache Höhle, immer noch in Adlergestalt. Hinter seinem Rücken verdrehte Amber die Augen. Was wollte er damit erreichen? Schneeflocken schimmerten auf seinen braunen Federn, und Amber folgte ihrem Instinkt. Mit den Fingern strich sie sanft darüber. Die Federn fühlten sich überraschend weich und flauschig an und gar nicht so kalt, wie sie erwartet hatte. Griffin wandte ihr seinen Kopf zu.

„Darf ich?" Vielleicht lag es daran, dass sie eine Katze war, aber sie konnte sich nichts Schöneres vorstellen, als ihn zu berühren und zu streicheln. Amber hielt den Atem an, bis er schließlich seinen Kopf neigte. Sie rückte näher an ihn heran und begann, seinen Hals zu kraulen. Dort waren die Federn kürzer und noch flauschiger, sie fühlten sich ein wenig wie Fell an. Griffin hob den Kopf, um ihr einen besseren Zugang zu ermöglichen – fast wie eine Katze.

Mit einem Lächeln ließ Amber ihre Finger durch die Federn gleiten und spürte, wie es sie erregte, ihn so zu berühren. Unauffällig presste sie ihre Beine zusammen, auch wenn Griffin als Adler ihre Erregung vermutlich nicht riechen konnte. Aber er hatte sicher kein Problem damit, ihre vor Verlangen zusammengezogenen Brustwarzen zu deuten. Griffins Augen schlossen sich halb, als sie ihn weiter streichelte, und er rückte näher an sie heran. Es war beeindruckend, den mächtigen Raubvogel aus so unmittelbarer Nähe zu sehen und ihn sogar berühren zu können. Ohne Vorwarnung breitete er seine Schwingen aus und füllte damit beinahe die gesamte Breite der Höhle. Den Kopf in die Höhe gereckt war er fast so groß wie ihr Oberkörper. Amber wünschte, sie könnte die helleren Federn auf seinem Kopf und an seinem Nacken sehen, die sonst in der Sonne tief goldbraun leuchteten, doch dafür war es in der Höhle viel zu dunkel. Dann musste sie sich eben auf ihren Tastsinn verlassen. Sanft strich Amber über seine Brust und bemerkte überrascht, wie heftig sein Herz klopfte. Rasche Atemzüge fuhren durch seinen Körper und verließen seinen Schnabel mit einem Zischen. War das normal, oder …?

Amber fuhr überrascht zurück, als Griffin sich ohne Vorwarnung verwandelte. Auf Händen und Füßen hockte er in der Höhle dicht vor ihr, seine Knie angezogen. Sie konnte seinen Augen ansehen, dass der Adler noch sehr nah unter der Oberfläche war. Zögernd streckte Amber die Hand aus, um ihn weiter zu berühren, doch Griffin fing ihre Finger ein und hielt sie fest.

„Ich muss jetzt gehen." Seine raue Stimme strich erotisch über sie.

„Warum? Habe ich irgendetwas falsch gemacht?"

Griffin stieß ein halbes Lachen aus. „Nein, es war wunderschön. Es ist nur …"

Amber beugte sich vor, als er nicht weitersprach. „Ja?"

Für einen Moment schwieg er, dann senkte er den Blick, und Amber hätte schwören können, dass Röte in seine Wangen stieg. „Meine Federn sind sehr berührungsempfindlich. Wenn du mich so streichelst … erregt mich das. Es tut mir leid."

Hitze stieg in Amber auf, und sie nahm all ihren Mut zusammen. „Gut, es wäre mir auch peinlich, wenn es nur mir so gegangen wäre."

Griffins Kopf ruckte hoch, sein Blick bohrte sich in ihren. „Was?"

Amber ließ ihn die Leidenschaft in ihren Augen sehen. „Du hast mich schon richtig verstanden. Es erregt mich, dich zu berühren, egal ob in Menschen- oder in Adlergestalt. Wobei ich zugeben muss, dass ich in der Menschenform etwas mehr Potenzial sehe."

Griffins Züge wurden schärfer. „Ein Grund mehr für mich zu gehen." Aber noch immer hielt er ihre Hand umfangen.

„Dafür müsstest du mich loslassen." *Bitte nicht.*

Mit gerunzelter Stirn blickte er auf ihre verschränkten Hände hinunter. „Ich kann nicht."

Amber lächelte ihn an. „Gut." Tiefe Befriedigung lag in dem Wort. „Ich wüsste auch nicht, warum du das tun solltest."

„Du weißt, dass es keine Zukunft für uns gibt, du hast Finn gehört."

Wut stieg in ihr auf. „Finn hat mir nicht zu sagen, mit wem ich verkehre und mit wem nicht. Und schon gar nicht, wenn er selbst mit einer Leopardin zusammen ist." Forschend blickte sie ihn an. „Vielleicht willst du mich aber auch gar nicht wirklich und das ist nur eine bequeme Ausrede für dich. Wenn das so ist, dann sag es einfach."

Griffins Augen verdunkelten sich. „Du weißt, dass es nicht so ist."

„Ach ja? Und woher? Bisher hast du es immer mit Leichtigkeit geschafft, dich zurückzuziehen, wenn es zu brenzlig für dich wurde." Sie stieß mit der Hand gegen seine Brust. „Wenn du wirklich so erregt wärst, wie du behauptest, könntest du das nicht."

Anstelle einer Antwort ließ er seine Beine auseinanderfallen, und seine beeindruckende Erektion kam zum Vorschein. Amber öffnete den Mund, doch kein Ton kam heraus. Während sie Griffins Penis betrachtete, schien er ihr entgegenzukommen, seine Größe nahm noch zu. Unwillkürlich leckte sie über ihre Lippen. Griffins Stöhnen ließ ihren Kopf hochrucken. Seine Augen schienen zu glühen, und es lag ein solcher Hunger in seinen Gesichtszügen, dass Amber kaum atmen konnte. Sie spürte nicht mehr die kalte Nachtluft, sondern nur noch die Hitze, die Griffin in ihr auslöste.

Mühsam löste sie ihre Zunge von ihrem Gaumen. „Okay, ich glaube dir."

Ein beinahe verzweifeltes Lachen brach aus ihm hervor. „Danke." Er beugte sich zu ihr vor, sein Gesicht nah an ihrem. „Ich möchte dich mehr als alles andere berühren und küssen. Es schmerzt, das nicht tun zu können."

Amber legte ihre Hände um sein Gesicht. „Aber du kannst es tun. Hier und jetzt."

„Ja, aber was, wenn mir das nicht genug ist? Was, wenn …"

„Sch." Sie legte ihre Finger auf seine Lippen und unterbrach ihn. Ihre Stimme war nur noch ein Flüstern. „Hier und jetzt sind wir zusammen. Alles andere ist unwichtig." Damit beugte sie sich noch weiter vor und küsste ihn.

Sowie ihre Lippen seine berührten, war jede Zurückhaltung vergessen. Fast verzweifelt fielen sie übereinander her, seine Zunge glitt in ihre Mundhöhle und schlang sich um ihre. Seine Hände strichen an ihren Armen hinauf und dann gierig über ihren Rücken. Oh Gott, wenn sich bereits diese kleine Berührung so gut anfühlte, würde sie sterben, wenn er mehr tat. Ihre Finger gruben sich in seine Haare, und sie genoss die seidigen Strähnen. Mit der anderen Hand tastete sie nach unten, bis sie seine harte Länge umfasste.

Griffin zuckte zusammen, und ein rauer Laut drang aus seiner Kehle. „Gott, Amber, ich kann nicht …"

„Oh doch, ich glaube schon."

Er gab ein ersticktes Stöhnen von sich. „Ich meinte, wenn du mich so berührst, werde ich nicht lange durchhalten."

Seine Worte jagten einen Hitzestoß durch ihren Körper. Ihre Finger schlangen sich automatisch fester um seine Erektion. Mit ihrer Zungenspitze fuhr sie seine Lippen nach. „Das macht nichts, wir haben die ganze Nacht Zeit." Sein Schaft zuckte in ihrer Hand. „Ich denke, das war eine Zustimmung."

Etwas in Griffin schien zu zerbersten, und er fiel über sie her, als könnte er nicht genug von ihr kriegen. Als hätte er sein ganzes Leben lang darauf gewartet, sie so berühren zu können. Amber bemerkte nichts von den kalten Felsen unter ihr, als sie sich zurücksinken ließ und Griffin mit sich zog. Durch die lange Wartezeit war eine solche Leidenschaft in ihr aufgestaut, dass sie beinahe expolodierte, als Griffin zum ersten Mal ihre Brust berührte. Sie stieß einen leisen Schrei aus und reckte sich gierig Griffins Fingern entgegen. Unglaubliche Gefühle rieselten durch ihren Körper, während Griffins Zunge an ihrem Hals entlangglitt, immer weiter auf die schmerzende Brustwarze zu. Amber löste ihre Hand aus Griffins Haaren und strich über seinen Oberkörper. Die Muskeln unter ihren Fingerspitzen zuckten bei ihrer Berührung, er bekam Gänsehaut.

Ein Lächeln spielte um Ambers Lippen. Vielmehr Adlerhaut. Gott, sie liebte es, seine Haut an ihrer zu spüren, seinen Schaft, der schwer an ihrem Oberschenkel lag und in ihrer Hand immer härter zu werden schien. Amber ließ ihre Finger an ihm entlanggleiten und umfasste sanft seine Hoden. Griffins Atem an ihrem Ohr wurde rauer, sein ganzer Körper spannte sich an.

„Amber …"

Die Art, wie er ihren Namen aussprach, klang beinahe ehrfürchtig. Und über alle Maßen erregt. Dann konnte er nichts mehr sagen, weil sein Mund ihre Brustspitze gefunden hatte. Gierig saugte er an ihr, während seine Hand tiefer glitt. Wie von selbst hob Amber ihre Hüfte, rieb sich an ihm, bis sie glaubte, verrückt zu werden, wenn er sie nicht bald erlöste. Seine Finger fuhren durch ihr Schamhaar, und endlich berührte er sie. In einer Mischung aus Ekstase und süßem Schmerz wand sie sich unter ihm, ihr Herz hämmerte in ihrer Brust, und sie vergaß zu atmen. Mit beiden Händen ergriff sie seinen Penis, doch es war zu spät, der Orgasmus ließ sich nicht mehr stoppen. Ihr Innerstes zog sich zusammen, und dann explodierte sie mit einer solchen Macht, dass sie Sterne sah.

12

Griffin spürte, wie Amber den Höhepunkt erreichte, nachdem er nur leicht mit seinen Fingerspitzen ihre Klitoris berührt hatte. Ihr lauter Schrei hallte durch die Höhle, und ihre Hände spannten sich um seinen Penis an. Er versuchte, sich zu beherrschen, doch es war unmöglich. Zu lange hatte er auf diesen Augenblick gewartet, und Ambers Anblick, wie sie nackt und leidenschaftlich unter ihm lag, war zu wundervoll. Als sie die Augen aufschlug und zu ihm aufsah, kam er. Sein Schaft zuckte in ihren Händen, und mit einem Lächeln begann Amber, daran auf und ab zu fahren, bis er sich völlig entleert hatte. Erschöpft ließ er sich auf sie sinken und genoss es, ihrem Herzschlag zu lauschen, der sich nur langsam beruhigte. Amber schlang die Arme um ihn und strich mit den Fingern durch seine Haare. Er würde alles dafür geben, genau das für den Rest seines Lebens zu haben. Hastig blinzelte er seine Tränen fort.

Amber stieß ein leises Lachen aus. „Das kitzelt."

„Was?" Griffin wagte es nicht, den Kopf zu heben.

„Was immer du dort machst." Diesmal flatterte er absichtlich mit den Wimpern, und sie erschauerte. „Ja, genau das."

Ihre Brustwarzen hatten sich aufgestellt, eine davon direkt in Reichweite seiner Zunge. Ohne seinen Kopf zu bewegen, strich er mit der Zungenspitze über den harten Nippel. Amber sog scharf den Atem ein. Er konnte spüren, wie schwer es ihr fiel, still liegen zu bleiben, während er mit ihrer Brustspitze spielte. Wieder und wieder leckte er darüber, bis er sie schließlich in seinen Mund nahm und sanft daran saugte. Ambers Finger krallten sich fester in seine Haare, doch das machte ihm nichts aus. Im Gegenteil, es erregte ihn genauso wie die kleinen Töne, die sie von sich gab, und ihr rasender Herzschlag. Auch wenn es unmöglich schien, wurde er bereits wieder hart. Und so zog er sich schließlich zögernd zurück.

Amber stieß einen protestierenden Laut aus. „Wo willst du hin?"

Griffin stützte sich über ihr auf. „Das kann nicht wirklich bequem sein auf den kalten Steinen."

„Sehe ich aus, als würde mich das im Moment interessieren?"

Lachend half Griffin ihr in eine sitzende Position. „Nein, aber mich interessiert es, ich möchte nicht, dass du krank wirst oder dich verletzt."

„Okay, dann leg du dich nach unten." Trotz ihres Lächelns hatte er das Gefühl, dass Amber es ernst meinte.

Anstatt ihrem Vorschlag zu folgen und sie auf sich zu ziehen und zu küssen, bis sie vergaßen, wo sie waren, nahm Griffin seinen Beutel und öffnete ihn. „Ich habe etwas viel Besseres."

Neugierig sah Amber zu, wie er etwas aus dem Beutel zog. „Eine Decke!"

„Finn hat meine ersetzt, in die ich Conner eingewickelt hatte." Er breitete sie auf dem Boden aus. „Ich würde dir gerne ein richtiges Bett bieten, aber …"

„… das passte nicht in dein Gepäck, schon klar." Amber hockte sich auf die Decke und legte ihre Hände um sein Gesicht. Ihre Augen schimmerten wie Gold. „Alles, was ich brauche, bist du. Wie oft muss ich das noch sagen, bis du es verstehst?" Damit küsste sie ihn, zuerst sanft, dann immer verlangender.

Griffin ließ sich zu Boden sinken und zog Amber auf sich. Für einen Moment schloss er die Augen, als ihre warme Haut über seine glitt. Ihre Nippel zogen eine brennende Spur über seine Brust, und er hatte Mühe, still liegen zu bleiben. Aber diesmal wollte er sich Zeit lassen und jede Sekunde mit Amber genießen. Hastig riss er die Augen wieder auf, damit er nichts verpasste. Vom Wind hereingewehte Schneeflocken glitzerten in Ambers rotblonden Locken, und Griffin musste der Versuchung widerstehen, mit den Händen durch ihre Haare zu fahren.

„Du siehst aus wie ein Engel."

Ambers Augen verdunkelten sich. Wortlos beugte sie sich herunter und küsste ihn. Ihre Mitte rieb sich an seinem Schaft, und er musste sich mit beiden Händen an der Decke festkrallen, um nicht über Amber herzufallen. *Langsam, langsam.* Doch sooft er sich das auch sagte, seinem Körper schien es völlig egal zu sein. Er wollte Amber, jetzt, sofort, ohne weitere Verzögerungen.

Sie schien das zu spüren, denn sie küsste ihn tiefer und ließ ihre steifen Brustwarzen über seinen Oberkörper gleiten. *Gott!* Unter Aufbietung seiner gesamten Selbstbeherrschung gelang es ihm, Amber nicht zu berühren. Nicht seine Hände über ihre weiche Haut streichen zu lassen. Nicht ihre Klitoris zu berühren oder mit dem Finger in sie einzudringen. Nicht seine Hüfte ein kleines Stück anzuheben und seinen Schaft tief in sie zu stoßen. Griffins Herz raste, seine Hände verkrampften sich in der Decke.

Schließlich löste Amber ihren Mund von seinem und schob sich langsam an ihm hoch. Er konnte ihre Feuchtigkeit an seinem Bauch spüren, und sein Penis hob sich verlangend. Doch er kümmerte sich nicht darum, sondern schloss seine Lippen um ihre verlockende Brustwarze, die sie ihm anbot. Er saugte an ihr, erst sanft, dann härter, als Amber sich ihm verlangend entgegenbewegte. Als er mit seinen Zähnen über ihren Nippel strich, stieß sie ein heiseres Schnurren aus. Griffin erstarrte.

Ambers Augen flogen auf. „Oh, entschuldige, ich …"

Griffin unterbrach sie. „Ich liebe es, wenn du das tust. Es hilft nur nicht gerade dabei, mich zu beherrschen."

Strahlend lächelte sie ihn an. „Wer sagt, dass du das sollst?"

„Ich."

„Warum?"

Griffin biss die Zähne aufeinander. „Damit ich in dir bin, wenn du das nächste Mal kommst."

„Oh." Amber richtete sich auf. „Das sehe ich ein. Und ich weiß auch schon eine Lösung für das Problem."

„Welche?" Er presste das Wort erstickt hervor.

Sie griff nach seinem Schaft und senkte ihre Hüfte. Griffin stöhnte auf, als ihre feuchte Hitze ihn berührte. Was auch immer sie noch sagen wollte, ging verloren, als er sie langsam füllte. Stück für Stück, bis er ganz in ihr war. Der Anblick, wie sie auf ihm saß, den Kopf zurückgeworfen, ihre perfekten Brüste nackt, mit verlangend aufgestellten Spitzen, war beinahe zu viel für ihn. Er musste sie ganz schnell zum Höhepunkt bringen, bevor er sich in sie ergoss.

„Bleib ganz still sitzen."

Erstaunlicherweise tat sie, was er sagte, ohne Fragen zu stellen. Wahrscheinlich spürte sie, dass er nicht mehr aushalten würde. Langsam richtete er sich auf, eine Bewegung, die ihn noch tiefer in sie schob. Amber schloss die Augen, ihr Atem wurde heftiger. Gut, sie war ebenso nah dran wie er selbst. Als sein Finger ihre feuchte Spalte berührte, zuckte sie zusammen. Behutsam strich er über ihre Klitoris, und ihre inneren Muskeln zogen sich um ihn herum zusammen. Griffins Herz blieb beinahe stehen, so gut fühlte es sich an. Okay, jetzt nur nichts überstürzen.

Das Gefühl, sich nicht bewegen zu dürfen, steigerte Ambers Verlangen ins Unermessliche. Ihr ganzer Körper stand in Flammen, und Griffin berührte sie nur mit einem Finger. Gut, und sein Schaft steckte so tief in ihr wie nur irgend möglich. Sie spürte sein Zucken in sich, und sie wusste, dass er sich nicht mehr lange zurückhalten konnte. Dass sie ihn so erregte, war ein Wunder, genauso wie die Tatsache, dass sie endlich zusammen waren. Und sie würde diese Nacht auskosten bis zur letzten Sekunde. Amber drängte jeden Gedanken an die Zukunft beiseite und konzentrierte sich auf die Gegenwart.

Während sie sich vorbeugte und eine Hand auf Griffins Brust legte, griff sie mit der anderen hinter sich und umfasste seine Hoden. Er zuckte zusammen, als hätte er einen Stromschlag erlitten, doch davon ließ sie sich nicht abhalten. Sie hob ihre Hüfte ein Stück an und ließ sich langsam wieder auf seinen Schaft sinken. Griffins Atemzüge wurden schneller, genauso wie die Bewegung seines Fingers. Noch einmal machte sie die Bewegung und rotierte dabei die Hüfte. Griffin gab einen erstickten Laut von sich. Amber strich über seinen harten Nippel, während sie gleichzeitig mit der anderen Hand seine Hoden fest im Griff behielt.

Griffin senkte den Kopf und saugte an ihrer Brustwarze. Ein langer Schauder lief durch Ambers Körper, und sie erhöhte das Tempo. Mit jedem Stoß kam Griffins Hüfte ihr entgegen und sie spürte, wie sich der Höhepunkt in ihr aufbaute. Ohne Vorwarnung glitt seine Hand um ihren Po, um dann die Basis seines Schafts zu umfassen. Ihr empfindliches Fleisch glitt über seine Fingerknöchel, und sie musste auf ihre Lippe beißen, um nicht laut aufzuschreien. Noch einmal hob sie ihre Hüfte an und senkte sie wieder, nur um festzustellen, dass Griffin neben seinem Penis einen Finger tief in sie schob. Für einen Moment erstarrte alles in ihr, dann überließ sie sich dem Höhepunkt. Griffin stieß weiter in sie und stimulierte ihre Klitoris, sodass sich der Orgasmus hinauszog, bis auch er kam und sie zu schwach war, sich aufrecht zu halten. Starke Arme schlangen sich um sie und sie lehnte erschöpft ihren Kopf an Griffins Brust.

Langsam legte er sich auf die Decke zurück, Amber in seinen Armen. Zufrieden schloss sie die Augen und glitt in einen tiefen Schlaf.

Jennings hatte nicht gut auf Melvins Weigerung reagiert, ihm dabei zu helfen, das Lager der Berglöwenwandler zu finden. Im Gegenteil, er war ziemlich wütend geworden und hatte Melvin noch eine letzte Frist gegeben, es sich zu überlegen. Das Warten hatte Melvin genutzt, um noch einmal nach irgendeinem Ausweg zu suchen, doch es gab keine Möglichkeit, das Zimmer zu verlassen. Zumindest nicht, ohne viel Lärm zu verursachen und damit auf sich aufmerksam zu machen. Und das steigerte seine Verzweiflung. Denn inzwischen war ihm klar geworden, dass er irgendwie entkommen und die anderen warnen musste. Er konnte sich nicht vorstellen, dass Jennings seinen Plan aufgeben würde, wenn er ihm nicht half. Vielleicht würde er ihn auch foltern, so wie Bowen, aber dann blieb immer noch die Möglichkeit, ihn anzugreifen und sich von ihm erschießen zu lassen.

Melvins Kopf ruckte hoch, als er außerhalb des Zimmers Geräusche wahrnahm. Es klang so, als würden sich mehrere Männer vor seiner Tür versammeln. Sein Herz begann wild zu hämmern, als ihm klar wurde, dass die Schonfrist abgelaufen war. Vermutlich war Jennings zu dem Entschluss gekommen, dass Melvin ihm freiwillig nichts verraten würde und es Zeit sei, Gewalt anzuwenden. Melvin schob seine Hände in die Hosentaschen, damit ihr Zittern nicht seine Angst verriet. Mit Mühe setzte er den Gesichtsausdruck auf, den er so lange Zeit für seinen Vater reserviert hatte: als wäre er etwas Besseres und ihm alles andere egal. Tränen traten in seine Augen, die er hastig fortblinzelte. Was gäbe er dafür, Conner noch einmal zu sehen und ihm erklären zu können, warum er sich vor all den Jahren so aufgeführt hatte.

Mit einer Pistole in der Hand betrat Jennings das Zimmer und sah Melvin auffordernd an. „Nun, hast du dich entschieden, ob du das Erbe deiner Mutter antreten willst?"

Melvin bemühte sich, seine Stimme fest klingen zu lassen.

„Wie ich vorhin schon sagte: unter diesen Bedingungen nicht. Ich würde gerne meine anderen Großeltern kennenlernen, aber dafür werde ich nicht meine Familie und Freunde verraten."

Eine Augenbraue hob sich. „Meinst du nicht: *noch einmal* verraten?" Jennings stieß ein geringschätziges Lachen aus. „Weißt du, ich würde es ja verstehen, wenn du immer so standhaft gewesen wärest. Aber soweit ich informiert bin, hast du sie vor einigen Monaten sogar freiwillig verraten. Woher kommt dieser plötzliche Umschwung?"

Melvin presste die Lippen aufeinander. Eine Rechtfertigung würde überhaupt nichts bringen, Jennings wollte ihn nur herausfordern, damit er etwas Dummes tat.

Ärger breitete sich in Jennings' Gesicht aus. „Denk nicht, dass du mir irgendwie entkommen kannst, Junge. Und nichts zu sagen wird dir auch nicht weiterhelfen, im Gegenteil, du zwingst mich dazu, andere Maßnahmen zu ergreifen." Er wandte sich um und ging zur Tür zurück.

„Ich dachte, Sie hätten meine Mutter geliebt."

Noch einmal drehte Jennings sich zu ihm herum. In seinen blauen Augen lag eine Mischung aus Schmerz und unglaublicher Wut. „Das habe ich – bis zu dem Moment, als ich erfuhr, dass sie mich mit deinem Vater betrogen hatte." Melvin konnte ihn sogar verstehen, aber das rechtfertigte nicht im Mindesten seine Taten. „War das jetzt alles, oder hast du noch andere dumme Fragen?"

Melvin schüttelte stumm den Kopf.

„Gut, dann kommen wir zur Sache." Er schnipste mit den Fingern, und die Männer betraten den Raum.

Übelkeit stieg in Melvin auf. Wie sollte er gegen fünf Verbrecher ankommen, die noch dazu so aussahen, als würden sie Steroide zum Frühstück essen? Er selbst hatte zwar die Größe seines Vaters geerbt, war aber eher schlaksig als muskulös. Auch wenn er sich in diesem Moment instinktiv verwandeln wollte, wusste er, dass er das nicht vor Menschen tun durfte. Jennings mochte wissen, was er war, doch er hatte noch nicht den Beweis dafür gesehen. Außerdem konnte es sein, dass die Männer gar nicht eingeweiht waren, deshalb musste er sich um jeden Preis beherrschen.

Jennings nickte befriedigt, als er Melvins Unbehagen erkannte. „Du weißt, du brauchst nur zu sagen, dass du mir hilfst, und schon lassen sie dich in Ruhe." Er wartete seine Antwort nicht ab, sondern verließ den Raum, ohne noch einmal zurückzusehen, und schloss die Tür hinter sich.

Unsicher beobachtete Melvin die Männer und trat einen Schritt zurück. Weiter konnte er nicht ausweichen, ohne auf das Bett zu klettern oder mit dem Rücken an einer Wand zu enden. Beides würde ihm im Kampf nicht wirklich helfen. Melvin versuchte, sich an die Kampftechniken zu erinnern, die Coyle und die Wächter den jungen Männern beigebracht hatten, doch es schien alles wie ausradiert. Der Berglöwe in ihm stieß ein für andere unhörbares Grollen aus, eindeutig unzufrieden damit, in seinem schwachen Menschenkörper gefangen zu sein. Und zum ersten Mal in seinem Leben gab Melvin ihm recht.

Irgendetwas mussten sie in seinen Augen gesehen haben, denn die Männer stürzten sich in diesem Moment auf ihn. Melvin wurde zurückgeschleudert und sein Kopf knallte gegen die Wand. Halb benommen konnte er sich kaum gegen die Tritte und Schläge wehren, die auf ihn einprasselten. Nur hin und wieder gelang es ihm, mit seinen Fäusten und Füßen jemanden zu erwischen, doch er schien keinen großen Schaden anzurichten. Zuerst glaubte Melvin, sie würden ihn töten, doch anscheinend wollte Jennings tatsächlich unbedingt die Informationen von ihm haben, deshalb ließen sie nach einer Weile von ihm ab. Einer ging sogar so weit, seinen Puls zu fühlen, was Melvin sofort mit einem Fausthieb belohnte. Mit einem lauten Fluch stolperte der

Schläger rückwärts. Ein anderer belohnte Melvins Tat mit einem weiteren Fußtritt, was Melvin aufstöhnen ließ.

„Das reicht, Jennings will ihn lebend."

Wie herzerwärmend. Melvin verzog den Mund, was die Wunde an seiner Lippe wieder zum Bluten brachte. Aber er würde sich bestimmt nicht beschweren, jeder Knochen im Körper tat ihm weh. Eine Weile lag er zusammengekrümmt da und versuchte einfach nur Luft zu bekommen. Das Pochen in seinem Schädel erschwerte das Denken, deshalb dauerte es eine Weile, bis Melvin etwas bemerkte, das ihm sofort hätte auffallen müssen: Die Männer hatten die Tür nicht abgeschlossen. Zumindest hatte er nicht das Geräusch des Schlüssels gehört, nachdem sie die Tür hinter sich ins Schloss gezogen hatten. Oder hatte er es über dem Dröhnen in seinem Schädel nicht wahrgenommen? Melvin versuchte aufzustehen, doch sein Körper wollte ihm nicht gehorchen. Also kroch er jeden schmerzvollen Zentimeter, bis er bei der Tür ankam. Erst nach einigen Minuten hatte er die Kraft, die Klinke vorsichtig herunterzudrücken. Die Tür öffnete sich einen Spalt.

Melvin konnte niemanden in der Nähe wittern, also zog er sich so schnell wie möglich aus und verwandelte sich. Auch in Berglöwenform tat ihm alles weh, aber es war leichter, sich auf vier Beinen zu bewegen als auf zweien. Noch einmal überprüfte Melvin, ob die Luft rein war, dann schlüpfte er durch den Spalt und schob die Tür wieder hinter sich zu. Besser, die Verbrecher bemerkten sein Verschwinden nicht sofort. So leise wie möglich bewegte er sich die Treppe hinunter und suchte sich einen Weg ins Freie. Er schlich durch die leere Küche und öffnete die Hintertür. Draußen atmete er die Nachtluft tief ein und genoss die Freiheit.

Es war überraschend einfach gewesen zu entkommen, aber Melvin würde sich nicht darüber beschweren. Zuerst würde er jetzt herausfinden, wo er überhaupt war, und dann würde er nach Hause zurückkehren. Er musste dringend die anderen Wandler warnen, dass Jennings sie töten wollte, daher konnte er keine Rücksicht auf seine Verletzungen nehmen. Melvin biss die Zähne zusammen und lief im Schatten der Gebäude los.

Griffin wachte mit einem Ruck auf und brauchte einen Moment, um sich zu orientieren. Es war immer noch stockdunkel in der Höhle, und der eisige Wind brachte weiterhin feuchte Schneeflocken mit sich, aber er fror nicht. Ein Lächeln glitt über sein Gesicht, als Amber im Schlaf murmelte und sich enger an ihn schmiegte. Bevor er ebenfalls eingeschlafen war, hatte er eine Hälfte der Decke über sie gezogen. Wandler waren zwar nicht besonders kälteempfindlich, aber er wollte ganz sichergehen, dass sie nicht frieren mussten. Eine unnötige Sorge, wie er jetzt feststellte, denn Ambers warmer Körper war eng an ihn gepresst. Ihr Atem strich sanft über seine Brust, ihre Hand hatte sie um seinen Arm geschlungen, so als fürchtete sie selbst im Schlaf, dass er verschwinden könnte. Beruhigend strich er über ihren Rücken, ihre Hüfte und zog ihr Bein höher, das sie angewinkelt über seine Oberschenkel gelegt hatte. Ihre weiche Haut fühlte sich wundervoll an seinem Penis an, der sich bereits wieder regte.

Griffin legte den Kopf zurück und schloss die Augen. Es war nicht richtig, Amber aufzuwecken, nur weil er sie immer noch begehrte. Sie hatte einen anstrengenden Tag hinter sich und brauchte die Ruhe, wenn sie morgen ihre Suche weiterführen wollte. Trotzdem konnte er sich nicht dazu bringen, sie loszulassen. Während die eine Hand auf ihrem Po lag, schob er die andere in ihre Haare. Er liebte ihre rotblonden Locken, die Weichheit der Strähnen und den Duft von Natur und Freiheit. Griffin grub seine Nase hinein und genoss Ambers Nähe. Schlafen konnte er immer noch, wenn er wieder alleine war. Der Gedanke fuhr wie ein Schock durch seinen Körper, sein Herz begann zu rasen, und er schlang seine Arme automatisch enger um Amber.

Die Vorstellung, vielleicht nur diese eine Nacht mit ihr zu haben, war furchtbar. Alles in ihm wehrte sich dagegen, sie wieder gehen lassen zu müssen. Auch wenn er nicht wusste, wie es weitergehen sollte, auch wenn seine Leute Amber nicht im Lager dulden würden und er nicht eingeladen worden war, bei den Berglöwen zu bleiben, musste er irgendeine Lösung finden, wie sie zusammen sein konnten. Und wenn er ihr immer auf ihren Fototouren folgen musste, damit sie Zeit für sich hatten. Warum hatte er so lange gezögert, ihre Beziehung zu vertiefen? Wie viel Zeit sie dadurch schon verloren hatten! Andererseits hatte Amber ja vielleicht schon genug von ihm. Der Gedanke ließ ihn erstarren.

„Was hast du?“ Ambers schlaftrunkene Frage holte ihn aus seinen Gedanken.

Beruhigend strich er über ihre Haare. „Nichts, schlaf weiter.“

Amber tat das natürlich nicht, sondern hob stattdessen den Kopf. „Wenn nichts wäre, würdest du mich nicht festhalten, als könnte ich jeden Augenblick verschwinden, und dein Herz würde nicht so laut klopfen, dass mir beinahe das Trommelfell platzt.“

Griffin schnitt eine Grimasse. „Entschuldige, ich …“

Ambers Hand verwandelte sich, und ihre Krallen ritzten seine Haut. „Du sollst dich nicht entschuldigen, sondern mit mir reden. Irgendetwas bedrückt dich, und ich möchte wissen, was es ist.“

„Vielleicht habe ich nur daran gedacht, dich noch einmal zu lieben?“

Amber schlang ihre Finger um seinen Schaft. „Das kann sein, aber das ist nicht der Grund, warum dein Herz dir gleich aus der Brust hüpft.“ Ihr Blick schien sich in seinen zu bohren und er erinnerte sich daran, dass sie im Dunkeln wesentlich besser sehen konnte als er selbst. Zu spät versuchte er, die Verzweiflung aus seinem Gesichtsausdruck zu tilgen. „Ich denke, ich habe die Wahrheit verdient, Griffin."

Damit hatte sie recht. „Ich habe darüber nachgedacht, wie wir zusammen sein können, und Angst bekommen, dass du mich vielleicht nicht mehr willst, nachdem …" Er brach ab. Der Gedanke klang idiotisch, während ihre Finger über seine Erektion strichen.

„Und inzwischen weißt du es besser?" Ihre Stimme war leise, kaum zu verstehen.

„Ja."

„Gut." Diesmal klang ein Lächeln darin mit. „Denn ich würde dir ungern Schmerzen bereiten müssen, besonders wenn ich viel lieber ganz andere Dinge mit dir tun würde."

Griffin unterdrückte gerade noch ein Stöhnen, als Amber sich ganz auf ihn schob und ihre Mitte sich an seinen Schaft presste. Ihre Schenkel waren weit geöffnet, und so nutzte er die Gelegenheit, mit einem Stoß tief in sie zu gleiten.

Amber keuchte, bevor sie atemlos auflachte. „Ja, so etwas in der Art meinte ich, wenn auch nicht ganz so schnell."

„Stets … gerne zu Diensten." Das Gefühl, tief in Amber zu sein, war so unglaublich, dass es ihm schwerfiel, einen klaren Gedanken zu fassen, geschweige denn zu sprechen.

Und dann brauchte er nicht mehr zu reden, als ihre Körper übernahmen und sie in der Leidenschaft versanken.

13

„Fay." Conner kniff die Augen zusammen, als er bemerkte, dass er ihren Namen laut ausgesprochen hatte, anstatt ihn nur zu denken wie die Stunden davor. Nach dem erzwungenen Schlaf des letzten Tages war er mitten in der Nacht aufgewacht und konnte seitdem nicht wieder einschlafen. Was sicher zum großen Teil daran lag, dass Fay nur wenige Zentimeter von ihm entfernt auf der anderen Liege schlief. Oder vielmehr so tat, denn an ihrem Atem konnte er hören, dass sie ebenso wach war wie er.

„Ja?" Er hörte ein Rascheln, als sie sich ihm zuwandte. „Brauchst du etwas?"

Dich. Glücklicherweise sprach er es diesmal nicht laut aus. Dazu hatte er kein Recht, nachdem er damals ihre Beziehung beendet hatte. „Entschuldige, ich wollte dich nicht wecken."

„Ich war schon wach. Es ist verrückt, ich hätte vorhin im Stehen einschlafen können, aber seit ich mich hingelegt habe, bin ich hellwach." Fay streckte einen Arm aus und legte ihre Hand auf seine Stirn. Conner zuckte bei der unerwarteten Berührung zusammen. „Anscheinend ist das Fieber zurückgegangen, das ist gut."

„Dank deiner bewährten Kräutermischung. Ich wünschte nur, ich würde mich stärker fühlen." Es war ihm peinlich, wie rau seine Stimme klang.

Fays Hand glitt an seinem Arm hinunter, bis sie seine Hand drückte. „Das wirst du bald. In ein paar Tagen kannst du wieder normal herumlaufen, und in ein oder zwei Wochen bist du so gut wie neu."

Glücklicherweise heilten Berglöwenwandlerkörper schnell. Der Gedanke, sich bald wieder von Fay verabschieden zu müssen, war fast genauso schlimm wie die Qual, sie noch so lange um sich zu haben und sie nicht berühren zu können. Um sich abzulenken, wechselte er das Thema. „Hat mich der Adlerwandler wirklich den ganzen Weg hierher getragen?"

„Ja, und das, obwohl du ihn mit deinen Krallen verletzt hast. Griffin war gestern Morgen kurz hier, um sich zu verabschieden, schade, dass du geschlafen hast."

Conner hob eine Augenbraue. „Wenn du mir nicht ein Mittel in die Getränke gemischt hättest, würde ich nicht ständig schlafen."

„Du hast den Schlaf gebraucht." Natürlich gab Fay nie nach, er hatte keine andere Antwort erwartet.

„Da es mir hilft, wieder fit zu werden, damit ich Melvin suchen kann, werde ich nichts dagegen sagen." Fay zog ihre Hand zurück, und sofort vermisste er sie. „Hat Finn noch irgendeine Spur gefunden?"

„Nein, leider nicht. Das Auto kann überall hingefahren sein. Wir haben die Älteren gebeten, in ihren jeweiligen Städten die Augen offen zu halten, aber die Wahrscheinlichkeit, dass er genau in eine jener Städte gebracht wurde, ist nicht besonders hoch."

Conners Herz zog sich schmerzhaft zusammen, als Fay seine Befürchtungen laut aussprach. „Glaubst du, der Hund, der Coyles Gefährtin zum Lager geführt hat, könnte ihn vielleicht finden?"

Wieder raschelte das Bettzeug. Im Mondlicht sah er, dass Fay ihren Kopf auf den Arm gestützt hatte. „Darauf bin ich gar nicht gekommen. Wir können Marisa ja morgen anrufen und fragen."

„Danke."

Fay legte ihren Kopf wieder auf das Kissen. „Schlaf jetzt."

Wenn das so einfach wäre. Fays Nähe ließ seinen ganzen Körper kribbeln, und ihr Duft erinnerte ihn an vergangene Zeiten. „Ich kann nicht." Es klang beinahe verzweifelt, aber das war ihm egal. Wenn er weiterhin hier wach liegen musste, würde er verrückt werden. Aber das konnte er ihr nicht sagen. Stattdessen bemühte er sich, die Unterhaltung nicht abreißen zu lassen. „Schläft Jamila oben?"

Ein leises Lachen ertönte aus dem Nachbarbett. „Sie ist noch nicht zurückgekommen. Ich vermute, sie schläft heute bei Finn."

Sie waren allein! Conner zwang sich zu einem leichten Tonfall. „Mich wundert, dass niemand etwas dagegen sagt, es gibt ja einige sehr ... Konservative in der Gruppe."

„Deshalb hängen sie es nicht an die große Glocke. Anscheinend hat auch schon jemand begonnen, Kearne zu stecken, dass da etwas läuft, der natürlich sofort drauf angesprungen ist. Was Finn wütend gemacht und dazu geführt hat, dass er Jamila erst recht haben wollte. Wie bei dickköpfigen Berglöwenmännern üblich."

„Ich war nie dickköpfig."

Fays Lachen wand sich um ihn. „Du warst der Meister der Dickköpfigkeit, Conner. Und du bist es wahrscheinlich immer noch, so wie du unbedingt aufstehen wolltest, obwohl klar war, dass es noch nicht geht."

Es mochte sein, dass sie recht hatte, aber er war es nie, um seine Meinung durchzusetzen, sondern nur dann, wenn es um etwas Wichtiges ging. Wie Melvins Leben. „Ich kenne allerdings auch die ein oder andere Frau, die da locker mithalten kann."

„Ich kann mir nicht vorstellen, wen du meinst." Ein Lächeln schwang in ihrer Stimme mit.

Sein Herz zog sich zusammen. Er hatte sie so vermisst, ihre Nähe, ihren Duft und vor allem die Gespräche. Wie oft hatten sie stundenlang einfach nur nebeneinandergelegen und über alles

Mögliche gesprochen. Und genauso regelmäßig war die Diskussion hitzig geworden, und sie waren übereinander hergefallen und hatten sich geliebt, als gäbe es kein Morgen mehr. Und das hatte es tatsächlich nicht gegeben.

Es war nicht fair gewesen, Fay eine Beziehung zuzumuten, die sie vor Melvin und auch den anderen geheim halten mussten, und erst recht hätte er sie nicht alleine zurücklassen dürfen, als er gehen musste. Aber damals hatte er keine andere Möglichkeit gesehen, um Melvin ein halbwegs normales Leben in der Gruppe zu ermöglichen und gleichzeitig Fay zu schützen. Vielleicht war es ein Fehler gewesen, nicht stärker um seinen Sohn und seine Liebe zu kämpfen, aber in der Situation hatte er keinen anderen Ausweg gesehen. Seine Kehle zog sich zusammen, als ihm wieder einmal bewusst wurde, was er verloren hatte.

„Conner?"

Er versuchte zu antworten, doch er brachte kein Wort hervor. Seine Lunge brannte, und er hatte das Gefühl, an seinen Gefühlen ersticken zu müssen. Tränen traten in seine Augen und liefen über seine Wangen.

Fay beugte sich unerwartet über ihn, anscheinend spürte sie, dass etwas nicht mit ihm stimmte. „Sag mir, was du hast. Tut dir etwas weh?" Ihre Hände glitten über seinen Körper, als könnte sie so herausfinden, was ihm fehlte.

Conner fing ihre Hand ein und hielt sie über seinem Herzen fest. Sicher konnte sie spüren, wie hart es gegen seinen Brustkorb hämmerte. Für einen Moment fürchtete er, sie würde ihre Finger wegziehen, doch dann entspannte sie sich. Auch wenn es schwer war, musste er ihr erklären, was in ihm vorging, das war er ihr schuldig. Doch es war zu früh, ihr das ganze Ausmaß seiner Gefühle zu zeigen, deshalb beschränkte er sich auf etwas, das sie verstehen würde.

Conner räusperte sich. „Es ist lange her, dass ich mit jemandem wirklich reden konnte. Und es tut so gut, berührt zu werden."

Fay schwieg so lange, dass er schon befürchtete, sie würde ihn wieder verlassen. „Warst du die ganzen Jahre allein? Ohne Kontakt zu anderen Wandlern?"

„Meine Eltern treffe ich hin und wieder, die mir berichten, was in der Gruppe vor sich geht, aber sonst niemanden." Auch wenn manche Berglöwenwandler eher Einzelgänger waren, ihm hatte die Nähe der anderen immer gefehlt. Und vor allem sehnte er sich jetzt danach.

Fay schien ihn auch ohne viele Worte zu verstehen, denn sie beugte sich über ihn und umarmte ihn. Conner schloss die Augen und genoss die Wärme ihres Oberkörpers an seinem, den Hauch ihres Atems an seinem Hals. Zögernd legte er seine Arme um sie und spürte ihr weiches T-Shirt unter seinen Händen. Das war so gut. Halb verhungert sog er jedes bisschen Gefühl in sich auf und hätte sie ewig so festhalten können. Doch sie löste sich viel zu früh wieder von ihm. Conner biss sich auf die Zunge, um nicht das zu sagen, was ihm jede Faser seines Körpers zuschrie: *Bleib*. Zögernd ließ er seine Arme fallen und krallte seine Hände in die Bettdecke, um Fay nicht festzuhalten. Er hatte schon lange kein Recht mehr dazu. Aber er wollte es so sehr, dass sich seine Eingeweide schmerzhaft zusammenzogen.

„Conner."

Mühsam öffnete er den Mund. „Ja?"

„Rutsch ein Stück zur Seite."

Seine Augen flogen auf, und er war sicher, sich verhört zu haben. „Was?"

„Ich möchte dir nicht wehtun, also rutsch zur Seite, damit ich genug Platz habe."

Conner wollte fragen, was sie vorhatte, doch solange sie in seiner Nähe blieb, war es ihm egal. Und wenn sie ihm das Herz herausschneiden wollte, würde er ihr gerne dabei assistieren. Mühsam rückte er an den Rand der Liege und versuchte zu erkennen, was Fay tat, doch sie bewegte sich zu schnell. Schließlich drehte sie sich wieder zu ihm um, hob die Decke an und kletterte auf die Liege. Conner fiel beinahe auf der anderen Seite herunter, als er ihre Haut an seiner spürte. Sie musste sich ausgezogen haben und lag nun nur mit einem Slip bekleidet neben ihm. Ohne ein weiteres Wort zu verlieren, schmiegte sie sich an ihn und zog die Decke über sie.

Als er weiterhin starr neben ihr lag, stieß sie einen ungeduldigen Laut aus. „Nun mach endlich den Mund zu und halt mich fest. Ich weiß, wie es ist, wenn einem die körperliche Nähe fehlt. Und da wir beide Zeit und Bedarf haben, dachte ich, wir könnten uns gegenseitig helfen." Bei den letzten Worten klang Fay unsicher, so als wüsste sie nicht, wie er auf ihren Vorschlag reagieren würde. Als wäre das nicht sonnenklar!

Ohne ein weiteres Wort zu verlieren, zog Conner sie so dicht an sich, dass kein Haar mehr zwischen sie gepasst hätte. Es war ihm völlig egal, wenn seine Verletzungen dagegen protestierten, es war viel wichtiger, Fay endlich wieder so nah zu sein. Er küsste ihren Scheitel und stieß einen tiefen Seufzer aus. „Danke."

Fay schmiegte sich an seine Seite und legte ihren Kopf auf seine unverletzte Schulter. Ihre Hand glitt über seine Brust und stoppte über seinem Herzen. Glücklicherweise wusste sie nicht, wie sehr ihn ihre Nähe erregte, sonst wäre sie sicher sofort geflüchtet. So gab sie nur einen zufriedenen Laut von sich und schlief kurz darauf ein.

Conner starrte in die Dunkelheit und versuchte sich diesen Moment einzuprägen, ihre tiefen Atemzüge, das Gefühl ihrer Haare an seinem Gesicht, ihre Finger, die sich im Schlaf über seine Brustwarze gelegt hatten. Ihr Bein, das sich an seinem rieb, ihre Brüste, die sich in seine Seite drückten. Aber vor allem die

Gewissheit, dass sie ihn noch genug mochte, um ihm die Nähe zu geben, die er so dringend brauchte, ließ sein Herz in der Brust wachsen. Er konnte nur hoffen, dass sie morgen früh nicht bereuen würde, was sie getan hatte. Und wenn er schon dabei war, sich etwas zu wünschen, dann, dass sie ihn noch so sehr liebte wie er sie. Mit diesem Gedanken schlief er ein.

Als er endlich den Wald erreichte, brach Melvin zusammen. Schwer atmend blieb er liegen und versuchte, genug Kraft zu sammeln, um weiterzulaufen. Seine Verletzungen pochten bei jeder Bewegung und waren nicht dadurch besser geworden, dass er etliche Meilen gelaufen war, um sich so weit wie möglich von Jennings zu entfernen. In der Stadt hatte er nach einigem Suchen eine Karte für Touristen gefunden, die ihm seinen Standort und auch die umgebenden Gebiete angezeigt hatte.

Jennings hatte ihn nicht einfach in einem Ort nahe der Wildnis untergebracht, sondern eine weiter entfernte Stadt gewählt, was es Melvin erschwerte, in den Wald zurückzufinden. Der Grund wollte ihm auch nicht ganz einleuchten. Wenn Jennigs vorhatte, den Berglöwenwandlern etwas anzutun, machte er es sich schließlich unnötig schwer, wenn er keinen direkten Zugang zum Wald hatte. Oder war das Taktik, wollte er nicht damit in Zusammenhang gebracht werden, falls doch etwas nach außen sickerte?

Melvin schüttelte den Kopf und bemühte sich, wieder auf die Beine zu kommen. Er konnte es sich nicht leisten, lange auszuharren und Mutmaßungen anzustellen, wenn vielleicht bereits jemand auf seiner Spur war, um ihn zu Jennings zurückzubringen oder ihm zum Lager der Berglöwen zu folgen. Das durfte auf keinen Fall passieren.

Ein Schauder lief über Melvins Rücken, als er sich vorstellte, was diese Männer mit ihm tun würden, wenn sie ihn wieder einfingen. Es musste ihm gelingen, ihnen so lange zu entgehen, bis er die Gruppe warnen konnte. Aber zuerst würde er zu dem Lagerplatz gehen und seinen Vater begraben. Das war das Mindeste, was er noch für ihn tun konnte. Von dort aus würde er dann das Lager der Berglöwengruppe suchen. Es musste theoretisch im weiteren Umkreis liegen, nur wusste er nicht genau, wo. Es würde schwierig sein, bei diesem Wetter und in seinem Zustand die Gruppe rechtzeitig zu finden, aber er musste es versuchen.

Zitternd stemmte Melvin sich wieder hoch und schüttelte den Schnee aus seinem Fell. Die Kälte war inzwischen in jeden Muskel gekrochen, und er konnte sich nur noch langsam vorwärtsbewegen. Wenn er sich irgendwo hinlegte und einschlief, würde er wahrscheinlich steif frieren. Normalerweise konnte ein Berglöwe ein wenig Schnee und Kälte gut ertragen, aber in seinem geschwächten Zustand war es unter Umständen tödlich für ihn. Und tot konnte er niemanden mehr warnen.

Er blickte in den dunklen Himmel, an dem noch keine Spur des Sonnenaufgangs zu sehen war. Stattdessen war er grau vor Schneeflocken, die immer dichter zu kommen schienen. Angewidert zog Melvin seine Pfote aus dem inzwischen einige Zentimeter tiefen Schnee und schüttelte sie, sodass die Flocken in alle Richtungen stoben. Mit einem tiefen Seufzer, der in einer dicken Dampfwolke aus seinem Maul kam, machte er sich auf den Weg in die Tiefe der Wildnis.

Amber wachte lächelnd auf. So gut hatte sie sich seit langer Zeit nicht mehr gefühlt, und das lag nur an Griffins Anwesenheit. Langsam öffnete sie die Augen, noch nicht bereit, den Morgen heraufziehen zu sehen, der sie wieder von Griffin trennen würde. Wenn auch nur vorübergehend, denn sie wusste jetzt, dass sie nicht auf ihn verzichten konnte. Nicht nach dem, was sie in der Nacht geteilt hatten. Sie zweifelte nicht daran, dass der

Adlermann sie genauso sehr liebte wie sie ihn und er nur nicht darüber sprach, weil er befürchtete, dass sie nie eine normale Beziehung führen konnten. Das Lächeln verging und wurde von einem Stirnrunzeln ersetzt. Wie konnte er das so einfach akzeptieren? Sie war bereit, für ihre Liebe zu kämpfen, und sie erwartete das auch von ihm.

„Tut dir etwas weh?“ Griffins schläfrig raue Stimme strich über sie.

„Wie kommst du darauf?“

Seine Fingerspitzen glitten ihr Rückgrat hinauf. „Weil du ganz verspannt bist. Du bist doch nicht kalt geworden?“

Amber stieß ein Lachen aus. „Während ich auf dir Ofen lag? Das ist wohl kaum möglich.“ Sie hob den Kopf und begegnete Griffins forschendem Blick. Die Sonne war aufgegangen, und einige fahle Strahlen schienen direkt in die Höhle hinein. Wenigstens lag ihr Gesicht im Schatten, sodass Griffin sie nicht so deutlich sehen konnte wie sie ihn.

„Bereust du, was wir getan haben?“

„Was würdest du tun, wenn ich ‚Ja‘ sagte?“ Ihre Antwort klang genervt, aber das war auch kein Wunder bei der dummen Frage.

Unsicherheit glitt über Griffins Gesicht, dann Resignation und Trauer. Seine Hände verließen ihren Körper. „Es tut mir leid, ich hätte nicht …“

Amber unterbrach ihn aufgebracht. „Ganz genau! Du solltest nicht solche dämlichen Fragen stellen, wenn du doch genau weißt, wie sehr ich das Zusammensein mit dir genossen habe. Wie kannst du nicht wissen, was es für mich bedeutet hat, dir endlich so nahe sein zu können?“

Röte stieg in Griffins Gesicht, aber seine Augen glitzerten. „Entschuldige, das war dumm von mir. Ich hätte stattdessen sagen sollen, wie wunderschön ich diese Nacht fand und wie sehr ich mir wünsche, immer so mit dir zusammen sein zu können.“

Etwas besänftigt nickte Amber. „Das wäre schon mal ein Anfang."

Seine Hand glitt ihren Rücken hinauf und legte sich um ihren Nacken. „Und ich hätte sagen sollen, dass du wunderschön bist und wie sehr mich deine Nähe erregt und gleichzeitig befriedigt."

Amber räusperte sich. „Nicht schlecht. Was noch?"

Griffin lachte auf, ein glücklicher Laut, den sie so noch nie von ihm gehört hatte. „Du bist ganz schön gierig, oder?"

Langsam rieb sie ihren Eingang gegen seine Erektion. „Das fällt dir jetzt erst auf?"

Seine Augen verdunkelten sich, und sein Griff um ihren Nacken wurde fester. „Amber ..."

Es war seltsam, sie hatte nie besonderen sexuellen Appetit verspürt, doch seit sie Griffin berühren durfte, schien sie nicht genug davon bekommen zu können. Die ganze Nacht über hatten sie sich geliebt, meist mit beinahe verzweifeltem Hunger, weil sie jahrelang auf diesen Moment hatten warten müssen. Trotzdem hätte sie jetzt am liebsten wieder ihren Körper gesenkt, um ihn tief in sich aufzunehmen. Doch nun war der Tag angebrochen, und sie musste sich wieder um andere Dinge kümmern.

Amber legte ihre Stirn an seine und atmete tief aus. „Leider fehlt mir die Zeit für weitere befriedigende Aktivitäten. Ich muss meine Suche nach den Einzelgängern weiterführen, jede weitere Minute könnte sie in Gefahr bringen."

Griffin schaffte es kaum, seine Enttäuschung zu verbergen, aber er nahm seine Hand von ihrem Nacken. „Glaubst du, du kannst sie überreden, mit dir zum Lager zu kommen?"

Unglücklich schüttelte Amber den Kopf. „Du hast ja gestern gesehen, wie schwer es ist, sie überhaupt rauszulocken, damit ich mit ihnen sprechen kann. Die meisten haben sich einfach zu weit von uns entfernt. Selbst wenn sie es wollten, könnten sie sich nicht wieder an das Leben im Lager gewöhnen." Sie stieß einen tiefen Seufzer aus. „Sogar Arlyn konnte ich nicht überzeugen, nicht mal mit Torik als Köder."

„Sie waren ein Paar?"

„Ja." Amber presste die Lippen zusammen. „Ich sollte nicht darüber reden, es ist Vergangenheit und reißt nur alte Wunden wieder auf."

Griffin strich mit seinen Fingerspitzen über ihre Wange. „Ich finde es immer wieder beeindruckend, wie menschlich ihr seid. Wir Adler leben eigentlich nur aus Notwendigkeit zusammen, weil die Horste und Jungen so besser geschützt sind. Viele sind einen Großteil ihres Lebens fast ausschließlich in Adlergestalt unterwegs. Ich wünschte, wir hätten euren Zusammenhalt und auch euer Einfühlungsvermögen, um mitzuleiden oder euch für jemanden zu freuen."

„Das tust du doch auch! Sonst hättest du mir nicht damals geholfen und auch später der Gruppe und jetzt Conner. Du kümmerst dich sogar um Personen einer anderen Wandlerart."

Griffin legte den Kopf schräg. „So habe ich es noch nicht betrachtet. Aber selbst wenn, trifft das auf die meisten der Adlerwandler nicht zu. Und ich habe es eigentlich auch nur für dich getan."

Amber lächelte, auch wenn ihr Herz für ihn weinte. „Das glaube ich dir nicht. Aber es tut mir leid, dass du in eurer Gruppe niemanden hattest, der dir das Gefühl gegeben hat, geliebt und gebraucht zu werden."

„Danke." Einen Moment lang sah er sie stumm an, in Gedanken weit weg. „Ich war aber nicht völlig allein. Talon fände es sicher schade, wenn ich nicht zurückkommen würde."

„Ein Verwandter?" Sie erinnerte sich daran, was er ihr vorgestern Abend erzählt hatte. „Ach nein, entschuldige, du sagtest ja, du hättest keine Familie mehr."

„Talon ist ein Freund. Wir haben früher zusammen viel Unsinn gemacht, und auch später noch haben wir uns hin und wieder getroffen, um uns zu unterhalten oder gemeinsam zu fliegen."

Amber spürte seine Traurigkeit. „Du musst ihn vermissen."

Griffin hob die Schultern, eindeutig nicht gewohnt, sich über so etwas zu unterhalten. „Es waren ja bisher erst ein paar Tage. Aber wenn ich nicht zur Adlergruppe zurückkehre …"

Sie biss auf ihre Lippe, um nicht zu sagen, dass er bei ihr bleiben sollte. Griffin gehörte zu den Adlerwandlern, auch wenn sie anscheinend größtenteils gefühlskalt und nicht an ihm interessiert waren. Es konnte nicht leicht für ihn sein, von seiner Gruppe ausgestoßen zu werden und nicht mehr recht zu wissen, wo er hingehörte. „Überleg dir gut, bevor du dich entscheidest, sie für immer zu verlassen. Irgendwann wirst du es vielleicht bereuen, sie aufgegeben zu haben."

Griffin neigte den Kopf. „Das werde ich auf jeden Fall."

Auch wenn sie wusste, dass es das Richtige war, überkam Amber doch die Angst, Griffin könnte sie tatsächlich für immer verlassen, um sein Zuhause bei den Adlern nicht zu verlieren. Ihre Kehle schnürte sich zusammen, bis sie keine Luft mehr bekam. Es half auch nicht, die Traurigkeit in seinen Augen zu sehen, im Gegenteil, das machte die Sache nur noch schlimmer.

Abrupt richtete sie sich auf. „Ich muss jetzt los, auch wenn ich noch so gern hier liegen bleiben würde. Was wirst du machen?"

Eine Augenbraue hochgezogen, blickte Griffin sie an. „Was glaubst du?"

Mit Mühe brachte Amber einen genervten Laut zustande, während sie innerlich jubelte. „Du willst mir also wieder folgen. Wird dir das nicht zu langweilig?"

Er grinste. „Nein. Ich liebe es, dich zu beobachten, besonders wenn du dich zwischendurch immer verwandelst und ich dich nackt sehen kann. So kann ich mich an die letzte Nacht erinnern und endlich sehen, was ich im Dunkeln berührt habe."

Hitze erfasste ihren gesamten Körper. „Mach nur so weiter, dann werde ich über dich herfallen, wenn ich dich das nächste Mal sehe."

„Das hoffe ich doch." Griffin wurde ernst. „Zum Teil folge ich dir aber auch, um dich zu beschützen, falls jemand auf die Idee kommt, dich anzugreifen."

„Das brauchst du nicht, ich kann mich selber verteidigen, wenn es nötig sein sollte." Trotzdem war es irgendwie romantisch, dass er sich so um sie sorgte.

„Das ist mir klar. Aber ich fühle mich besser, wenn ich weiß, dass du in Sicherheit bist. Es macht dir doch nichts aus, wenn ich in deiner Nähe bleibe?" Seine dunkelbraunen Augen leuchteten warm im Sonnenlicht, während er auf sie herunterblickte.

„Nein." Sie legte ihre Hand auf seine. „Aber von jetzt an tust du das nicht mehr heimlich. Ich will, dass du bei mir bist, solange es geht. Okay?"

Ein Lächeln spielte um seine Mundwinkel. „Abgemacht."

Amber ließ ihn bedauernd los und kroch auf den Ausgang der Höhle zu. „Ich laufe schon mal los, du holst mich dann ja sowieso schnell wieder ein." Ohne eine Antwort abzuwarten, machte Amber sich auf den Weg. Griffin nackt im Sonnenlicht zu sehen hatte ihre Standhaftigkeit auf eine harte Probe gestellt. Müsste sie nicht eine wichtige Aufgabe erfüllen, wäre sie wieder zu ihm in die Höhle zurückgekehrt. Aber das würde warten müssen, bis sie wieder Zeit hatten.

14

Seltsam guter Stimmung, genoss Amber die Sonne auf ihrem Fell und den knirschenden Schnee, der unter ihren Pfoten aufstob, als sie durch den winterlichen Wald lief. Schon immer hatte sie diese Jahreszeit genossen, alles wirkte so still und unberührt. Aber es würde auch die Suche schwieriger gestalten, denn so konnte sie keine Spuren der Einzelgänger mehr sehen, es sei denn, sie waren bereits im Schnee herumgelaufen. Also würde sie sich ganz auf ihre Erinnerung und ihren Geruchssinn verlassen müssen.

Entschlossen schlug sie eine Richtung ein. Diesmal würde sie Finns Auftrag erfolgreich beenden und nicht, wie bei ihrem Ausflug zu den Adlerwandlern, mit leeren Händen heimkehren. Sie blickte nach oben, als über ihr ein Schrei ertönte, und beobachtete innerlich lächelnd, wie Griffin über sie hinwegschwebte.

Letzte Nacht waren alle Zweifel ausgeräumt worden, dass Griffin sie nicht wirklich begehren könnte. In seinen Berührungen hatte sie Leidenschaft gespürt – und Liebe. Und genau das empfand sie auch. Aber wie sollte es weitergehen? Was würde aus dieser Liebe werden, wenn es keinen gemeinsamen Weg für sie gab?

Mühsam schüttelte Amber die Fragen ab, die sie im Moment nur ablenkten und auf die sie noch keine Antworten fand. Sie musste sich jetzt auf ihre Aufgabe konzentrieren. Denn auch wenn sie sich relativ sicher war, dass keiner der Einzelgänger sie angreifen würde, musste sie auf der Hut sein. Sie mochten es nicht gerne, wenn jemand in ihr Gebiet eindrang, und sahen sich vielleicht genötigt, es zu verteidigen.

Amber horchte, konnte aber außer ihren eigenen knirschenden Schritten nichts hören. Auch der Geruch deutete nicht darauf hin, dass ein anderer Berglöwenwandler in der Nähe war oder ein Mensch, der ihr schaden wollte. Griffin flog so dicht über sie hinweg, dass sie das Sirren seiner Flügel hören konnte. Unerwartet überkam sie die Sehnsucht, mit ihm fliegen zu können. Dabei hatte sie es bisher immer vorgezogen, mit allen vier Pfoten oder zwei Füßen auf dem Boden zu bleiben und …

Amber erstarrte mitten in der Bewegung, als sie einen Berglöwenwandler witterte. Griffin schien zu verstehen, was los war, denn er verschwand aus ihrem Sichtfeld. Als Amber einen Berglöwen auf sich zukommen sah, verwandelte sie sich und richtete sich langsam auf. Sie hielt seinen Blick, während er drohend auf sie zukam.

„Hallo, Nolen. Ich bin es, Amber. Erinnerst du dich an mich?" Er legte den Kopf schräg, gab aber keine Antwort. „Es sind Menschen in den Wäldern unterwegs, die nichts Gutes im Sinn haben. Conner wurde schwer verletzt, und sein Sohn Melvin ist verschwunden. Der Rat bietet allen Einzelgängern an, ins Lager oder zumindest in unser Gebiet zurückzukommen, damit ihr in Sicherheit seid." Oder zumindest sicherer als allein, aber das sagte sie nicht dazu.

Nolen war etwa in ihrem Alter, sie konnte sich noch gut an ihn als Kind erinnern, auch wenn er schon damals lieber für sich geblieben war. Ihre Mutter hatte ihn eine Zeit lang als potenziellen Partner für Amber gesehen, doch sie hatte keinerlei Interesse gezeigt, und auch Nolen war lieber allein in den Wäldern unterwegs gewesen, als sich um Frauen zu bemühen. Kurze Zeit später hatte er das Lager verlassen.

Amber schlang die Arme um ihren Körper, um den kalten Wind abzuhalten. Ihre Zehen waren inzwischen schon fast im Schnee erfroren. Lange würde sie nicht hierbleiben können, wenn der Berglöwenmann ihr nicht etwas entgegenkam. „Kannst du wenigstens mit mir reden?“ Vielleicht klang sie ein wenig ungeduldig, aber langsam reichte es ihr, immer den Alleinunterhalter zu spielen. Die Einzelgänger hätten wenigstens so höflich sein können, ihr zu sagen, dass sie nicht mitkommen würden. Wenn sie sich überhaupt noch verwandeln konnten; manche verlernten es mit der Zeit oder weigerten sich schlicht und einfach.

Als wieder keine Antwort von Nolen kam, stieß Amber einen tiefen Seufzer aus, der eine Dampfwolke gen Himmel sandte. „Schade, aber wenn du nicht willst, kann ich dich nicht zwingen. Mach’s gut.“ Enttäuscht wandte sie sich um.

„Warte.“ Es war mehr ein Grollen als ein wirkliches Wort, aber für Amber klang es himmlisch. Rasch drehte sie sich zu Nolen zurück. Er hatte sich verwandelt und stand nun schwankend auf zwei Beinen. Es schien, als wäre er schon lange nicht mehr Mensch gewesen, seine Augen waren immer noch purer Berglöwe, und als er den Mund öffnete, konnte sie seine Reißzähne sehen.

Zögernd trat sie einen Schritt näher. „Es ist schön, dich wiederzusehen.“ Er wirkte älter als seine dreißig Jahre, das harte Leben in der Wildnis hatte seinen Körper geprägt.

„Gibt es wirklich eine Gefahr, oder ist es nur ein Versuch, uns ins Lager zurückzulocken?“ Noch immer lag das Grollen des Berglöwen in seiner Stimme.

„Es ist wahr. Vor drei Monaten wurde Bowen entführt, und seitdem sind irgendwelche Verbrecher auf unserer Spur. Wir haben sogar das alte Lager aufgeben müssen und sind tiefer in die Wildnis gezogen.“

Nolen sah sie einen Moment lang forschend an und neigte dann den Kopf. „Ich glaube dir.“

„Dann kommst du mit?“

Er blickte hinter sich. „Das geht nicht."

„Warum nicht? Wenn du Angst hast, dass jemand etwas gegen dich haben oder dich schlecht behandeln könnte, kann ich dich beruhigen. Die anderen werden sich bestimmt freuen, dich wiederzusehen."

„Darum geht es nicht." Wieder sah er sich um. Schließlich schien er eine Entscheidung zu treffen. „Komm mit."

Nach kurzem Zögern folgte sie ihm in ein Dickicht, dessen Boden weitgehend frei von Schnee war. Nolen verwandelte sich wieder, und Amber tat es ihm gleich, weil sie in Berglöwenform wesentlich leichter in dem Gestrüpp vorwärtskommen würde. Es wurde immer dichter, je tiefer Nolen sie führte, und sie wurde langsam nervös, als sie kein Ziel erkennen konnte. Doch dann roch sie es: weitere Berglöwen! Lockte er sie in eine Falle? Das konnte sie sich nicht vorstellen. Was hätte er davon gehabt? Sie wollte ihm doch nur helfen. Amber sah sich um, konnte aber keinen Ausweg aus dem Gewirr aus Zweigen erkennen. Vermutlich genau der Grund, warum Nolen diesen Platz als seinen Unterschlupf gewählt hatte.

Als sie wieder zu ihm zurückblickte, war er verschwunden. Noch vorsichtiger folgte sie seiner Geruchsspur, bis sie zum Eingang einer Höhle kam, der nicht viel größer war als sie selbst. Amber schlüpfte hindurch und brauchte einen Moment, bis sich ihre Augen an die Dunkelheit gewöhnt hatten. Sie stand in einer Art Vorraum, von dem mehrere Gänge abgingen. Wieder folgte sie dem Weg, den ihre Nase vorgab, und kam schließlich in einen großen Raum, der durch einen schmalen Schlitz in der Decke erhellt wurde.

Nolen stand neben einer Wandlerin in Berglöwengestalt und hatte seinen Kopf zu Boden gesenkt. Hinter seinem Körper lugte ein Junges halb neugierig, halb ängstlich hervor und starrte Amber mit großen grün-braunen Augen an. Überrascht und vielleicht auch ein wenig neidisch betrachtete Amber Nolens kleine Familie. Es war äußerst selten, dass Einzelgänger eine Familie mit einem anderen Einzelgänger gründeten. Doch anscheinend hatte Nolen eine Frau gefunden, die er lieben konnte. Amber erkannte den Geruch nicht, vielleicht war die Wandlerin die Tochter eines anderen Einzelgängers und nie im Lager gewesen. Das würde auch erklären, warum sie in ihrer Tierform blieb.

Schließlich verwandelte Amber sich, blieb aber hocken, um das Junge nicht zu erschrecken. „Du kannst deine Familie ins Lager mitbringen, Nolen, wenn du deswegen nicht mitkommen willst."

Es sah beinahe schmerzhaft aus, als er wieder zum Menschen wurde. Er winkte sie heran. „Es geht um Lana." Mit der Hand schob er vorsichtig einen Haufen Moose und Flechten zur Seite. Amber erschrak, als sie dort ein Berglöwenjunges sah, das höchstens ein halbes Jahr alt war. Das Fell war zerzaust und die Augen halb geschlossen. „Sie ist sehr krank, sie würde auf dem Weg sterben."

„Habt ihr denn Medikamente für sie?"

Nolen wechselte einen Blick mit der Berglöwin. „Nur ein paar getrocknete Kräuter. Jetzt im Winter ist es schwer, etwas Vernünftiges aufzutreiben." Verzweiflung schwang in seiner Stimme mit. „Und wir sind keine Heiler."

„Sie muss zu Fay. Wenn ihr einer helfen kann, dann unsere Heilerin."

Die Berglöwin stieß ein drohendes Fauchen aus und schob sich vor ihr Kind. Nolen legte eine Hand auf ihren Rücken, bevor er wieder sprach. „Wie ich schon sagte, wir können nicht riskieren, sie zu transportieren."

„Nolen ..." Amber unterbrach sich, als sie einen vertrauten Geruch wahrnahm. Auch die anderen hatten den Eindringling gerochen und sahen aus, als würden sie ihn jeden Moment angreifen. Rasch stellte sie sich mit ausgebreiteten Armen vor Griffin. „Er ist ein Freund und will nur helfen." Sie drehte sich erst zu ihm um, als sie sicher war, dass Nolen oder seine Gefährtin nicht angreifen würden. „Was tust du hier?"

Griffins Gesichtszüge wirkten wie erstarrt. „Es hat mir nicht gefallen, dass du so lange verschwunden warst. Ich wollte sicherstellen, dass es dir gut geht."

„Das war nicht nötig, aber trotzdem danke." Als Amber ihn sanft berührte, wurde seine Miene weicher.

„Können wir jetzt gehen?" Es war Griffin anzusehen, wie unwohl er sich in der Höhle der Berglöwen fühlte.

„Nein, erst wenn wir das Problem gelöst haben, wie wir das kranke Kind ins Lager bekommen."

Griffin warf über ihre Schulter hinweg einen Blick auf das bemitleidenswerte Fellbündel. „Ich fliege es dorthin. Das geht schnell und ist vor allem viel sanfter, als wenn jemand es den ganzen Weg trägt."

Ambers Lächeln zog ihn in seinen Bann. „Eine wunderbare Idee."

Ein Fauchen ertönte, das eindeutig nicht begeistert klang, ganz im Gegenteil. Der Berglöwenmann hockte sich hin und legte seiner Gefährtin die Arme um den Körper. Dabei redete er beruhigend auf sie ein, zu leise, als dass Griffin es verstehen konnte. Schließlich sah ihn der Mann durchdringend an. „Woher sollen wir wissen, dass du sie wirklich zum Berglöwenlager bringst, Adler?"

Griffin hob die Augenbrauen. „Was sollte ich sonst mit ihr tun? Je schneller sie zu Fay kommt, umso besser. Und mein Name ist Griffin, nicht Adler." Nolen tauschte einen weiteren Blick mit seiner Gefährtin und neigte schließlich den Kopf. „Also gut, wir kommen mit."

Ohne ein weiteres Wort öffnete Griffin sein Bündel und zog ein Sweatshirt heraus. „Gib mir die Kleine." Seine Muskeln spannten sich an. Wenn sie ihn angreifen würden, dann jetzt. Als nichts passierte, legte er das Sweatshirt auf den Boden und begann, Moose hineinzuschieben, bis eine weich gepolsterte Schicht entstand. Griffin sah auf, als er Nolen über sich aufragen sah. Der Berglöwenmann schien seinen menschlichen Körper jetzt besser unter Kontrolle zu haben als anfangs, die Augen wirkten nicht mehr so katzenartig, und auch die Reißzähne waren kleiner geworden. Auf seinen Armen hielt er das kranke Berglöwenjunge. Griffins Herz zog sich zusammen, als er sah, wie schwach das Kleine war. Es lag apathisch da, nur die schwachen Atemzüge deuteten noch auf Leben hin. Er würde sich sehr beeilen müssen, wenn er nicht wollte, dass es auf dem Weg starb.

Vorsichtig bettete Nolen das Junge auf den weichen Stoff und strich noch einmal mit der Hand über den kleinen Körper, bevor er zurücktrat. Griffin verknotete das Sweatshirt so, dass die Kleine nicht herausfallen konnte, aber trotzdem noch Luft hineinkam. Dann nahm er das Bündel vorsichtig auf die Arme und blickte dem Berglöwenwandler direkt in die Augen. „Ich werde eure Tochter sicher zu Fay bringen." Zumindest das konnte er versprechen, aber ob sie überleben würde, lag nicht in seiner Hand.

Nolen nickte ihm zu. „Danke."

Amber legte ihre Hand auf seinen Rücken. „Ich komme mit raus." Sie wandte sich an den Berglöwenmann. „Wenn ihr fertig seid, brechen wir auf, es ist ein langer Weg."

Griffin zog den Kopf ein, als er dem Gang zum Ausgang der Höhle folgte, und atmete erleichtert auf, als er ins Freie trat. Zwar war immer noch zu viel Gestrüpp um ihn herum, als dass er sich wohl fühlen konnte, aber immerhin konnte er wieder einige Flecken Himmel sehen. Tief sog er die frische Luft ein.

„Ist das wirklich für dich in Ordnung?“ Ambers Stimme erklang hinter ihm.

Er drehte sich zu ihr um und konnte die Besorgnis in ihren Augen sehen. „Natürlich, sonst hätte ich es nicht angeboten.“

Sie trat näher zu ihm und küsste ihn sanft. „Vielen Dank.“

Griffin genoss für einen viel zu kurzen Moment das Gefühl ihrer Lippen auf seinen, dann trat er widerwillig zurück und drückte ihr das Bündel in die Arme. „Wenn wir aus dem Gestrüpp heraus sind, halt es von dir weg und die verknoteten Ärmel nach oben, damit ich sie greifen kann, ohne das Kleine zu verletzen.“ Amber nickte und grub ihre Zähne in die Unterlippe. Griffin strich mit einem Finger über ihre Wange. „Kommst du alleine zurecht?“

„Natürlich. Ich habe nur gerade überlegt, was passiert, wenn sie dich nicht ins Lager lassen.“

„Sie können kaum etwas dagegen tun, wenn ich direkt vor Fays Hütte lande. Glücklicherweise sind deine Leute ja durchaus bereit zuzuhören, bevor sie jemanden angreifen – ganz anders als meine.“

„Pass trotzdem auf dich auf.“

Griffin lächelte, dann trat er aus dem Dickicht heraus und verwandelte sich. Froh, endlich wieder in seinem Element zu sein, stieß er sich vom Boden ab und schoss in den Himmel, nur um kurz darauf in einem eleganten Bogen wieder umzudrehen. Das Berglöwenjunge musste so schnell wie möglich zu Fay, wenn es überleben sollte, also hatten sie keine Zeit zu verlieren. Vorsichtig schwebte er zu Amber herunter und senkte seine Krallen in den Stoff, den sie ihm hinhielt. Als er sicher war, dass er das Bündel fest in den Klauen hatte, stieg er mit kräftigen Flügelschlägen wieder auf. Diesmal hielt er sich nur leicht oberhalb der Baumwipfel und flog so schnell wie möglich in Richtung des Berglöwenlagers.

Etwas kitzelte an ihrer Nase. Fay versuchte, es wegzuwischen, doch ihre Hand stieß gegen eine harte Fläche. Eine warme, lebendige Fläche. Ihre Augen flogen auf, und sie versuchte, ihre Sinne aufzuwecken, damit sie ihr sagten, wo sie war. Ein lautes Klopfen drang an ihr Ohr, und sie erkannte, dass es von dem Ding unter ihr kam. Das, was sie kitzelte, war Brusthaar! Fays Kopf ruckte hoch, und sie sah direkt in Conners hellbraune Augen. Seine Arme waren um sie geschlungen, ihre Hüfte lag halb auf seiner, eines ihrer Beine zwischen seine geschoben. Sie hatte es für einen Traum gehalten, aber anscheinend war sie tatsächlich in der Nacht in sein Bett gekrochen und hatte sich an ihn geschmiegt, als hätte sie nie etwas anderes getan. Und wenn sie ehrlich war, konnte sie sich auch gerade nichts Schöneres vorstellen, als seinen Körper an ihrem zu spüren, seine Wärme und die festen Muskeln unter der glatten Haut.

Einem Impuls folgend senkte sie ihren Kopf und presste einen Kuss über sein Herz. Conners Arme spannten sich als Reaktion darauf an, und er drückte sie enger an sich. Fay wollte ihm sagen, dass er auf seine Verletzungen aufpassen sollte, aber sie brachte keinen Ton heraus.

„Guten Morgen, Fay." In seiner Stimme war der Berglöwe zu hören. Es klang mehr wie ein Grollen, tief und rau, und löste in ihr eine Erregung aus, die sie schon lange nicht mehr verspürt hatte.

Anstelle einer Antwort rieb sie ihr Bein an seinem, genoss das Prickeln seiner Haare. Vermutlich sollte sie jetzt aufstehen, schließlich war er ihr Patient, aber sie konnte sich nicht dazu durchringen. Instinktiv rieb sie mit ihrer Wange über seine Brust und brachte damit seinen Herzschlag zum Rasen. Zumindest konnte sie sicher sein, dass Conner das Gleiche fühlte und sie sich nicht lächerlich machte.

Jedenfalls nicht mehr als sowieso schon, seit sie sich mitten in der Nacht bis auf ihren Slip ausgezogen hatte und zu ihm auf die Liege gekrochen war. Ihre nackten Brüste pressten sich an die weiche Haut seines Bauches. Froh, dass die Decke ihre Reaktion verbarg, konzentrierte sie sich auf das Gefühl, Conner wieder zu berühren. Es war unglaublich – und vermutlich irrsinnig, aber das war ihr im Moment egal.

Ohne weiter nachzudenken, ließ sie ihre Zunge herausschnellen und leckte über seine Brustwarze. Ein erregtes Stöhnen war die Reaktion, seine großen Hände drückten sie enger an sich. *Ja, mehr.* Doch Conner zog sie stattdessen an seinem Körper hinauf, bis ihr Gesicht über seinem war. Und dann küsste er sie. Tief und eindringlich, als wäre er genauso ausgehungert nach ihr wie sie nach ihm. Eine Hand grub sich in ihre Haare, während die andere über ihren Rücken glitt. Fay hielt mit beiden Händen seinen Kopf in Position, während sie ihn so tief küsste, wie es möglich war. Ihre Zunge wand sich um seine, und sie konnte seine Reißzähne spüren. Der Druck in ihrem Kiefer deutete an, dass ihre Zähne sich ebenfalls verlängerten. Wann war ihr das zum letzten Mal passiert? Normalerweise hatte sie sich deutlich besser unter Kontrolle. Nur Conner hatte es jemals geschafft, sie so aus der Reserve zu locken.

Fay schloss die Augen, um jeden Gedanken an die Vergangenheit auszuschließen, solange sie seine Berührungen genoss. Ihre Haut kribbelte überall, wo Conner sie berührte. Es fehlte nicht viel, und sie würde alles um sich herum vergessen. Alles bis auf die Erregung, die er in ihr auslöste. Aber durfte sie das wirklich zulassen?

Bedauernd löste sie ihre Lippen von seinen und lehnte ihre Stirn an seine. „Ich sollte das nicht tun." Mit angehaltenem Atem wartete sie auf seine Antwort. Sie wünschte, er würde ihr irgendeinen überzeugenden Grund liefern, warum sie sich jetzt und hier ihren Gefühlen hingeben sollten. Vielleicht …

„Nein, vermutlich nicht."

Fay schloss die Augen und versuchte, ihre Enttäuschung zu verbergen. Warum hatte sie geglaubt, dass es diesmal anders sein würde? Dass er sich ihr diesmal öffnen und ihr erklären würde, weshalb er gegangen war? Stattdessen hatte er sie geküsst, als könnte er es keine Sekunde länger ohne sie aushalten. Und sie war wieder darauf hereingefallen. Abrupt löste sie sich von ihm und wollte von der Liege steigen, als sich seine Finger um ihr Handgelenk schlangen.

Er wartete, bis sie ihn ansah. „So gern ich dich auch berühre und küsse, ich möchte dich nicht noch einmal verletzen." Sein Blick tauchte in ihren und sie konnte in den Tiefen seiner hellbraunen Augen erkennen, dass er es ernst meinte.

Sie schlang die Arme um ihren Oberkörper. „Wenn du mich nicht verletzen willst, dann sag mir, warum du damals einfach gegangen bist. Hat dir unsere Beziehung so wenig bedeutet?"

Seine Augen verdunkelten sich. „Du weißt, dass ich niemals gegangen wäre, wenn ich eine Wahl gehabt hätte. Es war …" Er brach ab, Kummer breitete sich auf seinem Gesicht aus.

Sie konnte sich genau an den Tag vor acht Jahren erinnern, als sich ihr Leben so abrupt geändert hatte.

Nachdem sie sich mehrere Tage nicht hatten treffen können, war sie so froh gewesen, ihn wiederzusehen. Doch anstatt sie wie sonst mit einem leidenschaftlichen Kuss zu empfangen, hatte er sie nur an sich gezogen und sein Gesicht in ihren Haaren vergraben. Sein Gesichtsausdruck hatte ihr Angst gemacht, Conner wirkte, als hätte er eine furchtbare Nachricht erhalten.

„Ist etwas passiert?"

Conner hielt sie noch fester und trat schließlich zurück. „Ich muss das Lager verlassen."

„Was? Warum? Wann kommst du zurück?" Der Gedanke, für

längere Zeit von ihm getrennt zu sein, war furchtbar. Als er nicht antwortete, legte sie ihre Hand an seine Wange. „Conner?“

Er drehte den Kopf und küsste ihre Handfläche. Dann trat er einen Schritt zurück und blickte sie mit Tränen in den Augen an. „Ich weiß nicht, ob oder wann ich zurückkomme. Und frag nicht, warum ich gehe, ich kann es dir nicht sagen. Ich möchte nur, dass du weißt, wie leid es mir tut und dass ich bei dir bleiben würde, wenn ich nur könnte.“

Entsetzt starrte Fay ihn an. „Das ist es? Du gehst einfach so, und ich kann sehen, wie ich damit zurechtkomme?“

„Es tut mir ...“

Fay unterbrach ihn wütend. „Sag es nicht! Glaubst du, damit wird alles besser?“ Tränen liefen über ihre Wangen.

„Nein. Ich weiß nur nicht, was ich tun kann, um dir und auch mir selbst die Sache zu erleichtern.“

„Nimm mich mit. Wo immer du auch hingehst, ich möchte bei dir sein.“ Sie hätte nicht gedacht, dass sie jemals einen Mann anbetteln würde, aber sie konnte es einfach nicht ertragen, von Conner getrennt zu sein.

Sanft strichen seine Lippen über ihre. „Das geht nicht, ich kann dich nicht deines Zuhauses berauben.“ Als sie etwas sagen wollte, legte er seine Finger über ihren Mund. „Wenn es nur um uns beide ginge, wäre es etwas anderes, aber die Gruppe braucht dich.“

„Dich auch!“

Conner schüttelte den Kopf. „Es gibt mehrere Wächter, ich bin ersetzbar. Aber wir haben nur eine Heilerin.“

„Und was wird aus Melvin? Geht er mit dir?“

Tiefer Schmerz sprach aus Conners Miene. „Nein, Melvin wird hierbleiben, meine Eltern werden sich um ihn kümmern.“

Egal was sie gesagt oder getan hatte, wie eindringlich sie ihn auch gebeten hatte, noch einmal darüber nachzudenken, Conner war bei seiner Entscheidung geblieben und hatte noch am gleichen Tag das Lager verlassen. Acht lange Jahre hatte sie ihn weder gesehen noch etwas von ihm gehört – bis Griffin ihn ins Lager getragen hatte. Sie konnte an Conners Miene erkennen, dass auch er sich an den Tag ihres Abschieds erinnerte.

„Ich musste gehen. Wegen Melvin."

Fay glaubte, das Klopfen ihres Herzens hören zu können. Endlich würde sie erfahren, was passiert war, warum Conner ihre Liebe aufgegeben hatte. Es dauerte eine Weile, bis sie merkte, dass es nicht ihr Herz war, sondern dass jemand an die Tür klopfte. Entsetzt traf ihr Blick Conners. „Vielleicht geht derjenige wieder, egal wer es ist."

Als hätte der Besucher ihr Flüstern gehört, klopfte es erneut. „Fay, ich bin es, Griffin. Ich habe hier ein schwerkrankes Kind, das sofort behandelt werden muss."

„Ich komme." Mit einem Gefühl leisen Bedauerns löste Fay sich von Conner und stieg eilig von der Liege. Ohne Conner noch einmal anzusehen, schlüpfte sie rasch in ihre Kleidung. Jetzt waren ihre Kenntnisse als Heilerin gefragt, sie musste sich darauf konzentrieren und ihre privaten Gefühle für den Moment zur Seite schieben. Fay verschloss ihren Kummer tief in sich, wie sie es schon seit Jahren tat, und ging zur Tür.

15

Mit einem Gefühl des Verlustes sah Conner zu, wie Fay sich anzog und dann zur Tür ging. Und auch Scham gesellte sich dazu, er hätte sie nicht küssen dürfen, nicht, wenn er das Lager bald wieder verlassen musste. Und solange Melvin aus der Gruppe ausgeschlossen war, würde er bei ihm bleiben. Gierig ließ er seinen Blick über Fay gleiten, um nach den Zeichen der Emotionen zu suchen, die eben noch so deutlich in ihrem Gesicht gestanden hatten. Ihre roten Haare waren zerwühlt, die Haut gerötet.

Mit einem tiefen Atemzug füllte er seine Lungen mit ihrem Geruch und schloss die Augen, um sich die Erinnerung daran einzuprägen. Er hätte nie geglaubt, dass sie ihn noch einmal so küssen würde, als wäre er alles, was sie zum Leben brauchte.

Als ein kalter Luftzug über ihn strich, riss Conner die Augen wieder auf. Ein großer Mann betrat die Hütte, vielleicht zehn Jahre jünger als er selbst, mit dunkelbraunen Haaren und dunklen Augen. „Entschuldigt die Störung." Der Fremde hielt ein Bündel in der Hand, das er nun an Fay weitergab. „Amber hat mich gebeten, das Junge hierherzubringen. Es gehört zu einem eurer Einzelgänger, Nolen. Amber kommt mit den anderen zu Fuß nach, aber für das Kleine wäre der lange Weg wahrscheinlich tödlich gewesen. Es scheint sehr schwach zu sein."

Fay ging mit dem Bündel zur zweiten Liege, schob eilig ihre Decke zur Seite und knotete es auf. Zum Vorschein kam ein völlig lethargisches Berglöwenjunges, das sogar zu schwach schien, den Kopf zu heben oder die Augen ganz zu öffnen. Conners Herz zog sich zusammen. Er konnte sich noch gut daran erinnern, wie Melvin so klein gewesen war und Conner Todesängste ausgestanden hatte, dass seinem Kind auch etwas passieren könnte, so wie Melody. Fay stieß einen leisen Laut aus, den er nur wahrnahm, weil er direkt neben ihr lag. Für einen Moment lag so etwas wie Kummer und Angst in ihren Augen, doch dann setzte sie ihre Heilerin-Miene wieder auf.

„Okay, zuerst werde ich die Kleine untersuchen und dann behandeln. Dafür brauche ich Hilfe." Sie drehte sich zu dem Mann um. „Griffin, geh bitte rüber zu Finns Hütte und sag Jamila, dass ich sie brauche."

Conner hatte das Gefühl, etwas tun zu müssen, deshalb richtete er sich langsam auf und zuckte zusammen, als der Schmerz durch seinen Brustkorb fuhr. Warum hatte er davon nichts bemerkt, während Fay bei ihm gelegen hatte?

„Was glaubst du, was du da tust?" Fays Augenbrauen waren zusammengeschoben, ihre Stimme klang wie immer, wenn sie mit einem Mann redete, verschwunden war die rauchige Leidenschaft.

„Ich stehe auf, damit ich dir helfen kann." Er konnte selbst hören, wie gepresst seine Stimme klang.

Fay legte eine Hand auf seine Schulter. „Du bleibst schön dort liegen."

Ihre Berührung sandte einen Schock durch seinen Körper. An der Art, wie sich ihre Augen weiteten, konnte er sehen, dass sie es auch fühlte. Rasch sah er auf, ob der Adlermann den Austausch bemerkt hatte, doch der war verschwunden. Anscheinend hatte er schon gelernt, dass man bei Fays Befehlen nicht lange diskutierte, sondern sie sofort ausführte. Conners Blick glitt zu dem Berglöwenjungen hinüber. „Glaubst du, du kannst ihr helfen?"

Sofort wandte sich Fay wieder zu ihrer neuen Patientin um. „Ich werde zumindest alles versuchen, was in meiner Macht steht." Sanft strich sie über das zerzauste und verklebte Fell.

Vorsichtig schob sie die Lider zurück und betrachtete die Augen. „Ich denke, sie hat Fieber. Vielleicht eine Infektion oder eine Vergiftung." Sie stieß abrupt ihren Atem aus. „Ich akzeptiere, dass die Einzelgänger außerhalb der Gruppe leben wollen oder vielleicht sogar müssen, aber es ist etwas anderes, wenn ein Kind so schwer krank ist. Ich würde *alles* tun, um meinem Kind zu helfen."

Schweigend sah Conner sie einen Moment an. „Ich auch."

Fay strich eine Haarsträhne hinter ihr Ohr, ein verlegenes Lächeln breitete sich auf ihrem Gesicht aus. „Das weiß ich, und du kannst sicher sein, dass ich dich dafür bewundere. Auch wenn ich wünschte …" Sie brach ab.

Conner wollte nachfragen, was sie sich wünschte, aber in diesem Moment kam Jamila herein.

Fay sah sich um. „Wo ist Griffin?"

Jamila wusch sich die Hände und trat dann zur Liege. „Er ist wieder zurückgeflogen. Ich hatte den Eindruck, er wollte Amber nicht so lange allein lassen."

Langsam legte sich Conner wieder zurück und beobachtete, wie Fay und Jamila zusammenarbeiteten, um das Leben des Berglöwenjungen zu retten. Es war schön, ihnen zuzusehen, sämtliche Handgriffe wie ein einstudierter Tanz, elegant, aber auch effizient. Obwohl sie so verschieden waren – Jamila mit ihrer dunklen Haut und den schwarzen Locken und Fay mit ihrer porzellanartigen Haut und den flammend roten Haaren – schienen sie sich ohne Worte zu verstehen. Wenn sie seine Blicke spürten, ließen sie sich davon nicht stören.

Conner sah auf, als sich die Tür öffnete und Finn eintrat. Für einen Moment lag der Blick des Ratsführers beinahe sehnsüchtig auf der Leopardenwandlerin, bevor er sich offenbar zwang, seine Aufmerksamkeit auf etwas anderes zu richten. Conner unterdrückte ein schmerzliches Lächeln. Wie es aussah, hatte Finn sein Herz verloren und wusste nun nicht genau, wie er damit umgehen sollte. Das Gefühl kannte Conner ganz genau, aber er hatte noch keine Lösung dafür gefunden, auch wenn er nun schon etliche Jahre in diesem Zustand schwebte. Aber immerhin konnte Finn seine Jamila ständig sehen, sie berühren und lieben. Vergeblich versuchte Conner, seinen Neid zu unterdrücken, von dem vermutlich immer noch etwas auf seinem Gesicht zu erkennen war, als Finn ihn schließlich ansah.

„Conner." Er nickte ihm zu, dann trat er zu den Frauen an die Liege. „Wie geht es ihr?"

Fay sah nicht auf, als sie antwortete. „Schlecht. Sie hat Fieber, Flüssigkeit in der Lunge, und ihr Allgemeinzustand ist verheerend."

Finns Gesichtsausdruck verdüsterte sich. „Wer sind ihre Eltern?"

„Nolen ist der Vater. Wer die Mutter ist, weiß ich nicht. Mehr hat Griffin nicht dazu gesagt, nur dass Amber sie ins Lager bringt." Röte bildete sich in Fays Wangen. „Wie kann Nolen nur so verantwortungslos sein, wenn es um sein Kind geht? Ich könnte den Jungen schütteln!"

Conner verbarg ein Lächeln. „Der „Junge" ist sicher auch schon dreißig Jahre alt."

Diesmal wandte Fay den Kopf zu ihm und hob eine Augenbraue. „Er ist aber anscheinend nicht erwachsen genug, um zu wissen, dass er ein so krankes Kind zu einem Heiler bringen muss."

„Vielleicht hatte er Angst davor zurückzukommen. Oder seine Gefährtin wollte es nicht."

„Wovor sollte er sich fürchten? Er ist in dieser Gruppe aufgewachsen, hier ist sein Zuhause. Niemand hätte ihn abgewiesen." Ihr Ärger war Fay deutlich anzuhören, und etwas brach in Connors Innerstem auf, ehe er es unterdrücken konnte.

„Wenn du dort draußen allein lebst, versuchst du, nicht mehr an die Gruppe zu denken. Daran, was du verloren hast oder wie viel leichter das Leben wäre, wenn du noch dort wärest. Du versuchst, dich alleine durchzuschlagen, und du hast das Gefühl, dich nur noch auf dich selbst verlassen zu können. Der Gedanke, eines Tages zum Lager zurückzukehren, ist so gefährlich, dass du ihn, so gut es geht, unterdrückst, und du bildest dir vielleicht sogar ein, dass es dir dort viel schlechter gehen würde als draußen, alleine. Wenn du es nicht tust, gehst du daran zugrunde. Und wenn du es tust, wirst du allmählich immer mehr zum Tier, und du vergisst, dass du noch einen anderen Teil in dir hast." Tiefe Stille folgte seinen Worten. Verlegen erkannte Conner, dass er viel mehr gesagt hatte, als er eigentlich wollte. Interessanterweise konnte er in Jamilas Gesicht Verständnis erkennen und ein Echo des gleichen Schmerzes, wohingegen Finn ihn mitfühlend ansah, aber eindeutig nicht verstehen konnte, warum jemand freiwillig außerhalb des Lagers lebte.

In Fays Augen lag dagegen eine so tiefe Traurigkeit, dass Conner Mühe hatte, sie anzusehen. Er wandte sich ab und starrte die Tür an, als hätte er dort etwas Faszinierendes entdeckt. Seine Brust schmerzte, und er wünschte, er hätte seine Gefühle unter Verschluss gehalten, so wie all die Jahre. Das war die einzige Möglichkeit gewesen, weiterzuleben und die Trennung von Fay und auch seiner Familie und seinen Freunden zu ertragen. Jetzt war der Schutzwall gebrochen, und er befürchtete, dass er es nicht schaffen würde, ihn noch einmal aufzubauen. Er konnte nur hoffen, dass Melvin ihn irgendwann nicht mehr brauchte und er vielleicht doch wieder zur Gruppe zurückkehren konnte.

Melvin! Conner hob mit einem Ruck den Kopf und unterdrückte ein Stöhnen, als der Schmerz durch seinen Körper fuhr. Wie hatte er seinen Sohn auch nur für einen Moment vergessen können? Schuldbewusst erkannte er, dass er nur noch an Fay hatte denken können, ihren Duft, ihre Küsse, ihre weiche Haut an seiner. Er vergrub seine Gefühle für Fay tief in sich. Es würde ihnen beiden nur noch mehr Kummer bereiten, wenn er ihnen nachgab. Auch wenn er sich vor Sehnsucht nach ihr verzehrte.

Conner räusperte sich und wandte sich an Finn. „Habt ihr eine Spur von Melvin gefunden?" Er ahnte die Antwort schon, bevor Finn den Mund öffnete.

„Leider nicht. Niemand hat ihn gesehen und es ist nicht möglich, den Spuren des Autos zu folgen. Einige der Älteren fahren jetzt die nächstgelegenen Städte ab, um nach Hinweisen zu suchen, aber Tatsache ist, Melvin könnte überall sein. Wir können nur hoffen, dass wir ihn durch Zufall entdecken oder er eine Möglichkeit findet, uns zu kontaktieren." Es war klar, wie sehr diese Machtlosigkeit Finn ärgerte, aber er sah Conner direkt in die Augen. „Es tut mir leid."

Conner neigte den Kopf, zu aufgewühlt für Worte. Sobald er wieder auf seinen Beinen stehen konnte, würde er aufbrechen und Melvin so lange suchen, bis er ihn fand. Auch wenn es Jahre dauerte. Er konnte ihn nicht aufgeben und sein Leben weiterführen, als hätte sein Sohn nie existiert. An Fays Gesichtsausdruck konnte er erkennen, dass sie genau wusste, was er gerade dachte und dass er sich wieder gegen sie entscheiden würde, wie schon vor acht Jahren. Ihr trauriges Lächeln war wie ein Stich direkt ins Herz, und Conner wurde klar, dass er den Verlust diesmal nicht überleben würde.

„Was machst du da?" Coyle war lautlos hinter Marisa getreten, beugte sich zu ihr herunter und küsste ihren Nacken.

Wie immer zuckte Marisa zusammen, weil sie gedacht hatte, sie wäre allein in ihrem Arbeitszimmer, bevor sie sich an ihn lehnte und seine Wärme genoss. „Ich versuche, irgendeinen Hinweis zu finden, was mit Melvin passiert ist." Sie deutete auf ihren Monitor. „Aber es ist hoffnungslos. Es gibt keine Sichtungen von Berglöwen und schon gar nicht von welchen, die sich in einen Menschen verwandelt haben. Glücklicherweise. Ich finde auch keine Meldungen über das Auffinden eines entführten jungen Mannes, dessen Beschreibung auf Melvin passt. Aber das habe ich auch nicht erwartet."

Coyle schloss seine Arme um sie. „Danke, dass du es versucht hast."

„Ich kann mir nur vorstellen, wie der arme Junge sich jetzt fühlen muss. Und ich möchte wirklich nicht, dass ihm so etwas passiert wie Bowen."

„Und genau deshalb liebe ich dich. Du hättest allen Grund, Melvin seinem Schicksal zu überlassen, nachdem er dafür verantwortlich war, dass du nicht bei uns im Lager bleiben durftest."

Marisa sah ihn lächelnd an. „Danke, das hast du schön gesagt."

„Die reine Wahrheit." Coyle küsste sie sanft.

Sie stieß einen tiefen Seufzer aus. Das Leben hätte so schön sein können, wenn nicht diese elenden FBI-Agenten aufgetaucht wären. Warum durfte sie nicht einfach genießen, dass Coyle jetzt bei ihr war, nachdem sie so lange auf ihn warten musste? „Glaubst du, sie könnten von dem Salbentiegel auf euch kommen?"

„Nein, ganz ausgeschlossen."

„Und wenn sie den Inhalt analysieren und daraus die Gegend ableiten können, in der die verwendeten Pflanzen wachsen?"

Ernst sah Coyle sie an. „Selbst wenn sie das tun, würden sie uns nicht finden. Und glaubst du, das FBI würde irgendwo in der Wildnis herumstapfen, auf der Suche nach etwas, von dem sie gar nicht wissen, dass es existiert?"

„Und was sage ich, wenn sie fragen sollten, wo ich die Salbe herhabe?“ Unruhig bewegte sie sich auf dem Schreibtischstuhl. „Ich kann schlecht sagen, dass ich sie von einer Heilerin habe, die irgendwo im Wald lebt.“

„Sag ihnen, dass du sie im Internet für deine verspannten Muskeln gekauft hast.“

„Und wo? Sie würden sicher den Namen des Shops wissen wollen.“

„*All about Nature*.“

Entsetzt sah Marisa ihn an. „Ich kann doch nicht deine Mutter da mit reinziehen! Sie würden sie befragen und ihren Laden auseinandernehmen und …“

Coyle hob sie hoch, setzte sich in den Stuhl und nahm sie auf den Schoß. „Das werden sie nicht. Es mag sein, dass sie nachprüfen, ob du es tatsächlich dort gekauft hast, aber sie haben keinen Grund, ihr etwas zu tun.“

„Aber wenn sie sie überprüfen, werden sie doch merken, dass sie bis vor einigen Jahren überhaupt nicht existiert hat.“ Allein die Vorstellung, Aliyah einer solchen Gefahr auszusetzen, ließ Furcht in Marisa aufsteigen.

Coyle hob eine Augenbraue. „Du glaubst doch nicht, dass wir nicht dafür sorgen, dass unsere Alten in Sicherheit sind, oder? Es müsste schon jemand sehr in die Tiefe gehen, um festzustellen, dass der Lebenslauf meiner Mutter nicht echt ist. Und dafür gibt es überhaupt keinen Grund, schließlich ist sie nur eine harmlose sechzigjährige Frau, die einen kleinen Naturkosmetik-Laden führt. Ich werde sie anrufen, damit sie darauf vorbereitet ist, dass eventuell Nachfragen kommen und sie dann eine Bestellung von dir nachweisen muss.“

Immer noch unglücklich sah Marisa ihn an. „Ich wünschte, wir müssten sie da gar nicht mit reinziehen.“

Coyle strich mit den Fingerspitzen über ihre Wange. „Ich auch, das kannst du mir glauben. Aber wenn es darum geht, dich zu schützen, ist meine Mutter sicher bereit, ein geringes Risiko auf sich zu nehmen. Und vielleicht haben wir ja Glück, und das FBI erkennt, wie schwachsinnig es ist, dass du etwas mit den Todesfällen zu tun haben sollst."

Marisa lehnte ihren Kopf an seine Schulter. „Ich wünschte, es wäre tatsächlich so einfach. Aber nachdem sie sogar mit Isabel gesprochen und anscheinend ziemlich massiv versucht haben, von ihr eine Aussage gegen mich zu bekommen, halte ich das für unwahrscheinlich. Sie werden bestimmt wieder hier auftauchen, und ich würde mich nicht wundern, wenn sie heute schon kämen."

„Wenigstens hat Isabel die Nachricht gut verkraftet, und immerhin hat sie so die Gewissheit, dass der Mörder ihres Vaters tot ist." Coyles Hand schlang sich um ihre.

„Ja, sie ist stark. Hast du Finn schon erzählt, dass sie das Haus in Nevada noch hat und dort vermutlich im Keller Dinge sind, die ihr verschwinden lassen müsst?"

„Er wird sich darum kümmern, sobald die Sache mit Melvin geklärt ist. Zurzeit wäre es zu gefährlich, aus dem Wald herauszukommen. Und wer weiß, ob das FBI nicht auch das Haus irgendwie überwacht."

Marisa spürte, wie das Blut aus ihrem Kopf wich. „Darüber habe ich noch gar nicht nachgedacht."

Coyle lächelte sie beruhigend an. „Du hast im Moment ja auch andere Sorgen. Wenn das FBI sich zurückgezogen hat, werden wir uns etwas überlegen." Sanft küsste er sie. „Und jetzt lass uns über etwas anderes reden."

„Und was?"

„Zum Beispiel, wie sehr ich dich brauche." Sein Kuss wurde heißer, seine Hand schob sich unter Marisas Pullover. Wie auf Befehl zogen sich ihre Brustwarzen zusammen, und sie spürte, wie sie feucht wurde. Es war beinahe peinlich, wie ihr Körper immer auf Coyle reagierte. Er brauchte sie nur mit seinen goldenen Augen anzusehen, und schon vergaß sie alles andere. Andererseits schien es ihm bei ihr genauso zu gehen, daher machte sie sich nicht allzu viel daraus. Ganz im Gegenteil, es hatte durchaus seine Vorteile. Marisa schloss die Augen, als Coyle an ihrem Hals knabberte.

Das Klicken von Krallen auf dem Holzfußboden ließ sie unterdrückt aufstöhnen. Angus schien einen siebten Sinn dafür zu haben, wann sie sich näherkamen. Wenn sie nicht vorher die Tür schlossen, konnten sie davon ausgehen, dass er sie genau in solchen Momenten besuchte.

„Warum habe ich mir nur eine Frau mit Hund ausgesucht?" Ein Lachen schwang in Coyles Stimme mit.

„Denk daran, ohne diesen Hund wären wir heute nicht hier." Widerstrebend löste sich Marisa von ihm und stand auf. „Wie wäre es, wenn ich ihn ..." Weiter kam sie nicht, denn in diesem Moment begann Angus zu bellen. Genauso wie gestern Morgen tiefe, wütende Laute, die Marisa einen Schauder über den Rücken jagten. Mit weit aufgerissenen Augen sah sie Coyle an, dessen Miene sich merklich verhärtet hatte.

Ein Muskel zuckte in seiner Wange, und er drückte aufmunternd ihre Hand, bevor er ins Schlafzimmer ging, um dort aus dem Fenster zu blicken.

Rasch folgte Marisa ihm und sah ebenfalls hinaus. Wieder fuhr ein Auto ihre Auffahrt hinauf, und wenn sie sich nicht täuschte, war es das der FBI-Agenten. Aber diesmal waren sie nicht allein, sondern hatten Unterstützung mitgebracht. „Du musst sofort verschwinden, Coyle!"

„Ich kann dich nicht alleine lassen." Seine Stimme klang rau.

Marisa legte ihre Hände auf seine Schultern. „Das musst du. Bitte, ich könnte es nicht ertragen, wenn dir etwas geschehen würde."

Schmerz lag in Coyles Augen. „Und du meinst, ich kann es ertragen, wenn dir etwas geschieht?"

„Sei bitte vernünftig. Sie werden mich wieder befragen, sie werden vielleicht das Haus durchsuchen, aber das ist auch alles. Du weißt, dass sie mir nichts nachweisen können. Aber wenn sie dich finden ..." Inzwischen waren die Autos vor dem Haus angekommen. „Bitte geh, bevor es zu spät ist."

Verzweiflung war in Coyles Kuss zu schmecken, dann riss er sich los und lief lautlos die Treppe hinunter. Marisa folgte ihm rasch und sah gerade noch, wie er durch die Hintertür schlüpfte. Hoffentlich hatte sich niemand von den Polizisten hinter dem Haus versteckt, und Coyle lief ihnen direkt in die Arme. Aber vermutlich hätte Angus das vorher bemerkt, und auch Coyle würde einen Eindringling sofort riechen. Sie musste glauben, dass es ihm gut ging, sonst würde sie sich nur verrückt machen. Und sie brauchte jedes bisschen Beherrschung, wenn sie Bickson und seinen Kollegen noch einmal ertragen sollte. Nachdem sie sich überzeugt hatte, dass nichts mehr von Coyles Anwesenheit zeugte und sie nicht so aussah, als wäre sie gerade von ihrem Geliebten ausgiebig geküsst worden, ging sie langsam zur Tür.

Furcht pumpte Adrenalin durch ihren Körper, und sie war dankbar für Angus' Anwesenheit, der fragend zu ihr aufschaute, während er weiterhin tief in der Kehle grollte. Marisa beugte sich zu ihm hinunter und schlang ihre Arme um seinen Hals. „Ich bin froh, dass du hier bist. Aber sei nett zu den Herren, wir wollen nicht, dass sie einen Grund finden, uns mitzunehmen."

In Angus' Triefaugen lag ein Ausdruck, als würde er sie verstehen, und gleichzeitig wirkte er dabei so überheblich, dass sie in jeder anderen Situation darüber gelacht hätte. Jetzt brachte sie nicht einmal ein halbherziges Grinsen zustande. Das Geräusch der Türklingel ließ ihr Herz gegen ihre Rippen hämmern, ihre

Hände wurden feucht. Rasch wischte sie die Handflächen an ihrer Jeans ab und schloss die Augen. Nachdem sie bis zwanzig gezählt hatte, griff sie nach Angus' Halsband und öffnete die Tür.

Bickson stand davor, diesmal in einem anderen eleganten Anzug, und hielt ein Schriftstück in der Hand. Sein Partner stand daneben und wirkte nervös. Als hätte der einen Grund dazu, schließlich wurde nicht er irgendwelcher Verbrechen beschuldigt.

„Miss Pérèz, wir haben einen Durchsuchungsbefehl für Ihr Haus, Ihr Auto und eventuelle weitere vorhandene Gebäude oder Fahrzeuge auf Ihrem Grundstück. Ich würde Ihnen vorschlagen, mit uns zu kooperieren, damit wir die Sache so schnell und angenehm wie möglich hinter uns bringen." Die anderen Männer hatten sich inzwischen hinter ihm aufgestellt, es schienen normale Polizisten zu sein. „Binden Sie Ihren Hund irgendwo außerhalb des Hauses an, damit er niemanden angreift und die Ermittlungen nicht behindert."

Marisa brauchte einen Moment, um ruhig antworten zu können. „Was wird mir vorgeworfen?"

„Potenzielle Mittäterschaft bei zwei Morden und einem Mordversuch."

„Das ist lächerlich." Angus schien ihre Unruhe zu spüren und begann wieder zu knurren.

„Wenn Sie nichts zu verbergen haben, können Sie uns ja einfach das Haus durchsuchen lassen und sind danach aus dem Schneider." Bickson trat vor, als würde er sich einfach an ihr vorbeidrängen wollen.

„Zuerst will ich den Durchsuchungsbefehl sehen, und eine Kopie davon brauche ich für meine Unterlagen. Außerdem will ich jeden einzelnen Ausweis von den Männern sehen, die mein Haus betreten. Und ich werde dabei sein, während sie es durchsuchen."

Röte breitete sich in Bicksons Gesicht aus, aber er schien zu wissen, dass sie im Recht war. Er streckte ihr die Papiere hin, als wären sie eine Waffe. Marisa nahm sie entgegen und las sie gründlich durch. Die Männer scharrten ungeduldig mit den Füßen, während sie sich so viel Zeit nahm, wie sie brauchte, um jedes einzelne Wort aufzunehmen. Die Kopie behielt sie und reichte das Original an Bickson zurück. „Ich erwarte, dass Sie das Haus so hinterlassen, wie Sie es vorgefunden haben." Sie lächelte ihn scharf an. „Und Angus werde ich nicht bei der Kälte draußen anbinden, sondern er wird im Schlafzimmer warten, bis Sie mit den anderen Räumen fertig sind, und dann ins Arbeitszimmer gebracht."

„Wie Sie wollen." Bickson presste es zwischen zusammengepressten Zähnen heraus. „Aber vielleicht wollen Sie schon mal jemanden anrufen, der den Hund zu sich nehmen kann, wenn Sie mit uns ins FBI-Büro nach San Francisco kommen."

„Warum sollte ich das tun? Haben Sie einen Haftbefehl?" Hoffentlich konnte er nicht sehen, dass ihr schon der Gedanke Übelkeit verursachte.

Bickson lächelte, aber es war mehr ein Zähnefletschen. „Noch nicht, aber ich bin sicher, wir werden hier die Beweise finden, die wir brauchen. Und bis dahin werden Sie für eine weitere Befragung mit uns kommen."

„Und wenn ich mich weigere?" Marisa gelang es mit Mühe, ihre Stimme fest klingen zu lassen.

„Dann würden wir das als Schuldeingeständnis werten und einen Haftbefehl beantragen. Sie können sich aussuchen, was Ihnen lieber ist."

Bickson bluffte, aber es wäre vermutlich nicht klug, ihn in diesem Moment zu reizen. „Ich werde freiwillig mitkommen, aber ich kann Ihnen jetzt schon sagen, dass Sie mich in spätestens vierundzwanzig Stunden wieder gehen lassen müssen, weil Sie nichts finden werden, das mich irgendwie mit den Verbrechen in Verbindung bringt." Sie sprach extra laut, damit Coyle wusste, dass sie bald wieder da sein würde. Um ihn machte sie sich am meisten Sorgen, und sie hoffte, dass ihre Worte ihn vielleicht davon abhalten würden, einen großen Fehler zu begehen.

Als sie wenig später die FBI-Beamten und die Polizisten ohne Zwischenfall in ihr Haus führte, atmete sie erleichtert auf.

16

Melvin wachte von seinem eigenen Zittern auf. Als er in der Nacht nicht mehr weiterlaufen konnte, hatte er sich in einer flachen Erdhöhle unter einem umgestürzten Baumstamm zusammengerollt und versucht, so viel Körperwärme wie möglich zu bewahren. Immerhin war es hier windgeschützt, und es lag durch den Überhang auch kein Schnee, aber das waren auch schon die einzigen Vorteile. Die Kälte des Bodens drang durch sein Fell und hatte seine Muskeln steif werden lassen. Die durch seinen Körper fließenden Schauder zerrten an den Prellungen, die ihm die Verbrecher zugefügt hatten. Sein Schlaf war unruhig gewesen. Wenn er nicht gerade aufgeschreckt war, träumte er davon, durch den leeren Wald zu laufen, weiter und immer weiter, ohne jemanden zu finden. Weder seine ehemalige Gruppe noch andere Wandler oder überhaupt irgendwelche Lebewesen. Melvin fröstelte. Entschlossen drängte er die irrationale Furcht zurück. Es war nur ein Alptraum, in Wirklichkeit waren die Wandler noch da, genauso wie all die anderen Tiere.

Mühsam erhob er sich und kroch aus dem Loch heraus. Erdklumpen verklebten sein Fell und juckten auf seiner Haut, doch er hatte jetzt keine Zeit, sich darum zu kümmern. Er musste die anderen möglichst schnell vor Jennings warnen. Auch wenn der Mann auf den ersten Blick zivilisiert wirkte, lag etwas Dunkles in seiner Seele, das Melvin schaudern ließ. War er schon immer so gewesen, oder hatte ihn Melodys Verlust zu dem gemacht, was er heute war? Und trauerte er wirklich um seine Verlobte, oder wollte er einfach nur Rache, weil ein anderer Mann ihm etwas weggenommen hatte, was er als sein Eigentum betrachtete? Hätte er den gleichen Aufwand betrieben, wenn ihm jemand Geld gestohlen hätte? Melvin hatte keine Möglichkeit, das einzuschätzen, und das ließ ihn nervös werden. Letztlich hatte er diese Entwicklung selbst verursacht, und das machte die ganze Angelegenheit nicht gerade leichter für ihn.

Melvin schüttelte die Gedanken ab und brach auf. Zuerst gelang ihm nur ein steifer Gang, bei dem jeder einzelne Schritt, jede Muskelbewegung schmerzte, doch nach einiger Zeit hatte er sich aufgewärmt und der Lauf wurde geschmeidiger. Trotz der Situation genoss er es, nicht mehr eingesperrt zu sein, mit zu vielen Menschen in unmittelbarer Nähe. Tief atmete er die frische Waldluft ein und blies große Atemwolken aus, die in den klaren blauen Himmel stiegen. Plötzlich wusste er, wo er hingehörte, wo er sein wollte. Aber den Weg zu dieser Erkenntnis hatte er sich teuer erkauft. Zu teuer.

Wenn es ihm gelang, die anderen Wandler zu warnen, würde er sich vielleicht irgendwann selbst den Verrat verzeihen können. Allerdings nie, dass sein Vater seinetwegen gestorben war.

Wahrscheinlich hatten Jennings' Leute ihre Schlafstelle nur deswegen gefunden, weil Melvin darauf bestanden hatte, in Menschengestalt herumzulaufen, und sich nicht als Berglöwe tarnen wollte. Er biss die Zähne zusammen, um den Selbsthass zu unterdrücken. Das würde warten müssen, bis er Zeit dafür hatte, im Moment zählte nur, schnell zu den anderen zu gelangen.

Lautlos lief er durch den Schnee, immer tiefer in die Wildnis hinein. Sein Orientierungssinn gab ihm die Richtung vor, und so erreichte er einige Stunden später die Stelle, an der er mit Conner in der Nacht des Überfalls gelagert hatten. Kurz davor hielt er an, nicht sicher, ob er den Anblick seines toten Vaters ertragen würde. Aber er hatte keine andere Wahl, er konnte ihn nicht hier liegen lassen, wo Tiere über ihn herfallen würden. Melvin schluckte heftig. Vielleicht hatten sie ihn auch schon weggeschleppt.

Mit wild hämmerndem Herzen trat er schließlich auf die kleine Lichtung. Alles war mit einer weißen Puderschicht bedeckt, und er hatte Mühe, den genauen Platz zu finden, an dem Conner gelegen hatte. Mit einer Mischung aus Erleichterung und Trauer erkannte Melvin, dass kein Körper unter der dünnen Schneeschicht lag. Auch sein Geruchssinn bestätigte das. Es waren nur noch leichte Spuren von Blut in der Luft wahrzunehmen und der typische Duft seines Vaters. Unter dem Schnee erkannte er Kampfspuren in der umgepflügten Erde. Wie konnte er geschlafen haben, während sein Vater um sein Leben kämpfte? Irgendwie musste es Jennings gelungen sein, ihn vorher zu betäuben. Hoffentlich hatte Conner in seinen letzten Momenten nicht geglaubt, dass sein Sohn ihn im Stich ließ.

Mit fest zusammengepressten Lippen folgte Melvin den Spuren. Es sah so aus, als wäre sein Vater noch weitergekrochen, nachdem die Menschen von ihm abgelassen hatten. Am Ende der Furche blieb Melvin ratlos stehen. Ein merkwürdiger Geruch überlagerte den seines Vaters, aber nicht der eines Menschen. Durch den Schneefall war der Duft zu sehr verwischt, als dass Melvin noch hätte feststellen können, um was es sich handelte. Oder um der Spur zu folgen. Er konnte nur in die Richtung laufen, in die sie zu führen schien, in der Hoffnung, seinen Vater doch noch zu finden.

Nachdem er das eine Weile getan hatte, ohne eine Spur von Conner zu entdecken, gab er auf. Zumindest für den Moment, denn die Zeit lief ihm davon. Je eher er die anderen Wandler über Jennings' Vorhaben informieren konnte, desto besser. Danach würde er zurückkommen und die Leiche seines Vaters suchen. Melvin blieb abrupt stehen, als ihm ein Gedanke kam:

Konnte Jennings gelogen haben, und sie hatten Conner mit in die Stadt genommen? Vielleicht war er ebenso wie Melvin gefangen gehalten worden, und sie bestraften ihn jetzt dafür, dass sein Sohn geflohen war. Entsetzen zog seinen Magen zusammen. Nein, es hatte in dem Haus nur nach Menschen gerochen. Wäre sein Vater in der Nähe gewesen, hätte Melvin ihn gewittert. Und Conner wäre auch betäubt und nicht offensichtlich verletzt worden. Melvin schüttelte entschlossen den Kopf. Wenn er seine Aufgabe erledigt hatte, blieb noch genug Zeit herauszufinden, was mit seinem Vater geschehen war.

Coyle hatte Mühe, seine rasende Wut zu unterdrücken, als er sah, wie Marisa mit einem wütend knurrenden Angus, gefolgt von einem FBI-Agenten, in ihr Auto stieg. Am liebsten wäre er zu ihr gestürmt und hätte die Männer angefallen, doch er wusste, dass das Marisa nur schaden würde. Es wäre nett gewesen, wenn Angus das für ihn erledigt hätte, doch der Bloodhound tat ihm den Gefallen leider nicht. Marisa schien zu glauben, dass sie innerhalb weniger Stunden wieder auf freiem Fuß sein würde, doch selbst das dauerte ihm zu lange. Wieso nahmen die Agenten sie zur Befragung mit? Sie hatte bereits gestern ausführlich ausgesagt, und es gab keinerlei Beweise dafür, dass sie etwas mit den Morden zu tun hatte. Was war das für eine Rechtsprechung, die es erlaubte, jemanden ohne ausreichende Indizien zu belästigen? Und was glaubten sie in Marisas Haus zu finden? Ein unterschriebenes Geständnis?

Nachdem auch der letzte Wagen aus seiner Sicht verschwunden war, kam Coyle aus seinem Versteck, verwandelte sich und trat durch die Hintertür ins Haus. Es fühlte sich ohne Marisa seltsam an. Und es stank nach den Ausdünstungen vieler Menschen, nach kaltem Zigarettenrauch und den verschiedensten Aftershaves. Coyle ließ die Tür offen stehen und ging durch die einzelnen Räume, um zu sehen, was für ein Chaos die Polizisten angerichtet hatten. Es hielt sich erstaunlicherweise in Grenzen, anscheinend hatte Marisas Warnung etwas gebracht. An einigen Stellen fehlten Aktenordner im Regal, und auch der Laptop war verschwunden. Außerdem war auf etlichen glatten Flächen ein schwarzes Puder zu sehen. Sie hatten Fingerabdrücke genommen. Eine völlige Zeitverschwendung, denn sie würden außer Marisas Abdrücken nur unbekannte finden, die noch nie irgendwo in Polizeiakten aufgetaucht waren. Von Berglöwenwandlern, die offiziell überhaupt nicht existierten.

Coyle stellte schnell fest, dass sie auch Marisas Handy mitgenommen hatten. Da er dringend seine Mutter wegen des Interesses der Agenten an der Salbe vorwarnen musste, würde er sein Handy aus dem Versteck im Wald holen müssen. Coyle sah sich noch einmal im Haus um. Er hatte es mit seinen Freunden für Marisa gebaut, und es war auch für ihn ein Neuanfang: Noch nie in seinem Leben war er so glücklich gewesen wie hier, mit Marisa an seiner Seite. Doch jetzt erschien ihm das Haus fremd, die Ruhe gestört. Wütend zog Coyle die Tür hinter sich zu und verwandelte sich. Ohne zurückzublicken, verschwand er im Wald.

Während er zu seinem Versteck lief, kreisten seine Gedanken um Marisa. Hoffentlich ging es ihr gut. Er wusste, wie sehr sie die Polizei verabscheute und wie nervös es sie machte, im Fokus von Ermittlungen zu stehen, selbst wenn sie nichts getan hatte. Doch jetzt wollte sie etwas verbergen, nämlich ihr Wissen über die Existenz von Gestaltwandlern. Coyle vertraute ihr hundertprozentig, Marisa würde die Berglöwenwandler nie verraten. Aber es konnte passieren, dass sie sich durch ihren Versuch, das Geheimnis zu bewahren, selbst verdächtig machte. Nur deshalb war das FBI jetzt hinter ihr her.

Er konnte ohne Marisa nicht mehr leben. So einfach war das – und gleichzeitig so kompliziert. Es würde immer wieder solche Momente geben, wo er sich verstecken und Marisa alleinlassen musste. Aber das würden sie ertragen, wenn sie dafür die restliche Zeit zusammen sein konnten. Entschlossen presste Coyle die Zähne zusammen. Sie würden das Beste daraus machen, und er würde Marisa so glücklich machen, wie es ihm nur möglich war.

Bei seinem Versteck angekommen, holte er rasch das Handy heraus und wählte die Nummer seiner Mutter. Es dauerte einen Moment, bis sie sich meldete, doch als er ihre Stimme hörte, zog sich seine Kehle zusammen, und er brachte keinen Ton heraus.

„Coyle, ist etwas passiert?“ Ihre Stimme klang besorgt.

Er räusperte sich. „Das FBI war hier und hat Marisa mitgenommen.“

„Was? Warum?“

„Sie glauben, dass sie etwas mit den Morden in Mariposa, Nevada und Escondido zu tun hat. Sie haben das Haus durchsucht und einige Sachen mitgenommen. Ich habe Angst, dass sie verhaftet wird, obwohl sie gar nichts damit zu tun hat.“ Seine Furcht in Worte zu fassen machte sie noch realer, und Coyle hatte Mühe, seine Atmung unter Kontrolle zu bringen.

„Haben sie etwas von dir gefunden?“

„Nein, ich hatte vorher alles im Wald versteckt.“ Ein erleichtertes Seufzen erklang. „Aber sie haben einen von Fays Salbentiegeln auf dem Grundstück des Tierarztes in Escondido entdeckt, mit Marisas Fingerabdrücken darauf. Deshalb glauben sie, dass sie mit dem Kerl zusammengearbeitet hat, der Thorne überfallen und Stammheimer in Nevada getötet hat.“ Als Aliyah schwieg, redete er rasch weiter. „Ich habe Marisa gesagt, sie soll ihnen sagen, dass sie die Salbe bei dir gekauft hat, falls sie danach fragen. Kannst du deine Unterlagen so anpassen, dass sie darin als Kundin auftaucht?“

„Das muss ich gar nicht, sie hat schon vor einigen Wochen bei mir Duschgel und Shampoo bestellt. Ich setze einfach noch einen fiktiven Salbentiegel auf die Rechnung, dann sollte das Beweis genug sein, selbst für irgendwelche FBI-Betonköpfe."

„Danke, Mom."

„Du weißt, wie gern ich Marisa mag. Ich würde alles tun, um ihr zu helfen."

Coyle spürte, wie er sich ein wenig entspannte. „Sag einfach, sie wäre eine normale Kundin und du hättest die Produkte nach Mariposa geschickt. Mehr weißt du nicht über sie, okay? Ich möchte nicht, dass du da mit hineingezogen wirst."

„Ich bin noch nicht senil, mein Junge. Mach dir keine Sorgen. Sollte jemand bei mir nachfragen, werde ich ganz freundlich und kurz antworten."

Coyle rieb über seine Stirn und beschloss, das Thema fallen zu lassen. „Gut. Hast du etwas von den anderen gehört?"

„Amber hat sich seit Tagen nicht gemeldet. Ist sie wieder unterwegs?"

„Ja, Finn hat sie gebeten, die Einzelgänger zu überreden, zu ihrem Schutz ins Lager zurückzukommen." Coyle beschloss, seiner Mutter nichts von dem Adlermann zu erzählen, das sollte seine Schwester ihr selbst erklären.

„Oh, ich hoffe, sie ist vorsichtig. Nicht alle Einzelgänger sind harmlos."

„Das weiß sie, Mom."

Aliyah lachte auf. „Du weißt doch, sie ist und bleibt mein Baby. Es fällt mir schwer genug zu glauben, dass sie schon erwachsen ist."

„Und das seit über zehn Jahren." Coyle konnte sich die trockene Bemerkung nicht verkneifen.

„Vielleicht, wenn sie einen Partner wählen und Kinder bekommen würde …"

„Das lässt du sie besser nicht hören." Vor allem nicht, wenn er mit seiner Vermutung recht hatte, dass Amber den Adlermann liebte. Coyle unterdrückte gerade noch einen Seufzer. „Entschuldige, Mom, ich muss jetzt aufhören."

„Was wirst du jetzt tun?" Die Sorge war in ihre Stimme zurückgekehrt.

„Ich weiß es noch nicht. Hier warten, bis Marisa zurückkommt, schätze ich." Allerdings war er sich jetzt schon sicher, dass er verrückt werden würde, wenn er tatenlos herumsaß.

„Wie wäre es, wenn du so lange ins Lager gehst?"

„Ich will hier sein, wenn Marisa zurückkommt. Sie wird mich brauchen."

„Aber weißt du denn, wie lange das dauern wird?" Als er schwieg, sprach sie weiter. „Ich glaube, du brauchst jetzt die Natur und deine Freunde um dich herum. Marisa wird wissen, wo sie dich finden kann, wenn sie früher zurückkommt."

Coyle starrte blicklos in den Wald und horchte in sich hinein. „Du hast vermutlich recht. Wenn Marisa nicht da ist, fühlt sich das Haus so leer an, und ich vermisse das Lager. Auch wenn man dort nie seine Ruhe hatte."

„Das macht vermutlich gerade den Charme aus." Er konnte ein Lächeln in ihrer Stimme hören und auch ein wenig Sehnsucht.

„Es tut mir leid, ich …"

„Wofür auch immer du dich entschuldigen willst, lass es. Und nun leg endlich auf, ich habe hier auch noch etwas zu tun, der Laden läuft nicht von alleine."

So gescholten beendete Coyle das Gespräch mit dem Versprechen, seine Mutter bald mit Marisa zu besuchen. Um nicht noch mehr Zeit zu verlieren, verstaute er sein Handy wieder im Versteck, verwandelte sich und lief los. Schon nach wenigen Metern spürte er, wie er ruhiger wurde und zumindest ein Teil der Last von ihm abfiel. Egal was das FBI auch gegen Marisa vorbringen mochte, irgendwie würde es ihnen gelingen, die Aufmerksamkeit der Behörden von ihr abzulenken.

Nachdem Griffin Fays Nachricht an Jamila überbracht hatte, verwandelte er sich und flog wieder in den eisigen Morgen hinaus. Es hatte eine Weile gedauert, bis Finn die Tür öffnete, und er war nur mit einer Jeans bekleidet gewesen. Rote Striemen überzogen eine Schulter, es war offensichtlich, was er und Jamila die Nacht über getrieben hatten. Besonders Finns zufriedener Gesichtsausdruck war Griffin aufgefallen, und er hatte einen eifersüchtigen Stich verspürt. Es hatte auch nicht geholfen, dass Finn nicht besonders begeistert über seine Rückkehr schien. Aber nachdem Griffin von dem Berglöwenjungen berichtet hatte, war das Misstrauen verschwunden, und der Ratsführer hatte sich erneut für seine Hilfe bedankt. Er hatte ihm sogar angeboten, sich ein wenig im Lager auszuruhen und aufzuwärmen, aber Griffin hatte abgelehnt. Auf keinen Fall würde er Amber länger als nötig alleine lassen. Seiner Meinung nach waren diese Einzelgänger unberechenbar und konnten Amber jederzeit angreifen. Außerdem liefen offenbar Menschen im Wald herum – es war besser, wenn er Amber im Auge behielt.

Der Gedanke an sie ließ ihn noch schneller fliegen. Ob sie sich auch fragte, wie es ihm ging? Ein warmes Gefühl durchströmte ihn, als er sich daran erinnerte, wie sie ihn angesehen hatte. Als wäre sie nur wirklich glücklich, wenn er bei ihr war. Ihm ging es ohne Zweifel genauso, er fühlte sich erst richtig lebendig, wenn Amber in seiner Nähe war, wenn er mit ihr reden und in ihre goldenen Augen blicken konnte. Und ganz besonders, wenn er sie auch berühren durfte, mit seinen Fingern über ihre weiche Haut streichen, sie mit seiner Zunge kosten, tief in sie gleiten konnte …

Griffin spürte, wie er sich zu verwandeln begann, und er sackte wie ein Stein nach unten. Sein Herz hämmerte in seiner Brust, während er darum kämpfte, in Vogelform zu bleiben. Die Wipfel der Bäume kamen rasend schnell näher, in wenigen Sekunden würde er einen von ihnen streifen und abstürzen. Mit einem wütenden Schrei brachte er seinen Körper im letzten Moment unter Kontrolle und stieg wieder höher. Verdammt, er musste sich auf den Flug konzentrieren! Es brachte weder Amber noch ihm selbst etwas, wenn er zu Tode stürzte. So ein Ausfall war ihm zuletzt als Teenager passiert – nur war er damals tatsächlich auf dem Boden aufgeprallt. Dadurch hatte er schmerzhaft gelernt, nie zu vergessen, wo und was er gerade war. Es zeugte von seiner Verwirrung, dass er etwas vergessen konnte, das so natürlich wie das Atmen für ihn war. Den Schnabel fest zusammengepresst brachte er sich mit einigen harten Flügelschlägen wieder auf den ursprünglichen Kurs zurück.

Als er in die Nähe der Gegend kam, in der er Amber und ihre Begleiter vermutete, ließ Griffin seinen Blick über den Boden gleiten. Im Schnee würde er die Berglöwen oder ihre Spuren sofort erkennen. Allerdings würden die deutlichen Spuren, die er sah, auch jeden anderen zum Lager der Berglöwenwandler führen, deshalb konnten sie alle nur hoffen, dass er so schnell wie möglich wegtaute oder es wieder zu schneien begann. Griffin versuchte, sich damit zu beruhigen, dass er jeden bemerken würde, der sich in der Nähe aufhielt, doch es gelang ihm nicht ganz.

Die Berglöwenwandler waren nach den Ereignissen der letzten Monate aufgewacht und suchten jetzt nach einer Möglichkeit, in einer von den Menschen bestimmten Welt zu überleben. Vielleicht würden seine Leute die Gefahr nur verstehen, wenn ihnen etwas Ähnliches geschah. Griffins Herz zog sich zusammen. Hoffentlich nicht, denn sie waren ganz auf sich allein gestellt, sollten sie jemals in Berührung mit verbrecherischen

Menschen kommen, und sie waren zu wenige, um einen solchen Kampf zu gewinnen. Und selbst wenn einige überlebten, würde die Gruppe zu stark dezimiert sein und aussterben – etwas, das ihnen vielleicht auch ohne Auseinandersetzung drohte. Denn auch wenn die Adlerwandler weniger auf Liebe zwischen den Partnern bestanden als die Berglöwenwandler, gab es mit jedem Jahr weniger Nachwuchs, viele Paare bekamen nur noch ein Kind – so wie seine Eltern. Und er selbst würde sich vermutlich gar nicht fortpflanzen. Die einzige Adlerfrau, die er auch nur halbwegs sympathisch fand, war Juna, und er hatte schnell erkannt, dass sie nicht zusammenpassten. Ihr blinder Gehorsam gegenüber den Oberen hatte ihn genervt. Außerdem schien Talon ein Auge auf sie geworfen zu haben, und er wollte seinem Freund nicht im Weg stehen.

Ein scharfer Adlerschrei hinter ihm drang durch Griffins Grübeleien. Rasch flog er einen engen Bogen und verlangsamte seinen Flug, bereit, den Eindringling zu bekämpfen, wenn er eine Gefahr für Amber darstellte. Erleichtert, aber auch verwundert erkannte er Talon. Er gab seinem Freund ein Zeichen, ihm zu folgen, und glitt vorsichtig durch die Bäume. Sobald er eine kleine Lichtung entdeckte, landete er auf dem schneebedeckten Boden und verwandelte sich. Talon tat es ihm gleich.

Sobald er auf dem kalten Boden hockte, begann Talon zu sprechen. „Verdammt, da frieren einem ja die Zehen ab!"

Griffin musste grinsen. „Und nicht nur die. Was tust du hier?" Er freute sich wirklich, seinen Freund zu sehen, dabei war er erst vier Tage vom Lager fort.

„Ich wollte sehen, wie es dir geht." Talon strich seine rotbraunen Haare aus der Stirn, eine Geste, die er immer machte, wenn er nicht ganz die Wahrheit sagte.

„Mir geht es gut. Bis demnächst dann mal." Griffin drehte sich um.

„Warte." Wie erwartet hielt Talon ihn auf.

Griffin wandte sich wieder um und hob eine Augenbraue. „Wolltest du vielleicht noch etwas von mir?"

„Als könnte ich nicht einfach meinen Freund besuchen wollen." Talon schnitt eine Grimasse. „Okay, reg dich ab. Mir war einfach langweilig ohne dich, und als die Oberen mich dann fragten, ob ich wüsste, wo du bist, sagte ich, dass ich es herausfinden kann."

Griffin konnte sich nicht vorstellen, was die Anführer noch von ihm wollten, schließlich waren sie bei ihrem letzten Treffen deutlich genug gewesen. Außer sie hatten es sich überlegt und wollten ihn nun ganz aus der Gruppe ausschließen. Sein Herz begann hart zu klopfen. „Warum?"

„Weil ich dich kenne und mir denken konnte, wo es dich hinzieht." Talons grünbraune Augen funkelten triumphierend. „Und ich hatte recht."

Griffin unterdrückte einen Seufzer. „Ich meinte, warum wollen die Oberen mich finden?"

„Ach so." Talon hob die Schultern. „So ganz genau weiß ich das nicht. Ich denke, sie haben erkannt, dass es falsch war, dich wegzuschicken, und wollen dir jetzt anbieten zurückzukommen."

Griffin dachte darüber nach, dann schüttelte er den Kopf. „Das glaube ich nicht. Ich spiele für die Oberen keine wichtige Rolle, sie brauchen mich nicht. Und ich bin ihnen schon immer unbequem gewesen. Selbst wenn sie ihre Meinung ändern sollten, dann doch sicher nicht in nur vier Tagen."

Talon sah zum Himmel, während er seine Haare zurückstrich. „Es könnte sein, dass einige andere ihren Unmut darüber geäußert haben, wie die Dinge in letzter Zeit laufen. Vor allem die Jüngeren wünschen sich mehr Freiheit und weniger Bevormundung. Und es kann nicht sein, dass jemand weggeschickt wird, weil er seine Meinung sagt. Oder weil er einem anderen Wandler das Leben rettet."

Griffins Kehle wurde eng, und er lachte, um seine Rührung zu überspielen. „Du hast einen kleinen Aufstand angezettelt, was?"

Lächelnd sah Talon ihn an. „Aber nein, du weißt doch, dass ich mich nie in die Politik der Oberen einmische. Es könnte höchstens sein, dass ich ein wenig den Ärger der anderen geschürt habe, mit dezenten Hinweisen, dass es an der Zeit ist, etwas zu unternehmen."

Griffin legte seine Hand auf Talons Schulter. „Du bist wirklich unglaublich. Danke, dass du an mich glaubst."

Röte stieg in Talons Wangen. „Das ist reiner Eigennutz, es ist furchtbar langweilig ohne dich."

Da er sah, dass er seinen Freund damit in Verlegenheit brachte, lenkte Griffin ein. „Natürlich." Er wurde ernst. „Ich höre mir an, was die Oberen sagen. Aber ich kann nicht versprechen, dass ich bleiben werde."

Talon nickte. „Okay, mehr können sie nicht erwarten. Lass uns zurückfliegen, bevor wir hier festfrieren."

Griffin hielt ihn am Arm fest. „Warte, ich muss erst noch etwas erledigen."

Erstaunt sah Talon ihn an. „Was denn?"

„Ich ... muss erst meine Sachen holen." Griffin versuchte, nicht so schuldbewusst auszusehen, wie er sich fühlte.

„Dann komme ich mit, und wir fliegen von dort aus zurück."

„Nein!" Griffin schnitt eine Grimasse und fuhr ruhiger fort. „Nein. Das wäre nicht gut. Ich möchte sie nicht verängstigen."

„Wen? Oh ..." Langsam breitete sich ein Grinsen auf Talons Gesicht aus. „Du hast sie wirklich getroffen? Ist sie so, wie du immer geglaubt hast?"

„Sie ist wesentlich mehr." Griffins Stimme klang belegt.

Eine Weile sah Talon ihn schweigend an. „Du liebst sie wirklich, es ist nicht nur eine Schwärmerei, wie ich bisher dachte."

Griffin schloss für einen Moment die Augen. „Ja."

„Und was willst du jetzt tun?"

„Ich weiß es nicht. Ich kann mir nicht vorstellen, ohne sie zu leben, aber ich habe keine Ahnung, wie ein Zusammenleben funktionieren könnte. Und das treibt mich in den Wahnsinn."

Talon sah ihn mitfühlend an. „Das kann ich mir vorstellen. Was sagen ihre Leute dazu?"

„Nach dem, was Amber bei uns angetan wurde, wären sie vermutlich nicht begeistert."

„Aber du hast ihr geholfen!"

Traurig blickte Griffin ihn an. „Trotzdem bin ich ein Adlerwandler."

„Das sollte doch eigentlich keine Rolle spielen, wenn ihr euch liebt." Talon sah seinen Gesichtsausdruck und hob die Hände. „Schon gut, ich weiß, wie es bei unseren Leuten aufgenommen werden würde. Aber trotzdem, da muss doch irgendetwas zu machen sein."

Griffin stieß einen tiefen Seufzer aus. „Ja, irgendetwas müssen Amber und ich uns ausdenken, genau deshalb wollte ich eigentlich wieder zu ihr zurückfliegen. Aber das muss eben warten, bis wir dafür mehr Zeit haben. Ich werde ihr jetzt nur sagen, wo ich hinfliege, damit sie sich nicht wundert, wo ich abgeblieben bin."

„Gut, ich warte hier." Talon grinste ihn an. „Und halt den Abschiedskuss kurz, sonst friere ich fest."

„Sehr witzig." Kopfschüttelnd verwandelte Griffin sich und stieß sich mit einem Schrei vom Boden ab.

17

Sie kamen nur langsam voran, da sie auf das gesunde Junge Rücksicht nehmen mussten, das mit den kurzen Beinen öfter in Schneewehen stecken blieb und für das der lange Weg erschöpfend war. Amber versuchte, ihre Ungeduld nicht zu zeigen. Griffin war noch nicht zurückgekehrt, und sie ertrug es kaum, so lange von ihm getrennt zu sein. Was sollte sie machen, wenn sie keine Lösung fanden, wie sie zusammenleben konnten? Ihn nur hin und wieder zu treffen reichte auf keinen Fall, denn wenn ihre derzeitige Stimmung ein Indiz war, dann würde sie definitiv verrückt werden, wenn sie ihn tage- oder sogar wochenlang nicht sah.

Amber hob witternd den Kopf, als ihr ein schwacher Geruch in die Nase stieg. Bildete sie sich das nur ein, oder roch es plötzlich nach Griffin? Sie lief ein Stück vor, damit sich die Berglöwenfamilie nicht erschreckte, wenn der Adlermann plötzlich über ihnen auftauchte. Als hätte er darauf nur gewartet, schwebte ein dunkler Schatten vor der gleißenden Sonne herab und landete dicht vor ihr.

Wie immer wenn Griffin in ihrer Nähe war, begann Ambers Herz hart zu klopfen. Sein Gefieder leuchtete rötlichbraun in der Sonne, und sie konnte ihre Augen nicht von ihm abwenden. Rasch verwandelte Amber sich und zog den Riemen seines Bündels von ihrer Schulter. Sie warf einen Blick zurück und atmete erleichtert auf, als sie erkannte, dass Nolen und seine Familie stehen geblieben waren und die Chance nutzten, sich ein wenig auszuruhen. Als sie sich wieder umdrehte, hatte Griffin sich ebenfalls verwandelt und hockte in Menschengestalt vor ihr.

Stumm blickte sie in seine warmen braunen Augen und sah in ihnen das gleiche unterdrückte Verlangen, das sie auch verspürte. Mit Mühe löste sie sich aus ihrer Erstarrung. „Wie geht es Lana?"

Griffins Miene blieb ernst. „Fay kümmert sich um sie. Die Kleine scheint sehr krank zu sein, aber Fay wird alles tun, was möglich ist. Mehr weiß ich nicht, weil ich gleich wieder losgeflogen bin."

Amber nickte. „Danke, ohne deine Hilfe hätte Lana keine Chance gehabt." Sie schob eine Haarsträhne hinter ihr Ohr, die der Wind in ihre Augen trieb. „Es hat dir doch niemand Ärger bereitet?"

„Nein, ich bin aber auch nicht lange genug geblieben, dass mich viele gesehen hätten." Er schnitt eine Grimasse. „Finn wirkte erstaunt, als ich plötzlich vor seiner Tür stand und nach Jamila fragte."

Erstaunt sah Amber ihn an. „Warum solltest du … Oh." Wie es schien, hatten Finn und Jamila ihre Beziehung auf die nächste Ebene gehoben. Hoffentlich gab das keinen Ärger mit einigen der engstirnigeren Gruppenmitglieder. Mit einem schlechten Gewissen erinnerte sie sich daran, dass auch sie noch vor wenigen Tagen Vorbehalte gegen die Leopardenwandlerin gehegt hatte. Aber die Ernsthaftigkeit, mit der Jamila Fay bei der Arbeit als Heilerin half, und auch die verliebten Blicke, die sie mit Finn tauschte, hatten Amber überzeugt. Gerade sie, die auch jemanden liebte, der von den anderen vermutlich nie als ihr Partner anerkannt werden würde, verstand, wie es Finn ging.

Sanft nahm Griffin ihr den Beutel aus den Händen. „Danke, dass du ihn mitgebracht hast."

„Kommst du mit zum Lager?" Amber biss sich auf die Lippe, als sie in Griffins Gesicht erkannte, dass er ablehnen würde.

„Ich kann nicht." Er hob die Hand, bevor sie etwas sagen konnte. „Ich habe eben mit meinem Freund Talon gesprochen. Die Oberen wollen noch einmal mit mir reden."

Ängstlich sah sie ihn an. „Sag bitte nicht, dass sie dich jetzt ganz aus eurer Gruppe ausschließen wollen!"

„Nein, natürlich nicht. Wie es scheint, hat Talon eine kleine Revolution angezettelt, und unsere Anführer merken nun doch langsam, dass ihre Ansichten veraltet sind und uns gefährden können."

„Das freut mich." Amber lächelte ihn an. „Offenbar hast du doch einige Freunde in eurer Gruppe."

Griffin hob die Schultern. „Ich hätte nicht damit gerechnet, dass mich außer Talon jemand vermissen würde."

„Mich wundert das gar nicht, ich vermisse dich auch, wenn du nicht bei mir bist." Verlegen blickte Amber zur Seite.

Griffin legte seine Hand an ihre Wange und drehte ihr Gesicht sanft zu ihm zurück. „Was auch immer die Oberen mir zu sagen haben, ich werde es mir anhören und dann hierher zurückkommen, um in Ruhe darüber nachzudenken. Hier bei dir."

„Du musst aber nicht …"

Er legte seine Finger über ihre Lippen. „Ich möchte es. Bleibst du im Lager, bis ich zurückkomme?"

Amber lächelte zittrig. „Ist das eine Frage oder eine Anordnung?"

„Eher eine hoffnungsvolle Bitte." Griffin sah sie unverwandt an.

Als könnte sie so einem Blick widerstehen. Mit einem Seufzer gab sie nach. „Ich hatte sowieso vor, die nächste Nacht im Lager zu verbringen und erst morgen früh wieder loszuziehen."

Ihr Inneres zog sich zusammen, als Griffin sie sanft küsste. „Danke." Seine Finger strichen über ihren Arm. „Ich werde morgen außerhalb des Lagers auf dich warten."

„Oder du könntest gleich zu meiner Hütte …“ Amber schüttelte den Kopf. „Nein, du hast heute schon so weite Wege zurückgelegt, und wenn du noch zu deinem Lager fliegst, solltest du dich in der Nacht ausruhen.“

„Ich bin nie zu erschöpft, um zu dir zu kommen. Aber ich will dich nicht in Schwierigkeiten bringen, Amber. Lieber warte ich ein wenig darauf, dich sehen zu können, als dass du in deiner Gruppe meinetwegen Ärger bekommst.“

Seine Besorgnis löste Wärme in ihr aus. „Einigen wir uns darauf: Wenn du früher in der Gegend sein solltest, gib mir ein Zeichen, und dann überlegen wir uns etwas. Wie wäre es, wenn ich deinen Beutel mit ins Lager nehme, damit du leichter unterwegs bist?“

„Eine gute Idee, danke. Bis später.“ Damit verwandelte Griffin sich wieder und stieg mit kräftigen Flügelschlägen in den Himmel.

Amber presste seinen Beutel an ihre Brust, sah ihm hinterher, bis er nicht mehr zu sehen war, und stieß schließlich einen tiefen Seufzer aus.

„Hat er etwas über Lana gesagt?“ Nolen war unbemerkt hinter sie getreten.

Bemüht, nicht zu zeigen, wie sehr Griffins bevorstehender Besuch bei seiner Gruppe sie aufgewühlt hatte, lächelte Amber den Berglöwenmann beruhigend an. „Er hat Lana zu Fay gebracht. Sie wird sich um die Kleine kümmern und alles tun, was in ihrer Macht steht, um ihr zu helfen. Wenn wir uns beeilen, könnt ihr in zwei Stunden bei ihr sein.“

Ambers Voraussage war zu positiv gewesen, doch drei Stunden später kamen sie endlich in die Nähe des Lagers. Sie konnte die Anwesenheit der Wächter spüren, doch sie hielten sich außer Sichtweite, um die Neuankömmlinge nicht zu verschrecken.

Doch auch so wurden Nolen und seine Gefährtin mit jedem Schritt langsamer, bis sie schließlich ganz stehen blieben. Ungeduldig drehte Amber sich zu ihnen um. Als Nolen sich verwandelte, tat sie es ihm gleich.

„Was ist? Wir sind gleich da, dann könnt ihr zu eurer Lana."

Nolen schüttelte langsam den Kopf. „Wir schaffen es nicht, ins Lager zu gehen, Amber." Eine Mischung aus Qual und Scham verdunkelte sein Gesicht. „Dort sind zu viele Wandler, zu viele Gerüche und Geräusche." Der Schmerz in seiner Stimme war nicht zu überhören.

„Aber ich kann Lana nicht zu euch bringen, sie muss bei Fay bleiben."

Ein abruptes Nicken. „Das wissen wir. Wir werden hier in der Nähe bleiben, bis sie wieder gesund ist."

Ambers Herz zog sich zusammen, als ihr klar wurde, dass Nolen und seine Gefährtin wohl nie in der Lage sein würden, wieder im Lager zu leben. „Hier draußen haben wir aber keine Hütten, und bei dem Wetter wäre es besser, wenn ihr im Warmen schlafen würdet. Besonders für den Kleinen." Sie sah zu dem Berglöwenjungen hinüber, das sich an seine Mutter drängte.

Nolen hob die Schultern. „Wir sind das Wetter gewohnt." Er richtete sich gerader auf. „Danke für deine Hilfe, Amber. Wenn Lana überlebt, haben wir das nur dir und deinem Freund zu verdanken." Seine Augen blickten sie bittend an. „Könntest du dich für uns um Lana kümmern, solange sie im Lager ist? Ich möchte nicht, dass sie alleine ist."

Amber wollte Nolen weiter überreden mitzukommen, erkannte aber, dass er seine Entscheidung nicht überdenken würde und sie hier nur Zeit verlor. „Natürlich. Ich komme nachher wieder und berichte, wie es Lana geht. Versucht, einen guten Unterschlupf zu finden."

Zögernd legte Nolen seine Hand auf Ambers Arm, Dankbarkeit stand in seinen Augen. Ohne ein weiteres Wort verwandelte er sich zurück. Amber sah ihm hinterher, als er zu seiner Familie zurücktrottete, bevor sie sich ebenfalls verwandelte und in Berglöwengestalt weiter zum Lager lief. Dort angekommen, wollte sie direkt zu Fay gehen, entschied sich dann aber dafür, sich erst in ihrer Hütte etwas anzuziehen. Obwohl sie sich die ganze Zeit bewegt hatte, saß die Kälte in ihren Knochen, und die Vorstellung, weiterhin nackt herumzulaufen, war wenig erfreulich. Im letzten Moment machte sie einen Bogen zu Finns Hütte, damit sie ihn über Nolens Anwesenheit informieren konnte. Die Wächter mussten darauf hingewiesen werden, dass sie sich der kleinen Familie nicht näherten, um sie nicht zu vertreiben.

Als sie näher kam, hörte sie bereits wütende Stimmen. Überrascht blieb sie stehen. Es war eine Seltenheit, dass Finn die Geduld verlor und laut wurde. Irgendjemand musste ihn ziemlich geärgert haben, um solch eine Reaktion hervorzulocken. Amber wollte sich erst wieder zurückziehen, war dann aber doch zu neugierig. Außerdem musste sie wirklich dringend mit ihm sprechen.

„... zum letzten Mal: Was ich in meiner freien Zeit mache und mit wem, geht niemanden etwas an. Ich dachte, wir hätten diese Diskussion hinter uns, Kearne."

„Und ich sage dir, als Ratsführer hast du eine Vorbildfunktion. Alles, was du tust, wird beobachtet und gewertet. Und es kann einfach nicht sein, dass Jamila ganz offen die Nacht in deiner Hütte verbringt."

Amber stieß einen tiefen Seufzer aus. Das zweite Ratsmitglied im Lager rieb sich öfter an Finn, aber so schlimm hatte sie es noch nie erlebt. Allerdings verstand sie jetzt, warum Finn so wütend war. Wenn es um die Leopardenwandlerin ging, verstand er keinen Spaß.

„Wie gesagt, es geht niemanden etwas an, wen ich in meine Hütte einlade. Außerdem habe ich es nicht gerade an die große Glocke gehängt, also muss uns schon wieder jemand nachspioniert haben. Wer war es, Kearne?“

„Ich habe eine Nachricht bekommen, von wem, weiß ich nicht.“ Kearne senkte seine Stimme, sodass Amber sich anstrengen musste, alles zu verstehen. „Wie ich neulich schon sagte, irrst du dich, wenn du denkst, dass es niemanden etwas angeht, mit wem du zusammen bist. Oder anders gesagt: Bei einer Berglöwenfrau würde wohl niemand etwas dagegen haben, aber Jamila ist keine von uns, und vor allem hat sie sich damals nicht gerade gut hier eingeführt. Glaub nicht, dass die anderen das so einfach vergessen haben.“

„Das weiß ich. Aber wenn ihr euch die Mühe machen würdet, Jamila besser kennenzulernen, würdet ihr merken, was für eine wunderbare Person sie ist.“ Diesmal klang Finns Stimme müde. „Ich will nicht schon wieder mit dir darüber streiten. Wenn ihr mich nicht mehr als Ratsführer wollt, sagt Bescheid, aber bis dahin lasst mich bitte mit diesem Unsinn in Ruhe. Jamila ist jetzt Teil unserer Gruppe, und vor allem ist sie ein Teil von mir.“

„Ich glaube, du machst einen Fehler, Finn, aber ich sehe schon, dass ich mit dir nicht vernünftig darüber reden kann.“ Damit öffnete sich die Hüttentür, und Kearne kam heraus. Seine Verärgerung war deutlich sichtbar, als er mit steifen Schritten zwischen den Bäumen verschwand.

Ambers Herz zog sich zusammen, als sie ein lautes Krachen hörte. Wahrscheinlich hatte Finn etwas an die Wand geworfen. Einen Moment lang überlegte sie, ob sie doch besser später mit ihm sprechen sollte, doch dann ging sie auf die Hütte zu. Vielleicht half es Finn, wenn er mit jemandem reden konnte, der verstand, wie er sich gerade fühlte. Nach kurzem Zögern klopfte sie an die Tür und öffnete sie einen Spalt. Es war niemand zu sehen.

„Finn? Hier ist Amber, kann ich reinkommen?"

Finn kam mit feuchten Haaren aus dem Badezimmer. Wahrscheinlich hatte er seinen Kopf unter Wasser gehalten, um sich zu beruhigen. Seine Augen zeigten, dass der Berglöwe dicht unter der Oberfläche lag. Er sah Amber lange an und schüttelte dann den Kopf. „Natürlich." Er schloss die Tür hinter ihr. „Griffin sagte, dass du einen der Einzelgänger und seine Familie mitbringen würdest. Ich hatte nicht erwartet, dass tatsächlich jemand unser Angebot annimmt."

„Es ist Nolen. Er, seine Gefährtin und sein kleiner Sohn sind jetzt in unserem Gebiet, draußen bei dem kleinen Bach. Ins Lager wollen sie nicht kommen, nicht mal, um nach ihrer Tochter zu sehen. Ich glaube, sie fühlen sich unwohl, wenn zu viele andere Wandler in der Nähe sind. Er hat mich gebeten, mich um Lana zu kümmern." Amber strich ihre Haare aus dem Gesicht. „Wie geht es ihr?"

„Mein letzter Stand war: unverändert. Ich wollte gleich noch einmal nach ihr sehen, aber …"

„Dann kam Kearne dazwischen. Ja, ich habe ihn gehört." Amber legte ihre Hand auf seinen Arm. „Kann ich dir irgendwie helfen?"

Finn bemühte sich um ein Lächeln, aber es wollte ihm nicht gelingen. „Wenn du nicht zufällig weißt, wie ich die Gruppe dazu bringen kann, Jamila zu akzeptieren, dann nein, leider nicht."

„Ich denke, sie brauchen einfach noch etwas Zeit, sich daran zu gewöhnen. Wenn Jamila weiterhin bei Fay lernt, werden immer mehr erkennen, dass sie wirklich versucht, sich hier einzugliedern, und vergessen, wie sie zu uns gekommen ist. Oder es wird ihnen zumindest nicht mehr wichtig sein." Ambers Mundwinkel hoben sich. „So wie mir zum Beispiel. Du weißt, dass ich sie und Kainda nicht akzeptieren konnte, weil sie Coyle und Marisa angegriffen und verletzt hatten. Aber inzwischen habe ich Jamila ein wenig kennengelernt und gemerkt, dass nur eine Ausnahmesituation sie dazu bringen konnte, so zu handeln."

„Das freut mich, es ist mir sehr wichtig, dass meine Freunde Jamila mögen. Aber ich fürchte, bei Leuten wie Kearne geht das nicht so schnell. Und unsere Beziehung scheint auch anderen Leuten nicht zu gefallen, denn offenbar verpfeift uns ständig jemand bei ihm, um weiter Stimmung gegen Jamila zu machen." Er ballte die Hände zu Fäusten. „Aber Erfolg wird er damit nicht haben."

„Es ist dir wirklich ernst mit ihr, oder?" Als Finn stumm nickte, umarmte Amber ihn. „Das freut mich für dich. Für euch. Ich bin sicher, dass Jamila sehr dringend jemanden braucht, der sie liebt und für sie da ist."

Finn legte seine Hand auf ihren Rücken und sah sie alarmiert an. „Du bist ja eisig!"

Amber zuckte mit den Schultern. „Ich werde gleich eine warme Dusche nehmen. Ich wollte nur zuerst sicherstellen, dass die Wächter Nolen und seiner Familie möglichst nicht zu nah kommen, um sie nicht zu vertreiben."

„Dafür sorge ich."

„Danke. Dann gehe ich jetzt besser." Amber wandte sich zur Tür um.

„Amber."

Sie drehte sich zu Finn zurück, der ihr gefolgt war. „Ja?"

Er zögerte einen Moment, doch dann atmete er tief durch. „Wenn es dir ernst ist mit dem Adlerwandler, dann lass dich von niemandem davon abbringen. Das Leben ist zu kostbar und zu kurz, um es nicht mit demjenigen zu verbringen, den man liebt."

Tränen bildeten sich in ihren Augen. „Ich weiß. Aber im Moment sehe ich noch keine Möglichkeit, wie wir zusammenleben können. Griffin hat schon genug Probleme mit seinen Leuten, es würde mir sehr leid tun, wenn wir bald beide ohne ein Zuhause dastehen."

Finn blickte nach draußen. „Wo ist er? Wartet er vor dem Lager?"

„Einer seiner Freunde hat ihm die Nachricht überbracht, dass die Adleranführer mit ihm reden wollen. Anscheinend ist ihnen wohl aufgegangen, dass sie etwas voreilig gehandelt haben, als sie ihn wegschickten. Wenn er dort fertig ist, will er wieder hierherkommen."

Finn sah sie mit einem traurigen Lächeln an. „Von mir aus kann er kommen. Wie die anderen reagieren werden, weiß ich allerdings nicht. Darüber werden wir sicher noch reden müssen."

Amber küsste ihn auf die Wange. „Ich weiß. Aber ich bin froh, dass du wenigstens auf meiner Seite bist." Ein Schauder lief durch ihren Körper. „Und jetzt muss ich wirklich duschen, sonst friere ich fest. Wir sehen uns später." Ohne auf eine Antwort zu warten, verwandelte sie sich und lief zu ihrer Hütte.

Melvins Verzweiflung wuchs, als er auch nach stundenlanger Suche keine Spur des neuen Lagers fand. Er hatte sowohl das alte Lager als auch das Zwischenlager in der Hoffnung aufgesucht, dort vielleicht noch jemanden anzutreffen oder einen Hinweis zu finden, wo sich das neue Gebiet der Gruppe befand. Doch wenn es Spuren gegeben hatte, waren sie verwischt oder unter dem Schnee begraben.

Unruhig sah Melvin sich um. Schon seit geraumer Zeit hatte er das Gefühl, beobachtet zu werden, aber weder sah er jemanden, noch nahm seine empfindliche Nase einen Geruch auf, der nicht hierhergehörte. Wahrscheinlich spielten ihm nur seine überreizten Nerven einen Streich.

Selbst wenn sein Verschwinden schnell bemerkt worden war, gab es keine Möglichkeit, wie ihm jemand gefolgt sein konnte, schließlich waren seine Pfotenabdrücke auf dem Asphalt nicht zu sehen. Er hatte auch darauf geachtet, an einer Stelle im Wald unterzutauchen, an der das nicht zu erkennen war. Die ersten Kilometer hatte er sich außerdem bemüht, möglichst die schneefreien Stellen unter den Nadelbäumen zu nutzen. Um seinen Schlafplatz in der Erdhöhle hatte er keinerlei Spuren im Schnee gesehen, und in der klaren Luft würde der Geruch von Menschen meilenweit tragen. Doch da war nichts gewesen. Zur Sicherheit kletterte er auf einen Baum, konnte aber auch von dort aus niemanden erkennen, der ihm folgte. Er war allein und dabei einsamer als je zuvor …

Melvin schüttelte unwillig den Kopf und versuchte das Selbstmitleid zu vertreiben, das ihm schwer auf die Schultern drückte. Er würde die Gruppe so lange suchen, bis er sie fand. Und wenn es Wochen dauerte, das war ihm egal. Sie mussten wissen, was passiert war, damit sie geeignete Gegenmaßnahmen treffen konnten. Sollten sie ihn wieder fortschicken, würde er sich alleine durchschlagen. Oder er konnte zu seinen Großeltern gehen, er wusste, dass sie ihn willkommen heißen würden, egal was er in der Vergangenheit getan hatte. Doch sie lebten in der Stadt, und er würde auch dort nicht bleiben können. Melvin blieb stehen. Ob sie wussten, wo sich das neue Lager befand?

Selbst wenn nicht, würden sie bestimmt wissen, wie er der Gruppe eine Nachricht übermitteln konnte. Entschlossen lief Melvin wieder los. Er würde in die Richtung laufen, die ihn zu seinen Großeltern brachte, und wenn er dabei über die Gruppe stolperte, umso besser. Wenn nicht, würde er die beiden bitten, die schlechten Neuigkeiten weiterzugeben. Der Druck auf Melvins Brustkorb nahm zu, als er sich fragte, wie er seinen Großeltern beibringen sollte, dass ihr einziger Sohn seinetwegen gestorben war.

18

Außer Atem kam Coyle beim Lager an. Er hatte versucht, sich den ganzen Frust und seine Angst um Marisa aus dem Körper zu laufen, doch es hatte nicht funktioniert. Wenn überhaupt, war er noch wütender geworden – und noch besorgter. Wie oft wurden Unschuldige durch lächerliche Indizien verurteilt und bekamen langjährige Haftstrafen? Das durfte Marisa auf keinen Fall passieren, sie würde im Gefängnis eingehen. Er auch, denn er würde sterben, wenn er sie nicht sehen und berühren konnte.

Coyle verwandelte sich und ging zu Finns Hütte. Einen Moment lang stand er mit erhobener Hand vor der Tür und versuchte, sich wieder unter Kontrolle zu bringen, bevor er anklopfte. Auch wenn Finn sein bester Freund war – er sollte nicht sehen, wie viel Mühe Coyle hatte, seine Tränen zu unterdrücken. Nie hätte er geglaubt, jemals eine Frau zu finden, die eine solche Macht über ihn hatte, für die er so viel fühlen würde.

Die Zähne zusammengepresst, klopfte er hart gegen das Holz. Schnell erkannte er, dass Finn nicht zu Hause war. Gut, dann würde er sich zuerst seine Kleidung holen, die bei Amber lagerte, und Finn dann suchen. Seit er Ratsführer war, blieb sein Freund die meiste Zeit im Lager, irgendwo würde Coyle ihn finden. Kurze Zeit später öffnete er Ambers Tür, nachdem auch sie nicht auf sein Klopfen reagiert hatte. Das Geräusch von prasselndem Wasser und der Geruch von Duschgel empfingen ihn. Mit einem leichten Lächeln schloss Coyle die Tür hinter sich und ging die Treppe hoch zum Schlafzimmer, in dem Amber seine Kleidung aufbewahrte. Rasch zog er sich an und ging dann zurück in die

Wohnküche, wo er sich in den Schaukelstuhl sinken ließ, der in der Ecke stand. Mit den Fingern strich er über die Patchworkdecke, die seine Mutter vor Jahren für Amber genäht hatte. Es beruhigte ihn ein wenig, in einer gewohnten Umgebung zu sein. Zwar war diese Hütte nach dem Lagerwechsel neu, aber die Möbel und auch der Geruch waren gleich.

Nach kurzer Zeit hörte er, wie das Wasser abgestellt wurde und die Badezimmertür sich öffnete. Für einen Moment herrschte Stille, dann kam Amber die Treppe hinunter. „Coyle?"

„Ja, ich habe mir etwas zum Anziehen geholt, ich hoffe, das war in Ordnung."

Sie kam um die Ecke, ein Handtuch um ihren Körper geschlungen. „Natürlich. Was machst du hier?" Sie schnitt eine Grimasse. „Lass mich das anders formulieren: Ich freue mich natürlich, dass du hier bist. Aber ich wusste nicht, dass du kommen wolltest."

Coyle bemühte sich um ein Lächeln. „Es war auch nicht geplant."

Amber kannte ihn zu lange, um sich hinters Licht führen zu lassen. Sie zog sich einen Stuhl heran und setzte sich neben ihn. „Was ist passiert?"

„Hat Finn dir vom Besuch der FBI-Beamten gestern erzählt?"

Erschrocken sah Amber ihn an. „Nein, ich bin gleich morgens aufgebrochen, um die Einzelgänger zu suchen, und gerade erst zurückgekommen. Was wollten die Kerle von euch?"

„Marisa befragen." Coyle erzählte Amber, wie Marisa befragt worden war, und schloss mit dem Moment, als sie in den Wagen stieg und wegfuhr.

Seine Schwester war einen Moment stumm, und das Entsetzen stand ihr deutlich ins Gesicht geschrieben. „Das können sie doch nicht machen! Marisa würde nie jemandem etwas zuleide tun oder einem Verbrecher helfen."

Coyle bemühte sich, seine Stimme fest klingen zu lassen. „Wir wissen das, aber es scheint, als suchte das FBI dringend jemanden, dem es die Verbrechen in die Schuhe schieben kann. Und da man an beiden Tatorten ihre Fingerabdrücke gefunden hat, liefert das einen guten Grund, ihr Haus zu durchsuchen und sie zur Befragung mitzunehmen."

„Euer Haus."

„Richtig." Müde strich Coyle über sein Gesicht. „Momentan frage ich mich allerdings, ob die Idee mit dem Haus so gut war. Vielleicht hätte sie doch besser in ihrer alten Hütte bleiben oder mit mir ins Lager kommen sollen."

„In Mariposa hätte das FBI sie genauso gefunden, und im Lager hätte sie nicht weiter als Journalistin arbeiten können. Und ihr seid doch glücklich in eurem Haus, deshalb verstehe ich nicht, warum du an deiner Entscheidung zweifelst."

„Weil ich Angst habe, dass Marisa verhaftet wird, nur weil sie uns bei unseren Problemen geholfen hat. Das wäre furchtbar." Er hatte Mühe, durch seine zusammengepresste Kehle hindurch zu sprechen.

Amber legte ihre Hand auf seine. „Das stimmt, und ich verstehe auch deine Befürchtungen. Aber ich bin sicher, sie werden sie wieder gehen lassen. Und wenn sie zurückkommt, wird sie dich brauchen – ohne Zweifel und Selbstbeschuldigungen, sondern stark und selbstsicher wie früher. Erinnere sie daran, warum es sich lohnt, das alles auf sich zu nehmen."

Coyle entspannte sich ein wenig. „Das weiß sie."

„Gut, dann ist sie eindeutig schlauer als du. Aber das war mir ja schon immer klar."

Lachend zog Coyle sie an sich. „Du fehlst mir, kleine Schwester."

Amber umarmte ihn heftig. „Du mir auch." Sie lächelte. „Uns allen. Finn ist sicher auch froh, mit dir sprechen zu können. Es scheint immer noch jemanden zu geben, der ihn und Jamila beobachtet und dann an Kearne verpetzt."

Coyle schüttelte den Kopf. „Ich verstehe nicht, was das bringen soll. Es müsste doch jedem klar sein, dass Finn sich von so etwas nicht einschüchtern lässt, sondern dadurch nur noch viel entschlossener wird."

„Ganz genau. Außerdem hat er jetzt auch genug mit der Sache um Conner und Melvin zu tun."

„Immer noch kein Wort, was mit Melvin geschehen ist?"

Schweigend schüttelte Amber den Kopf. „Ich wollte gleich zu Fay gehen und sehen, wie es Conner und Lana geht."

Erstaunt sah Coyle sie an. „Wer ist denn Lana?"

„Die Tochter von Nolen. Sie ist höchstens ein paar Monate alt und sehr krank. Ich konnte Nolen überreden, sie hierher ins Lager bringen zu lassen, damit sie behandelt wird."

„Und sie hat den langen Weg überlebt?"

Röte stieg in Ambers Wangen, und sie wich seinem Blick aus. „Sie wurde ins Lager geflogen."

Coyles Augen blitzten wissend auf. „Wie geht es Griffin?"

Amber rückte ein Stück von ihm ab. „Gut, hoffe ich. Er ist wieder zum Adlerlager geflogen, weil seine Anführer noch mal mit ihm reden wollen. Ich habe ein wirklich schlechtes Gewissen, dass er unseretwegen solchen Ärger mit seinen Leuten hat."

Coyle zog die Augenbrauen hoch. „Das musst du wohl kaum haben, schließlich haben sie dich sogar angegriffen!" Er legte seinen Finger unter ihr Kinn und zwang sie, ihn anzusehen. „Und wann wolltest du mir das erzählen?"

Amber machte sich von ihm los. „Gar nicht, wenn du es unbedingt wissen willst. Sie haben ihr Gebiet verteidigt und ich hätte nicht so dicht an den Klippen entlanglaufen sollen. Es war mein Fehler." Sie hob die Hand, als er etwas einwenden wollte. „Außerdem geht es darum, dass Griffin meinetwegen Probleme mit seinen Leuten hat. Er hat mich gerettet, und es ist nicht richtig, dass er darunter leiden muss."

Coyle neigte den Kopf. „Das stimmt." Er zögerte einen Moment, nicht sicher, ob Amber mit ihm darüber sprechen wollte. „Was willst du machen, wenn er wieder zu den Adlern zurückkehrt?"

Es tat ihm weh, den Kummer in ihrem Gesicht zu sehen. „Ich weiß es nicht." Sie holte zitternd Luft. „Es sind seine Leute, und ich wünsche ihm nicht, dass er sich mit ihnen überwirft und nicht mehr zurückkann. Allerdings kann ich mir auch nicht vorstellen, unsere Gruppe zu verlassen, um bei den Adlern zu leben. Mal ganz davon abgesehen, dass sie mich nie akzeptieren würden. Und hier in der Gruppe dürfte es auch einigen Ärger verursachen, wenn ich mir einen Adlerwandler als Partner wähle."

„Vermutlich. Aber das sollte dich nicht daran hindern, deinen Gefühlen zu folgen." Coyle lächelte schwach. „Natürlich hätte ich mir gewünscht, dass du einen Berglöwen als Gefährten findest und mit ihm auch Nachwuchs bekommen kannst. Aber mir scheint, dein Griffin ist ein guter Mann, und am wichtigsten ist, dass du mit ihm glücklich bist."

Tränen bildeten sich in Ambers Augen. „Danke."

Coyle beugte sich vor und küsste ihre Stirn. „Kommt er heute noch zurück?"

„Ich weiß es nicht, wahrscheinlich wird der Weg zu weit sein, um hin- und wieder zurückzufliegen. Besonders nachdem er heute schon Lana ins Lager transportiert hat. Und selbst wenn, wird er vermutlich irgendwo außerhalb auf mich warten, weil er glaubt, dass er im Lager nicht willkommen ist, nach dem, was mir bei seinen Leuten widerfahren ist."

„Ich kann mir nicht vorstellen, dass Finn solche Feindseligkeiten zulassen würde. Schon gar nicht, weil er gerade mit Jamila etwas Ähnliches erlebt."

Amber lächelte zaghaft. „Ich hoffe es.“ Sie holte tief Luft. „So, und jetzt muss ich mich anziehen, damit ich nach Lana sehen kann. Ich habe Nolen versprochen, mich um sie zu kümmern, weil er nicht ins Lager kommen kann.“

Coyle lächelte. „Dann sehen wir uns vermutlich dort. Ich werde Conner besuchen, nachdem ich mit Finn gesprochen habe.“

Normalerweise genoss Griffin es, mit Talon zu fliegen. Doch heute hatte er zu viel anderes im Kopf, um sich ganz dem Gefühl des Dahingleitens auf dem Wind hinzugeben. Talon schien seine Stimmung zu spüren, denn er forderte ihn nicht wie sonst zu einem Rennen auf, sondern flog einfach nur auf direktem Weg zum Adlerlager.

Irgendwie konnte Griffin sich noch nicht vorstellen, dass die Oberen wirklich eingesehen hatten, dass es Zeit wurde, die Adlergruppe etwas demokratischer zu führen und auch andere Meinungen neben ihren eigenen gelten zu lassen. Oder sich zumindest neue Ideen anzuhören. Er wagte gar nicht zu hoffen, dass sich die Gruppe ein wenig öffnete und Kontakt zu anderen Wandlergruppen suchen würde. Vielleicht …

Jeder Gedanke verließ seinen Kopf, als er die Spuren im Schnee sah. Er stieß einen leisen Schrei aus, um Talons Aufmerksamkeit zu erringen, und deutete mit dem Kopf nach unten. Talon verringerte seine Geschwindigkeit und kreiste mit ihm über der kleinen, schneebedeckten Lichtung. Griffins scharfe Augen machten unzählige Fährten aus, die kreuz und quer übereinanderlagen. Es waren eindeutig die Spuren von Menschen mit Schuhen, dazwischen waren auch eckige Abdrücke, wo etwas abgestellt worden war. Anscheinend hatte hier eine Gruppe von mehreren Personen Rast gemacht. Auf die Entfernung war nicht zu sagen, wie viele es gewesen waren, aber nach Griffins Schätzung mindestens zehn Männer. Was taten sie hier so tief in der Wildnis, noch dazu im Winter? Es gab keinerlei Straßen oder Wanderwege in der Gegend, und es sah aus, als hätten sie sich vor und nach der Rast ganz zielstrebig in eine Richtung bewegt.

Ein Knoten entstand in Griffins Brust, als er erkannte, dass sie in wenigen Meilen in die Nähe des Adlergebietes kommen würden. Wenn sie dort nicht schon waren, schließlich wusste er nicht, wie frisch die Spuren waren. Talon schien die gleiche Befürchtung zu haben, denn er sah Griffin nur kurz an und flog dann der Fährte nach, die sich breit zwischen den Bäumen hindurchzog. Griffin hielt sich auf der anderen Seite der Spuren etwas entfernt, denn er wollte nicht, dass wer immer sie auch hinterließ, darauf aufmerksam wurde, dass sie von zwei Adlern verfolgt wurden.

Es dauerte nicht lange, bis sie die Gruppe einholten. Anscheinend bewegten sie sich nur langsam vorwärts, es wirkte, als würden sie auf etwas warten. Griffin zählte mindestens zwanzig Männer, und jeder Einzelne von ihnen trug ein Gewehr bei sich. Einige hatten auch Schlagstöcke und Messer an ihren Gürteln, und Griffin konnte nur ahnen, was in den Kisten war, die mitgeschleppt wurden. Die Männer waren für ihre Anzahl überraschend leise, es fanden keine Gespräche statt, niemand machte ein unnötiges Geräusch. An der Spitze ging ein Mann, der ein kleines Gerät mit sich trug, auf das er ständig blickte. Sosehr er sich auch bemühte, Griffin konnte nicht erkennen, was darauf abgebildet war. Dafür hätte er tiefer und direkt über den Männern kreisen müssen, und das wollte er vermeiden. Während er die Männer noch beobachtete, hob der Anführer plötzlich seine Hand und ballte eine Faust. Sofort blieb der ganze Zug stehen. Griffin landete auf einem Ast, von dem aus er eine gute Sicht auf das Geschehen hatte, und blickte durch die Zweige nach unten.

Der Mann sah auf das Gerät in seiner Hand. „Wir müssen

warten, bis er weiterläuft, ich will nicht, dass er uns bemerkt, bevor er die anderen Berglöwen erreicht hat."

Griffin konnte ihn deutlich hören, obwohl der Mann leise sprach. Allerdings verstand er nicht, was er meinte. Welche Berglöwen? Soweit er wusste, waren keine in der Nähe, und wer sollte nicht bemerken, dass er verfolgt wurde? Was auch immer hier vorging, er musste verhindern, dass die Männer mit ihren Waffen in die Nähe des Adlerlagers kamen. So leise wie möglich schwebte Griffin durch die Zweige der von den Männern abgewandten Seite. Er entfernte sich, bis er sicher war, dass ihn niemand mehr sehen konnte, und flog dann wieder in die Richtung, in die sich die Truppe bewegt hatte. Es dauerte eine Weile, bis er die einzelne Spur sah, die sich durch den Schnee zog. An manchen Stellen verschwand sie und tauchte dann wieder auf. Griffin flog etwas tiefer und erkannte, dass es sich um Tatzenabdrücke eines Berglöwen handelte. Verdammt! Die Frage war, ob sie von einem Tier oder einem Wandler stammten.

Aus den Augenwinkeln sah er eine Bewegung und erkannte Talon, der etwa hundert Meter entfernt parallel zu ihm flog. Sie brauchten sich nicht abzusprechen, um zu wissen, dass sie denjenigen finden mussten, der die Männer in Richtung ihres Lagers führte. Irgendwie mussten sie ihn davon abbringen. Griffin flog tiefer, als er sah, dass die Spur an einem Baum endete. Wahrscheinlich waren die Männer deshalb stehen geblieben. Er konnte fühlen, wie jemand ihn beobachtete, und landete schließlich auf einem Ast in der Nähe des Berglöwen, allerdings so weit entfernt, dass die Raubkatze ihn nicht mit einem Sprung erreichen konnte. Der Berglöwe lag auf einem dicken Ast und sah ihn eine Weile an, bevor er sich in einen jungen Mann mit hellbraunen Haaren und ungewöhnlich blauen Augen verwandelte. Sein Gesicht war von Prellungen und Blutergüssen entstellt, die auch seinen Körper bedeckten. Die Erschöpfung war deutlich sichtbar.

„Warum folgst du mir, Adler?" Resignation klang in der Frage mit.

Griffin verwandelte sich ebenfalls und hockte sich in eine Astgabel. „Ich folge dir nicht, ich wollte nur wissen, wem die vielen Männer folgen, die etwa einen Kilometer hinter dir sind."

Die Augen des Jungen weiteten sich. „Menschen?"

„Ja, mit Gewehren und anderen Waffen."

„Oh Gott, das ist meine Schuld, ich wollte nicht ..." Er brach ab und schlang seine Arme um sich.

Griffin fühlte einen Funken Mitleid für den Berglöwen. „Wie haben sie dich gefunden?" Er beobachtete, wie Talon auf einem weiteren Ast landete. „Und wie heißt du?"

„Melvin." Der Junge stieß ein ersticktes Lachen aus, seine Augen wurden feucht. „Ich weiß nicht, wie sie uns gefunden haben. Sie haben uns im Schlaf überfallen. Mein Vater ..." Er schluckte hart, eine Träne lief über seine Wange, aber er schien sie gar nicht zu bemerken. „Sie haben meinen Vater getötet und mich betäubt und verschleppt. Ich bin erst in einem Zimmer in irgendeiner Stadt wieder aufgewacht. Jennings, der Anführer, wollte, dass ich ihm helfe, meine Gruppe zu finden, damit er sie alle wie meinen Vater auslöschen kann."

„Warum? Und woher weiß er überhaupt von euch?"

„Anscheinend hat Jennings sich in den Kopf gesetzt, unsere ganze Gruppe zu vernichten, aus Rache dafür, dass mein Vater ihm damals seine Verlobte weggenommen hat."

Griffin konnte ihm ansehen, dass noch mehr hinter der Geschichte steckte, aber er hatte keine Zeit, danach zu fragen.

„Du bist der, durch den die Menschen vor drei Monaten das Lager gefunden haben, oder?"

Melvin zuckte zusammen, doch er wich Griffins Blick nicht aus. „Ja."

Griffin versuchte, seinen Ärger zu unterdrücken. „Sie hätten alle sterben oder in der Gefangenschaft qualvoll eingehen können."

Selbsthass stand deutlich sichtbar in den blauen Augen. „Glaubst du, das weiß ich nicht? Nicht dass es dich etwas angeht, aber ich wollte nie, dass so etwas geschieht."

Talon gab einen ungeduldigen Laut von sich und erinnerte Griffin daran, dass sie nicht viel Zeit hatten. „Irgendwie müssen dir diese Männer gefolgt sein."

„Ich weiß nicht, wie, ich war sehr vorsichtig, und es war nie jemand in der Nähe. Ich habe ständig nach möglichen Verfolgern Ausschau gehalten. Da war nichts." Er wurde blass. „Außer sie haben mir einen Sender eingepflanzt, als ich bewusstlos war." Verzweiflung lag in seinem Gesichtsausdruck. „Ich darf sie nicht zu den anderen führen, eher würde ich sterben."

„Du bist weit vom Lager der Berglöwen entfernt. Dafür gehst du aber direkt auf unser Lager zu, und das können wir nicht zulassen."

Melvin richtete sich auf. „Das wusste ich nicht. Ich werde die Richtung wechseln und sie in die Irre führen. Irgendwann werden sie aufgeben."

Dessen war Griffin sich nicht so sicher, aber für einen besseren Plan hatten sie keine Zeit. Die Frage war, ob er diesem jungen Mann vertrauen konnte, der bereits seine eigenen Leute verraten hatte. Warum sollte er sich dafür interessieren, was mit den Adlerwandlern passierte? Griffin legte den Kopf schräg, als ihm ein Gedanke kam, wie er Melvins Absichten lenken konnte. „Dein Vater lebt. Ich habe ihn schwer verletzt im Wald gefunden und zu eurem Lager gebracht. Eure Heilerin kümmert sich um ihn, und soweit ich weiß, hat er das Schlimmste überstanden."

„Wirklich?" Melvins Stimme zitterte und neue Tränen füllten seine Augen. Die Prellungen stachen aus seinem weißen Gesicht hervor.

„Ja. Wenn du die Männer von hier weglockst, kann ich ihm eine Nachricht von dir überbringen, wenn ich wieder bei den Berglöwen bin.“

Melvins Blick wurde misstrauisch. „Woher soll ich wissen, dass du das nicht nur sagst, damit ich eure Leute rette?“

Griffin bemühte sich, seine Ungeduld zu bändigen. „Damit wirst du leben müssen. Aber wenn du die Männer nicht auf die falsche Fährte lockst, sind wir gezwungen, dich hier zu erledigen, damit die Spur endet.“ Was eine leere Drohung war, da Griffin es nie über sich gebracht hätte, einen zwar dummen, aber mehr oder weniger unschuldigen Berglöwenwandler zu töten. Erst recht nicht jemanden aus Ambers Gruppe. Aber er würde dafür sorgen, dass Melvin nicht weiter in Richtung des Adlerlagers lief.

Melvin sah ihn einen Moment an und nickte dann. „Ich verstehe. Sag meinem Vater, dass es mir leid tut und ich … ihn liebe.“ Röte stieg in seine Wangen, und er wich Griffins Blick aus.

Griffin neigte den Kopf. „Ich werde es ihm ausrichten. Und jetzt musst du los, die Männer werden sicher schon ungeduldig und wir wollen sie nicht auf den Gedanken bringen, dass du sie bemerkt hast.“

Melvin nickte stumm und verwandelte sich. Er lief den Ast entlang und sprang dann mit einem gewaltigen Satz auf den schneebedeckten Boden. Nach einem letzten Blick zurück setzte er seinen Weg fort. Die Spur machte einen fast unmerklichen Bogen nach rechts. Sehr gut, die Männer wären sicher misstrauisch geworden, wenn der Berglöwe abrupt die Richtung geändert hätte.

Griffin sah Talon an. „Hoffen wir, dass es klappt.“ Da es ihm langsam zu kalt wurde, in menschlicher Form auf dem Ast zu sitzen, verwandelte er sich zurück.

Stumm warteten sie, bis die Gruppe unter ihnen entlangging, und folgten ihr dann in einigem Abstand. Zuerst schienen sie der

Spur zu folgen, ohne den Richtungswechsel zu bemerken, doch dann blieb der Anführer wieder stehen.

Seine Stimme war deutlich zu verstehen. „Irgendetwas stimmt da nicht. Die ganze Zeit ist er einer geraden Linie seinem Ziel im Norden gefolgt, doch nachdem er auf diesem Baum war, hat er nach und nach die Richtung gewechselt. Jetzt ist er beinahe nach Osten unterwegs. Vielleicht hat er uns bemerkt und versucht jetzt, uns von seinen Leuten wegzulocken." Er winkte zwei Männer zu sich heran. „Ihr folgt dem Berglöwen. Falls er doch zu ihrem Lager geht, sagt ihr mir sofort Bescheid."

Verdammt! Griffin grub seine Krallen in den Ast und wünschte, er könnte sich auf den Kerl stürzen. Doch das wäre Selbstmord gewesen, denn einige der Männer trugen ihre Gewehre in der Hand, und nachdem er tot gewesen wäre, würden sie weiter in Richtung des Adlerlagers gehen. Er wartete, bis sie außer Sichtweite waren, und verwandelte sich dann zurück.

Talon tat es ihm gleich. „Was machen wir jetzt?"

Griffin rieb über seine Brust. „Du fliegst zum Lager und warnst die Oberen, während ich zu den Berglöwen zurückfliege und sie um Hilfe bitte."

Talon sah ihn fassungslos an. „Warum sollten sie das tun, nachdem wir mehr als deutlich gemacht haben, dass wir mit ihnen nichts zu tun haben wollen?"

„Ich kann es nicht mit hundertprozentiger Sicherheit sagen, aber ich glaube, sie würden jedem Wandler helfen, der in Not ist. Besonders wenn diese Menschen auch ihre Gruppe bedrohen könnten." Er sah Talon ernst an. „Du hast gesehen, wie viele Männer das sind und was für Waffen sie haben, alleine können wir sie nie besiegen."

Talon sah immer noch unglücklich drein, nickte aber. „Okay, aber wenn sie sich weigern, komm so schnell wie möglich zurück. Wir brauchen jeden Kämpfer, wenn sie uns wirklich angreifen."

Griffin nickte. „Pass auf dich auf." Damit verwandelte er sich zurück und stieß sich vom Ast ab. Die Angst im Nacken, was passieren würde, wenn die Männer wirklich das Adlerlager angriffen, flog er so schnell wie nie zuvor.

19

„Das Hotel in Los Angeles hat bestätigt, dass Sie dort die Nacht verbracht haben. Und Isabel Kerrilyan hat ausgesagt, Sie hätten sie besucht."

Marisa biss auf ihre Lippe, um die Bemerkung zu unterdrücken, dass sie das gleich hätte sagen können. „Dann kann ich jetzt gehen?"

Bickson sah sie nur an. Sein Gesichtsausdruck war noch verkniffener als sonst, er schien sich sehr darüber zu ärgern, dass er keine wirklichen Beweise gegen sie in der Hand hatte. Sein Pech, sie wollte nur von hier weg. Schon allein die weite Fahrt nach San Francisco hatte ihr den letzten Nerv geraubt, ganz zu schweigen von dem riesigen FBI-Gebäude aus grauem Beton, in dem sie seit Stunden in einem fensterlosen Raum befragt wurde. Sie hatte sich sehr bemüht, keine Furcht zu zeigen, doch wenn sie hier noch lange sitzen musste, würde sie anfangen zu schreien. Besonders wenn ihr immer wieder die gleichen Fragen gestellt wurden, die sie entweder nicht beantworten konnte oder bei denen ihre Antwort den Beamten nicht gefiel. Vor drei Monaten war ihr Nachbar ermordet worden, und sie hatte kurze Zeit später noch eine andere Leiche gefunden. Und vor ein paar Tagen war sie im Haus eines Tierarztes gewesen, der kurz darauf überfallen und dabei fast getötet worden wäre. Aber sie war für keine der Taten verantwortlich und hatte auch nichts mit dem Tod des Täters später im Krankenhaus zu tun, in das sie nie einen Fuß gesetzt hatte. Es zeugte von der Verzweiflung der Agenten, dass sie sie nur wegen eines Salbentiegels, auf dem ihre Fingerabdrücke waren, mit den Taten in Verbindung bringen wollten.

So oder so ähnlich hatte sie seit Stunden die Fragen Bicksons und seiner Kollegen beantwortet, und sie waren keinen Schritt weitergekommen. Weil man ihr, wie auch Bickson langsam zu begreifen schien, eine Beteiligung an den Morden nicht beweisen konnte. Er wollte es offenbar nur nicht zugeben. Lieber schikanierte er sie weiter. Wut brodelte wieder in ihr hoch, und sie hatte Mühe, nicht nach seiner Krawatte zu greifen und kräftig daran zu ziehen.

„Gibt es einen Haftbefehl gegen mich?" Marisa war stolz darauf, wie ruhig ihre Frage klang.

Diesmal ließ Bickson sich zu einer Antwort herab. „Noch nicht."

Marisa ballte ihre Hände unter dem Tisch zu Fäusten. „Sie wissen so gut wie ich, dass Sie nichts finden werden, was mich mit den Morden und dem Überfall in Verbindung bringt."

„Wir haben immer noch Ihre Fingerabdrücke."

„Die Sie, wie ich vermute, nicht hätten verwenden dürfen, weil ich sie sowohl in New York als auch bei dem Mord an Henry Stammheimer in Nevada freiwillig abgegeben habe, damit die ermittelnden Polizisten sie am Tatort ausschließen konnten." Als er etwas sagen wollte, hob sie die Hand. „Noch dazu wurden meine Fingerabdrücke weder auf einer Tatwaffe noch in unmittelbarer Nähe der Opfer gefunden. Es gibt Zeugen, die bestätigen, dass ich zum Zeitpunkt der Morde nicht am Tatort war. Also würde mich interessieren, wie Sie daraus eine Anklage gegen mich fabrizieren wollen."

Bicksons Schweigen bestätigte ihren Verdacht. Es war also reine Willkür, weil sie keine anderen Verdächtigen hatten! War es da verwunderlich, dass sie Polizisten nicht traute? Sie würde ihre Abneigung noch auf das FBI ausdehnen und dafür sorgen, dass sie nie wieder mit irgendwelchen Strafverfolgungsbehörden zu tun hatte. Vielleicht sollte sie sich wirklich ganz in die Wildnis zurückziehen und alles andere hinter sich lassen.

„Wann bekomme ich meine beschlagnahmten Unterlagen und meinen Laptop zurück?"

„Das kann noch einige Zeit in Anspruch nehmen."

Marisa hatte gute Lust, Bickson den selbstgefälligen Ausdruck aus dem Gesicht zu wischen. „Wie Sie wissen, brauche ich den Laptop, um meiner Arbeit nachgehen zu können. Meine sämtlichen Kontakte sind dort gespeichert, ebenso wie meine in Arbeit befindlichen Artikel."

„Dann werden Sie eben ein paar Tage nicht arbeiten können. Oder Sie schreiben einfach mal mit Stift und Papier."

„Sehr witzig, haben Sie schon mal was von Abgabeterminen gehört? Wenn ich Ihretwegen Verdienstausfall habe, werde ich gerichtlich dagegen vorgehen, Sie wissen, wie teuer das für Sie werden kann. Was Sie hier veranstalten, ist reine Behördenwillkür."

Bickson stand ruckartig auf. „Ich würde nicht mit solchen Ausdrücken um mich werfen, wenn ich Sie wäre. Noch gelten Sie als Verdächtige, und ich bin mir sicher, Sie fänden es nicht so lustig, wenn wir auch noch Ihre Freunde und Verwandten in die Untersuchung einbeziehen würden."

Marisa versuchte, Bickson nicht zu zeigen, wie hart ihr Herz gegen ihre Rippen schlug. „Dazu haben Sie schon gar keine Berechtigung."

„Das FBI hat eine Menge Machtbefugnisse, Sie würden sich wundern, was wir alles tun können. Es ist also in Ihrem Interesse, mich nicht weiter zu reizen."

Marisa sah ihm fest in die Augen. „Ich habe lediglich gefragt, wann ich wieder nach Hause kann. Sie hätten einfach nur zu antworten brauchen."

Bickson lief rot an. „Sie bleiben so lange hier, bis ich sage, dass Sie gehen können."

„Wo ist mein Hund, wird er gut versorgt? Er ist nicht mehr der Jüngste und Stress ist nicht gut für ihn." Hoffentlich hatte Angus nichts angestellt. Er neigte dazu, sie beschützen zu wollen, egal ob gegen eine wirkliche Gefahr oder gegen einen Paketboten, und schien ihre Abneigung gegen Polizisten und Konsorten inzwischen zu teilen.

„Ihr Hund ist in einem anderen Vernehmungsraum, er wollte die Agenten angreifen, deshalb haben wir ihn eingesperrt. Mit Wasser und Futter."

Verwundert erkannte Marisa, dass Bickson anscheinend seine sadistische Ader nicht auf Hunde ausdehnte. „Danke."

Bickson zuckte mit den Schultern. „Seine Pfotenabdrücke haben wir nicht an einem Tatort gefunden."

Unsicher, ob er einen Scherz machte oder es ernst meinte, schwieg Marisa. Ihr war Kaffee und Wasser angeboten worden, aber nichts zu essen. Ihr Kopf pochte, und ihr Magen zog sich schmerzhaft zusammen. Aber sie würde eher verhungern, als Bickson um irgendetwas zu bitten. Wahrscheinlich war das dumm, aber sie konnte sich nicht dazu bringen.

„Einer meiner Kollegen wird Ihnen gleich noch einige Fragen stellen, und wenn dann alles zu unserer Zufriedenheit geklärt ist, können Sie gehen. Aber halten Sie sich danach auch weiterhin zu unserer Verfügung. Also keine Auslandsreisen oder Ähnliches."

Marisa presste die Lippen zusammen, um das zurückzudrängen, was sie sagen wollte. „Ich hatte nicht vor zu verreisen. Aber wenn ich dieses Gebäude verlasse, gehe ich davon aus, dass ich nicht mehr unter Verdacht stehe und deshalb mein Leben wie gehabt fortführen kann. Sollten Sie noch einmal mit mir sprechen wollen, werde ich einen Anwalt hinzuziehen."

Bickson rückte seine Krawatte gerade. „Ganz wie Sie wollen." Damit drehte er sich um und marschierte steif zur Tür.

Auch wenn sie darauf vorbereitet war, zuckte Marisa doch zusammen, als die Tür hinter ihm mit einem dumpfen Knall ins Schloss fiel. Hoffentlich ließ Bickson sie hier nicht aus Rache noch länger schmoren, weil sie es gewagt hatte, seinen Bluff aufzudecken. Marisa versuchte, sich ihre Unruhe nicht anmerken zu lassen, schließlich wurde sie weiterhin von Kameras überwacht. Sie wartete, bis ihre Finger nicht mehr zitterten, bevor sie den Plastikbecher mit dem Wasser an ihre Lippen setzte. Was würde sie dafür geben, dass Coyle bei ihr wäre. Ein Blick in seine goldenen Augen würde sie beruhigen und auf andere Gedanken bringen. Aber er war weit weg – glücklicherweise. Wenn die FBI-Beamten gewusst hätten, dass er überhaupt existierte … Marisa unterdrückte einen Schauder. Sie würde diese Sache durchstehen und danach zu Coyle zurückkehren. Wahrscheinlich ging er vor Angst um sie schon die Wände hoch.

Unruhig hob sie den Kopf, als sich die Tür wieder öffnete und ein weiterer Agent ihren Raum betrat. Also noch eine Runde, die nur Zeit kosten und rein gar nichts bringen würde.

Auch zwei Stunden nach Kearnes unerwartetem Besuch hatte Finn sich noch nicht wieder beruhigt, und es fiel ihm schwer, Coyle zuzuhören, der in Fays Hütte mit ihm sprach. Was wollte derjenige, der sie scheinbar ständig beobachtete, mit seiner Aktion erreichen? Und war das alles gegen Jamila gerichtet oder gegen Finn selbst? Konnte nicht sogar Kearne selber dahinterstecken, der ihn loswerden wollte, weil er zu unbequem war? Nein, das konnte Finn sich nicht vorstellen. Kearne hatte mit seiner Meinung nie hinter dem Berg gehalten, er hätte nichts davon gehabt, es auf jemand anders zu schieben.

Seine Augen folgten Jamila, als sie Conner ein Glas Wasser brachte. Egal was noch passierte, er würde nicht zulassen, dass sie auseinandergebracht wurden, wo er sie doch gerade erst gefunden hatte. Letzte Nacht war ihm klar geworden, dass es genau das war, was er wollte: Jamila in seiner Hütte, in seinem Bett. Er wollte sie in jeder freien Minute um sich haben und nicht irgendein kindisches Versteckspiel treiben, damit bloß niemand mitbekam, dass sie zusammen waren. Warum sollten die anderen Gruppenmitglieder nicht wissen, dass er Jamila liebte?

„Wenn du nur meine Auszubildende anstarren willst, warte gefälligst draußen, Finn."

Fays Stimme riss ihn aus seinen Gedanken. Er spürte, wie die Hitze in seine Wangen schoss, als er die Blicke der anderen Anwesenden auf sich spürte. „Entschuldigung, ich habe nachgedacht."

Coyle stieß ihn an. „Und ich dachte, du hörst mir zu."

„Das habe ich. Sozusagen." Finn schnitt eine Grimasse. „Okay, nicht wirklich. Was hast du gesagt?"

„Ich habe dich gefragt, ob du es für möglich hältst, Nolen und seine Familie dazu zu überreden, doch ins Lager zu kommen."

Finn schüttelte den Kopf. „Derzeit nicht. Amber hat es ja schon probiert, und wenn sie es schon nicht schafft, wird Nolen auf mich noch weniger hören." Er sah zu Lana hinüber, die gerade von Fay untersucht wurde. „Aber ich habe noch die Hoffnung, dass sie irgendwann ihre Tochter sehen wollen und dann doch hierherkommen. Sie können schließlich nicht erwarten, dass wir ein krankes Kind durch den Wald tragen, nur damit sie es sehen können."

Amber, die ebenfalls im Raum war und ihr Gespräch mitangehört hatte, trat zu ihnen. „Ich werde es morgen noch einmal probieren. Fay, kannst du mir irgendeine Mixtur mitgeben, damit der Rest der Familie nicht auch noch krank wird? Sie sahen alle ziemlich schwach aus."

„Natürlich." Fay, die sich immer noch um Lana kümmerte, blickte die Männer demonstrativ an. „Wollt ihr noch irgendetwas, oder steht ihr hier nur herum, weil es so schön warm ist?"

Finn sah, wie Coyle den Kopf einzog. „Nein, ich wollte nur sehen, wie es Conner geht."

„Na, dann sucht euch einen anderen Versammlungsort, meine Patienten brauchen Ruhe." Dabei warf Fay Conner einen Blick zu, den Finn nur schwer deuten konnte. Wut? Verletztheit? Anziehung? Vielleicht eine Mischung aus allem. Das war eindeutig eine Entwicklung, die er beobachten sollte. Aber besser erst später, kein Grund, Fay unnötig zu verärgern.

Hastig zog er sich mit Coyle zur Tür zurück. „Kommst du auch mit, Amber?"

Amber schüttelte den Kopf und grinste, offenbar amüsiert über Fays Wirkung auf die Männer. „Ich komme gleich nach."

Als er die Tür hinter ihnen schloss, atmete Finn erleichtert auf, und Coyle schien es ebenso zu gehen. Rasch entfernten sie sich von der Hütte, doch als sie außer Hörweite waren, blieb Coyle stehen und sah seinen Freund ernst an. Offenbar hatte er auf eine Gelegenheit gewartet, ihn allein zu sprechen.

„Amber sagte, du hast immer noch Ärger mit Kearne?"

Finn spürte die Wut wieder in sich aufsteigen. „Das kann man so sagen. Ich kann mir wirklich nicht vorstellen, wer Jamila und mir immer nachspioniert."

„Ich hätte da eine Theorie."

Finn wirbelte herum, als er Toriks Stimme hinter sich hörte. Es gab nur wenige Wandler, die es schafften, sich ihm unbemerkt zu nähern – Torik gehörte eindeutig dazu. „Was meinst du damit?"

Toriks Gesichtsausdruck war wie immer undeutbar. „Dass ich ein paar Tage und Nächte lang ein Auge darauf gehalten habe, wer sich deiner Hütte oder dir nähert. Und mir ist jemand aufgefallen, der das regelmäßig tut, und zwar ohne sich offen zu zeigen."

Finn ballte seine Hände zu Fäusten. „Wer?"

„Es wird dir nicht gefallen."

„Das tut es schon die ganze Zeit nicht. Wenn ich diesen elenden Kerl erwische, dann …!"

Torik unterbrach ihn. „Es ist Keira."

Finn spürte, wie das Blut aus seinem Kopf wich. Schwerfällig stützte er sich mit beiden Armen an einen Baumstamm und ließ seinen Kopf hängen.

„Bist du sicher? Was hätte sie davon?" Coyles Stimme klang nicht ganz fest, als er genau die richtigen Fragen stellte.

„Das müsst ihr sie selber fragen. Ich habe natürlich keine handfesten Beweise, aber sie ist die Einzige, die sich letzte Nacht in der Nähe von Finns Hütte herumgetrieben hat." Die Bedeutung von Toriks Worten schien auch Coyle klar zu werden.

„Verdammt."

Finn drehte sich wieder um und strich die Haare zurück, die in sein Gesicht gefallen waren. „Letzte Nacht war Jamila bei mir, und heute spricht mich Kearne darauf an, das kann kein Zufall sein. Aber ich verstehe immer noch nicht, was meine Schwester davon haben könnte, mich anzuschwärzen."

Coyle rieb über seine Schläfe, als hätte er Kopfschmerzen. „Vielleicht fühlt sie sich vernachlässigt. Du weißt, was sie früher für Stunts gemacht hat, nur um unsere Aufmerksamkeit auf sich zu lenken."

Finn erinnerte sich noch gut daran. Keira war zwar manchmal etwas wild gewesen, aber nie bösartig. „Sie war ziemlich sauer, als du mit Marisa ins Lager gekommen bist."

„Ja, und sie hat auch nicht mit ihrer Meinung hinterm Berg gehalten. Aber meine Liebe zu Marisa hat ja nichts mit dir zu tun, und ich kann mir nicht vorstellen, dass sie dich dafür bestrafen würde."

„Es bringt nichts, zu spekulieren, frag sie einfach." Toriks Stimme klang, als würde er über das Wetter sprechen. Finn sah ihn scharf an und erkannte in den Augen des Wächters einen Schimmer Mitgefühl. „Wenn sie es wirklich war, wird sie es nicht abstreiten."

„Das werde ich ganz sicher." Finn legte seine Hand auf Toriks Arm. „Danke für deine Hilfe."

Torik neigte den Kopf. „Ich wünschte, ich hätte bessere Nachrichten gehabt." Damit verwandelte er sich und tauchte wieder im Wald unter.

Einen Moment lang sahen sich Finn und Coyle stumm an, dann brach Coyle das Schweigen. „Was wirst du machen, wenn sie es wirklich ist?"

Finn musste sich zu einer Antwort zwingen. „Ich weiß es nicht. Diesmal kann ich es ihr nicht einfach durchgehen lassen, sie hat den Bogen eindeutig überspannt. Dass sie in letzter Zeit recht schwierig ist, war mir bewusst, aber es kann nicht angehen, dass sie andere Gruppenmitglieder ausspioniert und anschwärzt." Er hatte Mühe, seine Zähne auseinanderzubringen. „Wir können es uns im Moment nicht leisten, sie als Wächterin zu verlieren, aber wenn sie es wirklich war, dann kann ich sie derzeit nicht mehr in meiner Nähe ertragen."

Coyle nickte unglücklich. „Ich verstehe dich." Er richtete sich auf. „Ich werde sie suchen und zu dir bringen."

„Du brauchst nicht …"

„Doch, das muss ich. Keira ist für mich fast wie eine Schwester, und ich fühle mich verantwortlich, weil ich ihr nicht früh genug Einhalt geboten habe, als ich noch Ratsführer war. Ich wusste, dass sie Probleme macht, aber ich habe immer wieder Ausreden für sie gefunden."

„Okay. Danke." Finn strich über seine schmerzende Brust. „Ich sollte wohl Jamila sagen, dass sie sich möglichst von Keira fernhalten soll, wer weiß, was meiner Schwester noch einfällt."

„Ich glaube nicht, dass sie ihr etwas antun würde." Coyle verzog den Mund. „Jedenfalls nicht körperlich."

„Du meinst, eher hinterrücks, wie ..." Seine Augen weiteten sich. „Oh nein."

„Was?" Coyle sah ihn unbehaglich an.

„Jamila hat mir erzählt, dass einige Mails von Kainda offenbar nicht angekommen sind. Ich dachte eigentlich, es wäre Zufall, aber wenn ich jetzt so darüber nachdenke ... Jeder hat Zugang zu unserem Mailpostfach und könnte Kaindas Nachrichten gelöscht haben."

„Auch Keira."

„Ja." Finn fuhr mit beiden Händen über sein Gesicht. „Das werde ich wohl auch besser nachprüfen."

„Vielleicht ..." Coyle brach ab, als ein hoher Schrei ertönte.

Etwas schlug beinahe ungebremst in eine Schneewehe. Ohne sich absprechen zu müssen, rannten Finn und Coyle darauf zu. Bevor sie dort ankamen, stob der Schnee auseinander, und ein Mann hockte auf Händen und Knien im Schnee, den Kopf gesenkt. Finn entspannte sich ein wenig, als er Griffins Geruch erkannte, aber die Art der Landung ließ in ihm den Verdacht aufkommen, dass etwas nicht stimmte. Der Adlerwandler hustete, seine Brust hob und senkte sich, als hätte er gerade einen Marathonlauf oder besser -flug hingelegt.

Zögernd legte Finn seine Hand auf Griffins Schulter. „Alles in Ordnung?" Griffin hob seinen Kopf, und ein Blick in sein kalkweißes Gesicht war Antwort genug.

Die Tür zu Fays Hütte flog auf und knallte gegen die Wand,

als Amber herauslief. Sie ließ sich neben dem Adlerwandler auf die Knie fallen und blitzte Finn und Coyle wütend an. „Was habt ihr ihm angetan?"

Finn hob die Augenbrauen. „Gar nichts, er ist hier so angekommen."

Mit einem Kloß im Hals sah er zu, wie Amber ihre Arme um Griffin schlang und beruhigend auf ihn einredete. Finn tauschte einen hilflosen Blick mit Coyle und beschloss zu warten, bis der Adlermann in der Lage war, ihm einige Fragen zu beantworten. Inzwischen war auch Jamila aus Fays Hütte gekommen, und Torik kam aus dem Wald zurück. Es würde nicht lange dauern, und das ganze Lager würde sich hier versammeln. „Wenn du aufstehen kannst, sollten wir die Sache besser in die Ratshütte verlagern."

Griffin nickte knapp und stand dann auf Amber gestützt auf, die ihn besorgt ansah. Er ließ sich von ihr führen, und als sie in der Hütte ankamen, sackte er auf einen der Stühle. Nachdem er noch einige Male tief durchgeatmet hatte, richtete er sich gerade auf.

Amber legte ihre Hand auf seine Schulter. „Was ist passiert? Du kannst unmöglich so schnell mit euren Anführern geredet haben und wieder zurückgeflogen sein."

„Ich bin gar nicht … bis zum Lager gekommen." Ein Hustenanfall schüttelte ihn. „Es sind etwa zwanzig Menschen mit Gewehren und anderen Waffen auf direktem Weg zum Adlerlager."

Finn rieb über seine Stirn. „Woher kennen sie den Standort des Lagers?"

„Sie folgen Melvin." Griffin sah ihn direkt an und wartete, bis sich die anderen etwas beruhigt hatten und er sich wieder verständlich machen konnte. „Ich habe mit ihm gesprochen. Er ist von den Menschen gefangen genommen und in eine Stadt gebracht worden. Letzte Nacht konnte er entkommen, und seitdem sucht er euch, um euch vor den Männern zu warnen. Sie scheinen vorzuhaben, euch zu vernichten. Allerdings hat Melvin euch nicht finden können und ist deshalb weitergezogen. Unabsichtlich ist er in die Nähe unseres Gebiets gekommen. Er hat die Richtung gewechselt, nachdem wir mit ihm gesprochen haben, doch die Menschen scheinen etwas bemerkt zu haben und gehen weiter direkt auf unser Lager zu."

Verdammt, Melvin hatte wirklich ein Talent dafür, sich und alle anderen Wandler in Gefahr zu bringen. Gut, vielleicht konnte er diesmal nichts dafür, aber das änderte nichts an der Situation. Finn drehte sich um. „Jamila, könntest du Conner Bescheid sagen, dass Melvin lebt?"

Griffin mischte sich ein. „Er ist erschöpft und hat etliche Prellungen, aber nichts Ernsthaftes, soweit ich das sehen konnte. Er hat mich gebeten, seinem Vater auszurichten, dass es ihm leidtut und er ihn liebt." Der Adlermann zögerte. „Allerdings sind ihm zwei Männer mit Waffen gefolgt und der Anführer hat ihnen aufgetragen, ihn zu erledigen."

Finn berührte Jamilas Arm. „Das Letzte sagst du Conner besser nicht."

„Ich habe es bereits gehört." Als Conners Stimme ertönte, drehten sich alle überrascht zu ihm um. Er sah furchtbar aus, wie er zusammengekrümmt und auf Fay gestützt in der Tür der Hütte stand, doch in seinen Augen glühte Entschlossenheit. „Und ich werde ihm folgen."

Fay protestierte sofort. „Das wirst du nicht. Du würdest keine hundert Meter weit kommen, und das weißt du genau."

Conner presste seine Zähne so fest zusammen, dass ein Muskel in seiner Wange zuckte. Finn erwartete, dass er darauf bestehen würde, doch schließlich wandte Conner sich an Griffin. „Danke, dass du hierhergekommen bist, um mir die Nachricht zu bringen."

Griffin neigte den Kopf, dann wandte er sich wieder an Finn. „Ich wollte euch bitten, uns zu helfen. Wir haben einige gute Kämpfer, aber gegen so viele Männer mit Waffen kommen wir nicht an. Wenn sie unser Lager entdecken …“ Der Adlermann brach ab, aber alle wussten auch so, was dann passieren würde.

„Wir werden darüber beraten.“

„Mehr kann ich nicht erwarten, besonders, nachdem meine Leute nichts mit euch zu tun haben wollten – ganz im Gegenteil.“ Sein Blick glitt zu Amber, die ihn immer noch berührte. „Ich kann euch nur bitten, die Entscheidung möglichst schnell zu treffen, denn die Männer werden jetzt schon sehr nah an unserem Gebiet sein, wenn sie in die Richtung weitergegangen sind.“ Unruhig bewegten sich die Muskeln in seinen Armen. „Ich muss zurück …“

Amber hielt ihn auf, als er sich erheben wollte. „Zuerst musst du dich etwas ausruhen, sonst wirst du den Rückweg nicht schaffen.“ Finn konnte die Entschlossenheit in ihrem Gesicht erkennen. „Und dann werde ich dich begleiten.“

„Nein!“

„Auf gar keinen Fall.“ Coyles Ruf kam zur gleichen Zeit wie Finns.

Finn hob die Hand, als Amber dagegen aufbegehren wollte. „Entweder schicken wir unsere Kämpfer dorthin oder niemanden. Auf gar keinen Fall werde ich zulassen, dass du dich dort alleine in Gefahr begibst, Amber. Und das ist mein letztes Wort.“

„Ich glaube nicht, dass du mir etwas befehlen kannst, Finn.“

Er senkte seine Stimme. „Solange ich der Ratsführer bin, kann und werde ich solche Entscheidungen treffen. Und du wirst dich danach richten, Amber.“

Griffin legte eine Hand auf ihren Arm. „Sie wird sich danach richten. Finn hat recht, es wäre viel zu gefährlich.“

„Ich bin nicht hilflos.“

Der Ausdruck in Griffins Augen war so zärtlich, dass Finn das Verlangen hatte wegzuschauen. „Das weiß ich, aber ich könnte es nicht ertragen, wenn dir etwas zustoßen würde."

Amber verzog den Mund. „Glaubst du, ich kann hier ruhig sitzen und Schneeflocken zählen, wenn ich weiß, dass du bewaffnete Menschen bekämpfen wirst?"

Eine Weile herrschte Schweigen, dann räusperte Finn sich. „Ich werde jetzt Kearne und die anderen Ratsmitglieder benachrichtigen, damit wir schnell eine Entscheidung treffen können. Jamila, könntest du bitte Griffin etwas zu trinken bringen und was er sonst noch braucht?" Auf ihr Nicken hin wandte er sich an Conner. „Du gehst bitte wieder ins Bett zurück, wir werden uns etwas überlegen, wie wir Melvin helfen können."

Conner neigte den Kopf und verließ schwer auf Fay gestützt die Hütte. Jamila folgte ihnen, und Finn wünschte, er hätte die Zeit, mit ihr zu sprechen. Stattdessen musste er den Rat irgendwie dazu bringen, den Adlerwandlern zu Hilfe zu kommen.

20

Amber ließ Griffin widerwillig los und folgte Jamila, Fay und Conner in die Hütte der Heilerin. Sie berührte Jamilas Arm. „Ich werde Griffin mit zu mir nehmen. Wenn du mir etwas gegen Muskelschmerzen und Erschöpfung geben könntest, brauchst du nicht extra deswegen zu kommen. Ihr habt hier genug zu tun."

Jamila blickte sie mit ihren grünbraunen Augen ernst an. „Natürlich." Rasch suchte sie die benötigten Dinge heraus und drückte sie Amber in die Hand. „Achte darauf, dass er genug trinkt, bevor er wieder losfliegt, er sieht nicht gut aus."

Amber nickte. „Danke." Rasch verließ sie die Hütte und lief zu Griffin, der noch in der Ratshütte saß. Finn und Coyle waren verschwunden, wahrscheinlich waren sie zu Finns Hütte gegangen, um das Vorgehen zu besprechen. Hoffentlich entschieden sie sich, den Adlern zu helfen! Die Vorstellung, dass Griffin alleine in solch einen Kampf ziehen könnte, ließ das Blut in ihren Adern gefrieren. Was auch immer Finn sagte, sie würde nicht zulassen, dass Griffin ihr genommen wurde. Nicht, wenn sie ihn gerade erst gefunden hatte.

Sie bemühte sich um ein Lächeln, als sie zu ihm trat. „Komm, gehen wir zu mir."

Griffin hob den Kopf. „Ich habe keine Zeit, Amber. Selbst wenn ich so schnell fliege, wie es mir möglich ist, werde ich nicht vor den Menschen beim Lager ankommen. Talon warnt die anderen, aber sie haben keine Möglichkeit, sich gegen Gewehre zu schützen."

„Und was soll es dann helfen, wenn du völlig erschöpft dort ankommst?"

Griffin neigte den Kopf zu den Dingen in ihrer Hand. „Ich hatte gehofft, dass die mich fit machen."

„Es sind keine Wundermittel, aber sie werden dir vielleicht ein wenig helfen." Amber reichte ihm eine Flasche. „Das hier ist ein Aufbautrank. Er schmeckt nicht sonderlich gut, dafür gibt er dir die verlorene Flüssigkeit und Energie zurück."

Griffin nahm einen Schluck und verzog den Mund. „Stimmt." Auf ihren Blick hin trank er weiter.

Währenddessen schraubte Amber einen Tiegel auf und begann die Salbe mit sanften Bewegungen in seine Schultern und Arme zu massieren. Griffin stöhnte unterdrückt auf, als sie eine besonders verhärtete Stelle erwischte. Die Zähne in die Unterlippe gegraben machte sie weiter. Als Nächstes kam seine Brust an die Reihe, seine Muskeln bewegten sich unter ihren Fingerspitzen, und sie hatte Mühe, die Berührungen unpersönlich zu halten. Es erinnerte sie zu sehr an die letzte Nacht und wie gut sich sein Körper unter ihrem angefühlt hatte.

Erschrocken zuckte sie zusammen, als sich plötzlich Griffins Hände um ihre Arme schlangen. Zögernd sah sie auf und begegnete seinem Blick. Ein dunkles Feuer schien in seinen braunen Augen zu lodern, die Haut spannte sich über seinen scharfen Gesichtszügen. Ihre Finger lagen auf seiner Brust, und sie konnte das schnelle Klopfen seines Herzens spüren. Entgegen besserem Wissen begann sie Griffin sanft zu streicheln. Seine Hände spannten sich um ihre Oberarme, dann ließ er sie los und schloss die Augen. Es lag ein solcher Ausdruck von Sehnsucht auf seinem Gesicht, dass sie sich einfach vorbeugen und ihn küssen musste. Bei der ersten Berührung ihrer Lippen erschauderte er, dann packte er sie an der Hüfte und zog sie auf seinen Schoß. Sie konnte die Hitze seiner Haut durch ihre

Kleidung spüren, genauso wie seine Erektion, die sich immer größer gegen sie presste. Mehr als alles andere wünschte sie sich, jetzt nackt zu sein und ihrem Verlangen nachgeben zu können, doch Griffin musste seine Kraft sparen und sie wollte ihn auch nicht zu lange aufhalten.

Sein Kuss wurde leidenschaftlicher, und für einen kurzen Moment ließ Amber sich in die Berührung sinken. Es konnte das letzte Mal sein, dass sie so mit ihm zusammen war ... Amber setzte sich ruckartig auf, Tränen schossen in ihre Augen. Sie legte ihre Hände um Griffins Gesicht und lehnte ihre Stirn an seine. „Versprich mir, dass du zurückkommst."

Griffin zog sie noch dichter an sich. „Nur der Tod könnte mich davon abhalten."

Die Tränen liefen über und tropften auf seine Brust. Die Vorstellung, dass Griffin in den nächsten Stunden sterben könnte, war unerträglich. Sie wusste, dass sie ihn nicht daran hindern konnte, seinen Leuten zu Hilfe zu kommen, aber sie wünschte, sie könnte dafür sorgen, dass er nicht verletzt wurde.

„Ich muss zu ihnen." Griffin schien ihre Gedanken zu erraten.

„Ich weiß. Und ich würde es auch nicht anders wollen." Sie stieß einen tiefen Seufzer aus. „Warum muss es nur gerade jetzt passieren, wo wir uns endlich gefunden haben? Vermutlich ist es selbstsüchtig, aber ich möchte, dass wir immer zusammen sind. Wir haben so viel Zeit verloren, jetzt habe ich das Gefühl, jede einzelne Sekunde nutzen und festhalten zu müssen."

Griffins Hand glitt durch ihre Haare. „Mir geht es genauso. Und es ist nicht egoistisch, sich so etwas zu wünschen." Mit seinen Daumen strich er die Tränenspuren von ihren Wangen. „Es war schon immer mein Wunsch, mit dir zusammen sein zu können, aber leider geht es nicht nur um uns, sondern auch um unsere Gruppen." Er richtete sich auf und rückte ein wenig ab. „Können wir später darüber reden? Ich muss jetzt los."

Amber nickte und grub ihre Finger in seinen Rücken. „Sei vorsichtig."

Griffin küsste sie sanft auf die Lippen. „Das werde ich."

Aber sie wusste, dass er trotzdem sterben konnte. Oh Gott, wie sollte sie ohne ihn weiterleben? Sie wollte schreien, fluchen und flehen oder ihn hier festbinden, damit er nicht in seinen Tod fliegen konnte, aber sie tat nichts von alldem. Stattdessen ließ sie ihn zögernd los und stand auf. Ihre Hände versteckte sie hinter dem Rücken, damit er nicht sehen konnte, wie sie sie zu Fäusten ballte, um ihn nicht festzuhalten.

„Hast du dich denn schon genug erholt?"

Griffin bewegte vorsichtig seine Arme und schnitt eine Grimasse. „Nein, aber es ist schon deutlich besser als vorher. Das muss reichen." Mit den Fingerspitzen strich er über ihre Wange. „Es kann sein, dass ich ein paar Tage fort sein werde."

Amber nickte. „Egal wann du kommst, ich werde auf dich warten."

„Danke." Sein Zeigefinger fuhr den Umriss ihres Mundes nach. „Vergiss nie, wie sehr ich dich liebe."

Amber wollte antworten, doch ihre Kehle war wie zugeschnürt. Griffin schien auch keine Antwort zu erwarten, denn er lächelte ihr nur noch einmal zu, trat vor die Hütte und verwandelte sich dann. Als er beinahe schwerfällig vom Boden abhob, steigerte sich ihre Angst um ihn um ein Vielfaches. Wie sollte er in diesem Zustand nicht nur den weiten Weg überstehen, sondern auch noch einen Kampf um Leben und Tod? Sowie er außer Sicht war, rannte sie los. Es war ihr egal, dass sie nicht Mitglied im Rat war, sie würde alles tun, um Finn und die anderen davon zu überzeugen, dass sie den Adlerwandlern helfen mussten.

Als Amber die Tür von Finns Hütte öffnete, legte er gerade das Telefon auf den Tisch. Kearne und Coyle standen in eine

Diskussion vertieft in der Mitte des Wohnzimmers. Bei Ambers Eintreten sahen sie auf. Verständnis lag in Coyles Augen, und Amber hatte Mühe, ihre Gefühle in Schach zu halten.

„Gibt es schon eine Entscheidung des Rates?"

„Amber ..."

Sie unterbrach Finn. „Ich möchte nur eine Antwort auf meine Frage. Ja oder nein." Ihre Fingernägel gruben sich in ihre Handflächen.

Finn seufzte. „Wir werden ihnen helfen, weil wir nicht zulassen können, dass Wandler in die Hände von Menschen fallen, aber wir werden unser Lager währenddessen nicht unbewacht lassen. Wer weiß, wie viele andere Menschen noch unterwegs sind, die unsere Abwesenheit nutzen würden."

Amber neigte dankbar den Kopf. „Etwas anderes habe ich auch nicht erwartet."

„Und ein Teil unseres Auftrags ist, Melvin zu suchen und dafür zu sorgen, dass er nicht wieder in die Hand der Verbrecher gerät."

Coyle mischte sich ein. „Ist Griffin noch hier?"

Stumm schüttelte Amber den Kopf.

„Mist, er hätte uns führen können." Finn blickte Amber durchdringend an. „Kannst du uns den Weg beschreiben?"

„Natürlich." Als er erleichtert aufatmete, fügte sie hinzu. „Aber ich werde es nicht tun."

Völlige Stille breitete sich im Raum aus, nicht einmal Atmen war mehr zu hören. Schließlich erklang Kearnes Stimme. „Was?"

Amber beachtete ihn nicht, sondern sah weiterhin Finn in die Augen. Er massierte sich mit zwei Fingern die Nasenwurzel und schien bereits zu ahnen, was sie sagen würde. „Ich werde euch führen. Und bevor ihr versucht, mir das auszureden, kann ich euch die Mühe ersparen. Entweder so oder gar nicht."

„Amber."

Sie wirbelte zu Coyle herum, von dem der Ausruf gekommen war. „Du würdest Marisa auch nie im Stich lassen! Ich kann euch versprechen, mich nicht in die Kämpfe einzumischen, aber ich muss dort sein." Bittend sah sie ihn an. „Ich würde verrückt werden, wenn ich hier warten müsste."

Coyle zog sie an sich. „Ich verstehe, warum du das tun willst, aber kannst du auch verstehen, dass wir dich schützen wollen?"

Amber legte ihre Hände auf seine Arme. „Ja, aber das ändert nichts an meiner Entscheidung. Und wenn wir nicht erst dort eintreffen wollen, wenn alles vorbei ist, müssen wir jetzt aufbrechen."

Coyle schloss für einen Moment seine Augen, Sorge überzog sein Gesicht. Dann nickte er. „In Ordnung. Torik ruft bereits die Wächter zusammen."

„Danke." Sie küsste ihren Bruder auf die Wange. „Kehrst du gleich zu eurem Haus zurück, oder bleibst du noch hier im Lager?"

„Ich komme mit zu den Adlern." Es lag ein so tödlicher Ausdruck in Coyles goldenen Augen, dass sie automatisch zurückzuckte.

„Aber ich dachte, Marisa ..."

Coyle unterbrach sie und drückte warnend ihren Arm. „Ich bin immer noch Teil dieser Gruppe und werde alles tun, um sie zu schützen." Seine Augen glitten zu Kearne, der hinter ihr stand.

Anscheinend wollte Coyle nicht, dass er von Marisas Problemen mit dem FBI erfuhr. Hätte Amber nicht so viel anderes im Kopf gehabt, hätte sie Marisa auch gar nicht in der Nähe des Ratsmitglieds erwähnt. Sie hatte nicht vergessen, dass Kearne dagegen gewesen war, Marisa nach Escondido zu schicken, um Kainda zu helfen. Es wunderte sie ohnehin, dass er zugestimmt hatte, den Adlern zu Hilfe zu kommen. Vielleicht war er aber auch überstimmt worden. Seine finstere Miene deutete das an.

Finn räusperte sich. „Nachdem das geklärt ist, übertrage ich dir für die Zeit meiner Abwesenheit die Ratsführung, Kearne. Ich zähle darauf, dass du die Gruppe beschützt."

Kearne nickte knapp. „Natürlich. Ich finde aber immer noch, dass du als Ratsführer hierbleiben solltest."

„Das würde ich auch tun, wenn wir nicht einen erschreckenden Mangel an Kämpfern hätten." Er strich durch seine zerzausten blonden Haare. „Ich werde zum Schutz des Lagers Falk und Keira hierlassen."

Die Art, wie er den Namen seiner Schwester aussprach, kam Amber komisch vor, und Keira tat ihr leid. Die Berglöwenfrau würde wütend sein, ausgeschlossen zu werden, obwohl sie eine fähige Wächterin war.

„Okay, wenn jetzt alles geklärt ist, treffen wir uns vor der Ratshütte." Finn sah Amber ernst an. „Ich erwarte, dass du dich an dein Versprechen hältst. Du machst keine Extratouren und bringst dich nicht in Gefahr."

Amber nickte schweigend. Sie hatte vor, ihr Versprechen zu halten, aber nur, solange niemand ihre Hilfe benötigte. Dann würde sie das tun, was ihr richtig erschien, auch wenn sie anders als Keira und die anderen keine ausgebildete Wächterin war. Unruhig verließ sie Finns Hütte. Sie war so tief in ihre Sorge um Griffin versunken, dass sie zusammenzuckte, als eine Hand sich auf ihre Schulter legte. Sie entspannte sich, als sie Coyle am Geruch erkannte.

„Er weiß, wie du für ihn empfindest, Amber."

Mit einem gequälten Lächeln sah sie zu ihm auf. „Und woher willst du das wissen?"

Coyle tippte mit einem Finger auf ihre Nase. „Es ist dir an der Nasenspitze anzusehen." Er wurde ernst. „Und die Tatsache, dass du bereit bist, den Adlerwandlern zu Hilfe zu kommen, obwohl sie dich so schlecht behandelt haben, ist ebenfalls ein deutliches Zeichen. Mom wird mich umbringen, wenn ich zulasse, dass dir etwas geschieht."

„Das wird sie nicht, und es ist allein meine Entscheidung. Sollte mir etwas geschehen, ist es ganz sicher nicht deine Schuld, Coyle. Du bist nicht immer für alles verantwortlich." Die Erinnerung an den Tod ihres Vaters hing beinahe greifbar zwischen ihnen. „Wenn wir diese Bedrohung überstehen, werde ich alles dafür tun, um mit Griffin zusammen sein zu können." Entschlossenheit schwang in ihrer Stimme mit, und sie sah mit neuer Klarheit, dass es keinen anderen Weg für sie gab. Der Adlerwandler war die Liebe ihres Lebens, und ohne ihn wollte sie nicht mehr sein.

Coyle legte seinen Arm um ihre Schulter. „Ich weiß. Und ich bin auf deiner Seite."

„Danke." Sie sah sich um, ob Kearne noch in der Nähe war. „Entschuldige, dass ich vorhin Marisa angesprochen habe, ich habe nicht nachgedacht."

„Kein Problem. Im Grunde ist es kein Geheimnis, aber ich hatte keine Lust, mich jetzt auch noch mit Kearne auseinandersetzen zu müssen."

„Hast du schon etwas gehört? Ist sie wieder zu Hause?"

Ein Muskel zuckte in Coyles Wange. „Nein."

„Ich verstehe nicht, warum sie Marisa nicht einfach in Ruhe lassen können. Sie würde doch nie jemanden ermorden."

„Hoffen wir, dass das FBI den Fehler bald erkennt."

Amber konnte die Sorge in Coyles Gesicht erkennen und drückte seine Hand. Im letzten Vierteljahr war so viel Schlimmes passiert, es wurde eindeutig Zeit, dass endlich wieder ruhigere Zeiten kamen. Sie konnte sich kaum noch daran erinnern, wie es war, nicht ständig Angst zu haben, dass sie entdeckt wurden. Warum hatte sie nie erkannt, wie glücklich sie sich schätzen konnten, so lange Zeit unentdeckt und in Sicherheit gelebt zu haben? Selbst wenn die bewaffneten Männer besiegt werden konnten, war es beinahe sicher, dass die Information über die Existenz von Wandlern noch irgendwo weiterverbreitet worden war. Wenn sie Glück hatten, würde niemand sonst Interesse daran haben, sie zu suchen, aber die Wahrscheinlichkeit war nicht besonders hoch.

Entschlossen schob Amber diese Gedanken von sich, als sie bei der Ratshütte ankamen. Einige der Wächter waren bereits versammelt, unter ihnen auch Keira. Als sie Finn sah, der Amber und Coyle gefolgt war, kam sie mit wütenden Schritten auf ihn zu.

Dicht vor ihrem Bruder blieb sie stehen. „Was soll das? Du weißt ganz genau, dass ich zu den erfahrensten und besten Kämpfern gehöre. Warum soll ich hierbleiben?" Keiras Stimme war leise, aber trotzdem scharf.

Amber stockte der Atem, als sie die Wut in Finns Blick sah. „Du denkst also, wir sollten das Lager schutzlos lassen?"

Keira stieß ein Schnauben aus. „Natürlich nicht. Aber es würde reichen ..."

Finn unterbrach sie. „Was reicht und was nicht, entscheide ich. Wenn du etwas entscheiden willst, werde Ratsführer. Bis dahin tust du das, was ich sage."

„Du ..."

Finn beugte sich so weit vor, bis sich ihre Nasen beinahe berührten. „Du solltest mich im Moment nicht weiter reizen, Keira. Ich könnte auch dafür sorgen, dass du gar nicht mehr zu den Wächtern gehörst. Während du hier deinen Dienst erledigst, solltest du dir genau überlegen, ob du nicht vielleicht etwas getan hast, wofür du dich bei mir entschuldigen möchtest, wenn ich wiederkomme."

Amber sah, wie Keira auf einen Schlag blass wurde. Jeder Kampfgeist wich aus ihr, und sie konnte ihrem Bruder nicht mehr in die Augen sehen. Es war erschreckend, die sonst so energische Berglöwenfrau beinahe in sich zusammenfallen zu sehen. Ohne ein weiteres Wort wandte Keira sich ab und ging davon. Der Ausdruck in Finns Augen, als er seiner Schwester hinterherblickte, war herzzerreißend. Was auch immer zwischen ihnen vorgefallen war, würde nicht so einfach verschwinden.

Als hätte sie Finns Kummer gespürt, tauchte Jamila plötzlich neben ihm auf. Während die anderen sich miteinander unterhielten, legte sie vorsichtig eine Hand auf seinen Arm, obwohl deutlich sichtbar war, wie gern sie ihn in die Arme geschlossen hätte. Wahrscheinlich traute sie sich nicht, es in aller Öffentlichkeit zu tun, und Amber hielt das für eine kluge Entscheidung. Die Gruppe war offensichtlich noch nicht bereit, eine offene Beziehung zwischen ihrem Ratsführer und der Leopardenwandlerin zu akzeptieren. Wobei jeder die Gefühle der beiden füreinander erkennen konnte, wenn er nur in ihre Augen blickte.

Jamila sah sich um, ob sie jemand beachtete, dann stellte sie sich auf Zehenspitzen und schob ihren Kopf zu Finns. „Ich möchte mitkommen. Ich kann gut kämpfen."

Finn spielte mit einer ihrer schwarzen Locken, die sich aus dem Zopf gelöst hatte. „Das weiß ich, aber du musst hierbleiben."

„Aber ich denke, ihr braucht jeden, den ihr kriegen könnt." Sie verzog den Mund. „Liegt es daran, dass ich eine Frau bin? Oder dass ihr mir immer noch nicht traut?"

Finns grüne Augen fingen Feuer. „Du weißt, dass ich dir vertraue. Du kannst nicht mitkommen, weil du als schwarze Leopardin zu sehr auffallen würdest. Die Menschen dürfen dich auf keinen Fall sehen."

Jamila senkte resigniert den Kopf. „Ich verstehe."

Sanft zog Finn sie an sich. „Ich vertraue darauf, dass du mithilfst, unser Lager zu beschützen. Während wir weg sind, ist es nur schwach bewacht und damit gefährdet."

„Ich werde es mit meinem Leben verteidigen, wenn es sein muss."

Amber konnte sehen, wie Finn mit sich kämpfte, und schließlich gelang ihm ein Lächeln. „Ich weiß." Seine Stimme war sanft, fast eine Liebkosung. „Sei bitte vorsichtig. Und halt dich möglichst von Keira fern, bis ich wieder da bin."

„Von deiner Schwester? Warum …?"

„Ich erkläre es dir, wenn ich zurückkomme, jetzt habe ich keine Zeit." Mit deutlich sichtbarem Widerwillen löste er sich von Jamila und richtete sich auf. Sein Blick traf Ambers, und eine leichte Röte stieg in seine Wangen. Anscheinend hatte er gedacht, das Gespräch wäre unbeobachtet geblieben.

Verlegen wandte Amber sich ab. Sie hätte nicht lauschen sollen. Auch wenn es im Lager schwierig war, etwas geheim zu halten, versuchte doch jeder, die Privatsphäre der anderen zu respektieren. Entschlossen trat sie zu Fay, der Coyle gerade das Satellitentelefon gab.

„Wenn Marisa anrufen sollte, sag ihr bitte, wo ich bin und dass ich bald zurückkomme. Und sag ihr …" Coyle zögerte kurz und atmete tief durch. „Sag ihr, dass ich sie liebe."

Fay lächelte ihn an. „Das werde ich. Und wenn diese ganze elende Sache erledigt ist, kannst du es ihr wieder selbst sagen."

„Darauf zähle ich." Mit einem flüchtigen Lächeln für Fay trat Coyle zu den Männern.

Fay sah ihm kopfschüttelnd nach. „Männer. Werden immer ganz nervös, wenn es um Gefühle geht."

„Wir etwa nicht?" Amber konnte die ironische Bemerkung nicht unterdrücken.

Fay seufzte tief. „Ich fürchte, wir sind nicht wirklich besser darin. Es ist eine Schande." Sie blickte Amber durchdringend an. „Du willst wirklich mit zum Adlerlager?"

„Ich muss."

Fay neigte den Kopf. „Ja, vermutlich. Ich habe einige Verbände, Salben und so weiter zusammengepackt, damit du sie mitnehmen kannst, falls jemand verletzt wird." Fay schnitt eine Grimasse. „Nicht falls, wenn. Bei Menschen mit Gewehren ist das fast zwangsläufig der Fall. Ich hoffe nur, dass sich niemand töten lässt."

Allein der Gedanke erhöhte Ambers Furcht. Sollte einem der Berglöwenwandler etwas geschehen, wäre es ihre Schuld, weil sie ihretwegen den Adlerwandlern beistanden.

Fay legte eine Hand auf ihren Arm. „Das habe ich nicht gesagt, damit du dich schlechter fühlst." Sie reichte Amber den Beutel aus Fell, den sie sich wie einen Rucksack aufsetzen konnte und der nicht auffallen würde, wenn sie sich verwandelte. „Du kannst mir glauben, wenn ich nicht hierbleiben müsste, würde ich auch lieber dabei sein und nicht auf Nachrichten von euch warten müssen."

„Das kann ich mir vorstellen." Amber umarmte sie rasch und begann dann sich auszuziehen, als sie sah, dass die Männer so weit waren. „Pass gut auf Lana auf."

„Mache ich."

Amber nickte ihr zu, schlüpfte in die Riemen des Rucksacks und verwandelte sich. Fay rückte den Rucksack zurecht und trat dann zurück.

Als Finn ihr zunickte, lief Amber los. Während sie in weiten Sprüngen durch den Schnee jagte, hatte sie nur einen Gedanken: Hoffentlich ging es Griffin gut.

21

Jennings warf einen weiteren Blick auf das GPS-Gerät und lächelte grimmig. Anscheinend glaubte Melvin wirklich, dass er sie in die Irre führen könnte. Aber das würde ihm nicht gelingen. Und selbst wenn Melodys Sohn tatsächlich nicht mal seine eigenen Leute wiederfinden konnte, war das nicht weiter schlimm. Durch den Sender, den er Melvin hatte implantieren lassen, während er betäubt war, wusste er immer, wo der Junge war. Jennings hob das Gesicht der Sonne entgegen. Weiterhin keine Wolke in Sicht, genau das, was er für seinen Angriff brauchte.

Seit er wusste, wer ihm Melody damals gestohlen hatte, war er fest entschlossen, sich zu rächen. Und die Berglöwen würden nicht den Hauch einer Chance haben, denn er war auf alles genauestens vorbereitet. Zuerst hatte er überlegt, nur nachts anzugreifen, aber da die Nachtsicht von Katzen deutlich besser war als die von Menschen, war er von diesem Plan wieder abgerückt. Er wollte den Viechern keinerlei Vorteil einräumen. Deshalb würde er auch dafür sorgen, das Revier der Berglöwen von der windabgewandten Seite zu betreten, damit sie seine Männer nicht schon frühzeitig wittern konnten. Dafür hatte er einen Scout engagiert, der ihn warnen würde, wenn sie den Berglöwen zu nahe kamen. Außerdem hatte er alle gezwungen, sich mit einer geruchsneutralen Seife zu waschen und keinerlei Aftershave oder Ähnliches zu benutzen.

„Boss!“ Der Scout tauchte neben ihm auf, den Jennings vorausgeschickt hatte, nachdem Melvin auf den Baum geklettert war und anschließend die Richtung gewechselt hatte. Es könnte immerhin sein, dass er bei der Gelegenheit seine Leute gewarnt hatte.

„Was ist?“

„Ich habe Spuren gesehen. Nicht im Schnee, aber unter einem Dickicht in der weichen Erde, die jetzt gefroren ist. Eindeutig die Fährte einer großen Raubkatze.“ Der Scout blickte ihn aufgeregt an. „War es das, was Sie gesucht haben?“

Jennings gestattete sich ein breites Grinsen. „Ja, das war genau das, was ich finden wollte.“

„Die Spuren führen direkt in die Richtung, in die wir gehen. Es scheint also, als wären wir auf dem richtigen Weg.“

„Es sieht ganz so aus. Gut gemacht.“ Er musste daran denken, dem Mann einen Bonus zu zahlen, wenn sie wieder zu Hause waren. Wer hätte schon daran gedacht, unter die Büsche zu gucken? „Was schätzt du, wie alt die Spur ist?“

„Genau kann ich es nicht sagen, unter einer Woche, würde ich sagen. Kurz bevor der Frost kam.“

„Okay, geh wieder vor und halt die Augen offen.“ Der Scout nickte und verschwand im Unterholz.

Eigentlich hätte Jennings nicht unbedingt einen Scout gebraucht, schließlich hatte er den Sender und auch Melvins Spur im Schnee, aber es war ihm wichtig gewesen, die ganze Sache wie eine richtige Jagd aussehen zu lassen. Außerdem konnte es nicht schaden, jemanden dabeizuhaben, der Spuren deuten konnte, wie sich gerade bewiesen hatte. Wäre die Fährte von heute gewesen, hätte er sich Sorgen gemacht, dass sie auf Widerstand treffen würden, aber wenn es sogar etliche Tage her war, seit sich hier ein Berglöwe herumgetrieben hatte, war die Wahrscheinlichkeit viel geringer, dass die Viecher besonders aufmerksam waren. Aber er würde die Möglichkeit natürlich nicht außer Acht lassen.

Nicht umsonst war er erfolgreich in seinem Import- und Export-Geschäft. Er hatte einen Riecher für Strömungen und wann er zuschlagen oder sich umorientieren sollte. Sogar seine Konkurrenten sagten das über ihn, eine Tatsache, die ihn mit großer Genugtuung erfüllte. Sein Geschäft war sein Leben, und er hatte nach Melodys Verschwinden seine ganze Energie hineingesteckt. Danach hatte er sich geschworen, nie wieder bei etwas, das er sich vorgenommen hatte, zu versagen. Das war ihm bisher gelungen, und er hatte nicht vor, es heute zu ändern.

Jennings wandte sich zu den Männern um, die hinter ihm stehen geblieben waren. „Okay, Leute, haltet die Augen offen, und sowie ihr seht, dass sich etwas bewegt, sagt ihr mir Bescheid. Es dürfte nicht mehr lange dauern, bis wir das Revier der Berglöwen erreicht haben. Ich will, dass ihr sie abknallt und auch alles andere, was dort noch so herumläuft. Diese Viecher mögen Menschenblut und sind äußerst gefährlich. Aber denkt daran, erst dann das Feuer zu eröffnen, wenn ich es euch sage, nicht früher."

Jennings achtete darauf, ob er in den Gesichtern Zweifel entdecken konnte, doch dort war nur Gleichgültigkeit oder Jagdhunger zu sehen. Sehr gut, das würde die Sache erleichtern. Er würde kein Zögern und Zaudern dulden, sondern forderte hundertprozentige Loyalität, und diese Männer schienen genau dazu bereit.

Sie hatten ohne Probleme seine Erklärung geschluckt, dass Jagdsaison herrschte und ein Rudel Berglöwen zur Strecke gebracht werden sollte, das bereits Menschen angegriffen hatte. Der ein oder andere mochte sich vielleicht fragen, warum Jennings so erpicht auf diese Jagd war, aber wahrscheinlich glaubten sie einfach, dass es für ihn um Nervenkitzel ging. Das war völlig in Ordnung, solange sie nicht herausfanden, dass es Gestaltwandler gab. Lee war da sehr deutlich gewesen. Niemand durfte von ihrer Existenz erfahren.

Blieb eigentlich nur die Gefahr, dass sich während des Kampfes einer der Berglöwen verwandelte, aber das war unwahrscheinlich. Das hatte Melvins Vater auch nicht getan, als er von Jennings und einem seiner Männer angegriffen wurde.

Mit einem zufriedenen Gefühl dachte Jennings an jene Nacht zurück. Melvin hatte er vorher betäubt, um ihn leichter abtransportieren zu können, aber den Mistkerl, dem seine Melody verfallen war, hatte er von den Prügeln aufwachen lassen, damit er genau wusste, wie er sterben würde. Doch die Wut und der Schmerz über Melodys Verlust waren nach dem Tod des Berglöwen nicht verschwunden, wie Jennings geglaubt hatte. Im Gegenteil. Der Hass schien sich noch vermehrt zu haben, und er wusste nicht, ob er sich je wieder legen würde. Vielleicht hatte Caruso recht, und er würde sich ganz darin verlieren, aber er konnte und wollte nichts dagegen tun.

Den Jungen hatte er zuerst auch töten wollen, aber als er dann dort in Menschengestalt vor ihm lag, hatte er es nicht gekonnt. Der Junge sah Melody so ähnlich. Aber das war nur ein Moment der Schwäche gewesen, und er hatte sich hinterher als Vorteil herausgestellt. Durch Melvins Hilfe würde er die Möglichkeit erhalten, auch den Rest der Berglöwengruppe zu vernichten. Eine gute Entscheidung also, die ihm bewies, dass er noch in der Lage war, klar zu denken.

Fay blickte Amber und den Männern hinterher, bis sie nicht mehr zu sehen waren. Wie von selbst presste sich ihre Hand auf ihr Herz. Sie hatte das furchtbare Gefühl, dass sie nicht mehr jeden von ihnen lebend wiedersehen würde. Nein, es sprach nur die Angst aus ihr, es würden bestimmt alle zurückkommen. Rasch wandte sie sich um und trat in ihre Hütte zurück.

Conner sah ihr aufmerksam entgegen, wahrscheinlich konnte er ihrem Gesichtsausdruck ansehen, worüber sie nachdachte. „Sie wissen, was sie tun." Seine sanfte Stimme klang beruhigend.

„Und deshalb werden sie plötzlich unverwundbar?" Sie senkte ihre Stimme, als Lana zu wimmern begann. Müde strich sie sich übers Gesicht. „Ich weiß, dass es nicht anders geht, aber ich wünschte trotzdem, sie müssten nicht kämpfen." Vor allem unbewaffnet und ohne große Erfahrung, weil sie bisher solchen Auseinandersetzungen immer aus dem Weg gegangen waren. Sie hatten nur ihre Zähne und Krallen, während ihnen Menschen mit Gewehren gegenüberstanden.

„Und ich wünschte, ich wäre bei ihnen." Conners leise Stimme durchbrach ihre Gedanken.

Allein die Vorstellung, Conner könnte in Gefahr geraten, brachte ihr Herz zum Rasen. „Bist du verrückt? Du kannst mit deinen Verletzungen nicht kämpfen!"

„Das ist auch der einzige Grund, warum ich jetzt nicht dort bin. Ich würde die anderen nur aufhalten." Sie konnte Scham in seinen Augen sehen.

Langsam ließ sie sich auf seine Bettkante sinken. „Es ist nicht dein Kampf, Conner."

„Nein? Noch gehöre ich zu den Wandlern, also ist es auch meine Pflicht, uns zu schützen. Mal ganz davon abgesehen, dass Melvin dort ist. Er ist mein Sohn und damit ist es auch meine Verantwortung. Ich hätte uns besser schützen müssen, stattdessen habe ich es zugelassen, dass diese Verbrecher ihn entführen und misshandeln. Ich war zu sehr davon überzeugt, dass uns niemand in den Wäldern finden würde." Seine Stimme brach. „Die Vorstellung, was Melvin erleiden musste, macht mich wahnsinnig. Und dass er jetzt auch noch ausgenutzt wird, um andere Wandler zu finden …"

„Es ist weder deine Schuld noch Melvins."

„Aber ich muss bei ihm sein, ich muss ihn beschützen. Wenn ich ihn auch noch verliere …“ Seine Augen wurden feucht.

Fay ergriff seine Hand und drückte sie. „Das wirst du nicht. Griffin hat doch gesagt, dass er zwar Prellungen hatte, sonst aber in Ordnung war. Melvin ist jetzt gewarnt und wird seinen beiden Verfolgern nicht in die Falle gehen. Du musst darauf vertrauen, dass er auf sich selbst aufpassen kann.“

Conner legte seinen Kopf auf das Kissen zurück und schloss die Augen. „Ich weiß.“ Seine Finger verschränkten sich mit ihren. „Ich bin nur froh, dass du noch hier bist.“

„Weil ich dir eine so gute moralische Unterstützung biete?“ Fay merkte, dass ihre Stimme scharf klang, aber sie konnte es nicht ändern. Sie hatte es satt, für alle immer nur die allmächtige Heilerin zu sein, die keinerlei Gefühle oder Sehnsüchte kannte.

Conners Augen flogen auf. „Was? Nein! Ich bin froh, weil ich, wenn du mit zum Adlerlager gezogen wärst, auch hätte mitkommen müssen, und das wäre vermutlich nicht gut ausgegangen.“

Erstaunt sah Fay ihn an. Obwohl er wusste, dass Melvin dort war, blieb er hier, aber wenn sie dort wäre, hätte er mitkommen müssen? Das konnte nur ein Missverständnis sein. Noch nie hatte Conner sie seinem Sohn vorgezogen, sicher würde er jetzt nicht damit anfangen.

Conner schien ihre Zweifel zu bemerken, denn er hielt sie fest, als sie aufstehen wollte. „Du glaubst mir nicht.“

„Es ist egal, ob ich dir glaube oder nicht, wir sind ja beide hier. Und jetzt muss ich mich um Lana kümmern.“ Ob Conner auch so deutlich hörte, dass es nur eine Ausrede war, um aus seiner Nähe zu entkommen?

„Jamila kümmert sich um sie. Ich will dich auch nicht lange aufhalten, aber ich möchte, dass du weißt, dass ich jedes Wort ernst gemeint habe.“ Er senkte die Stimme. „Du bist mir sehr wichtig, Fay, das warst du schon immer. Ich kann den Gedanken nicht ertragen, dass dir etwas zustoßen könnte." Sein Blick war beschwörend. „Ich weiß, dass du mir nicht glauben willst, aber ich möchte trotzdem, dass du die Wahrheit kennst. Ich wollte dich nie ausnutzen oder verletzen und es tut mir weh, dass ich es trotzdem getan habe. Wenn ich das alles rückgängig machen könnte, würde ich es tun, aber leider geht das nicht." Sein Blick wanderte zu Jamila, die mit dem Rücken zu ihnen stand und sich offensichtlich bemühte, kein Wort ihrer Unterhaltung zu hören, auch wenn das unmöglich war. „Vielleicht können wir in Ruhe darüber sprechen, wenn du irgendwann Zeit hast."

Fay schwieg. Wie sehr hatte sie sich immer gewünscht, dass Conner ihr erklären würde, warum er sie verlassen hatte. Aber was würde es bringen, wenn er es jetzt tat? Die Erklärung kam acht Jahre zu spät. Sie hatte ihr Leben fortgeführt und gelernt, ohne ihn zu leben. Als sie ihm in die hellbraunen Augen blickte, fragte sie sich, ob es tatsächlich so war oder ob sie einfach nur abgewartet hatte, bis er zurückkam. Sie hatte gearbeitet und vor sich hin gelebt. Weder hatte sie einem anderen Mann eine Chance gegeben, ihr näherzukommen, noch hatte sie wirklich mit dem Kapitel Conner abgeschlossen. Und beinahe jede Nacht hatte sie sich nach ihm gesehnt und gehofft, dass er zurückkommen würde. Entweder um dort weiterzumachen, wo sie aufgehört hatten, oder um ihr zumindest eine Erklärung dafür zu liefern, warum er gegangen war. Aber jetzt war er hier und zumindest im Moment auf sie angewiesen, sodass er nicht entkommen konnte. Jedenfalls nicht, bevor er wieder völlig gesund war.

„Wirst du wieder gehen?"

Schmerz trat in seine Augen, der so groß war, dass sie wünschte, sie hätte ihn nicht gesehen. „Ich muss Melvin zurückholen."

Trauer presste ihre Kehle zusammen. „Ich verstehe."

„Er ist mein Sohn, und solange er von der Gruppe ausgeschlossen ist, braucht er meine Hilfe." Bedauern lag in seiner Stimme. „Wenn es irgendwie möglich wäre, würde ich …"

Fay hob die Hand und brachte ihn damit zum Schweigen. „Ich meinte es ernst: Ich verstehe, warum du nicht hierbleiben kannst." Auch wenn sie wünschte, es wäre anders. Warum konnte sie Conner nicht einfach vergessen, wenn er doch so offensichtlich seinen Sohn ihr vorzog? Weil etwas in ihr sagte, dass er es wert war, ihn zu lieben. Sie war eine Idiotin. Mit einem Ruck löste sie ihre Hand aus seiner Umklammerung und wandte sich ab.

Wie oft wollte sie sich noch von ihm das Herz brechen lassen? Sie ärgerte sich, dass sie ihn wieder so dicht an sich herangelassen hatte.

„Fay …"

Sie blickte ihn kurz an, sah ihn aber nicht wirklich. „Ruh dich aus, damit du dich von deinen Verletzungen erholst. Umso schneller kannst du Melvin suchen." Und umso eher konnte sie damit beginnen, ihre Wunden zu lecken und wieder einmal zu versuchen, ihn zu vergessen. Nicht, dass sie das schaffen würde, aber vielleicht würde es ihr gelingen, sich damit abzufinden und ihre Ruhe wiederzuerlangen. Zufrieden mit dieser Entscheidung konzentrierte sie sich wieder auf ihre Arbeit. Sie trat neben Jamila, die sie kurz aufmunternd berührte, aber kein Wort über das verlor, was sich eben zugetragen hatte. Wenn sie die Leopardenwandlerin nicht vorher schon gemocht hätte, wäre es spätestens jetzt der Fall gewesen.

Fay spürte Conners Blick in ihrem Rücken, während sie sich über Lana beugte, doch sie zwang sich, sich nur auf ihre kleine Patientin zu konzentrieren. Es schien dem Berglöwenmädchen etwas besser zu gehen, aber noch war sie nicht über den Berg. Sie konnte jederzeit einen Rückfall erleiden und sterben. Der Gedanke trieb Fay den Schweiß auf die Stirn. Erwachsene

Patienten machten ihr schon genug Sorgen, aber ein Kind zu verlieren war das Schlimmste, was sie sich vorstellen konnte. Deshalb würde sie alles tun, was in ihrer Macht stand, um Lana zu heilen. Sie konnte nur hoffen, dass Lana sich wieder ganz erholen würde, damit sie zu ihrer Familie zurückkehren konnte. Und sie würde Conner so schnell wie möglich fit bekommen, damit er seinen Sohn suchen konnte. Es würde reichen müssen zu wissen, dass sie ihren Leuten geholfen hatte, alles andere war zweitrangig. Auch ihr eigenes Glück oder die Tatsache, dass sie zu einem Leben in Einsamkeit verdammt war. Was zählte das schon gegen einen Sieg über den Tod?

Mit jedem Meter, den die Spuren der Menschen tiefer in das Gebiet der Adlerwandler eindrangen, wuchs Griffins Furcht, was er am Ende vorfinden würde. Besonders da er immer noch nicht die Männer selbst sehen konnte, nur ihre Fußabdrücke im Schnee. Sie mussten inzwischen schon dicht beim Lager sein, vielleicht drangen sie gerade in diesem Moment dort ein.

Es war beinahe gespenstisch still im Wald, die Schneeschicht dämpfte sämtliche Geräusche, und die Tiere schienen sich zurückgezogen zu haben. Es war, als hielte die Welt den Atem an, bevor die Katastrophe losbrach. Und es konnte für die Adlerwandler eine werden, wenn nicht ein Wunder geschah. Nun war das eingetreten, was Griffin befürchtet und wovor er schon seit Jahren gewarnt hatte, doch er empfand keinerlei Genugtuung, dass er recht gehabt hatte. Im Gegenteil, er würde alles dafür geben, diesen Tag nie erleben zu müssen. Doch er hatte keine Wahl, wenn seine Gruppe angegriffen wurde, musste er helfen, sie zu schützen. Obwohl er in seinem erschöpften Zustand wahrscheinlich nicht viel ausrichten konnte.

Griffin glitt tiefer und landete auf dem Ast einer hohen Kiefer. So ungern er auch noch mehr Zeit verlor, musste er sich einen

Moment ausruhen. Von hier aus konnte er in der Ferne die Felswände sehen, in denen die Horste lagen, aber er war zu weit weg, um Details zu erkennen. Auf den ersten Blick wirkte alles ruhig, aber das konnte täuschen. Wenn die Menschen wirklich erwarteten, auf Berglöwen zu treffen und nicht auf Adler, hatten seine Leute einen geringen Vorteil. Entweder könnten sie versuchen, sich zu verstecken, und darauf hoffen, dass die Menschen weiterzogen, oder sie konnten einen Überraschungsangriff aus der Luft starten. Beides barg Risiken, aber wenn erst einmal Schüsse fielen, waren die Adler stark im Nachteil.

Als er sich unruhig bewegte, zuckte er vor Schmerzen zusammen. Seine Brustmuskeln brannten, und er konnte seine Flügel kaum noch heben, so schwer schienen sie. Bleierne Müdigkeit senkte sich über ihn, und er schaffte es nur mit äußerster Mühe, seine Augen offen zu halten. Wie leicht wäre es, jetzt einzuschlafen und sich die Ruhe zu nehmen, die sein Körper so dringend brauchte. Nur eine Minute …

Ein scharfer Knall hallte durch die Stille und schreckte Griffin auf. Sein Herz hämmerte in der Brust, Adrenalin spülte durch seinen Körper und gab ihm die Kraft, sich vom Ast abzustoßen und in die Luft zu steigen. Mit weit aufgerissenen Augen flog er so schnell auf das Geräusch zu, wie es ihm möglich war.

Jetzt konnte er auch die Adlerschreie hören, die schrill durch die Luft getragen wurden. Der Schuss schien das Signal für die Adler gewesen zu sein, offen anzugreifen, beinahe selbstmörderisch stürzten sie sich in den Kampf. Je näher Griffin kam, desto mehr Lärm füllte seine Ohren. Laute Flüche der Menschen hallten durch den Wald, als die kräftigen Klauen tiefe Wunden schlugen. Endlich erreichte er das Gebiet, in dem Menschen und Adler aufeinander losgingen. Mit sinkendem Herzen erkannte er, dass sie bereits nahe am Lager waren. Wahrscheinlich hatten die Wächter deshalb angreifen müssen, denn wenn es ihnen nicht gelang, die Verbrecher aufzuhalten, wären die anderen Adler und besonders die Jungtiere in den Horsten, die in Reichweite der Gewehrkugeln lagen, ihnen schutzlos ausgeliefert.

Vielleicht wären die Menschen einfach weitergegangen, ohne die Adler zu bemerken, aber die Gefahr, sie ins Lager eindringen zu lassen, war den Oberen vermutlich zu groß gewesen. Wenn sie schon so auf Ambers Anwesenheit im Gebiet reagiert hatten, wunderte es ihn nicht, wie viel heftiger sie auf Menschen mit Waffen reagierten. Aber selbst wenn sie die Männer für einige Zeit beschäftigen konnten, mit ihren Gewehren waren die Menschen eindeutig im Vorteil. Die Adler würden durch die ständigen Angriffe irgendwann müde werden, während die Menschen nicht mehr taten, als einen Abzug zu drücken. Selbst die Hoffnung, dass ihnen irgendwann die Munition ausgehen würde, erwies sich als unwahrscheinlich, als Griffin die Kisten sah, in denen scheinbar unendliche Mengen an Patronen und Magazinen lagen.

Mit der Wut der Verzweiflung stürzte er sich in den Kampf. Eine Kugel pfiff nur wenige Zentimeter an ihm vorbei, und er flog im Sturzflug auf den Mann zu, der auf ihn geschossen hatte. Er konnte die schreckgeweiteten Augen sehen, als der Schütze sich duckte, um den Klauen zu entkommen. Doch Griffin folgte der Bewegung und schlug seine Krallen tief in den Arm des Mannes. Er spürte, wie Muskeln und Sehnen rissen, und hörte den Mann schmerzerfüllt aufschreien. Zufrieden, einigen Schaden angerichtet zu haben, schoss er mit kräftigen Flügelschlägen wieder in die Höhe. Kurz konnte er Talon sehen, der einem Flüchtenden in den Wald folgte, und für einen winzigen Moment blühte in ihm die Hoffnung auf, dass sie es vielleicht schaffen konnten. Dann sah er, wie Fern, einer der Adlerwächter, von einer Kugel getroffen zu Boden stürzte. Der Schütze stieß einen Triumphschrei aus, der von den anderen Menschen aufgegriffen wurde.

Trauer und Wut stiegen in Griffin auf, als er das Blut um Ferns zertrümmerten Körper in den Schnee sickern sah. Er konnte nichts mehr tun, um ihm zu helfen, und es gab auch keine Zeit, ihn zu bergen. Aber er konnte ihn rächen. Mit einem hohen Kampfschrei, in den die anderen Adlerwandler einstimmten, legte er die Flügel dicht an den Körper und stürzte sich auf die Menschen.

22

Marisa stieß einen tiefen Seufzer der Erleichterung aus, als sie das bedrückende FBI-Gebäude verließ und in den blendenden Sonnenschein hinaustrat. Gegen die winterliche Kälte im kalifornischen Hochland war es hier angenehm warm, nur der Wind vom Pazifischen Ozean war recht frisch. Nach stundenlangen Befragungen fühlte sie sich ausgelaugt und hatte kaum noch die Kraft, einen Fuß vor den anderen zu setzen. Die Vorstellung, jetzt auch noch dreihundert Kilometer zurückzufahren, half auch nicht dabei. Aber übernachten wollte sie hier auf keinen Fall, sondern so schnell wie möglich nach Hause zurück, zu Coyle. Angus stieß ein Winseln aus. Sie beugte sich zu ihm hinunter und kraulte ihn hinter den Schlappohren.

„Ja, ich weiß, du vermisst ihn auch." Es beruhigte sie, in Angus' braune Augen zu blicken und ihre Finger in seinen warmen Fellfalten zu vergraben. „Wenigstens haben sie dich gut behandelt, ich hatte schon befürchtet, Bickson würde dich irgendwo anleinen und hungern lassen. Aber anscheinend hat er nur was gegen Menschen." Angus brummte zustimmend tief in der Kehle und brachte Marisa damit zum Lachen. Langsam richtete sie sich wieder auf. „Okay, beeilen wir uns lieber, ich muss unterwegs noch eine Telefonzelle finden, um Coyle anzurufen. Ich will nicht, dass sie mein Handy überwachen und wissen, mit wem ich telefoniere." Nicht, dass sie das nicht schon wussten, nachdem sie sämtliche Verbindungsdaten und Kontakte heruntergeladen hatten. Natürlich hatte sie Coyles Nummer nicht einprogrammiert, aber wenn sie ihre Gesprächsverbindungen abfragten, würde seine Nummer auftauchen. Nur gut, dass das Handy auf den Namen eines der Älteren angemeldet war. Und sie selbst würde sich auch ein neues Mobiltelefon zulegen, damit das FBI ihren Standort nicht über das Funksignal ermitteln konnte.

Tief in Gedanken ging sie zu ihrem Wagen, für den sie glücklicherweise auf der Straße vor dem Gebäude einen Parkplatz gefunden hatte. Sie zog es vor, hier in der Sonne, an einer belebten Straße, in ihr Auto zu steigen als irgendwo in einer FBI-Tiefgarage. Dann hätte sie nämlich noch länger die Gesellschaft eines der Agenten ertragen müssen, und das überstieg eindeutig ihre Kräfte. Noch jetzt hatte sie das Gefühl, dass jemand sie aus einem der bestimmt tausend Fenster im Gebäude beobachtete. Nach einem letzten Blick über die Schulter öffnete sie die hintere Wagentür und befahl Angus hineinzuspringen.

Der alte Bloodhound sah sie anklagend an und bewegte sich kein Stück.

„Was ist denn jetzt schon wieder los? Ich möchte endlich hier weg. Entweder steigst du jetzt ein, oder ich lasse dich hier." Was sie natürlich nie tun würde, aber Angus warf ihr nur einen beleidigten Blick zu und sprang dann auf die Rückbank.

Marisa schob leise die Tür zu und stieg auf der Fahrerseite ein. Lautes Knurren empfing sie. Genervt warf Marisa ihren Rucksack auf den Beifahrersitz und drehte sich zu Angus um. „Was ist denn jetzt schon wieder los?" Im letzten Moment hielt sie den Hund am Halsband fest und drängte ihn zurück, als er sich auf den Beifahrersitz schlängeln wollte. „Jetzt reicht es aber! Wenn du nicht Ruhe gibst, bekommst du nachher kein Leckerli. Und glaub nicht, dass du mich mit deinen Triefaugen wieder einwickeln kannst. Diesmal bleibe ich hart." Eventuell. Vermutlich eher nicht. „Ich möchte nur noch aus dieser Stadt raus. Wenn wir auf der anderen Seite der Bucht sind, machen wir eine Pause, und du kannst dir die Beine vertreten, in Ordnung?"

Angus schien sie gar nicht zu hören, sondern starrte wie gebannt auf den Beifahrersitz, die Nase witternd erhoben. Wahrscheinlich konnte er noch den Agenten riechen, der sie auf der Fahrt hierher begleitet hatte. Ein dumpfes Grollen drang aus seiner Kehle, und Marisa gab es auf. Sie hatte nicht mehr den Nerv, sich um die Befindlichkeiten ihres Hundes zu kümmern. Er würde sich schon beruhigen, wenn sie erst unterwegs waren. Meist fiel er sofort in einen tiefen Schlaf, sowie sich das Auto in Bewegung setzte.

Marisa ließ den Motor an und wartete, bis sie eine Lücke im Verkehr fand. Während sie sich einen Weg durch das Straßengewühl San Franciscos zur Oakland Bay Bridge suchte, warf sie immer wieder Blicke in den Rückspiegel. Sie hatte immer noch das Gefühl, verfolgt zu werden, konnte aber nichts Verdächtiges entdecken. Es beruhigte sie auch nicht, dass Angus nicht wie erwartet schlief, sondern immer noch aufrecht auf der Rückbank saß und ohne zu blinzeln auf den Beifahrersitz starrte. Als würde er denken, dass sich ihr Rucksack gleich in einen Knochen verwandelte. Kopfschüttelnd konzentrierte sie sich wieder auf die Straße. Sollte Angus doch starren, solange er nicht wieder versuchte, sich zwischen den Sitzen hindurchzuquetschen, oder sein Geknurre fortsetzte, war es ihr recht.

Als sie endlich auf die Brücke kam und sich der Stahl der oberen Ebene über ihr absenkte, atmete sie tief durch. Es gab ihr immer ein klaustrophobisches Gefühl, auf der unteren Ebene zu fahren, die für den Verkehr in Richtung Oakland reserviert war, und der Gedanke, dass die Autos, die nach San Francisco unterwegs waren, jetzt über ihrem Kopf entlangfuhren, machte es nicht besser. Deshalb zog sie die Golden Gate Bridge normalerweise vor, aber das wäre ein zu großer Umweg gewesen. Selbst wenn sie die kürzeste Route nahm, würde sie erst im Dunkeln zu Hause ankommen. Wenigstens drang die Sonne noch durch die Stahlträger, und dahinter konnte sie in der Tiefe das Wasser schimmern sehen. Sehnsüchtig blickte sie darauf, während sich der dichte Feierabendverkehr langsam über die Brücke wälzte. Unruhig trommelten ihre Finger auf das Lenkrad, und sie wünschte sich, es wäre jemand bei ihr. Jemand, der ihr auch antworten würde, wenn sie mit ihm sprach. Man sollte denken, sie hätte für einen Tag genug geredet, aber die Dinge, die sie die ganze Zeit hatte zurückhalten müssen, drängten sich auf ihrer Zunge. Mit ihrem Handballen drückte sie gegen ihre Stirn, hinter der sich Kopfschmerzen aufbauten.

„Wunderbar, ein perfektes Ende für diesen ätzenden Tag."

Angus antwortete natürlich nicht, dafür stellte sich sein Nackenhaar auf, und er begann, den Beifahrersitz anzukläffen.

Marisa schloss die Augen, riss sie aber schnell wieder auf, als sie sich daran erinnerte, dass sie Auto fuhr. „Wirklich, Angus, manchmal frage ich mich, warum ich mich mit dir Bettvorleger überhaupt noch abgebe. Bist du wohl still!"

Das Kläffen wurde zu einer sich wiederholenden Winsel-jaul-heul-knurr-Abfolge, und Marisa dachte einen Moment lang darüber nach, einfach aus dem Wagen zu springen. Das konnte auf keinen Fall schlimmer sein, als sich noch weitere dreihundert Kilometer lang Angus' Theater anzutun.

„Ich fürchte, er kann nichts dafür."

Marisas Kopf ruckte so schnell zum Beifahrersitz herum, dass ihr Genick protestierend knackte. Ein nackter Mann saß neben ihr, ihren Rucksack auf dem Schoß, als wäre es das Normalste der Welt. Vor Schreck trat Marisa auf die Bremse und verriss das Lenkrad, sodass der Wagen ins Schlingern kam. Um sie herum ertönten Hupen und sie kämpfte darum, das Auto wieder in die Spur zu bringen. Der Verkehr war zu dicht, als dass sie in eine der Notfallbuchten hätte ausweichen können. Sie war auf der mittleren Spur gefangen, bis sie von der Brücke herunter war.

„Fahren Sie einfach weiter, ich tue Ihnen nichts."

Die Stimme war leicht rau und passte gut zu dem harten Äußeren des Mannes, wie Marisa aus den Augenwinkeln feststellte. Es dauerte eine Weile, bis sie sich so weit unter Kontrolle hatte, dass sie sprechen konnte. Seit sie die Wandler kannte, hatte sie schon vieles erlebt und eigentlich geglaubt, es könnte sie nichts mehr erschrecken.

„Toller Trick. Wie kommen Sie in mein Auto?" Marisas Worte klangen zu ihrer Erleichterung nicht ganz so verängstigt, wie sie sich fühlte.

Der Mann gab einen Laut von sich, der bei jedem anderen ein Lachen hätte sein können. Sein Gesicht sah jedoch aus wie aus Stein gemeißelt. Zumindest wenn man von den Falten um die Augen absah, die ihn irgendwie ... zugänglicher wirken ließen. Er ging nicht auf ihre Frage ein. Stattdessen drehte er sich zu Angus um, der wieder zu kläffen begonnen hatte. Ein Blick genügte, und der Bloodhound zog sich mit einem Winseln zurück und legte seinen Kopf auf die Rückbank.

Marisas Herz klopfte bis zum Hals. „Den Trick müssen Sie mir unbedingt verraten." Als er nicht antwortete, warf sie ihm erneut einen vorsichtigen Blick zu. Wenigstens schien er keine Waffe bei sich zu haben, aber wer wusste schon, welche Fähigkeiten er sonst noch besaß. „Wer sind Sie?"

Er sah sie mit seinen rauchig grauen Augen ruhig an, die sich ständig zu verändern schienen. „*Was* ich bin, haben Sie schon erraten."

Konnte er auch ein Wandler sein? „Ich glaube schon. Aber Sie machen es ganz anders als die anderen." Das klang wirr, aber der Mann schien sie zu verstehen, denn er schüttelte leicht den Kopf.

„Nein, nicht wirklich. Sie haben mich nur vorher nicht gesehen. Und auch Ihre Freunde können mich nicht mit ihren

Sinnen wahrnehmen, wenn ich es nicht will." Sein Mund verzog sich zu der Parodie eines Lächelns. „Man könnte sagen, ich bin so etwas wie die Weiterentwicklung des alten Modells."

Marisa runzelte die Stirn. „Und wie kommen Sie auf mich?"

„Ich habe Sie in Escondido beobachtet. Ihre Loyalität ist beeindruckend." Er sah wieder aus dem Fenster.

Marisa kniff die Augen zusammen, während sie seine schlanke Gestalt betrachtete. Er war nicht so kräftig wie Coyle, aber hochgewachsen, und unter seiner Haut waren die Muskeln eines Ausdauersportlers zu erkennen. Die dunklen, zerzausten Haare umrahmten sein schmales Gesicht, und Marisas Gedächtnis stellte die Verbindung her. „Sie irren sich, was die anderen angeht. Torik hat Sie in Escondido bemerkt, sowohl bei Ryan Thornes Haus als auch beim Amt."

Diesmal wirkte sein Lächeln echter. „Beeindruckend."

„Ich war noch nicht fertig." Ihre Hände umklammerten das Lenkrad. „Sie sind der, der sich Ryan gegenüber als Detective Harken ausgegeben hat." Als er nichts dazu sagte, fuhr sie fort. „Sie haben Kainda gerettet. Dafür danke ich Ihnen."

Er hob die Schultern. „Ich konnte nicht zulassen, dass jemand auf sie aufmerksam wird."

Marisa hob die Augenbrauen. „Deshalb haben Sie auch Ryan gesagt, wie er Kainda finden kann?"

„Das habe ich gemacht, weil er einfach nicht aufhörte, in Escondido Fragen zu stellen, die zu einer Katastrophe hätten führen können. Das Gleiche galt übrigens für Sie."

„Wir konnten Kainda nicht im Stich lassen. Woher sollten wir wissen, dass nicht jemand mit finsteren Absichten sie aus dem Amt gestohlen hatte? Warum haben Sie ihr eigentlich nicht geholfen, als dieser Edwards in Ryans Haus eingebrochen ist? Dann hätte das Einschläfern doch vermieden werden können."

Harken setzte einen finsteren Gesichtsausdruck auf. „Weil ich zu der Zeit woanders war."

„Und wo …?" Marisa brach ab, als ihr ein Gedanke kam. „Sie sind uns nach Los Angeles gefolgt."

„Wie kommen Sie darauf?" Die unbeteiligte Art, mit der er die Frage stellte, zeigte ihr, dass sie recht hatte.

„Nennen Sie es Instinkt. Außerdem hatte Isabel das Gefühl, dass jemand in der Nähe war, aber Coyle konnte niemanden wittern. Aber verraten Sie mir lieber, warum Sie sich so für uns interessieren." Als er nicht antwortete, schlug Marisa mit der Faust auf das Lenkrad. „Wissen Sie, ich habe keine Lust, einen nackten Mann hier herumzukutschieren und zu riskieren, dass irgendjemand die Polizei ruft und ich noch mehr Befragungen über mich ergehen lassen muss, wenn ich dafür nicht als Gegenleistung ein paar Informationen bekomme."

Harken drehte seinen Oberkörper zu ihr, und sie hatte Mühe, weiterhin in sein Gesicht zu blicken. Wie von selbst glitt ihr Blick nach unten, und sie atmete scharf ein, als sie die Narben sah, die seine rechte Seite bedeckten. Abrupt wandte sie sich wieder der Straße zu und bremste ab, als sie erkannte, wie dicht sie auf ihren Vordermann aufgefahren war. Sie konnte Harkens Blick weiterhin auf sich spüren, aber sie weigerte sich, ihn noch einmal anzusehen. Wenn sie Mitleid mit ihm bekam, würde sie nie das erfahren, was sie wissen wollte.

Schließlich räusperte sie sich. „Auf dem Rücksitz liegt meine Winterjacke, ziehen Sie sie über."

„Mir ist nicht kalt."

„Das ist mir klar!" Marisa bemühte sich, ihre Stimme zu senken. „Aber es ist nicht normal, wenn jemand im Winter nackt Auto fährt, also bedecken Sie sich, damit wir nicht noch mehr Aufsehen erregen." Sie lächelte dem Autofahrer neben sich angestrengt zu, der neugierig in den Wagen blickte.

Glücklicherweise gehorchte Harken. Er nahm die Jacke vom Rücksitz und schob seine Arme in die Ärmel. Marisa atmete erleichtert auf, als er den Reißverschluss zuzog und nun für Vorbeifahrende halbwegs vernünftig angezogen wirkte.

„Ihr Gefährte hat Glück gehabt, dass er auf Sie gestoßen ist, als er Hilfe brauchte."

Überrascht über den Themenwechsel blickte Marisa zu ihm hinüber. Er schien es ernst zu meinen, deshalb antwortete sie ihm. „Und ich hatte Glück, ihm zu begegnen."

Diesmal war Harkens Lächeln echt, ein wehmütiger Ausdruck lag auf seinem Gesicht. „Auch wenn Sie dadurch so viel Ärger hatten?"

„Auf einiges hätte ich sicher verzichten können, aber wenigstens fühle ich mich jetzt wieder lebendig, mein Leben hat einen Sinn, und ich habe nicht nur jemanden, den ich liebe und der mich auch liebt, sondern auch viele nette … Leute kennengelernt." Beinahe hätte sie Wandler gesagt. Und warum erzählte sie ihm das überhaupt alles? Sie kannte ihn ja nicht einmal! Wahrscheinlich lag es an der Verletzlichkeit, die er gerade ausstrahlte. „Auch wenn ich mich wiederhole: Was wollen Sie von mir?"

„Ich wollte herausfinden, ob Sie dem FBI etwas über Ihre Freunde erzählt haben." Er hob die Hand, als sie auffahren wollte. „Aber mir ist klar geworden, dass Sie sie nie verraten würden. Selbst wenn das für Sie Unannehmlichkeiten bedeutet."

„Gut für Sie."

Harken lachte, ein rauer Laut, der klang, als hätte er nicht viel Übung darin. „Sie müssen ihn in den Wahnsinn treiben."

Ein Grinsen zupfte an Marisas Mundwinkeln. „Gelegentlich." Sie wurde ernst. „Aber lustig waren die letzten Tage nicht. Wenn wir nicht vorher Coyles Sachen aus dem Haus geschafft hätten, wäre es wirklich unangenehm geworden. Und das alles nur wegen dieser blöden Fingerabdrücke! Beim nächsten Mal trage ich Handschuhe."

„Noch besser wäre es, wenn Sie gar nicht mehr in die Nähe von Tatorten kommen würden."

„Glauben Sie, ich mache das absichtlich?" Ihre Stimme wurde schon wieder lauter. „Ich habe für mein Leben genug Tote gesehen, das können Sie mir glauben. Aber solange Coyle und seine … Freunde in Gefahr sind, werde ich alles tun, um ihnen zu helfen."

„Das weiß ich, und darauf zähle ich auch. Es gibt jemanden, der hinter den Wandlern her ist, und so wie es aussieht, ist er eine ernst zu nehmende Bedrohung."

Marisas Herz begann zu hämmern. „Wer? Warum?"

„Wenn ich das wüsste, hätte ich mich schon um das Problem gekümmert. Er versteckt sich hinter irgendwelchen Strohmännern, die für ihn die Drecksarbeit erledigen."

„Wie Edwards?"

„Ganz genau. Edwards sollte Stammheimer in Nevada beseitigen und die Beweise sichern. Da ihm das anscheinend nicht vollständig gelang, sollte er Kainda einfangen. Als auch das schiefging, war er wohl nicht mehr tragbar und wurde ermordet."

Ein Schauder durchlief Marisa. „Und jetzt wird der Unbekannte sich einen anderen suchen, der die Arbeit für ihn erledigt?"

„Ich nehme an, dass er schon jemanden gefunden hat. Und dass bereits alles in die Wege geleitet wurde, um einen neuen Versuch zu starten."

„Woher wollen Sie das wissen?" Ängstlich blickte Marisa ihn an.

Ein Muskel zuckte in seiner Wange, in seinen Augen schien etwas Goldenes zu lodern. „Ich spüre es."

„Dann unternehmen Sie etwas dagegen!"

Harken sah sie nur an. „Das kann ich nur, wenn ich weiß, was genau vor sich geht. Deshalb bin ich hier. Ich möchte, dass Sie alle Wandler warnen, die Sie erreichen können, und mir sofort berichten, wenn etwas geschieht."

„Wie kann ich Sie erreichen?"

„Haben Sie etwas zu schreiben?"

Marisa deutete auf den Rucksack. „Darin müsste ein Stift und ein Block sein."

Harken öffnete den Rucksack und suchte beides heraus. Aus den Augenwinkeln sah Marisa, dass er eine Nummer aufschrieb. „Wenn Sie diese Nummer anrufen, wird sich ein Anrufbeantworter einschalten. Sagen Sie nur Ihren Namen, und ich werde mich bei Ihnen melden. Was auch passiert, hinterlassen Sie nie irgendetwas, das auf unsere Existenz hindeuten könnte."

„Okay."

Harken stopfte alles wieder in ihren Rucksack zurück. Nach einem Blick aus dem Seitenfenster wandte er sich ihr wieder zu. „Ich muss jetzt gehen."

„Warten Sie! Wie heißen Sie wirklich?"

Ein schiefes Lächeln umspielte seinen Mund. „Es ist sicherer, wenn Sie das nicht wissen. Aber Sie können mich weiterhin Harken nennen, wenn Sie unbedingt einen Namen für mich brauchen."

„Am Ende der Brücke ist ein Parkplatz, da kann ich Sie rauslassen, wenn Sie wollen." Marisa wandte ihren Blick von der Straße ab, als sie keine Antwort erhielt. Der Beifahrersitz war leer. Hätte nicht ihre Jacke dort zusammengesunken gelegen, hätte sie geglaubt, sich das ganze Gespräch nur eingebildet zu haben. Auch Angus schien verwirrt zu sein, mit einem leisen Winseln richtete er sich auf und stützte seinen Kopf auf ihre Lehne.

Mit zitternden Händen umklammerte Marisa das Lenkrad und bemühte sich, ihren wild galoppierenden Herzschlag unter

Kontrolle zu bringen. Verdammt, sie hätte noch so viele Fragen gehabt, wie konnte der Kerl einfach verschwinden? Und erst recht auf so eine mysteriöse Weise! Sie hasste es, wenn sie die Lösung eines Rätsels nicht kannte. Wenn Harken oder wie auch immer er heißen mochte auch ein Wandler war, wieso verwandelte er sich dann nicht in ein Tier, sondern löste sich einfach in Luft auf?

„Eine Weiterentwicklung, hah! Wahrscheinlich hält er sich für den Mercedes unter den Wandlern. Dabei hat er es noch nicht mal geschafft, angezogen hier zu erscheinen. DAS wäre eine sinnvolle Weiterentwicklung, damit ich nicht immer einen halben Herzinfarkt bekomme, wenn ich so viel nackte Haut sehe." Ein Luftzug glitt über sie. Ohne hinzusehen, tastete Marisa mit der Hand über den Beifahrersitz. Anscheinend konnte er sich wirklich aus einem fahrenden, geschlossenen Wagen herausmaterialisieren und sich nicht nur unsichtbar machen. Sie wusste nicht, was sie verstörender fand. Vor allem wünschte sie sich, er hätte wenigstens einige ihrer vielen Fragen beantwortet. Zum Beispiel, wieso er glaubte, er könnte als Einzelner eine solche Bedrohung aufhalten. Aber nein, er musste natürlich im spannendsten Moment verschwinden. Typisch Mann.

Außer Atem blieb Melvin stehen und sah sich um. Sosehr er sich auch bemühte, er konnte die Menschen hinter sich nicht wittern. Entweder hielten sie sich immer noch außer Reichweite, damit er sie nicht entdeckte, oder sie waren ihm nicht gefolgt und stattdessen weiter in Richtung des Adlergebiets gezogen. Was er fast noch schlimmer fände, als wenn sie nur ihm folgten, denn er wollte die Adlerwandler auf keinen Fall in Gefahr bringen. Es wäre seine Schuld, wenn die Menschen auf ihr Lager aufmerksam wurden. Das schlechte Gewissen presste seinen Brustkorb zusammen, und er ließ den Kopf hängen. Wie hatte er so dumm sein können, überhaupt den Versuch zu unternehmen, das Lager seiner Gruppe zu finden? Es hätte ihm doch klar sein müssen, dass er sie damit nur noch mehr in Gefahr brachte. Besonders nachdem die Flucht so leicht gewesen war. Er hätte wissen müssen, dass Jennings ihn nur gehen ließ, damit er ihn zu den Berglöwenwandlern führte. Warum war er so arrogant gewesen, zu denken, ihm entkommen zu können? Aber wenigstens bei einer Sache hatte Jennings versagt: Conner lebte! Das Glücksgefühl, das ihn durchströmt hatte, als der Adler ihm die Nachricht überbracht hatte, war unglaublich gewesen. Egal was mit ihm selbst passieren würde, das Wissen, dass sein Vater an ihn glaubte und wusste, dass er nichts mit dem Angriff zu tun hatte, wärmte ihn und trieb ihn an. Und falls er es nicht schaffen sollte, dann konnte Conner wenigstens wieder im Lager leben und musste nicht mehr als Einzelgänger umherziehen. Noch eine Sache, an der Melvin die Schuld trug. Es war ein Wunder, dass sein Vater ihn nicht hasste.

Nachdem Melvin wieder etwas zu Atem gekommen war, kletterte er auf einen Baum und wartete auf dem höchsten Ast, der sein Gewicht gerade noch trug, auf seine Verfolger. Es dauerte nicht lange, bis zwei Männer in Sicht kamen. Einer hatte sein Gewehr nachlässig über die Schulter gehängt und rauchte eine Zigarette, der andere schien etwas wachsamer zu sein, aber es war deutlich, dass er sich so tief in der Wildnis nicht wohlfühlte. Unruhig sah er sich ständig nach allen Seiten um, als könnte sich plötzlich jemand neben ihm materialisieren.

„Ich verstehe nicht, warum wir hinter diesem Viech herlaufen sollen, während alle anderen Spaß haben. Warum knallen wir ihn nicht einfach ab und folgen den anderen?"

„Weil wir dann nicht herausfinden können, wohin er läuft. Hör endlich auf zu jammern, Carl, du gehst mir damit auf die Nerven. Als wenn es so toll wäre, Berglöwen abzuschlachten."

Carl warf seinen Zigarettenstummel in den Schnee und wandte sich zu seinem Kumpan um. „Warum bist du dann hier, wenn du ein Problem damit hast?"

„Wegen des Geldes, ganz einfach. Ich kann es mir nicht leisten, wählerisch zu sein, wenn ich weiterhin in Jennings' Diensten stehen will. Du weißt, was passiert, wenn wir nicht genau das tun, was der Boss uns aufgetragen hat." Er blieb stehen und sah sich unbehaglich um. „Spürst du das auch?"

„Was?" Carl fummelte bereits wieder an seiner Zigarettenschachtel.

Melvin duckte sich, so tief er konnte, damit sie ihn nicht im Baum entdeckten. Spätestens wenn die Spuren, denen sie folgten, endeten, würden die beiden Männer wissen, dass er in der Nähe war.

„Ich habe das Gefühl, dass uns jemand beobachtet."

„Du spinnst, hier ist niemand. Wir sind mitten in der verdammten Wildnis!" Carl sah seinen Mitstreiter angewidert an. „Wenn ich gewusst hätte, dass du so ein Schisshase bist, hätte ich Jennings gebeten, mir jemand anderen zuzuteilen." Er tastete seine Taschen nach einem Feuerzeug ab, während er eine Zigarette in der anderen Hand hielt.

Einer der Männer verunsichert, der andere abgelenkt – eine bessere Gelegenheit zuzuschlagen würde Melvin nie bekommen. Lautlos kletterte er im Baum tiefer, um sich eine gute Ausgangsposition auf einem der unteren Äste zu sichern. Er wartete, bis sie direkt unter ihm waren, bevor er mit einem gewaltigen Satz auf sie sprang. Hart prallte er auf die Rücken der beiden Männer und brachte sie damit zu Fall. Für einen Moment blieb Melvin die Luft weg, doch dann rappelte er sich wieder auf. Fluchend wälzten sich die Männer im Schnee, während sie versuchten, wieder auf die Füße zu kommen. Es dauerte eine Weile, bis sie verstanden, was passiert war. Carl versuchte, nach seiner Waffe zu greifen, doch sie war beim Sturz unter ihm gelandet. Sein Kumpan hatte etwas mehr Glück, schaffte es allerdings nicht, richtig zu zielen, bevor er abdrückte. Ein Schuss löste sich aus dem Gewehr, doch die Kugel schlug harmlos in den Stamm des Baumes ein.

Wut brach aus Melvin hervor, die er viel zu lange eingedämmt hatte. Mit einem lauten Fauchen griff er die Verbrecher an. Seine Pranke wischte den Gewehrlauf zur Seite, die Waffe rutschte dem Mann aus den nassen Händen und landete einige Meter entfernt im Schnee. Ein schmerzerfüllter Schrei ertönte, anscheinend hatte er auch die Hand des Verbrechers erwischt, aber das war ihm nur recht. Dann würde der Kerl es sich vielleicht zweimal überlegen, bevor er ihn angriff. Carl schien das dagegen noch nicht begriffen zu haben, er hatte ein langes Messer aus einer Scheide an seinem Gürtel gezogen und fuchtelte nun damit herum.

„Komm schon, du kleiner Scheißer! Du glaubst doch wohl nicht, dass ich Angst vor dir habe?“ Er hatte sich inzwischen auf die Knie hochgearbeitet, wirkte dadurch aber nicht wirklich bedrohlicher. Sein Gesicht war kalkweiß, und seine Augen huschten umher, als suchte er einen Ausweg aus dieser Lage.

Sein Kumpan stieß ein Wimmern aus und hielt die verletzte Hand gegen seine Brust gepresst. Von ihm war keine Gegenwehr mehr zu erwarten, deshalb konzentrierte Melvin sich auf das Großmaul. Der stieß seinem Freund einen Ellbogen in die Rippen. „Hör auf zu jammern und versuch an mein Gewehr zu kommen.“ Auch wenn er nur flüsterte, hatte Melvin keine Schwierigkeiten, ihn zu verstehen. Mit einem tiefen Grollen täuschte er einen Angriff von der rechten Seite vor, um dann im letzten Moment abzudrehen und Carls unbewachte Seite zu attackieren. Seine Zähne gruben sich in den fleischigen Oberarm, und er konnte den Knochen knirschen hören.

Er ließ los, als Blut sein Maul füllte. Angewidert spuckte er aus und beobachtete, wie Carl laut schreiend seinen Arm umklammerte. Das Messer hatte er fallen gelassen, und Melvin begrub es mit einer Pfote im Schnee. Zu mehr hatte er keine Zeit, denn Carl hatte sich wieder etwas erholt und versuchte, ihn mit Fußtritten auf Abstand zu halten. Melvin wich ein Stück zurück und beobachtete, wie der Verbrecher seine Kraft vergeudete. Da er keine Zeit zu verschenken hatte, beschloss Melvin, dem Trauerspiel ein Ende zu bereiten. Mit einem gewaltigen Satz übersprang er die Abwehrversuche und landete direkt auf den beiden Männern, die daraufhin mit einem deutlich vernehmbaren Knacken mit ihren Köpfen zusammenstießen und benommen liegen blieben.

Das war die Gelegenheit, auf die Melvin gewartet hatte. Er verwandelte sich, holte sich das Gewehr und schlug die Männer mit gut platzierten Schlägen des Kolbens gegen die Schläfe bewusstlos. Damit sie ihm nicht weiter folgen konnten, wenn sie wieder aufwachten, fesselte er sie mit den Riemen ihrer Rucksäcke an einen Baum. Anschließend verwischte er seine Fußabdrücke, hängte sich die beiden Gewehre über den Rücken und verwandelte sich zurück. Sollten sie sich doch fragen, wie ein Berglöwe sie gefesselt haben konnte, wenn sie wieder aufwachten. Er würde den Adlerwandlern sagen, wo sie die beiden Kerle finden konnten, und ihnen die Entscheidung überlassen, was mit ihnen geschehen sollte. Wichtiger war jetzt, dass er so schnell wie möglich dem Rest der Menschengruppe folgte, um sie wenn möglich noch aufzuhalten. Nach einem letzten Blick auf die bewusstlosen Männer lief er los.

23

Jamila blickte von ihrem Buch auf, in das sie ohnehin seit Stunden nur gestarrt hatte, ohne wirklich etwas zu sehen, als es laut an der Tür klopfte. Fay war vor einiger Zeit aufgebrochen, um im Wald nach Flechten für die Salbe zu suchen, und Conner war in einen unruhigen Schlaf gesunken. Rasch stand Jamila auf und legte das Buch zur Seite, doch noch bevor sie die Tür erreichte, wurde sie aufgestoßen, und Keira trat in die Hütte. Sie warf Jamila einen abschätzigen Blick zu und wandte sich dann um.

„Nun komm schon, es wird dir nicht gleich die Decke auf den Kopf fallen." Keiras schneidender Ton schien zu wirken, denn im nächsten Moment erschien ein nackter Mann hinter ihr, dessen Körper ausgemergelt wirkte. Seine dunkelblonden Haare fielen ihm in einer unordentlichen Masse bis über die Schultern. Sein Geruch sagte Jamila, dass er ein Berglöwenwandler war, aber da sie nicht wusste, welche Absichten er hegte, schob sie sich unauffällig vor Lana, um sie im Notfall schützen zu können.

„Fay ist im Moment nicht hier."

Keira blickte sie von oben herab an, keine Kunst, schließlich war sie bestimmt zwanzig Zentimeter größer als Jamila. „Das sehe ich."

Conner richtete sich mühsam auf einen Ellbogen auf. „Was ist los?"

Der fremde Wandler trat nervös von einem Fuß auf den anderen. „Ich will nach meiner Tochter sehen. Amber sagte, sie wäre vielleicht für einige Tage weg und …"

Die Anspannung wich aus Jamila, und sie trat zur Seite. „Du

musst Nolen sein.“ Ein knappes Nicken war seine einzige Antwort. „Lanas Fieber ist etwas gesunken, und sie scheint auch leichter zu atmen.“

Nolens Blick glitt zu seiner Tochter, und seine harten Gesichtszüge wurden etwas weicher. Zögernd ging er zu ihr und beugte sich über sie. Mit den Fingern strich er sanft über das zerzauste Fell. Tränen bildeten sich in seinen Augen.

Jamila hätte ihn gerne getröstet, erkannte aber, dass jede Berührung den Einzelgänger verscheuchen würde. Stattdessen zog sie sich so leise wie möglich zurück und verließ die Hütte. Draußen blickte sie in den strahlend blauen Himmel, der sich im Westen langsam rötlich färbte, und atmete tief durch. Amber war so sicher gewesen, dass Nolen nicht ins Lager kommen würde, weil er sich zu weit von der Gruppe und seinem menschlichen Teil entfernt hatte, und doch war er jetzt hier, aus Liebe zu seiner Tochter. Es erstaunte sie immer wieder, wozu die Liebe einen befähigte.

Sie spürte, wie Keira hinter ihr aus der Hütte trat, und drehte sich rasch um. Sie hatte Finns Warnung nicht vergessen, sich möglichst von seiner Schwester fernzuhalten, aber sie erinnerte sich auch an Keiras betroffenen Gesichtsausdruck, als er sie so hart anging. „Ich hoffe, es geht den anderen gut.“

Keira schien einfach weggehen zu wollen, blieb dann aber doch vor ihr stehen. Sie zuckte mit den Schultern. „Es sind gute Kämpfer.“

Jamila versuchte ein Lächeln. „Ja, das sage ich mir auch die ganze Zeit, aber es hilft nicht. Niemand ist unverwundbar, und wenn die Menschen Gewehre haben …“

„Anscheinend denkt unser Ratsführer, dass sie es schaffen können. Sonst hätte er mich nicht hiergelassen, um den Babysitter zu spielen.“

Ärger stieg in Jamila auf, aber sie bemühte sich, ruhig zu

klingen. „Du weißt, dass er das Lager gut beschützt wissen wollte. Sei doch froh, dass er dir so eine wichtige Aufgabe zuteilt."

„Ich verzichte auf solche Almosen! Ich bin seit zwölf Jahren Wächterin, ich habe es verdient, bei einem Kampf dabei zu sein. Nein, mein lieber Herr Bruder wollte mich einfach nur bestrafen, das ist alles." Es sollte vermutlich verächtlich klingen, aber an dem Zittern in Keiras Stimme erkannte Jamila, dass sie eher verletzt war.

„Warum sollte er dich bestrafen wollen? Du bist seine Schwester, und er liebt dich."

Keira stieß ein schnaubendes Lachen aus. „Hat er dir das gesagt? Wohl kaum. Halt dich doch einfach da raus und spiel weiter Mutter Theresa für unsere Kranken."

Jamila ballte die Hände hinter ihrem Rücken zu Fäusten. „Ich weiß nicht, was für ein Problem du hast, aber du solltest froh sein, dass du noch einen Bruder hast. Und den Rest deiner Familie und der Gruppe. Du hast keinerlei Vorstellung davon, wie es ist, wirklich allein zu sein."

Nach diesem Ausbruch schwieg Keira lange Zeit. In ihren dunkelgrünen Augen lag ein Ausdruck, den Jamila nicht deuten konnte. Schmerz? „Glaubst du?" Damit drehte sie sich um und verschwand zwischen den Bäumen.

Jamila stieß einen tiefen Seufzer aus und rieb mit den Fingern über ihre schmerzenden Schläfen. Wunderbar. Sie hätte auf Finn hören und Keira so weit wie möglich aus dem Weg gehen sollen. Stattdessen hatte sie es geschafft, sie sich noch mehr zur Feindin zu machen. Und sie womöglich sogar zu verletzen, was sie auf keinen Fall hatte tun wollen. Nun ja, jetzt war es nicht mehr zu ändern. Wenn Finn zurückkam, würde sie darauf bestehen, dass er ihr sagte, was zwischen ihm und Keira vorgefallen war, damit sie abschätzen konnte, ob sie die Situation noch verschlimmert hatte. *Falls* er zurückkam.

Nein, so durfte sie auf keinen Fall denken! Natürlich würde Finn zurückkommen, genauso wie die anderen Berglöwenwandler auch. Alles andere war nicht akzeptabel. Die Vorstellung, wieder jemanden zu verlieren, den sie liebte, war einfach unerträglich.

Jamila hatte keinen Zweifel mehr an ihren Gefühlen für Finn. Besonders nicht, seit er sie letzte Nacht in seiner Hütte so zärtlich geliebt hatte. Eigentlich hatte sie nur mit ihm gemeinsam essen wollen, auch um Fay und Conner die Gelegenheit zu geben, das zu klären, was unausgesprochen zwischen ihnen hing. Aber dann hatte Finn sie gebeten zu bleiben, und sie hatte sich ihrem Verlangen nach ihm nicht entziehen können. Durch die langen Monate, in denen sie ihn nicht hatte berühren dürfen, war sie so ausgehungert danach, dass sie sich kaum beherrschen konnte, sobald sie in seine Nähe kam. Und mit jeder Berührung nistete er sich tiefer in ihrem Herzen ein. Es wurde Zeit, dass sie ihm sagte, was sie für ihn fühlte. Sie wusste, dass er darauf wartete und die ganze Zeit befürchtete, sie würde ihn verlassen und nach Afrika zurückgehen. Natürlich sehnte sie sich nach der Landschaft dort und vor allem nach ihrer Schwester Kainda, aber ihr Zuhause war nun hier, bei Finn.

Das würde den anderen Gruppenmitgliedern nicht gefallen, und Jamila konnte nur hoffen, dass sie ihren Ärger nicht an Finn ausließen. Was, wenn er seinen Posten als Ratsführer verlor oder vielleicht sogar aus der Gruppe ausgeschlossen wurde? Sie würde ihn eher verlassen, als ihm zuzumuten, ohne seine Leute zu leben. Schließlich wusste sie, was es hieß, die eigene Familie zu verlieren. Jamila schauderte, als ein kalter Windstoß durch ihre Kleidung fuhr, und schlang ihre Arme um ihren Oberkörper.

So schön sie den Schnee auch fand, sie hatte es satt, ständig zu frieren. Vielleicht würde sie sich an das hiesige Klima gewöhnen, wenn sie länger blieb, aber sie befürchtete fast, dass ihre Physiologie einfach nicht darauf ausgelegt war, Temperaturen unter zehn Grad angenehm zu finden. Ein schwaches Lächeln glitt über ihre Züge, als sie sich daran erinnerte, dass Finn ihr versprochen hatte, sie immer zu wärmen.

Sie drehte sich zur Hütte um, als die Tür geöffnet wurde und Nolen heraustrat. Er wirkte ruhiger als zuvor, als hätte es ihn besänftigt, seiner Tochter nahe zu sein.

„Danke, dass du dich so gut um Lana kümmerst." Seine Stimme klang weniger berglöwenartig, seine Augen waren jetzt fast völlig Mensch.

„Das mache ich gerne. Es ist schade, dass Fay gerade nicht da ist, damit du mit ihr sprechen kannst. Sie müsste aber bald zurückkommen, vielleicht wenn du wartest …"

Nolen schüttelte bereits den Kopf. „Ich kann nicht. Ich muss zu meiner Gefährtin und unserem Sohn zurück."

„Das verstehe ich. Vielleicht beim nächsten Mal."

Nolen neigte den Kopf, bevor er sich verwandelte und rasch im Wald untertauchte.

Jamila verlor keine Zeit mehr und kehrte in die Hütte zurück, die ihr im Verhältnis zur Kälte draußen himmlisch warm vorkam. Conner sah ihr entgegen, und sie rang sich zu einem Lächeln durch. „Ich finde es wunderbar, dass Nolen gekommen ist, um seine Kleine zu sehen. Ich hatte schon befürchtet, dass sie sich vielleicht entfremden würden."

„Ja, Nolens Liebe zu seiner Tochter scheint stärker zu sein als der Drang in ihm, als Einzelgänger zu leben."

„Glücklicherweise. Wenn Griffin sie nicht hierhergeflogen hätte, wäre sie bestimmt innerhalb der nächsten Tage gestorben." Jamila ging zu Lana hinüber und legte ihre Hand auf das weiche Fell. „Sie ist noch so klein und schutzlos."

„Wie gut, dass sie dich und Fay hat, ihr würdet nie zulassen, dass ihr etwas geschieht." Conners Stimme wurde weicher, als er Fays Namen erwähnte.

„Das stimmt, zumindest soweit es uns möglich ist." Jamila beschloss, einen Versuch zu wagen. „Wenn du irgendwann mal mit Fay allein sein möchtest, kann ich in Finns Hütte gehen oder hier auf Lana aufpassen, während ihr euch zurückzieht."

Conner schnitt eine Grimasse. „Ist es so offensichtlich?"

Jamila lächelte ihn an. „Auch Leoparden haben eine Nase und Ohren. Und Augen im Kopf."

Röte stieg in Conners Ohren. „Ich möchte es Fay nicht noch schwerer machen. Aber du hast recht, irgendwann müssen wir reden, und deshalb nehme ich dein Angebot dankend an."

„Gib mir einfach ein Zeichen, wenn du so weit bist." Jamila hoffte nur, dass das Gespräch gut ausgehen würde. Wenn sie seinen Gesichtsausdruck richtig deutete, glaubte Conner nicht daran, dass es Fay glücklich machen würde. Und ihn selbst auch nicht. Warum musste nur immer alles so kompliziert sein?

Ambers Herz krampfte sich zusammen, als sie die Schüsse hörte. Sie waren zu spät, der Kampf schien bereits in vollem Gange zu sein. Der Wind trieb den Geruch von Blut und Tod in ihre Richtung, und Amber musste sich zwingen, nicht einfach kopflos loszurennen und Griffin zu suchen. Finn hatte ihr das Versprechen abgenommen, am Rand des Geschehens zu bleiben, und sie würde sich daran halten – zumindest solange nicht jemand ihre Hilfe brauchte. Sie war zwar im Kämpfen nicht so gut ausgebildet wie die Wächter, aber Coyle hatte ihr Dinge beigebracht, die bei einem Gegner einigen Schaden anrichten würden. Die hohen Adlerschreie schmerzten in ihren Ohren und erinnerten sie an ihre Flucht über die Klippen. Als sie an dem Tag vor den Adlern geflohen war, hatte sie nicht erwartet, so schnell wieder hier in ihrem Gebiet zu sein. Und schon gar nicht unter solch furchtbaren Umständen. Automatisch wurde Amber langsamer, bis sie schließlich stehen blieb.

Coyle tauchte neben ihr auf, und sie konnte seinem Blick ansehen, dass er genau wusste, was in ihr vorging. Mit der Flanke strich er an ihrer Seite entlang, wie er es schon als Kind getan hatte, wenn er sie beruhigen wollte. Sie hatten vorher besprochen, sich nicht mehr in Menschen zu verwandeln, sowie sie in die Nähe des Lagers kamen, um nicht Gefahr zu laufen, von jemandem gesehen zu werden. Zwar wusste der Anführer schon, wer oder vielmehr was sie waren, aber es zu hören und es auch wirklich zu sehen, waren zwei verschiedene Dinge. Außerdem konnte es sein, dass Jennings nicht alle eingeweiht hatte, je weniger, desto besser für sie. Amber stieß einen dumpfen Laut aus, den Coyle mit einem Neigen seines Kopfes beantwortete. Sie wünschte, sie könnte ihm noch einmal sagen, dass er auf sich aufpassen sollte, doch er schien auch so zu wissen, was sie ihm sagen wollte. Für einen kurzen Moment legte er seine Wange an ihre, dann sah er sich zu den anderen um und richtete sich auf.

Innerhalb von Sekunden hatte er sich vom liebevollen Bruder zu einem Kämpfer verwandelt. Seine goldenen Augen waren von heißer Wut erfüllt, jeder Muskel in seinem Körper schien angespannt. Auch die anderen Berglöwenwandler wirkten viel furchterregender als normalerweise. Mit einer Mischung aus Stolz und Angst ließ Amber ihren Blick über die Berglöwenmänner gleiten und fragte sich unwillkürlich, ob sie jeden von ihnen lebend und unversehrt wiedersehen würde. Es war ein wunderbarer Anblick, die Kämpfer nebeneinander zu sehen, von Finns beinahe weißem über Coyles von Rottönen durchsetztem bis zu Toriks von dunkelgrauen Fäden durchwirktem Fell waren alle Schattierungen vertreten. Finn gab den anderen ein Zeichen, und Amber konnte ihnen nur noch mit ängstlich hämmerndem Herzen nachsehen, als sie davonstoben. Langsamer lief Amber hinterher. Sie würde sich irgendwo in der Nähe ein Versteck suchen, von dem aus sie die Auseinandersetzung gut beobachten konnte. Wenn jemand ihre Hilfe brauchte, wollte sie zur Stelle sein, und sie hoffte, wenigstens einen Blick auf Griffin zu erhaschen, damit sie diese furchtbare Angst loswurde, dass er nicht mehr leben könnte.

Rasch erklomm Amber einen kleinen Hügel und blieb atemlos oben stehen. Direkt unter ihr fand der Kampf statt, von ihrem Standort aus konnte sie alles überblicken. Übelkeit wühlte in ihrem Magen, als sie die großen Blutlachen im Schnee sah und mehrere Adler und auch Menschen, die reglos auf dem Boden lagen. Am Rande des Getümmels konnte sie unauffällige Bewegungen sehen, als die Berglöwenwandler dort ihre Positionen bezogen. Gleich würden sie sich den Gewehren aussetzen, ohne jeden Schutz. Sicher, sie waren schnell, und wenn sie dicht genug an die Menschen herankamen, konnten sie es mit ihnen aufnehmen, aber es brauchte sie nur jemand zu früh zu entdecken, dann waren sie den Kugeln hilflos ausgeliefert. Das durfte einfach nicht geschehen! Aber Amber konnte nichts tun. So schwer es ihr auch fiel, sie musste hier bleiben.

Noch immer griffen die Adler die Menschen an, ihre Schreie klangen aus der Nähe noch viel durchdringender, sodass Amber wünschte, sie hätte Hände, mit denen sie sich die Ohren zuhalten konnte. Wäre es bei diesem Kampf nicht um Leben und Tod gegangen, hätte sie sogar die Gelegenheit genossen, die teilweise akrobatischen Flugeinlagen der Adler zu beobachten. Trotz ihrer Größe bewegten sie sich beinahe schwerelos durch die Luft und konnten innerhalb von Sekundenbruchteilen den Geschossen ausweichen, die die Männer auf sie abfeuerten. Wie gebannt beobachtete Amber die Raubvögel, während sie versuchte, Griffin zu entdecken. Er musste dabei sein, denn er würde den Schutz ihres Lagers sicher nicht den anderen überlassen, selbst wenn die Oberen ihn eigentlich loswerden wollten. Aber wie sollte er in seinem erschöpften Zustand einen solchen Kampf überstehen? Schon bei seiner Landung im Berglöwenlager war deutlich sichtbar gewesen, wie sehr ihn die Kraftanstrengung mitgenommen hatte, und danach war er die ganze Strecke noch einmal zurückgeflogen.

Ohne dass Amber es wollte, glitt ihr Blick zu den leblosen Körpern am Boden. Hatte er es nicht mehr geschafft einer Kugel auszuweichen und war bereits tot? Amber begann zu zittern, ihre Kehle schnürte sich bei der Vorstellung zu, ihn für immer zu verlieren, nie wieder in seine warmen braunen Augen blicken zu können oder das sanfte Lächeln zu sehen, das er nur ihr zu zeigen schien.

Sie presste die Pfote gegen ihre Schnauze, um zu verhindern, dass der Schrei hervorbrach, der sich dort aufgestaut hatte. Mit einem dumpfen Laut schlug etwas in den Stamm des Baumes, hinter dem sie sich versteckte. Amber duckte sich automatisch tiefer, als sie erkannte, dass die Männer wahllos umherschossen, in der Hoffnung, einen der Adler zu treffen, und dass es ihnen anscheinend egal war, wen sie dabei sonst noch verletzten. Die Adler konnten mit ihren Klauen und Schnäbeln einigen Schaden anrichten, aber um einen Menschen zu töten, benötigten sie vermutlich mehr Zeit, als sie bei ihren Sturzangriffen hatten.

Ambers Körper spannte sich an, als sie sah, wie die Berglöwen sich lautlos den Menschen näherten. Auch die Adler hatten sie bemerkt und ihr Angriffsverhalten angepasst. Mit ständigen Scheinangriffen und lauten Schreien lenkten sie die Männer ab, sodass sie die Raubkatzen erst bemerkten, als sie von ihnen angegriffen wurden. Von oben sah es wie der Teil einer ausgefeilten Choreographie aus, in der die Berglöwen gleichzeitig die ihnen am nächsten stehenden Männer ansprangen und zu Fall brachten, während die Adler die Menschen angriffen, die zu weit entfernt gewesen waren, damit sie nicht versuchten, ihren Kumpanen zu helfen. Für einen Moment herrschte gespenstische Stille, bevor mehrere Gewehre beinahe gleichzeitig abgefeuert wurden.

Das Krachen schmerzte in Ambers Ohren, aber sie ignorierte es, während sie wie gebannt auf die Kämpfenden starrte. Es war merkwürdig zu sehen, wie sich Menschen und Tiere verbissen bekämpften, obwohl sie doch eigentlich alle Menschen waren. Zumindest ein Teil von ihnen.

Amber zuckte zusammen, als sie in der Hand eines am Boden Liegenden Stahl aufblitzen sah. Das Messer ruckte hoch und sank tief in Toriks Seite. Er stieß ein wütendes Fauchen aus und schlug seine Zähne in die Kehle des Mannes. Automatisch schloss Amber die Augen, riss sie aber sofort wieder auf. Das Mindeste, was sie tun konnte, war, den Kampf zu beobachten und ihren Leuten oder auch den Adlern im Notfall zu helfen.

Hilflos sah sie zu, wie einer der Menschen einen Adler abschüttelte und seine Waffe auf Coyle richtete. Nein! Ein lauter Adlerschrei ertönte, und der Mann fuhr zu dem neuen Angreifer herum. Ambers Herz blieb stehen, als sie Griffin erkannte. Er lebte! Ihre Freude verwandelte sich in Entsetzen, als der Mensch zielte und abdrückte. Griffin versuchte auszuweichen, doch eine Kugel traf ihn, durch die Wucht des Geschosses wurde er zurückgeschleudert und stürzte zu Boden. Schnee stob auf, als er hart aufkam.

Mit angehaltenem Atem beobachtete Amber ihn, doch er rührte sich nicht mehr. *Nein!* Der Mann sah ebenfalls zu ihm hinüber und lachte dann auf. Schließlich drehte er sich wieder zu Coyle um, doch der befand sich bereits im nächsten Zweikampf. Amber konnte nicht länger stillsitzen, sie musste zu Griffin. Von hier aus konnte sie nicht erkennen, ob er noch lebte, sie wusste nur, dass er viel zu still im Schnee lag. Sie musste zu ihm, egal wie. Und wenn ihr jemand in den Weg kam, würde er sich wünschen, nie geboren worden zu sein!

Geduckt lief sie den Hügel hinunter und versuchte, sämtliche Männer im Auge zu behalten. Derjenige, der auf Griffin geschossen hatte, wurde von den anderen Adlern fortgelockt, sodass Amber sich nicht mit ihm auseinandersetzen musste. Für einen Moment traute sie sich nicht, Griffin aus der Nähe anzusehen, doch dann legte sie die letzten Meter zurück, hockte sich neben ihn und entfernte vorsichtig mit der Pfote den Schnee von seinem Körper. Ihr Herz zog sich zusammen, als sie seinen zerstörten Flügel sah. Aber wenigstens schien die Kugel nicht seinen Körper getroffen zu haben. Zaghaft berührte sie ihn mit der Nase und atmete erleichtert auf, als sie ein Flattern in seiner Brust spürte.

Amber überlegte, Verbände aus ihrem Fellrucksack zu holen, aber sie wollte nicht, dass die Männer darauf aufmerksam wurden. So tat sie das Einzige, was ihr einfiel: Sie begann, die Wunde zu lecken. Hoffentlich wirkte es bei einem Adlerwandler genauso wie bei Berglöwen. Vorsichtig strich sie mit ihrer rauen Zunge über sein Gefieder, damit sie nicht noch mehr Schaden anrichtete. Tränen traten in ihre Augen, als sie das Ausmaß der Zerstörung sah. Seine Flugfedern waren verschwunden oder gebrochen, die Kugel war durch den festen Teil des Flügels geschlagen. Sie sah auf, als sie eine Bewegung spürte, und versank in Griffins Augen. Sie konnte den Schmerz in ihnen sehen, aber auch seine Entschlossenheit. Er konnte zwar nicht mit ihr sprechen, doch sie ahnte, was er ihr sagen wollte: Sie sollte ihn alleinlassen und sich in Sicherheit bringen. Aber das würde sie nicht tun, solange er hier hilflos lag. Mit dem Flügel würde er nicht mehr wegfliegen können, und zu Fuß mit der Verletzung durch den hohen Schnee zu entkommen war unmöglich. Wenn er hier liegen blieb, würde er erfrieren, verbluten oder von einem der Männer getötet werden. Das würde sie nicht zulassen!

Für einen Moment schmiegte sie ihre Wange an Griffins Hals, dann schloss sie sanft ihre Zähne um seinen Körper. Sie spürte, wie er zusammenzuckte, aber er versuchte nicht, sich zu befreien. Vertrauen lag in seinen Augen und gab ihr die Kraft, das zu tun, was nötig war. So vorsichtig, wie es ihr möglich war, hob sie ihn hoch. Es tat ihr weh zu sehen, wie die Spitze seines Flügels durch den Schnee schleifte, aber solange er ihn nicht an seinen Körper ziehen konnte, war der Flügel länger als Ambers Beine. Besonders wenn sie durch den Schnee stapfen musste. Sie konnte sich nur vorstellen, welche Schmerzen Griffin haben musste, und hoffte, dass er bald das Bewusstsein verlor. Schlug sein Herz viel zu schnell, oder war das bei einem Vogel normal? Woher sollte sie wissen, ob sie das Richtige tat? Ihr Instinkt sagte ihr, dass sie ihn wegbringen musste, aber was, wenn sie ihn damit nur noch mehr verletzte oder vielleicht sogar tötete?

„Ich glaub es nicht, versuchst du gerade, dir eine Mahlzeit zu sichern?" Ein unangenehmes Lachen ertönte hinter ihr. „Ich hätte nicht gedacht, dass ihr das nötig habt. Du gehörst doch zu diesen Missgeburten, oder?"

Amber ließ Griffin in den Schnee gleiten und drehte sich langsam um. Hinter ihr stand ein großer Mann mittleren Alters, das Gewehr beinahe nachlässig in einer Hand. Seine blonden Haare waren vom Wind zerzaust, und seine blauen Augen blitzten, als fände er die ganze Sache lustig. Vergeblich suchte sie in seinem gut aussehenden Gesicht nach ein wenig Menschlichkeit. Unauffällig schob sie sich so zwischen Griffin und den Menschen, dass sie ihn mit ihrem Körper schützen konnte, sollte der Mann anfangen zu schießen.

„Ich frage mich nur, wie ihr die Viecher dazu gebracht habt, uns anzugreifen. Es war doch klar, dass sie nicht lange gegen Gewehre bestehen können. Genauso wenig wie ihr übrigens."

Amber verengte die Augen und stellte sich vor, wie sie ihn

ansprang und ihre Zähne und Krallen tief in seinen Körper schlug. Es konnte gelingen, wenn sie schnell genug war. Bis er das Gewehr oben hatte, würde sie die paar Meter überwunden haben und ihn daran hindern zu schießen.

Als hätte er ihre Absichten erahnt, lachte er wieder. „Komm schon, versuch es ruhig." Er hängte das Gewehr über seine Schulter und zog ein Messer hervor. „So ist es auch viel interessanter."

Suchend sah Amber sich um, aber es war keiner der anderen Berglöwen in der Nähe. Wie sollte sie den Mann besiegen, wenn er ein Messer hatte? Vor allem, was würde mit Griffin geschehen, wenn sie nicht mehr lebte? Sosehr sie den Verbrecher auch anfallen wollte, es wäre nicht klug gewesen, das zu tun. Zumindest nicht zu seinen Bedingungen. Aber vielleicht konnte sie ihn von Griffin weglocken …

Schon wieder schien er ihre Gedanken zu erraten. „Glaub nicht, dass du mir entkommen oder mich täuschen kannst. Ich habe keinerlei Bedenken, dich einfach über den Haufen zu schießen, wenn es sein muss. So wie ich es auch mit Melvin machen werde, wenn ich hier fertig bin. Der Junge hat seinen Zweck erfüllt, und ich habe keine Verwendung mehr für ihn."

Amber fixierte den Mann. Durch seine Bemerkung war sie fast sicher, dass er dieser Jennings war, den Melvin gegenüber Griffin erwähnt hatte. Der Kerl musste unbedingt erledigt werden, damit er nicht noch weitere Wandler in Gefahr brachte. Doch es war niemand in der Nähe, sie würde es selbst tun müssen, bevor er noch jemanden tötete, verletzte oder ihre Existenz verriet. Sie war erstaunt, wieviel Hass sie jemandem gegenüber empfinden konnte, den sie noch nie zuvor gesehen hatte. Bisher hatte sie sich für friedfertig gehalten, doch jetzt wollte sie Blut sehen. Ein dumpfes Grollen stieg aus ihrer Kehle, das sie selbst überraschte. Der Mann riss die Augen auf und trat automatisch einen Schritt zurück. Doch er fing sich sofort wieder und steckte das Messer weg.

Bevor sie sich bewegen konnte, hatte er das Gewehr in der Hand. „Okay, der Spaß ist vorbei. Ich habe keine Zeit, darauf zu warten, dass du dich entscheidest, wie du sterben willst. Also machen wir es auf meine Art.“ Er senkte den Lauf des Gewehrs, bis er direkt auf Amber zielte. „Du kannst dich freuen, ich mache es kurz und schmerzlos.“

Hilflos sah Amber zu, wie sich sein Finger um den Abzug krümmte. Sie wünschte, sie könnte Griffin noch sagen, was sie für ihn empfand. Als der Knall ertönte, schloss sie die Augen und bereitete sich auf den Schmerz vor. Es dauerte einige Sekunden, bis sie erkannte, dass sie nicht getroffen war. Erschrocken riss sie die Augen wieder auf und sah Griffin an. Doch auch er hatte keine Kugel im Leib, sondern lag still da und blickte sie an. Langsam drehte sie sich um und atmete scharf ein. Der Verbrecher lag mit dem Rücken nach oben im Schnee, der sich rasch rot färbte. Was war geschehen? Geduckt blickte Amber in die Richtung, aus der der Schuss vermutlich gekommen war. Ihr Blick wanderte den Hügel hinauf, den sie gerade hinabgelaufen war, um zu Griffin zu kommen, und dort stand, an einen Baum gelehnt, ein nackter Mann, ein Gewehr im Anschlag. Melvin! Sein bleiches Gesicht wirkte wie erstarrt, seine Blässe wurde noch durch die bläulich schimmernden Prellungen hervorgehoben. Auch wenn sie sich fragte, wie er hierherkam und woher er die Waffe hatte, war sie einfach nur froh, dass er im richtigen Moment aufgetaucht war und sie gerettet hatte. Sie neigte den Kopf in seine Richtung und wandte sich schließlich wieder Griffin zu.

Seine Augen waren geschlossen, und er lag still da. Das Blut hatte sich durch seine Bewegungen im Schnee verteilt, zerfetzte Federn säumten es. Er war tot! Amber ließ sich neben ihn fallen und berührte ihn sanft mit der Nase.

Die Bewegung seiner Brust war fast unmerklich, doch sie war da. Tief atmete Amber seinen Duft ein. Ja, er lebte noch, und sie würde dafür sorgen, dass es so blieb. Nachdem sie überprüft hatte, dass sie diesmal auch wirklich niemand aufhalten würde, schloss sie wieder ihre Zähne um ihn und hob ihn hoch. So vorsichtig wie möglich trug sie ihn vom Schlachtfeld und legte ihn schließlich außer Sichtweite unter einigen immergrünen Sträuchern auf einen Flecken schneefreien Bodens. Ihr Herz hämmerte, während sie sich verwandelte und den Rucksack abstreifte. Mit den Fingern strich sie sanft über Griffins Brust und erschrak, weil er sich so kalt anfühlte. Rasch nahm sie aus dem Rucksack eine dünne Isolierdecke und breitete sie auf dem Boden aus. Als sie Griffin darauf bettete, öffneten sich seine Augen.

„Es ist alles in Ordnung, ich kümmere mich um dich. Du musst nur durchhalten." Ihre Stimme klang rau vor unterdrückten Gefühlen. Tränen liefen über ihre Wangen, die sie nicht aufhalten konnte. Nicht zum ersten Mal wünschte sie sich, sie hätte medizinische Erfahrung, aber mehr als die Grundlagen hatten sie nie interessiert. Das rächte sich jetzt, und die Vorstellung, dass sie Griffin durch ihre eigene Unfähigkeit für immer verlieren könnte, war furchtbar.

Aber noch war sie nicht bereit aufzugeben. Sie würde um sein Leben kämpfen. Vorsichtig schlug sie einen Teil der Isolierdecke über Griffins unverletzte Seite, um die Kälte abzuhalten. „Bleib ganz ruhig liegen, damit die Verletzung nicht schlimmer wird."

Griffins Auge schloss und öffnete sich gleich wieder. Erleichtert atmete Amber auf, immerhin schien er noch wahrzunehmen, was um ihn herum geschah. Sie wollte sich mit der Hand über das Gesicht streichen, doch sie ließ sie sinken, als sie das Blut an ihrer Handfläche sah. Griffins Blut. Übelkeit und Panik drohten sie zu verschlingen, doch sie drängte beides zurück. Griffin brauchte sie, alles andere würde sie auf später verschieben, wenn sie wusste, dass er in Sicherheit war und überleben würde.

„Es tut mir leid, dass ich dich beim Tansport verletzt habe, mir fiel keine andere Möglichkeit ein, wie ich dich schnell und ohne mich zu verwandeln aus der Gefahrenzone bringen konnte." Wärme trat in Griffins Augen, und sie bemühte sich trotz ihrer Tränen um ein Lächeln. „Du schmeckst übrigens wie Hühnchen – nur besser."

Griffin gab einen Laut von sich, der in Menschenform sicher ein Lachen gewesen wäre. Sie konnte sehen, dass die Bewegung ihm Schmerzen bereitete.

„Ich werde jetzt deine Verletzung behandeln. Es ist sicher weniger schmerzhaft, wenn du bewusstlos bist. Also wehr dich nicht dagegen." Griffin blinkerte heftig mit den Augen. „Keine Angst, ich werde bei dir bleiben und da sein, wenn du wieder aufwachst." Amber beugte sich vor und küsste seinen fedrigen Kopf. „Ich liebe dich, Griffin." Etwas ängstlich sah sie in seine Augen und konnte deutlich seine Gefühle für sie in den goldbraunen Tiefen erkennen. Hastig wischte sie die Tränen weg, denn sie wollte nicht, dass sie das Letzte waren, das Griffin von ihr sah, wenn er vielleicht nicht überlebte. „Ich wäre sehr wütend auf dich, wenn du stirbst, also erwarte ich, dass du für mich lebst, alles klar?"

Wieder zwinkerte Griffin, bevor er sie lange ansah und schließlich die Augen schloss. Amber nahm das als Zeichen, mit der Behandlung anzufangen. Während sie arbeitete, hörte sie die Schüsse und Schreie nicht mehr und vergaß die Zeit. Alles um sie herum verschwand, bis nur noch Griffin für sie existierte.

24

Marisa stellte den Motor ab und blieb erschöpft einen Moment im Wagen sitzen. Angus hatte sich von der Rückbank erhoben und stieß ein hohes Winseln aus, während seine Krallen an der Tür kratzten. Vermutlich hatte er es nach der langen Fahrt eilig, ins Freie zu kommen, um einem Bedürfnis nachzugehen. Marisa stieß mit einem tiefen Seufzer ihre Tür auf. Während sie um den Wagen herumging, sah sie zum Haus hinauf. Ob Coyle drinnen auf sie wartete? Sie wollte jetzt nichts mehr, als in seine Arme sinken und wenigstens für ein paar Stunden alles andere vergessen. Marisa riss die hintere Tür auf und sprang zur Seite, um nicht von Angus umgerannt zu werden. Sie nahm ihren Rucksack vom Vordersitz und folgte dem Bloodhound dann langsamer zum Haus. Coyle hatte bestimmt ihren Wagen gehört und stand bereits ungeduldig hinter der Tür. Ein Lächeln flog über ihr Gesicht. Vielleicht hatte sie ja Glück, und er wartete nackt auf sie, und sowie sie die Tür hinter sich zuzog, würde er … Kopfschüttelnd steckte Marisa den Schlüssel ins Schloss, während ihr Körper voller Vorfreude vibrierte. Ungeduldig sah sie sich nach ihrem Hund um.

„Angus, komm schon, ich will hier draußen nicht erfrieren." Sie wartete, bis Angus neben ihr war, bevor sie die Tür aufschob. Stille empfing sie, und sie sah sich enttäuscht um. Keine Spur von Coyle, und sie hatte auch nicht das Gefühl, dass er sich noch vor Kurzem im Haus aufgehalten hatte. „Coyle?" Konnte es sein, dass Coyle noch in seinem Versteck im Wald war und darauf wartete, dass sie ihn holte? Sie konnte es sich nicht vorstellen, vor allem, weil sie gar nicht wusste, wo er seine Sachen untergebracht hatte.

Angus lief aufgeregt durchs Haus, untersuchte sämtliche Zimmer und kam dann zu ihr zurück. Seine Triefaugen blickten sie fragend an.

Marisa beugte sich zu ihm hinunter und kraulte hinter seinen Ohren. „Du kannst Coyle auch nicht finden und vermisst ihn, was?" Wie zur Bestätigung begann der Hund zu jaulen. Marisa hielt sich die Ohren zu. „Okay, okay, wir werden ihn suchen. Er wird sich bestimmt freuen, wenn ich ihm erzähle, wie sehr du an ihm hängst."

Coyles vorsichtiger Umgang mit Angus brachte sie sonst immer zum Lachen, genau wie Angus' Versuche, Coyle als Kauknochen zu verwenden. Doch heute kamen ihr stattdessen die Tränen. „Verdammt, guck, was du mit mir machst!" Sie konnte selbst nicht sagen, ob sie den Berglöwenmann oder den Bloodhound meinte.

Entschlossen richtete sie sich auf. „Ich rufe Aliyah an, sie wird sicher wissen, wo Coyle ist." Als ihr bewusst wurde, dass sie sich schon wieder mit dem Hund unterhielt, klappte sie den Mund zu. Wie hatte sie es nur so lange allein ausgehalten, wenn sie jetzt nicht mal ein paar Minuten still sein konnte? Genervt suchte sie das neue Handy heraus, das sie sich unterwegs besorgt hatte, und wählte Aliyas Nummer.

Als Marisa endlich die Stimme von Coyles Mutter hörte, kamen ihr wieder die Tränen. Gott, sie hasste das! Mühsam riss sie sich zusammen. „Hallo Aliyah, hier ist Marisa. Ich suche Coyle. Weißt du, wo er ist?"

„Gut, dass du wieder zurück bist! Ich habe Coyle gesagt, dass er sich keine Sorgen machen soll und dass du bald zurückkommst, aber er war völlig durch den Wind. Er ist jetzt bei den anderen." Coyles Mutter legte immer Wert darauf, am Telefon nie etwas zu sagen, das in irgendeiner Weise auf die Existenz der Wandler hindeutete.

Eigentlich hätte es Marisa beruhigen sollen, dass Coyle im Lager war, aber aus irgendeinem Grund überkam sie ein ungutes Gefühl. Da es albern war, beschloss sie, Aliyah nichts davon zu sagen. „Das ist gut. Dann rufe ich dort an, um ihm zu sagen, dass ich wieder hier bin."

„Ja, mach das." Aliyah senkte die Stimme. „Das FBI hat hier angerufen. Sie haben mich nach deiner Bestellung gefragt, und ich habe ihnen meine Notizen deiner Telefonbestellung gefaxt. Diese Leute haben es immer so eilig, unglaublich. Und wie blöd muss man eigentlich sein, um dich für eine Verbrecherin zu halten?"

Marisa lachte. „Danke, sollte ich jemals einen Charakterzeugen benötigen, werde ich dich vorschlagen."

„Das kannst du gerne tun, ich bin jederzeit dazu bereit."

Nachdem Aliyah sich Marisas neue Handynummer aufgeschrieben und ihr noch aufgetragen hatte, Coyle einen Kuss von ihr zu geben, beendete sie das Gespräch.

Es dauerte einen Moment, bis Marisa sich wieder an die Nummer des Satellitentelefons im Lager erinnern konnte, da sie noch nie dort angerufen hatte, obwohl Coyle sie dazu gedrängt hatte, sie sich für den Notfall einzuprägen. Glücklicherweise, denn die Nummer war nirgends niedergeschrieben, aus Angst, dass sie jemand entdecken könnte.

Als das Gespräch endlich durchging, meldete sich unerwartet Fay anstelle von Finn.

„Er hat mich gebeten, das Telefon zu hüten, während sie fort sind."

Das ungute Gefühl in Marisa verstärkte sich. „Wer ist fort, und wo sind sie hin? Ist Coyle auch dabei?"

Einen Moment lang herrschte Stille. „Eine Gruppe bewaffneter Männer ist in die Nähe des Adler-Gebietes gekommen, und wir wurden von ihnen um Hilfe gebeten." Fays Stimme war leise und ruhig. „Der Rat hat beschlossen, dass wir einige Wächter hinschicken."

„Nach dem, was sie Amber angetan haben?"

„Anscheinend hat Amber sich für sie ausgesprochen, und es kann auch geholfen haben, dass Griffin darum gebeten hat."

Amber und Griffin, natürlich. Doch Marisa war zu sehr mit ihrer Sorge um Coyle beschäftigt, um weiter über die beiden nachzudenken. „Und Coyle ist mit dorthin gegangen?"

„Ja. Es tut mir leid, Marisa, er …"

„Er zieht in einen möglichen Kampf, ohne mir etwas davon zu sagen!" Wie konnte er das tun? Wusste er nicht, was es für sie bedeuten würde, wenn er nicht zurückkam?

„Er konnte es nicht, weil du nicht erreichbar warst. Coyle hat mich gebeten, dir zu sagen, dass er dich liebt." Fays Stimme war sanfter geworden.

Oh Gott, wenn er ihr so etwas ausrichten ließ, glaubte er nicht daran, dass er wiederkommen würde! Das Rauschen in Marisas Ohren wurde stärker, bis sie nichts mehr außer ihrer Angst wahrnahm. Schwindelgefühl erfasste sie, und sie tastete blind nach der Lehne des Sessels. Sie fand sie nicht und setzte sich stattdessen auf den Holzboden. Angus kam zu ihr und leckte über ihr Gesicht. Die Feuchtigkeit, gepaart mit Hundeatem, brachte sie in die Wirklichkeit zurück.

„Coyle hat auch gesagt, ich soll dir ausrichten, dass er bald zurückkommt. Er ist ein guter Kämpfer, vertraue darauf. Außerdem ist es ja auch gar nicht klar, ob es überhaupt so weit kommt. Der letzte Stand war, dass Melvin versucht, die Menschen wegzulocken."

„Melvin? Ist er wieder aufgetaucht? Und was hat er damit zu tun?" Marisa schwirrte langsam der Kopf.

Aber Fay hatte keine Zeit mehr für lange Erklärungen. „Wir haben hier ein krankes Kind, um das ich mich kümmern muss", entschuldigte sie sich, bevor sie auflegte. Wie betäubt stand Marisa einen Moment da, das Handy vergessen in der Hand. Schließlich ging ein Ruck durch ihren Körper, und sie rannte los. Angus begann zu bellen, weil er irgendeine Gefahr vermutete, folgte ihr dann aber sofort, als sie die Treppe hinauflief. Sie riss die Schranktüren im Schlafzimmer auf und zerrte die wärmste Kleidung heraus, die sie finden konnte. Angus beobachtete sie mit großen Augen, während sie einen Pullover und eine dicke Winterjacke überzog und einen Schal umband. Ihre Stoffhose tauschte sie gegen eine Jeans, die dünnen Socken gegen dicke. Rasch warf sie die wichtigsten Dinge in ihren Rucksack, setzte ihn auf und lief wieder die Treppe hinab. Das Klicken von Angus' Krallen folgte ihr, als sie zur Hintertür ging und seine Leine vom Haken nahm.

„Komm, Angus, wir gehen zu Coyle." Marisa öffnete die Tür, hakte die Leine in das Halsband und trat hinaus.

Die Schlappohren aufmerksam aufgestellt, lief der Bloodhound los und führte sie in die Dämmerung.

Conner fing Jamilas Blick auf und nickte ihr unmerklich zu.

Sie lächelte ihm zu und wandte sich dann an Fay. „Ich werde einen Moment rausgehen. Du findest mich in Finns Hütte, wenn du mich brauchst. Oder falls die anderen sich melden."

Fay legte ihre Hand auf Jamilas Arm. „Ruh dich ein wenig aus. Auch wenn ich es mir nicht wünsche, müssen wir auf den Fall vorbereitet sein, dass bald Verletzte hier eintreffen werden."

Jamilas dunkle Gesichtsfarbe wurde grauer, in ihren Augen war die Angst deutlich zu erkennen. „Ich weiß. Ich werde da sein, sobald sie eintreffen." Ohne ein weiteres Wort verließ sie die Hütte.

Fay stieß einen leisen Fluch aus. „Verdammt, das war völlig unnötig. Ich hätte nichts sagen sollen, sie macht sich so schon genug Sorgen." Es schien fast, als hätte sie das zu sich selbst gesagt, aber Conner antwortete darauf.

„Ja, aber ich glaube nicht, dass sie es dir übelnimmt."

Wütend fuhr Fay zu ihm herum. „Vielleicht nicht, aber ich tue es. Manchmal denke ich, ich mache das nur, damit alle anderen um mich herum auch unglücklich sind."

Conner stemmte sich auf seine Ellbogen hoch. „Das ist völliger Unsinn, und das weißt du auch. Du bist vielleicht manchmal etwas direkt, aber nie bösartig. Und damit versuchst du auch nur zu verdecken, dass du ein weiches Herz hast."

Fay schnaubte, widersprach ihm aber nicht. Interessant. Er hatte fast erwartet, dass sie abstreiten würde, überhaupt ein Herz zu besitzen. Dafür schien sie ihm nicht mehr in die Augen sehen zu können, denn sie drehte ihm den Rücken zu und beschäftigte sich damit, die Hütte aufzuräumen.

Mit einem tiefen Seufzer setzte Conner sich auf und schwang die Beine über die Kante der Liege. Einen Moment lang blieb er still sitzen, bis sich der Schwindel legte.

„Wenn du da runterkippst, hebe ich dich nicht auf."

Ein Lächeln zog über sein Gesicht. Also achtete Fay doch darauf, was er machte, und war nicht so in ihre Aufgabe vertieft, wie sie tat. „Ich werde es überleben." Er wurde ernst. „Meinst du nicht, es wird Zeit, dass wir mal in Ruhe miteinander reden?"

Ihr Rücken wurde steif, sie stellte jede Bewegung ein. „Wir haben die letzten Tage doch ständig geredet."

„Nicht über das wirklich Wichtige." Conner hielt seine Stimme leise und ruhig und widerstand dem Drang, aufzuspringen und Fay zu schütteln.

Diesmal drehte sie sich zu ihm um, eine Augenbraue erhoben. „Du findest das Leben eines Säuglings nicht wichtig?" Conner sah sie nur an. Schließlich zuckte Fay mit den Schultern. „Okay, es gäbe auch andere Themen, aber du musst zugeben, dass die nötige Ruhe dafür fehlte."

Conner nickte. „Das stimmt. Und wenn die anderen zurückkommen, wird es sicher wieder hektisch zugehen, deshalb möchte ich gerne die Gelegenheit nutzen, solange …"

Als er nicht weitersprach, hakte Fay nach. „Solange was?" Ungeduldig zupfte sie an ihren Haaren und löste damit den Knoten noch weiter auf, sodass einige lange rote Strähnen herabfielen und ihre Brüste durch den Pullover streichelten. Conner hatte Mühe, noch einen Gedanken zu fassen, seine Kehle wurde eng. „Wenn du mit mir reden willst, Conner, solltest du langsam den Mund aufmachen. Und ich schätze es, wenn man mir dabei in die Augen sieht."

Abrupt hob er den Blick. „Entschuldige."

Fay schüttelte den Kopf. „Warum tue ich mir das eigentlich noch an? Ich sollte dich dort sitzen lassen und nach oben gehen."

Conner richtete sich auf und streckte seine Hand nach ihr aus. „Bleib, bitte. Kannst du hierherkommen, damit wir uns nicht über den ganzen Raum hinweg unterhalten müssen?"

Zuerst sah es so aus, als ob sie sich weigern wollte, doch als er Anstalten machte, von der Liege zu steigen, lenkte sie ein. „Oh, schon gut." Sie blieb einen Meter vor ihm stehen. „Zufrieden?"

Sie sah bezaubernd aus mit den geröteten Wangen und den blitzenden grünen Augen, aber Conner wusste es besser, als das zu erwähnen. Er wollte nicht, dass sie weglief, bevor er ihr alles gesagt hatte, was er loswerden musste.

„Nein, setz dich zu mir." Er rutschte mühsam zur Seite und klopfte auf das nun freie Fußende der Liege. „Bitte."

Nach kurzem Zögern kletterte Fay hinauf und setzte sich

so weit von ihm entfernt, dass sie beinahe am anderen Ende herunterfiel. Die Arme über der Brust verschränkt sah sie ihn abwartend an. „Worüber willst du reden?"

Jetzt kam der schwierige Teil. „Über uns."

Fay versteifte sich. „Es gibt kein ‚uns'."

„Aber es gab eines, und es steht immer noch im Raum, wenn wir uns sehen." Und nicht nur dann. Fay war immer präsent, in seinen Gedanken, in seinen Träumen.

Sie sah ihn stumm an und nickte dann schließlich. „Du hast recht."

Conner holte tief Luft. Jetzt, wo er ihre Aufmerksamkeit hatte, wusste er nicht recht, wo er anfangen sollte. Vielleicht am besten beim wichtigsten Punkt. „Es tut mir leid."

Als er nichts weiter sagte, verzog Fay den Mund. „Das war's schon? Oder muss ich jetzt fragen, was genau dir leid tut?"

„Vieles. Vor allem, dass ich dir wehgetan habe. Und dass ich dich verlassen musste." Er presste die Worte durch seine plötzlich zu enge Kehle und hoffte, dass Fay sie verstehen würde. *Ihn* verstehen würde.

Ihr Mund spannte sich an. „Das sollte dir auch verdammt noch mal leid tun. Oder glaubst du, es macht Spaß, von einem Tag auf den anderen und ohne jede vernünftige Erklärung den Mann zu verlieren, der einem am meisten bedeutet?"

Der Druck in seinem Brustkorb verstärkte sich, während gleichzeitig sein Herz zu rasen begann. Fay hatte damals nie über ihre Gefühle geredet, aber er hatte immer gewusst, dass sie ihn genauso liebte wie er sie. Warum hatte er ihr das nie gesagt? Conner wünschte, er könnte sie in die Arme schließen und ihr ins Ohr flüstern, was er für sie empfand. Doch das würde nur zu neuem Kummer führen, wenn er das Lager wieder verlassen musste. „Nein, und ich weiß, ich hätte die Situation damals besser erklären müssen, aber ich war dazu nicht in der Lage. Es hätte mich umgebracht, dich noch länger zu sehen, aber dich nicht mehr berühren zu dürfen."

Schmerz stand in ihren Augen. „Ich verstehe das nicht, Conner. Warum musstest du gehen? Ich habe Coyle damals gefragt, ob irgendetwas vorgefallen war und du aus der Gruppe ausgeschlossen wurdest, aber er hat das verneint. Er konnte sich auch nicht erklären, warum du gehen wolltest, genauso wenig wie alle anderen. Du hast hier ein Loch hinterlassen, das sich nie ganz geschlossen hat."

Conner hatte das Gefühl, an seinen Worten ersticken zu müssen. „Es war auch ein Loch in mir, ich konnte mich nie damit abfinden, als Einzelgänger zu leben. Ich habe die Gruppe vermisst, und der Gedanke an dich hat mich fast in den Wahnsinn getrieben."

Tränen liefen über Fays Wangen, und sie wischte sie mit heftigen Bewegungen fort. „Warum bist du dann nicht zurückgekommen?"

„Weil ich es nicht konnte." Conner rieb mit der Hand über seinen schmerzenden Brustkorb. „Ich bin wegen Melvin gegangen, und er hat deutlich gemacht, dass er mich nicht wiedersehen wollte. Wäre ich im Lager geblieben, wäre er irgendwann abgehauen und vermutlich umgekommen. Das konnte ich nicht zulassen. Ich habe schon bei Melody versagt, ich wollte nicht auch noch unseren Sohn verlieren." Er sah auf, als sich Fays Hand über seine legte. „Ich konnte es nicht."

„Also zuerst einmal: Du hast nicht bei Melody versagt, sie ist bei der Geburt gestorben, niemand hätte sie retten können, auch du nicht. Und was das andere angeht, wieso wollte Melvin dich plötzlich nicht mehr sehen? Als er kleiner war, habt ihr euch doch so gut verstanden."

„Er hat mich gehasst." Seine Stimme war nur noch ein Flüstern. Es tat weh, es laut zu sagen.

„Das kann nicht sein. Ich habe nie einen liebevolleren Vater gesehen als dich. Du hast ihm jeden Wunsch von den Lippen abgelesen."

„Außer einem."

Fay schnaubte. „Er konnte nicht wirklich erwarten, dass du mit ihm in die Stadt gehen würdest. Wie hätte das gehen sollen? Ich kann mir nicht vorstellen, dass er dich deswegen nicht mehr sehen wollte."

„Nein, aber sein Kummer darüber hatte sich so aufgestaut, dass er sich entlud, als er einen geeigneten Auslöser fand."

„Welchen?" Conner sah sie nur stumm an. Es dauerte eine Weile, bis ihre Augen sich weiteten und sie scharf ausatmete. *„Ich* war der Auslöser?"

„Er hat uns zusammen gesehen, an dem Tag am See, als wir …" Conner brach ab, als er ein Echo seiner Erinnerungen in Fays Gesicht erkannte. Es war ein wunderschöner Sommertag gewesen, und er hatte ihn zusammen mit Fay genossen. Eine Weile waren sie geschwommen, und danach hatten sie sich am Ufer geliebt, bis sie erschöpft ins Lager zurückgekehrt waren. Wie immer hatten sie sich mit einem beinahe verzweifelten Kuss verabschiedet, um nicht zusammen gesehen zu werden, damit Melvin nichts von ihrer Beziehung erfuhr. Conner hatte befürchtet, dass sein Sohn nicht gut darauf reagieren würde, und genauso war es auch gewesen. Er räusperte sich. „Melvin hat in der Hütte auf mich gewartet. Er sagte, dass er mich hasst, und nie wiedersehen wolle und das Lager verlassen würde. Ich habe ihm zuerst nicht geglaubt und versucht, vernünftig mit ihm zu reden, aber als er dann am nächsten Tag verschwunden war, wusste ich, dass er es ernst meinte. Ich habe ihn zurückgeholt, meine Eltern gebeten, auf ihn aufzupassen, und bin gegangen." Es hatte ihn verletzt und furchtbar geschmerzt, doch der Liebe zu seinem Sohn hatte das keinen Abbruch getan.

„Einfach so? Hättest du nicht noch mal mit ihm reden können?“

„Ich habe es versucht. Aber er meinte, dass er nicht zulassen würde, dass ich weiterhin mit dir schmutzige Dinge treibe, während seine Mutter meinetwegen tot sei. Er drohte, das Lager endgültig zu verlassen, wenn ich mich weiter mit dir träfe, und er meinte, diesmal würde ich ihn nicht finden. Außerdem wollte er dann allen erzählen, was die ach so heilige Heilerin im Geheimen treiben würde.“

Wut zeichnete sich in Fays Gesicht ab. „Dieser kleine …“ Sie unterbrach sich. „Entschuldige, ich weiß, er ist dein Sohn, aber am liebsten würde ich ihm jetzt noch eine ordentliche Tracht Prügel verabreichen.“

Ein schwaches Lächeln spielte bei der Vorstellung um Conners Mundwinkel, wie die winzige Fay sich gegen Melvin behaupten würde. „Ich habe selbst oft genug darüber nachgedacht, ob das nicht die bessere Lösung gewesen wäre.“ Er wurde wieder ernst. „Aber das hätte nichts gebracht. Melvin war fest entschlossen, uns zu verraten.“

„Na und? Dann hätte er das eben getan! Schließlich waren wir erwachsen und konnten tun, was wir wollten. Wir haben unsere Beziehung doch nur wegen Melvin geheim gehalten.“ Unsicher sah sie ihn an. „Oder wolltest du nicht mit mir gesehen werden?“

„So ein Unsinn. Ich hätte mich liebend gern mit dir vor aller Augen getroffen. Aber ich dachte, es wäre dir vielleicht nicht recht.“

Erstaunt blieb ihr Mund offen stehen. „Du dachtest was? Welchen Grund hätte ich dafür haben sollen? Mir ging es nur darum, Melvin zu schützen, sonst nichts.“

Conner versuchte, das zu verdauen. „Wir hätten schon viel eher reden sollen. Damals, als wir noch beide im Lager waren.“

„Ja, vermutlich.“ Fay legte den Kopf schräg. „Warum konntest du mich nicht weiter heimlich treffen? Melvin hätte ja nichts davon wissen müssen."

„Er hätte dich an mir gerochen. Es war sowieso ein Wunder, dass das so lange gut ging." Conner atmete tief durch. „Und ich hätte es nicht ertragen, dich zu sehen, aber nie berühren zu dürfen. Es hätte mich zerrissen."

Fay schwieg einen Moment und blickte ihm schließlich tief in die Augen. „Hast du dich mir deshalb nie genähert, wenn ich draußen unterwegs war, um neue Pflanzen zu sammeln?"

Conner senkte den Kopf und nickte.

Fay legte eine kühle Hand unter sein Kinn und zwang ihn, sie wieder anzusehen. „Weißt du, wie schwer es war, ohne dich zu leben? Weißt du, wie oft ich gedacht habe, das muss ich unbedingt Conner erzählen, nur um mich dann daran zu erinnern, dass du nicht mehr da warst? Weißt du, wie sehr sich mein Körper nach dir gesehnt hat, wie oft ich von dem Verlangen aufgewacht bin, aber du warst nicht da?"

Conners Herz hämmerte in seiner Brust, als er mit den Fingern über Fays Wange strich. „Ja, denn mir ging es ganz genauso. Sosehr ich es auch versucht habe, ich konnte dich nicht vergessen – ich wollte es auch nicht, denn die Erinnerung an dich war das Einzige, was mir noch geblieben war."

„Und deine Liebe zu Melvin." Fays Stimme war sanft.

„Ja. Als er zu mir kam, war ich entsetzt über das, was er getan hatte, und traurig, dass er nicht mehr in der Gruppe leben konnte, aber ich war auch froh, ihn bei mir zu haben. Trotz allem, was er getan hatte. Ich habe gehofft, dass wir noch einmal von vorne anfangen könnten." Er lächelte schief. „Dumm, oder?"

„Nein, die Liebe richtet sich nicht nach Logik oder ob sie gerade passt. Sie passiert einfach."

Conner versank in ihren warmen Augen. „Ja, ich weiß." Er holte tief Luft und versuchte, den Mut aufzubringen, das zu sagen, was ihm seit Langem auf der Zunge lag. „Ich habe dich wirklich geliebt, Fay.“

Ihre Augen füllten sich mit Tränen. „Deshalb habe ich nie verstanden, wie du mich verlassen konntest. Die Vorstellung, dass du nicht das Gleiche gefühlt hast wie ich, hat mich verletzt.“

„Es tut mir leid, dass ich es nicht sagen oder richtig zeigen konnte. Ich glaube, ich hatte einfach Angst, noch einmal jemanden so zu lieben, dass ich lieber sterben würde, als ohne ihn weiterzuleben. Hätte es Melvin nicht gegeben, wäre ich damals eingegangen, als Melody starb. Wenn dir auch etwas passiert wäre …“

Fay legte ihre Hand über seine. „Mir ist aber nichts geschehen – außer dass du mich verlassen hast.“

Vorsichtig löste Conner sich aus ihrem Griff und legte seine Arme um sie. Gequält schloss er die Augen. Es tat so gut, sie wieder an sich zu spüren, ihren unvergleichlichen Duft einzuatmen und ihre rauen Atemzüge zu hören. Doch er wusste, dass er ihnen beiden nur neuen Kummer bereiten würde, wenn er mit Melvin das Lager wieder verließ. Sofern Finn seinen Sohn retten konnte. Sein Herz zog sich schmerzhaft zusammen.

Er versuchte, Fay loszulassen, doch sie hielt ihn fest umschlungen. Ihre Wange lag an seiner Brust, und er konnte ihre Tränen spüren. Gott, wie sollte er sie je wieder verlassen?

„Liebe mich.“ Zuerst dachte Conner, er hätte sich verhört, aber dann wiederholte sie es. „Bitte liebe mich.“

„Das tue ich.“

Jetzt sah Fay auf, und ein Lächeln schimmerte durch ihre Tränen. „Das ist schön. Aber eigentlich meinte ich es in diesem Fall etwas körperlicher.“

Conners Körper zog sich vor Verlangen zusammen, doch er schüttelte den Kopf. „Das geht nicht. Du weißt, dass ich nicht bleiben kann. Und du wirst hier gebraucht.“

Sie küsste seinen Hals. „Dann gib mir etwas, damit ich mich immer an dich erinnere."

Sein Widerstand brach zusammen, als sie begann, mit ihren Zähnen über seine Haut zu schaben. Er zog sie so fest an sich, wie er konnte, und küsste sie, als gäbe es kein Morgen mehr.

25

Fay bekam keine Luft mehr, aber das war in Ordnung. Wer wollte schon atmen, wenn er dafür Conner küssen konnte? Obwohl küssen das falsche Wort war, sie inhalierten sich förmlich, als könnten sie damit die vergangenen acht Jahre ungeschehen machen. Auch wenn sie jetzt seine Beweggründe besser nachvollziehen konnte, hatte sie immer noch das Verlangen, ihm Verstand einzuprügeln.

Wie hatte er jemals denken können, sie würde nicht mit ihm gesehen werden wollen? Aber vermutlich war es zum Teil auch ihre Schuld, weil sie ihm nie deutlich gesagt hatte, was sie für ihn empfand. Doch darüber konnte sie nachgrübeln, wenn er wieder fort war, jetzt wollte sie ihn nur noch fühlen. Seine nackte Haut an ihrer spüren und sich in ihm verlieren. Gierig fuhr sie mit ihren Händen seinen Rücken hinunter und umfasste seinen Po. Sein Schaft presste sich enger an sie und löste in ihr eine beinahe beängstigende Erregung aus. Sie wollte ihn, jetzt sofort. Ein Schnurren löste sich aus ihrer Kehle.

Sie spürte, wie Conner erstarrte, bevor er sie noch verlangender küsste. Er griff den Saum ihres Pullovers und zog ihn ihr samt T-Shirt mit einem Ruck über den Kopf, bevor er sich wieder auf ihre Lippen stürzte. Fay schloss ihre Augen, als sich ihre nackten Brüste an Conners heiße Haut pressten. Jetzt glitten seine Hände in ihre Jeans und umfassten ihren Eingang. Das Gefühl war so erregend, dass Fay beinahe von der bloßen Berührung kam.

Da sie ihn dabei in sich spüren wollte, schob sie Conner von sich. „Schneller."

Röte überzog seine Wangenknochen, seine Haare waren zerzaust. Er atmete so schwer, als wäre er einen Marathon gelaufen. Nachdem er einen Blick in ihr Gesicht geworfen hatte, knöpfte er rasch ihre Jeans auf und zog sie zusammen mit dem Slip über ihre Hüfte. „Setz dich auf die Liege."

Die raue Stimme jagte ihr einen Schauer über den Rücken. Wortlos gehorchte sie. Auf die Ellbogen gestützt beobachtete sie, wie Conner kurz mit der Jeans kämpfte, bevor er sie über ihre Füße zog und achtlos zu Boden fallen ließ. Fay hakte ihre Beine um seine und zog ihn so zu sich heran.

Sein Blick brannte eine Spur über ihren Körper. „Du bist immer noch wunderschön." Seine Fingerspitzen glitten über ihre Haarsträhnen, die ihre Brüste verdeckten. Langsam schob er sie zur Seite und berührte stattdessen ihre Brustspitzen, die sich ihm verlangend entgegenreckten. Er trat noch näher, sodass sein Penis ihren Eingang streifte.

„Du auch. Und jetzt hör auf zu reden und komm zu mir."

Conner lächelte sie an. „Du hast immer noch nicht gelernt, geduldig zu sein, oder?"

„Zumindest nicht bei Dingen, die am besten heiß serviert werden." Fay stöhnte auf, als er ein winziges Stück in sie glitt. Das fühlte sich so gut an, dass sie versuchte, ihn mit den Beinen noch weiter in sich zu schieben, doch Conner bewegte sich nicht mehr. Es hatte sie schon früher wahnsinnig gemacht, dass er sich immer dann besonders viel Zeit genommen hatte, wenn sie es eilig hatte.

„Sieh mich an." Das Vibrieren in seiner Stimme zeigte ihr, dass er nicht so unbeteiligt war, wie er tat.

Sie hatte gar nicht bemerkt, dass sie die Augen geschlossen hatte, und riss sie hastig wieder auf. Auf keinen Fall wollte sie auch nur eine Sekunde ihres Zusammenseins verpassen. Conner so über sich zu sehen, mit Feuer in seinen Berglöwenaugen, die breiten Schultern über sie gebeugt und seinen Schaft halb in ihr, war unglaublich. Fay verdrängte die bittersüßen Erinnerungen und auch alle Gedanken an die Zukunft und genoss diesen Moment. Seine gebräunten Hände bildeten einen erotischen Kontrast auf ihrer helleren Haut. Sie strichen über ihre Brüste, glitten über die Rippen und den Bauch, bis sie sich auf ihre Oberschenkel legten. Seine Daumen strichen über ihre feuchten Falten und zogen sie auseinander. Fays Hände krallten sich in das Laken, ihr Herz klopfte hart in ihrer Brust. Nach einem letzten Blick beugte sich Conner über sie und schloss seinen Mund um ihre Brustwarze. Gleichzeitig schob er seine Hüfte vor, bis er sie ganz füllte.

Vage war Fay sich bewusst, dass sie die ganze Zeit verlangende Laute von sich gab, aber sie konnte sie nicht stoppen. Sie konnte sich nicht erinnern, jemals so erregt gewesen zu sein, so kurz vor einem Orgasmus, der sie in seiner Heftigkeit sicher umbringen würde. Als Conner hart zu saugen begann, schrie sie unterdrückt auf und bog ihren Rücken durch, um ihm noch näher zu kommen. Sie gab einen protestierenden Laut von sich, als er seinen Penis wieder aus ihr zurückzog. Doch dann stieß er in sie, tiefer als zuvor, und ihr Atem verließ sie. Sterne flimmerten vor ihren Augen, als Conner bei der nächsten Bewegung seines Schafts gleichzeitig mit dem Finger über ihre Klitoris strich. Oh Gott! Ihr Herz blieb stehen, bevor es wieder lospolterte. Sie presste ihre Hüfte gegen ihn, doch auch das war nicht genug. Sie brauchte, sie brauchte …

Conner schien ihre Gedanken zu erraten, denn er stieß immer schneller in sie, während seine Zähne über ihre Brustwarze schabten. Fay unterdrückte einen scharfen Schrei, und ihr Körper begann zu zucken. Sie legte sich auf das Laken zurück und grub ihre Hände in Conners Haare, während der Höhepunkt wie eine Lawine über sie rollte. Alles um sie herum verschwand, nur noch Conner existierte. Sein steifer Penis in ihr, das Gefühl seines Körpers an ihrem, sein Mund und seine Hände, die sie weiter erregten und so den Orgasmus immer weiter hinauszogen. Schließlich schob er sich noch einmal tief in sie und kam. Sein massiver Körper zuckte, während er gegen ihre Brust stöhnte. Fay wollte ihn weiter festhalten, doch ihre Arme und Beine sanken kraftlos herab. Aber das machte nichts, denn Conner wurde durch sein Gewicht weiter in ihr gehalten. Das Gefühl war so wunderbar, dass sie zum ersten Mal seit langer Zeit völlig zufrieden damit war, nichts zu tun.

„Danke, darauf habe ich acht lange Jahre gewartet." Sie merkte erst, dass sie ihre Gedanken ausgesprochen hatte, als Conner seinen Kopf von ihrer Brust hob und sich auf einen Ellbogen stützte.

Zärtlich strich er eine Haarsträhne aus ihrem Gesicht. „Ich auch."

„Ich hoffe, wir müssen nicht wieder so lange warten, bis wir es das nächste Mal machen."

Ein Lachen rumpelte durch seine Brust. „Gib mir ein paar Minuten, ich bin nicht mehr der Jüngste."

Fay ließ besitzergreifend ihre Hände über seinen Körper gleiten. „Du hättest mich täuschen können." Ihre Finger gruben sich in seinen Po, und sie stöhnte auf, als sein Schaft sich in ihr bewegte. „Ich glaube, ich könnte sofort weitermachen."

Die Muskeln unter ihren Händen zuckten. „Schon überredet." Er senkte seinen Kopf und begann von vorne.

Langsam tauchte Griffin aus der Bewusstlosigkeit auf und öffnete die Augen. Zumindest versuchte er es, aber es blieb weiterhin dunkel um ihn herum. Schmerz floss in Wellen von seinem Flügel durch seinen gesamten Körper, und beinahe wünschte er sich, wieder ohnmächtig zu werden. Er hatte nur wenige Sekunden durchgehalten, nachdem Amber begonnen hatte, seine Verletzung zu behandeln. Und davor hatte sie ihn in Sicherheit getragen – in ihrem Maul. Das war eine interessante Erfahrung oder wäre es zumindest gewesen, wenn er zu der Zeit nicht solche Schmerzen gehabt hätte. Und Angst, dass einer der Männer sie verletzen oder töten könnte. Sein Herz war beinahe stehen geblieben, als der Verbrecher Amber mit einer Waffe bedroht hatte. Sosehr er es auch versucht hatte, es war ihm nicht gelungen, auf die Füße zu kommen, um ihr irgendwie zu helfen. Griffin stieß ein Schnauben aus, das in seiner Form als Adler eher wie ein Pfeiflaut klang. Als hätte er ihr zu Fuß im tiefen Schnee ohne Flügel überhaupt helfen können.

Vom Boden aus hatte er nicht genau gesehen, was dann passiert war, nur dass ein Knall ertönte und der Mann umkippte. Im ersten Moment hatte Griffin geglaubt, der Kerl hätte Amber erschossen, doch sie war glücklicherweise unverletzt geblieben. Und anstatt sich irgendwo zu verstecken, bis die Kämpfe vorbei waren, hatte seine Berglöwenfrau ihn behutsam in Sicherheit gebracht. Griffin hatte ihr sagen wollen, dass sie ihn dort lassen sollte, doch als Adler konnte er sich ihr nicht verständlich machen, und verwandeln durfte er sich vor den Menschen nicht. Ganz abgesehen davon, dass ihm die Kraft dazu gefehlt hätte.

Sein Herz begann schneller zu schlagen, als er sich daran erinnerte, wie Amber sich in ihrem Versteck über ihn gebeugt und ihn geküsst hatte. Er konnte immer noch nicht glauben, wie viel sie für ihn riskiert hatte. Und sie hatte ihm gesagt, dass sie ihn liebte. Griffin spürte, wie seine Kehle eng wurde. Er hatte eine Frau wie sie nicht verdient, da war er ziemlich sicher. Aber wenn sie das tatsächlich ernst meinte, dann würde er sie nicht mehr gehen lassen – egal wie hoch der Preis dafür war …

Erst jetzt fiel ihm auf, dass es totenstill war. Unruhig hob er den Kopf, aber er konnte weiterhin nichts erkennen. Etwas knisterte unter ihm, anscheinend lag er immer noch auf der Isolierdecke. Also waren sie noch in dem Versteck, aber wo war Amber? Konnte sie ihn verlassen haben, um die Verbrecher auf eine andere Spur zu locken? Nein! Griffin versuchte, sich aufzurappeln, aber der Schmerz war zu stark und er war durch den Blutverlust zu sehr geschwächt, um wieder auf die Füße zu kommen. Etwas streifte seine Wange, und er erstarrte. Es fühlte sich … fellig an. Amber! Jetzt konnte er ihre Umrisse in der Dunkelheit erkennen, sie hatte sich in Berglöwenform schützend um ihn gelegt. Jetzt wusste er auch, warum er nicht fror. Nachdem sie gemerkt hatte, dass er wach war, löste sie sich langsam von ihm und verwandelte sich. Sorge stand in ihrem Blick, als sie neben ihm hockte.

„Wir haben den Kampf gewonnen. Ich wollte dich nicht alleine lassen, solange du bewusstlos warst, aber jetzt muss ich nach den anderen sehen." Ihre Finger strichen sanft über die Federn an seinem Hals. „Bleib ganz ruhig hier liegen, ich komme so schnell wie möglich zurück. Wenn ich jemanden von deinen Leuten finde, der Erfahrung in der Wundversorgung hat, schicke ich ihn zu dir."

Griffin schnappte nach ihrem Finger und schloss vorsichtig seinen Schnabel darum. Er wollte nicht, dass sie ging, hatte aber keine Möglichkeit, ihr das zu sagen.

Trotzdem schien sie ihn zu verstehen. „Ich möchte dich nicht verlassen, aber mein Bruder ist da draußen, und ich muss wissen, ob es ihm gut geht."

Mit der Zunge berührte er ihren Finger, bevor er ihn freiließ. Natürlich verstand er sie, besonders weil er am liebsten auch losstürmen würde, um nach seinen Leuten zu sehen. Er wusste schon jetzt, dass es schlimm werden würde, die Toten und Verletzten zu bergen und ins Lager zu bringen. Doch er konnte hier nur liegen und nichts tun. Er hasste es, so hilflos und nutzlos zu sein.

Wieder schien Amber seine Gedanken zu erraten. „Ich weiß, dass du jetzt auch da draußen sein willst, aber sei bitte vernünftig. Es ist keinem geholfen, wenn du dich noch schlimmer verletzt." Sie senkte die Stimme. „Ich muss wissen, dass du in Sicherheit bist."

Griffin gab einen zustimmenden Laut von sich und sah zu, wie Amber sich wieder verwandelte und in der Dunkelheit verschwand.

Amber blickte noch einmal zurück. Sie wollte Griffin nicht allein lassen, aber es musste sein. Zwar wusste sie von dem triumphierenden Fauchen, das vor einigen Minuten erklungen war, dass sie gesiegt hatten, aber sie befürchtete, dass der Preis sehr hoch gewesen war. Sowohl unter den Adlern als auch bei den Berglöwen hatte es Verletzte und vermutlich sogar Tote gegeben, und sie würde mit Fays Mitteln helfen, so gut sie konnte. Natürlich verfügte sie nicht über die Erfahrung der Heilerin, aber sie würde ihr Möglichstes tun und darauf hoffen, dass es auch unter den Adlern jemanden gab, der sich mit diesen Dingen auskannte.

Die Sonne war inzwischen untergegangen, und der Mond brachte den Schnee in der Dunkelheit zum Leuchten. Der Geruch nach Blut und Tod schwängerte die Luft und erinnerte Amber an den Tag, als ihr Vater vor ihren Augen gestorben war. Damals war es Sommer gewesen, und sein Blut war in den trockenen Boden gesickert, aber der Geruch … Übelkeit stieg in ihr auf, doch sie weigerte sich, ihr nachzugeben.

Es war unheimlich, die schattenhaften Gestalten durch den Schnee laufen und die Adler diesmal lautlos über die Lichtung fliegen zu sehen. Dunkle Haufen lagen im Schnee. Menschen, erkannte sie. Sie lagen still da, von furchtbaren Wunden übersät. Ob sie geahnt hatten, wie ihr Leben enden würde? Irgendwo tief in der Wildnis, wo niemand jemals ihre Leichen finden würde. Sie taten Amber nicht leid, denn sie hatten versucht, Wandler zu töten, und keinerlei Mitleid mit ihnen gezeigt. Aber ihre Familien würden nun niemals wissen, was aus ihnen geworden war; sie würden einfach für immer verschwunden bleiben.

Rasch schüttelte Amber den Gedanken ab und lief auf einen der Berglöwen zu. Es war Torik, wie sie erkannte, als sie näher kam. Seine Seite, wo der Verbrecher ihn mit seinem Messer verletzt hatte, war dunkel vor Blut. Er hatte sich über etwas am Boden gebeugt und hob den Kopf, als er sie bemerkte. Rasch kam er ihr entgegen. Offenbar wollte er nicht, dass sie sah, was dort lag.

Amber verwandelte sich. „Wo sind die anderen, geht es ihnen gut?"

Toriks Miene war noch grimmiger als sonst, als er sich auch verwandelt hatte. „Größtenteils leichtere Verletzungen, Finn hat es sogar geschafft, gänzlich ohne Blessuren davonzukommen. Nur …"

„Was?" Das Blut rauschte in ihren Ohren, sodass sie kaum ihre eigene Stimme hörte. „Ist Coyle etwas passiert?"

„Nein, Coyle ist okay." Ein Muskel zuckte in seiner Wange. „Harmon ist tot. Die Kugel traf direkt sein Herz, wir konnten nichts mehr tun."

Amber schlug eine Hand vor den Mund, Tränen traten in ihre Augen. Auch wenn sie den jungen Wächter nicht näher kannte, war es ein tragischer Verlust für die Gruppe. Wie sollten sie seinen Eltern sagen, dass ihr einziger Sohn tot war? Sie konnte jetzt nicht darüber nachdenken, sondern musste sich auf ihre Aufgabe konzentrieren. Hastig wischte sie die Tränen von ihren Wangen und richtete sich höher auf. „Wie sieht es bei den Adlern aus?"

„Drei Tote, mehrere Verletzte. Sie haben gekämpft wie die

Teufel, ohne Rücksicht auf ihr Leben." Etwas wie Bewunderung klang in seiner Stimme mit. Torik sah sie an. „Wie geht es dir?" Seine Augen verengten sich. „Ist das Blut an deinem Körper?"

Amber sah an sich herunter und fühlte, wie das Blut aus ihrem Kopf wich. „Ja, Griffins."

„Ist er schwer verletzt? Ich habe gesehen, wie er angeschossen wurde."

„Sein einer Flügel ist zerstört, ich habe versucht, ihn zu verbinden. Hoffentlich haben die Adler einen Heiler, der den Knochen richten kann."

„Bestimmt."

„Und jetzt lass mich deine Wunde sehen, ich habe beobachtet, wie der eine Verbrecher ein Messer in dich gerammt hat."

Torik verzog den Mund. „Das ist nur ein Kratzer."

Amber stieß ein Schnauben aus, während sie den Rucksack absetzte. „Ja, sicher." Sie beugte sich vor, um besser sehen zu können. Ein klaffender Riss zog sich einmal längs über die Rippen bis zur Hüfte. Glücklicherweise schien er nicht sehr tief zu sein, aber Torik hatte viel Blut verloren. „Ich muss das verbinden."

Torik öffnete den Mund, schloss ihn dann aber wieder. Ergeben hob er die Arme und ließ Amber ihren Willen. Selbst als sie eine Flüssigkeit in die Wunde träufelte, um sie zu desinfizieren, zuckte er nicht einmal zusammen. Aus eigener Erfahrung wusste sie, dass das Zeug höllisch brannte, und sie fragte sich, wie Torik es aushielt, ohne zu reagieren. Vielleicht konnte er Schmerz tatsächlich ausblenden, wie Coyle früher einmal vermutet hatte. Im Moment war es jedenfalls sehr hilfreich, denn so konnte Amber ihn mit der Salbe behandeln und einen Verband anlegen, ohne dass er auch nur einmal zuckte. Schließlich trat sie zurück und betrachtete ihr Werk kritisch.

„Das müsste erst einmal halten. Sag mir Bescheid, wenn es wieder anfangen sollte zu bluten."

„Okay." Was vermutlich so viel hieß wie: *Noch mal lasse ich dich bestimmt nicht an mich ran*.

Amber unterdrückte einen Seufzer und schloss ihren Rucksack wieder. „Dann werde ich mich mal um die anderen kümmern. Falls du irgendwo einen Heiler der Adler siehst, kannst du ihn bitte zu mir schicken?"

„Natürlich." Torik neigte den Kopf und verwandelte sich zurück.

Amber sah ihm nach und atmete auf, als die elastische Bandage, die sich der jeweiligen Gestalt anpasste, auch in Berglöwenform noch an der richtigen Stelle saß. Glücklicherweise wurden solche Bandagen nicht oft benötigt. Seit sie denken konnte, hatte es eine solche Auseinandersetzung noch nie gegeben, und sie konnte nur hoffen, dass es die letzte gewesen war. Amber schüttelte den Gedanken ab, während sie durch den Schnee zum nächsten Berglöwen stapfte. Es würde ihr nicht helfen, wenn sie sich jetzt über so etwas den Kopf zerbrach. Wichtig war nur, den Verletzten zu helfen und sich dann zu überlegen, wie sie Harmon zurück ins Lager transportieren konnten. Der Druck auf ihrer Brust wurde stärker, und sie schob auch diesen Gedanken zur Seite.

Als sie Coyle sah, lief sie los und umarmte ihn fest. Tränen der Erleichterung liefen über ihr Gesicht, und der Schluchzer, der sich in ihr aufgestaut hatte, brach sich Bahn. Coyle schien ihren Gefühlsausbruch zu verstehen, denn er hielt sie genauso fest und streichelte sanft über ihren Kopf.

„Ich bin so froh, dass es dir gut geht! Torik hat das zwar gesagt, aber …"

„Es ist alles in Ordnung, Amber." Er schob sie sanft zurück und sah in ihre Augen. „Wie geht es dir?"

Sie wollte die Frage schon abtun, doch dann konnte sie auf einmal nicht mehr lügen. „Ich habe Angst, Coyle. Griffin wurde schwer verletzt, und Harmon …" Ihre Stimme versagte.

„Ich weiß." Coyle küsste ihre Stirn. „Ich bin nur froh, dass du unverletzt bist."

Amber sah sich um. „Wo ist Melvin? Er hat mir und Griffin das Leben gerettet."

„Die Adler haben ihn gezwungen, mit ihnen zu gehen."

„Was? Wieso?" Entsetzt starrte sie Coyle an.

„Anordnung ihrer ‚Oberen'. Anscheinend sind sie der Ansicht, dass Melvin die Menschen absichtlich in ihr Gebiet geführt hat."

„Aber das ist Unsinn! Er wusste doch gar nicht, dass hier Wandler leben. Wir müssen sofort …"

Coyle legte seine Hand um ihren Arm, als sie losstürmen wollte. „Keine Angst, Finn ist bei ihm und wird nicht zulassen, dass Melvin irgendetwas geschieht."

Etwas ruhiger nickte Amber. „Ich werde mich darauf verlassen." Sie besah sich die Wunde an Coyles Stirn. „Zuerst behandle ich dich, und dann muss ich jemanden finden, der sich um Griffin kümmert. Ich mag ihn nicht so lange alleine und hilflos dort liegen lassen."

Coyle berührte mit den Fingern seine Stirn. „Das habe ich noch gar nicht gemerkt. Ist nicht weiter schlimm, nur …"

„Ein Kratzer, ja, ja. Torik wollte mir das auch schon erzählen, dabei habe ich gesehen, wie er regelrecht aufgeschlitzt wurde." Während sie redete, setzte sie den Rucksack ab und suchte einen Tupfer und die Salbe heraus.

Unglaublicherweise lachte Coyle leise. „Der Unterschied ist, dass meine Wunde wirklich nur ein harmloser Schnitt ist."

„Das werde ich entscheiden." Klug wie er war, hielt ihr Bruder still, während sie sich um die Verletzung kümmerte. Schließlich trat sie zurück. „Es ist ein tiefer Schnitt, aber tatsächlich eher harmlos."

„Habe ich doch gesagt." Coyle legte seine Hand an ihre Wange. „Ich hätte es mir nie verziehen, wenn dir etwas geschehen wäre. Und dir auch nicht. Es ist also gut, dass du dich nicht bei deinem Alleingang hast töten lassen."

„Coyle …"

„Wir reden später darüber, im Moment haben wir beide etwas anderes zu tun."

Seufzend gestand Amber sich ein, dass ihr Bruder mit Recht verärgert war. Sie hatte ihm versprochen, sich versteckt zu halten, stattdessen war sie mitten in den Kampf gestürzt, um Griffin zu retten. Das hätte tödlich enden können und Coyle hätte sich wieder die Schuld daran gegeben. „Es tut mir leid, dass du dir Sorgen gemacht hast, aber ich konnte Griffin nicht sterben lassen."

Coyles Miene wurde sanfter. „Ich weiß." Damit verwandelte er sich und lief zu den anderen, die sich inzwischen an einer Stelle versammelt hatten. Amber folgte ihm langsamer, denn sie ahnte, was sie dort sehen würde. Zuerst wirkte es, als wollten die Männer ihr den Weg verstellen, doch dann wurde sie durchgelassen und sank neben Harmon auf die Knie. Er wirkte fast, als würde er nur schlafen, seine Augen waren geschlossen und das helle Fell unversehrt. Für einen winzigen Moment stieg die Hoffnung in ihr auf, dass Torik sich geirrt haben könnte, aber dann sah sie das Blut im Schnee. Langsam streckte sie die Hand aus und strich sanft über Harmons Kopf. Tränen liefen über ihre Wangen, doch sie bemerkte sie kaum. Eine tiefe Traurigkeit erfüllte sie. So ein sinnloser Tod. Warum konnten die Menschen sie nicht einfach in Ruhe lassen? Sie hatten ihnen nie etwas getan, sondern lebten einfach nur ihr Leben, ohne jemanden zu belästigen. Was gab Menschen das Recht, alles, was nicht in ihr Konzept passte, einfach zu töten?

Amber zuckte zusammen, als sich eine Hand auf ihre Schulter legte. Coyle zog sie langsam von Harmon weg. „Komm, Griffin braucht dich jetzt."

Nach einem letzten Blick ließ sie sich wegführen. Coyle hatte Recht, die Lebenden waren im Moment wichtiger. Um die Toten konnte sie immer noch trauern, wenn alle versorgt waren. „Geh ruhig zu den anderen zurück, ich komme zurecht."

Coyle sah sie von der Seite an. „Du glaubst doch nicht im Ernst, dass ich dich mit den Adlern allein lasse, so wie sie dich vor ein paar Tagen behandelt haben, oder?" Ein Muskel zuckte in seiner Wange. „Außerdem braucht Harmon mich nicht mehr."

„Es war nicht deine Schuld ..."

Coyle unterbrach sie. „Ja, ich weiß. Aber das macht es trotzdem nicht leichter zu ertragen. Ich war so lange Ratsführer, ich betrachte es immer noch als meine Pflicht, darauf zu achten, dass es allen Mitgliedern der Gruppe gut geht. Und Harmon kannte ich sein ganzes Leben, er war ein guter Wächter, wenn auch manchmal etwas übereifrig." Er schwieg einen Moment. „Die Gruppe kann sich einen solchen Verlust nicht leisten. Wir haben sowieso schon zu wenige junge Leute, die unsere Gene weitertragen können. Und diejenigen, die da sind, werden vielleicht keinen Partner finden oder so wie wir keinen Nachwuchs in die Welt setzen." Er zuckte zusammen, als ihm klar wurde, was er gesagt hatte. „Entschuldige, ich wollte nicht ..."

„Es ist die Wahrheit, warum solltest du sie nicht sagen? Sollte Finn Kinder bekommen, werden sie halbe Leopardenwandler sein, und ich werde aus offensichtlichen Gründen nie Kinder bekommen. Aber du und Marisa, ihr könntet Nachwuchs bekommen."

Coyle schüttelte bereits den Kopf. „Ich werde sie nicht der Gefahr aussetzen, bei der Geburt zu sterben."

„Hast du mit ihr schon darüber gesprochen?"

„Nein, das brauche ich auch nicht, meine Entscheidung steht fest. Ganz davon abgesehen sind wir auch schon relativ alt, was die Gefahr noch einmal erhöht."

Amber hätte zu gern gewusst, wie Marisa darüber dachte, aber da sie Coyle nicht noch mehr aufregen wollte, beschloss sie, das Thema ruhen zu lassen. „Was wird mit Melvin passieren? Nehmen wir ihn mit zurück zum Lager? Conner ist derzeit nicht in der Lage, draußen zu leben, solange seine Verletzungen nicht verheilt sind."

„Das ist die Entscheidung des Rates, aber ich denke, Finn wird ihnen vorschlagen, die Verbannung aufzuheben, weil Melvin bewiesen hat, dass er uns nicht noch einmal an die Menschen verraten wird."

„Das wäre gut. Ich glaube, dass Melvin in den letzten Monaten viel gelernt hat." Ein Lächeln zog über ihr Gesicht. „Und ich denke, dass auch Conner gerne wieder im Lager leben würde."

„Dann kann er das doch tun."

„Ja, aber jetzt, wo Melvin auf ihn angewiesen ist, würde er ihn nicht da draußen alleine lassen, glaube ich. Wenn wir Melvin also wegschicken, wird auch Conner gehen. Und du hast es ja selbst gesagt, wir können uns keine Verluste mehr leisten."

Coyle nickte knapp. „Ich werde Finn darauf hinweisen, falls er es nicht schon selbst gemerkt hat." Unruhig sah er zum Himmel. „Ich hoffe, Marisa ist inzwischen wieder zu Hause."

„Ruf sie doch an."

„Ich habe kein Handy dabei, und die Adler scheinen kein Telefon zu besitzen. Sie ziehen es vor, völlig von der menschlichen Welt abgeschnitten zu leben."

„Und doch sind sie jetzt in der gleichen Situation wie wir."

„Ja. Auch wenn sie es sich noch nicht eingestehen wollen." Er wollte noch etwas sagen, schüttelte dann aber nur den Kopf. „Wir sind da."

Im fahlen Licht des Mondes konnte Amber einen Mann sehen, der neben einem Adler im Schnee hockte und sich über ihn beugte. In der Nähe saßen mehrere Adler, zwischen denen ein Stück Plane lag, an deren Enden Riemen befestigt waren. Während sie sich noch fragte, was das sein sollte, sah der Mann zu ihnen auf. Seine schwarzen Haare schienen das fahle Mondlicht zu verschlucken, ein undeutbarer Ausdruck lag auf seinem scharf geschnittenen Gesicht.

„Ich bin Amber. Bist du der Heiler der Adlerwandler? Griffin ist schwer verletzt. Ich habe ihn zwar notdürftig behandelt, aber ich kenne mich mit eurer Physiologie nicht gut genug aus, dass ich ihm wirklich helfen könnte."

„Ich habe vorhin gesehen, wie du ihn weggebracht hast, aber nicht, wohin." Er wandte sich wieder seinem Patienten zu. „Ich bin Ciaran. Einen richtigen Heiler haben wir nicht, aber ich habe ein wenig Erfahrung mit der Behandlung von Wunden. Ich werde mich um Griffin kümmern, wenn ich hier fertig bin."

Auch wenn Amber noch so ungeduldig war, sie konnte kaum verlangen, dass Ciaran den Adler liegen ließ, um sich um Griffin zu kümmern. Seine Verletzungen waren eindeutig schwerwiegender, das konnte selbst sie als Laie erkennen.

Abrupt richtete sie sich auf. „Würde es helfen, wenn ich Griffin hierherbringe?"

Ciaran sah noch einmal auf. „Wo ist er verletzt?"

„Am Flügel."

„Dann ist es besser, er bleibt dort liegen, bis ich zu ihm kommen kann. Je mehr wir ihn bewegen, desto mehr könnten wir zerstören."

Amber biss auf ihre Lippe. „Ich will ihn dort nur nicht so alleine liegen lassen. Er muss furchtbare Schmerzen haben und …"

Die Miene des Adlermannes wurde ein wenig weicher. „Geh zu ihm, ich finde euch schon."

„Geh ruhig, Amber, ich bringe ihn zu dir, wenn er hier fertig ist." Sie hatte beinahe vergessen, dass Coyle noch neben ihr stand.

Dankbar lächelte sie ihn und Ciaran an, dann verwandelte sie sich und lief, so schnell sie konnte, zu Griffin zurück.

26

Melvin versuchte, sich nicht anmerken zu lassen, wie elend er sich fühlte. Er hatte die Menschen hierhergeführt und trug damit die Verantwortung für all die Toten und Verletzten dort draußen. Und er hatte selbst einen Mann getötet. Auch wenn es Notwehr gewesen war, würde er nie den Moment vergessen, als die Kugel in Jennings' Brust eingeschlagen war und ihn umgeworfen hatte. Eigentlich war es nur ein Glückstreffer gewesen, ausgelöst durch den Wunsch, Amber zu retten, denn Melvin hatte noch nie vorher eine Schusswaffe benutzt. Oder hatte es auch etwas mit Rache zu tun gehabt, wegen dem, was Jennings seinem Vater und ihm angetan hatte? Vermutlich. Melvin hob den Kopf und sah sich in der Hütte um, in die ihn mehrere schweigsame Adlerwächter geführt hatten. Es schien sich um eine Wohnhütte zu handeln, die hoch im Wipfel eines Baumes lag. Glücklicherweise gab es Strickleitern, sonst wäre er in seinem momentanen Zustand wahrscheinlich nicht hinaufgekommen.

Die Einrichtung der Hütte war karg, keine Spur von der Gemütlichkeit, die in den Berglöwenbehausungen vorherrschte. Sie kam ihm fast unbewohnt vor. Melvins Blick glitt weiter und traf Finns. Sofort richtete er sich gerade auf und hob das Kinn. Er wollte nicht, dass der Ratsführer der Berglöwen merkte, wie viel Angst er hatte. Gleichzeitig war er froh, nicht alleine hier zu stehen.

„Die Oberen!“ Der Ruf kam von einem der Wächter, und sie nahmen Haltung an.

Während Melvin innerlich den Kopf schüttelte, erkannte er,

wie gut sie es in der Berglöwengruppe hatten. Natürlich wurde den Ratsmitgliedern Respekt entgegengebracht, aber nicht so übertrieben, wie es hier anscheinend üblich war. Er beobachtete, wie den drei Männern Roben umgehängt wurden, nachdem sie sich auf der Landeplattform vor der Hütte verwandelt hatten. Die Oberen waren also alle noch in der Lage, sich zu verwandeln, es gab anscheinend keine Alten unter ihnen, so wie bei den Berglöwen. Angeführt wurden sie von einem ziemlich kleinen Mann mit Geheimratsecken, der aufpassen musste, nicht zu dick zu werden. Das genaue Gegenstück dazu war der zweite Mann: lang und dünn und mit langen hellblonden, zu einem Zopf gebundenen Haaren. Der dritte Obere war recht unauffällig, am beeindruckendsten waren sicher seine intelligenten hellbraunen Augen.

Die Oberen gingen an ihm vorbei, ohne ihn eines Blickes zu würdigen. Erst als sie sich auf drei Stühle mit hohen Lehnen gesetzt hatten, wandten sie sich den anderen Anwesenden zu. Auf ihm ruhten die Blicke am längsten, und Melvin hatte Mühe, sich nicht unruhig zu bewegen.

Schließlich begann der kleine Wandler zu sprechen. „Warum hast du diese … Menschen zu unserem Gebiet geführt? Haben sie dir etwas dafür gegeben?“

Melvin starrte ihn an. „Natürlich nicht. Ich wusste gar nicht, wo euer Lager liegt. Es war ein unglücklicher Zufall.“

Der Kleine lief rot an. „Das sollen wir dir glauben? Nachdem gerade mal ein paar Tage vorher einer von euch in unser Gebiet eingedrungen ist? Das ist ein wenig zu viel Zufall, finde ich.“

Bevor Melvin antworten konnte, mischte sich Finn ein. „Amber hatte den Auftrag von unserem Rat, mit euch Kontakt aufzunehmen. Sie hatte keinerlei böse Absichten, genauso wenig wie wir. Ihr hattet kein Recht, sie anzugreifen und dabei fast zu töten.“

Der Obere zuckte mit den Schultern. „Es ist unser Gebiet.“

Der Unauffällige mischte sich ein. „Was Euan damit sagen will, ist, dass wir unser Gebiet gegen Eindringlinge verteidigen, notfalls auch mit Gewalt. Allerdings wollte niemand, dass sie zu Tode kommt, das war ein unglückseliger Umstand, und wir sind froh, dass sie gerettet wurde."

Finn schnaubte verächtlich. „Deshalb habt ihr vermutlich auch ihren Retter des Lagers verwiesen?"

Euan hob die Hand. „Genug jetzt, deshalb sind wir nicht hier. Was wir in unserem Gebiet tun oder wer zu unserer Gruppe gehört und wer nicht, steht nicht zur Debatte. Wir sind hier, um darüber zu entscheiden, was jetzt geschehen soll."

Melvin ballte seine Hände hinter dem Rücken zu Fäusten. Am liebsten hätte er dem Idioten klargemacht, was er von ihm hielt, aber er wollte nicht, dass sich das negativ auf das Verhältnis zwischen ihren beiden Gruppen auswirkte. Wie konnten die Oberen da sitzen und sich nicht mal bei Finn bedanken, der ihnen zu Hilfe geeilt war, obwohl sie im Gegenzug keinen Finger für die Berglöwen rühren würden?

„Wenn möglich, würde ich gerne unsere Verletzten bei eurem Heiler behandeln lassen, und es wäre auch nett, wenn ihr uns irgendetwas geben könntet, mit dem wir unseren Toten transportieren können." Finn räusperte sich. „Wenn ihr keine weitere Hilfe mehr benötigt, werden wir noch heute Nacht in unser Lager zurückkehren."

Melvin schloss die Augen, als er sich daran erinnerte, wie Harmon gestorben war. Die Kugel war aus dem Nichts gekommen, er hatte nichts mehr tun können, um seinem Freund irgendwie zu helfen. Die Vorstellung, dass er nie wieder mit Harmon reden, nie wieder sein ansteckendes Lachen hören würde, war furchtbar. Und er war schuld an seinem Tod.

„Ihr könnt gleich gehen, wir brauchen eure Hilfe nicht. Wir haben keinen Heiler, nur Ciaran, der gewisse Kenntnisse hat.

Aber wahrscheinlich hat er im Moment zu viel zu tun, um sich auch noch um eure Leute zu kümmern. Für euren Toten können wir euch eine Plane zum Transport geben, oder ihr könnt ihn gleich hier begraben."

Melvin riss die Augen auf und trat einen Schritt vor. Bevor er etwas sagen konnte, legte Finn seine Hand auf Melvins Arm. „Wir nehmen ihn mit nach Hause. Komm, Melvin, gehen wir." Finn wandte sich zur Tür um und schob ihn vor sich her.

„Moment, nicht so schnell, wir sind hier noch nicht fertig." Euans Stimme hallte durch den Raum.

Finns finsterer Gesichtsausdruck ließ die Adlerwandler zurückweichen, als er sich wieder umdrehte. Keiner der Adler war auch nur annähernd so groß und muskulös wie er. „Ich denke schon."

„Wir verlangen, dass dieser Verräter hierbleibt, damit wir ihn bestrafen können." Euan zeigte mit dem Finger auf Melvin. „Er trägt die Schuld daran, dass die Menschen in unser Gebiet eingedrungen sind und wir große Verluste erlitten haben."

Melvin spürte, wie das Blut aus seinem Kopf wich, aber Finns Hand gab ihm die Kraft, sein Kinn zu heben. „Ich bin bereit, meine Strafe anzunehmen."

Euan blickte ihn triumphierend an. „Gut. Wächter ..."

Finn ließ die Wächter mit einem Blick zurückweichen. „Melvin mag bereit dazu sein, ich bin es nicht. Keiner meiner Leute wird hier zurückgelassen, und ich kann gleich dazu sagen, dass es zu einem Kampf kommen wird, wenn ihr versuchen solltet, ihn dazu zu zwingen."

„Das ist unerhört! Ich verlange ..."

Finn unterbrach ihn erneut. „Melvin hat vielleicht Fehler begangen, aber er hat die Menschen nicht mit Absicht hierhergeführt. Im Gegenteil, als er von Griffin erfahren hat, dass er direkt auf euer Gebiet zuläuft, hat er versucht, die Verbrecher in eine andere Richtung zu locken. Das hat leider nicht funktioniert, aber es ist keinesfalls Melvins Schuld. Und er hat während des Kampfes geholfen und den Anführer der Bande erschossen. Ich denke, das zeigt, dass er wohl kaum mit ihnen unter einer Decke steckte."

„Oder er hat gesehen, dass sie verlieren, und ihn beseitigt, damit er ihn nicht verrät." Euan ließ nicht locker. „Wächter, sperrt ihn ein."

Finn sah aus, als würde er gleich explodieren. Doch bevor er etwas sagen oder tun konnte, fuhr der lange Dürre scharf dazwischen. „Das reicht, Euan! Es ist jetzt weit genug gegangen. Wir können das Geschehene nicht mehr rückgängig machen, und es hilft uns auch nicht, wenn wir den Jungen hierbehalten."

„Aber er hat etliche Tote und Verletzte auf dem Gewissen, Louan. Er sollte zur Rechenschaft gezogen werden."

„Ich denke, dass er schon genug dadurch gestraft ist, dass er selbst das auch glaubt. Davon abgesehen wäre die Sache noch viel schlimmer ausgegangen, wenn uns die Berglöwenwandler nicht zu Hilfe gekommen wären. Ich sage, wir lassen sie mit einem Dank für die geleistete Hilfe ziehen." Auch der unscheinbare Obere schien sich nun gegen Euan zu wenden.

„Das lasse ich nicht zu! Ich werde …"

Louan unterbrach ihn. „Ich glaube, es wird Zeit, dass du zurücktrittst, Euan. Du bist als Anführer nicht mehr tragbar."

Euan starrte ihn mit offenem Mund an. „Was? Bist du verrückt geworden?"

Der Unscheinbare mischte sich mit einem Blick auf Melvin und Finn ein. „Das sollten wir besprechen, wenn wir wieder unter uns sind, denkt ihr nicht?"

Euan fiel ihm einfach ins Wort, als hätte er ihn gar nicht gehört. „Ich bin der Sprecher der Oberen, und ich habe viele Jahre die Geschicke unserer Gruppe geleitet. Hast du vergessen, was ihr mir alles zu verdanken habt, Louan?“ Die Wächter begannen sich unruhig zu bewegen. Wahrscheinlich fragten sie sich schon, welche Partei sie im Notfall ergreifen sollten.

„Nein, das habe ich nicht.“ Louan beugte sich vor, sprach aber genauso ruhig weiter. „Du hast dich gut um die Gruppe gekümmert, das werden wir nicht vergessen. Aber es brechen andere Zeiten an, und du weigerst dich nun schon seit geraumer Zeit, das anzuerkennen. Wir können es uns nicht leisten, Leute zu verlieren, weder durch Unzufriedenheit noch durch Tod. Beides hätten wir verhindern können.“

Euans Gesicht war inzwischen so rot, dass er sicher schon kurz vor einem Herzinfarkt stand. „Ach, und ihr beide habt so viel dafür getan? Ich kann mich nicht erinnern, dass ihr jemals anderer Meinung wart.“

Nun mischte sich der dritte Obere ein. „Das liegt vermutlich daran, dass du nie zuhörst, wenn einer von uns eine andere Meinung hat. Wir haben dich oft genug darauf hingewiesen, dass wir uns der Zeit anpassen müssen und auch den neuen Bedürfnissen der Adlerwandler. Aber du hast recht, es ist auch unsere Schuld, dass wir es nie geschafft haben, uns durchzusetzen. Wir waren zu sehr daran gewöhnt, uns deinen Befehlen anzuschließen.“

„Es ist interessant, wie du es immer schaffst, alles so zu drehen, dass ich die Schuld trage, Calum. Aber mir ist natürlich klar, warum ihr das tut: Ihr wollt euren Sitz nicht verlieren. Das verstehe ich durchaus, mir geht es nämlich genauso. Deshalb sage ich es jetzt noch mal: Ich werde nicht zurücktreten.“

Louan stieß einen bedauernden Seufzer aus. „Dann lässt du uns keine Wahl. Wächter, führt bitte Euan aus der Hütte, er ist ab sofort keiner der Oberen mehr.“

Calum nickte dazu zustimmend. „Er wird weiterhin ein geachtetes Mitglied unserer Gemeinschaft sein, also behandelt ihn zuvorkommend.“

„Das könnt ihr nicht …“ Euan sprang auf, als zwei Wächter auf ihn zutraten. „Ich verlange sofort eine Abstimmung der Familienoberhäupter!“

„Die wirst du bekommen, aber erst, wenn hier wieder Ruhe eingekehrt ist.“ Damit gab Louan den Wächtern ein Zeichen, die den sich heftig wehrenden Euan an den Armen packten und zur Tür geleiteten.

Als sich die Tür hinter ihm schloss, kehrte für einen Moment völlige Stille ein. Sämtliche Adlerwandler standen oder saßen wie Statuen im Raum, als wäre ihnen erst jetzt die Tragweite dessen aufgegangen, was hier gerade passiert war. Finn verlagerte das Gewicht und löste damit die Erstarrung. Louan und Calum sahen sich an und neigten dann den Kopf. Es schien, als hätten sie vorher schon verabredet, was nach Euans Rausschmiss passieren sollte.

Calum richtete sich auf. „Da wir nur zu dritt beschlussfähig sind, werden wir jetzt das dritte Mitglied neu wählen. Louan wird dabei zum Sprecher aufrücken.“ Er sah sich in der Hütte um. „Talon, würdest du vortreten?“

Der große Wächter, der sich an Melvin vorbeischob, hatte zerzauste rotbraune Haare und mehrere Wunden an Gesicht und Körper. Er neigte den Kopf leicht, sah die beiden Oberen mit seinen grünbraunen Augen aber direkt an. „Habt ihr einen Befehl für mich?“

Ein leichtes Lächeln spielte um Calums Lippen. „Nein. Wir würden uns freuen, wenn du dritter Oberer werden würdest.“

Talon schien für einen Moment sprachlos zu sein. Dann richtete er sich gerader auf. „Das Angebot ehrt mich sehr. Allerdings denke ich nicht, dass ich für diese Aufgabe geeignet bin.“

„Natürlich bist du das, deine Familie gehört zu den einflussreichsten in der Gruppe.“ Louan hatte die Augenbrauen zusammengeschoben.

„Das sagt aber nichts darüber aus, ob ich zu dieser Arbeit tauge. Ich bin gerne Wächter und gut in dem, was ich tue. Deshalb möchte ich es auch bleiben." Er sah jemanden hinter Melvin an, bevor er sich wieder an die Oberen wandte. „Dürfte ich vielleicht jemanden vorschlagen, der meiner Meinung nach viel besser geeignet wäre?"

Calum schüttelte den Kopf. „So leid es mir tut, Griffin steht nicht zur Debatte. Jemand ohne entsprechenden Hintergrund würde nie akzeptiert werden."

Talons Lippen pressten sich zusammen. „Deshalb hätte ich ihn auch nicht vorgeschlagen, obwohl ich der Meinung bin, dass wir damit viel Potenzial verschenken." Er atmete tief durch. „Ich wollte Juna vorschlagen."

Hinter Melvin ertönte ein erschrockenes Einatmen, und er drehte sich rasch um. Die große Wächterin mit den roten Haaren, die ihm schon vorher aufgefallen war, sah Talon mit schreckgeweiteten Augen an. Ihr Gesicht war aschfahl.

Talon lächelte ihr beruhigend zu, bevor er sich wieder den Oberen zuwandte. „Juna gehört zu einer angesehenen Familie, sie ist eine großartige Wächterin und kennt sich auch in der Menschenwelt aus. Sie wäre meiner Meinung nach eine großartige Bereicherung."

Louan wirkte noch nicht überzeugt. „Aber sie ist eine Frau."

Talons Grinsen verbreiterte sich. „Ja, das ist mir aufgefallen." Er wurde ernst. „Gibt es irgendeinen Grund, warum eine Frau kein Mitglied der Oberen sein kann?"

Calum kratzte sich am Kopf. „Es ist nirgends festgehalten, dass es nur Männer sein dürfen. Es gab nur bisher noch nie eine Frau im Kreis der Oberen."

„Dann wird es Zeit." Damit neigte Talon noch einmal den Kopf. „Wenn ich jetzt an meinen Platz zurückkehren darf?"

Louan machte eine Geste mit der Hand. „Wenn du wirklich

unser Angebot nicht annehmen und weiterhin Wächter sein möchtest, natürlich." Wieder schien er mit Calum wortlos zu kommunizieren, dann sah er in Melvins Richtung. „Juna, tritt vor."

Melvin trat zur Seite, um der Wächterin Platz zu machen. Ihre Blässe war inzwischen einer leichten Röte gewichen. Wärme stand in Talons Augen, als er kurz ihre Hand berührte, bevor er seinen alten Platz einnahm. Es schien so, als wären seine Gründe nicht nur sachlicher Natur gewesen, als er Juna vorgeschlagen hatte.

Die Adlerwandlerin stellte sich vor den beiden Oberen auf und neigte den Kopf. „Louan, Calum." Ihre Stimme war klar und trug bis in den letzten Winkel der Hütte.

Louan sah sie ernst an. „Du hast gehört, was Talon vorgeschlagen hat. Wärest du bereit, ein Mitglied der Oberen zu werden?"

„Es wäre mir eine Ehre. Allerdings nur unter einer Bedingung."

Der ganze Raum schien den Atem anzuhalten, während Louan die Augenbrauen in die Höhe zog. „Und die wäre?"

„Es wäre mir zu mühsam, die ganze Zeit gegen euch ankämpfen zu müssen, weil ich eine Frau bin. Ich bin bereit, meinen Teil zu leisten, wenn ihr mich im Gegenzug als vollwertiges Mitglied anerkennt und meine Entscheidungen nicht danach beurteilt, welchem Geschlecht ich angehöre."

Calum stieß ein überraschtes Glucksen aus. „Also, ich habe damit kein Problem. Im Gegenteil, ich freue mich, dass hier endlich frischer Wind einzieht."

Louan verzog keine Miene. „Wenn du als Frau keine Sonderbehandlung beanspruchst, dann ist es mir recht. Da die Familienoberhäupter generell unseren Empfehlungen folgen, heiße ich dich hiermit bei den Oberen willkommen. Nimm deinen Platz ein."

Das schien Juna nun doch etwas zu schnell zu gehen, denn sie sah sich beinahe hilflos zu Talon um. Der trat noch mal vor und hängte ihr eine Robe um. „Viel Glück." Für einen Moment wirkte sie noch unsicher, dann straffte sie ihre Schultern, ging zu den Stühlen und setzte sich, als hätte sie nie etwas anderes getan.

„Womit wir nun endlich zur Abstimmung kommen, damit unsere neuen Freunde …" Calum nickte zu Melvin und Finn hin. „… ihrer Wege gehen können. Louan?"

„Ich bin auch dafür, dass der Junge in sein Lager zurückkehren kann." Er blickte zu Juna. „Wie ist deine Meinung?"

Juna sah Melvin an. „Ich bin der Ansicht, dass es nur ein unglücklicher Zufall war und er keine bösen Absichten hatte. Er sollte frei sein."

Louan neigte den Kopf. „Melvin, du bist frei. Finn, euch wird alles zur Verfügung gestellt, was ihr zum Transport eures Toten und der Verletzten braucht, soweit wir es entbehren können. Sollte Ciaran Zeit haben, kann er nach euren Verletzten sehen, wenn nicht, ginge es wahrscheinlich schneller, wenn ihr sie selbst versorgt und dann zu eurem Heiler zurückkehrt."

Finn trat vor. „Danke. Wir würden uns freuen, wenn wir in der Zukunft Kontakt halten könnten."

„Wir werden darüber beraten." Louan wandte sich an die Wächter. „Bringt sie sicher aus unserem Gebiet."

Melvin räusperte sich. „Was geschehen ist, tut mir wirklich leid."

Calum lächelte. „Davon gehen wir aus. Geh, mein Junge."

An der Tür blieb Melvin noch einmal stehen. „Zwei der Männer habe ich ein Stück entfernt an einen Baum gefesselt, sie waren nicht beim Kampf dabei."

Louan neigte den Kopf. „Wir werden uns um sie kümmern."

Melvin biss sich auf die Lippe, unsicher, ob er den Adlern noch weiter unangenehm auffallen wollte. „Was wird jetzt mit ihnen geschehen? Ich glaube, sie wissen nicht, dass es uns überhaupt gibt, und dachten, sie würden normale Berglöwen jagen."

Calum sah Louan und Juna an, bevor er sich wieder an ihn wandte. „Wir werden sie befragen, und wenn sie tatsächlich nichts wissen, können sie in die Menschenwelt zurückkehren." Überraschend lächelte der Obere. „Ich wollte schon immer mal die Nationalpark-Uniform ausprobieren, die in meinem Schrank hängt."

Beruhigt nickte Melvin. „Danke."

Er trat aus der Hütte und ließ die kalte Luft über seinen Körper streichen. Zum ersten Mal seit drei Monaten fühlte er sich tatsächlich frei. Auch wenn er noch nicht wusste, wie seine Zukunft aussehen würde, er würde sein Schicksal jetzt annehmen und das Beste daraus machen.

Griffin hörte die Schritte im Schnee und hob den Kopf, doch es war zwecklos. Solange er in der Isolierdecke und dem Schnee feststeckte, konnte er nichts sehen. Seit Amber ihn verlassen hatte, war die Zeit unendlich langsam vergangen. Der Schmerz in seinem Flügel war nichts im Gegensatz zu seiner Ungeduld, wieder in Ambers Nähe zu sein. Vor allem, weil er wusste, dass die Berglöwen sicher so schnell wie möglich wieder zu ihrem Lager zurückkehren wollten – und er war hier gefangen. Wenn er die Schmerzen richtig deutete, würde er einige Zeit nicht fliegen können, vielleicht sogar nie wieder. Und das bedeutete, dass er Amber nicht sehen konnte, wenn sie wieder in ihrem Gebiet war.

„Hier ist er." Erleichtert atmete Griffin auf, als er Ambers Stimme hörte.

Ein großer Schatten beugte sich über ihn, und Griffin kniff die Augen zusammen, um zu erkennen, wer es war. Jemand hob die Decke, und sofort zog der kalte Wind hinein. Das Zittern löste Wellen des Schmerzes aus.

„Ich sehe mir nur schnell deinen Flügel an, Griffin." Ciaran. Griffin war froh zu sehen, dass er noch lebte. Er wünschte bloß, er wüsste, wie es Talon, Juna und den anderen ging. Ein frustrierter Laut drang aus seinem Schnabel.

„Tut es ihm weh?" Ein Beben war in Ambers Stimme zu hören.

„Vermutlich, aber momentan scheint er mir eher frustriert zu sein. Tut mir leid, du kannst dich jetzt nicht verwandeln. Zuerst muss ich deinen Flügel untersuchen und stabilisieren. Wenn du jemals wieder fliegen willst, solltest du auf mich hören."

„Aber er wird doch wieder fliegen können?"

Ciaran wiegte den Kopf. „Ich kann es noch nicht sagen. In nächster Zeit auf jeden Fall nicht. Soweit ich das sehen kann, ist ein Knochen gebrochen und die Federn sind so zerstört, dass er sowieso nicht fliegen könnte. Vielleicht wieder, wenn sie nachgewachsen sind."

Griffin schloss die Augen, als Ciaran seine schlimmsten Befürchtungen bestätigte. Eine sanfte Berührung an seinem Hals ließ ihn hochblicken. Amber hatte sich über ihn gebeugt, Tränen schimmerten in ihren Augen. „Es wird alles gut." Sie hob den Kopf, als ein Ruf ertönte. „Entschuldige, ich muss zu den anderen, aber ich komme wieder." Sie beugte sich wieder über ihn und küsste seine Wange. „Tu, was Ciaran dir sagt, damit es dir bald wieder besser geht."

Ein protestierender Laut drang aus seiner Kehle, als sie aufstand und ihn mit Ciaran allein ließ.

Der Wächter beugte sich über ihn. „Dich hat es ganz schön erwischt. Aber keine Angst, deine Berglöwin scheint sich kaum von dir trennen zu können." Er wurde ernst. „Und hör auf mich: Sosehr du auch wieder in Menschenform sein willst, damit du mit ihr reden kannst, unterdrück es. Verwandele dich erst wieder, wenn ich dir die Erlaubnis dazu gebe, okay?"

Griffin senkte knapp den Kopf. Wie lange würde er warten müssen, bis sie vom Lager der Berglöwen zurückkommen konnte? Oder bis er selbst irgendwie dorthin gelangte? Unruhig bewegte er sich.

„Lieg still, oder willst du, dass die Verletzungen noch schlimmer werden?“ Ciaran wühlte in seiner Tasche und schob Griffin dann etwas in den Schnabel. „Hier, trink das.“

Griffin wollte nichts trinken, er musste ... Seine Augen glitten zu, und er versank in der Dunkelheit. *Amber*.

Wieder einmal stellte Marisa fest, dass sie für die Dunkelheit nicht geschaffen war. Nicht nur, dass sie nichts sah und deshalb ständig stolperte oder irgendwo hängen blieb, sondern sie war die ganze Zeit über fast starr vor Angst, obwohl sie genau wusste, dass niemand hinter ihr her war. Mit Angus an ihrer Seite konnte ihr überhaupt nichts passieren, trotzdem wünschte sie, Coyle wäre bei ihr, so wie damals, als er sie zum ersten Mal zum alten Lager mitgenommen hatte – auch wenn sie nicht wirklich noch einmal von den Leopardinnen verfolgt werden wollte.

Doch Coyle war irgendwo in der Wildnis unterwegs, möglicherweise kämpfte er gerade um sein Leben, war vielleicht schwer verletzt oder sogar tot. Dieser Gedanke führte dazu, dass sie noch schneller durch den Wald lief. Glücklicherweise hatte Angus sie direkt zu Coyles Versteck geführt, in dem auch das GPS-Gerät lag. Die Koordinaten des neuen Lagers hatte sie sich heimlich eingeprägt, obwohl das verboten war, um im Notfall in der Lage zu sein, das Gebiet der Berglöwenwandler sofort zu finden, und nicht erst stundenlang danach suchen zu müssen. Und das hier war für sie ein Notfall. Sie wollte nicht in ihrem Haus warten, bis sie eine Nachricht erhielt, ob Coyle noch lebte. Sie konnte es nicht. Die Warterei hätte sie wahnsinnig gemacht.

Also stolperte sie jetzt durch den Wald, um im Lager mit den anderen Berglöwenwandlern auf Nachricht zu warten. Marisa blieb abrupt stehen. Seit wann hielt sie sich für eine von ihnen? Nicht dass sie glaubte, ihr würde demnächst Fell wachsen und sie würde sich auf allen vieren fortbewegen, aber irgendwie war sie in die Gemeinschaft hineingerutscht. Coyles Familie war jetzt auch ihre, ebenso wie seine Freunde. Sie wünschte, sie hätte ihm auch so etwas bieten können, doch sie war allein, und selbst wenn, wäre es zu gefährlich gewesen, ihn jemandem vorzustellen. Aber da Coyle mit ihr nicht unglücklich zu sein schien – ganz im Gegenteil –, würde sie ihn sicher nicht noch darauf hinweisen, dass sie in dieser Beziehung viel mehr nahm als gab. Sie tauchte aus ihren Gedanken auf, als Angus ein hohes Winseln ausstieß. Sofort legte sie ihre Hand auf seinen Kopf. „Was ist, hörst du etwas?"

Im Licht ihrer Taschenlampe sah sie, wie sich seine Nüstern blähten, er schien etwas zu wittern. Marisa blickte auf das GPS-Gerät und atmete erleichtert auf. „Das ist schon richtig, wir sind in der Nähe ihres Gebiets, da muss es nach Katze riechen." Sie kraulte hinter seinen Ohren. „Ich weiß, du magst Katzen nicht, aber diese hier sind unsere Freunde. Wie Coyle."

Angus spitzte die Ohren, als er den Namen hörte. Für ihn bedeutete das wohl so viel wie „lebender Kauknochen", deshalb lief er bereitwillig wieder los, als Marisa sanft an der Leine zog. Wenige Minuten später wurde sie von einem Wächter abgefangen. Sie hatte ihn schon im Lager gesehen, allerdings fiel ihr sein Name nicht mehr ein. Er war einer der jüngeren, die noch ausgebildet wurden, und schien unsicher zu sein, was er jetzt mit ihr machen sollte. Marisa nahm ihm die Entscheidung ab, indem sie einfach weiter auf das Lager zuging.

„Wenn es dir nichts ausmacht, warte ich im Lager auf Coyle, hier draußen ist es mir zu kalt." Angus knurrte den Berglöwen an, schien aber auch zu erkennen, dass er keine Bedrohung war.

Der junge Mann folgte ihr. Wahrscheinlich hatte er beschlossen, dass das Gleiche für sie und Angus galt. Marisa drehte sich zu ihm um. „Habt ihr schon etwas von ihnen gehört?"

„Leider nicht. Ich weiß nicht, ob es bei den Adlerwandlern überhaupt ein Telefon oder E-Mail gibt, es kann also sein, dass die anderen erst den ganzen Weg wieder zurücklaufen müssen, bis wir wissen, ob ..." Er brach ab, die Lippen fest zusammengepresst.

Marisa berührte leicht seinen Arm. Es war richtig, hierherzukommen und ihre Ängste mit denen zu teilen, die genau wussten, was in ihr vorging. „Sie werden zurückkommen."

„Ja." Der junge Mann – Falk, genau, das war sein Name – blickte sie dankbar an.

„Bist du der einzige Wächter hier?"

Falk schüttelte den Kopf. „Nein, Keira ist auch irgendwo."

„Das ist eine ziemliche Verantwortung für euch beide."

„Ja, aber ich wäre lieber bei den anderen, und ich denke, Keira geht es genauso. Ich bin zwar erst ein Anwärter, aber Harmon durfte auch mit."

Marisa erinnerte sich noch gut daran, dass Harmon in der vordersten Reihe gestanden hatte, als die wütende Gruppe gefordert hatte, dass Coyle sie herausgab, damit sie befragt werden konnte. So viel war seitdem geschehen. „Ich denke, dass Finn wusste, dass das Lager in euren Händen in Sicherheit ist. Er brauchte zwei starke, zuverlässige Wächter, die hierbleiben." Glücklicherweise hatte sie nicht Keira getroffen, Finns Schwester konnte sie schon seit ihrer ersten Begegnung nicht ausstehen. Vermutlich, weil Keira selbst an Coyle interessiert war, der ihr jedoch nie auch nur die geringste Hoffnung gemacht hatte. Seit Coyle sich zu Marisa bekannt hatte, war Keira ihr immer aus dem Weg gegangen, und Marisa war froh darüber. Auch wenn sie Keira nicht sonderlich mochte, wollte sie doch nicht immer wieder die alten Wunden aufreißen und ihr unter die Nase reiben, dass sie jetzt mit Coyle zusammen war.

Erleichtert atmete Marisa auf, als sie endlich das Lager erreichten. Beruhigend strich sie über Angus' Kopf, dessen Nackenfell sich aufgerichtet hatte. Anscheinend gewöhnte er sich allmählich an die seltsamen Freunde, zu denen sie ihn führte, denn er blieb dicht bei ihr und riss sich nicht los, um auf Katzenjagd zu gehen. Falk verabschiedete sich von ihr, um Kearne Bescheid zu sagen, dass sie gekommen war, und Marisa nutzte die Gelegenheit, zu Fays Hütte zu gehen. Vielleicht konnte sie den Hund bei der Heilerin lassen, während sie mit den Wandlern sprach, beim letzten Mal waren sie gut miteinander ausgekommen.

Marisa klopfte an die Tür und öffnete sie, als sie Fays Stimme hörte. „Hallo, Fay!"

Ein Lächeln glitt über Fays Gesicht. „Marisa, das ist eine Überraschung."

„Ich konnte nicht im Haus bleiben, solange ich nicht weiß, was mit Coyle ist. Falk sagte, ihr habt noch nichts gehört?"

Das Lächeln verblasste. „Nein, nichts." Fay sah zu dem Mann hinüber, der auf einer der beiden Liegen lag. Bei ihrem Eintreten hatte er sich halb erhoben, dann aber wieder zurücksinken lassen.

„Hallo, du musst Conner sein."

„Genau. Hallo, Marisa."

„Gibt es Neuigkeiten von Melvin?"

Seine Augen verdunkelten sich. „Nur, dass er von den Menschen mit Waffen verfolgt wurde und dann versucht hat, sie vom Adlerlager wegzulocken. Wir wissen nicht, ob die Verbrecher ihn eingeholt haben oder ob er entkommen konnte."

Marisa legte ihre Hand auf seinen Arm. „Ich bin sicher, er ist jetzt bei den anderen, und wenn nicht, werden sie ihn suchen und dann mit hierherbringen."

„Ich hoffe es.“ Trotz seiner Verletzungen sah Conner gut aus. Seine Gesichtsfarbe war gesund, und seine Augen glitzerten.

Marisa blickte zu Fay, die geschäftig durch die Hütte lief. Ihre offenen Haare wirkten zerzaust, der Pullover war verkehrt herum angezogen. Als sie zu Conner zurücksah, hatte sich Röte in seinen Wangen ausgebreitet. Marisa zog eine Augenbraue hoch, verzichtete aber darauf, die beiden noch mehr in Verlegenheit zu bringen. „Ich denke, ich werde Angus in Ambers Hütte bringen, solange sie weg ist. Dort kann er sich etwas beruhigen und stört euch hier nicht.“

Fay nickte. „Das ist bestimmt besser, normalerweise könnte er gerne hierbleiben, aber mit der kleinen Patientin wäre das nicht so gut.“

Marisa trat zu der zweiten Liege und blickte auf das schlafende Berglöwenjunge hinunter. „Wie geht es ihr?“

„Besser als heute Morgen, aber ob sie durchkommt, wird erst die Zeit zeigen.“

Marisa streckte die Hand aus, um die Kleine zu streicheln, zog sie dann aber rasch zurück. Vielleicht trug sie Keime an den Fingern, die ihr schaden könnten. Ein dumpfes Ziehen breitete sich in ihrem Brustkorb aus, als sie das gepunktete Berglöwenjunge betrachtete. Eigentlich wollte sie keine Kinder haben, das Verlangen danach war nie so stark gewesen, dass sie ernsthaft darüber nachgedacht hätte. Aber die Vorstellung, mit Coyle ein solches Wesen zu erschaffen, hatte einen ungeahnten Reiz.

Marisa schüttelte den Kopf und trat zurück. Als sie bemerkte, dass Fay sie prüfend beobachtete, spürte sie Hitze in ihre Wangen steigen. „Ich hoffe, sie wird gesund.“ Rasch ging sie mit Angus zur Tür. „Ich denke, ich werde mich noch ein wenig ausruhen, ich bin direkt aus San Francisco hierhergekommen.“

„Lass dir ruhig Zeit, wir werden dich auf jeden Fall sofort benachrichtigen, wenn wir etwas von Coyle und den anderen hören."

„Danke." Damit zog Marisa die Tür hinter sich zu. Ein schwaches Lächeln hob ihre Mundwinkel. Wie es schien, hatten Fay und Conner die Zeit sinnvoll genutzt. Oder sie bildete sich nur ein, überall Pärchen zu sehen, weil sie mit Coyle so glücklich war. Marisa schüttelte den Kopf. Es wurde anscheinend wirklich Zeit, dass sie sich ein wenig von dem anstrengenden Tag erholte. Aber das konnte sie erst, wenn sie wusste, dass es Coyle gut ging.

Mit einem tiefen Seufzer schob sie die Tür zu Ambers Hütte auf, löste die Leine von Angus' Halsband und folgte ihm hinein. Erleichtert, dass er anscheinend nicht den Drang verspürte, überall Duftmarken zu setzen, ließ sie sich auf einen Stuhl sinken und legte ihren Rucksack auf den Tisch.

Als Angus sein Kinn auf ihren Oberschenkel legte und sie flehend ansah, musste sie lachen. „Ja, ist schon gut. Du hast Hunger, ich weiß. Obwohl du dich beim FBI dick und rund gefressen hast, bist du völlig ausgehungert, armer Hund."

Angus blickte sie nur weiter mit seinen Triefaugen an, bis sie nachgab und einen Hundekuchen herausholte. „Hier. Der muss aber reichen, sonst haben wir nichts mehr für den Rückweg. Und ich bezweifle, dass hier jemand Hundefutter hat." Sie wollte gerade ihren Rucksack wieder schließen, als ein Zettel herausfiel. Mit einem Stöhnen bückte sie sich danach und sah darauf. Stirnrunzelnd betrachtete sie die Zahlenfolge. Das war nicht ihre Handschrift, wie ...? Ihr Herz begann schneller zu klopfen, als sie sich daran erinnerte, dass dieser Harken seine Telefonnummer aufgeschrieben hatte. Sollte sie ihn anrufen? Schließlich war dies wohl einer der Notfälle, von denen er gesprochen hatte. Allerdings wusste sie nicht, wer oder was er war und ob er wirklich auf der Seite der Wandler stand. Er konnte sich scheinbar auch verwandeln, aber eigentlich wurde er unsichtbar, das war etwas völlig anderes, oder?

Marisa rieb über ihre schmerzende Schläfe. Sie musste erst mit Coyle und Finn darüber sprechen, sie wollte die Wandler auf keinen Fall in Gefahr bringen, indem sie dem falschen Mann – oder was immer er auch war – vertraute.

Zögernd schob sie den Zettel in ein Fach ihres Portemonnaies und steckte es in den Rucksack zurück. Der Gedanke, dass Harken vielleicht etwas hätte unternehmen können, wenn sie ihn gleich angerufen hätte, als sie von dem bevorstehenden Kampf erfahren hatte, schoss ihr durch den Kopf, doch sie schob ihn beiseite. Selbst dann wäre es wahrscheinlich schon zu spät gewesen. Harken war in San Franciso verschwunden, er hätte es nie im Leben in der kurzen Zeit bis in die Wildnis am Yosemite geschafft. Und außerdem, was hätte eine Person schon ausrichten können? Sie musste darauf vertrauen, dass die Berglöwen- und Adlerwandler einer möglichen Bedrohung begegnen konnten und siegreich waren. Alles andere war zu furchtbar, um überhaupt darüber nachzudenken.

27

Das Klingeln des Telefons ließ Lee in seiner Arbeit innehalten. Die Nummer auf dem Display war die von Jennings. Na endlich! Schon seit Stunden wartete er darauf, dass der Kerl sich meldete und ihm berichtete, dass die Berglöwengruppe wie geplant ausgeschaltet war.

Er hatte schon befürchtet, Jennings würde genauso unauffindbar verschwinden wie Gowan vor drei Monaten. Das wäre wirklich zu schade gewesen, denn der Unternehmer konnte ihm mit seinem Geld und seinen Kontakten noch ein wichtiger Verbündeter sein. Besonders, nachdem er angedeutet hatte, auch weitere Wandlergruppen jagen zu wollen. Wenn Lee ihn dazu bringen konnte, die Wandler nicht zu töten, sondern sie ihm für seine Zwecke zur Verfügung zu stellen, würde ihn das ein großes Stück voranbringen.

„Ja."

Einen Moment herrschte Schweigen am anderen Ende. „Wie … konnten …? Das … Falle! Alle …" Die Stimme war wegen der Störungen kaum zu verstehen.

„Sind Sie das, Jennings? Reden Sie langsamer und deutlicher, ich kann Sie kaum verstehen."

„Jennings ist tot. Alle sind tot." Plötzlich war die Leitung so klar, als säße der Mann neben ihm.

Hinter Lees Schläfen begann es zu pochen. „Das kann nicht sein, mit den Waffen hätten sie den Berglöwen haushoch überlegen sein müssen. Und wer sind Sie überhaupt?" Konnte es sein, dass jemand versuchte, ihn hereinzulegen? Dann würde er nicht weit kommen, denn sein Telefon war nicht nachzuverfolgen, dafür hatte Lee gesorgt.

„Caruso. Ich bin … war ein Freund von Jennings. Und vielleicht wären wir den Berglöwen überlegen gewesen, aber da waren auch Adler, und um uns gegen beide zu verteidigen, waren wir zu wenige. Alle anderen sind tot, nur ich konnte fliehen." Der Schrecken war noch in der Stimme des Mannes zu hören.

Was für ein Weichei! „Sie wollen mir erzählen, dass Sie nicht imstande waren, ein paar Viecher abzuknallen? Ich dachte, Jennings wäre fähig, aber anscheinend habe ich mich geirrt und dem falschen Mann vertraut." Wie konnte ihm schon wieder so ein Fehler unterlaufen sein? Lee war sich so sicher gewesen, diesmal den richtigen Helfer gefunden zu haben. Aber noch mehr ärgerte ihn, dass er jetzt auch seine weitere Planung abändern musste. Vor allem musste endlich diese verfluchte Berglöwengruppe beseitigt werden, die ihm ständig dazwischenfunkte. Lee setzte sich aufrechter hin. Oder hatten sie Unterstützung von demjenigen bekommen, den er suchte, und waren deshalb in der Lage, sich immer wieder zu retten? Diese Möglichkeit war durchaus eine Überlegung wert.

„Ich habe Gary gesagt, dass er einen Fehler begeht, wenn er diese Wesen jagt, aber er wollte nicht auf mich hören. Sie haben seine Gedanken vergiftet, seine Schwachstelle ausgenutzt und ihn in den Tod getrieben. Wenn also jemand dem Falschen vertraut hat, dann war es Gary." Caruso holte zitternd Atem. „Sie hätten dort sterben sollen, nicht er!"

Lee lachte. „Glauben Sie wirklich, mich interessiert Ihre Meinung?"

„Sie wird Sie interessieren, wenn ich Sie gefunden habe, Lee oder wie Sie sonst auch heißen mögen." Carusos Stimme war so leise und klar, dass ihm unwillkürlich ein Schauder über den Rücken lief.

Ärgerlich hob Lee die Schultern und schüttelte die merkwürdige Stimmung ab. „Falls das eine Drohung sein soll, beeindruckt sie mich kein bisschen. So ein Schwächling wie Sie wird nie auch nur in meine Nähe kommen. Und Jennings hat bekommen, was er verdient hat. Wer so blöd ist, wegen einer Frau, die ihn vor einer Ewigkeit verlassen hat, einen Krieg anzuzetteln, hat es nicht besser verdient. Und nun leben Sie wohl, ich habe wichtigere Dinge zu erledigen." Lee beendete das Gespräch und warf das Telefon auf den Schreibtisch.

Was bildete der Kerl sich ein, ihn zu bedrohen? Auf keinen Fall würde es diesem Caruso gelingen, ihn zu finden, aber trotzdem war es wahrscheinlich besser, ihn seinerseits ausfindig zu machen und zu beseitigen, bevor er weiteren Ärger verursachte. Nachdenklich lehnte Lee sich im Stuhl zurück. Es war besser, die losen Fäden auszureißen, bevor er sich darin verhedderte. Wenn Jennings vermisst wurde, wäre es nicht klug, jemanden leben zu lassen, der mit dem Finger auf ihn zeigte. Nicht, dass Caruso wusste, wer er war, aber er würde kein Risiko eingehen.

Die Frage war, wie er jetzt weiter vorgehen sollte. Eigentlich war ihm Jennings wie die ideale Lösung seines Problems vorgekommen, der Mann war wohlhabend und durch seine Wut über den Verrat seiner Verlobten nicht in der Lage gewesen, dem Köder zu widerstehen. Jennings war bereit gewesen, die Berglöwenwandler ohne jeden Skrupel zu beseitigen, je mehr, desto besser. Aber anscheinend hatte er die Gruppe unterschätzt.

Ihm selbst würde das nicht passieren. Und ab sofort würde Lee sich auch selbst darum kümmern, denn seine Geduld war erschöpft. Vor allem nervte es ihn, immer noch mit leeren Händen dazustehen. Er war der Person, die er suchte, schon ganz nah, das spürte Lee. In Escondido hatte er sogar schon geglaubt, ihre Präsenz zu spüren. Oder war das vielleicht nur Einbildung gewesen? Es wurde Zeit, das herauszufinden.

Dadurch, dass jetzt auch noch Adler aufgetaucht waren, würde die Sache noch mehr Schwung bekommen. Vermutlich waren es ebenfalls Wandler, auch wenn er dafür noch keinen Beweis hatte – und daraus konnte er sicher noch einen Vorteil ziehen. Dass die Leopardin tot war, ärgerte Lee immer noch, denn der Versuch, sie einzufangen, hatte eine sehr interessante Reaktion ausgelöst, die stärkste, die er bisher bemerkt hatte. Aber vielleicht konnte er Gowans schwarze Leopardin ausfindig machen, sie musste noch irgendwo in den USA sein.

Zu schade, dass der Jäger Gowan verschwunden war, er hatte die Sache schon beim ersten Mal, damals in Afrika bei den Leopardenwandlern, sehr gut erledigt. Oder zumindest hätte er es, wenn er nicht durch Zufall gesehen hätte, wie sich die beiden überlebenden Leopardinnen verwandelten, und Gowan nicht auf die Idee gekommen wäre, sie mit in die USA zu nehmen. Es wäre besser gewesen, wenn er geglaubt hätte, normale Leoparden getötet zu haben. Andererseits hatte vielleicht ebendiese Überführung nach Amerika die Reaktion bewirkt, auf die Lee die ganze Zeit hingearbeitet hatte. Ein interessanter Gedanke, mit dem er sich noch weiter beschäftigen würde. Er legte den Stift zur Seite und lehnte sich in dem Stuhl zurück. Er kam seinem Ziel immer näher, da war er ganz sicher.

Der Rückweg zum Lager verlief weitgehend schweigend. Während Kell und Torik die Gruppe absicherten, trug Finn zusammen mit Coyle die Plane, in die Harmon eingewickelt war. Die anderen hatten dagegen protestiert, aber Finn hatte sich durchgesetzt, schließlich hatten sie beide die wenigsten Wunden davongetragen. Außerdem hielt er es für seine Verantwortung als Ratsführer, dafür zu sorgen, dass alle Mitglieder zurück ins Lager kamen – und Coyle ging es wohl genauso. Finn hatte sich den Riemen um Brust und Schulter geschlungen und setzte einen

Fuß vor den anderen, ohne überhaupt genau zu bemerken, wo er hinging. Die anderen liefen in Berglöwengestalt neben ihnen, sie würden ihm schon sagen, wenn er in die falsche Richtung lief. Wut und Trauer drückten auf Finns Brust, bis er meinte, schreien zu müssen, doch er brachte keinen Ton heraus. Sein Atem kratzte rau durch seine Kehle und stieg in Dampfwolken in den schwarzen Himmel. Es war fast hypnotisch, immer weiterzugehen und dabei nur auf den im Mondlicht funkelnden Schnee zu blicken.

Er wünschte nur, es würde ihm gelingen, an nichts zu denken. Oder zumindest nur an die positiven Aspekte, wie die Tatsache, dass sie die Verbrecher besiegt hatten. Oder dass die Adlerwandler Melvin hatten gehen lassen und er jetzt mit ihnen zum Lager zurückkehrte. Da er die anderen Ratsmitglieder derzeit nicht erreichen konnte, hatte er die Sache eigenmächtig entschieden, aber er wusste, dass sie letztendlich seiner Entscheidung folgen würden. Es kam ihm gefährlicher vor, Melvin alleine durch die Wildnis streifen zu lassen, wo er jederzeit erneut auf Menschen treffen konnte. Außerdem war Conner im Lager und würde sich darum kümmern, dass Melvin keinen Unsinn anstellte.

Dafür hatten sie Amber bei den Adlern zurückgelassen. Sie war nicht dazu zu bewegen gewesen, Griffin zu verlassen. Nachdem Finn die Verletzungen gesehen hatte, konnte er sie verstehen, aber er ließ sie nach allem, was passiert war, trotzdem ungern dort zurück.

„Glaubst du, Amber wird dort bleiben?" Coyle schien den gleichen Gedanken nachzuhängen wie er selbst. Es war offensichtlich, dass er sich Sorgen um seine Schwester machte.

„Für immer? Nein, das denke ich nicht. Aber vermutlich so lange, bis es Griffin besser geht. Sie wird ihn nicht alleine lassen wollen."

Coyle stieß einen tiefen Seufzer aus. „Ich befürchte es auch." Seine Stimme war leise. „Was ist, wenn es noch einen Angriff gibt? Die Adler haben ja nicht mal Telefon oder Internet, damit sie Hilfe rufen können!"

„Ja, aber so wie Griffin aussah, verstehe ich, dass Amber bei ihm bleiben will." Finn hätte an ihrer Stelle vermutlich genauso gehandelt.

„Hoffentlich wird er wieder fliegen können, denn wenn ich die Beziehung jetzt schon schwierig finde, wäre sie dann noch viel komplizierter."

Finn konnte ihm nur zustimmen. Den Rest des Weges schwiegen sie, ausgelaugt vom Kampf und der langen Strecke. Harmons Körper schien mit jedem Schritt schwerer zu werden, was vermutlich vor allem daran lag, dass Finn seinen Eltern und den anderen Gruppenmitgliedern gegenübertreten und erklären musste, wie das passieren konnte. Oder es lag an der Kälte, die seine Muskeln steif werden ließ.

Falk und Keira waren die Ersten, die zu ihnen stießen. Nach einem langen Blick auf den eingewickelten Körper schlossen sie sich ihnen schweigend in Berglöwenform an. Finns Kehle zog sich zusammen, und er hatte Mühe zu schlucken. Der Druck hinter seinem Brustbein steigerte sich, bis er das Gefühl hatte, er müsste jeden Moment bersten, wenn sich die Anspannung nicht bald löste. Es dauerte nicht lange, bis die ersten Rufe ertönten, und als sie endlich auf die Lichtung traten, hatten sich bereits fast alle Bewohner des Lagers versammelt. Unwillkürlich suchte Finn nach Jamila und sog ihren Anblick gierig in sich auf. Sie stand am Rand der Menge, ihre Arme um sich geschlungen, und Tränen liefen über ihre Wangen. Als sie seinen Blick bemerkte, versuchte sie ein Lächeln, doch sie scheiterte kläglich. Finn wollte sie umarmen und in ihrer Wärme versinken, doch er wusste, dass es noch lange dauern würde, bis er heute dazu kam.

Zuerst standen andere Dinge an, die nicht aufgeschoben werden konnten.

„Nein!“

Finn schloss für einen Moment die Augen, als der Schrei ertönte. Harmons Mutter schob sich durch die Menge und blieb abrupt vor der Plane stehen.

Flehend sah sie ihn an. „Bitte sag mir, dass das nicht mein Sohn ist.“ Ihre Finger bohrten sich in seinen Arm.

„Es tut mir so leid, Enya.“ Sie konnte ebenso wie er am Geruch erkennen, wer dort lag.

Tränen liefen über ihre bleichen Wangen, und sie vergrub ihr Gesicht an der Brust ihres Gefährten. Roven schloss sie in seine Arme und blickte Finn über ihren Kopf hinweg an. Es stand ein solcher Schmerz in seinen Augen, dass Finn ihn körperlich spürte.

„Habt ihr die Menschen besiegt?“

„Ja, sie sind tot.“ Finn hielt es für besser, die zwei Männer nicht zu erwähnen, die Melvin an einen Baum gefesselt zurückgelassen hatte. Roven musste wissen, dass der Mörder seines Sohnes tot war, so viel war offensichtlich. Und das konnte Finn mit hundertprozentiger Sicherheit sagen, denn er war derjenige gewesen, der sich auf den Mann gestürzt hatte, nachdem dieser Harmon erschossen hatte. Die Erinnerung an den hohen, dünnen Schrei und den Geschmack des Blutes ließen Finn schaudern.

Er schüttelte die Erinnerung ab und blickte auf. Die gesamte Gruppe mit Ausnahme der Kinder stand schweigend um sie herum, Schock auf ihren Gesichtern. Der letzte Berglöwenwandler, der durch Menschenhand gestorben war, war Coyles und Ambers Vater gewesen. Kein Wunder, dass sein Freund so still war, sicher erinnerte er sich an den Moment, als er seinen Vater als Kind erschossen im Wald gefunden hatte. Finn wollte gerade auf ihn zugehen, als er am Rand der Menge eine Bewegung sah. Jemand drängte sich durch die Wandler und kam auf sie zu. Finns Augen weiteten sich, als er Marisa erkannte. Wie kam sie hierher? Aber im Moment war das egal, solange sie es schaffte, Coyle aus seinen schmerzhaften Erinnerungen zu reißen.

Sein Freund hob ruckartig den Kopf, seine Nasenflügel blähten sich. Die Wärme und das Verlangen, die in seine Augen stiegen, als er Marisa erblickte, lösten in Finn fast so etwas wie Eifersucht aus. Besonders, als Coyle mit schnellen Schritten auf Marisa zuging und sie fest in seine Arme schloss. Es schien ihm egal zu sein, wer ihnen zuschaute, er küsste sie, als hätten sie sich seit Monaten nicht mehr gesehen und nicht nur ein paar Stunden. Seine Hand hatte er in ihren schwarzen Haaren vergraben, seine Augen waren geschlossen. Rasch sah Finn zur Seite, als er erkannte, dass er sie anstarrte.

Er räusperte sich. „Ich würde vorschlagen, dass wir nach Hause gehen und morgen eine Versammlung einberufen, in der alle Fragen beantwortet werden." Die anderen Wandler zögerten, aber schließlich kehrten sie schweigend in ihre Hütten zurück. Nur wenige blieben auf der Lichtung, darunter Harmons Eltern, Coyle und Marisa, die übrigen Wächter, Kearne und Conner. Finn ging zu Melvins Vater und zog ihn ein Stück beiseite.

„Habt ihr Melvin gesehen?" Furcht und Hoffnung schwangen in Conners Stimme mit.

Finn lächelte ihn an. „Nicht nur das, wir haben ihn auch mitgebracht. Er wartet außerhalb des Lagers, weil er Angst hat, dass er hier nicht willkommen ist. Ich habe ihm gesagt, dass das Unsinn ist, aber er wollte nicht auf mich hören."

Tränen schimmerten in Conners Augen. „Danke. Ich hatte befürchtet …"

Finn legte seine Hand auf Conners Schulter. „Er hat nur ein paar Prellungen und er fühlt sich schuldig, aber sonst geht es ihm gut. Fay sollte ihn untersuchen, und vor allem müssen wir den Sender entfernen, durch den der Verbrecher ihm folgen konnte.“

Conner nickte. „Dann werde ich Melvin jetzt suchen.“ Er richtete sich hoch auf, auch wenn ihm das offensichtlich höllische Schmerzen bereitete. Aber er war eindeutig willens, mit seinen Verletzungen meilenweit zu laufen, solange er dafür nur seinen Sohn wiederbekam. Finn sah ihm nach, bis er im Dunkel des Waldes verschwunden war, bevor er zu den anderen zurückging.

Roven löste sich von seiner Gefährtin und sah ihm entgegen. „Wir möchten Harmon mit nach Hause nehmen.“

Finn nickte. „Wir tragen ihn zu euch.“

„Danke.“

Da Coyle noch mit Marisa beschäftigt war, griff Torik nach den Riemen und schleppte Harmon mit Finn zur Hütte seiner Eltern. Nachdem sich die Tür hinter ihnen geschlossen hatte, sahen sie sich einen Moment an und kehrten dann schweigend zu den anderen zurück.

Coyle sah ihnen entgegen, einen Arm um Marisas Taille geschlungen, als könnte er es nicht über sich bringen, sie auch nur eine Sekunde loszulassen. „Entschuldige, ich hätte …“

Finn hob die Hand. „Kein Problem.“ Jemand berührte ihn an der Schulter. Finn drehte sich um und stand unvermittelt Jamila gegenüber.

Ihre Augen glänzten feucht, als sie ihn von oben bis unten betrachtete. „Du bist unverletzt.“

„Ja.“ Finn bemühte sich um ein Lächeln, aber es wollte ihm keines gelingen.

„Ich hatte solche Angst, dass dir etwas passieren würde.“ Jamilas Hände legten sich auf seine Brust.

Etwas an ihrem Gesichtsausdruck brachte ihn dazu zu ignorieren, dass die Wächter, Marisa, Coyle und Kearne immer noch um sie herumstanden, und er umarmte sie sanft. Als sie die

Arme um seine Taille schlang und sich ihr warmer Körper an ihn schmiegte, spürte er, wie ein Teil der Kälte von ihm abfiel. „Ich hatte einen sehr guten Grund, hierher zurückzukommen." Seine Stimme war nur ein leises Murmeln, aber vermutlich konnten die anderen ihn trotzdem hören. Doch das war ihm egal, in diesem Moment zählte nur Jamila.

Sie hob den Kopf und sah ihm in die Augen. „Welchen?"

„Dich."

Tränen liefen über ihre Wangen, als sie ihn zaghaft anlächelte. „Das ist gut." Sie stellte sich auf die Zehenspitzen und brachte ihren Mund näher an sein Ohr. „Ich liebe dich." Ihre Stimme war nur ein Hauch, aber ihre Worte trafen ihn mitten ins Herz.

Glücklich lachte er auf und wirbelte sie durch die Luft. Als sie wieder Boden unter den Füßen hatte, küsste er sie und verlor sich in seinen Gefühlen. Erst lange Zeit später tauchte er wieder auf und bemerkte, dass die Blicke der anderen auf ihnen lagen. Marisa und Coyle lächelten, die Wächter versuchten, ihre Belustigung zu verbergen, und Kearnes Gesicht drückte tiefes Missfallen aus.

Finn löste seine Umarmung, hielt aber weiterhin Jamilas Hand fest. „Jamila gehört jetzt zu mir." Er wandte sich an Kearne. „Wenn irgendjemand damit ein Problem hat, kann er gerne zu mir kommen, aber ich kann jetzt schon sagen, dass ich Jamila nicht aufgeben werde."

Kearne sah aus, als wollte er etwas sagen, aber Coyle kam ihm zuvor. „Das wurde aber auch langsam Zeit. Herzlich willkommen in der Familie, Jamila." Marisa lächelte zustimmend.

Finn spürte, wie ein Zittern durch Jamila lief, aber als er sie ansah, konnte er nur reines Glück in ihrem Gesicht erkennen. „Danke, das bedeutet mir sehr viel." Ihre Stimme bebte leicht, doch ihr Lächeln war freier, als er es je bei ihr gesehen hatte.

Erst jetzt erkannte er, wie sehr sie in den vergangenen Monaten unter der angespannten Situation gelitten hatte, und er schwor sich, dafür zu sorgen, dass sie nie wieder daran zweifeln musste, wohin sie gehörte. Und sollte das Kearne und den anderen nicht passen, würde er sich eine Hütte in Coyles Nähe bauen und der Gruppe den Rücken kehren.

Anscheinend erkannte Kearne das auch, denn er verließ wortlos die Lichtung. Es gab Finn einen Stich, als er sah, dass auch Keira im Wald verschwunden war. Wenn seine Schwester sich nicht damit abfinden konnte, ihn mit Jamila zu sehen, würde ihm das sehr wehtun, aber auch das konnte ihn nicht umstimmen.

Jamila drückte seine Hand und sah ihn besorgt an. Wahrscheinlich wusste sie genau, was ihm gerade durch den Kopf ging. Beruhigend lächelte er sie an. „Wollen wir nach Hause?" Jetzt, wo sie ihre Beziehung öffentlich gemacht hatten, sah er keinen Grund mehr, warum sie nicht bei ihm einziehen sollte. Damit erhielt auch Fay mehr Freiraum, über den sie sich sicher freute, wenn er ihr und Conners Verhalten richtig gedeutet hatte.

Jamila strahlte ihn an. „Gerne."

Finn wandte sich an die Wächter. „Danke, dass ihr euch bereit erklärt habt, den Adlern zu helfen. Lasst eure Wunden von Fay behandeln. Wir sehen uns morgen früh in der Ratshütte."

Allgemeines Gemurmel erfolgte. Schließlich fragte Torik: „Wer bewacht das Lager?"

Falk sprach, bevor Finn antworten konnte. „Keira und ich werden noch eine Schicht schieben. Ruht ihr euch erst mal aus, morgen könnt ihr uns dann ablösen."

Finn neigte den Kopf. „Danke."

„Wo ist eigentlich Amber?" Marisa klang entsetzt. „Ihr ist doch nichts passiert?"

Coyle zog sie wieder an sich. „Amber geht es gut. Sie ist bei den Adlern geblieben, weil Griffin angeschossen wurde."

Etwas Farbe kehrte in Marisas Wangen zurück. „Ist es schlimm?"

„Ein Flügel wurde verletzt, sie versuchen, ihn wieder zu richten. Aber Griffin wird wohl in nächster Zeit nicht fliegen können. Wenn überhaupt je wieder."

„Hoffentlich geht es ihm bald besser. Amber macht sich bestimmt furchtbare Sorgen." Marisa sah zu Coyle auf. „Können wir irgendetwas tun?"

„Nicht wirklich. Vielleicht kommt Amber zurück, wenn er aus dem Gröbsten raus ist und sich wieder verwandeln kann."

Marisa nickte und gähnte. „Entschuldigt, ich bin völlig erledigt."

Coyle lächelte. „Willst du nach Hause?"

Entsetzt sah Marisa ihn an. „Noch einmal im Dunkeln durch den Wald? Das muss nicht unbedingt sein."

„Dann übernachten wir in Ambers Hütte, sie hat sicher nichts dagegen." Coyle nahm Marisas Hand. „Wir sehen uns morgen, Finn."

„Schlaft gut." Als sie außer Hörweite waren, drehte Finn sich zu Jamila um. „Ich liebe dich auch."

Sie lächelte ihn an. „Das dachte ich mir, aber es ist schön, das zu hören."

„Dann gehen wir wohl auch schlafen, oder?" Zusammen, in seiner Hütte, ohne jedes Versteckspiel. Wenn er nicht so erschöpft gewesen wäre, hätte er einen Luftsprung gemacht.

„Sofort, ich will nur noch Fay Bescheid sagen und ein paar Sachen holen." Sie wollte sich von ihm losmachen, doch er hielt sie weiterhin fest.

„Ich komme mit. Ich will ihr noch erklären, wo Conner ist, und sie fragen, ob sie bereit wäre, Melvin heute Nacht zu beherbergen. Er ist ziemlich am Ende seiner Kräfte."

Es dauerte nicht lange, bis Conner Melvin fand. Er hatte sich auf dem Boden zusammengerollt und schien tief zu schlafen. Ein solches Gefühl von Liebe überschwemmte ihn, dass ihm der Atem stockte und Tränen in die Augen schossen. Er ließ sich neben seinem Sohn auf die Knie sinken und legte zögernd seine Hand auf das dichte Fell. „Melvin?"

Die Augen öffneten sich, und für einen langen Moment sahen sie sich nur an, bevor Melvin sich verwandelte und langsam aufsetzte. „Ich bin so froh, dass du lebst, Dad. Als Jennings sagte, dass du getötet worden wärst …" Er brach ab und schluckte. „Es tut mir leid, es ist meine Schuld, ich hätte nie …"

Conners Herz zog sich zusammen, als er den Selbsthass und die Unsicherheit in den Augen seines Sohnes sah. „Die Verbrecher sind schuld, nicht du. Ich habe nie geglaubt, dass du etwas damit zu tun hattest."

„Warum nicht?"

Conner hob eine Hand, um eine Locke aus Melvins Stirn zu schieben, wie er es früher immer getan hatte, ließ sie dann aber wieder sinken. „Weil ich dich kenne."

Etwas wie Hoffnung flackerte über Melvins Gesicht. „Wie kannst du nach allem, was ich getan habe, noch an mich glauben? Ich bin schuld, dass du acht Jahre außerhalb der Gruppe gelebt hast. Nur weil ich wollte, dass du so unglücklich bist wie ich. Ich hätte nie damit drohen dürfen, dass ich abhaue, wenn du im Lager bleibst und weiterhin Kontakt zu Fay hast. Ich weiß, dass du nur gegangen bist, weil du wolltest, dass ich beschützt in der Gruppe lebe. Und ich habe die Menschen erst auf uns aufmerksam gemacht. Deshalb wurde Bowen gefoltert und Coyle beinahe getötet. Und jetzt ist Harmon tot und auch einige Adler und …" Er brach ab, ein Schluchzen stieg in ihm auf.

„Du hast einen Fehler begangen, aber deshalb bist du nicht an allem schuld. Du hast dich bemüht, den Fehler wiedergutzumachen, wie Griffin uns berichtet hat. Und deshalb bin ich stolz auf dich."

Melvin öffnete den Mund, aber kein Ton kam heraus. Es lag so viel Leid in seinem Gesichtsausdruck, dass Conner nicht mehr auf Distanz bleiben konnte. Er beugte sich vor und schloss Melvin in seine Arme. Es war ihm egal, dass seine nur halb verheilten Wunden dabei schmerzten und auch der Körper seines Sohnes von Prellungen übersät war, er musste ihn halten, so fest er konnte, um sich bewusst zu machen, dass er ihn nicht verloren hatte. Er spürte die Erschütterungen, als Melvin lautlos weinte, und schloss die Augen, als auch ihn die Gefühle übermannten.

Nach einer Weile spürte er die Kälte durch seine geliehene Kleidung sickern und löste sich widerwillig von Melvin. „Wir sollten ins Lager gehen, damit du dich aufwärmen kannst." Seine Stimme klang rau.

„Ich kann dort nicht hingehen, ich wurde aus der Gruppe ausgeschlossen, das weißt du doch."

Conner widerstand der Versuchung, ihn zu schütteln. „Finn sagte, du bist im Lager willkommen. Da er der Ratsführer ist, neige ich dazu, ihm zu glauben. Wir müssen zwar noch die Entscheidung des gesamten Rates abwarten, aber heute Nacht darfst du ins Lager gehen. Ich werde dich zu Fay bringen, damit sie deine Verletzungen untersucht."

„Sie muss mich doch hassen."

„Fay hasst dich nicht." Auf Melvins ungläubigen Blick hin lachte er. „Sie ist nicht nachtragend." Er konnte erkennen, dass Melvin ihm immer noch nicht glaubte. Wieder ernst fügte er hinzu: „Ich könnte sie nicht lieben, wenn sie dich hassen würde."

Melvin nickte langsam. „Ich habe schon damals gewusst, was du für sie empfindest, aber ich konnte es nicht ertragen, dich mit jemand anderem zu sehen als Mom." Er sah zur Seite. „Und ich hatte Angst, dass du nicht mehr genug Zeit für mich hast, wenn du richtig mit Fay zusammen bist. Das war falsch und kindisch."

„Du warst noch ein Kind, deshalb konntest du es nicht anders sehen. Ich habe es verstanden, das war einer der Gründe, warum ich gegangen bin."

„Hast du Fay wirklich nicht wiedergesehen?"

„Nein. Es hätte mir zu wehgetan, sie wieder verlassen zu müssen." Conner konnte den Schmerz jetzt noch fühlen, so frisch wie am ersten Tag.

Melvins Augen wurden groß. „Und ich habe das zerstört und euch so viel Leid beschert. Ich verstehe immer noch nicht, warum du dich noch mit mir abgibst. An deiner Stelle hätte ich nie wieder ein Wort mit mir gewechselt."

„Nein, das hättest du nicht." Conner stand auf und hielt Melvin eine Hand hin, um ihm aufzuhelfen. „Und ich habe dich vom ersten Moment an geliebt, vielleicht zu sehr, nachdem Melody ... nicht mehr da war. Deshalb hat mir deine Abweisung wehgetan, aber ich habe nie aufgehört, dich zu lieben." Warum hatte er das Melvin nicht schon längst gesagt? Vielleicht wäre dann alles anders gekommen. Stattdessen hatte er sich schweigend zurückgezogen und seine Wunden geleckt. Melvins Ultimatum, das Lager zu verlassen, wenn er sich nicht von Fay trennte, war vielleicht der Auslöser gewesen, aber er hatte auch viele Fehler begangen. Konnte es wirklich sein, dass er Angst gehabt hatte, Fay zu nahe zu kommen und sie so sehr zu lieben wie Melody? War er deshalb beim ersten Anzeichen von Problemen gegangen? Er war eindeutig ein Idiot und Feigling. Aber noch einmal würde er nicht zulassen, dass sie getrennt wurden.

Gemeinsam gingen sie zu Fays Hütte. Als Conner klopfen wollte, legte Melvin die Hand auf seinen Arm. „Danke, dass du mich nicht aufgegeben hast."

„Niemals."

„Hat Fay dir denn schon verziehen?" Beinahe ängstlich sah Melvin ihn an.

Conner musste lächeln, als er sich daran erinnerte, wie sie sich geliebt hatten. „Ich denke schon. Zumindest arbeite ich daran." Bevor Melvin antworten konnte, klopfte Conner und öffnete die Tür. Heimelige Wärme hüllte sie ein, und Conner hatte das Gefühl, nach Hause zu kommen.

Fays Augen leuchteten auf, als sie auf sie zukam. „Gut, dass du ihn gefunden hast. Ich habe schon Jamilas Bett für dich vorbereitet, Melvin, die Liegen sind beide belegt. Aber zuerst untersuche ich dich und entferne den Sender."

Röte stieg in Melvins Wangen, als sie ihn so freundlich begrüßte. „Es tut mir leid, dass ich Dad damals gezwungen habe, das Lager zu verlassen. Ich wollte nicht, dass er mit einer anderen Frau als meiner Mutter glücklich ist. Und ich hatte Angst, dass er sich nicht mehr für mich interessieren würde, wenn du zur Familie gehörst und ihr vielleicht eigene Kinder bekommen hättet. Es war nicht richtig." Er redete so schnell, dass er kaum zu verstehen war.

Fay lächelte ihn an. „Das stimmt. Aber ich freue mich, dass du es selbst erkannt hast und bedauerst. Damit ist die Angelegenheit für mich erledigt."

Wenn es möglich gewesen wäre, hätte Conner sie in diesem Moment noch mehr geliebt als sowieso schon. Melvins Augen glänzten verdächtig, aber er brachte ein antwortendes Lächeln zustande. „Danke. Ich möchte, dass mein Vater glücklich ist."

„Dann sind wir schon zwei." Fay machte eine Handbewegung. „So, genug geredet, du gehörst ins Bett. Am besten gehst du schon mal hoch, und ich komme gleich nach. Es ist die linke Tür."

Conner zog Fay in seine Arme und beobachtete, wie Melvin langsam die Treppe hinaufstieg. Er küsste ihre Stirn. „Der Vater ist gerade sehr glücklich."

Fay lachte. „Ich weiß. Sorgen wir dafür, dass er das bleibt."
„Dafür musst du nur bei mir sein."
Seufzend lehnte sich Fay einen Moment an ihn, bevor sie sich von ihm löste. „Du bist der einzige Mann, der das sagen kann, ohne dass ich ihn aus der Hütte werfe."
Conner grinste sie an. „Ich weiß."

28

Amber spürte, dass irgendetwas anders war, und schlug die Augen auf. Aufmerksam sah sie sich in Griffins nur karg möblierter Hütte um. Ciaran hatte ihn nach der Behandlung hierherbringen lassen, damit er sich in Ruhe erholen konnte. Da sie Griffin im Schlaf nicht erdrücken wollte, hatte sie ihm das Bett überlassen und sich stattdessen in einem Sessel zusammengerollt. Nun richtete sie sich auf und zuckte zusammen, als ihre steifen Muskeln protestierten. Ihr Blick glitt zum Bett, und sie atmete auf, als Griffin noch in seiner Adlergestalt dort lag. Sie hatte befürchtet, dass er sich zu früh verwandeln würde. Ciaran hatte davon abgeraten, aber er wusste genauso gut wie Amber, dass Griffin sich nicht lange damit abfinden würde, still liegen zu müssen.

Sein verletzter Flügel war ausgebreitet, mit einer Art Klammer war der gerichtete Knochen geschient worden. Wie immer löste der Anblick Wut auf die Täter in Amber aus. Und Mitgefühl für Griffin, denn sie konnte sich vorstellen, was es für ihn bedeuten würde, nicht mehr fliegen zu können. Wenn sie nicht mehr in Berglöwengestalt durch die Wälder laufen könnte …

Lebte er noch? Der Gedanke sandte einen Angststoß durch ihren Körper. Unruhig schob Amber die Decke zur Seite, stand auf und schlich zum Bett. Als sie sah, dass Griffins Augen offen waren, beugte sie sich rasch zu ihm hinunter. Erleichtert bemerkte sie, dass seine Brust sich weiterhin hob und senkte. Sie kniete sich neben das Bett, damit ihr Gesicht auf einer Höhe mit seinem war, und streichelte sanft seinen Hals.

„Guten Morgen. Du bist in deiner Hütte, Ciaran hat dich hierherbringen lassen, damit du ein wenig Ruhe bekommst und deine Verletzung auskurieren kannst. Hast du Schmerzen? Ciaran hat etwas von dem Schmerzmittel hiergelassen. Oder ich könnte dir noch Salbe einmassieren."

Griffin bewegte leicht den Kopf, der Blick in seinen Adleraugen war ungeduldig.

„Ich weiß, dass es dich nervt, hier so liegen zu müssen, aber es ist wirklich wichtig, dass du dich nicht zu sehr bewegst und dein Knochen Zeit hat, wieder zusammenzuwachsen."

Ein Laut kam aus Griffins Schnabel, der in Menschenform sicher ein gereiztes Schnauben gewesen wäre.

„Du willst doch wieder fliegen können, oder?" Sie wartete seine Antwort nicht ab. „Dann bleib hier ruhig liegen." Ihr kam ein anderer Gedanke. „Oder möchtest du, dass ich gehe? Ich will mich dir nicht aufdrängen. Wenn du lieber deine Ruhe hast …" Sie zuckte erschrocken zurück, als Griffins Kopf vorschoss und er seinen kräftigen Schnabel um ihren Finger schloss. „Ich soll also bleiben?"

Griffin neigte den Kopf und ließ ihren Finger wieder frei.

„Falls du Angst hast, dass ich dich verlasse, das wird nicht passieren. Ich bleibe bei dir, solange du mich haben willst." Sie beugte sich vor und küsste seinen befiederten Kopf. „Für immer, wenn du das möchtest."

Griffin atmete tief durch, und seine Augen strahlten warm. Wie sehr wünschte sie, er könnte sich verwandeln und mit ihr reden, doch das musste warten.

Amber sprach weiter, um sich abzulenken. „Ciaran war vorhin hier, um noch einmal nach dir zu sehen. Die Berglöwen sind gleich nach dem Kampf aufgebrochen. Melvin haben sie auch mitgenommen. Das wollte dieser Euan zuerst nicht zulassen, aber dann gab es wohl eine kleine Revolte und er wurde abgesetzt. Sie haben dann Talon den Sitz angeboten.“ Griffin riss die Augen auf, sein Schnabel öffnete sich. „Ja, er war wohl auch ziemlich erstaunt. Er hat dann aber sofort abgelehnt und stattdessen jemand anders vorgeschlagen.“

Als Griffin sich unruhig bewegte, legte sie eine Hand auf seine Brust. „Nicht dich, keine Angst. Jemanden namens Juna. Sie hat zugestimmt, und seitdem habt ihr eine weibliche Obere. Das wird bestimmt interessant.“

Griffin blinzelte. Anscheinend stimmte er ihr da zu.

Ohne darüber nachzudenken, ließ sie ihre Finger über seine weichen Federn gleiten und freute sich über seinen kräftigen Herzschlag. Nachdem sein Körper gestern so kalt gewesen war, drang jetzt Hitze an ihre Haut. Konnte ein Vogel Fieber bekommen? Und wie hoch war eigentlich die normale Temperatur von Adlern? Sie würde eindeutig noch einiges lernen müssen, wenn Griffin jetzt Teil ihres Lebens war. Es war alles so aufregend und neu, sie konnte sich kaum vorstellen, wie es sein würde, jemanden zu haben, der zu ihr gehörte. Jemand, mit dem sie morgens aufwachte und abends ins Bett ging. Die Vorstellung, dass sie ihn beinahe verloren hätte, ließ sie schaudern. Sie wollte aus seinem Mund hören, dass es ihm gut ging und er wieder gesund werden würde. Er sollte sie küssen, in seine Arme nehmen und ihr versichern, dass er immer bei ihr bleiben würde.

Stattdessen schob sie sich vorsichtig neben ihn ins Bett und genoss seine Nähe. Auch wenn sie ihn am liebsten festgehalten hätte, zwang sie sich dazu, nur leicht über sein Gefieder zu streichen. Aus der Nähe sah es im Tageslicht wunderschön aus, die einzelnen Federn nicht nur einfarbig braun, sondern von dunkel- bis mittelbraun schimmernd. Die goldenen Federn an seinem Nacken hatten es ihr besonders angetan. „Du bist wunderschön.“ Ihre Finger strichen an der Kante seines gesunden Flügels entlang, und sie hob ihn sanft an, sodass er sich ausbreitete. Die verschieden großen Federn bildeten ein faszinierendes Mosaik, und sie konnte Griffins Kraft spüren. Er musste einfach wieder fliegen können! Sie konnte sich nicht vorstellen, ihn an den Boden gebunden zu sehen. Vorsichtig ließ sie den Flügel los, der sich daraufhin wieder zusammenfaltete, und setzte ihre Erkundungstour fort. Seine kräftigen befiederten Beine endeten in gewaltigen gelben Klauen.

„Wusstest du eigentlich, dass du gelbe Füße hast?"

Von Griffin kam ein Laut, der wie ein Lachen klang. Es kam ihr fast ein wenig verzweifelt vor. Amber sah auf und versank in seinen Augen. Seine Klaue schloss sich unvermittelt um ihre Hand.

„Das meinte ich nicht negativ, im Gegenteil, ich scheine eine Vorliebe für gelbe Füße entwickelt zu haben. Und wunderschöne braune Federn. Und einen grauen Schnabel. Und ganz besonders für braune Augen, die sich je nach Stimmung verändern." Im Moment waren sie goldbraun und wirkten beinahe menschlich. Und es stand eine solche Leidenschaft darin, dass es ihr die Sprache verschlug. Vorsichtig zog sie ihre Hand aus seinen Klauen und richtete sich auf. „Ich sollte lieber …" Erschreckt sah sie, dass Griffin sich zu verwandeln begann. „Tu das nicht, denk an deine Verletzung!"

Doch natürlich hörte er nicht auf sie und lag nach einer scheinbar unendlichen Verwandlungsphase mit geschlossenen Augen und bleichem Gesicht im Bett. Oh nein! Hoffentlich hatte das seinem Flügel nicht geschadet. Amber grub ihre Zähne in ihre Unterlippe, als sie den verfärbten Arm sah, ein Einschussloch war an seinem Unterarm zu sehen. Glücklicherweise schien es bereits zu verheilen, aber was, wenn sein Knochen nicht richtig zusammenwuchs, weil er sich bei der Verwandlung verschoben hatte? Warum mussten Männer immer so unvernünftig sein? Besorgt ließ sie ihren Blick über den Rest seines Körpers gleiten und atmete erleichtert auf, als er größtenteils unverletzt war.

Einige Kratzer zogen sich über seine Beine und den Oberkörper, und auch auf der Wange hatte er eine Schramme.

Sanft glitten ihre Finger über die kleinen Wunden, die ihre Zähne an seinem Oberkörper verursacht hatten, als sie ihn in Sicherheit brachte.

„Hühnchen?"

Amber blickte zu ihm auf, als seine kratzige Stimme ertönte. Sie begann zu lachen, als sie verstand, worauf er anspielte. „Nun ja, so ähnlich. Aber du schmeckst viel besser."

Ein Lächeln spielte um seine Mundwinkel, ein wenig Farbe kehrte in sein Gesicht zurück. „Das will ich auch hoffen." Seine Hand legte sich um ihren Arm, und er zog sie zu sich herunter. „Komm her, ich möchte dich halten."

„Aber dein Arm ..."

Griffin gab ein unwilliges Knurren von sich. „Der ist mir im Moment völlig egal. Ich brauche dich, jetzt sofort."

Da Amber genau das Gleiche wollte, schmiegte sie sich in seine Umarmung. Während sein gesunder Arm um sie glitt und sich um ihre Hüfte legte, bettete sie ihren Kopf auf seine Schulter. Ein glücklicher Seufzer stieg in ihr auf. „Du bist so unvernünftig. Ciaran wird bestimmt sauer sein."

„Ciaran ist mir noch unwichtiger als der Arm. Weißt du, wie schlimm es ist, nicht mit dir reden zu können? Dich nicht berühren zu können?"

„Ja, das weiß ich."

„Und dabei hast du die ganze Zeit geredet und mich mit deinen Berührungen verrückt gemacht."

Amber legte ihre Hand auf sein Herz. „Entschuldige, ich hätte daran denken sollen, dass dir das unangenehm sein könnte."

Griffin stieß ein unterdrücktes Lachen aus. „Wie kommst du darauf? Ich wollte schon immer wissen, dass ich gelbe Füße habe."

Amber hob den Kopf und blickte nach unten. „Jetzt sind sie es nicht mehr. Schade." Ihr Blick blieb an seiner Mitte hängen, und ihr Atem stockte.

„Ich glaube, ich hatte dir schon mal gesagt, dass meine Federn sehr empfindlich sind und es mich erregt, wenn du mich streichelst." Griffins Stimme klang rau.

„Entschuldige, ich habe nicht daran gedacht. Ich hatte gehofft, es würde dich von den Schmerzen ablenken und beruhigen." Ohne einen bewussten Befehl glitt ihre Hand tiefer.

„Ersteres, ja." Griffin atmete heftig ein, als sich ihre Finger um seinen Penis schlossen. „Habe ich dir schon dafür gedankt, dass du mich gerettet hast?"

„Das ist nicht nötig." Amber lächelte ihn an. „Das war reiner Eigennutz."

„Meinetwegen kannst du mich benutzen ... wie du willst." Seine Stimme stockte, als sie ihre Hand an ihm auf und ab bewegte.

„Aber du bist verletzt, ich sollte dich in Ruhe lassen, bis du wieder gesund bist." Sie machte Anstalten, ihn loszulassen.

Griffins Finger gruben sich in ihre Hüfte. „Nein, das solltest du nicht. Mehr als alles andere brauche ich dich. Als dieser Kerl auf dich gezielt hat ..." Er brach ab, und ein Schauder lief durch seinen Körper. „Ich hätte es nicht überlebt, wenn du gestorben wärst, Amber. Du bist mein Leben."

Mit Tränen in den Augen beugte sie sich über ihn und küsste ihn sanft. „Und du meins." Hungrig vertiefte sie den Kuss und bemerkte kaum, wie Griffin sie über sich zog. Erst als sich sein Schaft zwischen ihre Beine schob, merkte sie, was er da tat. Schwer atmend löste sie sich von ihm. „Das sollten wir wirklich nicht tun, du brauchst deine Kraft, um gesund zu werden."

„Oh doch, das sollten wir." Seine Hand umschloss ihre Brust. „Gib mir deine Kraft." Sein Flüstern hallte in ihr wider.

Vermutlich hätte sie ihm widerstehen können, wenn sie sich

nicht selbst so verzweifelt nach ihm gesehnt hätte. Sie hauchte Küsse auf seine Brust, während sie sich langsam abwärts bewegte. Als er nach ihr greifen wollte, schob sie seine Hand beiseite. „Bleib still da liegen, sonst höre ich sofort auf."

„Amber ..."

Seine Stimme klang so gequält, dass sie zu ihm aufblickte. Es lag ein solches Feuer in seinen Augen, dass es sie zu verbrennen drohte. „Ich meine das ernst." Sie wollte auf keinen Fall, dass er sich noch schwerer verletzte, vor allem aber war es ungeheuer erregend, ihn zu lieben, während er sich nicht bewegen durfte.

Mit sanft knabbernden Küssen bewegte sie sich an seinem Körper hinunter, ihre Hände glitten über seine weiche Haut, die sich so heiß und lebendig unter ihr anfühlte. Ihre Fingerspitzen streiften über seine Brustwarzen, die sich aufrichteten und um mehr zu betteln schienen. Doch zuerst musste sie bei ihrem Ziel ankommen, das sich bereits hart gegen ihre Brüste drückte. Erregung rieselte durch sie, als sie in seine Seite biss und ihm damit ein Stöhnen entlockte. Amber rutschte das letzte Stück hinunter und kauerte über seinem Schaft, der sich ihr verlangend entgegenreckte. Sie legte ihre Hände darum und konnte sein Zucken spüren, als sie mit der Zunge über die Spitze fuhr.

„Du bringst mich um." Griffins raues Geständnis ließ ihr Herz gegen ihre Rippen hämmern. Er hatte seinen Kopf gehoben und sah sie mit golden glühenden Augen an.

Als Antwort knabberte sie an seinem Schaft, während sie mit der Hand daran entlangfuhr. Griffin gab einen erstickten Laut von sich, als sich ihre Zähne verlängerten und sie mit den Reißzähnen vorsichtig an seiner Länge entlangfuhr. Seine Hand krallte sich erregt in das Laken, die Muskeln in seiner Brust zuckten. Amber nahm ihn tief in den Mund und schloss die Augen, während sie das Gefühl genoss, ihm eine solche Reaktion entlocken zu können. Sie liebte ihn mit dem Mund, bis seine Beherrschung riss, er seine Hand um ihren Arm schlang und sie nach oben zog.

„Hey, ich war noch nicht fertig!"

Seine Iris war nur noch ein schmaler brauner Ring, als Griffin sie ansah. „Ich möchte in dir kommen."

Fünf einfache Worte und sie zerschmolz beinahe in ihre Einzelteile. Während sie sich auf seinen Mund stürzte, senkte sie ihre Hüfte auf seinen Schaft. Gemeinsam stöhnten sie auf, als er sie füllte. Amber war so nahe an der Erfüllung, dass sie sich auf die Lippe beißen musste, um sich daran zu hindern, sofort zu kommen. Langsam hob sie die Hüfte und ließ sich dann wieder auf ihn sinken. Ihr Atem kam in rauen Stößen, ihr ganzer Körper kribbelte. Griffins Finger berührten ihre steife Brustspitze, und sie begann zu zittern. Sie beschleunigte ihre Bewegungen und spürte, wie Griffin in ihr noch härter wurde. Er kniff leicht in ihre Brustwarze und stieß tief in sie. Ein Schrei löste sich aus ihrer Kehle, als der Höhepunkt sie durchfuhr. Griffin schien nur darauf gewartet zu haben, denn er hob erneut seine Hüfte und füllte sie, so tief es ging, bevor auch er kam. Sein Körper zuckte, während er wieder und wieder in sie eintauchte. Erschöpft ließ Amber sich auf ihn sinken und küsste die Haut über seinem rasenden Herzschlag.

Seine Hand grub sich in ihre Haare und er presste sie dicht an sich.

Es dauerte eine lange Zeit, bis sie wieder den Kopf heben konnte. Sie versuchte ein Lächeln. „Das war vermutlich nicht das, was sich Ciaran unter Ruhe vorgestellt hat."

Griffins Finger spielten mit einer ihrer Haarsträhnen. „Vermutlich nicht, aber es war genau das, was wir brauchten."

„Ja." Sie küsste seine Brust.

„Ich liebe dich, Amber. Mehr als alles andere."

Amber starrte ihn an, der Kloß in ihrem Hals hinderte sie am Sprechen. Aber mit den Augen sagte sie ihm, wie sehr sie ihn liebte.

Ciaran war tatsächlich nicht begeistert, als er in Griffins Hütte kam und sah, dass er sich schon verwandelt hatte. Nach einigem Murren überprüfte er, ob der Knochen gerade zusammenwuchs, und schiente anschließend den verletzten Arm. Ernst sah er Griffin an. „Und wenn du jemals wieder fliegen möchtest, würde ich dir raten, die nächsten Wochen in dieser Form zu bleiben."

Griffin lächelte Amber zu. „Das hatte ich vor." Was er getan hatte, war vermutlich nicht sonderlich klug gewesen, aber es hatte sich gelohnt. Allein die Erinnerung daran, wie Amber ihn geliebt hatte, ließ erneut Hitze in Griffin aufsteigen.

Kopfschüttelnd verließ Ciaran die Hütte, verwandelte sich und stieß in den Himmel.

Neidisch sah Griffin ihm nach. Die hoch in die Bäume gebauten Hütten waren sehr praktisch, wenn man fliegen konnte, aber ohne Flügel war es eine echte Tortur, hinauf- oder hinunterzukommen – vor allem mit einer Armverletzung. Mit einem tiefen Seufzer drehte er sich zu Amber um. „Hilfst du mir beim Anziehen?"

„Warum bleibst du nicht so, wie du bist?" Sie wackelte mit den Augenbrauen.

Griffin musste lachen. „Weil ich nach unten muss, um zu sehen, was im Lager vor sich geht. Und da ich mich nicht verwandeln kann, ziehe ich bei den Temperaturen Kleidung vor."

Amber biss sich auf die Lippe und sah ihn besorgt an. „Bist du sicher, dass du schon herumlaufen solltest?"

Griffin zog sie mit einer Hand an sich. „Wenn es nach mir ginge, könnte ich auch ein paar Wochen mit dir im Bett verbringen, aber ich glaube nicht, dass wir die Zeit haben. Die

Oberen werden den Angriff nicht gelassen hinnehmen, sondern bestimmt etwas unternehmen, und ich möchte wissen, was."

Ohne ein weiteres Wort zu verlieren, holte Amber eine Jeans und einen Pullover aus seinem Schrank und half ihm dabei, sie anzuziehen. Die Strickleiter schwankte wild hin und her, als er versuchte, sie mit nur einer Hand zu bewältigen, doch schließlich stand er verschwitzt und zitternd auf dem Erdboden. Zum ersten Mal wünschte er sich, er hätte seine Hütte nicht ganz so hoch in den Baum gebaut. Griffins Kehle zog sich zusammen, als ihm erneut bewusst wurde, wie viel er verlieren würde, wenn er nicht mehr fliegen konnte.

Eine Berührung an seiner Hand ließ ihn aus seinen trüben Gedanken auftauchen. Amber stand neben ihm und blickte ihn besorgt an. Dankbar nahm er ihre Hand und ließ sie nicht wieder los, als er sich auf den Weg durchs Lager machte.

„Vielleicht sollte ich besser irgendwo warten, ich glaube nicht, dass deine Leute es so lustig finden, wenn ich durchs Lager spaziere. Noch dazu an deiner Hand." Amber hielt ihre Stimme leise.

Griffin blieb stehen und sah sie ernst an. „Du gehörst ab sofort zu mir. Sie werden sich daran gewöhnen müssen, uns zusammen zu sehen."

Amber sah ihn forschend an und nickte dann. „Was willst du jetzt tun?"

„Ich versuche herauszufinden, was passiert, nachdem es nun Menschen gibt, die wissen, wo wir sind."

„Glaubst du, ihr werdet euer Gebiet verlassen?" Furcht war in Ambers Stimme zu hören.

Griffin blickte sich um. „Es sieht fast so aus." Es war deutlich geschäftiger im Lager als sonst, und vor allem waren mehr Adlerwandler in Menschengestalt unterwegs, als er jemals gesehen hatte. Griffin atmete auf, als er Talon sah, und zog Amber mit sich.

Talon blickte ihnen mit einem breiten Lächeln entgegen. „Schon wieder auf den Beinen? Ciaran ist nicht besonders zufrieden mit dir als Patient."

„Das ist mir im Moment herzlich egal. Versuch du mal, in Vogelform still im Bett zu liegen." Griffin verschränkte seine Finger mit Ambers. „Wurde schon entschieden, wie wir auf die neue Situation reagieren?"

Talon wurde schlagartig ernst. „Ja. Die Oberen haben die ganze Nacht getagt und sind dann zu der Entscheidung gekommen, dass wir hier nicht mehr sicher sind. Wir ziehen in das Gebiet um, das wir uns vor Jahren für genau diesen Fall ausgesucht haben."

Griffin biss seine Zähne aufeinander. Das Gebiet war deutlich weiter von dem der Berglöwenwandler entfernt. „Wann?"

Talon sah ihn mitleidig an. „Sofort. Und falls du dich fragst, wie das mit deinem Arm gehen soll, wir teilen die Sachen der Verletzten beim Transport auf. Die ersten Kundschafter sind zurück. Anscheinend ist dort alles wie gehabt, keine Spur von Menschen oder anderen Wandlern." Er warf Amber einen entschuldigenden Blick zu.

„Glaubst du, es ist richtig, sich noch tiefer in die Wildnis zurückzuziehen?"

„Ich weiß es ehrlich nicht. Generell würde ich sagen, nein, aber durch den Kampf haben wir einige Wächter verloren oder sie sind so wie du im Moment nicht einsatzfähig. Damit haben wir hier noch weniger Schutz. Das war auch das Argument, das Juna schließlich umgestimmt hat."

Griffin nickte. „Ich verstehe." Das neue Lager war für jemanden, der nicht fliegen konnte, sehr schwer zugänglich. Wenn er dorthin ging, würde er sich monatelang kaum vom Fleck rühren können. Sofern seine Federn nachwuchsen – sonst für immer. „Komm, Amber, wir gehen. Mach's gut, Talon."

„Was soll das heißen? Wo willst du denn hin?“ Talon folgte ihnen.

„Ich komme nicht mit in das neue Gebiet. Du weißt, dass ich dort ohne die Fähigkeit zu fliegen verrückt werden würde.“

„Grif…“

Griffin drehte sich zu seinem Freund um und sah die Traurigkeit in seinen Augen. Für einen Moment ließ er Amber los und umarmte Talon mit seinem gesunden Arm. „Wir sehen uns irgendwann wieder, spätestens, wenn ich wieder fliegen kann.“

Talon wandte sich an Amber. „Pass gut auf ihn auf.“

Ein Lächeln spielte um ihren Mund. „Das werde ich.“

Griffin verzog den Mund. „Ich bin doch kein Kind.“

„Manchmal benimmst du dich aber so.“

Bei Ambers Lachen hob sich seine Stimmung. „Du weißt, wo du mich findest, falls dir langweilig wird, Talon. Und versuch, die Oberen dazu zu überreden, endlich ein Telefon oder Internet anzuschaffen. Jetzt wo du so einen guten Draht zu ihnen hast, sollte dir das ja nicht schwerfallen.“ Griffin grinste, als Talon so tat, als würde er die Anspielung nicht verstehen. „Ich werde dich vermissen.“

Talon sah ihn ernst an. „Wir dich auch. Ich hoffe, deine Federn wachsen bald nach und du kannst wieder fliegen. Vor allem aber: werdet glücklich, ihr habt es verdient.“

Als sie wieder alleine waren, sah Amber ihn forschend an. „Bist du sicher, dass du das tun willst?“

„Mir bleibt nichts anderes übrig. Ich kann nicht die ganze Zeit zusehen, wie alle um mich herum fliegen, während ich selbst dazu verdammt bin, auf dem Boden zu bleiben. Es gibt für einen Adler nichts Schlimmeres, als nicht fliegen zu können. Und ich würde den anderen nur im Weg sein.“ Er ließ seinen Arm um ihre Taille gleiten. „Außerdem könnte ich dich dann nicht mehr sehen, und das würde ich nicht ertragen.“

Tränen standen in Ambers Augen, als sie zu ihm aufblickte. „Dann lass uns nach Hause gehen."

Nach Hause, das hörte sich gut an.

29

„Müssen wir wirklich wieder zurück?" Marisa blickte Coyle enttäuscht an. „Ich dachte, wir könnten wenigstens ein paar Tage bleiben und …"

Coyle schüttelte bereits den Kopf. „Das FBI wird dich sicher kontaktieren, um dir die überprüften Sachen zurückzugeben. Es wäre nicht klug, wenn du nicht erreichbar wärst."

Seufzend sah Marisa aus dem Fenster. „Ich weiß."

„Wenn sich die Lage beruhigt hat, können wir wieder hierherkommen. Vielleicht über Weihnachten? Da wird dich niemand vermissen." Coyle trat hinter sie und legte seine Hände auf ihre Schultern.

Sie genoss seine Wärme in ihrem Rücken und lehnte den Kopf an seine Brust. „Das hört sich gut an." Endlich mal entspannen, an nichts anderes mehr denken und … Abrupt richtete sie sich auf. „Mist, ich wollte mit Isabel nach Nevada wegen des Computers. Aber vermutlich wäre das momentan sowieso nicht gut. Sollte ich noch überwacht werden – oder Isabel –, möchte ich niemanden dorthin führen."

„Vielleicht wäre das besser. Wenn bisher niemand versucht hat, ihn zu finden, dann ist er dort vermutlich sicher. Es müsste schon jemand wissen, wo genau die Geheimtür ist, und dann noch schweres Gerät haben, um die Stahltür zu öffnen." Coyle verzog den Mund. „Oder auf die Idee kommen, den Schalter zu reparieren, den ich außer Funktion gesetzt habe."

„Ich finde es immer noch unglaublich, dass du überhaupt daran gedacht hast."

„Das war die einzige Möglichkeit, den Keller zu sichern. Ich konnte schlecht in Berglöwenform einen PC mitschleppen, und da du auf die Polizei warten musstest, wäre er im Wagen entdeckt worden." Coyle rieb über seine Stirn. „Vielleicht hätte ich ihn längst holen sollen, aber ich hatte Angst, dass derjenige, der Stammheimer töten ließ, das Haus immer noch überwachen lässt."

Besorgt löste sich Marisa von ihm. „Glaubst du, Isabel ist in Gefahr?"

Unbehaglich sah Coyle sie an. „Da bisher nichts passiert ist, vermutlich nicht. Keiner weiß, dass sie unser Geheimnis kennt. Aber ich kann nicht sagen, was passiert, wenn sie nach Nevada zurückkehrt."

Marisa rieb über ihre kalten Arme. „Ich wünschte, das alles wäre vorbei und wir könnten in Ruhe leben."

Coyle küsste ihre Stirn. „Vielleicht können wir das irgendwann."

Bevor Marisa antworten konnte, wurde die Tür aufgerissen. Überrascht starrte sie Torik an, der mit finsterer Miene in das Innere der Hütte blickte.

„Was ist passiert?" Auch Coyle schien von Toriks Benehmen irritiert und trat einen Schritt auf ihn zu, um sich vor Marisa zu schieben.

„Irgendetwas ist falsch. Ich spüre jemanden, der nicht hierhergehört." Seine dunklen Augen blieben an Marisa hängen, die an Coyle vorbeischaute.

„Meinst du Angus? Er ist oben und versucht zu ignorieren, dass er von Katzen umgeben ist."

„Nein, etwas anderes. Oder vielmehr jemand anderes. Wie in Escondido." Während er sprach, starrte er in Richtung des Rucksacks, den Marisa mitgebracht hatte.

Konnte es sein …? Nein, das war unmöglich. Harken war

bereits in San Francisco ausgestiegen. Oder hatte sich vielmehr in Luft aufgelöst. Allerdings war er auch einfach so in ihrem Auto aufgetaucht. Konnte er das auch hier? Unbehaglich beobachtete Marisa, wie Torik auf den Tisch zuging, auf dem der Rucksack lag.

Harken war in Escondido gewesen, und Torik hatte damals mehrfach eine Präsenz bemerkt, die er aber weder riechen noch sehen konnte. Sie selbst hatte Harken erst gesehen, als er sich neben ihr materialisierte. Abrupt richtete sie sich auf. Angus hatte ihn vorher bemerkt, deshalb hatte er so ein Theater veranstaltet. Marisa versuchte sich zu erinnern, ob der Bloodhound sich hier ebenso aufgeführt hatte, aber es war zu viel seitdem passiert. Außerdem schien Harken irgendeine Macht über ihn zu haben, mit der er den Hund ruhigstellte. War Angus ungewöhnlich still gewesen, seit er hier in der Hütte war, oder bildete sie sich das nur ein?

Marisas Blick fiel auf den Zettel mit Harkens Telefonnummer, der im offenen Rucksack lag. Die Erinnerung war verschwommen, aber sie war sich fast sicher, dass Harken direkt auf ihren Block geschrieben hatte. Doch als sie im Lager ankam, war der Zettel herausgerissen gewesen, und sie hatte ihn danach in ihr Portemonnaie gesteckt. Die Haare in ihrem Nacken stellten sich auf.

Coyle sah sie besorgt an. „Was hast du?“

Zögernd trat Marisa zum Tisch. „Harken, wenn Sie hier sind, zeigen Sie sich.“

Torik und Coyle sahen sie entgeistert an. Sie konnte es ihnen nicht verdenken.

„Marisa ...“ Weiter kam Coyle nicht, denn direkt neben ihr erschien Harken. Nach einer Schrecksekunde stürzten Torik und Coyle auf ihn zu, doch Marisa stellte sich vor Harken, die Hände abwehrend erhoben.

„Es ist alles in Ordnung. Das ist Harken – oder wie immer er auch heißt –, der Kainda in Escondido geholfen hat." Marisa glaubte, ein leises Lachen hinter sich zu hören, doch sie drehte sich nicht um. Zuerst musste sie dafür sorgen, dass die beiden Berglöwenmänner den ungebetenen Besucher nicht angriffen. Als sie schließlich sicher war, dass Coyle und Torik sich zurückhalten würden, drehte sie sich zu Harken um. „Was zum Teufel tun Sie hier? Sind Sie mir etwa gefolgt?"

Die grauen Augen funkelten sie amüsiert an. „So ähnlich."

„Was ist denn das für eine Antwort?" Irgendwie schaffte der Kerl es immer wieder, dass sie sich über ihn aufregte.

„Gar keine. Je weniger Sie wissen, desto besser."

„Sie tauchen also hier auf, und wir sollen es einfach so akzeptieren? Wohl kaum." Coyles Stimme klang ruhig, aber es war offensichtlich, dass er verärgert war. „Was wollen Sie?" Er packte Marisa am Arm und zog sie zu sich heran.

Der Humor verließ Harkens Gesicht. „Mich ein wenig umsehen und bei Bedarf mit euch reden. Ihr habt mich früher entdeckt, als ich erwartet hatte." Neugierig sah er Torik an. „Wie machst du das?"

Torik verschränkte die Arme vor der Brust und hob die Schultern. „Ich spüre es."

Harken wandte sich an Marisa. „Warum haben Sie mich nicht angerufen, als Sie von dem Kampf erfahren haben?"

„Weil ich erst mit Coyle und Finn darüber reden wollte. Außerdem hätten Sie nie so schnell dort sein können." Sie hob eine Augenbraue und blickte an seinem nackten Körper herunter. „Und ich denke nicht, dass Sie ein Telefon dabeihaben."

„Das wäre dann mein Problem gewesen." Er hob die Hand, als sie etwas sagen wollte. „Es ist wichtig, dass ich erfahre, was vor sich geht. Derjenige, der es auf uns abgesehen hat, darf nicht gewinnen."

Coyle mischte sich ein. „Wer hat es auf uns abgesehen – und warum?"

Harken hob die Schultern. „Das habe ich noch nicht herausgefunden. Es deutet aber alles darauf hin, dass es einen Menschen gibt, der über sehr viel Geld und Einfluss verfügt und immer wieder Männer engagiert, die versuchen, euch einzufangen oder sogar zu töten. Genry, Gowan und sogar Stammheimer haben sich von ihm bezahlen lassen, genauso wie dieser Edwards, der versucht hat, Kainda einzufangen, und der vorher auch Stammheimer ermordete."

„Haben Sie den Kerl getötet?" Marisa hielt den Atem an, während sie auf die Antwort wartete.

Harken schnitt eine Grimasse. „Nein, ich war gerade anderweitig beschäftigt. Ich nehme an, unser mysteriöser Hintermann hat dafür gesorgt, dass Edwards nicht mehr reden konnte." Seine Hände ballten sich zu Fäusten. „Und ich hätte ihn zum Reden gebracht, wenn ich ihn in die Finger bekommen hätte." Anscheinend war er doch nicht so gelassen, wie er bisher wirkte.

Das schien auch Coyle zu merken. „Warum sollten wir dir vertrauen?" Seine Stimme war gefährlich leise.

„Vielleicht weil er die Weiterentwicklung eures alten Modells ist?" Marisa konnte sich die Bemerkung nicht verkneifen.

Torik schnaubte verächtlich. „Wohl kaum."

Harkens Mundwinkel hob sich. „Ich bin eigentlich eher so etwas wie ein Bindeglied zwischen den einzelnen Wandlerarten, und ich glaube, dass wir nur gegen die Bedrohung ankommen können, wenn die Wandler zusammenhalten. So wie gestern Abend die Adler und die Berglöwen."

„Und trotzdem sind etliche verletzt worden und einige umgekommen." Torik klang wütend.

„Ich habe nicht gesagt, dass es einfach sein würde. Nur, dass unsere Chance größer ist, wenn wir zusammenarbeiten." Er wollte noch etwas sagen, schüttelte dann aber nur den Kopf. „Denkt darüber nach. Marisa weiß, wie sie mich erreichen kann.“ Damit verschwand er einfach.

Marisa zuckte zusammen. „Ich hasse es, wenn er das macht.“ Argwöhnisch sah sie sich im Raum um. „Und ich glaube nicht, dass er wirklich weg ist.“ Etwas streifte ihr Bein, und sie sprang zurück.

Torik öffnete die Tür, wartete eine Weile und schloss sie dann wieder. „Jetzt ist er weg. Ich spüre ihn nicht mehr.“

Seltsam enttäuscht sah Marisa zur Tür. „Du meinst, er kann nicht durch Wände gehen?“

Torik zuckte die Schultern. „Keine Ahnung. Jedenfalls ist er jetzt nicht mehr da.“

Coyle baute sich vor Marisa auf. „Kann es sein, dass du vergessen hast, mir etwas zu erzählen?“

„Du meinst, dass plötzlich ein nackter Mann neben mir im Wagen saß? Würdest du mir glauben, wenn ich sage, dass ich das in dem Wirbel bei eurer Rückkehr völlig vergessen habe?“ Sie zog an ihrem Zopf. „Und dann, als wir im Bett lagen …“

Toriks Gesichtsausdruck war gequält. „Ich möchte das wirklich nicht wissen!“

Marisa grinste ihn an, bevor sie sich wieder an Coyle wandte. „… bist du gleich eingeschlafen, und ich wollte dich nicht wieder wecken.“ Sie wurde ernst. „Es tut mir wirklich leid, dass ich es vergessen habe, aber ich glaube nicht, dass er euch schaden will. Im Gegenteil, so wie er es geschafft hat, Kainda zu retten, könnte er ein wertvoller Verbündeter sein.“

Coyle nickte langsam. „Wir werden es Finn sagen, damit er es im Rat besprechen kann.“

Obwohl Melvin schon lange kein Kind mehr war, fand er es doch beruhigend, seinen Vater dabeizuhaben, während er vor der Ratshütte auf das Urteil wartete. Auch wenn Conner zuversichtlich gewesen war, spürte Melvin, dass sein Vater insgeheim befürchtete, das Lager wieder verlassen zu müssen. Und Fay war der Grund dafür. Es war offensichtlich, dass die beiden sich liebten, und doch war Conner bereit, wieder zu gehen, wenn Melvin nicht bleiben durfte. Aber das würde er nicht zulassen, auch wenn das bedeutete, dass er alleine in der Wildnis überleben musste. Er konnte nicht noch einmal selbstsüchtig von Conner verlangen, alles für ihn aufzugeben. Fay hasste ihn wider Erwarten nicht, wofür er sehr dankbar war. Sie hatte ihn untersucht, den Chip aus seinem Bein operiert und ihn ins Bett gebracht. Es war himmlisch gewesen, auf einer weichen Matratze zu liegen und langsam in den Schlaf zu gleiten, während er dem Murmeln ihrer Stimmen lauschte.

Melvin straffte seinen Rücken, als die Tür der Ratshütte aufging und Finn ihn ernst anblickte.

„Bist du so weit?“ Als Melvin nickte, öffnete er die Tür weiter. „Kommt herein.“

Für einen Augenblick konnte Melvin sich nicht bewegen und stand wie erstarrt im Schnee. Erst als sein Vater flüchtig seinen Rücken berührte, lösten sich seine Muskeln, und er trat in die Hütte. Nur Coyle und Kearne saßen in der Hütte, anscheinend hatte die Beratung mit den älteren Ratsmitgliedern per Telefon stattgefunden. Melvin versuchte, in den Gesichtern zu erkennen, wie die Entscheidung ausgefallen war, aber es war unmöglich.

Finn stellte sich in die Mitte des Raumes. „Wir haben darüber beraten, ob du weiterhin aus der Gruppe ausgeschlossen bleibst oder wieder hier leben darfst.“

Melvin schluckte mühsam, sein Herz klopfte unregelmäßig in seiner Brust. Schweigend wartete er darauf, dass Finn das Urteil verkündete, während er versuchte, sich nicht anmerken zu lassen, wie sehr er sich davor fürchtete, wieder weggeschickt zu werden.

Nach scheinbar unendlicher Zeit sprach Finn erneut. „Dein Ausschluss von der Gruppe wird aufgehoben, du kannst ab sofort im Lager bleiben."

Melvin spürte, wie seine Beine weich wurden, aber sein Vater hielt ihn fest, bevor er zu Boden sank und sich für alle Ewigkeit blamierte. Wie in Trance drehte er sich um und umarmte Conner, so fest er konnte. Dabei war es ihm egal, wie sehr seine Verletzungen schmerzten, und auch sein Vater schien es gar nicht zu spüren.

Conner hob den Kopf und sah über Melvins Schulter hinweg zu Finn. „Danke. Ihr wisst nicht, was mir das bedeutet."

„Doch, ich denke schon. Ich nehme an, du bleibst auch hier, Conner?" Ein Lächeln schwang in Finns Stimme mit.

Sein Vater löste sich von Melvin und blickte ihn forschend an. „Möchtest du das?"

„Natürlich! Du gehörst hierher, und ich hätte nie verlangen dürfen, dass du gehst. Ich habe aus meinen Fehlern gelernt."

Kearne mischte sich ein. „Das ist gut, Melvin, denn das hier ist deine letzte Chance. Nutze sie."

„Das werde ich." Melvin konnte das glückliche Lachen nicht unterdrücken, das in ihm aufstieg. „Danke."

„Wisst ihr schon, wo ihr unterkommt, bis ihr euch eine eigene Hütte gebaut habt?" Finn lächelte sie an.

Fragend sah Melvin Conner an, der schließlich nickte. „Fay hat angeboten, dass wir erst mal bei ihr bleiben können."

Melvin wunderte sich über Kearnes Stirnrunzeln, aber er war zu glücklich, um sich darüber Gedanken zu machen. Es war unglaublich, dass Fay ihn sogar in ihrer Hütte aufnahm, trotz allem, was er ihr angetan hatte. Sie hätte sicher eine tolle Freundin abgegeben, wenn er damals nicht so verbohrt gewesen wäre.

Finn grinste sie an. „Ich habe es geahnt. Wenn ihr Hilfe braucht, sagt Bescheid."

„Machen wir.“ Conner legte seine Hand auf Melvins Schulter. „Komm, mein Junge, gehen wir nach Hause.“

Melvin wusste, dass es nicht einfach werden würde, wieder in der Gruppe zu leben, nachdem er sie verraten hatte, aber es hatte seit seinem Ausschluss nichts gegeben, was er sich mehr wünschte. Und jetzt war dieser Wunsch in Erfüllung gegangen.

Griffin bemühte sich, nicht zusammenzuzucken, als plötzlich einer der Berglöwenwandler neben ihnen erschien. Am Boden fehlte ihm der Überblick, den er in seiner Adlerform gewohnt war, und wenn Amber ihn nicht vorher gewarnt hätte, dass sich jemand näherte, hätte er wahrscheinlich einen Herzinfarkt bekommen. Viel schlimmer aber war, dass er durch den langen Marsch im Schnee so erschöpft war, dass er sich kaum noch auf den Beinen halten konnte, geschweige denn Amber oder sich selbst verteidigen, falls sie angegriffen wurden. Auch sein Arm schmerzte höllisch und schien mit jedem Schritt schwerer zu werden. Deswegen war er erleichtert, dass sie endlich das Gebiet der Berglöwen erreicht hatten. Auch Amber wirkte glücklich, wieder zu Hause zu sein.

Der Berglöwenmann verwandelte sich und trat zu ihnen. „Schön, dass du wieder da bist, Amber. Geht es dir gut?“ Torik wirkte, als gehörte er selbst ins Bett, anstatt Wachdienst zu verrichten. Seine Augen waren blutunterlaufen, und von seinen Rippen bis zur Hüfte klebte ein Verband.

Amber lächelte ihn an. „Natürlich geht es mir gut.“

Torik nickte und blickte an Griffin auf und ab. „Ich hätte nicht gedacht, dich so bald wieder auf den Beinen zu sehen. Wie sieht es in eurem Lager aus?“

Griffin verzog den Mund. „Hektisch, sie verlegen das Lager in ein anderes Gebiet. Noch weiter in die Wildnis.“

„Wir haben so etwas befürchtet. Ich bringe euch zu Finn.“

Torik wartete keine Antwort ab, sondern verwandelte sich und lief ihnen voraus.

„Immerhin hat er mich nicht gleich verjagt."

Amber sah ihn erstaunt an. „Warum sollte er das auch tun?"

„Weil ich nicht hierhergehöre."

Abrupt blieb sie stehen und drehte sich zu ihm um. „Du gehörst zu mir, und da ich hier lebe, bist du somit auch ein Teil der Gruppe. Dachtest du, ich würde in meine Hütte zurückgehen und du müsstest außerhalb unseres Lagers campen?"

Griffin hob seine unverletzte Schulter. „Es ist gut möglich, dass eure Anführer mich nicht hier haben wollen, das weißt du."

Amber schob entschlossen das Kinn vor. „Das werden wir ja sehen. Sollte das wirklich die Entscheidung sein, werde ich das Lager mit dir verlassen."

„Ich möchte nicht, dass du auch noch dein Zuhause verlierst, Amber."

Ihre Miene wurde weicher. „Du bist mein Zuhause, weißt du das nicht?"

Griffin strich mit seinen Fingern über ihre Wange. „Ich …" Weiter kam er nicht, denn Torik stieß ein ungeduldiges Knurren aus. „Lass uns später darüber reden, möglichst ohne Zuhörer." Er nahm Ambers Hand und ging, so schnell es sein geschwächter Zustand zuließ, auf das Lager zu. Besser, sie brachten die Angelegenheit hinter sich, denn er wollte nicht noch länger in Ungewissheit leben.

„Amber!" Automatisch schob Griffin sich vor sie, als der Ruf erklang, doch dann erkannte er, dass es Marisa war, die auf sie zugelaufen kam, ihren Hund an der Leine hinter sich herziehend. Coyle folgte ihr, und Griffin konnte deutlich die Erleichterung darüber in seinem Gesicht sehen, dass seine Schwester unverletzt vor ihm stand.

Stürmisch umarmte Marisa Amber, während Angus bellend

um sie herumlief. „Gott sei Dank geht es dir gut! Coyle meinte, du wärst unverletzt, aber ich überzeuge mich doch lieber selbst davon.“ Sie rückte wieder etwas von ihr ab und lächelte. „Ja, du bist eindeutig in einem Stück.“ Ihr Lächeln verbreiterte sich zu einem Grinsen, als sie Griffin ansah. „Du hast dich sogar verdoppelt.“

Bevor Griffin reagieren konnte, hatte Marisa ihre Arme auch um ihn geschlungen. „Ich freue mich, dass es dir schon wieder so gut geht. Hatte ich dir eigentlich schon dafür gedankt, dass du Amber gerettet hast?“ Die Menschenfrau war eindeutig zu schnell für ihn. Sie stellte sich auf die Zehenspitzen und küsste seine Wange. „Danke.“

Ausnahmsweise waren sich Berglöwe und Hund einig: Ein doppeltes Grollen ertönte neben ihm, und Griffin trat rasch einen Schritt zurück, während Coyle Marisa fortzog. „Das reicht jetzt.“ Während Marisa sich um Angus kümmerte, umarmte Coyle seine Schwester und hielt sie einen Moment lang dicht an sich gedrückt. In seinen Augen lag so viel Liebe, dass Griffins Kehle eng wurde. „Willkommen zurück. Ich bin froh, dass du wieder da bist.“

Amber lächelte durch ihre Tränen. „Ich auch.“ Sie nahm wieder Griffins Hand und drückte sie sanft.

„Leider müssen wir jetzt zurück, bevor Marisas FBI-Freunde bemerken, dass sie weg ist.“ Bei dem Wort „Freunde“ verzog Marisa das Gesicht.

Amber versteifte sich. „Aber sie haben dich doch offensichtlich gehen lassen! Was könnten sie jetzt noch von dir wollen?“

Marisa hob die Schultern. „Sie müssen mir noch meine Sachen zurückgeben. Außerdem glaube ich nicht, dass dieser Bickson so schnell aufgibt, solange er nicht irgendwann durch Zufall den wahren Täter findet.“

Amber nickte zustimmend. „Ich hoffe, Sie lassen euch in Zukunft in Ruhe.“

Nachdem sie sich von Coyle und Marisa verabschiedet hatten, folgten sie weiter Torik, der es eindeutig eilig hatte. Griffin atmete tief durch, als sie in das Lager kamen. Die Entscheidung des Rates der Berglöwen würde einen großen Einfluss darauf haben, wie ihr Leben weiterging. Er wusste jetzt, dass Amber ihn liebte. Aber würde sie für diese Liebe ihre Familie und ihr ganzes bisheriges Leben aufgeben müssen? Er wollte nicht, dass sie das für ihn tun musste, aber gleichzeitig wusste er auch, dass er ohne sie nicht leben konnte. Deshalb konnte er nur hoffen, dass ihr eine solche Wahl erspart blieb.

Torik klopfte an die Tür der Ratshütte und öffnete sie. Finn sah überrascht auf und kam mit einem Lächeln auf Amber zu. „Das ist eine Überraschung." Er schloss sie in seine Arme, was in Griffin einen Stich Eifersucht auslöste. „Ich freue mich, dass du so schnell zurückgekommen bist." Griffin war schon fast so weit, Amber aus Finns Umarmung zu befreien, als der Ratsführer der Berglöwen von selbst zurücktrat. Er hielt Griffin die Hand hin. „Schön, dich wieder auf den Beinen zu sehen."

Ihm blieb nichts anderes übrig, als sie zu schütteln. „Danke. Es ist Ambers Einsatz und guter Pflege zu verdanken, dass ich heute hier stehe." Um seinen Anspruch deutlich zu machen, schlang er seinen gesunden Arm um Ambers Taille.

Finn hob eine Augenbraue, sagte aber nichts dazu. „Ich hätte erwartet, dass ihr noch länger dort bleibt, damit du dich erholen kannst."

„Ich war noch nie gut darin, einfach nur herumzuliegen. Außerdem zieht die Gruppe in ein anderes Gebiet, und ich wollte nicht mitgehen."

„Wegen Amber." Finn formulierte es nicht als Frage.

„Ja." Griffin sah Finn fest in die Augen. „Und weil ich den Adlern derzeit nur im Weg wäre."

Amber mischte sich ein. „Das neue Adlerlager ist zu Fuß nicht leicht zugänglich. Bis Griffin wieder fliegen kann, wäre er dort gefangen."

„*Wenn* ich wieder fliegen kann." Es tat weh, das auszusprechen. „Es ist nicht gesagt, dass ich jemals wieder dazu in der Lage sein werde." Auch wenn Griffin am liebsten gar nicht darüber nachdenken wollte, musste Finn doch alle Fakten kennen, bevor er eine Entscheidung traf. Ein Krüppel war eine Belastung für jede Wandlergruppe, besonders wenn es darum ging, sich weiterhin vor den Menschen verborgen zu halten.

Amber sah ihn verärgert an. „Sollte es so sein, würde das für uns keinen Unterschied machen. Unsere Zuneigung richtet sich nicht danach, ob du fliegen kannst. Wichtig ist nur, dass du für die Gruppe da bist, so wie auch sie für dich da ist, wenn du sie brauchst."

Entschlossen, sich dem Urteil zu stellen, richtete Griffin sich auf. Sein gesunder Arm schloss sich noch enger um Amber.

„Ich würde es verstehen, wenn ihr mich hier nicht sehen wollt, erst recht nicht, wenn ich eine Beziehung zu einer eurer Frauen eingehe. Aber ich liebe Amber und ich kann mir nicht vorstellen, jemals wieder ohne sie zu leben. Wir wollen zusammen sein, aber ich möchte nicht, dass Amber meinetwegen nicht mehr in der Gruppe leben kann."

Finn sah ihn ernst an. „Bist du fertig?"

Griffin presste die Lippen zusammen und neigte den Kopf. Er konnte Amber nicht anblicken. Wenn er nicht hierbleiben durfte, würde sie das schwer treffen, und er glaubte nicht, ihre Traurigkeit ertragen zu können.

„Was sagst du dazu, Amber?"

„Ich könnte es nicht verstehen, wenn ihr Griffin nicht haben wolltet, meiner Meinung nach ist er eine Bereicherung für unsere Gruppe. Und so gern ich hier auch lebe, ist es mir wichtiger, mit Griffin zusammen zu sein, nachdem ich ihn endlich gefunden habe." Ambers Stimme klang fest, sie hatte ihre Wahl getroffen und würde nicht davon abweichen. „Ich denke, du wirst das verstehen, Finn."

Die Anspielung auf seine Liebe zu Jamila nahm der Ratsführer mit einem Neigen des Kopfes zur Kenntnis. Er schwieg einen Moment, so als suche er nach den richtigen Worten. „Ich habe damals verstanden, dass Coyle die Gruppe verlassen hat, um mit Marisa zusammen zu sein, aber ich hoffe, dass das nicht noch einmal passieren wird. Wenn wir uns eines nicht leisten können, dann, dass die Gruppe noch weiter gespalten wird. Das Gleiche habe ich auch gesagt, als wir im Rat die Möglichkeit besprochen haben, dass Amber dich zum Gefährten wählt." Finn schnitt eine Grimasse. „Es war nicht ganz einfach, das allen Ratsmitgliedern verständlich zu machen, aber letztlich wurde beschlossen, dass du mit Amber hier leben kannst – unabhängig davon, ob du jemals wieder fliegen wirst. Aber wenn du wieder gesund bist, wäre es schön, wenn du dich als Wächter zur Verfügung stellen würdest."

Amber stieß einen Freudenschrei aus und umarmte Griffin fest, während er Mühe hatte, auf den Beinen zu bleiben. Die Erleichterung ließ seine letzte Kraft schwinden, und er begann zu schwanken. Finn schien sein Problem zu bemerken, denn er schob ihm rasch einen Stuhl hin, auf den er sich dankbar sinken ließ. Seine Kehle wurde eng, als er die Tränen in Ambers Augen sah. Er zog sie auf seinen Schoß und hielt sie mit einem Arm an sich gepresst. Seine Finger glitten durch ihre Haare. Als er aufsah, bemerkte er Finns mitfühlenden Blick.

Griffin räusperte sich. „Danke. Ich werde natürlich gerne überall mitarbeiten und die Gruppe so schützen, wie ich es auch bei den Adlern tun würde."

Finn lächelte ihn an. „Dann herzlich willkommen bei uns. Ich nehme an, wir brauchen dir keine eigene Hütte zu bauen?"

Amber hob den Kopf und wischte sich die Tränen von den Wangen. „Natürlich nicht. Ich habe mehr als genug Platz."

„Dann schlage ich vor, dass du deinen Gefährten schnell ins Bett bringst, bevor er umfällt."

Zu hören, wie er offiziell als Ambers Gefährte anerkannt wurde, ließ Griffins Herz höher schlagen. „Ich hätte nichts dagegen."

Amber grinste ihn an. „Ja, das kann ich mir vorstellen." Sie erhob sich und hielt ihm die Hand hin. „Komm."

Epilog

Einige Monate später …

Amber warf Griffin erneut einen Seitenblick zu. Sie wusste, wie nervös er war, und wollte nicht noch durch ihre eigene Unruhe dazu beitragen, seine zu steigern. Deshalb hatte sie einfach nur seine Hand genommen und mit ihm das Gebiet der Berglöwen verlassen. Falls sein erster Flugversuch mit den nachgewachsenen Federn schiefging, sollte ihn niemand dabei beobachten. Griffin wäre vermutlich am liebsten ganz allein gegangen, aber das ließ sie nicht zu.

Seit ihrer Rückkehr ins Lager der Berglöwen waren sie kaum jemals voneinander getrennt gewesen. Allerdings auch kaum allein, weil sie Lana bei sich aufgenommen hatten. Das Berglöwenjunge war zu schwach, um in die Wildnis zurückzukehren. Außerdem hatte Fay eine chronische Lungenkrankheit festgestellt, die es Lana nicht ermöglichte, ohne Lebensgefahr bei ihrer Familie zu leben. So blieb sie im Lager zurück, während Nolen, seine Gefährtin und sein Sohn sich in den äußersten Bereich des Berglöwengebiets zurückzogen. So oft wie möglich brachte Amber die Kleine zu ihrer Familie, damit sie nie vergaß, wer ihre Eltern waren.

Zu beobachten, wie Griffin sich um Lana kümmerte und sie behandelte, als wäre sie seine eigene Tochter, hatte Amber immer wieder bewusst gemacht, wie glücklich sie sich schätzen konnte, ihn als Gefährten zu haben. Einige Male hatte auch Talon sie besucht, der von den Fortschritten beim Bau des neuen

Adlerlagers berichtete, und wie sich die Adlerwandler durch Junas Einfluss bei den Oberen langsam den Veränderungen öffneten.

Nach anfänglichem Misstrauen einiger Mitglieder hatte sich Griffin gut in die Gruppe der Berglöwenwandler integriert und schien sich auch wohlzufühlen. Seitdem der Bruch seines Armes geheilt war, hatte er bei vielen Arbeiten mitgeholfen und sich damit einige Freunde gemacht. Allerdings hatte Amber oft bemerkt, wie er in den Himmel starrte und gegen die Sehnsucht zu fliegen ankämpfte. Besonders nach Talons Besuchen verstärkten sich diese Phasen. Doch immer wenn sie ihn darauf ansprach, hatte Griffin nur abgewunken und ihr versichert, wie glücklich er mit ihr war. Trotzdem wusste sie, dass ein wichtiger Teil seines Lebens fehlen würde, wenn er nicht fliegen konnte.

Seit er verletzt worden war, hatte er sich nur wenige Male kurz verwandelt, um zu überprüfen, ob die Federn bereits vollständig nachgewachsen waren. Jetzt war der Moment gekommen, auf den sie beide gewartet hatten. Mehr als alles andere wünschte sie Griffin, dass er endlich wieder fliegen konnte. Sie wollte beobachten, wie er in den strahlend blauen Himmel stieg und auf den Luftströmungen immer höher schwebte, bis er nur noch als kleiner Fleck zu sehen war. Je länger er an den Boden gefesselt gewesen war, desto stiller war er geworden. Wenn er sie liebte, dann fast verzweifelt, und sie konnte das Gefühl nicht abschütteln, dass Griffin glaubte, sie würde ihn weniger lieben, wenn er nicht mehr fliegen konnte. Auch wenn sie noch so oft versuchte, seine Befürchtungen zu zerstreuen, blieb immer diese Unsicherheit in seinen Augen. Wie konnte er denken, dass ihre Liebe von so etwas abhing?

Griffin wurde langsamer und blieb schließlich stehen. Er sah in den Himmel und atmete tief durch. „Ich glaube, es wird Zeit."

Da er sie immer noch nicht ansah, trat Amber vor ihn und

wartete, bis er den Blick senkte. Hoffnung und Furcht lagen in seinen Augen und schmerzten sie mehr, als sie es für möglich gehalten hätte. „Ja, das wird es. Ich werde hier auf dich warten."

Der Hauch eines Lächelns spielte um seine Lippen. „Das hoffe ich." Er wurde ernst. „Wenn es nicht funktioniert ..."

Sie ließ ihn nicht ausreden. „Dann werde ich dich genauso lieben. Es würde nichts an meinen Gefühlen für dich ändern."

Eine Weile blieb er stumm. „Das weiß ich. Ich weiß nur nicht, ob ich mich selbst dann noch ertragen kann. Und ich möchte nicht, dass du darunter leidest."

Ambers Herz zog sich zusammen, aber es gelang ihr, Griffin anzulächeln. „Na, dann hör auf, Zeit zu verschwenden, zieh dich aus und flieg."

Griffin rang sich ein Grinsen ab. „Gib's zu, du willst mich nur nackt sehen."

„Ganz genau. Das bist du viel zu selten." Amber beobachtete, wie er das T-Shirt über seinen Kopf streifte und auf einen Felsen legte.

Er war dünner geworden, trotz der vielen Übungen, um seine Muskelkraft zu erhalten. Hoffentlich hatte er überhaupt noch genug Kraft zum Fliegen. Amber konzentrierte sich darauf, Griffin zuzuschauen, als er die Jeans öffnete und auszog. Darunter war er nackt, und es war offensichtlich, dass er ihre Aufmerksamkeit genoss. Ohne hinzusehen warf er die Hose hinter sich und ging auf Amber zu. Dicht vor ihr blieb er stehen.

„Wäre es möglich, dass ..." Er brach ab und senkte den Kopf.

„Was?" Amber legte ihre Finger unter sein Kinn und hob es an. „Du weißt, dass ich alles für dich tun würde."

Griffin rahmte ihr Gesicht mit seinen Händen ein und küsste sie sanft. Das Gefühl seines warmen Körpers an ihrem war wundervoll. Am liebsten wäre sie ewig so stehen geblieben, aber sie spürte Griffins Ungeduld.

„Du brauchst nicht um Erlaubnis zu fragen, wenn du mich küssen möchtest. Ich stehe jederzeit gern zur Verfügung."

Wie erhofft lachte Griffin auf. „Danke. Aber eigentlich wollte ich fragen, ob du mich von deinem Arm aus in die Luft schleudern kannst. Ich weiß nicht, ob ich es vom Boden aus schaffe."

Ambers Herz zog sich zusammen, weil sie wusste, wie viel ihn die Bitte kostete. „Natürlich." Nach einem letzten Kuss löste sie sich von ihm und hockte sich hin. „Sei bitte vorsichtig."

Griffins Blick ruhte auf ihr, während er sich langsam verwandelte. Ihr Herz klopfte schneller, als er auf ihren Arm stieg und sie sich mit ihm erhob. Liebevoll strich sie über sein in der Sonne glänzendes Gefieder. „Viel Glück."

Als Antwort neigte Griffin den Kopf und breitete die Flügel aus. Die Schwingen waren gewaltig, und bis auf eine einzelne weiße Feder, die dort gewachsen war, wo ihn die Kugel getroffen hatte, konnte sie keinen Unterschied zu vorher erkennen. „Bist du bereit?"

Sie konnte die Anspannung in seinem Körper fühlen, seine Krallen gruben sich in ihre Haut, doch sie nahm es kaum wahr. Amber senkte ihren Arm und schleuderte ihn dann hoch, während Griffin sich mit aller Kraft abstieß. Die ersten Flügelstöße wirkten unbeholfen, und sie fürchtete, er würde zu Boden stürzen und sich erneut verletzen, doch dann gewann er langsam an Höhe. Amber schirmte ihre Augen gegen die Sonne ab, während sie seinen Flug verfolgte. Griffin stieg höher hinauf, seine Bewegungen immer geschmeidiger und sicherer. In einer Spirale schraubte er sich in den Himmel und stieß einen triumphierenden Schrei aus. Amber lachte durch ihre Tränen, während sich ihr Geliebter immer weiter von ihr entfernte. Doch in ihr Glück mischten sich leise Zweifel. Fühlte Griffin sich vielleicht zu sehr an den Boden gebunden, wenn er bei ihr blieb? Er hatte ihr erzählt, dass fast das gesamte Leben der Adlerwandler in der Luft stattfand, und dorthin konnte sie ihm nicht folgen.

Amber schlang ihre Arme um sich und beobachtete, wie Griffin sich immer weiter entfernte, bis er nur noch ein Punkt am Horizont war und schließlich aus ihrem Blickfeld verschwand. Die Tränen liefen weiter über ihr Gesicht, während sie wie gebannt dorthin starrte, wo sie ihn zuletzt gesehen hatte. Sie tat es so lange, bis ihr irgendwann schwindelig wurde und sie sich hinsetzen musste. Mit Griffins Kleidung auf dem Schoß ließ sie sich auf den Felsen sinken. Egal was passierte, sie würde so lange hier warten, bis er zurückkam. Amber vergrub ihr Gesicht in seinem T-Shirt und atmete tief seinen Duft ein. Fast glaubte sie, noch ein wenig seiner Wärme in dem Stoff spüren zu können, doch das war nur Einbildung. Genauso wie das Gefühl, dass er immer noch in ihrer Nähe war.

„Schläfst du oder benutzt du nur mein T-Shirt als Taschentuch?"

Griffins Stimme hinter ihr ließ sie erschrocken herumfahren. „Wie …?" Ihre Tränen flossen schneller. „Du bist wieder da!" Damit sprang sie auf und warf sich in seine Arme.

Griffin zuckte zusammen. „Vorsicht, meine Muskeln fühlen sich an, als hätte ich stundenlang Holz gehackt." Trotz seiner Worte zog er sie enger an sich. Seine Hand grub sich in ihr Haar. „Warum weinst du?"

Amber konnte ihn nicht ansehen. „Ich bin so froh, dass du wieder fliegen kannst."

„Das wäre aber eher ein Grund zu lachen, oder?" Er zwang sie, ihm in die Augen zu blicken. Es war noch ein wenig vom Adler in ihnen zu entdecken, genau das, was ihr all die Monate bei ihm gefehlt hatte, dieses Glück und das Gefühl von Freiheit.

„Ja, das habe ich auch getan. Aber dann warst du weg und …" Griffin wartete stumm, bis sie fortfuhr. „Irgendwie hatte ich

Angst, dass du merken könntest, wie viel freier du ohne mich bist. Ich werde nie mit dir fliegen können."

Liebevoll strich Griffin mit den Daumen über ihre Wangen. „Das ist schade, aber es ist kein Grund für mich, dich zu verlassen. Weißt du immer noch nicht, wie sehr ich dich liebe und wie … unvollständig ich mich ohne dich gefühlt habe? Du bist mein Leben, Amber, und zwar nicht nur, wenn es mir gerade passt oder ich keine andere Möglichkeit habe. Dachtest du, ich wäre nur mit dir in euer Lager gekommen, weil ich keine andere Wahl hatte?"

Schweigend sah sie ihn an.

Seine Augen verdunkelten sich. Er beugte sich vor und küsste sie mit so viel Leidenschaft, dass ihr der Atem stockte. Schließlich hob er den Kopf. „Seit ich dich damals zum ersten Mal gesehen habe, war es mein größter Wunsch, irgendwann einmal bei dir sein zu können. Es gibt nichts Schöneres für mich, als dich nachts zu halten oder bei dir zu sein, wenn du aufwachst. Dein Lächeln zu sehen, das nur mir gilt. Das Herzklopfen, wenn ich dir unverhofft irgendwo begegne." Sein Blick war fast hypnotisch. „Ich dachte eigentlich, das hätte ich dir in den letzten Monaten deutlich gemacht."

Amber fuhr sich mit der Zunge über die plötzlich trockenen Lippen. „Das hast du. Aber irgendwie war da tief vergraben immer noch die Furcht, dass du das Fliegen und deine Gruppe so vermissen könntest, dass unsere Liebe nicht reicht."

Griffin neigte den Kopf. „Konnte ich das jetzt ein für alle Mal klären?"

Amber wollte schon zustimmen, überlegte es sich dann aber anders. „Wenn ich jetzt Nein sage, wirst du mich dann jeden Tag so wie eben davon überzeugen, wie sehr du mich liebst?"

Griffin sah sie ungläubig an, dann begann er zu lachen. „Wenn du das möchtest, sage ich es dir jeden Tag, jede Stunde oder jede Minute. Hauptsache, du bist so glücklich mit mir wie ich mit dir."

Amber schmiegte sich lächelnd in seine Arme. „Das bin ich. Glücklicher, als ich es je für möglich gehalten hätte." Sie ließ ihre Hände über seinen Rücken gleiten. „Und jetzt liebe mich, schließlich müssen wir es ausnutzen, wenn du schon mal nackt bist."

Seine Zähne blitzten auf, bevor er sich über sie beugte. „Ich liebe es, wenn du mir Befehle erteilst."

Ende

Bella Andre

Hotshots – Firefighters

Gefährliche Begegnung

Roman

Die Flammen der Leidenschaft lodern hoch!

Für gewöhnlich wirft sich die Brandermittlerin Maya Jackson fremden Männern nicht gleich an den Hals. Doch der Kuss von Logan Cain geht ihr durch und durch. Sechs Monate später läuft ihr Logan erneut über den Weg. Als Chef der Feuerwehr von Tahoe Pines ist er der Hauptverdächtige in einer Serie gefährlicher Waldbrände, die vermutlich auf Brandstiftung zurückgehen. Doch Maya will nicht recht an Logans Schuld glauben. Gemeinsam machen sie sich auf die Suche nach dem wahren Brandstifter ...

»Ein meisterhaft geschriebener Roman für Leser, die spannende Krimis voller Action und wilder, heißer Romantik lieben.«
Romance Reviews Today

Band 1 der Serie
336 Seiten, kartoniert, Klappenbroschur
€ 9,95 [D]
ISBN 978-3-8025-8365-0